사랑의 백가지 이름

사랑의 백가지 이름

love

다이앤 애커먼 | 이명 옮김

mujintree
뮤진트리

사랑의 백가지 이름… 뇌졸중, 부부관계, 그리고 치유의 언어

—다이앤 애커먼—

차례

• 일러두기

－주요한 인명이나 작품명, 개념 등은 외래어 표기용례에 따라 맨 처음 언급될 때 원어
　를 병기했다. 단 널리 알려진 이름이나 표기가 굳어진 명칭은 그대로 사용했다.
－본문에 나오는 도서, 영화, 음악 등의 제목은 원 제목을 번역 표기했다.
－원서에 이탤릭체로 표시한 단어 또는 문장은 동일하게 이탤릭체로 표기했다.
－옮긴이 주는 괄호 안에 '－옮긴이'로 표시했고, 저자가 부연 설명한 부분은 괄호 안에
　작은 글씨로 표기했다.

제1부
상실의 지형

love

제1장

폴은 플라스틱 튜브들을 끌면서 황혼에 잠긴 방을 가로질러 걸었다. 나는 때로 인체가 본래 기원이 그러했듯 바다 생물, 물고기와는 전혀 다르며 그보다는 긴 촉수들을 지닌 해파리처럼, 주로 바다에서 살고 있을 좌우가 대칭되는 숨겨진 부분들로 가득하고 해면질과 섬유질로 이루어진 물렁거리는 동물처럼 보인다는 사실에 깜짝 놀라곤 했다. 여러 개의 튜브와 케이블들을 몸에 단 채 그 또한 병실에서 피어난 예의 심해생물이 되었다. 하지만 그 모든 것은 곧 변할 것이었다. 여전히 강력한 항생제를 복용해야 하지만 어쨌든 다음 날 아침 떠나도 좋다는 허락을 받았던 것이다.

"새벽에 탈출할 거야!" 짐짓 영국군 특무상사의 목소리로 폴이 어깨 너머 속삭였다. 퇴원 생각으로 우리는 둘 다 들떠 있었다.

그가 첨단장비로 무장된 이 병실에서 시들어온 지 이제 삼주 째였다. 상어나 은행나무보다도 해묵은 포도상구균이 콩팥을 통해 전신을 공격했던 것이다. 나는 그의 곁에서 체내로 흘러들어가는 약물이나 체내로부터 빨려나오는 체액을 운반하는 온갖 튜브들에 걸려 넘어지지 않도록 그를 도왔다.

《뇌의 문화지도》판촉 여행을 하던 나는 폴이 입원해야한다는 소식을 듣자마자 일정을 단축하고 곧장 집으로 날아왔다. 하지만 마음은 아직도 뇌의 마법과 영광에서 빠져나오지 못하고 있었다. 그래서 나는 방문객용 의자에 베개를 받치고 기대앉아 치커리와 그레이엄 크래커 냄새가 나는 뜨거운 곡물음료를 보온병에서 따라 마시며 〈세러브럼〉과 〈브레인 인 더 뉴스〉 과월호들을 훑어보면서 긴 시간을 보냈다.

우리는 사실 예전에도, 그것도 너무 많이, 이곳에 온 적이 있었다, 겨우 쉰다섯 살이던 20년 전, 폴은 치명적인 심장부정맥으로 거의 죽을 뻔했다. 여러 달 동안 나는 무언가 잘못되었음을 느끼고 있었다. 서로 껴안고 침대에 누워있을 때면 폴의 가슴에서 뭔가 불규칙적인 소리가 들렸으며 때때로 특히 식후에는 안색이 몹시 창백해지며 진땀을 흘리기도 했다. 내가 원하는 크리스마스 선물은 단 하나, 내 마음을 편하게 해주는 것이라고 주장하여 나는 마침내 그가 병원을 찾게 설득할 수 있었다. 한 친구가 가까운 도시에 있는 뛰어나고 친절한 심장 전문의를 추천해주었고, 그는 심장박동 사이의 간격이 너무 길어질 때마다 벨을 울리는 심박 조율기를 달아야 한다는 진단을 내렸다. 그러지 않으면 70대에 같은 병으로 돌아가셨던 폴의 아버지처럼 갑자기 졸도하여 영영 깨어나지 못할 수도 있다고 했다. 그것은 폴이 일주일 내내 시라큐스의 병원에 머물러야 함을 의미했고, 그것은 또한 그 후 이어진 수많은 입원의 시작이었다. 상심한 폴이 탄식했다. "전에는 사자처럼 강인했는데."

의사들은 네 시간 동안 두 차례의 시행착오를 거쳐 심박 조율기의 전선을 정맥 안으로 밀어 넣어 성공적으로 심장근육에 앉혔다. 나는 최대한의 환한 미소로 수술에서 깨어난 그를 맞았고 무력해진 사자를 끌어안았다.

그 날 이후 우리는 각종 검진과 맥박 조정기 테스트, 심장 초음파 진단을 받기 위해 차갑고 불빛 희미한 길을 한 시간 반 동안 달리곤 했다. 늘 초조했고 잠시 안도했다가 때로 다시 불안해졌다. 그의 증상, 심장 부정맥으로 인한 "규칙적인 불규칙함"과 똑같이 불확실할 것으로 예측되는 삶을 살고 있었다.

그 밖에도 수많은 의학적 조치가 이어졌다. 정기 혈당검사 결과가 800으로 나타나 당뇨가 확증되자(정상은 100 내외다) 혈당 체크와 특별 식단과 알약 세 개의 추가 복용이 필요하게 되었다. 혈압이 계속 올라가자 빙판길을 달려 시라큐스의 병원으로 가 복용중이던 다양한 알약들을 수차례 검사하고 재조합해야 했다. 이타카의 병원에서는 봉와직염 때문에 정맥주사로 항생제를 투여 받으며 초조해해야 하기도 했다. 발가락을 조금 긁혔을 뿐인데 조직 감염이 시작되고 급속히 진전되어 발과 다리마저 위협했던 것이다.

이번 전신 감염은 물론 무서웠지만 전에 겪었던 것에 비하면 덜 끔찍했다. 몇 주는 입원해야 할 것 같았으므로 우리는 최대한 편안하게 자리를 잡기로 했다. 나는 구석의 탁자에 통조림 식품과 간식들을 올려놓았고 화장실에는 향 비누와 즐겨 쓰는 빗을 갖다 두었으며 창문턱을 따라 편안한 슬리퍼와 뜨개질감, 그리고 읽을 책들을 나란히 정리해 두었다. 폴은 누구도 흉내 낼 수 없는 자신만의 특유한 방식으로 적응했다. 몹시 지루해진 나머지 이집트 신 오시리스에 관한 완벽한 소네트를 썼던 것이다.

지난 3주는 비참함과 고통의 연속이었다. 포도상구균 감염뿐만 아니라 신장결석도 여러 개 발견되어 레이저를 쏘아 부수어야 했다. 끊임없는 걱정이 머리를 쪼아대는 것만 같았다. 간호사들이 교대하면서 생기는 피할 수 없는 소음들, 카트 덜컥거리는 소리, 방문객들이 오가는 소리, 기계의 탕탕 소리들이 내 마음의 평화를 교란했다. 나는 그래도 왔다 갔다 할 수는 있었다. 하지만 몸져누운 폴은 우리에 갇혔다는 느낌에 거의 광분하는 지경에 이르렀다. 매일 저녁 우리는 봉인된 유리창 너머로 지는 석양의 장엄함을 지켜보았고 집에 돌아갈 수 있기를 갈망했다. 나는 편안하게, 자연스러운 일상 속에서, 언제나처럼 고요한 시간들을 우리 단 둘이서 다시 함께 할 수 있기를 고대했다.

그리고 번개가 덮쳤다. 폴은 화장실에서 발을 질질 끌면서 나와 침대 발치에 섰다. 눈빛이 흐렸으며 얼굴은 짓이겨진 진흙 같았다. 입은 오른쪽으로 늘어졌고 눈을 떴지만 졸고 있는 듯하여 나를 놀라게 했다.

"왜 그래요?"

폴은 입술을 조금 움직여 붕붕과 웅웅의 중간쯤 되는 소리를 냈다. 잠시 동안 나는 폴의 입속에 벌이 가득 차 있는 것 같다는 묘한 상상을 했다. 다음 순간 등에 소름이 끼치면서 바닥이 6미터 아래로 내려앉는 느낌이 들었다. 십여 년 전 폴은 일과성 뇌허혈 발작(TIA, Transient Ische mic Attack)을 일으켰는데, 그건 뇌로 흘러들어가는 피가 잠깐 흐름을 멈추어 뇌졸중과 같은 증세를 보였다 잠시 후 지나가긴 하지만 종종 진짜 뇌졸중을 예고하기도 하는 것이었다. 나는 그 어눌한 말과 경직된 얼굴이 무엇을 뜻하는지 알아차렸다. *그것만은 안 돼!* 이해하려고 애를 쓰면서 나는 생각했다. *지금은 아냐! 또 그럴 수는 없어!*

"뇌졸중인 거예요?" 마침내 적절한 단어를 찾아내 물었다. 그러나 대답은 필요 없었다. 머릿속이 단단히 조여드는 것을 느낄 수 있었다. 나는 펄쩍 일어나 미친 듯 폴을 내 의자로 이끌어 앉혔다. 그리고 갑자기 온몸이 마비되는 듯했다. *이런 일이 일어날리 없어! 침착해야 해! 뭘 해야 하는지 찾아봐야 해! 그저 지난 번 같은 TIA가 한 번 더 온 것일 거야! 악몽일 뿐, 끝은 아니야!*

나는 도움을 구하러 뛰어나갔고 간호사 하나가 눈에 띄자 부르짖었다. "남편이 뇌졸중을 일으킨 것 같아요!" 그리고 우리는 함께 흔들거리는 복도를 내달아 방으로 뛰어 들어갔고 파라오 석상처럼 앉아 있는 폴을 보았다. 그는 손을 무릎위에 얹고 멍하니 앞을 응시하고 있었다.

"의사, 의사를 불러다줘요!" 나는 애가 타서 울부짖었다. "만일 이게 뇌졸중이라면, 폴은 tPAtissue plasminogen activator를 받아야 해요, 시간이 없어요!" 나는 tPA를 알고 있었다. 그것은 뇌졸중 발생 직후 세 시간 이내에만 투여한다면 경우에 따라 뇌졸중에서 회복시킬 수 있는 기적의 혈전 용해제였다. 그 순간 tPA라는 문자는 마법의 주문 '아브라카다브라'와 동의어였다.

간호사가 의사를 호출한 다음 내게는 들리지 않는 질문들을 폴에게 던지며 태연히 혈압과 체온과 맥박을 측정하기 시작했다. 어떤 압도적인 사건도 발생하지 않았다는 듯이, 거장의 뇌가 폭발하지 않았다는 듯이, 우리들의 세계 전체가 붕괴하지 않았다는 듯이. 폴은 혈압이 높았으며 오른 손으로 물체를 쥐지 못했다. *너무 늦네! 왜 이리 늦는 거야!* 나는 머릿속으로 외쳤다.

아직 시간이 있어, 아직. 한쪽 눈으로 시계를 들여다보며 나는 계속 혼잣말을 했다. 상처를 동여매듯 나는 폴을 꼭 끌어안으며 그를 안심시키려 애썼다. 하지만 내 입에서 나오는 말이 다 허튼 소리로 들렸다. 그가 이렇게 급속도로 허물어져 내리고 있는데 어떻게 그를 위로할 수 있다는 말인가? 내가 할 수 있는 일이란 반응하지 않는 그를 끌어안아주는 것밖에 없었다. 텅 빈 눈으로 축 늘어져 앉은 폴은 다른 태양계에 가 있는 듯 보였다. 갑자기 그가 공포로 가득한 눈빛으로 나를 바라보았다. 나는 폴이 자신에게 어떤 일이 일어나고 있는지 알고 있음을 깨달았다.

당직 의사가 급히 뛰어 들어와 능숙하게 처치를 시작했다. 차트의 바이탈 사인들을 점검하는 모습이 놀라울 만큼 침착해서 마치 나와 전혀 다른 종인 것처럼 보였다.

"웃을 수 있어요?" 그가 폴에게 물었다.

아니었다.

"말할 수 있나요? 여기가 어디죠?"

아니었다.

"팔을 올릴 수 있어요?"

아니었다.

"이 펜을 보세요." 의사는 그의 시야의 왼쪽에서 오른쪽으로 가로질러 펜을 움직였다. "펜을 따라 올 수 있어요?"

아니었다.

내 안에서 사이렌이 울리기 시작했다. 나는 그 네 가지 테스트가 뇌졸중 여부를 신속하게 가려낼 수 있음을 알고 있었고, 폴은 방금 테스트에서 떨어졌던 것이다.

가지 말아요. 나는 소리 없이 간구했다. 그 대신 시간과 공간이 우리 주변을 회전하며 떠났다. 나는 폭풍우로 뱃머리가 쩍쩍 갈라지는 배에 탄 것처럼 어지러웠다. 침대의 스테인리스 골조가 불꽃을 튀기기 시작했고 벽들은 주발처럼 구부러졌으며 간호사의 목소리는 구식 빅트롤라 축음기의 바늘처럼 긁히고 갈라졌다.

후에 폴은 밝은 금속성 물체들로부터 공격당하는 느낌이었다고 말했다. 모든 조직에 경련이 이는 듯했고 맥박이 요동쳤으며 귀에 이상한 윙윙거림이 들렸다는 거였다. 더 이상한 현상도 있었다. 머릿속에서 떨리는 소리가 났으며 요추 어디쯤에선 찻잎이 바스러지는 소리가 들렸다는 것이다. 머리 주위를 떠돌면서 고요히 딸랑거리는 종소리도 있었다. 그의 세계가 지상과 천국 사이에서 정상을 찾으려 애쓰던 중 그는 가느다란 후광을 느끼며 자신이 혹 선택된 자 중의 하나가 된 걸까 의아해했다. 딸랑거리는 종소리가 아주 잠시 잦아들 때마다 그는 미칠 듯한 기쁨을 느꼈다. *회전목마의 어두운 밤*이 그의 마음속을 섬광처럼 스치고 지나갔다. 입속에서는 식초와 석유 맛이 났으며 그는 밤새 욱신거리는 치아를 매만지는 사람처럼 거기에 골몰했다.

손가락은 감각이 부분적으로 마비되어 밀랍 같았고 둔하고 불투명하고 처참했으며 아무런 반응이 없었다. 폴의 몸 전체는 육신이 더욱 뻣뻣한 무엇으로 변한 것처럼 접촉을 거부했다. 그건 불쾌한 감각이라기보다는 그냥 다른 느낌이었다. 그는 언어를 떠올리지 않고서 어딘가에서 감지했다. *무슨 일이 생긴 거지? 난 살아 있군. 다소는.* 영국 경찰관의 엄격한 바리톤 목소리가 답을 요구했다. *이게 다 무슨 일이요?*

낯선 의사는 내게 일련의 질문들을 던졌다. 나는 아득히 멀리서 갑자기 돌아와 떨리는 목소리로 사건들을 묘사했고 가능한 빠르게 폴의 병력을 말해주려고 애썼다. 그가 깃펜처럼 지면을 긁는 소리로 내 곤두선 신경을 긁으며 느리고 이상한 필적으로 나로선 알 수 없을 내용을 차트에 기입했다. 하지만 내 연인이자 인생의 동반자라는 사실은 말할 것도 없고 찬란하고 독창적인 지성에 빛나던, 그가 한 번도 본 적 없는 이 한 특별한 영혼에 일어나고 있는 모든 일을 의사가 완전히 이해할 수 있는 길은 없었다.

폴의 그 텅 빈 시선은 무엇을 바라보고 있었을까? 나는 그가 적어도 바깥세상의 것을 보고 있지 않다는 것을 막연히 감지하고 있었다. 그는 저기 저 시선의 반대편, 바로 자신의 눈 뒤에서 타오르는 붉고 누런 아수라장을 보고 있었다.

세상이 빙빙 돌고 마음이 부서질 듯 눈물이 흘러내렸다. 나는 폴을 의사에게 맡겨두고 복도로 뛰어나갔고, 휴대전화의 그 조그만 구멍으로 우리가 아끼는 의사 친구 닥터 앤에게 소식을 전했다. 앤은 전통적인 가정의 중의 한명으로, 매일 병원으로 자신의 환자들을 방문하는데, 아예 가족의 일원이 되다시피 하는 경우가 자주 생겼다. 그녀의 목소리는 예리하게 핵심을 짚었지만 내용은 슬펐다. 그녀는 폴이 심장에 항응혈제인 쿠마딘을 사용하고 있으므로 tPA를 투약할 수 없다고 했다. 나는 뇌졸중 후에 흡혈박쥐의 타액을 사용한 의학 실험 이야기를 들은 적이 있었고 폴은 흡혈박쥐 덕분에 구조 받는다는 사실을 좋아할 것 같았다. 그러나 쿠마딘에는 흡혈박쥐의 타액도 사용할 수 없었다. 폴에게는 특효약이 없었던 것이다. 앤은 증상이 영구적인 것인지의 여부를 알기에는 아직 너무 이르다고 안심시켜주었다. 동시에 전문의 팀을 소집해 종합테스트를 요구하겠다고 약속했다.

한 시간 뒤, 폴에게는 들리지 않는 곳에서, CT(컴퓨터 단층사진 — 옮긴이) 사진을 들고 있던 신경과 의사가 한 비극을 이야기 해주었다. 그런 가능성이 있음을 알고 있었으나 떠올리지 않으면 막을 수 있는 마술처럼 상상하고 싶지 않았던 이야기였다. 의사 손에 있는 사진은 황폐해진 뇌를 보여주고 있었다. 폴의 뇌 좌측 중간 전두회前頭回(회는 돌기 또는 이랑 모양으로 되어있다)에 작은 황무지가 있었고, 오른쪽과 왼쪽 두정엽들에는 죽은 영역이 있었으며, 다른 어딘가에는 쇠약해진 뇌세포들이 죽 이어져 있었다. 내 눈은 사진을 믿었으나 내 마음은 완전한 충격 상태에 빠져 필사적으로 그 소식을 막아내고자 복도 끝으로 달려가 숨어버렸다. 어떻게든 논리를 피하려고 소리 없이 비명을 질렀다. *아니야, 아니야, 아니야, 아니야, 아니야, 아니야, 아니야!* 소용없었다. 사진들은 진단이 아니었지만 희망을 반쯤 불살라버리기에 충분하다는 것을 나는 잘 알았다. 가장 걱정되었던 것은 폴의 좌반구 뇌에서 언어중추영역에 이르는 부분과 그 부분들을 연결시키는 신경섬유들에 일어난 손상이었다. 온 몸이 오그라드는 악몽이었다.

폴을, 내가 사랑한 명 문장가를 급습한 범인은 신장 감염에서 비롯된 박테리아로 가득한 커다란 혈전 덩어리일 가능성이 가장 높았다. 불규칙한 심장박동에 흔들려 그 덩어리는 뇌까지 흘러들어와 중뇌 동맥에 자리 잡고 언덕과 이랑으로 이루어진 광대한 영토에 영양을 공급하는 피의 흐름을 멎게 만들었을 것이다. 비록 마음 속 시선으로 바라보면서 그것이 친밀한 그의 몸이 아니라 저 먼 시골의 풍경이라고 믿는 척했지만 나는 이미 대재앙을 상상하고 있었다. 그와 동시에 아찔할 만큼 명확하게 나는 진실을 알았다. 돌이킬 수 없는 순간들 속에서 신경망 전체가, 일생 동안 축적된 언어 능력과 성향과 기억들이 죄다 소멸해버린 것이다.

무엇이 사라졌을까? 맨 섬에서 영국공군으로 지내던 폴이 동료들과 함께 점심을 먹으러 런던으로 날아가고 한 무리의 여자친구들을 찾아 야간비행을 했던 필립 왕자의 비밀을 지켜주던 그 때? 우리가 플로리다에 머물던 시절? 그가 전쟁에서 승리하게 해준 소년 시절의 모형 항공기들? 자신이 쓴 책은 기억할까? 누이동생은? 우리의 이야기는?

제2장

　1970년대 초, 우리는 펜스테이트 대학에서 만나 사랑에 빠졌다. 나는 히피 학부생이고 그는 구불거리는 갈색 머리에 세련된 영국 억양을 구사하는 공부 많이 한 교수였다. 겨우 2학년이었지만 어찌어찌하다가 나는 그가 지도하던 대학원 과정의 현대영국문학 강의에 등록했다. 나는 강의실 뒤쪽 구석에 자리 잡았고 마지막 줄의 익숙한 냄새에 둘러싸였다. 땀 밴 외투들, 분필가루를 잔뜩 먹은 칠판지우개들, 그을린 캐러멜 빛깔의 가죽 장정 책들, 곰팡이와 책좀벌레의 퀴퀴한 냄새가 나는 케케묵은 종이표지 또는 천 장정 책들, 톡 쏘는 잉크 냄새가 나는 새 책들, 유럽산 종이에 인쇄해 시큼한 냄새가 더 강하게 나는 책들. 가장자리를 재단하지 않은 종이에 인쇄된 소설책들을 가진 학생들이 있었는데 아무도 들추지 않은 그 책장들은 보는 이로 하여금 경쟁에 끼어들어 그 책들을 갖고픈, 노련하고 침착하게 책장을 갈라 열고픈 강렬한 유혹을 불러일으켰다. 강의실에서 벌어지는 토론에 나는 완전히 매료되었지만 내 수준과는 동떨어져있다고 느꼈으므로 나는 거의 입을 떼지 않고 듣기만 했다. 그러나 폴의 연구실 안에서는 문학과 인생에 대한 이야기를 용감하게 나눌 수 있었고, 그는 내가 쓴 시에 호의적인 반응을 보여주었다. 이후 몇 학기 동안 나는 캠퍼스나 시내에서 폴과 계속 마주쳤다. 첫 진짜 데이트 날 우리는 폴의 집에서 술을 마셨고 새벽녘까지 쉬지 않고 대화했으며, 그것은 이후 사십년 동안 계속됐다.

어떤 이들은 우리에게는 공통점이 전혀 없다고 했다. 폴과 나는 문화, 세대, 그리고 민족적 배경이 뚜렷하게 달랐다. 꿈속에서 우리는 각자 다른 나라들로 날아갔다. 내가 열망의 미국으로 갔다면, 그는 이야기꾼의 영국 전원으로 향했다. 나는 미국문화 속에서 자라났지만 폴은 성인이 되어 미국문화를 접했으므로 그 '기이함'(이를테면 대에 붙은 채로 옥수수를 먹는 일)을 당연하게 받아들이지 못했다. 나보다 열여덟 살이 많은 폴은 제2차 세계대전 동안 어느 영국 마을에서 자라났고 스윙 음악을 들었으며 폭격을 경험한 바 있다. 나는 베이비붐 세대로 비틀즈 시대의 로큰롤에 빠져 살았다. 아버지는 맥도널드 식당을 하나 운영했다. 문학 스타일에 관해 말하자면, 우리는 둘 다 빈약한 것보다 풍요로운 쪽을 선호했다. 우리는 시적 묘사, 별난 등장인물들, 생생한 아이디어들로 들끓어 오르는 책들을 아꼈다. 그러나 다른 분야에서는 취향이 달랐다. 폴은 대담하고 화려한 디자인을 좋아했지만 나는 복잡하고 애매모호하고 섬세한 것을 더 좋아했다.

폴은 깊은 밤의 비경을 거닐다(반수면 상태에서 글을 쓰거나 크리켓 경기 테이프를 보며) 아침 다섯 시 또는 여섯 시에야 잠자리에 들었다. 명금鳴禽들은 밤에 움직인다. 나는 폴의 불면을 이 새들의 달밤 비행과 동일시했다. 반대로 나는 새벽에 홀린 사람이었다. 나는 새벽에 깨어나 그가 침대로 들어오면 그와 부드럽게 손바닥을 마주쳐 바톤을 교체했다. 폴은 항상 내가 깨기를 기다렸다가 아침 겸 밤 인사로 키스를 해주었다. 그는 우리의 릴레이를 '호위병 바꾸기'라 불렀고 버킹검 궁전 앞에서 기다란 검정 모자와 빨간 재킷을 입고 행진하는 다리 뻣뻣한 여왕의 군사들을 퍽 괜찮게(좀 너무 대롱대롱하긴 했으나) 흉내 내곤 했다.

꾸벅꾸벅 졸면서 차를 끓이러 주방으로 가면서 나는 휘갈겨 쓴 사랑의 쪽지가 나를 기다리고 있음을 알고 있었다. 밤이 지나고 다시 세상으로 나온 것을 열렬하게 환영하는 쪽지는 그의 기분에 따라 박쥐, 악어, 고래, 사자, 늑대, 꽃, 혹은 비행기 모양의 자석으로 냉장고 문에 부착되어 있었다. 수십 년간 거의 날마다 새 쪽지가 나를 반겼다. 그는 쪽지에 서명 대신 곱슬머리, 날씬한 체격, 뾰족한 발, 번쩍 뜬 눈, 기뻐 어쩔 줄 모르는 미소 등으로 표현된 자신의 모습을 그려 넣었다. 그것은 폴 나름의 인장이었고, 정오에 깨어날 때까지 나와 함께해 주겠다는 다짐이었다. 나는 때로 사회생활을 피해 깊은 밤 시간을 탐하는 그에게 변덕스러운 염세가 아니냐고 묻기도 했다. 그러면서도 어려서부터 올빼미 생활을 해온 탓에 그의 신체주기 리듬이 어긋나있는 것뿐이라고 생각했다.

집에서 일한다는 것은 언제든 내 마음대로 간식을 먹고 커피를 마실 수 있다는 뜻이었고, 책상이나 전망을 바꾸거나 빈둥거리거나 일하면서 술을 마실 수도 있다는 뜻이었고, 대낮에 파자마차림으로 다니고 종종 서로를 마주보고 잡담을 나누거나 아이디어를 나눌 수도 있다는 뜻이었다. 반면 우리는 자신을 부려먹었고 불가능한 목표를 설정했으며 사무실에서 일하는 직종보다 긴 시간을 일했다. 우리가 매일 얼마나 융통성있게 마감, 정신을 빼앗는 다른 일들, 그리고 일중독의 정도를 조절하느냐에 따라 좌우되었다는 점에서 그건 완전한 '자유 근무시간제'였다.

서재는 우리 두 사람의 성격을 잘 구별해 보여주었다. 폴의 서재는 쥐의 안식처와 같았다. 발사나무로 만든 모형 비행기, 먼지투성이의 싸구려 선글라스 여덟 개(모두 조종사 스타일), 태엽으로 움직이는 미니 해골, 플라스틱 6연발 권총, 폴의 아버지가 제1차 세계대전 당시 받은 메달들이 끼워진 액자들, 직접 맞추는 조립식 미이라 키트, 런던 사투리 압운 사전, 납작해진 녹색 껌 덩어리와 사용한 성냥개비와 '라 트로피칼' 담뱃갑에서 뜯어낸 라벨과 페인트를 섞어 만든 콜라주, 크레용과 색연필 상자들, 한 번도 쓰지 않은 사자 모양의 비누, 퍼렇고 허연 아마존 여전사 마스크, 빈 선반마다 지층처럼 제멋대로 쌓아올려진 클래식 음반들, 폴이 버리기 싫어하는 옛날 옷들로 가득 찬 회색 서류 캐비닛, 편지들로 뚱뚱하게 부푼 구겨진 마닐라지 서류철, 수북이 쌓인 책들, 서류들, 조사 자료들… 이런 것들은 모두 부산한 소설가의 인생을 보여주는 기이한 축적물들이었다. 방을 지나다니기 위해선 안내견과 지도가 필요했다. 그 방이 폴에게는 험준한 영국 황무지를 연상시켰을지도 모른다.

바깥 세계로 이어지는 창문도 없고 햇빛도 들지 않는, 벽에 코르크를 댄 그 골방에서 그는 타자기로 글을 썼다. "난 자연이 필요 없어." 언젠가 그런 말을 했다. "내가 자연을 만들어낼 수 있거든." 그는 컴퓨터 근처에도 가본 적이 없었다. 우리가 함께한 세월 동안 글자쇠는 길고 캐리지는 시끄러우며 자판은 닳고 때 묻은 청회색 스미스 코로나 타자기를 사용하여 그는 풍요로운 허구 세계를 잇달아 창조했고 그것들을 매력적인 괴짜들로 채움으로써 수십 권의 책을 써냈다. 그가 프랑스 정부로부터 문예훈장기사Chevalier of the Order of Arts and Letters 작위를 받았을 때 나는 그를 '셰비Chevy'라 불렀고 그건 그의 별명 중 하나가 되었다.

반면에 내 서재의 창은 모두 밝은 꽃무늬 커튼으로 장식되어 있었다. 퇴창은 목련들이 그려진 스테인드글라스였고 그 너머로 진짜 목련이 탐스럽게 피어올랐다. 칸이 나뉜 커다란 골동품 캐비닛에는 푸에블로 인디언의 '이야기꾼' 도자기 인형들, 이 지역 화석으로 만든 '지상에서 가장 오래 된 새집,' 사진틀에 끼워진 가족과 친구들의 사진들, 프랭크 로이드 라이트Frank Lloyd Wright(미국의 유명 건축가―옮긴이)의 모형 창, 어머니가 물려준 옥으로 깎은 원숭이들과 꽃들, 내가 자주 자세를 바꾸던 마네킹의 손 따위가 들어 있었다. 책상 위에는 커다랗고 매끈한 모니터가 달린 데스크톱 컴퓨터가, 퇴창 위에는 노트북이 앉아 있었다. 낡고 변색되고 거칠게 뜯어낸 신문이며 잡지의 기사 스크랩들이 내가 '휴대용 우주'라고 부르며 흥미로운 것들을 보관해 두던 목재 캐비닛 여러 칸과 3공 링 바인더를 가득 채웠다. 벽에는 봄철 숲속의 노란 빛을 칠했고 오트밀 색깔의 마룻바닥에는 오리엔탈 러그를 깔아 한결 부드러웠다. 내가 한때 그들을 위해 일했던 몽크 바다표범들, 박쥐들, 그리고 기타 멸종 위기에 처한 동물들의 사진이 벽을 채워주었다. 나는 자연을 숭배했고 논픽션의 세계를 거닐었으며 거의 매일 자전거를 탔고 친구들과 수다를 즐겼다. 폴은 자신의 상상, 일, 감수성으로 파고 들어오는 폭력과 악을 쉽게 받아들일 수 있었으나 나는 그러지를 못했다. 불행하게 끝나는 영화조차 나는 좋아하지 않았다.

폴은 나와는 달리 전쟁, 가난, 전 결혼, 혼란의 시기 등을 거의 완벽하게 기억하고 있었다. 어두운 과거는 그가 언제든지 깃들 수 있는 본거지와 같았다. 나는 지금 이 순간에 유념하는 선禪 사상에 매혹되었다. 나는 폴보다는 더 사회적 이슈에 관심을 가졌고 지역공동체 자원봉사에도 마음이 끌렸다. 폴에게는 공동체라는 개념이 지역적인 것이기보다는 바다를 건너고 시대를 아우르는 것이었다.

문필가로서 폴은 타고난 경구의 명인이었고 나 또한 그것들이 좋았다. 그러나 우리 두 사람의 글 쓰는 방식이 동일한 것은 아니었다. 그의 글은 화려하고 인유가 많았으니, 옥스퍼드의 명사들을 '지성의 파라오'라 부르고 묵은 빵을 '수염이 돋는다'고 묘사하는 식이었다. 그가 몸부림치는 온갖 기억들을 끌어내오는 닻고리처럼 날카로운 이미지들을 찾아 탐색했다면, 나는 주로 경험을 정의하기 위하여 이미지를 활용하는 편이었다. 사실 이 점이야말로 우리의 창작법상 가장 중요한 차이였다.

폴은 단연코 내가 평생 만난 사람들 가운데 가장 유쾌하게 별난 사람이었다. 말하자면 P. G. 우드하우스P. G. Wodehouse(영국의 유머작가—옮긴이)의 소설에서 튀어나온 것 같은, 전설과 신화 속에서 볼 수 있을 전형적 영국 기인이었다. 신선한 과일, 비트, 오이, 토마토 등은 손도 대지 않았다. 집을 떠나는 일도 적었고, 대신 친구들과 전화나 편지로 대화하면서 충분한 행복을 느꼈다. 그는 바람, 비, 눈을 몹시 싫어했으며, 해가 나지 않거나 온화하지 않은 날은 정말로 싫어했다. 옷 입기도 싫어해 뒤뷔페Dubuffet(프랑스의 화가 겸 조각가─옮긴이)의 작품에 나오는 분홍빛 알몸의 사내들처럼 벌거벗은 채 집안과 마당을 어슬렁거렸다. 외출할 때는 옷 입기를 요하는 사회와 타협했다. 여름이면 반바지 수영복과 파란 민소매 셔츠를 입었고 겨울에는 검정색, 회색, 파랑색의 벨루어 운동복을 입고 나갔다. 그러나 양말은 절대로 신지 않았다. 한번은 영국에 가던 비행길에 두꺼운 원고뭉치를 "부드럽게 하기 위하여" 깔고 앉았다고도 했다.

어느 날 드라이브를 하던 도중 그가 조금 급하게 선루프를 닫아달라고 했다.

"왜요?" 내가 물었다.

"내 위에 우주가 있는 게 싫어." 그가 답했다. 나는 웃었다. 이건 못 들어본 것이었다.

"여보." 나는 최대한 침착하게 대꾸했다, "운이 아주 좋으면 이 지상에서 오랫동안 머리 위에 우주를 이고 살아가게 될 거예요." 나는 그렇게 말하고 어쨌든 선루프를 닫아주었다.

나는 소설에서도 그의 기벽들을 찾아내고 흥미로워했는데 그것들이 허세가 아니라 자연스럽게 그의 개성이라는 동굴 속에서 마치 수정처럼 자라났음을 알기 때문이었다. 그것들은 어린 시절 영국의 탄광촌에서 무의식적으로, 그곳의 관습과 가치관과 몹시 별난 가족을 그대로 흡수함으로써 형성된 것이었다. 가끔 찾아가 보면 삼촌, 숙모, 사촌들이 벌거벗고 책으로 은밀한 부분만을 가린 채 거실에서 낮잠을 자는 모습을 예사로 볼 수 있었다. 폴의 뇌세포들이 이루어낸 사회는 나 자신의 것과는 확연히 달랐지만 우리는 서로를 가장 좋아하는 나라로 점찍었다.

수십 년을 함께 지내온 비결이 무엇이냐는 질문을 받으면 나는 가끔 아이들 때문이었다고 농담을 하곤 했다. 사실인즉슨 우리는 서로에게 아이였던 것이다. 우리는 둘 다 언어를 다루었고 포옹에 미쳤으며 장난을 몹시 좋아했다. 그렇지만 두 사람이 커플로, 상호보호와 존중의 그 작은 세계에서 함께 사는 이유를 누가 말할 수 있단 말인가? 커플이란 적당히 맞춤으로써 유지되는 직소퍼즐과 같다. 완전히 맞지도 완전히 어긋나지도 않는다. 시간이 흐르면서 그들만의 공화국과 축가와 의식과 언어가 만들어지고, 그렇게 흠 많은 두 신의 컬트가 형성된다. 모든 커플은 다른 사람에게 알려주고 싶지 않은 애정표현 놀이를 하며 모두가 때때로 어린 아이로 되돌아간다. 어른으로서 결혼하지만 어른과 결혼하지는 않기 때문이다. 우리는, 특히 창의적인 사람이라면, 성장하고도 여전히 아이로 남아있기를 좋아하는 아이와 결혼한다. 상상력이 풍부한 사람들은 관계의 아이디어를 포함한 많은 아이디어들을 다룬다. 우리처럼 언어를 매만지는 사람들이라면 언어를 갖고 조바심을 내는 법이다.

그래서 우리 집안은 늘 낱말놀이로 넘쳐났다. 우리는 작은 보드로 인해 한정된다는 느낌을 피하려고 여러 개의 세트를 합쳐 '치터스 스크래블Cheater's Scrabble'(영단어 보드게임―옮긴이)을 했다. 말장난과 관용구, 외래어들도 포함시켰다. 우리는 이기기 위해서가 아니라 비기려고 게임을 했다. 그래야 더 재미있는 것 같았다. '진귀한일본풍의자'는 '진귀한일본풍의자비둘기'로 변이되었다. 우리는 매일 신문에 나는 '워드 점블

Word Jumble' 낱말놀이를 했다. 함께 나누는 대화에도 말장난들을 수없이 사용했다. 폴은 한 번도 나를 내 이름으로 부르지 않았다. 대신 그는 내게 애칭들을 지어주었는데, 그것들은 '파이'에서 '파일럿'으로 다시 '파일럿 시인'으로 진화했다. 동물에 대한 사랑을 보여주는 우리들의 동물 쇼에는 키셀팬더와 사자, 낙타와 비월더비스트, 장밋빛노랑부리 저어새와 덤불고양이, 토끼와 백조, 그 밖에 여러 열정적인 동물들이 포함되었다.

평생토록 클래식 음악 열혈 애호가였던 폴은 하루 온종일 나에 대한 즉흥 오페레타를 지어 바리톤 음성으로 노래해주는 습관이 있었다. 이를테면 "그녀는 사랑스럽게 살짝 미소 짓네 / 초콜릿 드롭처럼 진한 갈색 눈동자를 가졌지 / 나는 그 속으로 뛰어들지 / 그녀의 이빨은 도버의 절벽처럼 희다네 / 위도 아래도…" 내가 설거지를 하고 있으면 폴은 차고로 걸어가면서 내가 간신히 들을 수 있을 소리로 하릴없이 노래를 부르곤 했다. "그녀는 설거지를 하네 / 북-북-북 / 그릇에 세제 거품을 내네 / 라-라-라-라…" 하며, 거품 이는 가사家事의 영광에 관한 즉흥곡을 지어 불렀던 것이다. 어느 봄날 그와 함께 외출하기 직전 나는 스웨터가 필요 없겠다는 결정을 내렸다. 그는 트릴 기교를 구사하며 노래했다.

스웨터는 집에 두고 나가요,
돌아다니고 싶다면.
비키니를 입고서
링귀니(납작하게 뽑은 파스타—옮긴이)를 먹으러 가도 돼요,
하지만 제발 스웨터는 집에 두고 나가요!

뭐, 그 정도면 내게 초대장으로 충분했다. 작은 아스팔트 도로를 달려 내려가 농장 가게에 이르는 동안 우리는 기모노, 턱시도, 그리고 플라밍고를 포함하는 더 괴상한 노랫말들을 함께 뽑아냈다.

우리는 웬만하면 서로 다른 분야의 글을 쓰면서 에이전트와 출판사도 달리 갖는 게 최선이라고 생각했고, 책도 동시에 출간되는 일이 드물었다. 집안에서 우리는 가능하면 서로가 혹평이나 독기어린 비난을 읽지 못하게 했다. 우리는 둘 다 혹평과 비난을 받은 바 있었고, 자칫 무심한 말로 상대를 처절히 아프게 할 수 있음을 잘 알고 있었기 때문이다.

아주 드물게나마 직접 체험해 보았기에 상처를 완전히 이해하는 사람으로서 서로에게 위안과 희망을 주기도 했다. 서로의 초고와 최종 원고를 읽어가며 우리는 동료, 편집자, 비평가, 그리고 충고인으로서 중요한 역할을 수행했다. 나는 실수에 친절한 편이었으나, 폴은 멍청한 소리를 잘 참아내지 못하는 성격이었다. 한번은 창작 세미나에 참석한 어느 학생이 자화자찬으로 가득한 최악의 작품을 끈질기게 옹호하는 바람에 결국 다른 학생들이 더 이상 견디기 힘들어하는 사태가 발생하자, 폴은 냉정을 잃고 날카롭게 선언했다. "이봐, 나는 그 단락을 다시 읽느니 차라리 미친 말이 날뛰는 쟁기질된 밭에서 벌거벗고 누워있겠네!"

폴은 30년간 대학원에서 소설 창작을 가르쳤고 펜스테이트 대학에서는 현대 유럽문학과 라틴아메리카 문학을 가르쳤다. 그는 복잡한 아이디어들을 동시에 다루는 법을 가르쳐 학생들을 머리 아프게 하는 것으로 악명 높았다. 어느 날 나는 복도 음수대에서 쏟아지는 물밑에 머리를 디밀고 있는 그의 학생 하나를 본 적이 있다. 폴의 수업에서 사무엘 베케트의 지독하게 어려운 소설과 씨름한 다음 정신을 좀 식히려던 것이었다.

폴은 젊은 시절 대학과 카운티의 크리켓 선수였고 강의 잘하는 법을 가르친 영국공군 장교였으며 몇 개의 학위를 취득했다. 특히 누구나 선망하는 옥스퍼드 최우등을 따냈는데, 그것은 그 해 문학부문에서 주어진 단 네 개의 학위 중 하나였다. 제2차 세계대전 이후로 옥스퍼드가 변했는지는 모르지만 최소한 당시에는 최우등을 따내기 위해서는 방법이 두 가지 뿐이었다. 첫째는 대략 A플러스에 해당하는 성적을 올리는 것, 둘째는 깜짝 놀랄 만한 학술적 업적을 이루거나 아니면 순전한 재능으로 빛나는 일을 해냈다는 보증을 받는 것이었다. 노동자계급 출신으로서 장학금을 받고 옥스퍼드에 진학한 소년 폴은 둘 다 해냈다. 수선공 같은 감각으로 문장을 전개하고 진귀한 단추인 양 낱말을 수집함으로써 영광이 찾아왔던 것이다.

제3장

테스트 결과 폴은 그로서는 더욱 끔찍한 종류의 중증 뇌졸중을 겪었음이 드러났다. 삶이 언어를 중심으로 전개되었으며 지상 최대의 영어 어휘를 활용하는 사람에게는 가장 잔혹한 아이러니가 아닐 수 없었던 것이 그의 뇌 핵심 언어영역이 엄청난 손상을 입으면서 더 이상 어느 형태로도 언어를 처리하지 못하게 되었던 것이다. CT의 명암만으로 이루어진 사진에서는 보이지 않지만 다른 중요한 언어영역 역시 시들어 버렸고 취약하게 연결된 뇌신경들의 미로도 입을 다물었다. '전체성 실어증global aphasia'이라 했다. 폴의 실어증은 정말로 그의 머리처럼 둥글었고(global, 둥근) 우리의 전 세계(global, 전 세계의)를 포위하는 슬픔이었다. 처음 듣는 병명이었으나 상실의 전체 지형이 어떨지는 생각하고 싶지 않았다. 그러나 그를 돌보는 일에 관한 현명하고 명철한 결정들을 누군가 내려야 했으므로 나로서는 다른 선택의 여지가 없었다.

그런 때 하늘에서 내려와 일상성을 복원해야 할 수호천사는 어디 있었을까? 나는 잘할 자신이 없었다. 간병을 자원한 바 없었거니와 그게 얼마나 중요한 일인지를 고려하면 결코 할 생각도 없을 것이었다. 사랑하는 사람의 목숨을 책임지고 싶지 않았다. 폴이 몇 층 아래서 추가 검사들을 견뎌내고 있는 동안 나는 병실에 앉아 마음의 눈으로 그의 모습을 그려보았다. 그가 병원의 서늘한 검사실들로 실려 가는 동안 나는 벌겋게 타올랐으며, 지하 터널들을 통과하는 그의 체온을 살무사처럼 추적할 수 있었다. 너무나 고독했고 자신의 부족함에 온 몸이 데인 듯이 아팠다. 나는 생각했다. *천사는 그만두고, 한 사람이 정말로 다른 사람을 필요로 할 때 성인들은 모두 어디에 있는 거야?*

그의 곤경이 유별난 것이 아니라는 사실은 알고 있었다. 환자 대기실에서 집어온 팸플릿들을 훑어보다가 뇌졸중이 미국 성인들에게 장기적 장애를 남기는 최고 요인이라는 기사를 발견했던 것이다. 이제 폴은 5백만에서 6백만 정도인 미국인 뇌졸중 생존자 중 한 명이 되었으며, 그 중에서도 실어증을 지닌 생존자 백만여 명에 합류했다. 언어의 공백, 생각날 듯 혀끝에 맴돌다 사라지는 답답한 기억상실, 말없는 언어의 고문자, 삶을 뒤범벅으로 만들고 마는 원흉. 실어증은 어휘만 사용하지 못하도록 만드는 것이 아니라 모든 상징 또한 사용할 수 없게 만든다. 숫자, 화살표, 신호장치, 수화, 모스부호 등 명백한 것을 포함하여, 전기 위험을 나타내는 번개 표시, 방사선을 뜻하는 삼각형 세 개, 생물학적 위험을 알리는 교차하는 원호, 병원을 의미하는 지도의 십자표, 심지어는 화장실 문에 붙어있는 남성과 여성의 그림조차 알아보지 못한다.

1861년 프랑스의 신경과 의사 폴 브로카Paul Broca는 기이한 통증에 시달리다 사망한, '탄'이라고 알려진 환자의 뇌를 검사했다. 탄은 이해할 수는 있었으나 말할 수도 글을 쓸 수도 없었다. 그가 말할 수 있었던 음절은 단 하나, 탄이었다. 브로카는 탄의 뇌 아래쪽 좌측 앞부분에서 큰 손상을 찾아냈고, 유사한 곤경에 처했던 다른 환자들의 뇌에서도 동일한 부분에서 상처를 발견했다. 브로카는 땅콩만한 크기의 그 영역이 언어의 발상지라고 선언했다. 사상 최초로 뇌의 특정부분이 특정기능을 담당한다고 생각했던 것이며, 그 부분은 아직도 브로카라는 이름으로 불린다. 10년 뒤 독일의 신경과 의사 칼 베르니케Carl Wernicke가 뇌의 좌측 뒷부분에 상처가 있는 환자들은 종종 논리적 맥락이 없는 말을 한다는 것을 알아차리고 이 두 번째 영역이 언어를 이해하는 데 중추적 역할을 한다고 판단했다.

긴 세월동안 사람들은 베르니케의 영역에서 브로카의 영역으로 이어지는 실크로드를 따라 언어의 신경회로가 새겨져 있다고 믿었다. 폴이 뇌졸중을 맞았을 때 모든 교과서들에 실려 있던 내용이 그러했기에 나는 그것을 받아들였다. 하지만 최근의 발전된 기술로 촬영한 뇌 사진은 어휘신호가 널리 퍼져, 측두엽 안에 있는 미로 같은 경로를 통해 우회하고 거의 평행으로 베르니케와 브로카의 영역에 부딪친다는 사실을 보여준다. 이 두 개의 전형적인 어휘 공장은 아주 특별히 전문적으로 언어를 조립하는 것 같지는 않으며 신경 무늬를 짜는데 기여하는 다른 요인들이 존재하는 것으로 보인다.

어떤 소리를 들을 때, 뇌는 안으로 들어오는 자극을 분석하고 자문한다. *이 이상한 투덜거림은 인간일까? 이건 음절일까, 진짜 단어일까, 그*

냥 말도 안 되는 소리일까? 그 소리가 말과 비슷하면 뇌는 특정 단어가 어떻게 소리 나는지 분석하고 의미와 결합하며, 대답을 보내기 위한 혀와 목구멍, 입술 근육 사용법에 관한 지시를 보낸다.

감각으로부터 나온 화물은 이른 바 '수렴대' 안에서 기억 속에 있는 감정, 닮은 꼴, 혼란, 그리고 정신적 향신료들과 결합한다. 신경무역업자가 서로 주거니 받거니(함께 연결하고 끊기) 하는 과정에서 그 연결은 더욱 강해지며, 다음번에는 결합속도가 한결 빨라진다. 뇌는 동시에 발사하는 뉴런 조합에 아주 많이 의존하지만, 그 뉴런 조합들이 반드시 서로 이웃하고 있을 필요는 없다. 심지어는 뇌의 같은 쪽 반구를 공유할 필요도 없다. 다른 쪽에 있다 해도 그 뉴런 조합은 여전히 방대한 뇌세포 연합을 구축한다. 뇌졸중으로 심각하게 손상된 폴의 것 같은, 두정엽 내의 수렴대 하나는 언어로부터 의미와 감정을 끌어내고, 숫자의 힘, 글쓰기의 별자리, 음악의 리드미컬한 매혹을 제공하며, 오른쪽과 왼쪽을 구분하게 하고, 생각을 밖으로 향하게 해 밝고 반짝이는 세계로 나아가게 하며, 생각을 안으로 향하게 해 감정을 판단하거나 계획을 만들어 내는 것으로 알려져 있다. 이 수렴대의 대학살에 추가해, 동작을 자극하는 인접 세포들 역시 손상을 입을 수 있다. 이 일은 한나라의 전기 설비를 꺼버리는 것에 상응한다. 이후에는 조용히 폭발하는 여러 장애가 연달아 온다.

내 마음은 달음질쳤다. 순식간에 폴은 낯선 자들의 나라로 옮겨갔고 그 나라의 언어를 그는 이해할 수도, 말할 수도 없었다. 그는 말하지도 않고 말할 수도 없는 사람이 되어있었다. 말 많은 우리 세상에서 연인들은 달콤하게 속삭이고 비밀을 털어놓으며, 친구와 가족들은 수다를 떨고, 고용주들은 지시하며, 가게들은 상품을 진열하고, 주로 앉아 지내는 사람 혹은 아픈 사람을 위한 모든 기존 형태의 오락들은(텔레비전, 책, 환자대기실 잡지, 신문, 영화들) 언어를 주절댄다. 갑자기 폴은 평을 할 수도, 생각을 나눌 수도, 감정을 말할 수도 없게 되었고, 상처나 욕망을 서술할 수도 도움을 청할 수도 없게 되었다.

이튿날, 고맙게도 폴은 많이 잤다. 멍한 상태에서 나는 몸을 끌고 집에 가서 샤워를 했고 잠깐 잠을 잔 다음 예정된 책 판촉여행들을 취소했다. 가야 할 곳들의 사람들에게 소식을 알려주어야만 했다. 뜻대로 된다면 사람들은 갑작스러운 "가족의 병 때문에" 취소했다는 메시지를 볼 수 있을 것이었다. 그러나 나는 여전히 죄의식을 느끼고 있었다. 사람들이 행사현장에 도착해 그들을 기다리는 수수께끼 같은 글 몇 줄을 읽는 모습을 상상했던 것이다. 나는 일을 건네받기를 기대하던 몇몇 편집자들에게 이메일을 썼고 모든 약속을 취소했다. 내 일정은 이제 호수 저 건너 좁은 침대에 누워있었다.

둘째 날, 나는 카유가 호수를 끼고 난 고속도로를 급하게 달렸다. 카유가 호수는 움푹 꺼진 곳으로 물이 너무 탁해 스쿠버 다이빙을 하기에는 적당치 않았으며, 지하에는 세네카 호수로 통하는 통로가 있다는 소문이 돌았고 목이 긴 괴물에 관한 전설도 있었다. 작은 흰 돛들이 강철 같은 파란 물 위에서 잔물결과 결투를 벌이고 있었다. 나는 카유가 호수를 한 천 번쯤 찬탄한 바 있었다. 운전하는 동안 호수를 흘끗 바라본 때는 훨씬 더 많았다. 호수는 분위기에 따라 그리고 내 기분에 따라 항상 달라보였다. 운전하고 있을 때 호수는 희미하게 빛나면서 한쪽 눈

귀퉁이를 찔렀으나 빛은 전혀 차갑지 않았고, 갈색 분탄이 들어 있는 순수하지 못한 어떤 금속 같았으며, 때로 번쩍이는 표면은 알루미늄 같았다. 지나치는 이정표마다 수많은 추억들이 고이 담겨 있었다.

병원은 호수 너머로 보이는 언덕에 자리 잡고 있었다. 핑거레이크 마사지 스쿨, 고생물학 연구소, 그리고 2백만 종류가 넘는 화석을 전시한 지구박물관을 지나면 바로 그 다음이었다. 폴은 그 길이 소나무가 아닌 등뼈(영어로 소나무pine와 등뼈spine는 자음 하나 차이―옮긴이) 가로수길, 가시 있는 삼엽충으로부터 척추마개로 옮겨가는 길이라고 낄낄거리곤 했으며, 화석의 이름, 예를 들면 '시노조우익 벤딕 포라미니퍼라(신생대의 해저유공충류의 이름―옮긴이)' 같은 이름들을 발음하면서 재즈풍의 운율을 즐기곤 했다. 우리가 그 화석 옆을 차로 지나갈 때마다 폴은 '몰루스크(연체동물―옮긴이)'를 입을 둥글게 말아 아주 천천히 발음했다. 그저 어려운 발음이 재미있어서였다.

병원 교차로 가까운 곳에 도로공사 표지판이 하나 있었다. "언제든 정지 준비를 하시오." 턱이 딱 벌어지는 것을 느꼈다. 그 글귀는 경고처럼 들렸고, 곧 폴이 '시노조우익 벤딕 포라미니퍼라'라고, 장난스럽게 '몰루스크'라고 발음하는 것을 듣지 못할 가능성이 많다고, 굳이 상기시켜 주는 것 같기도 했다. 우리가 다시 함께 웃을 날이 올까? 핸들에 한쪽 주먹을 갈아대고 있는 스스로를 내려다보며 *대체 얼마나 오랫동안 이렇게 하고 있었지?* 궁금해 했다. 그러면서도 그 짓을 멈추지 않았다. 주차, 그리고 병원 안으로의 우주 유영.

마침내 마음을 다잡고 폴의 병실로 들어갔을 때, 나는 문턱을 넘어 낯선 남자가 누워있는 낯선 세계로 들어간 것이었다. 그는 비록 폴 비숫하게 보이기는 했지만 뒤틀리고 찡그린 얼굴을 하고 있었고, 몸을 똑바로 편 채 말하려는 헛된 노력으로 온몸을 흔들고 있는 것 같았으며, 어깨를 이상한 각도로 굽히고 침대 쪽으로 팔을 휘젓고 있었다. 그런 다음 그의 표정은 역정 어린 것으로 바뀌었다. 무언가 필사적으로 말하려는 것처럼 뺨, 눈썹, 그리고 코를 찡그리고 있었던 것이다. 입은 오른쪽으로 축 늘어졌고 입술은 동그랗게 말렸으며, 한순간 내가 볼 수 있었던 것이라고는 입술 귀퉁이의 침 흘린 흔적이 전부로, 그것은 민달팽이가 남긴 룬 문자처럼 가늘게 빛나고 있었다.

"안녕, 여보?" 나는 내 복부의 어디론가부터 짐짓 미소를 캐내 모으려 노력하면서 인사를 했다.

폴은 나를 빤히 쳐다보았다. 그의 눈은 분명히 *세상에, 당신 뭘 하려는 거지?*라고 말하고 있었다.

그런 다음 폴은 조바심을 치며 그를 구성하는 모든 부분들을 집합시키려는 노력을 기울였지만 쓸모없었고, 단지 한때 일치해서 움직였던 것들이 이제는 흐릿하다는 것을 발견하며, 더듬거렸다. "멤." 내가 대답하지 않자 그는 침대의 난간에 꽉 쥔 주먹을 내려놓으며 큰 목소리로 힘을 주어 되풀이했다. "멤, 멤, 멤!"

"진정해요, 자, 조용히, 괜찮아요." 나는 내 어조가 침착하게 들리기를 바라면서 말했다. 대학시절 승마학교에서 고집 센 말이 나무로 뛰어들어가지 않을까 두려웠을 때 그 말을 달래느라 사용하던 바로 그 어조였다. 그러나 폴의 격노는 나를 너무도 많이 흔들어놓아 목소리를 평온하게 하기가 힘들었다.

훗날 폴은 예전과는 다른 느낌이었고 조각상 속에 갇힌 것처럼 자신

안에서 새로운 존재가 되었었다고 말했다. 그가 보기에 병실이 마디 그라Mardi Gras(참회 화요일. 사순절이 시작되는 전달로 사육제의 마지막 날. 맛있는 음식을 먹고, 요란한 축제를 연다 ─ 옮긴이)처럼 화려하고 호피 부족(미국 애리조나 주 북동부에 사는 푸에블로 인디언의 일족 ─ 옮긴이) 댄서들로 가득한 것 같았다. 거의 축제 분위기였다. 폴은 자신의 이빨이 스러지는 것을 느꼈다. 광란의 종이 달린 망가진 비브라폰vibraphone(두 줄로 된 철금 아래에 전기 공명 장치가 붙어 있는 타악기로 미국에서 만들어졌으며 재즈 연주에 자주 쓰인다 ─ 옮긴이)처럼 무언가 이교도적인 일이 일어나고 있었다. 사람들은 낯선 언어를 말하고 있었다. 세네갈어인지 아니면 케추아어인지(안데스 고원에 사는 케추아 부족의 언어이며 전에는 잉카 제국의 공용어 ─ 옮긴이). 그들은 폴이 견디고 있는 혼란스러운 조명 쇼와 불쾌한 불협화음을 이해하지 못하는 것 같았다.

어깨에 팔을 두르려고 하자 폴은 내 팔을 뿌리쳤다.

"좀 어때요?" 아랑곳하지 않고 내가 물었다.

폴은 대답하려고 몸부림치며 작게 "후─우─우─욱" 했다. 마치 촛불을 불어 끈 다음 치찰음 '스'를 연달아 발음하는 것 같았다. 말을 하려고 애를 쓸수록 더 많은 단어가 달아났고 그럴수록 그는 더 초조해져갔으며 마침내는 화가 치밀어 얼굴이 붉어졌고 소리 없이 저주하느라 입이 열렸다 닫혔다 했고 눈은 방안을 재빨리 훑었다. 마침내 그는 5밀리미터 총탄처럼 눈동자를 작고 단단하게 좁힌 채 나를 응시했다. 그리고 갑자기 주먹을 꽉 쥐고 팔을 마구 휘두르며 소리를 질렀다. "멤─멤─멤─멤─멤!"

나는 움찔했다. 나를 두렵게 했다는 걸 깨달았는지 그가 조용해졌다.

"당신이 하는 말을 이해하고 싶어요," 그건 폴보다는 나 자신에게 하는 말이었다.

떨리는 손을 잡으려 하자 폴은 손을 홱 거두어 갔다. 여태까지는 그의 울화가 다리와 발을 침범하지는 않은 상태였고 다리와 발은 어떻게든 소란에서 벗어나 있는 듯 싶었다. 얼마나 이상한지, 몸의 아랫부분은 분노에서 벗어나 안정되어 있는 반면 얼굴과 몸통은 울화에 점령당해 있어 보였다. 언젠가 이누잇족 댄서들은 몸의 열기를 보존하려고 모피 양탄자 위에 앉아서 윗몸만 사용해서 춤을 춘다고 들었다. 폴의 뇌도 비슷한 방식으로 에너지를 저축하며 좋아하는 일들만 하고 있었던 것일까?

그건 힘겨운 일방적 대화였다. 나는 되풀이했다. "좀 어때요?" 나는 그저 *나 여기 있어요, 당신의 고통을 함께 지겠어요, 당신을 돕고 싶어요,* 라고 말하고 있을 뿐이었다.

폴은 분노를 가라앉히고 나를 바라보았다. 그는 꺽꺽거리며 두 번 하품을 했고, 조그맣게 세 번 기침을 했으며, 일곱 번 "멤" 하고 짖는 소리를 냈다가, 마침내는 거의 들리지 않는 소리로 웅얼거렸다. 죽어가는 사람이 마지막으로 하는 말처럼, 마치 이 음절 하나만이 다음 생명의 토대를 형성하는 것처럼. 후에 폴은 아무리 말을 하고 싶어도 제멋대로 튀어나와 그의 입을 달라붙게 만드는, 이 고집불통의 단어를 이미 증오하고 있었다고 말했다. 마음의 눈으로 폴은 그 음절이 샌드위치를 따라가는 쥐처럼 어쩔 수 없이 잽싸게 움직이는 것을 바라보았다. 그의 눈은 *옳은 단어가 나타나기만 한다면, 나는 아직 구원받을 수 있어.* 라고 말하고 있었다.

"멤, 멤, 멤." 나는 조용히 되풀이했다.

"멤, 멤, 멤," 그가 되받았다. 그 황폐한 음절은 내 마음을 산산이 부수었다.

폴이 조용해졌다. 그러나 우리의 새로운 거주지의 나머지 부분은 소란스러웠다. 쥐가 나무를 긁는 소리 혹은 수도사들의 기도 같은 소리들이 멀리서 들리다가 병실에 가까워지면서 점점 더 커졌다. 소리들은 방을 지나치면서 하나 또는 두 개의 뚜렷한 문장으로("그렇게 생각 안해?" "모르겠어") 들렸고 다시 작아져 인간의 성대에서 나오는 소리라는 것만 간신히 알아들을 수 있게 되었다가 사라졌다. 굽 낮은 신발들이 리놀륨 바닥을 어지러이 밟으면서 지나갔다. 누구의 것인지 모를 스커트와 재킷들이 작은 고래들의 숨소리처럼 휙 소리를 내었다. 보이지 않는 쟁반과 환자 운반차들이 복도를 통과하면서 탕탕 소리를 내거나 딸각거렸다. 방안에서는 *길들지 않은 음향*, 우리가 *침묵*이라고 인지하는, 간신히 알아들을 만한 소리가 배경음으로 깔렸다. 기계의 가르랑거리는 소리, 당김음조의 핑 소리, 닫힌 창문 밖에서 바람이 쉭쉭거리는 소리, 그리고 벽들이 희미하게 윙윙거리는 소리들이었다.

"까악! 까악! 까악! 까악! 까악!" 까마귀 몇 마리가 서로 경고하듯 커다랗게 소리치는 바람에 폴과 나는 둘 다 창문 쪽으로 시선을 홱 돌렸다. 집 뒤뜰에서 귀에 거슬리는 그 울음소리를 자주 들었으므로 본능적으로 나는 새들을 울부짖게 한, *위쪽의 위험*이 무엇인지 살폈다. 나는 혹시 붉은꼬리말똥가리의 얼룩덜룩한 다리를 창틀에서 보게 되지 않을까 상상했다.

"근처에 매가 있는 모양이에요." 나는 침묵을 깨고 사기를 북돋우고 싶은 심정으로 말했다.

폴은 다시 완강하게 침대에 몸을 눕혔다. 추락한 늙은 우상처럼 슬퍼보였다. *까마귀들도 의사소통을 하는데.* 그의 눈은 그렇게 말하는 듯 했다.

나는 그의 말 못함에 익숙해지고 있었을까? 그럴지도 모른다. 왜냐하면 다음 날, 폴이 더 편한 자세로 눕기 위해 갈고리처럼 구부러진 연약한 손으로 병원 담요를 쥐고는 더 세게 끌어올리려 하는 것을 알아차렸기 때문이다. 뇌졸중이 덮쳤을 당시 망가진 폴의 뇌가 두 개의 손가락에게 무언가 아주 잘못되었으니 꼭 쥐어 스스로를 보호하라는 신호를 보냈던 것이다. 그러나 관절을 구부리는 근육들은 관절을 펴는 근육들보다 크고 강하며 따라서 관절은 언제나 구부러진다. *아, 신경신호들이 엉망이 되었구나,* 나는 생각했다, *신호들이 새끼손가락과 약지를 구부러지게 해 이렇게 꼭 쥐게 만들고 있어. 불쌍해라.*
내 마음은 아주 수월하게, 아무 경고도 없이 집중과 감각 사이를 오락가락 했다. 부모가 아픈 아이와 몹시 고통스러운 소용돌이를 지킬 때 자동 경보장치를 작동시키는 것과 같았다. 집에 있을 때 나는 시골 여름밤의 독특한 소리가 들린다고 생각했다. 그건 스컹크와 너구리들이 쓰레기통을 뒤져 먹이를 징발하고 진흙 속에서 킁킁댈 때 코에서 흙을 털어내면서 내곤 하는 작은 재채기소리들이었다. 어미 스컹크가 네 마리의 새끼를 데리고 망을 친 문을 지나 테라스를 가로질러 행진해가던, 그 후덥지근한 6월 저녁을 얼마나 사랑했던가. 나면서부터 줄무늬가 있는 어린 것들은 눈멀고, 귀 먹고, 털로 덮인 상태로 태어난다. 그래서 우리는 그날의 행진이 어린 것들에게는 생애 첫 순찰 중 하나일 것이며 뒤뜰 어디엔가 어미가 잘 감추어둔 굴이 있을 것이라고 추측했다.

"저 새끼들, 진짜처럼 보이질 않아, 안 그래?" 폴이 호기심으로 달아올랐다.

나 또한 흥분해서 그의 소매를 잡아당겼다. "봐요, 봐! 새끼들은 모두 작고 흰 모자를 쓰고 있어요. 완벽해! 코에는 느낌표가 있네요! 귀여워라."

"꼬리를 붓으로 쓸 수도 있겠네… 하나 잡아 기를까?" 그의 말은 반쯤 진지하게 들렸다.

나는 폴의 손을 가볍게 때렸다. "아니, 싫어. 야생동물은 자신들이 속한 곳에서 살아야 해요."

"우리는 실내에 속해 있고?"

"맞아요."

그가 내 어깨에 팔을 둘렀다. "당신과 함께라면 어디든 좋지. 나의 어린양."

나는 조용히 매애애 소리를 냈다. 밤이 내리면 인간들은 최소한 은밀함을 느낀다.

그러나 아무리 시간이 지나도 병원이라는 곳에서는 그럴 수가 없었다. 나는 크고 섬세한 조개껍질이라도 다루듯 폴의 손을 들어 올려 손가락들을 펼쳤고 그 손가락들로 침대 위에 준비해 놓은 스티로폼 고깔을 감쌌다. 내가 집에서 무릎 높이의 꼭 죄는 양말을 늘어나게 하느라 썼던 요령과 같았다. 빨아서 깨끗해진 양말로 신축성 있는 플라스틱 고리 주변을 감싸서 섬유가 늘어나도록 만드는 것이다. 살과 뼈로 이루어진 직물로도 그렇게 할 수 있을까? 최소한 손가락이 손바닥을 후벼 파지 못하도록 할 수는 있었다. 그러나 스티로폼은 반들반들했고 폴의 손은 사용하지 않은 탓에 부어서 이미 딱딱하게 굳어 있었으므로 손은 계속해서 고깔에서 미끄러졌다. 근육이 발달하고 듬직했던 손, 그러나 그 손은 이제는 더 이상 폴의 손같이 느껴지지 않았다. 나는 차갑게 부어 오른 그 손을 다시 들어올렸다. 그건 차디찬 호수의 자갈 깔린 기슭에 쓸려 올라온 익사한 선원의 손 같았다. 그 생각을 하자 온몸에 소름이 돋았다.

"간호사 말이 부기를 가라앉히려면 손을 올리고 있어야 한대요." 중얼거리면서 나는 폴의 손을 베개로 받쳐놓았다. 폴은 멍하니 나를 바라보았다. 그 눈은 내 말을 전혀 알아듣지 못하지만 싸워도 소용없음을 알고 몸의 일부를 온순하게 내맡길 것이라는 점을 분명히 해주었다.

젊은 보조간호사가 나타나 폴을 화장실로 이끌었고 폴이 몸을 단장하려고 애쓰는 낯선 드라마를 나는 공포에 질려 지켜보았다.

"이거 받으세요, 웨스트 씨," 그녀가 폴에게 검은 플라스틱 빗을 건넸다. "머리를 빗어 보시겠어요?"

오래 전, 그런 촘촘한 빗으로 그의 숱 많은 머리칼을 갈퀴질하면 빗이 이가 빠지던 시절이 있었다. 지금 폴은 양손으로 빗을 붙들고 그것이 머나먼 우주에서 온 물건인양 바라보고 있었다. 그는 부어 오른 손가락으로 빗을 감싸 쥐려고 분투했다. 그리고는 빗 사용법을 잊기는 했지만 어디로 빗을 보내야 하는지와 대강의 동작을 기억해낸 것처럼 부드럽게 누르면서 머리 옆을 따라서 빗을 끌어당겼다. 그건 빗질이 아니었다. 빗질하기가 어려웠던가? 나는 빗 쥐는 법과 움직임에 따라 거울 속 내 모습이 달라진다는 것을 처음 배웠던 때를 기억해내려고 노력했다. 그러나 그처럼 멀리, 내 어린 시절의 열광적인 안개 속으로 돌아갈 수는 없었다.

보조간호사는 작은 손으로 폴의 건장한 손을 붙들고 상냥하게 그 손을 조종하면서 빗의 위치를 바꾸었다. 나는 희망이 곤두박질하는 것을 막으려 안간힘을 썼다. 그의 어려움 중 얼마나 많은 부분이 순전히 당황해서 생겨난 것이고 얼마나 많은 부분이 뇌의 협동부재로 생겨난 것일까? 어떤 쪽이건 마지막 결과는 같았다. 빗질만 그런 게 아니었다. 세면대에서 수돗물을 틀려고 할 때도 그는 서툴게 더듬거려 결국 도움 없이는 해내지 못했다. 높이가 낮은 변기에 안전하게 앉으려면 어느 정도 몸을 낮추어야 하는지를 몰라 혼란스러워했고, 한손으로 휴지 뭉치를 쥐고서는 사용법을 몰라 말없이 도와달라고 애원하는 시선을 보냈다.

"이제 됐어요. 천천히 해요. 괜찮아질 거에요." 이해했는지 의심스러웠지만 그를 안심시켜주면서 횡설수설할 수밖에 없었다. 앞으로 그가 어떻게 될지 실마리는 하나도 없었다. 누구도 알 수 없었다. *가엾어라, 당신 뇌는 두들겨 맞았어.* 나는 두개골 뼈를 통과해 폴의 머리 왼쪽, 뇌가 일을 처리하는 법, 즉 단순한 과업을 수행하는 방법을 기억해 저장하는 곳, 그 안을 엿보려고 노력하면서 생각했다. 그 부분 어디선가 일어난 뇌졸중은 확실히 그를 서투르게 만들었다. 이제 그가 살아온 세월은 분해되고 말았다.

걸어서 침대로 돌아가면서 폴은 방향을 바꾸고 기우뚱거렸으며 손은 불빛이 희미한 집안에서 헤매는 것처럼 옆에서 툭 튀어나와 앞쪽으로 뻗고 있었다. 그 짧은 거리를 걸어가는 동안 시력은 그런대로 기능했지만 그의 모든 감각은 뇌졸중으로 인해 동요되어 있었다. 마치(그가 후에 그렇게 말했다) 누군가 그의 머릿속에 손을 넣어 다이얼을 높게 돌려놓은 것 같았다. 모든 것이 너무 시끄러웠고 너무 밝았으며 너무 빨랐다. 그리고 더 이상 자신의 눈을 믿을 수 없었다. 그는 대부분의 어른들이 걷는 방식으로 걷지 않았다. 한 번에 발 한 짝만 땅에 닿아 있었고, 다리들은 두 개의 추처럼 흔들거렸다. 절벽 아래서 바위 조각들을 넘어 걷는 것 같았다. 발 하나를 올리고 그것을 앞으로 움직이지 않고 다시 내려놓은 다음 다른 쪽 발을 올려 한 발짝을 걸었다. 손은 몽유병자의 것 같았다. 그런 모습은 한 번도 본 적이 없었다. 폴은 걷는 방법을 찾아내는 한 살짜리처럼 걷지 않았다. 그는 처음으로 걸음을 발명하는 것처럼 걸었다. 그림자가 어룽거리는 교내의 사각형 안뜰을 가로질러 가는 교수의 경쾌한 활보가 아니었다. 잔디 위에서 크로케(잔디 구장 위에서 나무망치로 나무 공을 치며 하는 구기 종목—옮긴이)를 하는 원기 왕성한 걷기도 아니었으며, 우편물을 가져오려고 진입로를 내려가는 걸음걸이도 아니었다.

　침대는 폭풍 속에서 부두에 매인 보트와도 같았다. 보조간호사는 버튼을 눌러 가능한 침대 높이를 낮추었고 폴의 약한 오른손을 난간에 고정시키면서 그의 몸을 옆으로 눕혔다. 그러나 폴은 아주 조심스럽게 누우면서 뒤로 몸을 비스듬히 기울이는 한편 옆으로 몸을 돌리는 동시에 한쪽 다리를 올려야 한다는 것을 이해하지 못하는 듯 보였다. 그건 전혀 하나의 동작이 아니었고 정반대의 세 가지 움직임이었다. 예전에는 침대에 오르는 일의 복잡함에 관해 생각해본 적이 한 번도 없었다. 어떻게 몸이 그걸 잊을 수 있지? 폴이 75년이라는 생애 동안 적어도 삼만 번은 써먹었을 기술과 씨름하는 것을 지켜보면서 나는 그에게로 서둘러, 다정하게 다가갔다. 폴은 절반쯤 움찔했고 보조간호사는 그를 들어 올렸으며 나는 힘껏 그를 잡아당겼다. 마침내 폴이 숨을 헐떡이면서 누운 자세로 침대에 상륙했고 보조간호사는 다시한 번 침대 높이를 올렸다.

나는 옆에 서서 필요할 때 잡아당겼을 뿐 아무 데도 가지 않았으며 말도 거의 하지 않았고 아무 것도 들어 올리지 않았다. 그런데도 숨이 차고 피곤했다.

아침식사 때, 명랑한 젊은이가 지역 신문을 가져왔다. 뇌졸중이 일어나기 전 몇 주간 입원해 있던 폴이 빈둥거리며 샅샅이 읽던 신문이었다. 집과 낯익은 공간을 떠나 멀리 떨어진 병원에 유배된 채 그는 무언가 정신을 돌릴 곳이 절실하게 필요했었다. 그는 그 신문에서 작은 도시의 정취를 즐겼다. 건강상의 이유로 작은 식당이 문을 닫았다는 기사, 병원이 새로운 건물 한 동棟의 증축을 계획하고 있다는 소식, 살인사건 재판에서 피 묻은 신발이 등장했고, 얼룩무늬 홍합들이 작은 만을 침범했으며, 역사적 건물을 보존했고, 한 남자가 엽총으로 장모를 쏘았으나 너구리로 착각했기 때문이라는 이유로 혐의를 벗었다는 소식들, 그리고 시민들이 도로에 움푹 팬 구덩이에 관한 경고를 서로 나누는 기사 따위가 실려 있었던 것이다. 이제 신문은 손도 대지 않은 채 놓여 있었다. 조금 뒤 비록 말은 못한다 해도 어쩌면, 정말 어쩌면, 제목만이라도 한두 개쯤 읽을 수 있지 않을까, 아니면 최소한 사진이라도 볼 수 있지 않을까 하는 기대로 나는 신문을 폴에게 건네주었다.

폴은 공손하게 신문을 받아들고는 특대형의 동화책이나 메뉴판인 것처럼 탁 소리를 내면서 요란스럽게 신문을 펼쳤다. 그리고 멍하니 한 페이지씩 넘겨가며 응시하더니 마침내는 눈썹이 오그라들며 당황하기 시작했다. 그는 신문을 가지고 무언가 해야 한다는 사실을 알고 있었다. 그러나 그 무언가가 무엇이 됐건 그 일은 일어나지 않았다. 이끼 냄새를 풍기는 갓 인쇄된 문자들은 꼼꼼하게 정돈되었으나 의미라고는 전혀 없는 그저 이차원적인 그림들에 지나지 않았던 것이다. 폴은 불가사의한 상징들을 해독하기 위하여 머리를 갸웃하고 눈을 사팔뜨기로 뜬 채 허둥거렸고 또한 약간 당황해했다. 마침내 그는 신문을 내려놓았고 마치 내가 자신을 매복습격이라도 했다는 듯이 나를 노려보더니 시선을 휙 돌렸다.

맙소사, 정말 못 읽는구나! 깨닫는 순간, 그의 거대한 고통이 더욱 깊게 이해되기 시작했다. *복도에 붙은 표지판들도(입구, 화장실, 위험) 거리 표지판들도 못 읽는 거야. 우리가 오랜 세월 동안 즐거워하면서 애써 모은 서재에 꽂혀 있는 수천 권의 책들도 못 읽고 세익스피어, 릴케, 베케트도 못 읽겠지. 자기 작품조차도.*

벽에 걸린 거대한 시계가 재깍거리면서 시간을 알려주고 있었다. 하지만 폴은 숫자의 발음은 물론 숫자를 이해할 수도 없었다. 폴의 두정엽은 심각한 손상을 입었다. 그 안 어딘가, 모든 회계원들이 죽었던 것이다.

"지금 몇 신지 알아요?" 여전히 옳은 답을 들을 수 있을 것이라는 희망에 매달려서, 나아졌다는 어떤 표지라도 있지 않을까 해서 나는 물었다. 폴은 내 눈길을 따라 시계를 쳐다보았다. 그는 *시간*이란 수수께끼 같은 기호들로 장식해 벽에 걸어놓은 둥근 흰 물건과 관련 있는 무엇이라는 사실을 알고 있었다. 나중에 나는 폴이 그 기호들을 보고 51구역(네 바다 주의 군사작전 지역—옮긴이)에 UFO가 남겨놓은 것으로 추정되는 잔해들의 표식을 연상했을 뿐 도무지 이해할 수 없었다는 것을 알게 되었다.

시계 밑에는 흰 화이트보드가 카프카 풍의 부조리하고 암울한 악행처럼 그를 응시하고 있었고 보조간호사들이 거기에 큰 글씨로 매일의 스케줄을 적어 넣었다. 하루 종일, 폴은 근무하는 간호사들의 점호를 받았고 그를 기다리는 언어 및 물리 치료사들과 만났다. 스케줄에서 의미라고는 단 한조각도 얻어낼 수 없었으므로, 몽롱한 시간이 흐르는 동안 그는 긴장하고 혼란스러워하면서, 다음에 누가 올지, 무슨 일이 생길지 알지 못한 채 불안하게 떠돌았다.

"그렇지만 그런 감각들과 소리들은 짐작컨대 어느 누구도 갖고 있지 않아." 나중에 그는 내게 말했다. "그게 자랑스러웠어. 한편으로는 한때 내가 알았던 고요를 열망했지만. 예전에는 다소 나태했지만 이제는 끊임없이 동요하고 있다고 느꼈어. 그래, 그건 모두 다음에 무엇이 올 것인가의 문제였어. 전에는 삶이 다음에 무슨 일이 생길지 알지 못하는 현실과 모든 것이 괜찮다는 밝고 집요한 메시지의 각축 같았었지. 이제 무엇인지 누군지 언제인지도 전혀 알 수 없었어. 오직 장소, 오직 여기만 생각할 수 있었는데, 그런데 그것조차도 흐리멍덩했어."

"나는 망상에서 돌아와 자신의 세계 안에서 발생한, 일상의 부산함으로 무시해 넘길 수 없는, 미세한 변화들의 폭포를 발견한 셈이었어. 나는 내 존재의 복잡한 조직 안에서 내가 뚜렷이 바뀌었음을 느꼈어. 변화는 되돌릴 수 없는 것이고 확정된 것이었다. 나는 어디선가 생겨난 이 망치 같은 타격을 때가 되어 온 것으로, 다른 사람들에 의해 대체되기 위하여 떠나보내지는 신비의 일부로 받아들였어."

나 자신의 마음은 그 섬뜩한 길의 표지판으로 돌아갔다. "언제든 정지 준비를 하시오." 그런 다음 공허감 혹은 답답함 대신에 폴이 우리 집 서재에서 자신의 보물들을 뒤적이면서 행복하게 콧노래를 흥얼거리던 어느 하루를 기억해냈다. 폴은 전 세계의 항공기 감적법 안내서, 삽화가 풍성한 천문과 대양의 조망도, 항공기 전문 잡지, 영국 남학생들의 모험담, 제2차 세계대전 이야기, 영화 안내서, 작곡가와 권투선수와 크리켓 선수와 옛 서부의 총잡이들과 UFO 피랍자들의 전기를 수집했다. 그 날 폴은 실론 섬의 19세기 차茶 수송열차의 시간표를 찾으려고 방문한 적 없는 나라들의 옛날 철도시간표들을 뒤지고 있었다(그건 그저 기차들이 칙칙폭폭 소리를 내며 가는 풍경을 상상하기 좋아했기 때문이었다). 취재를 위한 것도 아니었다. 그저 햇빛을 받으며 시간표를 죽 훑어보고 기차를 잡아탄다고 상상하고 싶어 했을 뿐이다.

"옛날 버릇이 도졌군요." 그 말이면 충분했다.

"그거거나 아니면 인도행 더플 백을 꾸려야지… 아하!" 그는 선반에서 좀이 슨 포켓용 소책자를 꺼냈다. "이게 더 싸겠네."

이제 폴은 무엇을 훑어볼까? 아마도 화보집들….

녹색 유니폼의 구내식당 직원이 쌩 소리를 내고 들어와 보조탁자위에 쟁반을 탁 내려놓았다. 나는 보조탁자를 돌려 폴의 침대 너머 자리에 고정시켜 주었다. 그리고는 그의 옆을 맴돌면서 지시받은 대로 폴의 등을 여분의 베개로 받쳐 똑바로 앉을 수 있도록 했다. 폴이 음식을 삼키는 데 어려움을 겪고 있었으므로 그렇게 똑바로 앉으면 질식 위험이 덜할 것이었다. 그래서 그가 식사를 하는 동안 앞으로 몸을 기울이도록 유도했으며 아주 조금씩 떠 먹도록 설득했다. 음식은 부드러운 것이었으나 먹이기는 늘 힘들었다.

"여보, 여기 숟가락." 내가 폴에게 건네준 구내식당의 보통 숟가락은 곧바로 그의 손가락에서 뱅뱅 돌면서 빠져나간 뒤 소리를 내며 바닥에 떨어졌다. 다음에는 쥐기가 더 편하도록 손잡이가 두꺼운 숟가락(스티로폼 고깔 같았다)을 주었다. 나는 숟가락을 폴의 손안에 천천히 놓았고 손가락들로 숟가락을 꼭 잡도록 했다. 폴은 숟가락을 제설용 삽처럼 움직였다. 숟가락을 쟁기처럼 밀어 계란 스크램블을 파내어 숟가락 위에 계란 이랑을 만들었다. 그러나 떠낸 계란 대부분을 환자복 위에 쏟아 막상 입에 넣는 양은 얼마 되지 않았다. 넌더리가 난 폴은 눈을 감았고 음식을 쏟아도 괜찮도록 내가 가슴 위에 수건을 두르는 동안 기다렸다. "멤, 멤, 멤"이라고 말하는 대신 폴은 무언가 다른 심오한 말을 하려고 했으나 그럼에도 불구하고 그 말은 "멤, 멤, 멤"이 되어 나왔다. 그가 하고 싶었던 말은 *나한테 무슨 일이 생긴 거야? 잼 버티가 그걸 고칠 수 없어?* 였다. 잼 버티란 딸기잼과 버터를 바른 빵 조각으로 어린 시절 최고의 음식이었다. 잼이 가슴에 떨어지지 않고 입에 상륙했다면, 그랬을 텐데.

"괜찮아요. 몸의 조화가 좀 무너진 거예요. 다시 해봐요."

폴의 손가락으로 통나무 같은 손잡이를 감싸게 하면서 나는 폴을 도와 계란을 떠내 입으로 향하도록 했다. 폴은 입을 필요 이상으로 딱 벌려 과녁을 만들었다. 계란이 입안으로 들어갔을 때 나는 폴이 살짝 미소를 지었다고 생각했다. 그렇지만 턱이 흔들거리면서 도무지 협조를 하지 않았으므로 입은 음식을 담고 있지 못했다. 음식이 그의 입 한 귀퉁이에서 새어나와 수건 위로 줄줄 흘러내려 노랗고 울퉁불퉁한 넥타이를 만들어냈다. 그는 재빨리 수건으로 턱을 문질러 더욱 더럽게 만들었다. 엉망진창이 되자 폴은 공포에 질린 듯 보였다. 그러나 그는 다시 혼자서 음식을 먹겠다고 고집했다. 다시 한 술을 떴으나 뜨자마자 숟가락이 옆쪽으로 기울어지며 몽글몽글한 노란 덩어리들을 접시 가장자리에 흘렸다. 계속 숟가락을 높이 들고 건축현장의 크레인처럼 좌우로 흔들면서, 폴은 떨어진 계란을 찾아 쟁반을 뒤졌으나 찾을 수 없었다.

"여기 있네요." 나는 식당 숟가락으로 조각들을 긁어모아 마치 아기에게 먹이듯이 손으로 그에게 먹였다. 나는 새로운 일상에 아연해져 있었다. 한 순간은 집에서 울고 있었는데 바로 다음 순간에는 숟가락으로 남편에게 음식을 먹이고 있었던 것이다.

폴이 집으로 돌아오려면(집에서 사는 일이 가능하기나 할까?) 많은 재활 훈련이 필요하다는 것이 고통스러울 정도로 분명해지고 있었다. 그렇지 않다면 감히 생각할 수 없는 것, 말할 수 없는 것을 고려해야 할 것이었다. 너무 충격적이어서 이름조차 붙일 수 없는 그 일. 너무 오래 되었고 너무 잘못되었다고 느껴지는 그 무엇이 징크스로 작용할까봐 두려웠던 것이다. *요양원*. 어떻게 이런 일이 있을 수 있지? 정말로 삶이 단 며칠 만에 이토록 달라질 수 있는 것일까?

나는 수심에 잠겨 우리가 불과 몇 주 전 나눈 전화대화를 떠올렸다. 나는 서해안 쪽에 가 있었고, 우리는 반시간 정도 별 것도 아닌 시시콜콜한 이야기를 나눴다. 거기엔 좋은 친구와 관련하여 발생한 고통스러운 곤경도 포함되어 있었다.

"흠, 꽤나 엉망이죠?" 나는 전화기의 송화기에 대고 하소연했다. "누구든 어떻게 생명을 사랑하지 않을 수 있지요? 시간만 충분하면 생명은 분명 심장의 모든 부드럽고 작은 근육들을 사용하는데 말이에요."

"당신은 땅에 도취된 사람이야." 폴이 한숨을 내쉬었다.

"의심의 여지가 있었던가요?"

"대답 찾는답시고 너무 머리 쓰지 마, 돌아버릴라." 절반쯤 진지하게 그가 충고했다. "공자가 말했듯 강도짓을 즐겨. 흐름에 저항하지 말고. 계속 똥 무더기 꼭대기에 있어보라고. 아마도 결국에는 문제의 해결책을 찾아낼 테니."

나는 소리 내어 웃으며 슬쩍 피했다. "내가 베들레헴의 영아학살 (루벤스의 그림 제목. 성경에 나오는 예수 탄생 관련 이야기를 그림으로 그렸다 – 옮긴이) 한가운데 선 헤롯이었다면 그 그림의 혼란을 찬탄하느라 잠시 *멈췄을 텐데*!"

"이봐, 푸딩 궁둥이…."

"*푸딩 궁둥이?*" 나는 눈을 치켜떴다.

"그건 내 영국 인종이 부활해서 그렇게 부른 거야. 비서가 내 잘못을 일러바치기 전에 일로 돌아가야겠군."

"뭘 일러바쳐요? 나랑 같이 어두운 방에 들어가서 무슨 일이 펼쳐지고 있는지 알고 싶지 않은 게 확실해요?" 나는 메이 웨스트Mae West(미국 여배우. 페미니스트와 동성애자 인권운동의 선구자 – 옮긴이)를 최대한 흉내 낸 목소리로 말했다.

"하하… 생각이 하나 떠올랐어."

"뭔데요?"

"우린 계속 이런 식으로 만날 수 있지." 그가 은근한 목소리로 말했다. "끝없이 반복해서 말이야."

"고맙기도 해라."

그러자 폴은 반 농담 투로 "당신은 말이야, 신을 부르는 일이 너무 많아서 정말 불가지론자인지 확신이 서질 않아"라고 말했다.(위에서 "고맙기도 해라Thank God'라고 말한 사실을 빗댄 농담—옮긴이)

"이봐요, 그 부분은 이미 결론을 낸 줄 알았는데요? 이건 우리가 나긋나긋하게 대화하고 전화를 끊어야 할 시점이에요."

밀어내려 했지만 기억은 유리 같고 지난 시대의 공기방울로 뒤덮였으며 푸른 줄이 나있는 빙산처럼 맴돌았다. 내 인생의 그 맛깔스런 부분은 정말로 끝난 것일까?

시간이 계속 흘러가는 가운데 폴은 또 다시 수많은 테스트를 받았으며 테스트가 하나씩 끝날 때마다 희망도 하나씩 사라져갔다. 그의 뇌는 뇌졸중으로 끔찍하게 망가져 버렸고, 특히 최악의 일은 그가 어린아이처럼 자꾸만 짜증을 부렸다는 것이었다.

"어떻게 해야 하지요?" 닥터 앤에게 묻는 내 목소리는 절망으로 한껏 낮아져 있었다. "폴을 어디 재활센터로 데려가야 하나요? 인터넷으로 몇 개 찾아봤더니 미시건 대학에 하나 있더군요. 괜찮아 보이던데…. 이런 일을 생각해야 한다니 믿을 수 없어요. 어떻게 해야 하는지도 모르겠어요. 선택하기엔 너무 엄청난 일이에요."

"내가 도울게요." 앤이 수영으로 단련된 강한 팔로 내 어깨를 두르면서 말했다. "함께 이 일을 헤쳐 나가요."

우리는 폴이 들을 수 없는 간호사실에서 에드워드 하퍼Edward Hopper(사실주의적인 작품을 많이 남긴 미국 뉴욕태생 작가—옮긴이)의 쓸쓸한 그림 속 장면처럼 냉혹한 불빛 세례를 받으며 카운터 주변에 옹송그리고 서

있었다. 내게는 폴이 전부일 만큼 남은 가족이 거의 없었다. 그러나 앤은 가족처럼 우리의 희로애락을 알고 있었다. 앤과 나는 함께 몇몇 대도시 병원에서 운영하는 뇌졸중 환자 집중재활 프로그램을 신중하게 검토했다.

"홉킨스 대학에 있는 친구에게 연락해 볼게요." 앤이 우울하게 말했다.

"그렇지만 일흔넷에…." 나는 혼잣말처럼 말했다, "심장에도 문제가 있고 당뇨도 있는데 여행이라는 격한 변화를 견딜 수 있을까요? 낯선 도시와 온통 새로운 얼굴들에 적응은커녕 제대로 호텔에서 살 수나 있을지 의문이에요.. 엄청나게 혼란스러워하고 있어요. 게다가 의사들과 치료사들도 완전히 낯설잖아요. 폴의 심장이 그런 변화를 버텨낼 수 있을까요?"

"모르겠어요." 앤이 솔직하게 말했다. "빈자리가 나려면 아마 한두 주를 기다려야 할 거고… 그런 다음 폴을 옮기게 조치할 수 있을 것이고… 아니면 그냥 여기서 치료할 수도 있어요. 아마 아래층에 있는 재활센터로 갈 수 있을 거예요. 빈자리만 있다면 내일이라도 가능해요."

"아래층에 재활센터가 있어요?"

그건 내가 알지 못했던, 전혀 가보지 않은 땅이었다. 내 머릿속에서 그곳은 시간이 잊어버린 땅, 리놀륨 바닥 위를 느릿느릿 움직이는 공룡 같은 부모들의 보호구역으로서 존재하고 있었다. 아니면 거긴 더 상쾌하고 밝을까? 혹시 고장 난 경주 요트들을 고치는 작업장 같을까? 그렇기를 희망했다.

당뇨와 심박 조율기에 적응하는 세월 동안 이미 병원은 폴에게 너무 자주 들르는 항구가 되었다. 이제 병원은 폐차장이 될 것이었고, 얼마나 오래 머물러야 할지 몰랐지만 적어도 몇 주가 되리라는 것은 확실했다. 하지만 최소한 지금은 그게 가장 타당한 선택이었다. 나는 폴의 병실로 돌아갔다.

"멤, 멤, 멤, 멤?!" 폴이 쉰 목소리로 따졌고 나는 그것을 *어디 갔었어!* *나를 혼자 두고 가지마!* 라는 말로 알아들었다.

"멀리 가지 않았어요. 간호사실에서 닥터 앤이랑 이야기했어요." 침대에서 꼼짝도 할 수 없는 폴에게는 내가 중국에 갔다 온 것이나 다름없었을 것이다.

잠이 부족해 멍한 머리로 나는 폴에게 지금 무슨 일이 일어나고 있는지 설명하려 애썼고 그가 집 대신에 가야 할 곳을 의논하려 애썼다. 폴은 아주 일부만 알아들었다. "멤," 그는 처음에는 애원하듯이, 그리곤 화가 나서, 잇달아 내뱉었다.

제4장

눈을 뜨자 침실 창문을 통해 햇빛이 쏟아져 들어와 꽃무늬 누비이불을 가로질러 빛나며 눈을 찔렀다. 나는 팔꿈치를 짚고 느른하게 몸을 일으켰다. 멀리서 입이 틀어 막힌 것 같은 소리와 찢어지는 소리가 창으로 들어와 흩어졌다. 그러나 그것은 단지 까마귀들이 깍깍대는 소리, 트럭들이 저속기어로 붕붕대는 소리, 여름날의 흩어진 소리일 뿐이었다. 나는 신음을 흘리면서 도로 침대에 누웠다. 전에는 잠에서 깨어나며 감각적인 기쁨을 느끼곤 했다. 때로 팔다리가 이리저리 미끄러지는 감각, 어깨 밑에 있는 시트의 따뜻하고 부드러운 감촉을 즐기며 몇 분간 침대 위에서 뒹굴며 누워있기도 했다. 그러다 이랑 모양이 난 카펫을 맨발로 가로질러 천창이 난 욕실로 걸어 들어가면 청록색과 연보라색 타일과 공작과 생명의 나무 문양 벽지가 나를 반겨주었다.

그러나 이제 나는 불안한 마음으로 급히 잠에서 깨어났고 서둘러 씻고 옷을 입으며 폴이 지난밤을 어떻게 지냈는지, 그의 뇌에 혹시라도 어떤 탄력이 붙지는 않았을지, 걱정을 했다. 아침밥 생각은 조금도 없었다. 병원으로 차를 몰고 가는 동안 입안에서는 건조한 금속성 맛이 났다. 뼈에서 무기질들이 빠져나오는 것 같았다. 나는 어떻게든 기적처럼 폴의 머릿속이 바로잡아지기를 바랐다. 그러나 병원에서 나를 기다리고 있는 무기력함과 감정의 혼란을 마주하고 싶지 않은 마음도 동시에 존재했다. 이 두 개의 운명 사이의 먼 거리가 증발해 사라지고 나면 나무가 많은 주차장으로 진입한 다음 차문을 잠그는 것도 잊은 채 걷는다는 느낌 없이 건물 안으로 느릿느릿 움직여 들어갔다.

처음에는 수많은 병실들과 이어져있고 휘황한 불빛의 북쪽 도시들처럼 형광빛 노을을 뚫고 나타나는 응급실, 영상촬영실, 중환자실 등을 지나 이어진 반짝거리는 병원 복도에서 툭하면 길을 잃었다. 금방 병원 식당과 주방을 지나오지 않았나? 재활센터는 어디더라? 불 밝혀진 순환계처럼 여러 갈래로 나뉘면서 좁아졌다가 넓어지고 다시 좁아지는 복도로 들어서서 나는 서둘러 나아갔다.

나는, 때로 나도 모르게 조용히, 내가 의학계라는 세계에 완전히 압도되어 허우적대는 것이 아니라, 거기서 자신을 충분히 분리해 그동안 겪은 의학계의 생태를 이해하고 대처하는 자연주의적 방식으로 사고하고 있음을 깨달았다. 상실의 이 다른 감각이야말로 내가 필요로 하던 것이었다. 뇌는 얼마나 냉정하게 강요하고 분리시키고 구획하는가. 하나의 행동 중추로부터 다른 중추로 시선을 옮기면서, 필요시 다른 분위기의 음시(시적 내용을 음악화한 곡―옮긴이)를 지으면서, 또는 용감한 새 얼굴을 내세우면서.

분리, 집중, 초월. 어떻게 불리든, 그것은 우리가 현실과 맺은 계약에 난 일종의 구멍이자 자기 구원의 한 형태다. 연결된 뉴런들은 폭죽처럼 발사되면서 갑작스런 변화를 아주 매끄럽고 그리고 쓸모없다고 느끼도록 만든다. 정오에 하나의 네트워크가 깨어나면 다른 네트워크는 희미해진다. 그건 옛날 빅토리아식 대저택에 있는 난방이 안 된 여분의 방들 같다. 둘 다 연결되어 있고 사용 준비가 되어 있는 것이다. 무엇 때문에 그들을 모두 노출시켜 조사한단 말인가? 종교에 관해 이성적이 되라고? 너무 두렵다. 비판적 사고로부터 종교를 감추어라. 인간의 윤리 규정을 동물에 대한 처우에도 적용하라고? 위험한 일이다. 거기서 얼씬대지 마라. 폴의 뇌졸중에 관해 끊임없이 고민하라고? 신경이 타버릴 것이다. 가능한 초월하라. 자연의 굴과 골짜기에 몸을 감추고 심적 고통의 열쇠를 잠그라. 그럴 수 없거든 가구마다 페인트받이 천을 씌우고 난방을 낮춰 에너지를 아끼고 침착한 관리자에게 책임을 지도록 하라. 자동조종장치를 틀고 표류하라. 그저 기계적으로 살아라.

낯선 통로들을 계속 걸어 내려가는 동안, 흰 가운을 입은 사람들, 버섯모양의 녹색 모자를 쓴 녹색의 사람들, 침대에 누운 환자들을 밀고 가는 사람들이 모두 느린 동작으로 지나갔다. 그러나 머리 위, 화사한 창공의 빛 속에서, 흥분한 원자들은 전자들을 그들의 집에서 아주 멀리 떨어진 더 높은 궤도 속으로 쏘고 있었다. 거기서 전자들은 너무 빨라 상상할 수 없는 순간의 일부 동안 멈추었다가 거의 즉시 다시 끌어당겨져 아래로 되돌아갔다. 중심을 향해 떨어지면서 전자들은 빛의 광자처럼 여분의 에너지를 방출했다. 끝없는 복도를 걸어 내려가면서 나는 전자처럼 중심에서 멀어져 있다고 느끼면서 침울하게 미소 지었다.

이 병원의 모든 것, 유니폼, 낯선 어휘, 기후, 음식, 지리, 기계, 에티켓, 위계, 그리고 주위에서 윙윙거리거나 **삑삑**대거나 **뿌드득**거리거나 끊임없이 **삑삑**대는 낮은 음향들에 점차 익숙해졌다. 걱정 많은 가족들은 병원 문화를 충분히 익혀 직원들과 이야기를 나누고 사랑하는 이가 살아남도록 도움을 줄 의무가 있었다. 그래서 병원으로 가는 길에 있는 다리와, 주차장에서 죽 늘어선 최신식 문들로 이어지는 또 다른 다리를 건너야 옳을 것 같았다. 그 문들은 내가 오는 것을 보았고 활짝 열렸다. 나는 안쪽 문들이 미끄러지듯 열리기 전 잠시 멈추어 그 안의 훈훈한 대기실을 들여다본 다음 냉랭한 복도와 과도하게 흥분한 원자들이 떠도는, 외딴 세상 안으로 들어갔다.

뇌졸중이 일어난 지 며칠이 지났고 이제 폴은 뿌려지는 단어들을 알아듣는 듯 보였다. 하지만 아직은 여전히 비참할 만큼 혼란스러워하고 있었다. 줄곧 그가 회복하기를 기다렸으나 내가 마음속에서 되뇌고 있던 징후들은 불길했다. 폴은 신문을 읽지 못하고 큰 벽시계를 보고도 시간을 읽지 못했다. 무언가 마실 때마다 목이 막혔다. 간단한 덧셈도 하지 못했다. 일어서려다 몸이 휘청거리는 것에 깜짝 놀라곤 했다. 의자에 앉는 법, 변기를 사용하는 법, 화장실 수도꼭지를 트는 법, 면도하는 법, 몸을 옆으로 흔들거나 넘어지지 않고 걷는 법 등을 다시 배워야 했다. 오른손 네 번째와 다섯 번째 손가락은 갈고리 모양으로 구부러져 있었다. 그러나 무엇보다도 역시 실어증이 문제였다. 폴은 일부 감정을 얼굴 표정이나 몸짓으로 알릴 수 있었지만, 분명히 *자신에게 의미가 있*어서 말하는데 아무도 그게 무슨 뜻인지 이해하지 못하면 짜증을 내고 분노했다. 그는 자신의 이름이나 내 이름을 몰랐고, 집에 가고 싶다는 뜻을 거친 몸짓으로 표현했다.

내가 지켜보는 동안 체구가 작고 명랑한 금발의 언어치료사 켈리는 폴의 침대 옆에 서서 그의 입과 목 근육을 침착하게 테스트했다. 그녀는 폴에게 턱, 혀, 입술을 움직이는 법을 실행해 보여주었다. 오른쪽 안면이 아직 늘어져 있었으나 혀를 내밀 수 있었고 마치 뱀장어처럼 입 주변으로 밀어낼 수 있었다. 만일 켈리가 그의 입술을 돌돌 말았다면 폴도 입술을 오므렸겠지만 혼자서는 하지 못했다.

켈리는 폴이 간단한 예/아니오 질문에("당신은 침대에 있나요? 여기가 병원인가요?") 고개를 끄덕임으로써 80퍼센트 정도 정확하게 대답을 했다고 차트에 기입했다. 하지만 단순한 일을 하라고 요청했을 때 반응 정확도는 25퍼센트 밑으로 떨어졌다. 두 가지 물건을 보여주고 그 중 하나를 가리키라고 요구했을 때는 항상 왼쪽에 있는 물건만 가리켰다. "아" 하라고 하면 30퍼센트만 지시를 따랐다. 그녀는 아래와 같이 메모했다.

단음절 단어를 반복할 수 없음.
흔한 물체의 이름을 댈 수 없음.
언어 의사소통 기능 없음.
함께 노래하거나 숫자를 세자고 하면 입을 아주 크게 벌리고 간헐적인 소리를 내었으나 입술의 몇몇 움직임에도 불구하고 분명한 발음은 하지 못했음.

폴이 제대로 반응하지 못한다는 것이 믿어지지 않았다. 울고 싶었지만 나는 마음을 굳게 먹고 계속 지켜보았다. 켈리는 폴에게 일상적인 물체나 행동의 그림들이 그려진 가로 20센티미터, 세로 25센티미터 크기의 의사소통 보드를 건넨 뒤 자신이 지명하는 것을 가리키라고 했다. 열쇠, 시계, 아이 등이었는데, 폴은 할 수 없었다. 켈리는 그에게 알파벳 보드를 보여주며 그의 이름을 구성하는 철자를 찾아내라고 했다. 그의 몸부림을 말없이 관찰하면서 나는 염산에 닿은 것처럼 희망이 녹아내리는 것을 느꼈다. 옥스퍼드 최우등 과거와 그가 쓴 51권의 저서는 이제 아무 의미도 없었다. 그는 자신의 이름 철자도 찾아낼 수 없었다. 켈리가 손을 드세요라고 쓰자 폴은 입을 크게 벌려 읽으려는 것처럼 이상하고 낮은 소리로 웅얼거렸다. 가장 쓰라린 일은 켈리가 그에게 펜을 건네주었을 때 일어났다. 펜은 평생토록 글쓰기를 통해 익숙해진, 그가 완전히 장악한 도구였고, 사람들이 해마와 대양을 연계하듯 내가 그와 연계시킨 물체였다. 그는 힘없는 오른손으로 쥐려 했지만 펜은 손아귀에서 미끄러져 떨어졌다. 왼손으로 쥐어보라고 했지만 그는 시도도 하지 않았다. 켈리는 폴에게 굵은 크레용과 백지 한 장을 주었다.

"이름을 쓸 수 있나요?"

어렵게 시작하고 여러 번 멈추면서 폴은 'P-O-O-P'(똥—옮긴이)이라고 휘갈겨 썼다. 어찌할 바를 몰라, 그리고 동시에 어리둥절해져서 켈리가 물었다. "화장실 가실래요?"

폴은 당황한 동물들이 간혹 그러듯 멍하니 고개를 기울였다. 그래서 나는 화장실을 가리키며 천천히 물었다. "화장실?"

그는 놀라서 아니라는 표시로 머리를 흔들었다.

켈리가 내린 평가는 다음과 같았다.

구두 실행증. 중증 실어증.
표현 및 수용 실어증.
흡입 위험 동반한 연하 곤란증.

번역하자면, 나의 폴은 턱, 혀, 입술의 움직임을 조정할 수 없었다는 것이다(실행증). 하고 싶은 말을 하고 사람들의 말을 이해하는 데 최악 수준의 문제가 있었다는 것이다(표현 및 수용 실어증). 그리고 삼키는 문제는 흡입 위험을 야기했다(연하 곤란증). 뇌졸중 직후 바람을 바른 과일, 크래커, 사과소스를 삼키고 찍은 엑스레이 비디오 평가는 그가 말 없이 폐에 음식 입자들을 흡입하고 있음을 보여주었다. 기침을 해보라는 요구에 폴은 기침으로 입자들을 뱉어낼 수 있을 만큼 충분히 목 근육을 수축시키지 못했다. 말없는 흡입. 음식이 엉뚱한 관으로 내려갔다는 느낌이 전혀 없다면 치명적인 폐렴을 일으키게 될 수도 있다.

켈리는 폴이 입안에 있는 액체만 다스릴 수 있다고 설명했다. 그 이후에는 순전한 반사작용이 진행되게 되어있다. 우리는 보통 식도에 넣으려고 밸브를 열어 음식을 삼키며 그동안 음식이 잘못 들어가지 않도록 기도를 닫는다. 이 신축적인 연관 작용은 0.5초도 안 되는 순간에 일어난다. 그러나 특히 언어 장애를 일으키는 뇌졸중은 목의 근육을 약화시킬 수 있다. 진한 액체나 고형 음식은 천천히 흘러 내려가기 때문에 근육과 반사 신경이 무뎌져 있더라도 엉뚱한 관으로 들어갈 위험을 줄이기가 더 쉽다. 병원에서 규정한 진한 액체는 과즙, 꿀,

푸딩 수준이었다.

"푸딩처럼 진한 음식만 드세요." 켈리가 선언했다. 최소한 한동안은 모든 음료에 '씩-잇Thick-It(뇌졸중 및 실어증 환자들이 음식물을 좀더 쉽게 삼킬 수 있도록 적당히 굳혀주는 농후제—옮긴이)'을 타서 마셔야 했다. 폐기된 마른 번데기 냄새와 어정쩡한 맛이 나는 그 가루를 액체 속에 숟가락이 똑바로 설 때까지 넣어야 했다. 물 또한 진흙처럼 혼탁하게 만든 후에야 마실 수 있었다. 그가 제일 좋아하는 음료인 우유는 마실 수 없었다. '닥터 브라운즈 다이어트 소다'라는 거품 이는 소다수 한 모금으로 기분을 풀 수도 없었다. 갈증을 풀어줄 만한 묽은 액체는 어떤 것이든 마실 수 없었던 것이다.

사람들은 목이 막힌다는 건 대단히 두려운 일이므로 다른 증상들보다 훨씬 더 무서웠을 거라고 생각하겠지만, 내게 그보다 엄청난 충격을 준 것은 "언어 의사소통 기능 없음"이라는 메모였다. 뇌졸중은 폴의 말하고 쓰고 읽는 능력에 단지 손상을 입힌 정도가 아니었다. 그의 뇌는 더 이상 언어를 처리하려 들지 않았던 것이다. 그런데도 나는 그를 곧 집으로 데려갈 희망을 품고 있었다.

집에 가면 도대체 어떻게 될까? 생각이 머릿속에서 바람개비처럼 돌아갔다. 슬픈 유령들? 그의 서재에는 쪼그라든 침묵만이 맴돌까? 타자기 자판은 달칵 소리조차 내지 않겠지? 아니면 연이어 "멤, 멤, 멤" 소리만 애처롭게 들릴까? 어떻게 집에서 그를 돌볼 수 있을까? 나는 두 사람의 어른이 사는 생활에 익숙해져 있었다. 항상 돌보아야 하고 언어로 욕구를 소통할 수 없는 장애를 가졌으며 그로 인해 짜증만 가득한 그와 집에서 함께 사는 생활은 어떤 것일까?

켈리와 나는 폴을 쉬게 놔두고 나와 복도의 의자에 앉아 상의했다. 그녀는 개선의 징후를 찾기 위해 삼키는 기능을 좀 더 관찰할 것과 함께 매주 닷새간 언어치료를 권했다.

"언어는 어떨지, 괜찮아질까요?" 나는 머뭇거리며 물었다.

켈리는 생각을 정리하려고 잠시 멈추었다. 소리 없이 내리는 눈송이처럼 형광불빛이 우리에게 쏟아져 내리고 있었다.

"장기적으로 웨스트 씨가 기본적인 욕구와 필요사항들을 말할 수 있게 되기를 희망해요." 그녀는 내게 자신의 말이 충분히 스며들도록 시간을 들여 천천히 말했다. "말이나 몸짓으로 또는 의사소통 보드를 이용해서, 80퍼센트 정도 정확하게요."

기본적인 욕구와 필요사항들, 이라고 그녀는 말했다. *기본적인 욕구와 필요사항들*. 그 구절이 내 마음속에서 빙빙 맴돌았다. 우리처럼 어휘에 취한 사람들은 그만두고라도, 보통 사람들이라 해도 그 정도로 충분할 수 있을까? 삶은 뉘앙스와 암시로 이루어진다. 어떻게 폴의 그 거대한 어휘의 우주가 하룻밤 새 의사소통 보드 크기로 줄어들 수 있단 말인가? 어떻게 우리의 세계가?

"단기적으로는," 켈리는 부아가 치밀 만큼 실용적이었다. "일상적 물체들의 이름을 50퍼센트 정도 정확하게 말하도록 노력할 거예요. 두 가지 물체 사이에서 부인이 말하는 이름의 것을 고르게 할 때는 80퍼센트 정도 정확하도록 하고 싶고요. 그리고 간단한 지시는 80퍼센트 정확하게 따를 수 있게 하는 것이 목표예요."

'바지'를 입을래요, 아니면 '반바지'를 입을래요? '베개'를 줄까요, 아니면 '담요'를 줄까요? 지금부터는 그런 식의 삶이 될 거라고? 속에

서 생각이 소용돌이쳤다. 정신적인 아픔뿐 아니라 실제로 가슴 언저리 어디선가 싸아 하는 아픔이 밀려왔다. *전체성 실어증.* 쓰라리도록 맞는 말이다. *다이앤과폴DianeandPaul*은 두 개의 나라로 이루어진 가상의 대륙이었다. 그건 어떻게 될까? 우리 사이에 침묵이라는 경계가 쳐질까? 내가 여행하면 폴은 하루에도 여러 번 감동적인 목소리로 전화하곤 했는데 이제 더 이상 그런 일은 없을까? 복도를 건너가는 나를 불러 "시인, 여기 적당한 단어가 뭐지?" 하고 묻곤 했는데 그런 일도 더 이상 없을까? 밤이면 이불을 여며주고 아침이면 냉장고에 메모를 남기곤 했는데 그런 일도 더는 없을까? 비밀 이야기, 사랑의 속삭임, 단어놀이, 세계를 공유하는 일도 더 이상 없는 걸까? 끔찍해, 나는 생각했다, 전혀 상상이 안 돼. 읽거나 일하지 못한다면 폴은 하루 종일 무엇을 하게 될까? 아마 내가 계속해서 함께 있어주기를 바랄 것이다. 그건 이해할 수 있었다, 비록 내 일과 자유는 파괴되겠지만. 나 자신의 기쁨과 온전한 정신을 위해서 뿐 아니라 가계를 책임지고 폴을 간병하기 위해서라도 글을 써야 할 것이었다. 그래도 그런 자기중심적 걱정에 파묻히는 게 몹시 부끄러웠다.

켈리가 떠난 후 나는 재활센터 바로 너머에 있는 창문 달린 벽감에 가서 울었다. 문제를 해결할 수 없다는 수치심과 슬픔 때문이었다. 전에는 아직 살아 있는 누군가 때문에 울어야 했던 적이 없었다. 나는 폴을, 나 자신을, 그리고 그의 혈관을 통해 흘러가는 조그만 지뢰로 인해 잃어버린 우리들의 언어로 뒤덮인 친교를 애도했다. 우리는 문명화한 모든 것의 이면에서, 그리고 인식의 이면에서조차 쉽게 자신을 파괴한다. 그토록 신 같으면서 그렇게 연약하다. 그러나 다른 인간들과 함께 그를 뭉뚱그리는 것은 아무 도움이 되지 못했다. 이 상실은 너무 친밀한 것이었다. 그것은 기억이 담긴 스크랩북과 함께 외로운 손님처럼 비집고 들어왔다.

뇌졸중을 일으키기 전, 텔레비전으로 영국의 프리미어 리그 축구 경기를 하나 때로는 두 개 보곤 하던 어느 일요일이었다. 나는 아주 오래전 우리가 나누었던 대화를 기억해냈다. 그때 나는 뉴욕 코스모스 축구팀의 홈 경기장인 자이언츠 스타디움에서 많은 시간을 보내고 있었고, 그 팀은 제일 우수한 국제 선수들을 대거 영입한 상태였다. 나는 기사를 몇 개 쓰기로 동의했고, 축구 세계에 깊이 파묻혀 소설에 쓰려고 그 분위기를 빨아들이고 있었다. 전반전이 끝나고 기자석에서 폴에게 전화를 했고 그 역시 일종의 하프타임을 갖고 있음을 알았다. 세미나가 끝나고 다음 세미나를 기다리는 동안 연구실에서 훈제 청어 통조림을 먹고 있었던 것이다.

"어때요?"

"아, 그냥 그래." 그는 한 박자도 놓치지 않고 대답했다. "살아남기 위한 몸부림과 그에 수반되는 도덕적 타락, 뭐 그런 것들이지." 입 안 가득 생선을 넣고 쩝쩝거리는 소리. "인형 아가씨, 거기는 어때?"

"베이크웰에 가서 타트를 인터뷰할 거예요."(베이크웰 타트Bakewell Tart, 영국의 유명 과자 이름을 사용한 말장난―옮긴이) 나는 장난을 쳤다. "사실은 바하마에 있는 코스모스 팀의 훈련 캠프에 가서 베켄바워Franz Beckenbauer(독일의 축구선수. 뉴욕 코스모스 팀에서 4년간 활약했음―옮긴이)를 인터뷰할 거예요."

프란츠 베켄바워, 그 멋지고 우아하고 섹시한 선수는 용케도 품위와 정밀함, 그리고 힘을 결합하는데 성공했다. 그가 경기의 절박한 리듬을 모아내는 모습을 볼 때마다 정신 깊은 곳에서 활력이 충전되는 것을 느꼈다.

이 말을 듣고 폴이 어찌나 큰 소리로 웃어대는지 전화기를 떨어뜨리지 않을까 염려스러웠다.

"철두철미하게 일이에요." 나는 주장했다. "그에게 경기의 의식儀式적 폭력에 대해 묻고 싶어요. 그는 열렬한 오페라 팬이에요. 아마 이 두 가지는 뭔가 연결고리가 있을 거예요. 있잖아요, 축구를 하는 동안 그가 듣고 보는 것들, 그런 것들 말예요."

"나더러 정말이라고 믿으라고 하다니 그것부터가 안 좋은데?" 폴의 목소리에는 신랄함이 번뜩였다. "게다가 당신이 진실을 말하지 않을 때 나는 그걸 눈치 채지 않도록 되어 있는 것 같고."

"항상 진실만을 말하면 문제가 생길 일이 없으니까요." 나는 최대한 순진하게 대답했다.

"항상 거짓말만을 해도 그렇지." 그가 역습했다.

"좋아요, 재미도 좀 보려고 해요. 어쩌겠어요, 난 사랑에 빠졌는걸."

"베켄바워하고?"

"바보 같기는, *경기*하고요."

"무슨 경기?"

"축구요!"

"축구가 경기하고 무슨 관련이 있지?"

"이 대화가 어디서 샛길로 빠졌더라? 당신은 무슨 경기 이야기를 하고 있는 거예요?"

"당신이야말로 어떤 경기 이야기를 하고 있는 거야?"

"아아," 내가 천천히 말했다. "알겠어요. 아니, 잘 모르겠어요."

"알아내도 나한테 알려주지 마. 난 그처럼 불가사의한 당신을 사랑해." 얼음이 잔 속에서 딸랑거리는 소리. 그가 저녁에 스카치 첫잔을 마실 때 들리는 소리였다.

"바하마에서는 전보도 안 칠 거야?"

"열다섯 자 이하로 무슨 말을 할 수 있겠어요?"

"*인신보호영장 고래* 어때?"(인신보호영장을 뜻하는 habeas corpus를 이용한 말장난 habeas porpoise라고 쓴 것임 — 옮긴이)

정예 대학원생 시인들을 가르치고 천재 축구선수들의 탐험을 따라 다니는 데 정신을 나누어 써야 했던 광란의 시절이었다. 결국 바하마의 훈련 캠프에는 가지 못했고 축구 소설도 완성하지 못했다. 그러나 폴은 축구에 대한 내 열정을 함께 나누었다. 우리는 텔레비전 경기 중계를 함께 보곤 했으며 때로는 바닥에 담요를 깔고 가게에서 사온 구운 닭고기에 노란 겨자와 통조림 아스파라거스를 곁들여 먹으며 '축구 피크닉'을 즐겼다.

부드러운 미소를 지으며 나는 이 추억을 무거운 마음으로부터 놓아주었다.

복도에서 테이블 하나가 기관총을 쏘듯 달가닥거리는 금속 도구들이 담긴 반짝이는 그릇을 싣고 지나쳐 갔다. 어쩐지 그 황량함이 슬픔의 무아지경에서 나를 깨워주는 것만 같았다. 최소한 나는 아직도 위로와 애정을 줄 수 있었다. 그건 남아 있었다. 그렇지만 폴이 회복할 희망은 있기나 한 것일까?

나는 공부를 통해 뇌에 관한 우리의 기존 지식은(뇌는 변할 수 없고 태어날 때의 뇌세포가 전부라는 것) 틀렸다는 걸 알고 있었다. 뇌는 놀랍도록 수완이 좋아 적응하고 성장하고 새로운 신경 경로를 형성하고 신호를 재전송할 수 있으며, 성장이나 수리가 불가능할 만큼 손상되지만 않았다면 새로운 뉴런들을 만들어낼 수도 있다. 뭔가 일어날 수 있을까? 혈전으로 인하여 산소가 뇌의 깊은 중앙 언어영역에 도달하지 못하게 됨에 따라 세포들이 질식해 죽었다. "시간은 뇌다"라는 의학 격언이 있다. 산소가 결핍되면 뇌의 구역은 분당 190만 개의 뉴런, 140억 개의 시냅스, 18미터의 보호섬유를 잃는다. 산소공급이 막힌 뒤 단 12분 후, 완두콩 크기의 구획이 죽는다. 그의 몸은 아직 살아 있었지만 정신은 텅 비어 버렸다. 그러나 이것은 초기였고 그의 뇌는 뇌졸중으로 인해 아직 부어있고 염증이 있었다. 뉴런이 가라앉으면서 생존자들은 폐허를 딛고 일어날 수도 있다.

용기를 잃지 않으려고 나는 뇌의 적응성, 뇌가 어떻게 스스로 변하고 번영하며 궤도를 개정하고 새로운 기술을 발굴하는지를 떠올리곤 했다. 우리가 평생토록 무언가 새로운 것을 학습할 때마다 뇌는 새로운 연결을 형성하거나 옛 경로를 되살리고, 뉴런은 줄기를 따라 새 잔가지들을 만들어내고, 줄기들의 일부는 더 강해진다. 뇌는 스스로 재배열할 수 있다. 의사가 될 때, 자전거를 잘 타게 될 때, 또는 아이팟 사용법을 익힐 때 일어나는 일이다. 뛰어난 바이올리니스트는 오른손보다 바쁜 왼손에 운동피질을 더 많이 개발한다. 런던의 택시 운전사들은 시내의 길 수천 개를 외움으로써 해마의 크기를 증가시킨다. 그렇다면 바이올리니스트들은 어려운 악장의 여러 부분들을 얼마나 많이 연주해야만 숙달이 될까? 아마도 수십만 번일 것이다. 어쨌든 그들은 여러 해 동안 매일같이 몇 시간씩 연습하니까. 자전거나 자동차 운전 또는 심지어 우주왕복선 조종법을 배우는 일은 그처럼 많은 연습을 요하지 않는다. 대부분의 일을 암기해 배우면서 뇌는 메시지가 흘러갈 수 있는 통로를 만들어낼 때까지 무언가를 계속해서 파고든다. 더없이 맥없고 진부하며, 지겹고 지루할 수도 있다. 하지만 좋아하는 일이면 매혹적이고 신이 날 수도 있다. 타고난 곡예사로서 뇌는 스스로 훈련하고 자신의 감독이 된다. 그러려면 집중과 근면, 그리고 근육이 필요하다. 누구나 관심을 갖는 일이 아니고, 시도할 열의가 없는 사람도 많다. 대학시절 운동선수였던 폴은 하루도 빼지 않고 부지런히 운동을 했다. 그리고 어릴 적 건성으로 바이올린을 배운 나는(나는 조그만 생명체들을 괴롭히고 있는 것 같은 소리를 내는 단계를 절대 통과하지 못했다) 엄격할 만큼 근면해야 승리를 거둘 수 있음을 안다. 적응성의 혼, 학습중인 때 뇌가 발휘하는 그 변화의 재주가 그리스 신이라도 되듯, 나는 뇌를 향해 빌었다. 폴이 기울이는 모든 노력에 근거해 스스로 재배열해 달라고. 손으로 진흙을 누르면 진흙은 변해 손의 형체를 남긴다. 손의 사진을 찍으면 필름은 변해 손의 이미지를 남긴다. 매일 압력을 받고 노출되면서 폴의 뇌는 아마 살아남은 뉴런들에게 잃어버린 언어 기술을 다시 위탁하여 스스로 변할지도 몰랐다. 그게 얼마나 오래 계속될까, 그리고 더 중요한 것은 얼마나 회복할 수 있을까, 나는 알고 싶었다.

아직까지는 그의 언어의 유일한 잔재라곤 하나의 단음절뿐이었다. "멤, 멤, 멤." 폴은 그것으로 신음했고 속삭였고 다정하게 인사했으며 화가 나 소리를 질렀고 도움을 간청했고 그리고 마침내 아무것도 통하지 않을 때면 침대 위에 똑바로 앉아 저주를 내뱉었다.

제5장

비가 허공에 긴 흔적을 남기며 내렸다. 차창의 와이퍼는 고장 난 메트로놈처럼 똑딱거렸다. 병원 주차장에는 우울한 표정의 사람들이 눈을 면도날처럼 가늘게 뜨고 건물을 향해 달려갔다. 어떤 사람들은 우산을 단단히 쥐었고, 또 어떤 사람들은 상승기류를 기다리는 것처럼 머리 위로 신문이나 잡지를 펼쳐들고 달려갔다. 빗물이 머리카락을 통해 두피로 내려앉아 간질거리며 퍼지더니 이마 위로 쏟아지면서 눈썹을 통과해 콧마루 주변을 타고 내려와 턱에 작은 물줄기들을 만드는 것이 느껴졌다. 건물로 들어선 나는 첫 번째 연결통로에서 고개를 흔들어 물을 털어내고 폴의 병실로 향했다.

폴은 창문에 서 있었다.

"오리가 좋아할 날씨네요." 나는 상냥하게 말했다.

선이 굵고 깎아지른 듯하며 해안선처럼 거의 수직을 이룬 얼굴의 폴은 대답 없이 빗속을 응시하고 있었다. 그는 거의 희미해져버린 무언가를 기억해내려고 노력하는 중이었다. 엄청난 노력 끝에 자신이 세상을 어떻게 보고 느끼곤 했는지를 약간 기억해낼 수 있었지만 쉽지 않았다. 육체의 가장자리에 대한 감을 잃고 나니 삶은 완전히 내면적인 것으로 느껴졌다. 신경을 긁는 시끄러운 배경음이 모든 것을 삼켰다. 잠들어 있을 때조차 그는 그것을 알고 있었다. 빗방울이 네일 건(자동으로 못 박는 기구—옮긴이)에서 발사되는 것 같은 소리를 냈다.

이 같은 감각의 왜곡은 특이한 것이 아니었다. 단순한 편두통도 신경 발화와 혈류 흐름에 변화를 일으켜 뇌의 과도한 흥분을 야기할 수 있다. 평생 편두통에 시달리며 살아온 폴은 뉴런이 어느 것에도 적절히 반응하지 않을 때 나는 그 시끄러운 소리를 알고 있었다. 나도 알았다. 예술가들 중에는 편두통 환자가 꽤 많으며 그들은 빛, 소리, 냄새, 접촉, 맛에 대한 과장된 감수성을 호소한다. 폴은 나보다 더 지독한 편두통에 더 자주 시달렸다. 하지만 우리는 둘 다 번쩍이는 빛의 탑들을 보면서 편두통을 겪었다. 뇌졸중은 신경을 재빨리 모으고 혈액의 흐름은 맹렬한 규모로 변한다. 그가 겪는 감각적 구타를 나는 부러워하지 않았다.

"이봐요!" 나는 한 번 더, 이번에는 그의 팔을 잡으며 말을 걸었다. 그는 자신을 불안정하게 침대로 데려가 이불을 잘 여며준 뒤 내 목소리가 우리 둘에게 위로가 되기를 바라면서 하릴없이 이런저런 말을 늘어놓는 나를 그냥 내버려뒀다. 이어서 침묵이 내려와 대기에 더께를 이루는 가운데 우리는 침대에 앉아서 우리의 낯설고 새로운 주거지의 풍경과 음향들을 빨아들였다.

나는 재활센터와 병원의 리듬에 젖어들기 시작했다. 폴의 신장이 감염되었던 3주간 많은 시간을 병원에서 보냈지만, 거의 병원 안에서 산다고 해도 좋을 만큼 자주 방문했던 넷째 주에 이르러서야 나는 그런 생활이 환자(그리고 방문객)의 정신과 신경계에 미치는 미묘한 영향을 깨닫게 됐다. 공공건물과 그 영역 내에 들어가는 일은 부자연스럽게 느껴진다. 자연은 곡선과 나선을 좋아한다. 반면, 우리 인간은 날카로운 경계를 숭배하는 듯 보인다. 우리는 강철과 유리로 오만의 흔적을 세운다. 병원 유리창으로 비스듬히 들어온 햇빛이 흰 타일들과 길고 긴 리놀륨 바닥에서 튀어나갔다. 길 잃은 빛은 화살처럼 결합된 정육면체의 타일바닥, 여기저기 서있는 언덕 같은 물체들, 모조 베니어로 코팅된 주방용 조리대 위에 내려앉았다. 때로 햇빛은 스테인리스 프라이팬, 기구들, 바퀴 달린 테이블, 끝에 정육면체가 여러 개 솟아난 키 큰 링거 거치대등을 번쩍 때리고 사라졌다.

밖에서 햇빛은 변덕스런 푸른빛으로 그림자 속에 떨어져 시간이 흐름에 따라 깊어지거나 깜빡였다. 병원 안에서는 주로 천장의 전등이 만들어내는 납작한 그림자들이 움직이지 않으며 항상 정오라는 가짜 신호를 뇌에게 보내왔다. 계절도 하나였다. 에어컨을 작동시키고 침대에 누워 보내는 근엄한 겨울, 그뿐이었다.

여름 태양이 벽이 거울들로 도배된 디스코장처럼 뜨거웠고 그 열기에 포도가 급속히 익어갔지만, 신선한 공기가 환자에게 좋다는 민간지혜에도 불구하고 창문들이 열리지 않았으므로 우리는 열기를 조금도 느낄 수 없었다. 그가 버려져 이리저리 표류하고 있다고 느끼며 정신이 나갈 만큼 두려워하고 있던 그 때, 환자와 자연을 갈라놓은 것은 단 0.6

센티미터 두께의 유리였다. 도시의 병원에서 나무를 보는 환자들이 건물을 보는 환자들보다 회복이 빠르다는 사실은 놀랄 일이 아니다.

병원을 가득 채운 소독약의 냄새와 빛깔처럼 마음을 긴장시키는 것은 없다. 눈에 보일 만큼 황량하고 날카로우며 인위적인 위생이 어디서나 우리를 맞았다. 내부 풍경은 서릿발처럼 희었다. 시트, 베개, 커튼, 겉옷, 신발, 사기 개수대, 변기, 그리고 근무시간이 바뀔 때 간호사들이 사인하는 벽의 '화이트보드,' 모든 것이 흰색이었다. 왜 우리는 흰색을 깨끗하고 건강하며, 위생적이고 유익하며, 흰 웨딩드레스가 보여주듯 심지어는 순수하다고 분류하는지 모르겠다. 중국, 일본, 베트남, 한국에서는 흰색이 슬픔과 죽음의 색이다. 그러나 우리에게 흰색은 소독된 것이라고만 소통된다. 뻣뻣한 흰색 담요, 기저귀, 패드, 베개, 그리고 시트가 폴의 침대를 보호막처럼 둘러싸고 있었다. 때때로 내게는 침대에 씌워진 시트가 항복의 백기처럼 보였다. 크리켓 선수였던 폴은 '흰색'에 대해 행복한 기억을 갖고 있었지만 나는 그렇지 않았다. 크리켓은 여름에 하는 운동이었으므로, 선수들은 오후의 햇볕을 반사하도록 흰 옷을 입었다. 오래 전, 폴의 어머니는 아들이 이른 아침이나 저녁 경기를 할 때 춥지 않도록 흰색 빗줄무늬를 넣은 흰 크리켓 스웨터를 짜주었다.

우리는 청결한 냄새가 구석구석 스며든 가운데 존재했다. 지하에는 소함대라고 불러도 좋을 만큼 세탁기와 건조기가 줄지어 서있었고, 데워진 표백제 냄새와 오래된 소독약 냄새가 풍겼다. 때때로 달짝지근한 감염의 냄새가 더해지기도 했다. 남성의 땀이 풍기는 치즈 냄새, 여성의 땀이 풍기는 양파 비슷한 냄새, 병상의 소변에서 피는 곰팡이, 메이플 시럽, 또는 산패한 베이컨 등등의 냄새들. 건강 대 질병이 맞서는 거대한 구도 안에서 이런 정도는 사실 문제가 되지 않았다. 하지만 적어도 그것들은 평온을 격려하기보다는 신경을 곤두서게 했다.

이상한 나라의 이상한 사람들, 우리는 낯선 별자리 가운데서 잠을 잤다. 밤이 되면 너무 초조하여 자지 못했고 너무 피곤해서 차를 몰고 귀가하지도 못했으므로, 나는 가끔 텅 빈 복도를 배회했다. 근처의 보이지 않는 기계들에서 불빛이 반딧불처럼 깜박거렸고 영상촬영실들에서는 녹색 오로라가 소용돌이쳤으며 작은 성채 같은 사무실 창문으로부터는 흐릿한 빛이 쏟아져 나왔다. 더 큰 병동의 간호사실은 컴퓨터 스크린에서 나오는 성 엘모의 불빛으로 깜박거렸다. 나는 컴퓨터 스크린을 지나가는 신체 부위들을 흘끗 보았다. 복부 CT, 뇌 MRI 따위였다. 어떻게 컴퓨터가 인체를 3차원으로 전시하도록 길들여질 수 있었을까, 나는 신기해했다.

그러다 폴의 방으로 돌아와 침대 옆 안락의자에서 반쯤 잠들었다. 방은 절대 밤답게 어두워지지 않았다. 낮게 내려온 달빛 같은 불빛이 복도에서 스며들어와 나를 비쳤다. 폴을 도와야 할 경우에 대비해 나는 정신을 차리고 있었으며, 작은 소리에도 깜짝 깜짝 놀라곤 했다. 노랗고 하얗고 붉은 눈동자들이 덩굴처럼 매달려 있는 전선과 튜브들 사이에서 깜박거렸다.

병원 직원들이 밤 내내 유령처럼 병실을 들락거렸는데 때때로 그건 외계인 납치 장면처럼 보였다. 인간의 체액에 지나친 관심을 가진 수상쩍은 생명체가 침대의 폴을 검사하는 것 같았다. 블랙 유머의 현장에서 나는 킥킥 웃었다. 몇 해 전 여름 수영장에서 여송연 모양의

UFO가 3만 미터 상공을 맴돌고 있는 것을 분명코 보았다며 주장한 이후 폴은 외계인 방문객의 가능성에 매혹되어 있었다. 그는 창문이 즐비한 우주선이 신기루도 환영도 아닌 듯 보였고 형체가 확실하여 몇 분간 정지 상태로 떠 있다가 지구의 것이 아닌 속도로 날쌔게 움직여 사라졌다고 주장했다. 폴의 설명을 듣고 나는 그것이 군사실험이었을 것이라고 추정했으나 그는 아니었다. 그리고 지금 여기, 낭패한 뇌를 가진 그를 녹색 아니면 흰 옷을 입은 생명체들이 자세히 들여다보고 있다, 그중 일부는 이상하게 생긴 모자나 겉옷을 입었으며 어둠 속에서 외계인의 손으로 그를 검사했다.

폴은 아침마다 혼란스러운 상태로 깨었다. 시간과 장소에 관한 감각이 완전히 뒤죽박죽이었다. 낯선 사람들이 상처 주위를 맴도는 파리처럼 그의 주변을 맴돌았다. 병원 일상이 그러하듯 수시로 바이탈 사인들을 체크하고 주사를 놓거나 수액주사를 빼려고 병실을 드나드는 간호사와 보조간호사들이었다. 그들은 예고 없이 때로는 실습생들을 이끌고 쳐들어왔다. 근무 교대가 있을 때마다 새 간호사가 청진기와 혈압계 밴드를 가지고 거침없이 들어와 체온을 재고 폐와 심장에 귀를 기울이고 뱀 머리 모양의 쬠쇠를 한 손가락에 부착하여 산소량을 점검했으며 다른 손가락을 찔러 혈당을 체크한 다음 인슐린 주사기를 들고 다시 나타났다. 의사들은 협의를 위해 재빨리 움직였고 나는 그들을 놓칠까봐 방을 떠나기 두려웠다. 최소한 한번 노트를 든 사회복지사가 미끄러지듯 들어와 질문했다. "지원 단체는 어떻던가요?" "집에 들어가는 계단이 몇 개나 됩니까?" "집이 단층인가요, 아니면 복층인가요?"

때로 그들은 클립보드가 아니라 자신들의 버섯 정원에 퇴비로 사용할 자잘한 잎사귀 조각을 들고 몰려드는 가위개미의 행렬 같아 보였다. 간병인들과 언어치료사들과 물리치료사들. 환자는 말할 수도 쓸 수도 읽을 수도 없는데 영양전문가가 빈 칸을 채워 넣어야 할 메뉴를 들고 왔다. 급식담당 직원이 플라스틱 쟁반들을 들고 왔다가 빈 쟁반들을 가지러 돌아왔다. 건장한 남자 혹은 여자가 휠체어를 밀고 폴을 영상촬영실로 데려가 엑스레이, CT, 초음파 심전도를 받게 했다. 초음파 기사는 차가운 젤리를 그의 가슴에 문질러 발랐고 살이라는 흐릿한 창을 통해 심장을 들여다보았다. 사람들은 그의 몸속으로 들어가거나 몸속에서 나오는 모든 음식과 액체와 대소변을 꼼꼼하게 살폈다.

무작위로 찾아오는 사람들 때문에 폴이 짜증스러워하고 있음을 알 수 있었다. 그에게는 늘 약간의 은자 성향이 있었으며 특히 디너파티를 불안해했다. "다음에는 당신이 누구를 끌어들일지 전혀 모르잖아!" 그는 이렇게 항의하곤 했다. 폴은 학생들과 함께 있기를 즐겼고, 어울려야 할 때면 사람들과 상냥하고 활발하게 대화하며 잘 지냈다. 그는 한국에서 군복무를 한 해군 출신으로 아이를 여덟이나 둔 노련한 잡역부와 잡담하기를 무척 좋아했다. 칼 세이건Carl Edward Sagan(미국 과학자 — 옮긴이)의 쉰 살 기념 생일파티를 비롯한 몇몇 디너파티는 좋아했다. 거기서 우리는 한스 베테Hans Bethe(독일 태생의 미국 과학자 — 옮긴이)의 건너편 테이블에 앉았다. 그는 태양이 발광하는 방법을 알아낸 물리학자였다. 폴은 과학이 밝혀 보여주는 진실을 아주 좋아하기는 했지만, 소설가들은 그들만의 물리학을 갖고 있는 법이다. 그 안에서 소설가들은 미묘하고 거의 만져지는 이미지와 사건 전체를 통해 삶의 과정을 재창조한다.

"무얼 쓰고 계시죠?" 베테가 그에게 물었다.

"소설입니다. 바로 지금, 주인공이 자신의 기지에 은하계를 건설하고 있는 중이죠."

베테는 짓궂게 대답해 폴을 아주 즐겁게 했다. "실용 모형인가요?"

그 날을 떠올리면 아직도 즐거운데, 그로부터 수 년 후 폴과 내가 어느 공항의 티켓 판매대 앞에 줄을 서 있을 때였다. 우리 앞에 아흔이 넘은 베테가 서있었다. 틀림없이 보청기를 끼고 있으며 노망이 든 노인일 거라는 듯 창구 직원이 지나치게 큰 목소리로 느릿느릿 말하는 소리가 들렸다.

"자, 베-테 씨, 피츠버그에서 21번 게이트에 도착하실 거고요, 그러면 27번 게이트로 가시면 됩니다. 여섯 게이트 떨어져 있어요."

주름과 기미투성이의 얼굴에 재미있어하는 미소가 살짝 스치고 지나갔다. "아, 산수쯤은 나도 할 수 있다고 생각하는데." 그가 말했다.

그런 사건들로부터 영겁이 흐른 것 같았다. 뇌졸중 이후, 폴은 나 외에 다른 사람은 누구도 보고 싶어 하지 않았다. 병원에서 수많은 사람들과 복작거리며 지내는 것은 말 못하고 불안하고 당황한 사람을 위한 처방이기는커녕 멀쩡한 사람마저 지치게 만들 처방이었다. 병실 밖에서는 안도감이 들지 않았고 복도나 그룹 치료에서도 마찬가지였다. 다른 재활 환자들과 함께 치료받을 것을 권고받았으나 폴은 그들의 고통에서 스스로의 고통을 다시 보아야 했으므로 그룹치료를 좋아하지 않았다.

대도시가 소음과 인파, 그리고 순전한 감각 과부하로 인간을 고갈시킬 수 있듯, 바뀌는 얼굴들과 개성이 흐릿해지고 낯선 사람들이 우리를 반복해 깨우는 병원도 마찬가지다. 뇌졸중 환자들이 다 그렇듯이 폴도 뇌에 입은 중상으로부터 회복하기 위해 휴식이 절실히 필요했다. 가능한 속히 마음의 긴장을 풀어야 할 필요 또한 있었다. 뇌졸중을 겪은 폴은 뇌를 쉬어야 할까 아니면 운동을 해야 할까? 둘 다라고 나는 생각했다.

그건 무릎관절 수술을 받은 환자가 수술 후 침대에서 내려와 다리를 돌려보라고 격려 받는 것과 같다. 수술한 무릎을 돌리는 일이 아프고 피곤하듯 부어오른 뇌를 자극하는 일도 그렇다. 건강한 뇌도 끊임없는 자극과 휴식 사이에서 균형을 찾는다. 자극이 과하면 삶은 휴식을 추구하고, 너무 따분하면 삶은 자극을 열망한다(지나친 흥분과 결핍된 흥분 사이의 양날 위에서 줄타기를 하는 것이다). 완벽한 균형이란 상상은 가능하되 도달은 불가능하다. 그래서 우리는 항상 지나친 흥분에서 지나친 지루함 사이를 왕래하는 호 위에서 떨며 서있는 것이다. 우리가 가장 사랑하는 모든 것(사랑하는 사람이건 꽃이건)은 불균형으로 떨고 있는 듯하고 바로 그 때문에 당당해 보인다.

폴이 낮잠을 자는 동안 나는 병원의 동쪽 병동 2층에 있는 재활센터를 돌아다녔다. 수간호사실과 비품실 너머로 간호사들과 의사들이 그 층을 전체적으로 볼 수 있는 툭 트인 곳이 있었는데, 그곳은 지시를 내리고 약을 챙기고 눈으로 지켜보며 비상벨이 울릴 경우에 대비하기 좋았다. 모든 병실은 좁은 복도 너머로 나란히 줄지어 있었다. 문이 열린 방들을 걸어 지나치면서 나는 극도의 곤경에 처한 인간성의 편린들을 잠깐 엿보았다. 사회 각계각층의, 놀랄 만큼 다양한 범주의 남녀노소가 불운하게도 재활 클럽에 배정되었다. 나는 폴이 물리치료를 받는 동안 또는 혼자 복도를 배회하며 동료 환자 및 그 가족들과 안면을 트고 그들의 이야기를 전해 듣기도 했다.

　문을 열어 고정해 둔 어떤 방안에서는 태양이 창백한 벽에 어두운 그림자를 던지면서 한 순간 사람들이 무언가를 발굴하고 있는 것처럼 보였다. 빛이 이동하면서 나는 두 명의 간호사가 어느 비만 여성을 도와 침대에 눕히고 있음을 알아차렸다. 그들은 최소한 45킬로그램의 체액이 들어있을 거대하게 부은 다리를 들어 올리려 씨름하고 있었다. 림프계가 말썽을 일으켜 림프액이 넘치고 막히기를 반복했기 때문에 그녀를 이동시키려면 수많은 사람들을 동원해야 했다. 그녀는 내게 결혼했지만 남편이 찾아오는 일은 드물고 재활센터에서 사는 편이 더 좋다고 말했다. 여기서는 간호사들이 돌봐줄 뿐 아니라 심지어 손톱도 깎아주고 머리도 감겨준다는 것이었다.

　복도 아래쪽에는 뇌졸중으로 고통을 겪는 젊은 여인이 있었다. 왼쪽 팔과 왼쪽 다리를 끄는 그녀는 벽을 붙든 채 물리치료사의 도움을 받아 발을 질질 끌며 걷는 법을 다시 배우고 있었다. 그녀는 턱을 한쪽으로 기울이고 얼굴에는 슬픔을 가득 담은 채 움푹 꺼진 눈으로 나를 바라보았다. 그녀는 말수가 적었고, 어쩌다 말을 할 때면 혀짤배기소리로 소곤거렸다. 건강한 삼십대 부동산 중개인이었으나 뇌졸중으로 삶이 영원히 바뀌어버린 옛날 옆집에 살던 여인이 떠올랐다. 아내의 치유를 위해 남편이 수영장을 짓자 동네에 수영장 짓기가 유행했다. 우리의 작은 집 뒤뜰에도 오래된 수영장이 있었고 폴은 수영을 대단히 좋아했다. 언젠가 그가 물리치료를 위해 수영을 하게 되리라고는 꿈에도 생각해본 일이 없었다.

　재활센터에는 어깨까지 내려오는 레게머리의 젊은 흑인 남성이 하나 있었다. 당뇨때문에 만성 감염이 악화되어 한쪽 다리를 무릎 아래서 부터 절단해야 했었다. 그는 간호사가 비누와 물로 수술 봉합 부위를 (철침) 세척한 다음 마치 어머니의 매니큐어 제거제처럼 톡 쏘는 냄새가 나는 적황색 소독약 베타딘을 바르고 절단 후 남은 부위를 붕대로 단단 히 감아주는데 그건 장래 의족을 부착할 수 있도록 수축시켜 본을 뜨기 위한 것이라고 단조로운 목소리로 설명했다. 그는 거의 종일 멍하니 앉 아 지냈다. 남은 한쪽 발의 궤양을 소홀히 한다고 나무라는 간호사의 말을 듣기도 했다. 아무도 그를 찾아오지 않았다. 친구도, 가족도.

두 칸 떨어진 병실에는 뇌졸중으로 왼쪽 팔과 다리에 엄청난 손상이 와 약해진 가냘픈 체격의 중년 여인이 있었다. 하지만 정신은 멀쩡해 보였으며 나는 그녀의 운명을 불쌍히 여기는 한편 그녀의 의지에 찬탄 했다. 느슨한 사지 때문에 걷기가 몹시 힘들었지만 그녀는 넘어지지 않 고 보행보조기를 사용해 걷는 법을 배우고 있었다. 그녀가 물리치료사 와 함께 있는 모습을 본 적이 몇 번 있는데, 치료사의 끈기 있는 도움을 받아 그녀는 알루미늄으로 된 지지대를 들어 올려 앞쪽으로 조금씩 나 아가고 있었고 양발을 우리 모양의 중간 부분으로 넣어 한발씩 미끄러 졌다가 다시 앞쪽으로 조금 나아갔다. 모든 동작을 대단히 신중하게, 서두르지 않고 천천히 했고, 그녀의 키는 노력할 때마다 매번 올라갔다 내려갔다 했다. 전통적 의미에서의 가족이 아닌 친구 겸 학생들, 일단 의 충성스러운 젊은 여인들이 지방대학 교수인 그녀를 자주 찾아왔다. 그녀는 꿀풀과의 허브 식물, 클라리 세이지를 하루에 대여섯 번 베개에 뿌린다며, 그러면 마음이 편해지고 기분이 살아난다고 했다. 그녀의 방 을 지나치면서 나는 열린 방문을 통해 퍼져 나오는 사막 크레오소트 관목의 톡 쏘는 향을 맡았다.

대학 하키 선수도 있었다. 얼굴에 비스듬히 붕대를 감고 있었는데 언제나 나쁜 냄새에 역겨운 표정이었다. 그의 경우는 특히 슬픈 동시에 끔찍하게 흔한 이야기였다. 어느 날 밤 그는 친구들과 술을 마신 뒤 조명이 고르지 않은 고속도로를 운전하다가 충돌사고를 냈다. 머리가 자동차 앞 유리를 뚫고 나갔다. 순식간에 수많은 부상과 고도의 뇌기능 상실을 비롯한 장애를 입고 그는 병원에 이송되었다. 이른바 *집행기능* 전부가 영구적으로 손상되었다. '집행자'들은 바쁜 족속들이다. 일꾼과 기계 감독하기, 목표 설정하기, 거래 중개하기, 의무 배정하기, 자원 나누기, 다른 것들과 연결하기 등등이 '집행기능'이 하는 일이다. 학습이나 기억은 이제 그의 삶에서 더없이 어려운 것이 될 것이었다. 자상한 부모가 매일 찾아왔고 그도 부모를 보면 기쁜 듯 보였지만 그들의 얼굴에 새겨진 비극이 내 속을 후비며 파고 들어왔다. *이것이 내게 예정된 희망의 사막일까? 폴은 더 이상 학습하고 성장하지 못하는 걸까? 내가 매일 하는 말, 또는 그가 이미 했던 말을 기억조차 하지 못한다면 어떻게 될까? 그렇게 된다면 삶은 얼마나 황무지 같을까?* 황무지란 단어를 소리 없이 되뇌며 내 기억은 잽싸게 움직여 내가 이 청년과 같은 나이였던 대학생 시절 처음 읽은 T. S. 엘리엇ᴛ. ᴤ. ᴇˡⁱᵒᵗ의 환멸의 시 〈황무지ᴛʰᵉ ᵂᵃˢᵗᵉˡᵃⁿᵈ〉를 떠올렸다. 그도 읽었을지 몰랐다. 하지만 그가 학습한 것 중, 또는 학습하기를 원했던 것 중 무엇을 기억하게 될까? 어느 쪽이 더 잔인할까? 노인이 살아온 삶의 기억을 잃어버리는 것? 아니면 젊은이가 살고자 했던 삶의 기억을 잃어버리는 것?

최근 은퇴한 날씬한 육십대 여인도 있었다. 흔한 수술을 위해 입원했으나 수술 후 커다란 혈전이 떨어져 나와 심각한 뇌졸중이 촉발되었다. 간단한 수술 합병증으로 뇌졸중을 일으킨, 만 명당 한 명꼴의 극도로 드문 경우였다. 걸을 수 없어 휠체어에 의지해야 했으며, 몸은 위축되었지만 정신이나 언어는 멀쩡했다. 그녀는 남편과 국립공원 투어를 계획해 왔다고 했다. 남편은 언제나 긴 소매의 체크무늬 셔츠를 입고 끝없이 표류하는 듯한 얼굴로 그녀를 찾아왔다. 나는 인생의 궤도에서 마주친 느닷없는 변화가 휘두르고 있을 정신적 채찍질을 상상했다. 그녀는 독립된 생활에서 병원에서의 무료한 생활로 이동했고, 남편은 이제 완전히 자신에게 의존하는 아내를 보살펴야 했다. 이것이 나를 기다리고 있는 삶일까?

마지막으로 햇볕에 심하게 탄 칠십대 중반의 남자가 있었다. 그는 오른쪽 수뇨관을 틀어막은 신장결석과 비교적 흔한 요도관 감염으로 병원에 왔다가 실어증을 동반한 뇌졸중을 맞았다. 페이스메이커가 그의 불규칙한 심장박동을 돕고 있었다. 그의 아내는 검은 머리칼이 수북한 오십대 중반의 여인으로 주로 티셔츠 드레스와 레깅스, 테니스화 차림으로 찾아와 온종일 그와 함께 지냈고, 때로는 침대 옆 안락의자에서 자기도 했다. 폴은 동일한 병을 앓는 이 환자들 가운데 가장 최근에 들어온 사람이었고 그의 아내인 나는 항상 기진맥진하고 마음이 산란해보였다.

어느 날 아침 병실에 도착하니 폴은 얼굴을 잔뜩 찡그리고 앉아서 투덜투덜 불평을 해댔다. "멤, 멤, 멤!!" 그는 마치 손바닥 크기의 버튼을 누르듯 다섯 손가락을 두 번 치켜들었고, 간호사실을 향해 몸짓을 해보였다.

"간호사들이 많이 들락거렸는데… 친절하지 않던가요?"

그는 험악한 어두운 표정으로 고개를 퉁명스럽게 끄덕였다.

말을 늦추며 나는 마음속으로 간호사들이 잊었을 법한 목록을 훑어 내려가기 시작했다.

"간호사들이 약을 잊었어요?"

답이 없었다.

폴은 경멸로 가득한 눈을 하고 침대에 드러누웠다.

"식사 주는 걸 잊었나요?"

답이 없었다. 그의 팔에 손을 얹자 그는 내 손을 털어버렸다.

"화장실에 데려가주지 않던가요?" 내가 그와 눈을 맞추려고 몸을 숙이자 그는 머리를 감지 않아 양털처럼 뒤엉킨 뒤통수를 보이며 다시 몸을 돌렸다. 당신 머리칼이 염소 떼 같아, 나는 생각했다.

마침내 생각이 떠올랐다. "간호사들이 당신을 어린아이처럼 다루나요?"

그가 분노로 얼굴을 찌푸리며 뒤죽박죽의 음절들을 길게 내뱉었다. "레이 위키덤 스텀프 약타그리티 안도루프트므!!!!" 나는 그가 이런 말을 하는 것이라고 생각했다. 나는 성인이야. 이런 일쯤은 어떻게 하는지 알고 있단 말이야! 간호사들은 내가 일어서는 방법도 모르는 것처럼 나를 다루고 있어.

폴은 그날 스케줄이 적힌 화이트보드를 가리키며(언어치료와 물리치료가 예정된 분주한 날이었다), 누구나 알 수 있는 몸짓을 해보였다. 저거 다 개나 갖다 줘! 난 안 해. 잊어버리라고. 말도 안 돼, 나한테 이래라 저

래라 할 사람은 아무도 없어! 그 정도로 알아들었다. 그의 분노는 용암처럼 타올라 어두운 기운으로 방을 채우며 나를 움츠러들게 했다. 그러나 나는 그가 말하려고 노력하고 있다는 것은 좋은 일이라고 나 자신을 반쯤 설득시켰고 그래서 그만두게 하지 않았다. 그러나 이해하기가 몹시 힘들었고 내가 알아듣지 못하자 그는 점점 더 내게 화를 냈다. 마침내 방은 너무 더워졌고 나는 숨이 가빠오기 시작했다.

"가야겠어요." 기진해져서 나는 한숨을 쉬었다.

그의 얼굴이 아주 분명하게 외쳤다. *왜?*

며칠이 지나면서 그의 시달린 뇌가 진정을 찾기 시작했고 폴은 처음으로 알아들을 수 있는 말을 했다. 자신의 말이 이해되게 하려고 몸부림치는 한편 초조해하면서. 그는 내가 몹시 급하고 중요하며 작은 사각형의 물체와 연관되어 있으며(그는 허공에 대고 네모를 그려보였다) 집에 있는 무엇인가를 해주길 원했다.

"네비스를 흔들어! 네비스를 흔들어! 멤, 멤, 멤!" 그는 계속해서 주장했다. "네비스를 흔들어야 해!!!" 그는 양손으로 허공을 갈랐다. 목판을 쳐 부수는 무술 전문가처럼.

내가 알고 있는 유일한 '네비스'는 서인도 제도의 섬이었다.

"서인도 제도의 섬하고 관련이 있어요? 섬처럼 생겼어요?" 엄지손가락들과, 그리고 손가락 끝들을 맞대어 나는 푸르고 둥그런, 열대의 섬 모양을 그려보였다.

어휘들이 그의 정신 가장자리에서 비틀리고 있는 듯 보였다. "아니야!" 답답해진 그가 마침내 소리를 질렀다. "간단한 거야!" 그는 그 작은 소리들을 만드느라 힘이 들어 비스듬히 기울어진 얼굴로 실망한 채 물러났다.

폴이 말을 하고 있어! 나는 충격 속에서 깨달았다. *정말 다행이야! 그가 방금 이치에 맞는 말을 한 거야! 그런데 대체 무슨 뜻이지?* 정신을 바짝 차리면서 나는 가능한 침착하게 대답했다. "미안해요. 당신이 무슨 말을 하는지 모르겠어요. 이해하려고 노력하는 중이에요. 당신이 힘들다는 건 알아요. 하지만 내게도 쉬운 일은 아니에요. 우리 좀 쉬었다가 나중에 다시 이야기해 볼까요?"

한 시간 후 그는 내게 네비스 섬과 관련된 무엇인가를 하라고 또 다시 주장했다. 혹시 반점(반점의 영단어는 nevus, 네비스 섬은 Nevis이다 — 옮긴이)을 말하는 것일까? 하지만 왜 반점에 관한 이야기를 하려고 그리 힘들게 몸부림치겠는가? 나는 한때 인터플라스트Interplast(국제 이동 성형외과 연맹 — 옮긴이)에서 자원봉사를 했는데, 온두라스에서 의사들이 한 소년의 뺨에서 털이 난 커다란 검은 점을 제거하는 것을 지켜본 적이 있다. 불투명한 유리벽돌 벽이 있는 허름한 수술실에서였다. 하룻밤은 전기가 나가자 의사 하나가 차를 벽 옆에 주차시켜 헤드라이트를 켰고 덕분에 의사들은 수술을 무사히 끝낼 수 있었다.

"검은 점 같은 반점을 이야기하는 건 아니겠죠?"

"아니야!" 그가 끙끙거렸다.

그의 말을 이해하는데 며칠 걸렸다. 며칠 뒤, 폴은 한손으로 나를 가리키는 한편, 다른 손으로 스위치를 켰다 끄기를 되풀이했던 것이다. 그가 내게 원하는 일이 전기요금을 지불하는 것이라는 사실을 알려주기 위해서.

난장판이 된 폴의 뇌 속으로 다른 단어들이 몇 개 돌아왔다. 그 중에는 통상 애원으로 사용하지만 종종 요구로 사용하기도 하는 단어도 포함되어 있었다. "집!" 폴에게 *진정한 집*이란 거의 모든 것이 자신보다 키가 컸고 어머니 밀드레드의 자애로운 팔이 보호해주던 어린 시절의 마을이었다. 집은 그가 모형 군대를 지휘하던 곳이었고 그려낼 수 없거나 이름을 알 수 없는 끔찍한 공포로부터 숨던 곳이었다. 나는 그의 열정을 이해했다. 내게 집은 시카고의 작은 교외를 의미했다. 그곳에는 내가 즐겨 주저앉던 카펫 깔린 계단과 애완용 거북이들, 그리고 땋아 내린 노랑머리와 탄력 있는 발을 갖고 있었으며 키가 나만 했던 댄스 상대 인형이 있었다. 나는 내게 매달린 인형과 함께 왈츠를 추면서 부엌 주위를 돌곤 했다.

"여보, 정말 미안하지만 아직 집에 갈 수는 없어요. 심한 뇌졸중을 겪었어요." 나는 다시 한 번 천천히, 그가 단어 하나하나를 알아들을 수 있도록 시간을 들여 말함으로써 사실을 상기시켜주었다. "혼자 있어도 회복해서 옛날처럼 말을 할 수 있을 것 같아요?"

그는 이해하는 듯 보였다. 또는 내가 예/아니요 질문을 하고 있다고 생각했는지, 그렇다는 뜻으로 맹렬하게 고개를 끄덕였다.

"미안하지만 그렇게 금방 되지는 않아요. 나아질 거예요. 그러리라는 걸 알아요. 그렇지만 집에 가서도 당신은 도움이 필요할 거예요. 언어치료사도요."

진짜였을까? 그는 내 말을 조금이라도 이해했을까? 자신과 이야기하고 있었을까? 아직도 내면의 대화를 하고 있었을까? 확신할 수 없었다.

뇌는 통상 인식이라는 물이끼 위아래서 수많은 메시지, 계산, 평가, 최신정보들을 통합하며 매끄럽게 일한다. 뇌는 의식의 흐름, 이미지와 말대꾸, 출생부터 죽음까지 이어지는 대화, 우리 안에서 솟아나오는 목소리로, 마치 맞춤형 토크쇼 진행자가 매일같이 무대에 올라 오직 우리에게만 말을 거는 것처럼, 지정된 주인에게 말을 건다. 이 내면의 목소리는 *나*처럼 느껴지는 한편 *타인*, 관찰자처럼 느껴지기도 한다. 사람들은 아무도 듣고 있지 않다고 생각하면 마치 스포츠 방송 진행자나 인터뷰 기자처럼 삼인칭으로 자신의 이야기를 하곤 한다. 〈자니 카슨의 투나잇 쇼〉가 인기를 끄는 동안, 자신이 초대 손님으로 등장해 자니가 물어볼 법한 질문들과 자신이 할 영리한 답변들을 조용히 떠올리면서 환상을 즐겼다고 시인한 사람들이 많았다.

폴처럼 뇌가 뒤죽박죽이 되면 뇌 안의 다리들은 타버리고 전선들은 엉키고 언덕과 도랑들은 일제히 소실되어 버리는 걸까? 자아는 어떻게 그 잔해로부터 스스로를 재구성하는 것일까? 뇌는 '내면의 목소리'를 재건해야 하는 것일까? 어떻게 그리하는 것일까? 기억된 목소리를 찾으러 시들어버린 토양을 샅샅이 파헤쳐서? 그럴지도 모른다. 시간이 지나면 다시 통합될지 모른다.

브로카 실어증 "과 베르니케 실어증 ""을 모두 가진 폴은 사람들이 그에게 하는 말 모두를 이해할 가능성이 거의 없었다. 베르니케 실어증을 지닌 사람들은 일반적으로 장황하고 두서없는 문장들로 말하거나, 정상 문장에 수많은 불필요한 단어들을 끼워 넣거나, 신조어를 쓰거나 전

■ 브로카 영역이라 불리는 좌반구 하측 전두엽 영역(브로드만 영역 44번과 45번)에 손상을 입어 말을 잘하지 못하고 전치사, 접미사 및 다른 문법적 장치들을 이해하지 못하는 언어 장애. 말을 하거나 글을 쓰는 데 어려움이 있지만 동작 표현은 할 수 있는 표현 실어증이다. ─옮긴이

혀 뜻 모를 말을 지껄인다. 폴이 "전기요금을 지불해야 해"라는 뜻으로 "네비스를 흔들어야 해!!!"라고 했던 것처럼. 간단한 지시를 이해하지 못하는 그들은 문법적으로 정확하고 유창할(놀랄 만큼 리듬과 어조가 자연스럽다) 수 있지만 말도 안 되는 허튼소리를 하기가 쉽다.

폴이 "집에 가고 싶다"는 느낌을 축약해 말했다고 보는 것이 이치에 맞았다. 브로카 실어증을 앓는 사람들은 이치에 맞을 수 있으며 짧게 끊어지는 구절들을 전보치듯 말하곤 한다. 말하는 데는 어마어마한 노력이 필요한데 이는 뇌의 브로카 영역에 있는 뉴런들이 입술, 입천장, 혀, 그리고 성대를 움직이는 근육들을 조정하는데 중요한 역할을 하기 때문이다. 그리고 브로카 실어증 환자들은 말할 능력은 없지만 하고 싶은 말을 알고 있으므로 짜증이 나는 경우가 많다. 베르니케 실어증의 경우 말이 단속적으로 나오고 종종 "할 때"라거나 "그리고" 또는 "그" 등의 작은 연결어를 빼먹으며 동사를 빼먹을 수도 있다. 따라서 폴의 "집에 가"는 "집에 가고 싶어"를 의미했다. 어쩌면 "당신이 집에 가면 좋겠어"나 맥락에 따라 "나는 집을 잃어가고 있어"를 뜻하는 것일 수도 있었다. 만일 브로카 실어증뿐이었다면 그는 사람들의 말을 일부(자신

■■ 뇌의 베르니케 영역Wernicke's area에 손상이 생겨서 다른 사람의 말을 잘 이해하지 못하고 자신의 말은 유창하지만 무의미한 언어를 생성해내는 실어증이다. 구문 실어증이라고도 한다. 브로카 실어증과 달리, 베르니케 실어증환자는 힘들이지 않고 유창하게 말을 한다. 그러나 내용어(content words)는 거의 사용하지 않으며 구사한 말이 이치에 맞지 않는다. 말을 듣고 인식하는 것은 연속적인 소리의 순서에 대한 기억을 바탕으로 하는 복잡한 지각적 과제인데, 이 과제는 뇌의 좌반구에 위치한 신경회로인 베르니케 영역에서 이루어지는 것으로 알려져 있다. ─옮긴이

의 말에 문제가 있고 그로 인해 끔찍할 정도로 좌절하고 있다는 것을 알 만큼은) 이해할 것이었다. 어떤 면에서 베르니케 실어증이 더 위험했다. 자신이 횡설수설하고 있다는 것을 모르기 때문이다.

전체성 실어증으로 이중 고통을 겪는 폴 같은 사람들은 언어 영역에 광범위한 손상을 입고 언어를 말하고 또한 이해하는 능력 대부분을 잃은 사람들이다. 따라서 나나 간호사들, 또는 의사들이 말을 할 때, 폴에게는 두 가지 문제가 발생했다. 첫째, 우리가 하는 말을 그가 이해하지 못할지 모른다는 사실이었고, 둘째, 응답할 어휘를 찾아낼 수 없다는 사실이었다. 이처럼 심각한 실어증을 앓는 사람들로서는 의사소통 수단에 있어 몸짓과 얼굴 표정을 빼고 말로 된 모든 것이 갑자기 사라질 수도 있다. 브로카 실어증에는 오른쪽 얼굴과 팔의 마비가 따르는 것이 보통이었다(전두엽 또한 움직임에 중요하기 때문이다). 그러므로 폴의 손이 마비되고 얼굴이 늘어지며 팔이 부어오르는 것은 예상된 일이었다. 뇌의 좌반구는 숙달된 행동을 수행하는 기억을 저장하므로 그가 빗질하는 법을 기억하지 못한다는 건 놀랄 일이 아니었다. 뇌에 적응력이 있기는 하지만 전체성 실어증은 사라지는 것이 아니다. 폴의 뇌는 광범위하게 손상을 입었다. 아주 조금이라도 호전되려면 폴은 엄청난 노력을 해야만 할 것이었다.

그는 말을 했으나 그가 하는 말의 대부분은 말 안 되는 지껄임에 불과했다.

"집에서 갖다 줬으면 하는 거 있어요?" 나는 대수롭지 않게 물었다. 질문이라기보다는 그저 나온 말이었다.

하지만 그는 대답삼아 주르륵 읊어댐으로써 나를 웃겼다. "흐르프 그! 메메메메메메메메멤. 쁜토."

"쁜토." 내가 되풀이했다. "벤또(도시락—옮긴이) 박스랑 관련 있나요?
그게 작은 칸으로 나뉘어져 있어요?"

폴은 내가 일본어로 카발라Kaballah(아주 오래 전부터 유대교의 선택된 사람들에
게만 전해져온 비밀의 가르침을 기록했다고 일컬어지는 일련의 서책—옮긴이)를 암송하
기라도 한 것처럼 나를 바라보더니 이번에는 소리를 질렀다. "멤, 멤,
멤!"

나는 깜짝 놀라 뒤로 물러났고 그는 다시 입을 다물었다.

폴은 좁은 병실에 틀어박힌 채 끝없이 말하고 이해하려고 몸부림쳤
다. 좋은 연습이었겠으나 몹시 힘든 일이기도 하였고, 나도 완전히 지
쳐버렸다. 그건 수수께끼만 갖고 푸는 미친 '스무고개' 게임이었다. 무
엇보다 이상한 것은 폴이 자신은 완벽하게 조리에 맞는 말을 하고 있으
며 사람들은 자신의 말을 틀림없이 이해하면서 완고하고 심술궂고 악
랄한 어떤 이유로 아무 것도 모르는 척한다고 확신하는 듯 보인다는 사
실이었다.

제6장

밤에 집에 갈 준비를 하고 있는데 폴의 얼굴에 두려움과 당황과 다가오는 파멸의 표정이 올라왔다.

"안 돼애," 처음에는 애원하듯이 이어서 절박하게 이어서 고집스럽게 이어서 화가 나서 그리고 마지막으로 상처로 번득이는 눈빛으로 그는 부루퉁해져 내게서 등을 돌렸다. 안아주려고 하자 그는 나를 밀어내었다.

"안 돼애!" 그가 다시 씩씩거렸다. 이마가 축축이 젖어 있었다. 그는 공포에 짓눌리고 달아날 곳이 없는 상황에서 버림받기 직전에 시간을 벌려는 것처럼 침대 난간에 달라붙었다.

"미안해요, 여보. 하지만 내일 아침 꼭 돌아올게요. 맹세해요." 나는 그를 안심시키려 애썼다. "괜찮을 거예요. 잘 잘 거예요. 간호사들이 돌봐줄 거고요. 괜찮을 거예요. 바로 돌아올게요."

하지만 그는 내 말을 믿지 않았다. 그는 마치 레몬을 씹은 것처럼 얼굴을 잔뜩 찡그렸다.

상실, 혼란, 무력감, 게다가 소통불능까지. 고통 덩어리는 너무도 적나라한 낙담으로 이어져 쉽사리 분노의 폭발을 초래했다. 뇌졸중은 분노의 감정을 통제하는 뇌의 영역에도 손상을 입힐 수 있다. 통상 논리적인 전두엽 피질은 상황을 거시적으로 바라보고 위험을 판단하고 필요시 타협과 절제를 충고함으로써 떠들썩하고 충동적인 변연계를 제어한다. 바로 이 균형감을 우리는 행복wellbeing이라 부른다. 그런데 뇌졸중은 폴의 전두엽 피질에 손상을 입혔다. 폴이 감정을 통제하지 못한 것은 조금도 이상한 일이 아니었다.

폴의 계속된 분노에(주로 사납게 노려보고, 으르렁거리는 큰 소리로 알아들을 수 없는 비난을 퍼부으며 표현되었다) 나는 불안해지기 시작했다. 나는 이미 의사들과의 협의를 통해 폴의 일상생활과 안전, 증상의 호전, 그리고 편의에 관한 결정을 내리느라 신경이 극도로 날카로워졌으며 또한 기진맥진해 있었다. 폴이 내 노력을 인정한다고 느껴질 만큼 힘겨웠다. 격노하고 무력하고 요구가 지나친 남편 때문에 때론 *나* 또한 분노가 치밀었다. 그런 순간들에는 나는 말없이 씩씩거리곤 했다. *배은 망덕한 사람 같으니! 내가 왜 이런 일을 당해야 해요? 나는 당신의 노처녀 딸이 아니라구요!* 뇌졸중 환자들이 요양원에 위탁되는 경우가 많은 이유를 알 것 같았다. 그것은 그래도 역시 여전히 사랑하고 돕고 싶으며 보살피도록 운명 지어진 사람과의 이혼과 같은 것이었다.

폴은 내가 하루 24시간 함께 있어줄 것을 애원했는데, 그 공황을 나는 이해했다. 그가 겪는 혼란 속에서 변함없이 지속되는 것은 오직 나뿐이었던 것이다. 우리는 어린 시절 세상이 온통 불가해한 공포로 가득한 것을 발견하는데 그것은 오직 부모의 위로로만 진정될 수 있다. 그런 순간이면 엄마의 치맛자락 뒤에 숨곤 했던 걸 기억한다. 그저 팔을 위로 쭉 뻗고 두려워하는 표정을 짓기만 하면 됐다. 그러면 아버지는 나를 든든한 어깨 위에 올려 야단법석으로 붐비는 거리나 해변에서 피신시켜 주었다. 폴에게는 나밖에 없었다.

폴은 내가 밤에 떠나는 것 뿐 아니라 자신을 집에 데려가지 않는 것에도 화가 나 있었다. 창문 너머로 여름이 한창이었다. 평생 태양 숭배자였던 폴은 갈색 가구처럼 보일 때까지 일광욕을 했고 윤택한 마호가니 빛이 나는 피부를 겨울까지 잘 유지하곤 했다. 그는 또 수영에 집착했다. 수영장은 얻어맞은 뇌로부터 그가 확실하게 불러낼 수 있는 몇 개 안되는 단어 중 하나였다.

"수영장!" 위협적이고 강력한 눈빛으로 요구하곤 했고,

"수영장." 간신히 들릴까 말까 한 소리로 꿍꿍거리곤 했으며,

"수영장." 그는 어떠냐고 상태를 묻는 의사들에게 대답하기도 했다. 그들은 이해했다. 폴은 집에 돌아가 오래 기다린 여름의 과실을 즐기고 싶었던 것이다. 정상적인 욕망이었다. 하지만 그들이 진정으로 이해한 것은 아닐 것이다. 폴의 생생한 뇌에서 수영장은 병원이 아닌 모든 것의 상징이었고, 뇌졸중 이전의 삶, 햇빛 속에서 떠도는 시간들의 표본이었다. 폴은 아이들처럼 처음 내뱉은 말을 특정 상황뿐이 아니라 모든 상황을 환기시키는 데 사용하고 있었다. 그가 수영장에서 시간을 보낼 때면 나는 그의 몸에 올라타고는 했다. 물에 반쯤 떠 거의 중량이 없는

채로 나는 다리로 그의 허리를 감싸 안고 머리를 그의 어깨에 올려놓았다. 그러면 폴은 나를 팔로 안아 깊어만 가는 반짝이는 푸른 물속으로 데려갔다. 그는 개구리처럼 햇볕을 쬐었고 나는 그림자 속에 얼굴을 파묻었다. 그는 십 년 전 은퇴한 후부터는 여름만 되면 몇 시간이고 물속에서 지내는 호사를 누렸다. 해가 나건 비가 오건 상관없었다. 날이 쌀쌀해지면 우리가 '세균복'(그걸 입으면 폴은 거대한 세균처럼 보였다)이라 불렀던, 긴 보온 내의를 입었고, 그냥 비만 내리면 벌거벗고 모자만 쓴 채 헤엄을 쳤다. 때로는 여송연을 피워가면서. 이 모든 것을 설명할 수 없었던 폴은 내가 이해하리라 생각한 상징, 수영장이라는 단어 하나에 그의 열망을 담아 제시했던 것이다. 이따금 그는 가슴 아픈 소리로 울먹였다. 당신이 어떻게 나를 떠날 수 있으며, 어떻게 나만 이 유배지에 남겨놓을 수 있느냐, 대략 그런 뜻이었다.

때로는 범죄현장에서 도망치는 것처럼 느껴지기는 했지만 나는 계속해서 거의 매일 밤 집으로 돌아갔다. 그렇게 며칠이 지나자 그는 아침이면 내가 돌아오고 혼자서도 나름대로 밤을 헤쳐 나갈 수 있다는 것을 깨닫고 내게 화내는 일을 그만두었다. 마침내 그는 내가 침대 안 그의 곁으로 기어들도록 허용했고 우리는 몇 시간이고 서로를 끌어안은 채 누워 있곤 했다. 상냥한 간호사가 회진을 돌다가 그런 우리를 보고 미소 지었다. 그녀는 내게 침대에서 나오라고 하지 않고 그저 가림 커튼을 잡아당겨 둘러주었다. 커튼을 두르자 옛 일본 궁전의, 벽이 천으로 되어 있어 산들바람에 부풀어 오르고 사생활을 간신히 보호해주는 그런 방으로 이송된 것 같은 느낌이었다. 궁궐의 그 여인들에게 군중 속에서의 사생활은 하나의 예술 형태가 되었지만, 우리에게는 어쩔 수 없는 선택일 뿐이었다.

　그런 식으로 오랫동안 머물러 있을 수는 없었다. 간호사와 보조원들이 폴을 보아야 했고 나 또한 최선을 다해 휴식을 취해야만 했다. 그래서 마침내 폴이 잠이 들어 깊은 숨을 내쉬기 시작하면 나는 살그머니 빠져나와 차를 몰고 시내로 향하는 우거진 언덕길을 내려갔다. 작은 만들을 가로지른 다음 구부러진 오르막 고속도로를 탔다. 호수 건너 둥둥 떠 있는 세계로부터 병원 불빛이 작은 등불처럼 비추었고 앞에는 안개로 덮인 여름 달이 떠있었다.

　여름날 아침의 단순한 아름다움에 매혹당해 잠자리에서 나오곤 하던 시절이 있었다. 이제 나는 걱정으로 뒤엉켜 잠에서 깨었다. 내가 할 수 있었던 일은 괴로운 상황에 처한 사람들이 그러하듯 얕은 숨을 쉬면서 시들어 기다리는 것뿐이었다. 나는 어떤 평온과 연속성을 되찾아야만 했고, 그래서 나는 몇 분간 토닝toning 연습을 했다. 토닝은 긴 모음들로 단조로운 선율을 노래하는 행위를 가리키는 14세기 용어다. 깊이 숨을 들이마신 뒤 숨이 사라질 때까지 '아'를 내뱉었고, 다시 숨을 들이마신 뒤 더 크게 안정적인 '우'를 내뱉었다. 그러는 동안 뺨과 갈비뼈에서 떨림을 느낄 수 있었다. 다시 더 활기찬 '이'를 위해 숨을 들이쉬었고 마지막으로 둥실둥실한 '오'를 내뱉었다. 나는 노래를 이번에는 더 크고 더 풍성하게 되풀이했다. 진동이 몸 안의 뼈 주변에서 메아리치며 호흡을 안정시켜 주었고, 만트라mantra(기도나 명상시 외는 주문—옮긴이)처럼 마음을 모아 주었으며 몸을 이완시켜 주었다. 늘 그랬던 것처럼 호흡이 깊어지고 일종의 음조 마사지로 연골, 부비강, 뼈가 진동되면서 마음이 조금 진정되었다.

나는 침착해져야 한다는 걸 알았기에 이른 아침의 빛 속에서 동네를 거닐었다. 도로 여기저기에 덧댄 타르 조각들이 만들어 내는 선들이 내가 번역한 일본어, 중국어, 티베트어 시들이라고 상상하고 찬탄하면서. 걷는 동안 "기둥 위의 주황색 별들/정원의 늦은 여름/나뭇잎들이 날아가기 전" 같은 하이쿠를 생각하는 일은 폴의 병이 아닌 다른 것, 자연스럽고 무한한 어떤 것에 마음을 집중할 수 있게 해주었다. 집으로 돌아가는 길에 다양한 색깔의 튤립들 앞에 선명한 손수건들처럼 활짝 핀 노란 작약들을 보았다. 스패니얼의 귀처럼 생긴 윤나는 보랏빛 아이리스들이 멀리 시베리아 스텝 지대의 조상들로부터 먼 거리를 날아온 더 야생의 사촌이라 할 노란 시베리아 아이리스 옆에서 흔들리고 있었다. *우리는 모두 여행해 왔어,* 나는 생각했다. *적어도 우리의 부분들은.* 내게는 후손이 없으므로 나의 부분들은 나와 더불어 끝날 것이었다. 한순간 그 사실이 나를 슬프게 했다. 내 책이 나 자신의 연장이며 나보다 오래 살아남을 거라고 생각했던 적이 있었다. 더 이상 그런 생각이 안 들었다. 여름 날 아침 아롱진 빛을 받고 있는 붓꽃과 작약 앞에 홀로 서있는 이 순간들로도 충분해 보였다. 모든 곳에 있되 다른 어디에도 없는 이 순간.

집에서 폴에게 위로가 될 만한 물건을 몇 개 가지고 왔다. 좋아하는 베개들, 무설탕 초콜릿 푸딩, 채식주의자용 블루베리 오렌지 머핀(내 그리운 음식), 그를 편안하게 해 줄 친구와 가족들의 사진들, 지루할 때 들춰볼 만한 크리켓 화보집, 제일 편안한 가운, 그리고 '곰'이었다. 폴은 우리가 플로리다에서 사온 이 곰 인형과 수다를 떨었고 옆에 둔 채 텔레

비전을 보곤 했었다. 그가 좋아하는 음식을 몇 가지 갖다 주고픈 생각이
굴뚝같았지만 허용되지 않았기 때문에 피시페이스트, 와사 브레드, 닥
터 브라운 크림소다, 체서 치즈 등을 즐기던 별난 습관으로 돌아갈 수
없었다.

"잘 잤어요?" 그렇게 물으면서 만화에 나올 법한 팬터마임을 덧붙였
다. 눈을 감고 뺨 밑에 거의 평행으로 손바닥을 붙여 갖다 댔던 것이다.

"전혀!" 폴이 두드러지게 떨리는 소리로, 마치 모두 다 지워버리고
싶다는 듯이, 대답했다.

나는 그가 걱정에 사로잡혀, 배가 고파서, 비참하게, 홀로 잠에서 깨
어나는 모습을 머릿속으로 그렸다. 여전히 병원에서, 심한 실어증으로
거의 벙어리처럼, 아무 것도 하지 않고, 읽을 수도 쓸 수도 없이 누워있
는 모습을. 숫자도 읽지 못했으므로 시계를 보고 시간을 계산할 수조차
없었다. 돌아가 매일 손목시계를 찬다고 해도 시계를 거꾸로 차는 것이
보통일 것이었다. "한 *시간* 후에 돌아올게요"라고 하건 또는 "*하루 뒤*"
라고 하건 그에게는 아무런 차이가 없을 것이었다. 하루는 한 시간보다
크지 않았으므로 뭐라 말하건 똑같이 텅 빈 시선을 보내올 뿐이었다.
헤아릴 수 없는 암담한 시간들이 지나야 아침식사가 도착했다. 폴의 유
일한 외래 방문객인 나 또한 수많은 시간이 지나야만 올 것이었다. 나
는 공허한 시간이 이어지는 것이 그를 괴롭히고 있음을 알았다. 그래서
매일 아침 일찍, 면회시간이 시작되기 훨씬 전에 도착했다. 그러면 보
통 폴의 아침식사를 도와준 다음 그를 설득해 진저리치는 물리치료를
받으러 가게 할 수 있었다. 그는 물리치료가 믿을 수 없이 따분하다고
생각했으며, 또한 자신과 비슷한 고통을 겪는 많은 사람들의 모습이 불

안감을 증폭시킨다고 보았다.

폴이 어렸던 제1차 세계대전 후의 영국은 걸어 다니는 부상자들로 가득하여 연민의 한숨을 불러일으켰다. 전쟁 중 천만 명이 사망했으며 그 두 배가 부상을 입었으며 그중 다수는 뇌 손상을 입었다. 실어증 환자도 분명 많았겠지만 폴은 그에 관해서는 들어보지 못했다. 공식 신경 테스트조차 하지 않은 의사들이 허다했다. 그들은 그저 환자에게 오후의 차를 대접했고 먹고 마시는 행위를 관찰했다. 환자가 주로 사용하는 손을 들어 올릴 수 있나? 떨지 않고 컵과 받침 접시를 쥘 수 있나? 차 숟가락을 도자기 찻잔에 부딪쳤나? 늘어진 손가락이 있나? 입까지 잔을 들어 올릴 수 있나? 목이 막히지 않고 차를 마실 수 있나?

전쟁 전 마을의 뇌졸중 환자들은 주로 노인, 은퇴자로서 오래 살지 못했다. 반대로 전쟁 후 환자들은 주로 정상생활로 돌아가기를 갈망하는, 다른 면에서 건강한 젊은 사람들이었다. 독일에서 생긴 첫 재활 병원들에서 의사들은 치료의 근거를 어린 아이들이 말을 배우는 방법에 두었다. 즉 음향 하나하나, 음절 하나하나, 단어 하나하나, 구절 하나하나 식이었다. 환자들이 특정한 음향을 내지 못하면 그들은 담배 연기로 원하는 음향의 모양을 그려내라고 지시했다. 폴이라면 심장전문의가 금했던, 흡연의 기회를 반기며, 꿈과 옛날 사진들, 그리고 코냑 한 병과 함께 편안히 기대앉던 소중한 기억과 결부시켰을 것이었다.

폴의 재활센터에서는 두 명의 물리치료사가 일상생활에 필요한 몸동작, 우리 몸속에 파고들어 우리가 당연하게 여기는 단순한 기술들을 익히도록 환자들을 반복 연습시켰다. 기술은 생득적인 것이 아니라 터득하는 것이다. 숟가락을 쥐는 것 같은 몇몇 동작은 요람에서 배운다.

어린 우리는 그 동작들을 익히는 과정에서 몇 번이고 실패해 부모가 웃음을 터뜨리며 즐겁게 카메라 셔터를 누르게끔 했다. 이들은 이제 재활센터에서 그 동작들을 다시 익혀야 했고 작은 실수들은 귀엽지 않았으며 오히려 슬프고 염려스러울 뿐이었다.

폴처럼 다루기 힘든 환자들은 병실에서 나오도록 달래 휠체어에 태워 장비를 이용해 의자로 들어 올리거나 밀어 옮겨야 했다. 환자들은 장난감이 흩어진 방안에 둘러앉아 빨간 고무공을 앞뒤로 차서 서로에게 보내기도 했다. 혹은 테이블에 앉아서 몸 양쪽을 모두 움직이면서 불안정한 한쪽 손으로 색색의 블록을 천천히 쌓은 다음 다른 손으로 이어 쌓았다. 폴은 손과 눈의 기능 협력을 위해 고안된 이런 운동을 굴욕적이고 매우 어렵다는 이유로 싫어했다. 뇌졸중으로 인해 폴은 오른쪽으로 향하는 시각통로를 잃어버렸다. 흔한 증상이었다. 뇌졸중은 그의 오른쪽 시각 영역에 맹점을 만들어내면서 눈과 시각령(시신경으로부터 흥분을 받아들이는 대뇌 피질의 부분—옮긴이) 사이에서 정보를 전달하는 특정한 섬유들에 손상을 입혔다. 이제 폴은 종잇장의 오른쪽 여백 혹은 접시 끝에 있는 음식을 보려면 머리를 오른쪽으로 돌려야 한다는 것을 기억해야만 했다. 그는 오른손잡이였으나 이제는 그 손으로 쥘 수 없었고 두 손가락으로 섬유를 잡고 감촉을 구분해낼 수 없었다. 손가락이 마비되었던 것이다.

한 벽감에는 흰색 주방이 있어 환자들이 집에서 쓰는 도구들을 잡아볼 수 있도록 했다. 미끄러운 그릇들, 긴 손잡이가 달린 냄비들, 단단히 잠긴 병이며 통들, 잘 안 열리는 냉장고 문 따위였다. 이론상으로 환자들은 안전하게 요리하는 법, 데거나 화상을 입지 않고 난로를 사용하는 법 등을 배우게 되어 있었다. 집으로 돌아가 독립적으로 생활하려면 꼭 익혀야 하는 기능들이었다. 그러나 폴의 시각에는 구멍이 나 있었고 단순한 단계적 지시도 따를 수 없었으므로, 그가 텅 비고 밝은 치료용 주방에서 무언가를 시도하는 일은 드물었다.

"거긴 혼란스러운 우리 같았어." 후에 그는 이렇게 말했다. "모든 물건의 귀퉁이가 날카로웠고 모양이 이상해서 내 손에서 떨어져 나갔어. 거울 같은 냄비들은 내 얼굴을 바로 되비쳐줘 환각을 일으키는 듯 했어. 그 얼굴은 동그란 금속에서 볼 수 있는 것 같이 뒤틀리고 병적이었으며 여기저기 괴상하게 희고 짧고 뻣뻣한 털이 솟아 있었어. 아니, 내 얼굴이 훨씬 더 금속성으로 느껴졌어. 시시한 블록과 공들은 어떻고. 그건 지진아들이 갖고 노는 건데도 난 그 블록을 쌓을 수도 없었고 공은 가까스로 굴렸지."

침대 사용법 익히기는 그보다 더 중요했다. 다른 무엇보다도 인간은 침대에 들어가고 나올 수 있어야 했다. 그건 아주 먼 어린 시절의 기억에 저장되어 있어 거의 유전적으로 보이는 기술이었다. 그런데 이상하게도 그 기술마저 망각될 수 있었다. 작업치료실은 뇌와 다른 신체부위 사이의 협동 능력을 되찾는 데 초점을 맞추고 있었으며, 침대에서 안전하게 빠져나오는 일 또한 예외가 아니었다. 침대에 기어들어가고 나오기 위해서는 균형을 잡고 몸의 각 부분을 교대로 사용할 수 있어야 하는데 사람마다 몸의 균형 중심이 각기 다르다. 뇌졸중 환자 가운데는 한 팔 또는 한 다리가 무겁게 매달린 경우가 많았고 그들의 평형상태는 완전히 바뀌어 있었다. 진행 과정에 좌절하며 아주 조금씩 나아가거나 질질 끌고 때로는 균형을 잃는 환자들을 보는 일은 고통스러웠다. 폴이 사지 이용법을 다시 배우는 것을 보고 있으려니 내가 그에게 물위에 뜨는 법, 물에서 걷는 법, 그리고 마지막으로 수영하는 방법을 가르치던 기억이 났다. 모든 사람이 헤엄칠 수 있으나 모두가 몸무게, 각도, 그리고 팔다리의 유연성에 따라 헤엄치는 방법이 약간 다르다. 폴이 침대에서 나오는 데 성공했을 때 젊은 물리치료사가 응원하는 모습을 보는 기분이 얼마나 이상했던가! 이렇게 되는 거로구나, 슬픔에 잠겨 나는 생각했다. 우리 모두가 언젠가는.

폴의 다음 재주는 의자에 앉는 것이었고 그는 그것을 마치 아주 높은 곳에서 거의 떨어지는 것처럼 해냈다. 안전하고 단단한 의자가 뒤와 아래서 기다리고 있었지만 폴은 몸이 내려갈 때 한 손을 뒤로 뻗어 그것이 거기 있다는 사실을 확인해야 했다. 몸을 일으킨다는 것은 체중을 이동하여 갑자기 요동치면서 스스로를 멀리 위로 떠우는 것이었다.

다른 환자들을 지켜보며 이동 보조기구 사용법을 익히는 가족들의 모습도 보았다. 여러 개의 지팡이와 보조 보행기가 제각기 순서를 기다리고 있었다. 폴은 한두 번 시도를 했고 지팡이를 가지고 가기까지 했으나 사용하지는 않았다. 돋보기를 끼는 것조차 자존심 상해하던 사람이었으니 지팡이를 들고 얼쩡거리는 자신의 모습은 상상할 수도 없었으리라. 하나 짚고 몸을 지탱하면 더 안전하게 걸을 것 같았지만 그는 원치 않았다. 어쩌면 그건 자신의 아버지의 모습을 보던 기억과 어떻든 관련 있을 것이다. 그의 아버지는 제1차 세계대전에서 한쪽 눈의 시력을 잃었고 소대원들 중 드물게 참호에서 살아남았으나 완전히 무사했던 것은 아니다. 그 시절 이래 현대 의술은 뇌졸중을 진단해주는 영리한 기계들과 더 좋은 치료법들을 고안해냈지만 안타깝게도 죽은 뇌세포들을 되살릴 방법은 찾아내지 못했다.

제7장

모든 면에서, 내 모든 감각에서, 길을 잃은 느낌이었지만, 나는 계속 폴을 지지하고 격려하는데 힘을 쏟았다. 비록 내 말을 알아들을 수 없었지만, 그는 사랑, 연민, 위안을 표현하는 내 얼굴을 지켜볼 수 있었고 내 목소리의 어조와 억양(이제 더더욱 중요해진)을 들을 수 있었으며 내 기분을 감지할 수 있었다. 포옹은 소리 없는 말을 전달해 주었다. 우리는 여전히 우리가 다른 사람이 하는 일을 지켜보고(또는 듣거나 그에 관해 읽고) 우리 스스로가 그 일을 하는 것처럼 느끼게 하는 놀라운 뇌세포를 말하는 *거울 뉴런*이라는 오래된 시스템을 통해 소통할 수 있었다. 뇌 앞쪽에 위치하며 작가의 동맹이라 불러도 좋을 거울 뉴런들은 우리 조상들이 언어, 기술, 도구 사용, 사회의 미묘한 몸짓들을 모방하도록 해주었으며, 우리가 예술에 감동 받고 우리가 라이벌들을 앞지르게 하거나 연민을 느끼도록 하고 겨울 올림픽을 관전하면서 선수들의 중압감과 흥분을 반쯤 체험하고 내가 "심한 비를 뚫고 달렸다"고 쓰면 독자는 마음의 눈으로 그 광경을 그리고 다리가 움직이며 발밑의 미끄러운 바닥과 비가 머리와 어깨에 퍼붓는 것을 느낄 수 있는 이유이기도 하다. 이 모든 것이 언어를 통해 가능하지만 언어 없어도 표정, 신체 언어, 몸짓, 애정을 통해서 알 수 있는 것들도 많다. 언어와 평생을 함께 한 나로선 무시무시한 생각이다.

"부와이트," 폴이 갑자기 거친 소리를 냈다. "니트 소트 우피드."

입술을 어색하게 오므리고 다물면서, 혀를 구부리고 올리면서, 폴은 계속 단어를 발음하려고 노력했지만 절반쯤만 성공을 거두다 마침내 지쳐 포기했다.

아이랑 별반 다르지 않아, 나는 생각했다, *입술과 입을 협동시켜 말하려고 노력하면서 '나무들' 대신에 '아무들,' '최고' 대신에 '최호'라고 말하고 있어. 어휘가 아이의 목구멍 속으로 미끄러져 내려가는 듯 보이는 것만 제외하고 말이야.*

신생아의 뇌는 수십억 개의 뉴런을 갖고 있으나 많은 수가 아직 미완성이다. 약 여섯 살이 될 때까지 뉴런들은 맹렬하게 뇌에 도로를 낸다. 전정 작업이 시작되어 작은 가지들이 잘려나가고, 일부는 강화되고 일부는 버려지며, 마침내 뇌는 두개골과 세상 양쪽 모두에 꼭 맞게 된다. 또 한 차례의 대규모 조경작업이 약 10년 후 일어난다. 뇌는 어떻게 보존할 가지와 없앨 가지를 결정하는 것일까? 유용한 것을 지키고 나머지를 죽임으로써 뇌는 막대기 같은 연결을 확정시킨다. 마술이 뒤따른다. 어떤 게 유용한 것인지는 어떻게 결정하는 것일까? 가장 많이 사용하는 것이 유용한 것이다. 그리하여 기계적으로 지식을 습득하고 오용과 부정이 계속되고 나쁜 습관이 오래 지속되는 것이다. 어떤 방식으로든 자주 생각하거나 행동하는 것이면 된다. 그러면 뇌는 정말로 그걸 잘하게 되는 것이다. 어린아이는 성인에 비해 뇌손상 회복도가 훨씬 높은데 그것은 성인들의 뇌가 이미 복잡하게 연결되고 패턴이 이루어져 있기 때문이다. 어린아이의 뇌는 성인들의 뇌와는 달리 주로 옆에 있는 뉴런들을 짧게 연결한다. 먼 거리의 정교한 경로, 뇌에서 멀리 떨어져 있는 영역들을 연결하는 일은 성인들이 훨씬 더 빠를 수 있다. 복잡한 정보를 소화하고 큰 그림을 보고 어려운 결정을 내리는 능력은(우리가 때로 '지혜'라고 부르는 두루뭉술한 유령) 성인들이 더 뛰어날 수 있다. 그러나 성인 뇌의 복잡한 연결은 또한 많은 곳에서 취약하고 파괴되기 쉽기도 하다. 아주 어린 아이들은 (통제 불가능한 발작을 진정시키기 위해) 왼쪽 뇌를 모두 제거했을 경우조차 오른쪽 뇌가 언어 영역을 놀랄 만큼 훌륭히 운영할 수 있다.

성인들은 어떨까? 얼어붙은 눈길을 달려가는 크로스컨트리 스키 같지, 나는 생각했다. 처음 스키를 타는 사람은 길을 내기 위해 힘을 써야 하지만 다음 사람은 그렇게 힘을 들일 필요가 없고 그 다음 사람은 훨씬 더 매끄러운 길을 즐길 수 있게 된다. 사람들이 지나갈수록 길을 더 단단하게 더 깊게 다짐으로써 마침내는 거의 힘을 들이지 않고도 스키를 탈 수 있게 된다.

그걸 우리는 학습이라고 한다. 깊이 쌓인 눈 사이로 스키를 타기. 뇌는 그 노력으로 인하여 지치지만 경로를 사용하고 또 사용할수록 속도는 더 빨라진다.

나는 폴의 어깨에 팔을 두르고 격려의 미소를 보냈다. 왼쪽 뇌가 심각한 손상을 입었음에도 불구하고 폴은 이해했다.

왼쪽 뇌는 어린아이 또는 사설탐정과 같다. 끊임없이 *왜? 왜? 왜?* 답을 요구한다. 수수께끼를 푸는데 집착해서 뇌는 주저하지 않고 이야기를 꾸며낸다(직감, 예언, 미신). 포식자가 몰래 접근하고 있다면 잘못된 응답이 무응답보다 낫고 신속하고 섣부른 추측이 느리고 완벽한 응답보다 낫기 때문이다. 신경과학자인 마이클 S. 가자니가Michael S. Gazzaniga(인지신경과학자 ─ 옮긴이)는 좌측 뇌에 '사건과 감정적 경험의 설명을 찾는 장치,' 통역사라는 이름을 붙였다. 우리 조상들은 좋은 것이든 나쁜 것이든 사건이 *왜* 발생했는지 이해할 필요가 있었다. 미래의 사건들을 예측하고 미래 대비하기 위해서였다. 미스터리는 정신을 근질거리게 하고, 뇌는 합리적 대화라는 연고로 근질거림을 달래주려고 한다. 왼쪽 뇌는 호기심 많고 참견하기 좋아하지만 오른쪽 뇌는 잠자코 있는 편을 선호한다.

가자니가에 따르면 왼쪽 뇌는 우리로 하여금 자유의지로 행동하고 합리적인 환상에 젖도록 하는 스토리텔링을 계속하고 필요하다면 소설을 지어 퍼뜨린다. 왼쪽 뇌의 통역사는 "자기반성과 그에 따르는 모든 것… 우리의 행동, 감정, 생각, 그리고 꿈이라는 연속적 내러티브… 왼쪽 뇌는 개인적 본능이라는 부대에 우리의 삶에 관한 이론들을 가져다준다.""우리의 과거 행동에 대한 이 내러티브들은 우리의 의식에 침투한다. 이 내러티브들이 우리에게 자서전을 주기 때문에" 왼쪽 뇌는 자아의식을 불러일으키는 것이다.

폴의 왼쪽 뇌, 그의 통역사는 손상되었다. 폴이 무슨 일이 일어나고 있는지 이해하려고 몸부림친 것도 전혀 놀랄 일이 아니다. 그는 자주 손바닥을 펴 하늘을 향해 치켜 올렸다. *무슨 일이야?*라는 몸짓이었다. 그가 말로 할 수 없었던 것을 뇌가 몸짓으로 표현할 수 있었던 것이다. 내가 할 수 있는 일이라고는 애써 얼굴에서 걱정을 지우고 침착한 목소리로 천천히 설명하는 것이 전부였다. "뇌졸중이 왔던 거예요. 언어를 관장하는 뇌 부분에 손상을 입었어요. 당신은 잘 하고 있어요. 우린 이겨낼 거예요. 좀 쉬세요."

이 얼마나 이상한 일인가! 폴이 말을 할 수 없다니…. 그러나 그는 사회 감각을 잃지 않았고 여전히 에티켓이라는 것을 이해하고 있었다. 내가 알기로 거의 이해하지 못하고 기억은 더 못하면서도 폴은 의사들의 말을 주의 깊게 들었다. 그는 앉으라거나 병실로 들어오라는 몸짓과 함께 정중한 음성으로 간호사에게 인사했으며 간호사가 작은 플라스틱 컵을 주면 책임감을 느끼며 용감하게 받았다. 또 다시 군인 아버지의 어린 아들이 된 것처럼.

간호사실에서 찧어온 그의 알약들은 강력한 가루의 무지갯빛 팔레트가 되었다. 알곡 서너 개쯤의 양이었으나 야수파의 번개 같은 위력을 품고 있었다. 약효가 강력한 만큼 해가 될 가능성도 있는 병속의 번개 입자들. 신장결석과 요산수준 제어를 위한 '알로푸리놀'은 사과소스를 밝은 주황색으로, 혈액응고를 늦추어주는 '쿠마딘'은 바닐라 푸딩을 밝은 파랑색으로, 혈압약 '프로프라놀롤'은 버터스카치 푸딩을 화려한 녹색으로 각각 물들였다. 다른 약들도 추가되었는데 이 뒤섞인 약에서는 매캐하고 쓴 냄새가 났다. 폴의 부어오른 오른쪽 손은 뇌졸중으로 약해져 느리게 움직였으므로 스스로 약을 집을 만큼 뇌와의 협조가 이루어지지 않았다. 그는 순순히 입을 벌려 새처럼 받아먹었다.

내가 익숙해졌던 장면과 얼마나 동떨어진 것인가. 이십 년간, 폴은 아침마다 주방 카운터에 서서 여러 약들이 담긴 흰 플라스틱 병을 흔들어 자신이 원하는 알약이 맨 위로 올라오게 한 다음 그것을 집어냈다. 딱딱 소리는 어린 시절의 즐거운 소리, 자전거 바퀴살에서 퍼덕거리는 야구 카드 소리를 연상시켰다. 폴은 자신의 약에 관해 공부했으며 그 복잡한 스케줄을 외우고 있었다. 변하는 복용량을 계속 파악하면서 그는 날카로운 칼과 안정된 손으로 작은 알약들을 쪼갰다. 미로 같은 자동안내시스템에 불평을 늘어놓으며 전화를 걸어 약 리필을 받았고 약사 및 심장전문의와 침착하게 상의하곤 했다. 내가 곁에서 사랑과 쓸모 있는 의견을 주려고 노력하긴 했지만 그는 자신의 의약 생활을 완전히 통제하고 있었다(능숙했을 뿐만 아니라 과학에 대한 환상으로). 자신이 중앙아메리카의 독살무사 '보트롭스bothrops'에서 추출한 얻어낸 혈압 약을 먹고 있음을, 그리고 이 뱀에게 물리면 뇌졸중을 일으킬 수 있으나 반대로 신중하게 사용한다면 뇌졸중을 막을 수도 있음을 아는 걸 사랑했다.

간호사가 한 숟갈씩 약을 넣어 주었다. 폴은 약 하나하나가 미뢰味蕾를 건드릴 때마다 얼굴을 찌푸렸으며 몇 초간 입안에 머금은 후에야 삼킬 수 있었다. 그래도 그는 잘 참으며 약을 먹었다. 인슐린 주사도 그랬다. 인슐린 주사는 허리 위쪽 피부에 맞았기 때문에 바늘이 들어가는 것을 보지 않아도 됐다. 이전에는 인슐린 주사가 필요했던 적이 없었지만 혹시 집에서 투약해야 할 경우가 발생할 것에 대비하여 간호사가 내게 주사 방법을 가르쳐줬다. 내가 주사기를 다트처럼 잡고 찌르자 폴은 아파서 소리를 질렀다. 그의 눈이 으르렁거렸다. *그렇게 찌르지 마!* 폴이 직접 주사를 놓을 만큼 몸과 뇌의 협조가 이루어지지 않았으므로 매일 그의 허리를 찔러야 한다는 생각에 나는 두려워졌다. 주사기에 약물을 채우고 톡톡 두드려 산소 방울을 밀어낸 다음 살갗에 찌르는 의식에 익숙해지지 못할 거라는 생각 때문이 아니었다. 주사기에 인슐린을 너무 많이 투입한다면 그를 죽일 수도 있었다. 그 책임감이 나를 두렵게 했다. 한 번의 사소한 실수가 엄청난 결과를 불러올 수도 있었다.

또는 그가 커다란 실수를 할 수도 있었다. 폴은 '낙상 위험' 딱지가 붙은 환자들 중 한 명이었다. 그는 몹시 어리둥절해 있었던 데다 균형 감각에 이상이 생겨 움직일 때 휘청거렸고 시각마저 왜곡되어 있었으므로 더더욱 위험했다. '낙상 위험'으로 인하여 병실 문과 차트에 메모가 붙었으며, 환자복의 손이 닿기 어려운 부분에 줄에 달린 경보기를 달아놓아야 했다. 일어나는 데 도움을 받기 위해 벨을 울리게 되어 있었다. 하지만 그는 이 지시를 기억하지 못했다. 아예 처음부터 이해도 못했을 것이다. 화장실에 가야 하거나 집을 떠나 갇혀있는 이유가 궁금할 때 순간들은 엿가락처럼 길게 늘어졌다. 도움이 올 때까지 기다리지 않고 혼자 일어나다가 앞으로 넘어지면 줄이 홱 젖혀지며 벨이 눌리게 되어 있었다. *환자가 넘어졌음!* 간호사실의 벨이 딩동 울렸다. 그러면 간호사나 보조간호사가 그가 다쳤는지 아니면 화장실 사용에 도움이 필요한지 확인하러 달려와야 했다. 하지만 간호사실에 아무도 없고 나 또한 곁에 없으면 경보 벨에 대한 즉각 응답은 불가능할 수도 있었다.

집 생각에 사로잡힌 폴은 탈출을 시도하기 시작했다. 폴은 아무도 없는 때를 기다렸다가 어설픈 면도로 수염이 더부룩하고 피가 묻었으며 머리칼은 폭풍이라도 맞은 듯 헝클어진 상태로 등이 열린 환자복을 펄럭이면서 복도 아래쪽으로 걸어가 어디 있는지 모를 출구를 향해 느릿느릿 비틀거렸다. 한번은 착각한 마젤란처럼[*] 그 층을 헤맨 끝에 거의 엘리베이터까지 이르렀다가 간호사와 보조간호사들에게 붙잡혔다. 그들은 분노로 울부짖는 그를 침대로 끌고 왔다. 며칠 후에는 뇌와 몸의 협조 부재에도 불구하고 *경보기를 끄지 않고* 환자복에서 빠져나와 알몸에 신발도 잘못 신고 무단이탈해 벽에 착 붙은 채로 미끄러져 복도를 따라 내려간 일도 있다.

간호사들은 252호실의 반항적인 환자, 탈주자, 폴에 관해 불평하면서 *불응자*라는 명칭을 사용했다. 그들의 짜증은 쉽게 이해할 수 있었다. 요구가 많은 여러 환자들을 다루며 종종 과로하는 그들은 언제 정말로 위험한 짓을 할지 모르는, 사고뭉치 환자는 원치 않았다. 그들의 악몽은 자신의 책임 하에 있는 재활 환자가 넘어져 골반 또는 손목을 부러뜨리거나 머리를 다치거나 다른 방식으로 부상을 입는 것이었다. 폴의 탈출이 그들을 심술궂게 만든 건 당연한 일이었을 텐데 내가 여기서 마사라고 부를, 말투로 지위를 드러내는 갈색 머리의 퉁명스런 선임

---

[*] 최초의 세계 일주는 마젤란의 착각에서 비롯되었다. '마젤란'은 1505년부터 몇 해 동안 말레이반도의 '말라카'에서 근무한 경험이 있는데, 이를 계기로 동남아시아에 대해서는 정통하다고 자부했다. 이런 연유로 포르투칼이나 스페인을 출발하여 서쪽으로 항해를 하면 '말라카'에 도착할 수 있다고 확신하던 터였다. 물론 이 생각이 틀리진 않았지만, '마젤란'이 착각한 것은 서쪽으로 항해하여 '콜롬버스'가 발견한 신대륙의 남단을 통과하면 바로 말레이반도에 도착할 거라고 판단한 것이다. 지구의 크기를 실제보다 훨씬 작게 생각한 탓에 '태평양'의 존재를 상상조차 못한 것이다. —옮긴이

간호사가 특히 그랬다. 그녀는 주변에서 너무 얼쩡거리며 폴에게 필요할 때마다 간호사의 도움을 구하러 뛰어오는 나에 대해서도 무척 짜증이 나 보였다.

　나는 정신을 바짝 차리고 있으려고 애썼다. 친한 친구가 병원에서 정량이 아닌 약을 복용하고 거의 죽을 뻔했던 기억이 뇌리에서 떠나지 않았던 것이다. 다행히 의사 보조사로 일하는 이가 때마침 문병을 와 그녀가 혼수상태에 빠져들고 있는 걸 발견하고 재빨리 행동했다. 병원에서 사소한 실수는 매우 흔하게 일어나며 놀랄 일이 아니다. 직원들은 교대 근무하고, 환자들은 병원에 있기 싫어하고, 어려운 케이스가 반드시 존재하고, 노련하고 연민이 있는 의사와 간호사들도 있는 반면 그렇지 못한 이들도 있기 때문이다. 폴은 *불응자*였고, 마사는 정말로 짜증이 났다.

　이와 반대로 마티는 온화하고 비쩍 마른 남자 간호사로, 긴 갈색 머리칼과 친절한 미소를 갖고 있었으며 옛날 영화와 종교 철학에 관한 토론을 좋아했다. 이십대 초반의 건장한 여자 간호사 멜리사는 통상 투덜거리면서 병실에 들어와 말을 이해하지 못하니 듣기 또한 힘들 거라는 듯이 폴에게 큰 소리로 말을 걸었다. 이게 실어증 환자에게 얼마나 흔한 일인지 나는 알게 되었다. 친구나 낯선 사람들도 그랬는데 그것은 그럼으로써 환자의 감각이 정상을 회복할 수 있으리라는 좋은 의도에서 비롯된 것이었다. 그들 외에도 출입하는 다른 간호사들이 있었으나 곧 다른 사람들과 구분이 안 되게 되었다. 아무도 없던 병실 입구에 금세 생판 낯선 사람이 들어와 허리를 구부리고 환자를 보살폈다. 극히 짧은 놀라움의 순간. 어디서 이 사람이 나타났을까? 그러면 내 왼쪽 뇌의 통역사가 *왜?* 라고 물으면서 내가 궁금해 하고 있다는 것을 깨닫기도 전에 이미 실마리를 찾아내 가장 그럴듯한 답을 제시할지도 몰랐다.

리즈는 병원에서 인턴으로 일하고 있는 간호학교 졸업반 학생으로 다른 사람들같이 마술처럼 홀연히 나타났다. 리즈는 숨길 수 없는 간호 학생의 *백색* 유니폼을 입고 있었으므로 나는 그녀가 학생임을 금세 알았다. (크리켓 선수와 간호학교 학생들의 공통점이다.) 전에 복도에서 교사와 함께 있는 학생들의 무리를 본 바도 있었다. *나름대로 체계는 잡혀 있는 것 같군. 그렇지만 경험은 많지 않겠지. 그러니 지켜보는 게 좋겠어.* 나는 경계를 늦추지 않고 또 다른 새 간호사를 신중히 평가했다.

서른 살쯤 되었을 리즈는 금발 하이라이트를 넣은 짧은 머리에 키가 컸으며 몸집이 역삼각형이었다. 엉덩이와 다리는 가늘고 어깨는 근육질이었던 것이다. 우리는 리즈와 친해졌고, 차차 그녀가 파트타임 일(경주마 농장에서 건초더미를 들어 올리고 배설물을 치우는 일)을 하며 근육을 키웠음을 알게 되었다. 화장을 하지 않아 건강하고 경쾌한 스타일의 귀여운 여자 리즈는 자신보다 더 다부진 체격을 가졌고 나이도 더 많은 간호사와 함께 활달하게 방에 들어왔다.

"늘 학생 같은 기분이어서 서둘러 급히 걸어 들어온 거였어요." 그녀는 나중에 말했다. "간호과장이 내 뒤에서 내가 실수하는지 지켜보고 있었죠. 약품 관리에는 당연히 규칙이 많아요. 우리는 5대 '올바른'으로 일과를 시작하곤 했어요. 올바른 시간, 올바른 장소(먹는 약? 피하 주사? 정맥주사?), 올바른 복용량, 올바른 약, 그리고 올바른 사람이었지요. 올바른 사람이란 환자를 제대로 확인해야 한다는 뜻이에요. 환자의 이름과 생년월일을 물어보고 의료차트와 환자들의 팔목에 적힌 것을 대조해 이중으로 점검한다는 거죠."

"그래서 폴과 처음 만났던 일이 아주 생생하게 기억나요. 약이 가득 든 작은 컵을 들고 자신 있게 걸어 들어와 늘 하듯 폴에게 이름과 생년월일을 물었는데 완전히 당황해버렸어요. 폴은 희미하게 더없이 행복한 미소를 띠면서 즐겁게 대답했거든요. 그 미소는 *당신을 돕고 싶기는 한데 어떻게 해야 하는지 정말 몰라요.* 라고 말하는 듯 했어요. 실어증 환자를 만난 적이 없었거든요. 더듬더듬 간호과장에게 "이제… 어떻게… 해야… 하죠?" 라고 물었죠. 정확하게 기억하는데 간호과장은 "그냥 약을 드려. 우린 모두 이 분이 폴 웨스트라는 걸 *아니까*."라고 대답하더군요.

이후 리즈는 주로 혼자 나타났으며 그녀가 폴을 대하는 태도에는 무언가 나를 감동시키는 것이 있었다. 일례로 폴의 곤경은 리즈를 당황하게 하거나 불안하게 만들지 않는 것 같았다. 예전에 몸이 불편한 사람과 일한 경험이 있었을까? 아마 조부모가 뇌졸중을 앓았을까? 그녀가 숟가락으로 음식을 먹이는 모습은 전혀 어색하지 않았다. 아이가 있을까? 리즈는 귀먹은 사람을 대하듯 목소리를 높이지 않았고 언제나 그를 성인으로 대우해 이야기를 했으며 종종 웃거나 농담도 했다. 폴에게 말을 거는 그녀의 어조는 엄격한 한편 친절했다. 침대에서 나와 잠시 안락의자에 앉는 게 좋겠다고 하거나 그냥 자세를 바꾸라고 말하면 폴은 부루퉁하게 거절했다. 리즈는 폴의 등에 손을 넣어 그를 일으켰고 다리를 침대 밖으로 돌렸으며 어깨를 받치고 그가 의자에 앉도록 도와주었는데(그동안 유쾌하게 쉼 없이 부드럽게 수다를 떨며) 이 모든 일은 그가 미처 반항의 몸짓을 시도하기도 전에 이루어졌다.

나는 웃었다. 그도 웃었다. 그녀도 웃었다.

"포식자 간호법이에요." 그녀가 눈을 찡긋하면서 장난스럽게 웃었다.

리즈의 양말이 눈에 들어왔다. 의무적으로 온통 흰색 옷을 입고 있었지만 양말만큼은 요란한 주황색 점이 찍힌 걸 자랑스럽게 신고 있었다. *귀여운 양말을 좋아하는 여인*, 나는 생각했다, *마음에 드네*. 따분한 유니폼 차림으로 개성을 표현하기란 쉽지 않았을 것이다.

병동 간호사들이 폴의 탈출에 대해 투덜대는 소리를 우연히 들었을 때 못마땅하기보다는 묘한 존경심과 죄책감이 뒤섞인 감정을 느꼈다고 리즈는 말했다. 폴은 분명 혈기 왕성한 반항아로, 간호사들이 보고 있지 않을 때 환자복을 벗어던지고 문 쪽을 향해 꽁지 빠져라 달아날 만큼 꾀도 많았다. 비록 간호사의 입장에서 "폴은 말을 안 듣는 환자야!"라는 한탄에 전적으로 공감하기는 했으나 다른 한편 그 점을 존경하지 않을 수 없었다는 거였다.

나는 리즈가 어렸을 때 어머니에게 뇌졸중이 닥쳤다는 사실을 알게 되었다. 어머니는 비틀거리며 복도를 내려갔고 간단한 일을 해내느라 씨름했으며 몸 사용법을 천천히 다시 배우면서 세 명의 어린 아이들을 길렀다. 시간이 흘러 어머니는 완전히 회복했고 워싱턴 D.C. 도심의 문제가 많은 학교 유치원에서 다시 아이들을 가르쳤다. 리즈 특유의 단호한 친절, 배려 많고 유쾌하지만 논란을 용납하지 않는 어투는 서서히 체득되었을 것이라고 나는 생각한다. "*자리에 앉아요, 이제 우리는 모두 책을 읽을 거예요.*" 매일 다섯 살짜리 아이들을 가르치고 쫓아 다니며 즐거워하는 교사의 어투였다. 그녀의 아버지는 중서부의 한 소도시에서 목사로 일했다. 내가 점점 더 후줄근해지는 걸 보고 그녀는 내게

"보호자를 보살필" 필요를 환기시키며 집에 가 뜨거운 물로 목욕을 하고 낮잠을 자라고 제안했다.

물론 리즈의 말이 옳았다. 간병에는 엄청난 대가가 따르며, 나는 이미 그 전설적인 중압감을 느끼고 있었다.

제8장

모두 놀랐다. 폴이 더 많은 단어를 말하고 심지어 몇 개를 이어서 말하기 시작했던 것이다. 하지만 그의 기분은 암울했다.

"끝났어." 그는 절망적인 어조로 중얼거렸다. 마구 두들겨진 동전처럼 표정이 없었다.

"끝장났다고 느끼는 거죠. 우울해요?" 나 자신도 지치고 텅 비어버렸다고 느끼며 그럼에도 염려스러워 나는 물었다.

폴은 고개를 끄덕인 뒤 말을 찾느라 오래 헤맸다. 그의 정신은 표면으로 떠오르려고 몸부림치는 어떤 낱말로 끓어오르는 것 같았다. 차차 그의 얼굴은 말하려는 그것에 대한 명백한 경멸의 이미지로 이지러졌고, 그럼에도 결국 그 말을 내뱉었다. "졌어."

삼십오 년을 함께 살아온 나는 그의 깊고 통렬한 절망을 절감할 수 있었다. "끝장났다는, 패배했다는 느낌이에요?"

폴의 눈에 눈물이 고였다. 나는 그를 꼭 끌어안았다. 새로 세탁한 환자복에서 표백제 냄새가 희미하게 났다. 병원 냄새는 그의 체취를 낯설게 만들기 시작하고 있었다.

"이해해요." 우리 둘 다 안심시키려고 필사적으로 노력하며 나는 말했다. "끔찍했지요. 이제 단어 몇 개를 되찾았으니 다른 단어들도 돌아올 거예요."

"죽었어." 그가 무거운 어조로 말했다.

"죽었다고 느껴요?"

그가 나를 노려보았다. 나는 침대 옆에 앉아 늘어진 그의 손을 부드럽게 잡았다.

"죽었으면 좋겠어요?"

그가 고개를 끄덕였다. 그의 표정이 너무 황량해 나는 오싹해졌다. 《뇌의 문화지도》를 쓰기 위한 조사를 통해 왼쪽 뇌를 다친 환자에게 갑작스런 슬픔이나 한바탕의 분노가 흔히 일어난다는 것을 나는 알고 있었다. 나는 자살할 방법을 찾을 수 있을 만큼 폴의 기동성과 의식이 선명해진 것은 아닐까 두려웠다. 그는 하루 종일 우울해했고 나는 그에게서 눈을 떼지 못하고 근심하면서 주변을 맴돌았다.

나는 폴이 자는 동안 곁에 앉아 그의 양쪽 뇌, 그것의 삶에 대한 대조적 전망, 그것이 정신의 각 단면들을 주재하는 방식에 관해 내가 알고 있는 것들을 힘겹게 점검했다. 왼쪽 뇌는 수다쟁이, 이야기꾼, 다작 소설가, 사기꾼, 거짓말쟁이이다. 그것은 목록과 알리바이에 능란하고, 규칙체계를 중시하며(규칙이 없으면 기꺼이 몇 개를 고안해낸다), 결론을 도출하기 전에 정보의 편린들을 논리적인 방식으로 깔끔하게 정리한다. 왼쪽 뇌는 현실을 즐기고 자신이 발견하는 세계에 적응하며 행복한 곡조의 휘파람을 분다. 반면 오른쪽 뇌는 노르웨이 화가 뭉크Edvard Munch의 공포회화 〈절규The Scream〉이자 부정적 감정의 가마솥이다. 통찰의 마법사인 오른쪽 뇌는 사전에 답을 직감하고 세부에 들어가기 전에 큰 그림을 먼저 그린다. 오른쪽 뇌는 얼굴의 뉘앙스를 읽고 음악의 매력을 헤아리고 어휘를 감지하는 데 뛰어나다. 문장이 전달해 온 정보를 포착하는 것만으로는 충분하지 않으며 화자의 의도, 신념, 감정을 주워 모아야 한다. 오른쪽 뇌는 암시를 통해 문자적 의미의 회랑을 넘어 아이러니, 강렬한 감정, 은유, 풍자로 뒤범벅된 미로로 우리를 인도한다. 그리고 공간에서 소음을 정확히 잡아내어 응답의 필요 여부를 결정하며 만일 응답이 필요하다면 얼마나 절실하게 필요한지를 아울러 결정한다. 곡예사, 퍼즐 해결사, 예술가라 할 오른쪽 뇌는 환상의 신기루와 편안하게 받아들인다.

물론 반드시 이처럼 엄밀하게 구분되어 있지는 않다. 양쪽 뇌는 수학, 언어, 음악, 감정 그리고 다른 호기심을 불러일으키는 분야에서 협력하여 일한다. 대부분의 사람들은 왼쪽과 오른쪽을 혼합해 사용하는데 아주 능란하기 때문에 이런 차이를, 한쪽이 쉬지 않고 질문하는 동안 다른 한쪽은 묵묵히 일한다는 사실을 깨닫지 못한다. 어떤 사람들은 양쪽 모두를 동일하게 사용하고 어떤 사람들은 한쪽을 주로 사용하지만 우리가 '정신'이라 부르는 것은 경쟁이기보다는 불가결한 견제와 균형을 통한 협업의 결과이다. 폴의 손상된 왼쪽 뇌가 차디찬 슬픔을 상쇄하지 못한 채 오른쪽 뇌에 완전히 가려버리는 건 아닐까, 충분히 우울해질 만한 새로운 환경 때문만이 아니라 뇌의 치어리더가 무능력해져버려 그런 결과가 초래되는 건 아닐까, 걱정이 되었다.

저녁이 되자 남은 햇빛이 룸바를 추는 뱀들처럼 창을 건너와 깜박거렸다. 폴과 나는 환히 빛나는 창틀을 한참 바라보았다.

폴이 내게 몸을 돌리면서 애원했다. "집."

"아직 퇴원할 수 없어요." 내가 또 다시 타일렀다. "당신이 좀 더 안정되기 전에는 못 가요. 미안해요…"

그는 나를 향해 뻗었던 양팔을 무언가를 심는 것처럼 격렬하게 떨어뜨렸다.

"여, 여, 여기!" 그가 말했다. 병원에 있어달라는 애원이었다.

피로로 핼쑥해진 나는 너무 지쳐서 잠이라도 좀 자러 몇 시간 동안 집에 가는 거라고 다시 한 번 설명했다.

"나…를… *봐!*" 폴은 조소를 띠면서 속삭였다.

그의 고립, 무료함, 공포는 그에게 하나의 산사태였다. 그리고 내게는 뼈와 정신과 영혼을 으스러뜨리는 힘이었다.

당신의 가엾은 뇌, 나는 생각했다. *이제는 죽은 세포들의 무덤이 됐어.* 폴이 얼굴을 찡그렸고, 나는 한손으로 그의 베개를 바로잡으며 폴이 내 마음을 조금이라도 알까 궁금해 했다.

다음 날 아침 그의 기분이 어떨지 몰랐지만 하품을 하고 드디어 졸려 하는 모습을 보며 그가 그 밤을 무사히 잘 보낼 것임을 나는 알았다.

"내일 아침 일찍 올게요." 폴을 다시 안심시켰다. 피로로 정신이 흐릿해져 더 설명하기 힘들었다.

떠나기 전 당직 간호사에게 폴을 잘 보살펴달라고 부탁하고, 재활센터의 소장에게 애원의 쪽지를 써놓았다. 폴이 끔찍하게 우울해하고 있으며 죽어버리겠다고 반복해서 말하고 있다는 사실을 보고했던 것이다. 나는 폴의 눈에서 어휘를 잃는다는 것은 이미 죽었다는 것이며 남은 일이라고는 빈 껍질을 죽이는 것뿐이라는 생각을 읽었다. 그래서 소장에게 비록 폴의 뇌는 아직 상태가 고정되지 못했고 뇌가 얼마나 손상되었는지 그 전모를 알지는 못하지만 리탈린Ritalin(각성제 – 옮긴이)과 졸로프트Zoloft(항우울제 – 옮긴이)를 즉각 복용하는 게 어떨지를 물었다. 이 두 가지 약은 때로 뇌졸중 후에 처방된다. 나는 이 두 약의 투여 결과가 희망적이라는 내용을 읽은 적이 있었다.

리탈린은 뇌의 집행부로 계획 및 분석 기능을 수행하는 전두엽을 자극하는 것으로 나타났다. 임상연구에서 언어치료 세션 30분 전에 리탈린을 복용한 환자들은 더 빠른 진전을 보였다. 졸로프트는 기분을 개선시키지만 그게 다가 아니다. 일반적으로 우울증에 처방되는 졸로프트의 약효 중 드물게 언급되는 것 하나는 학습한 단어의 기억을 포함해 기억을 처리하는 비옥한 영역인 해마의 신규 뇌세포 연결을 촉진하는 것이다. 매일 수많은 뇌세포(수백에서 수천)가 새로 생겨나지만 새로운 것을 학습할 필요가 없으면 몇 주 안에 대부분 소멸한다. 그러면 더 많은 뉴런이 재생되고 상호 연결된다. 과업이 어려울수록 더 많은 뉴런이 살아남는다.

럿거스 대학의 신경과학자인 트레이시 쇼스Tracey Shors의 연구에 따르면, "학습은 새 세포가 살아남도록 구제한다." 우울증이 오래 지속되면 세포 형성이 급격히 느려지며 해마의 크기마저 줄어들 수가 있다. 기본적인 기억들도 사라진다. 프로작Prozac과 졸로프트를 비롯한 선택적 세로토닌 재흡수 억제제SSRI 계통의 항우울제는 다른 뇌세포들과의 연결을 잇거나 끊어 기분 변화를 알리는 한편 기억을 북돋우며 새로운 뇌세포 형성을 자극한다. 하지만 불행히도 이 뇌세포 형성이 실현되기에는 4주에서 6주가 걸린다. 이제 폴은 어느 때보다도 더 적절한 단어들을 기억해내고 그것들에 초점을 맞추고 오직 하나를 집어내는 능력을 필요로 했다.

각성제 암페타민류 약품인 리탈린은 불법 제조되어 거리에서 판매되고 있으며 고등학생과 대학생들 사이에서 대단히 인기를 끌게 되었다는 사실은 놀랍지가 않았다. 폴이나 나도 지금 학생이라면 그 약을 먹었을까? 그럴지도 모른다. 또는 이 약에 대한 열풍은 단순히 빠르다는 것은 낙오하는 일이고 우편 편지는 아마추어를 위한 것이며 "한 번에 하나씩"은 먼 옛날이야기가 되어버린 우리의 고속문화 특유의 현상일지 모른다. 리탈린은 아우성치는 감각의 바다에서 뇌의 집중력을 증진시키기 때문에 주의력 결핍장애 치료에(그리고 벼락치기 공부에) 인기를 끄는 것이다.

무언가를 새로 배운다는 것은 항상 뇌로 하여금 엄청난 에너지를 소모하도록 한다. 뇌는 학습 프로젝트에 수많은 뉴런을 투여하고 시간의 흐름에 따라 점점 더 많은 연결망을 구성하는 노력을 통해 결국 하나의 기술을 개발하게 된다. 하지만 이것은 주의를 집중한다는 것, 소란스러운 세상을 차단하고 중요한 세부 내용에 초점을 맞춘다는 것을 뜻한다. 폴의 뇌는 차단장치에 문제가 생겨 지나치게 많은 감각 소음이 계속해서 배어들어오는 상황이었다. 배경의 잡음을 차단하고 무엇이 됐든 긴 시간 동안 집중하는 일은 폴을 지치게 했다. 나는 〈신경과학Neurological

Science〉에서 제네바 대학 신경과학 센터 소장인 장 마리 아노니Jean-Marie Annoni의 '뇌졸중 피로' 증후군 관련 논문을 읽었다. 이 증상은 뇌졸중을 일으킨 환자의 절반이 겪으며 일 년 또는 그 이상 지속될 수 있다. 그것은 정상적인 피로가 아니라 혼란스러운 침체로, 잠이 많이 오지만 휴식으로 치료되지는 않는다. 생각은 조직화되기 어렵고 기억을 봉쇄하는 장애물이 발생한다. 진정한 기억장애이기보다는 뇌의 주의집중 능력에 발생한 균열이다. 혼란이 만연하여 뇌는 배경에서 대상을 발견하지 못한다. 숲은 나무들의 얼룩덜룩한 뒤범벅이 되고 피로한 뇌는 단 하나의 대상에 초점을 맞추지 못하는 것이다. 리탈린은 활동이 저조한 뇌 영역의 신경전달물질을 촉진함으로써 흐린 초점을 날카롭게 해준다.

폴은 하루를 거의 내리 자거나 치료를 받으며 보냈으나 저녁식사 후할 일이 거의 없어지면 새로운 활력을 얻곤 했다.

뇌졸중이 오기 전 몇 해 동안 우리는 우리가 딩배츠Dingbats라고 부른신나는 게임을 하면서 시간을 보냈다. 그건 경쟁이기보다는 흔한 물건을 독특한 방식으로 사용하여 둘이서 하는 일종의 정신적 솔리테어 solitaire(혼자서 하는 카드게임 - 옮긴이)라고 할 수 있었다. 마지막 게임에서 우리는 연필을 선택했다. 연필로 글씨 쓰는 일 말고 무엇을 할 수 있나?

내가 먼저 시작했다. "드럼을 친다. 오케스트라를 지휘한다. 마법을 건다. 실을 감는다. 컴퍼스의 바늘로 사용한다. 집짓기 놀이 나무빼기를 한다. 한쪽 눈썹위에 올려놓는다. 숄을 고정시킨다. 머리를 묶는다. 소인국 배의 돛대로 사용한다. 다트 게임을 한다. 해시계를 만든다. 부싯돌 위에 직각으로 회전시켜 불씨를 만든다. 가죽 끈을 묶어 새총을 만든다. 불을 붙여 양초로 사용한다. 기름의 양을 측정한다. 파이프를 청소한다. 페인트를 휘젓는다. 점괘판에 사용한다. 모래 속에 찔러 수로를 찾는다. 파이 받침용 반죽을 민다. 흩어진 수은방울을 모은다. 팽이의 지렛목으로 사용한다. 롤러처럼 유리창을 민다. 앵무새를 앉히는 횃대로 사용한다…. 연필 바톤 교체합니다…."

"모형 항공기의 가로날개뼈대로 사용한다." 폴이 이어받았다. "거리를 잰다. 풍선을 터뜨린다. 깃대로 사용한다. 넥타이를 감는다. 작은 소총 안에 화약을 다져넣는다. 봉봉 과자의 내용물을 테스트한다."

"그거 좋네요!"

"방해하기 없어! 훼방꾼을 막는 창으로 사용한다. 부숴서 납을 독으로 쓴다. 연의 실을 감는다. 풍향을 확인하기 위한 막대로 사용한다. 당신이 야생 침팬지라면 통나무로 사용해 개미를 납작하게 눌러 터뜨린다. 막 페인트를 칠한 벽에 부채 모양의 도안을 그린다. 금방 바른 시멘트에 당신 이름을 쓴다. 흠, 총병 쥐는 연필로 검술을 할 수 있고, 기사 쥐라면 그걸로 마상 창술 시합을 할 수 있다. 유사流砂를 테스트한다. 궁지에 몰린 타란툴라 거미를 잡는다. 당신 코를 들어올린다. 물에 적신다."

이렇게 우리는 정신의 긴장이 풀려 나른해질 때까지 또는 그냥 지겨워질 때까지 주거니 받거니 했다.

이제 폴은 텔레비전을 보며 시간을 보냈는데, 화면 속 내용을 정말 이해하는지는 분명치 않았고 단순한 리모컨 작동에도 애를 먹었다. 간호사 호출 벨도 여전히 헷갈려 했다. 리모컨과 벨 사용법을 아무리 거듭해서 보여주어도 좀체 익숙해지지 않았다. 호위를 받고 화장실에 가는 일은 불쾌해서 그가 원하지 않았지만 걸음이 불안정한데도 간호사 호출을 거부했기(또는 호출 방법을 몰랐기) 때문에 나는 계속 그를 도와주었다. 그는 스펀지 목욕을 좋아했고 한번은 친절한 간호사가 그의 다리를 힘차게 마사지까지 해주었다. 목욕 후 내가 무감각해진 등을 긁어주면 기분이 좋아져서 깊은 숨을 내쉬곤 했다. 나와 대화하고자 하는 일도 많았지만 내가 자신의 말을 거의 이해하지 못하자 결국 답답해하고 화를 냈다.

"여, 여, 여우가 돌아올 건가?" 그가 불안하게 물었다.

'돌아온다'는 단어를 포착한 내가 말했다. "만일 내가 떠나면 다시 돌아올 거예요."

"아니야," 그가 지우듯 손을 흔들었다. "멤, 멤, 멤, 스쿠치를 몰아."

"스쿠치… 어, 플로리다 잔디," 나는 혼잣말을 해봤다. "미안해요, 이해가 안돼요."

폴은 짜증이 나서 손을 위로 올렸다 내리며 내뱉었다. "꺼져!"

나는 소리 내어 웃었다. 그리고 웃음을 억눌렀다. 약 십여 년 전, 우리는 런던의 히드로 역에서 폴의 어머니가 있는 에킹턴으로 가기 위해 열차를 기다리고 있었다. 서둘러 걷던 폴이 역시 서둘러 걸어오던 파키스탄인 남자와 부딪쳤다. 두 남자는 동시에 왼쪽, 오른쪽, 앞, 뒤로 움직였고 그때마다 계속 부딪쳐 점점 더 화가 났다.

"꺼져!" 폴이 으르렁거렸다.

"얼간이!" 남자가 되받아쳤다.

그들은 서로에게서 비켜나 앞으로 걸어갔고 그렇게 그 희극은 끝났다. 훗날 그 사건을 웃으며 회상할 때 폴은 그것이 옛 대영제국의 영광이 역기능을 보여주는 실례라고 주장했다.

그가 그 날의 기억을 재현하고 있는 건 아닐 것이었고, 그저 어린 시절 에킹턴의 석탄 광부들이 하던 욕이 떠오른 것이었으리라.

내가 손을 내밀자 폴은 쓸쓸한 눈빛으로 그 손을 받아 부드럽게 쥐었다. 한쪽 주먹으로 매트리스를 누르며 다시 눕는 그의 모습이 조그맣고 야위어 보였다. 그가 얼마나 심란하고 어이없어 하고 있는지 눈을 보면 알 수 있었다. 그는 어느 날 용맹한 고투 후에 다음과 같은 글을 남겼다.

"실패로 부족해지고 잠시 번영했다가 별 볼일 없게 된 개인을 역사의 쓰레기 더미 속으로 밀쳐버린다 해도 많은 사람들은 용서받을 것이다. 그들은 말할 것이다. 한때는 그렇게 점잔을 빼더니 이제 이렇게 무시무시해진 이 사람은 누굴까? 석궁 같은 눈과 거추장스런 자세를 가진 이 사람이 인간이기나 할까? 그가 동정이나 특별한 감정을 받을 자격이 있을까? 아니면 그냥 지나쳐버려야 할까? 뭐가 잘못된 걸까? 차라리 모르는 편이 낫지. 그가 어떤 고통을 느끼건 우리는 조야한 야수의 몸뚱어리 안에서 썩어가는 그보다는 행복하고 명랑한 사람들과의 교제를 추구할 거니까…"

조야한 야수의 몸뚱어리. 그렇다, 나는 그걸 잘 떠올릴 수 있었다. 야생동물의 혼을 담고 뒤뚱뒤뚱 움직이고 야만적으로 깩깩거리는, 털북숭이 몸뚱어리를. 그것은 폴의 예술가 혼을 감추고 있는 거친 실어증의 전면이었다.

제9장

나는 실어증에 관한 모든 정보를 찾아 서재의 뇌 관련 도서들을 샅샅이 찾아내어 말 그대로 내 배움의 자리인 퇴창에 칩거했다. 폴이 입원해 있는 동안 그곳은 어느 때보다 더 피난처가 되었다. 나는 해결책은 아닐지언정 몇 가지 답이라도 찾기를 희망하면서 한 무더기의 책을 들고 안으로 올라갔다. 뇌졸중 소개서로 추천할 만한 책은 두 권이었다. 마사 테일러 사노Martha Taylor Sarno와 존 피터스Joan Peters의 《실어증 핸드북 : 뇌졸중 및 뇌손상 생존자와 그 가족들을 위한 가이드》는 국립실어증협회에서 나온 필수 안내서였다. 다른 하나는 존 G. 리온Jon G. Lyon의 《실어증에 대처하기》로 앞 책과 비슷하게 환자와 간병인들을 위한 책이었다. 아울러 실어증 발생 후 시간이 흐르면서 어떤 일이 생기는지를 설명하고 있었다. 책을 읽어가면서 나는 도움이 되거나 통찰력 있는 책들, 또는 도움도 되고 통찰력도 있는 책들을 골라 목록을 만들었다.

실어증이 최초로 언급된 곳은 기원전 3세기의 이집트 파피루스로, 그 문서는 알려진 것 중 최고最古의 의학적 기록이며 외상 수술 교과서였다. 파피루스는 머리 부상을 입고 코피를 흘리는 남자를 거론한다. "그리고 그는 말을 하지 못한다. 치료할 수 있는 질병이 아니다." 그러나 고대의 의사는 머리에 연고를 문질러주고 기름기 많은 액체를 귀에 부어주면 환자에게 이로울 것이라고 제안한다. 《오시리스와 함께 마시는 차》를 포함하여 고대 이집트를 배경으로 한 책을 두 권이나 썼으니 폴은 이 아이디어를 좋아할 것이었다. 폴이 그 장면의 으스스한 부조리를 묘사하며 느낄 법한 재미를 그려보면서 나는 혼자 낄낄거렸다. 그러다 예전과는 달리 이 역사의 어떤 것도, '그는 말을 하지 못한다'는 뜻의 상형문자도, 그와 공유할 수 없다는 사실을 우울하게 떠올렸다.

이 세 가지 상징은 내 눈에 각각 새, 채찍, 텐트처럼 보였다. 옛날 같으면 실없는 번역을 고안하여("새를 내게 던져, 그러면 널 열심히 때려줄게" 또는 어쩌면 영화 〈말타의 매The Maltese Falcon〉의 예고편) 그에게 웃으면

서 들려주고는 예의 기지 있는 반박을 기다렸을 테지만, 이제 폴은 그런 게임을 할 수 없었다. 어휘는 수십 년간 그의 취미이고 위안이며 집착이었다. 이제 그는 어떻게 시간을 보낸단 말인가? 아니 어떻게 시간이 그를 지나가게 한단 말인가? 장난감이 사라져 혼자 심심하게 지내야할 지금, 그의 하루는 확실히 전보다 길어졌다.

폴의 정신을 모든 어휘가 지워져버린 흑판이라고 상상했지만, 어쩌면 그가 문이 잠긴 교실 바깥에 있는 상황으로 보는 편이 옳았다. 모든 어휘는 비록 뒤죽박죽일지언정 안에 있었고, 함부로 뒤엉켜 낯선 언어로 변해버렸다. 그의 뇌는 사물에 정확한 어휘를 접합시킬 수 없었고 자신의 느낌에 가장 잘 들어맞는 단어를 골라낼 수 없었다. 하지만 머릿속에서 끊임없이 분출하는 단어들을 그는 들었을 것이었고, 그 어휘의 잡탕 속으로 빠져들고 있을 것이었다.

책들은 실어증이 언어의 상실이 아닌 불러오고 분류하는 기능상의 문제라고 설명했다. 어휘들이 서로를 밀어내면서 엉뚱한 단어만이 입 밖으로 나오는 경우가 매우 흔하다. 하나의 단어를 기억하는 일은 두 단계를 거친다. 원하는 단어를 정확히 짚어내고 그 단어에 해당하는 발음을 불러오는 것이다. 미약한 연결로 인하여 원하는 단어를 짚어내고도 어떻게 발음해야 하는지는 기억하지 못할 수도 있다. 또는 단어의 일부분만 생각날 수도 있다. 나 자신도 이따금 '혀끝에 뱅뱅 도는' 단어들을 한참 추적할 때가 있다. 보통 그 단어의 구조를 알고 있지만(글자의 모양, 초성이나 종성, 다음절의 여부) 단어 전체를 불러올 수 없을 경우다. 그래서 나는 폴의 좌절감을 이해했다. 폴은 자신이 무슨 말을 하고 싶은지 알았으며 뇌 안의 사전 또한 아직 온전했지만 표지가 완강하게 붙어 열리지 않고 있었던 것이다. 나는 그의 머릿속에 아직 성인이 살고 있으며 그의 글쓰기만 손상을 입었고 연결이 흐트러졌을 뿐이라고 나 자신에게 거듭 상기시켜야 했다.

다나 재단Dana Foundation(뉴욕에 근거지를 둔 사립 자선사업체로 과학, 건강, 교육 분야에 보조금을 지원하며 특히 신경과학 분야에 주력하고 있다—옮긴이)에 있는 한 친구에게 이메일을 보내 뇌졸중 전문의 하나를 소개받았다. 연락을 취했더니 기꺼이 폴의 MRI 사진을 보아주겠노라는 회신이 금세 왔다. 하지만 맥박 조정기가 문제였다. 자력이 티타늄으로 만들어진 심박 조율기의 설정을 엉망으로 만들어 치명적인 결과를 초래할 수 있었기 때문이다. 그보다 부정확하지만 CT 사진을 보낼 수도 있었다. 내가 요청할 수 있는 것은 예후, 그뿐이었다. 하지만 나는 정말로 알기를 원했을까? 닥터 앤은 "최상을 희망하되 최악을 준비하라"는 현명한 충고를 해주었다. 병원에서 상담한 심장질환, 신경과 등 여러 전문의들은 폴이 다시는 책을 쓸 수 없을 것이며 말하고 이해하기 또한 크게 나아지지 않을 거라는 암시를 내비쳤다. 뇌 손상의 정도가 너무 광범위했다. 암울한 전망이었다. 또 다른 전문가도 같은 말을 한다면 어쩌지? 폴을 대하는 내 태도는 어떤 영향을 받게 될까? 그의 한계를 안다면 희망도 포기할까? 그래도 노력하게 될까?

눈앞을 가로막는 장벽 때문에 나는 미궁에 빠진 느낌이었고 어떤 뚜렷한 시각을 간절히 욕망했다. 장벽을 조금이라도 잘라낼 수 있기를 원했다. 나는 뇌졸중 전문의가 예측을 보내주기를 열망했다. 그것이 현실을 바꾸어 주지는 않겠지만, 불안정한 의구심, 정보 없이 내리는 결정, 두려움, 당혹으로 가득한 현 상황에서 약간의 확실성이나마 얻을 수 있을 것이기 때문이었다. 우리의 장래와 *나의* 삶이 조금 덜 무계획적으로 보일 것이었다. 아무 것도 할 수 없다면 폴과 내가 무엇 때문에 더 많은 시련을 받아야 하겠는가?

그런가 하면, 내가 사실을 모른다면, 모르는 채로 살 수 있다면, 어떤 결과가 나올지 누가 아는가? 뇌는 임시변통하고 재배열하며 새로운 동기를 설정하고 일하는 법을 학습할 수 있다. 죽은 뉴런들을 재생시키지 못할 수도 있지만 손상된 뉴런들은 유연해지고 성장할 수 있다. 건강한 뉴런들은 새로운 임무를 수행할 수 있다. 노년에조차 새 뉴런들이 형성될 수 있으며 적절한 위치로 옮겨갈 수 있다. 뇌는 지략이 풍부한 포로이다. 우리는 아직 뇌의 마법이며 변경을 충분히 탐구하지 않았다. 셰익스피어William Shakespeare가 《한여름 밤의 꿈》에서 너무도 아름답게 묘사했듯 그것은 "공허한 환상에 장소와 명칭을 줄" 수 있다. 그러니 모든 것을 시도해보지 않을 이유가 어디 있나? 신참 세포들을 끌어올 수 있을까(아주 느리게나마, 그리고 끔찍한 노력을 통해서)? 그렇다면 그 세포들은 제대로 기능할까? 내가 폴에게 갖는 희망은 아마 비합리적인 것이었을 게다. 하지만 그에게는 유리한 특징 두 가지가 있었다. 폴은 70년간 언어의 마술사였으므로 대부분의 사람들에 비해 뇌가 더 많은 언어 연결을 형성했을 터였다. 게다가 그는 지독한 고집불통이었다. 나는 CT 사진을 보내지 않기로 결정했다. 안다는 것은 정신의 증기에 불과할 뿐 아니라 사람을 돌게 만들 수도 있다고, 나는 혼잣말했다.

내가 들여다본 책 중에 C. S. 루이스Clive Staples Lewis의 《헤아려본 슬픔》이 있었다. 영혼의 동반자인 조이가 암으로 죽어가는 동안 겪은 시련과 그녀의 죽음 후에 느낀 엄청난 슬픔을 풍성하게, 정밀하게, 솔직하게 묘사한 책이었다. 자신의 삶을 너무도 직접적으로 묘사했기에 루이스는 그 책을 가명으로 출판했다. 나는 그 책의 많은 부분에 공감했는데, 다음 구절이 특히 그랬다. "부당하다는, 뭔가 잘못됐다는 막연한 느낌이 모든 것에 번졌다." 그래, 맞았다. 부당하다는 느낌. 루이스의 슬픔의 힘에 나는 감동했다. 그가 "한밤중의 미친 순간들"이라 불렀지만 그의 경험은 광기로 이어지지 않았다. 그의 정신은 트라우마와 마주하면 냉담해지거나 무시하거나 고통을 삭이려고 무감각해지지 않고도 충격을 흡수할 수 있었다. 순간순간 느끼는 감정들이 지나갈지 영원히 지속될지 알지 못했지만, 그는 자신에게 지금 무슨 일이 일어나고 있는지 생각할 능력을 잃어버리지 않은 채 격렬한 분노, 자기 연민, 갈망, 비탄, 냉소 등 변화하는 상태들 속에 완전히 들어갔다. 좋지도 나쁘지도 않은 존재의 산물로서 고통을 찬찬히 바라보며 안고 산다는 것은 용기를 요하는 일이라고, 나는 생각했다.

나는 내 목소리가 어떻게 변했는지 이미 알고 있었다. 그것은 예전의 날카로운 억양을 잃고 견고한 새 높이에 정착했다. 사용하는 구절이 더 짧아졌고 느려졌다. 리듬은 명확하지 않았고 어설펐으며 가볍거나 춤추는 것 같지 않았다. 폴에게 말할 때도 단어들을 하나씩 하나씩 찾아낸 뒤 선명한 벽옥 조각들처럼 발음했다. 더 이상 수많은 형용사들을 붙여 죽 이어 말하지 않았다. 때로는 내 갈비뼈 안에 사로잡힌 딱정벌레처럼 느껴지던 걱정을 퍼덕이며 말했다. 하지만 나는 언어가 실패했을 때조차 우리를 묶어주고 위로해주는 고요한 애정의 따뜻한 촉감을 무척 좋아했다. 그리고 나는 정제되지 않은 슬픔, 연민, 동정심을 얼굴에 담은 친구들의 공감을 또한 좋아했다.

한량없는 슬픔에도 불구하고 나는 삶을 계속 사랑할 수 있을까? 루이스는 분명코 나보다 용기가 많았다. 불확실한 상태에서 살며 내 진짜 삶이 회귀하기를 기다리는 것은 얼마나 유혹적이었던가. 하지만 이제 *이것이* 내 진짜 삶이었다. 삶은 항상 바람직한 것만은 아닌 방식으로 경고도 없이 변화한다. 모두가 기이한 푸른 혹성에서 거대한 꿈을 가진 똑똑한 두발 동물의 하나로서, 살아 있다는, 불가사의한 모험의 부분들일 뿐이다.

"모두 모험의 부분"이라고 나는 스스로에게 되뇌곤 했다. 만트라처럼 소리 내어 되풀이했다. 그건 때로는 속임수처럼 느껴졌고, 때로는 고통에 빠진 정신을 가로질러 퍼지는 이해의 향유가, 우리가 의존하는 접질린 감정들을 위한 맑은 연고가 되기도 했다. 희망처럼. 또는 믿음처럼. "모두 모험의 부분." 청록색 조류藻類로 시작했지, 나는 생각했다. *아니, 더 전에, 바다 밑바닥에서 화산의 녹청綠靑에서 시작했어. 아니야, 그보다도 더 전에, 우리의 원자들이 회전하고 분출하고 폭발하는 태양이라는 화덕 속에서 형성됐던 시대에 시작된 거야. 아니야, 훨씬 더 전의 시공으로 가야해.* 그렇다면 빅뱅 이전, 우주가 하나의 덩어리로 뭉쳐 있던 시기를 상상해야만 했다. 무한한 진공을 떠도는 작고 부드러운 수소 덩어리 하나. 이런 상상을 하고 있으면 마음이 고통에서 호기심으로 슬며시 이동하곤 했다. 물론 단 몇 분간이었지만 그 순간들은 우리에게 주어진 전부였다. 순간들의 집합체이자 존재의 흐름이었다.

아이러니하게도 폴과 C. S. 루이스는 아직 젊은 여인이었던 조이가 죽어가고 있을 즈음 편지를 주고받은 적이 있었다. 죽음은 반쯤 사그라진 그녀의 정신을 쉽사리 휘저었다. 환자를 돌보던 루이스는 대체 어떻게 사람들과 편지를 주고받고 심지어 친구들과 시간을 보낼 수 있었을까? 이제 우리가 사교나 업무시에 늘 그의 질환을, 그 커다란 슬픔을 포함시켜야 했으니, 폴의 뇌졸중으로 인해 나와 친구들의 사이는 멀어질까? 파머스 마켓에서 으레 그러듯 신선한 채소, 공예품들, 그리고 다민족 음식들 사이를 배회하는 동안 몇몇 친구들과 마주친 일이 있다.

모두가 하나같이 즉시 물었다. "폴은 어때?"

전에는 "어떻게 지내?"라고 물었던 친구들이다.

나는 내 관계들에 변화, 그것도 중대한 변화가 생길 것이며, 나를 사랑했던 사람들은 장차 일어날 일들에 따라 함께 변해갈 거라고 혼잣말을 했다. 그렇게 희망했다.

지방 풍경을 찍는 사진작가 친구에게 나는 말했다. "폴에게서 잠시 벗어나고 싶어. 그 이야기는 하지 말자. 요즘 하는 작업은 뭐야?"

그렇지만 폴의 뇌졸중은 내가 하는 말의 대부분에 비집고 들어왔다. 모든 화제가 그것과 연관된 듯 보였다. 나는 완전히 빠져 있었고, 아무리 그러고 싶어도 그 생각을 몰아낼 수 없었다. 그건 그냥 트라우마가 아니라 일종의 최면이었으며 떨쳐버릴 수 없는 강박관념의 모든 특징을 갖고 있었다.

병원으로 돌아가 보니 폴이 맥없이 슬퍼하고 있었다.

'죽음.' 그가 우울하게 말했다.

그렇잖아도 지쳐있던 기분이 더 가라앉았다. 오전 언어치료를 위해 다가오는 켈리의 목소리가 복도에서 들렸다. 나는 밖으로 나가 폴이 아주 저조하다고, 살고 싶지 않아 한다고 경고의 말을 속삭였다.

"오늘 아침은 어떠세요?" 켈리가 짐짓 명랑하게 인사했다.

폴이 어깨를 으쓱했다. 켈리는 그가 일어나 앉을 수 있도록 숙달된 동작으로 침대를 기울여 올렸다.

"언어치료 준비는 되셨죠?" 든든한 미소와 함께 그녀가 물었다.

폴은 체념한 듯 고개를 끄덕였다. 켈리에게는 저항할 수 없었다. 짧게 친 금발, 파란 눈, 작은 체구를 지닌 그녀는 고등학생 치어리더처럼 보였다. 낙관적이고 희망찬 모습이었지만 미소는 늘 진실해 보였다. 환자의 곤경을 잘 알기에, 그건 쉬운 일이 아니었다. 켈리는 환자가 완전히 회복하리라고 기대하지 않았고 기대해서도 안 될 터였다. 그녀는 불완전한 이들과 연결된 이의, 심한 뇌졸중 환자들과 일하는 것에 익숙해진 사람의 미소를 지었다. 폴은 그녀의 편안함과 능력에 잘 반응했다.

켈리가 모음 '아'를 따라 발음하라고 하면 그녀의 지도에도 불구하고 폴은 50퍼센트 정도만 제대로 해낼 수 있었는데 그것도 먼저 한숨이나 하품으로 시작하는 일이 많았다. 그녀는 입술을 어떻게 내밀어 '에' '이' '오' '우'를 발음해야 하는지 보여주었다. 어릴 때 우리는 얼굴 근육의 줄을 잡아당기는 법을 배운다(혀를 말거나 튕기고, 입을 다물거나 하품을 하며). 혀짤배기소리를 내고 흉내를 내며 어떻게든 그 모든 것을 조율하는 방법을 습득하는 것이다. 열심히, 부모의 지도하에, 끝없이 반복하여 연습하는 가운데 뇌는 서서히 단어를 발음하려면 혀와 입이 어떻게 조화를 이루어 움직여야 하는지에 관한 무의식적 기억을 저장한다. 75년간 매일 사용한 자동인형이 줄의 일부를 잃어버릴 수 있다. 불가능해 보였지만 폴은 '후who'라는 간단한 단어를 말하는 데도 알파벳을 어떻게 소리 내고 입모양을 어떻게 만들고 혀를 어디로 움직여야 하며 폐에서 어떻게 소리를 끌어내야 하는지 모두 다시 배워야 했다.

켈리는 간단한 예/아니오 질문으로 그를 훈련시켰는데 폴은 절반 정도만 옳은 대답을 했다(그중 얼마나 많은 대답이 우연히 맞춘 것이었을까?). 질문들이 더 어려워지면서("펜으로 글을 쓰나요?" "토스터로 글을 쓰나요?" "코르크는 물속에 잠기나요?" "돌은 물에 가라앉을까요?") 폴은 대답에 더 많은 시간을 필요로 했고 옳은 대답을 하는 일이 더 드물어졌다. 이어서 그녀는 그림 두 개와 단어 하나를 보여주었고 단어를 천천히 발음한 뒤 단어에 맞는 그림을 가리키라고 요구했다. 폴은 역시 절반만 옳은 대답을 했다. 폴은 정말로 '개'가 무엇인지 몰랐을까? 어떻게 유리잔을 잊어버릴 수 있지? 방안에 있는 물건들의 이름을 말하며 그 물건들을 가리키라고 하자 이번에도 폴은 약 절반 정도만 맞추었다. 신체의 각 부분은 약간 더 정확하게 가리킬 수 있었고 다른 테스트에 비하면 뛰어나다 할 정도였다. 왼손을 이용해 이름을 쓰라고 하자(오른손은 너무 약해 펜을 쥘 수조차 없었으므로), 그는 간신히 알아볼 수 있는 글씨로 'PAUL'을 썼다.

"맞았어요." 켈리가 말했다.

"정말로요?" 폴이 불쑥 물었다. 순진하게 놀란 어조였다.

어떻게 저 말을 했지? 나는 의아해했다. 아주 매끄럽고 정상이야!

"성을 써보세요, 웨스트 씨."

그는 알아볼 수 있는 'W'를 썼고 나머지 글자들은 지렁이 기어가듯 썼다. 켈리의 얼굴에서 실망의 기미를 본 폴은 마라톤을 준비하듯 깊은 숨을 들이쉬고는 몇 번 망설인 다음 마침내 꺽꺽대는 소리로 말했다. "미… 미… 아아안해요.

켈리의 아침 진행 보고서에는 10퍼센트 진전, 그가 한 대답 두 건, 그리고 이전과 같은 내용들이 적혔다.

중증 언어 행동불능.
구어 행동불능.
중증 브로카 실어증.
연하 곤란.

리탈린을 약간 복용하면 오후 치료에서 더 잘 집중할 수 있었으나 한 편으로 더 짜증나고 화나게 만드는 것도 같았다. 아니면 치료 세션의 긴장과 좌절감 때문에 그런 것인지도 몰랐다. 또는 그냥 피곤해서 그런 것인지도 몰랐다. 이유가 무엇이건 치료가 끝나면 언제나 그랬고 따라서 나는 몇 시간 떠나 있다가 보통 오른쪽으로 휘돌면서 거꾸로 날아오르는 박쥐 떼들을 볼 수 있는 해질녘에 오후 치료라는 시련이 끝났다는 것에 감사하면서 돌아오게 되었다.

제10장

집 현관문을 열자 미풍이 흘러나왔다. J. G. 발라드James Graham Ballard의 단편 공상과학 소설 《스텔라비스타의 천 가지 꿈》에 나오는 집들처럼 마치 집에 심령이 깃들어 있는 것 같았다. 소설 속에서 집들은 주인의 신경 상태에 따라 히스테리가 될 수 있다. 벽들은 불안으로 땀을 흘리고 계단들은 주인이 죽으면 절규한다. 무거운 문을 닫고 들어와 주방 카운터에 열쇠를 내려놓자 딸칵 소리가 비범한 침묵 사이로 울려 퍼졌다.

축 처져 복도를 걸어가고 있자니 모든 것이 낯설어 보였다. 때마다 서류를 깨끗한 파일 더미로 정리해 울타리 삼곤 했던 내 서재에 이상한 무질서가 군림하고 있었다. 이제 책들은 깔개 위에 아무렇게나 누워 있었고 책상 위에는 뜯지 않은 편지들이 저절로 쌓인 두엄 더미처럼 청구서와 커피 컵들 사이에서 언덕을 이루고 있었다. 내 세계는 안팎으로 난장판이었다. 내 육신 또한 버려져 아무도 살고 있지 않은 것처럼 느껴졌다. 화장하기, 옷 갈아입기, 머리 감기 등 사소한 일들조차 내 무거운 어깨로서는 더 감당할 수 없는 짐처럼 다가왔다. 미립자 하나만 더 얹어도 나는 쓰러져버릴 것만 같았다. 나는 계속해서 먹는 일을 잊어버리고 있었고, 장을 볼 기운도 없었으므로 냉장고 또한 텅 비어 있었다. 결국 늘 파김치가 되어 비척거리며 침대를 향했으나, 폴이 누웠던 자리가 이상하게 비어 있고 그의 서재가 괴이쩍게 조용하다는 사실을 깨달으며 지쳐 잠에서 깨곤 했다.

때때로 광범위한 슬픔에 압도되었다. 타로 카드는 온통 상실을 예고하는 가운데 걱정이 맥박처럼 고동치고 있었다. 최근 아버지, 어머니, 삼촌, 이모, 그리고 사촌이 잇달아 세상을 떠났었다. 어머니는 말년에 소녀 시절 알았던 이가 아무도 살아 있지 않다는 것을 종종 한탄하곤 했는데, 그게 얼마나 섬뜩한 느낌이었을지 비로소 이해가 되었다. 또다시 버려지는 것을 감당할 수 있을 것 같지 않았다. 인간은 마음의 발작, 근심의 발작에 아주 쉽게 굴복한다.

서재의 퇴창에서 시인으로서의 자아가 그림자를 빠져 나왔고 나는 다시 그녀의 시각, 내 어린 시절의 시각으로 사물을 보았다. 나는 친구 진이 손으로 꿰매준 아늑한 별 무늬 누비담요를 끌어올리고 창밖의 목련나무를 응시했다. 목련은 숨이 막힐 듯 파란 하늘과 무기질의 대지를 잇고 있었다. 나무껍질은 다림질 하지 않은 홑이불처럼 보였다. 두 마리의 굴뚝새가 탑 모양의 새집에 내려앉으려고 했다. 새들은 매끄럽게 내려앉는 것이 아니라 텅텅 부딪혔고 신호를 잘못 잡아 충돌했다. 알에서 갓 깬 새끼들의 소리가 희미하게 났다. 붉은 다람쥐 한 마리가 검은 호두를 높은 가지들 사이의 보루로 끌고 가 털북숭이 매머드의 껍질을 벗기듯 두꺼운 호두 껍질을 벗기기 시작했다. 금속성의 매미 울음소리가 단속적으로 들려왔다. 파리 한 마리가 방충망에서 춤을 추었다.

서구인들의 평균 수명은 80세, 또는 25억 초다. 그러니 인간의 표준에 따르면 폴은 이미 늙었다. 창유리에서 붕붕거리는 파리에 비하면 정말로 늙었다. 그러나 모하비 사막에 있는 4천 8백 41년 묵은 소나무 '메두살레Methusaleh'나 2백년을 산 물고기 볼락, 수염고래, 잉어, 그리고 거북이들 같은 다른 종류의 생명에 비하면 젊은 애송이에 불과했다. 실질적으로 죽지 않는 종족인 해파리에 비해서도 그랬다. 해파리는 폴립으로 시작해 성적으로 성숙하고 나이를 먹으며 늙어가다 폴립 단계로 돌아가 다시 성장하기를 무한정 반복한다. 폴의 앵글로색슨 조상들은 서른 또는 마흔 너머까지 살리라고 예상하지 못했다(주로 그 이후 치유되거나 억제된 질병 때문이었다). 폴은 혈압약과 당뇨약, 그리고 심박 조율기 같은 의료도구 덕분에 더 오래 살았다(심박 조율기가 있었더라면 폴의 아버지도 더 오래 살 수 있었을 것이다).

저녁 하늘을 내다보면서 조셉 캠벨Joseph Campbell(미국의 신화종교학자—옮긴이)이 "빛이라는 사랑스러운 선물을 향한 부드러움, 사물들이 *보이도록* 해주는 데 대한 조용한 감사"의 감정을 토로했을 때 느꼈음직한 어떤 것을 나는 느꼈다. 이제 나는 어느 때보다 이 같은 고요함과 연속성의 시공을 필요로 했다. 자연 속에 잠기며 나는 적절한 강장제를 처방받은 느낌이었다. 걱정이 있을 때면 언제든 하루를 쉬고 발밑에 단단한 흙을 느끼면서 걷곤 했었다. 나는 퇴창에서 물러나 뒤뜰의 정원에 들어가 잠시 걸으며 마음을 비웠다. 이윽고 이슬, 짙어지는 그림자, 지평선에서 낮게 드리운 분홍빛과 자줏빛의 집합이, 이어서 태양의 말없는 금빛 분노가 내 마음속으로 들어왔다. 그것들은 언제나 거기 있었다. 항상, 내가 그 전날 떠났던 바로 그곳에, 제 시간에. 그 사실을 깨달으니 말할 수 없이 안심이 됐다.

경탄하며, 열린 마음으로, 이런 순간들에 푹 빠져 있노라면 생기가 되돌아왔다. 자연을 주시하는 방법 가운데, 대상을 너무도 분명하고 생생하게 바라봄으로 인해 나머지 세상이 뒤로 물러나도록 하는, 일종의 기도가 있다. 그것은 대뇌 변연계의 격한 감정 뇌세포들을 가라앉혀 뇌가 잠시 쉬게 해준다. 태양이 빚어낸 생생한 장관은 내 마음의 쳇바퀴를 멈추게 했고 나는 그 온전한 순간들 동안 나는 여름의 과실들 사이에 그저 *존재했다*. 항상 그처럼 온전하게 자연 속에 잠기고픈 마음이 나지는 않았지만 그럴 수 있을 때면 자연은 어김없이 나를 더 강하게 만들어주곤 했다.

저녁을 먹고 병원으로 돌아가 보니 폴이 깬 채로 침대에 누워 있었다. 이마가 침울하게 좁혀진 그 표정에 나는 점차 익숙해지고 있었다. 그가 아직 우울해하고 있다고 해도 놀랄 것은 없었다. 나는 창들을 뒤로 하고 폴의 오른쪽에 있는 의자에 앉았다. 창 너머로 핏빛 주황색으로 물든 석양이 하늘에 줄무늬를 긋고 있었다. '깨끗한 일몰'이었다. 빛깔을 흐릴 안개가 없었다. 이제 내 삶에는 수정처럼 맑거나 근본적인 것은 더 이상 없는 것 같았다. 내가 빛을 등지고 앉았으므로 폴이 내 얼굴을 보기 힘들었다. 그는 아이처럼, 근심스러워 보였다.

"무, 무, 무서워." 그가 더듬더듬 말했다.

"무서워요?" 내가 물었다.

그가 고개를 끄덕였다.

"뭐가 무서운데요?"

"멤, 멤, 멤, 당신이, 멤, 멤, 떠날 거잖아. 당신을 탓, 탓, 탓할 수는 없지." 그가 중얼거렸다. 그건 지금까지 한 말 중 제일 길었다.

이 작은 진전이 반가우면서도 그의 슬픔을 느끼자 내 흥분은 가라앉았다.

나는 그가 내 얼굴을 더 잘 볼 수 있도록 침대의 다른 쪽으로 돌아가 그를 껴안았다. 비록 그가 내가 하는 말 모두를 이해하지 못한다 해도 뭐랄까, 아주 오래 된 기술, 직관을 사용해 내 입술을 읽고 내 뜻을 해독할 수는 있었다.

"난 안 떠나요." 나는 그의 이마를 쓰다듬으며 안심시켰다. "이런 일이 당신에게, *우리*에게 일어나지 않았으면 좋았겠지만. 그래도 당신은 여전히 내 남편이고 나는 당신을 사랑해요. 당신을 버리지 않을 거예요. 걱정할 필요 없어요."

폴은 약간 고개를 끄덕였고 눈의 긴장을 풀었다. 이해했던 것이다. 그가 내 말을 믿었는지는 알 수 없었다. 내가 나 자신을 믿었는지도 알 수 없었다. 앞날을 누가 알겠는가. 나는 도로시 파커Dorothy Parker(미국의 시인, 단편소설 작가, 비평가, 풍자가—옮긴이)의 재담, "이 얼마나 신선한 지옥인가?"를 떠올리고 혼자 웃었다. 소리 없이, 좀 음울하게나마, 웃으니 기분이 좋아졌다. 이번만은 폴에게 그 문학적 암시를 이야기해줄 수 없었지만.

병원에서의 다섯 주가 지구 한가운데를 향하는 구멍으로 빨려 들어가듯 사라져 버렸다. 하지만 정말, 나는 병원에서 무엇을 했을까? 폴의 곁에서 자고 지켜보고 괴로워하고 지키는 것 말고는 거의 없었다. 그는 언어치료와 물리치료로 기진해져 매일 많이 잤다. 걱정과 경계심, 그리고 폴을 이해하려는 노력으로 나 또한 기진해져 많이 졸았다. 정의상 더딘, 기다림이 휙 지나갈 수 있을까? 시간과 하루가 흐릿해져 불확실하고 혼란스러운 새 일상으로 들어가면 그럴 수 있다. 시간은 평상시보다 훨씬 더 탄력적이 된다. 몇 분이 오랜 시간으로 늘어나고 하루는 눈 깜짝할 새 지나가버릴 수 있는 것이다.

폴의 뇌가 진정되고 부기가 가라앉기 시작하면서, 그의 언어능력과 이해력이 좀 더 개선되었다. 하지만 여전히 사람들을 분간하기 어려워 했고 여전히 "멤, 멤, 멤"을 끼워 넣으면서 횡설수설했다.

켈리는 매번 아침식사 시간에 왔고 폴은 많은 의미를 담은 몸짓으로 그녀를 맞았다. 손을 찻종 모양으로 구부려 그녀를 들어오라고 한 뒤 손을 부드럽게 돌려 앉으라고 했다.

딱딱한 플라스틱으로 된 아침식사 쟁반에는 오래 사용해 빛깔이 바랜 두껍고 파란 고무 컵과 모래 빛깔의 플라스틱 접시며 그릇들이 여러 개 놓여 있었다. 아침식사로는 포리지(오트밀에 우유나 물을 부어 죽처럼 끓인 음식─옮긴이), 걸쭉한 오렌지 주스, 걸쭉한 코코아, 그리고 반짝거리는 플라스틱 그릇 안에 든 푸딩이 나왔다. 걸쭉한 음료들을 좋아하지 않는 폴은 한손으로 그것들을 치워버리는 시늉으로 켈리에게 의사표현을 했다. 켈리는 뇌졸중으로 음식을 삼키는 근육이 손상됐기 때문에 걸쭉한 음료를 마시는 것이 중요하다는 사실을 다시 한 번 설명했다. 그는 오렌지 주스를 마시려고 했으나 주스가 흘러내리지 않는다는 사실에 짜

중단다는 몸짓을 했다. 켈리가 숟가락을 사용하라고 제안했다. 숟가락을 사용해 먹어야 한다면 그것을 액체라고 할 수 있을까? 나는 그렇게 생각하지 않았고 폴 역시 마찬가지라는 것이 분명했다.

"어떤 일을 하셨나요?" 켈리가 물었다.

나는 켈리가 과거시제를 선택한 것을 깨닫고 움찔했다.

그는 아침식사를 멈추고 몇 차례 말을 잘못 시작한 다음 한 손을 허공에 돌리면서 불분명하게 말했다. "책들."

"멋지군요. 선생님 책 이름을 하나 댈 수 있나요?"

말을 하려는 노력으로 몸을 움츠리며 폴은 단어들을 연결하려고 애썼지만 되풀이 해봐도 단어는 마치 절벽에서 굴러 떨어지는 것처럼 보였다. 의미 없는 소리의 잔해들이 튀어나왔을 따름이었다. 긴 횡설수설이 뒤따랐고 그러는 중에 폴은 더욱더 낙담했다.

폴이 자신을 다잡았다. 그런 그의 모습은 옛날 학자였던 자신을 사칭하는 것처럼 이상해 보였다. 그는 어깨를 딱 펴고 켈리를 똑바로 바라보았다. 켈리는 열중하여 폴을 살폈다. 나는 무슨 말이 나올지 기다리면서 숨을 죽였다. 그는 정신을 집중하고 숨을 들이마신 뒤 입을 열었다. "멤, 멤, 멤, 꽃… 꽃가루, 억, 멤, 멤, 꽃… 꽃가루, 멤," 그리고는 그보다도 긴, 알아들을 수 없는 말을 주절거렸다.

"나는 사람이란 말이야!" 그가 갑자기 불쑥 말했다. 그 말에 숨이 턱 막혔다. 그것은 우리가 함께 본, 심각한 기형으로 본래 말을 하지 못했으나 나중에 말을 배운 19세기의 한 남자에 관한 영화, 〈엘리펀트 맨〉에 관한 암시였다. 한 장면에서 성난 군중들에 의해 코너에 몰린 그가 소리 지른다. "나는 동물이 아니야! 나는 사람이야!" 다른 뇌졸중 환자들도 괴물처럼 느꼈을까? 몇몇은 분명 그랬으리라. 뇌졸중 이전에 어떤 삶을 살았건 그들은 그처럼 다시 보통 사람으로 돌아가기를 갈망했으리라. 말할 때 혀가 덫에 걸리는 것처럼 느끼지 않고 마음에 자물쇠가 채워진 것처럼 느끼지 않기를, 그것이 내가 폴에게 소망하는 전부였다.

"숨을 깊이 들이쉬고 다시 해보세요." 켈리가 강력히 권했다. "핵심 단어를 사용하세요. 천천히 말하세요."

몇 차례의 추가 시도와 일련의 "멤, 멤, 멤" 이후, 폴은 힘겹게 네 개의 단어를 끌어내어 중간 중간 끊어서 말했다. "장소… 파리들… 거기… 꽃가루." 그는 몸을 뒤로 기대며 한숨을 내쉬었다. 최선을 다했던 것이다. 나는 그가 호피족 카치나(우신雨神─옮긴이) 인형 제작사에 관한 자신의 소설 《꽃들 속 꽃가루가 쉬는 곳》을 말하려는 것임을 알았지만 아무 말도 하지 않았다. 몇 년 뒤 파리 갈리마르 출판사에서 이 소설의 불어판을 출판해 호평을 받을 것이었다. 그러나 현재 폴은 자기 작품의 제목조차 발음하지 못하고 있었다.

나는 끼어들지 않았지만 그냥 보고만 있지도 않았다. 나는 말없이 그를 응원했으며 마음속으로 옳은 답을 말했다. *아이들이 말을 배울 때 부모들도 이러겠지*, 나는 생각했다. 배우자가 심하게 아프면, 무기력하고 스스로를 책임질 수 없으면, 끝없이 보살펴져야 하면 관계의 많은 것이 바뀐다. 나는 폭삭 늙어버린 느낌이었다. 전날 밤 폴이 울면서 태아 자세를 취했을 때 나는 그의 목에 내 머리를 내려놓고 부드럽게 다독이면서 속삭였다. "쉬어요, 내 사랑, 좋아질 거예요." 자장가 '윙큰, 블링큰, 앤 노드Wynken, Blynken, and Nod'를 불러주자 그는 비로소 저 어딘가 높은 곳에서 자신을 붙들고 있는 부모의 팔에 안긴 아이의 맹목적인 신뢰로 잦아들었다. 나는 마치 불길을 막듯 몸을 동그랗게 말아 폴을 둘러쌌다. 그의 연약한 생명에 책임감을 느꼈다. 드디어 호흡이 깊어지며 그는 잠으로 떠내려갔고 그동안 나는 경계의 눈으로 어둠을 지키고 있었다.

나중에 알고 보니 폴은 전혀 다른 느낌이었다. *"아내는 한때 모두가 두려워하는 크리켓 선수였던, 커다란 아기를 껴안고 있구나. 그녀의 우울한 아기, 기형이 된 아기, 무방비한 피보호자, 더 늙었으면서 더 어리고, 미래는 어둡기만 하고, 어떤 일도 하지 못하고, 그래서 끝없이 동정받다가, 죽음에 이르고, 묻히고, 벌거벗은 묘석이 놓이고, 영원한 괴물로서 도굴꾼들에게 약탈당할 운명…"*

그처럼 연약한 상태에 있는 폴을 당연히 모성으로 돌봐줘야 한다고 나는 생각했지만, 폴에게 그건 아플 만큼 수치스러운 일이었으니 그건 그가 더 이상 자신을 돌볼 수 있는 사람이 아니었기 때문이었다. 그로서는 자신이 아는 폴은 이미 죽었고 묻혔으며 내게는 괴물을 돌보는 일만 남아 있었다. 폴은 스스로가 보기에 불쾌하고 처량한 괴물이 되었으며, 나 또한 혐오감을 느낄 거라고 생각했던 것이다.

무슨 일이 일어나고 있는지 폴이 겨우 알고 있는 것처럼 보였던 당시, 나는 폴이 이런 생각을 한다는, 또는 할 수 있다는 상상은 하지도 못했다. 고통을 겪는 그의 동물적인 부분은 나의 간호를 받아들였다. 그러나 고통 속에서 자신을 지켜보는 그의 내면은 내가 다시는 그를 존중할 수 없으리라고 믿었다. 이 어떤 것도 내 마음 속에 떠오른 바 없으며 나는 알고 싶지도 않았다. 다른 아무도 그를 간병할 수 없었고 설사 시작한다고 해도 계속할 수 없을 것이었다. 그들은 감사받지 못하고 부당한 취급을 받는다는 생각에 떠나갈 것이었다.

　대신 내가 그 곁에 앉아 자랑스러워하고 다음 순간은 걱정스러워하기를 반복하며 마음속에서나마 그와 고생을 함께했다. 그의 성공에 열광하면서 조용히 응원했다.

　"그거 좋군요." 켈리가 말했다. "찾아볼 게요."

　"그게… 좋아요?" 대답을 기대하는 낯으로 턱을 켈리 쪽으로 젖히고 그가 물었다.

　"참, 이란인들이 쫓고 있는 작가의 책을 샀어요."

　"스, 살. 만… 루시디." 폴이 자랑스럽게 말했다. 그는 가슴을 내밀면서 어린 학생처럼 방긋 웃었다. 옳은 대답에 우리 모두 놀라며 웃음을 터뜨렸다.

　40분 뒤 폴은 기진하여 침대에 몸을 기댔고, 켈리와 나는 복도에서 닥터 앤을 만나 그의 진전을 논의했다. *최상을 희망하되 최악을 준비하라.* 우리 희망 지표가 약간 올라갔으며 마침내 공기는 조금 더 가볍게 느껴졌다. 아무리 작다 해도 모든 진전은 선물이었고 나는 몹시 기뻤다. 분명 아직 더 좋아질 수 있다는 뜻이겠지? 비록 예전처럼 완벽하게 말을 할 수 없다고 해도, 비록 다시 글을 쓸 수 없다 해도, 비록 쉽게 헷갈린다고 해도, 최소한 폴은 남은 날들을 "멤, 멤, 멤, 멤"을 외치며 보낼 운명은 아니었다.

제11장

6월 하순의 밝은 아침, 폴은 진지하고 흥분한 표정으로 침대 끝에 앉아 나를 기다리고 있었다. 전에도 본 일이 있는 표정이었다. 그는 기차를 기다리는 교수처럼 걸터앉아 있었다. 환자복을 입고 있었지만 나는 나비타이에 트위드 재킷을 입은 그의 모습을 떠올릴 수 있었다.

"노, 노, 놀래줄 게… 있어." 폴이 다소 힘들게 더듬거렸다.

"나를 놀래줄 게 있다고요?"

자랑스럽게 웃으면서 폴은 어깨를 쭉 펴고 턱을 올린 뒤 천천히 깊은 숨을 쉬고는 선언했다. "나는 좋은 커피를 말해!"

"*좋은 커피를 말한다고요?*" 인정하건대 나는 약간 어리둥절했다.

그가 고개를 끄덕였다. "나는 좋은 커피를 말해." 그가 되풀이했다.

"*커피요?*" 나는 눈썹을 튜더 왕가의 아치 건축물처럼 올린 채 다시 물었다. *정말로 커피가 맞아요?*

"아니," 그가 소리 내어 웃으며 말했다. "나는 근사한 영어를 말한다고!" 그는 정말 그랬다.

"차이가 크지." 그가 조심조심 말했다. 밤새 그는 정말로, 그가 인식하는 것보다 훨씬 더 많이 진전했다. 뇌졸중 이후 그가 그처럼 흥분하고 그처럼 희망에 차서 그처럼 유창하게 말하는 것을 본 적이 없었다.

"당신, 말을 하고 있어요!" 나는 칭찬을 쏟아냈다. "잘 했어요!" 우리는 서로의 손을 꼭 잡았다. 우리는 얼마동안 이야기를 나눴다. 아니, 거의 정상적으로, 힘들이지 않고 바로 바로, 천천히 쏟아 붓듯, 그가 이야기를 했다. 그 말들은 샘물처럼 신선하게 들렸다.

제 시간에 들어온 켈리에게 나는 환한 미소와 함께 기쁜 소식을 전했다. "깜짝 놀랄 일이 있어요. 폴이 말을 훨씬 잘해요."

그러나 켈리가 인사를 하자 폴은 수줍은 듯 입을 다물었다. 실어증이 고통스러운 이유 중의 하나는 필요할 때 말하기가 어렵기 때문이다. 미리 계획된 것이 아닌 즉흥적인 응답들("*정말로?*"), 깨닫기도 전에 입 밖에 나오는 응답들은 실어증을 피해 훨씬 더 순조롭게 나올 수 있었다. 켈리가 30분간의 언어치료와 또 한 차례의 삼킴 테스트를 위해 폴을 데리고 나간 동안, 나는 폴의 병실에 남아 그의 수표책과 청구서들을 들여다보며 회계 문제를 정리하려고 노력하고 있었다. 폴은 항상 가계 지출의 절반만 기록했기 때문에 나는 혼란 속에서 어떻게든 중요한 청구서들을 찾아 그것들이 지불되었는지 여부를 확인해야 했다. 나는 창가에 앉아 호수 위 구름들이 형태를 바꿔가는 모습을 지켜보았다. 순간적으로 기차, 낙타, 긴 뿔을 가진 영양 따위가 보이는 듯 했는데, 그건 내 뇌 속의 번역가가 그것들을 식별하려고 했기 때문이었다. 폴의 뇌 속에서도 이런 기능이 여전히 일어나고 있었을까? 아니면 그의 번역가 또한 그러기에는 너무 손상되어 있었을까?

폴은 주로 여러 문장 조각들을 말했고 그럴 때마다 끔찍하게 좌절했으며 불만스러워 했다. 그는 자신의 이름을 커다란 블록체로만, 알아보게 쓸 수 있었다. 그래도 나는 그가 네 글자로 자신을 조금이라도 되찾은 것처럼 안도했다. 그것은 그의 이름 *PAUL*이 아니라 그의 세포들 속에 암호화되어 박힌 나선형 폰트, 또는 우리를 고양시키는 네 글자, 바로 *HOPE*(희망)였다. 언어치료 도중 켈리가 폴에게 자신에 관해 말해보라고 하자 그는 잠시 생각하더니 녹슨 기계를 테스트하듯 입을 크게 벌리고 마침내 말을 했다. "많은 책… 우리는 가… 플, 플로리다… 열넷, 아니 백사십, 아니 열넷, 아니 네 달 동안," 그리고 "수영." 그러더니 그는 비참하게 불완전한 대답에 고개를 흔들었다.

아침을 먹다 계란 스크램블이 기도로 내려가는 바람에 그는 위장 전체를 토해낼 것처럼 구역질하면서 격한 기침을 했다. 또 걸쭉한 우유를 조금 마시다가도 엄청나게 진한 기침을 오래 해서 나는 두려워졌다. 폴도 몹시 겁먹은 듯했다. 침착한 켈리는 몸을 앞으로 기울이고 횡격막 깊숙한 곳에서부터 기침을 하여 기도로 들어간 우유를 토해내는 방법을 폴에게 가르쳤다. 우유는 독사들처럼 희게 뿜어져 나왔다. 그녀는 다시 한 번 천천히 삼키는 일의 위험과 함께 먹는 동안 똑바로 앉아 있고 입에 음식을 한 조각씩만 넣고 삼켜야 하며 걸쭉한 음료수를 마셔야 하는 이유를 설명했다. 그녀는 음식을 삼킨 다음 혀로 훑으라고, 감각이 없는 입안 어느 구석에 음식 찌끼가 걸려 있지 않도록 확실히 하라고 당부했다. 마치 처음 듣는 말처럼 진지하게 고개를 끄덕이는 모습을 보며 나는 그의 뇌가 단기 기억 저장에 큰 어려움을 겪고 있음을 깨달았다.

장기 기억은 완전히 다른 이야기다. 뇌가 장기기억을 저장하는 데는 상당한 시간이 걸리고(때로는 며칠까지) 그의 손상된 뇌는 아직 기억저장 작업을 온전히 회복하지 못한 상태였기 때문에, 아마도 병원에서 보낸 시간을 전혀 기억하지 못할 것임을 나는 알았다. 나만 기억할 것이었다. 그 생각에 흠칫 놀랐다. 다른 누군가의 트라우마를 대신 저장해야 했던 적은 없었기 때문이다. 그 가슴 아픈 기억을 내 것으로 겪어내고 그뿐 아니라 훗날 그가 자신에게 무슨 일이 있었던 거냐고 물으면(틀림없이 그럴 것이었다) 재현까지 해야 하는 일이었다. 나는 정신적 짐을 짊어지고 그것을 내 자신의 것으로 삼음으로써 폴의 고급 뇌 기능(의사결정, 번역, 기억저장) 일부를 넘겨받은 것 같은, 하나의 뇌가 둘을 위해 수고하고 있는 것 같은, 이상한 기분을 느꼈다.

완전히 새로운 일은 아니다. 분리되어 있다는 느낌에도 불구하고 우리 뇌는 교사, 유모, 의사, 경찰, 농부 등 타인에게 곧잘 다양한 기능을 부여한다. 그리고 중대하거나 사소한 일을 매일 배우자에게 이양한다. 당신이 세금 처리해, 나는 대출 신청을 맡을 게. 당신이 장을 봐와, 나는 고양이를 데리고 수의사에게 갈게. 당신이 정원을 맡아, 나는 잔디 깎고 눈을 치울게. 플로리다 여행을 기획하고 살림을 꾸리고 일손을 고용하는 사람은 항상 나였다. 나는 뇌 밖에 정보를 저장할 수 있는 편리하고 고유하게 인간적인 재능에 감사하며 종이나 컴퓨터에 저장한 목록의 도움을 받았다. 그러나 이것은 중요도와 스트레스에 있어 전혀 다른 차원이었다. 나는 간신히 나 자신의 삶의 세부를 기억했고 나 자신의 운명에 책임을 질 수 있었다. 그런데 뇌에 본래 예정된 것보다 더 많은 과업을 부과하면 '간병인 스트레스'는 얼마나 더 많이 늘어날까?

손가락 끝, 위장, 그리고 발가락에 통증이 느껴졌다. 폴은 얼마나 가슴 아픈 투쟁을 하고 있는 것일까. 머릿속에서는 엉터리 단어들만 판치고, 심장은 불규칙하게 바람개비 돌 듯 뛰고, 팔다리는 낡은 창고의 널빤지처럼 기운이 없고, 입속에서는 '씩–잇'의 찌끼가 맴돌고, 감각은 유령의 집 거울처럼 엉망으로 엉키고, 안전하게 음식을 삼키지도 옷을 입지도 못하는 꼴로, 집에서 몇 광년이나 떨어진 시끄러운 성에 갇혀, 영문도 모르는 채, 말을 할 때마다 마귀 같은 경찰대가 소동을 일으키니 탄원할 길도 없다면, 나는 그걸 어떻게 견딜까? 나는 전처럼 우아하고 설득력 있고 논리정연하게 말한다고 생각하는데 내가 무슨 말을 어떻게 하든 아무도 내 말을 알아듣지 못한다면 어떻게 될까?

단 하루도 그의 처지가 되는 것을 상상할 수 없는데, 그게 몇 주씩 계속된다면… 평생 계속된다면? 공포도 그런 공포가 없었다. 정말 평생 계속된다면 어쩐단 말인가? 그처럼 오랫동안 비극의 구렁텅이 속에서 내가 자신감을 갖고 기다릴 수 있을까? 그럴 것 같지 않았다. *방정맞게 굴지 마. 엉터리 고백도 하지 마*, 나는 생각했다. 숨을 고르며, 나는 그를 진정시킬 수 있도록 나 자신을 먼저 진정시키려고 애썼다.

켈리가 떠난 다음, 폴은 몹시 슬퍼하면서 내게 토막토막 아포리즘aphorism(경구, 격언―옮긴이) 하나를 말해 주었다. "인간이라는 단어는 그 말을 들을 때 내가 보는 그것에 맞는 말이 아닌 것 같아."

"지금은 아니지만," 내가 말했다, "계속 시도해 봐요. 당신은 말하고 있어요. 그게 중요한 일이에요…. 당신 무척 지쳤을 텐데, 잠깐 눈 좀 붙이면 어때요?"

폴이 잠들자 나는 피곤해서 흐려진 눈으로 구내식당으로 내려갔다. 큰 공간에 조제식품과 육류 구이, 샐러드와 수프, 냉동 즉석 식품을 파는 코너들이 있었고, 반질거리는 나무 탁자들에 창문도 많이 나 있었다. 스트레스가 너무 많은 아침이었기에 내 모든 존재가 천 조각처럼 닳아 해지는 느낌이었다. 한숨 돌려야 했다. 다시 한 번 더 똑같이 진정한, 그러나 덜 파괴적인 '앎' 속에서 스스로를 잃는 위안이 필요했다. 마음이 떠돌기 시작하면서 그림자 속 자연주의자가 걸어 나와 쾌적한 풍경을 찾는 게 느껴졌다. 색색의 금속 표면이 햇빛을 받아 희미하게 빛나는 아래층 주차장, 먼 곳을 보는 표정으로 정문에서 줄지어 들어오는 사람들, 낮고 부드러운 소리를 내는 시냇물 옆에 있는 벤치와 작은 풀밭 둔덕, 식사 중인 사람들. 내 눈은 위로 끌려갔다. 길게 원호를 이룬 가운데 수많은 전구들이 오목한 공간 안에 삽입된 천장은 마치 반짝이는 은하수의 지류들처럼 보였다. 외형이 꼭 그렇다기보다는 추상적으로, 밤하늘의 한 원형으로서, 어린 시절 뇌가 해독하고 시간을 가늠하거나 먼 세상을 짐작하던 낯익은 광경으로서 그렇다는 뜻이다. 나는 미소 지었다. 우리는 병원의 식당에조차 자연을 실내로 끌어들여 그 우리 주위를 에워싸게 하지 않고는 못 배기는 것이다. 조화로운 음악이 희미하게 공중을 떠돌았는데 전혀 소란스럽거나 귀에 거슬리지 않았고 들어본 곡이라 뇌가 곡목을 놓고 궁금해 하지도 않았다. 왜 우리는 소리로 공중을 채울 필요를 느끼는 걸까? 우리 마음 속 깊숙한 곳에서 자연의 배경음이 있다면 더 편안해질 것이라 상상해서가 아닐까. 나는 이런

배반적인 생각이 즐거웠다. 내 마음이 폴과 그의 병에서 잠시 벗어나도록 해주었던 것이다. 내 세계의 껍질은 계속해서 갈라지는 가운데 나는 더욱 더 많은 휴식이 필요해졌다. 이내 또 다른 휴식이 나타났다.

한 여성 자원봉사자가 바퀴 달린 조그만 나무 서가를 밀며 내가 탄 엘리베이터에 탔다. 제목들을 흘깃 보니 시간을 보내거나 몰입하도록 해줄 재미있는 책들을 필요로 하는 보통 독자들을 상대로 한 것임이 분명했다. 그러나 다 읽지 않아도 무방할 그런 책들은 아니었다. 가장 아래 칸은 총천연색 표지들이 빛나는 얇은 어린이용 책들로 가득했다. 향수가 밀려왔다. 내 마음은 긴 휴면상태의 시냅스와 기억의 골목들을 뛰어넘어 몇 년간 한 번도 생각하지 않았던 어떤 것, 이동도서관으로 향했다. 내가 일곱 살적에 일리노이 주 교외에 있는 우리 집에서 겨우 두 블록 떨어진 지점에서 그 이동도서관이 멈추어 섰다. 바퀴 달린 알라딘의 동굴이라 할 수 있었던 이동도서관은 겉보기에는 평범한 버스나 트레일러 같았지만 안으로 들어가면 대팻밥 냄새, 광택제 냄새, 먼지 냄새를 풍기는 책들이 희미하게 빛나며 늘어서 있어 마치 진짜 도서관 같았다. 도서관 안에는 단단한 나무 책장들, 카드 카탈로그가 하나, 그리고 높이 꽂힌 책들을 훑어보기 위한 이동 계단이 있었다. 그 계단은 겨우 90센티미터 정도만 내 키를 높여줄 뿐이었기에 내 손은 여전히 높은 곳에 가 닿지 못했다. 하지만 어린이 책들은 가장 밑칸에 꽂혀 있었으므로 나는 카펫 바닥에 앉아 대여섯 권씩을 뽑아들곤 했다.

엘리베이터가 멈추고 휠체어를 탄 환자가 들어오기를 기다리는 동안, 지금 이 순간으로 돌아오기 전, 나는 할 수 있는 한 오래 기억 속에서 탐닉하고 있었다. 가로 30센티미터, 세로 20센티미터의 크림색 골판지에 '세계 여행자'라는 글자가 인쇄되어 붙어 있던 여행 가방이 떠올랐다. 처음으로 책들을 빌리기 시작했던 날 받은 이 가방에 나는 매주 새 도장을 받았다. 시골 도로를 운전해 내려오는 이동도서관의 분홍색 도장을 시작으로 노르웨이, 인도, 남아메리카, 아프리카, 스페인, 네덜란드, 소련, 스웨덴, 스코틀랜드의 도장들도 받았다. 그 노정의 어딘가에서 나는 자랑스럽게도 '독서상'이라고 씌어진 파랑색 공단 리본을 받았다. 도서관원은 그것을 내 가방에 멋지게 스테이플러로 박아 주었다. 나는 등이 금빛인 작은 책들을 특히 좋아했는데 병원 카트의 가장 밑칸에 꽂힌 책들도 마찬가지로 금빛이었다. 산타클로스가 하늘을 가로질러 썰매를 타고 내려오고 피노키오가 춤을 추는 책들이었다. 나의 책 사랑은 거기, 바퀴 위에 얹힌 자그만 왕국에서 시작되었다. 환상과 함께한 엘리베이터 안에서의 짧은 시간은 나를 다른 시간으로 데려가 주었다. 시간 여행의 그 달콤함. 프루스트Marcel Proust[*]에게는 마들렌이, 내게는 이동식 서가가 있었다.

엘리베이터가 다시 열리고 이동식 서가가 굴러나갈 때 나는 거의 따라가고 싶은 충동을 느꼈다. 서가의 소설들이 도피를 갈망하는 애서가를 유혹하는 '피리 부는 사나이' 같았다. 하지만 나는 반대방향으로 돌아서 폴의 병실을 향했다.

폴은 깨어 있었고 머리가 뒤엉켜 있었으며 앞에 놓인 점심 쟁반은 거의 손을 대지 않은 채였다. 이동도서관의 모험소설 어딘가에서 빠져나

---

[*] 《잃어버린 시간을 찾아서》를 쓴 프랑스의 소설가. 그는 마들렌 과자를 맛보고 옛 추억을 떠올린다.

온 야생의 도망자처럼 보였다. 어디 갔다 왔는지 말해주려 하는데 켈리가 오후 언어치료를 위해 들어왔다. 나는 언제나처럼 폴에게 보이지 않는 오른쪽 구석 창가로 가 앉았다.

"기분이 어떠세요?" 켈리가 폴에게 물었다.

"그저 먼지가 귓속에서 올라오는 것처럼 느껴요." 폴이 대답했다. "오늘 아침에는 이러지 않았는데." 켈리는 어리둥절해진 채 클립보드에 기록했다.

나는 '그저 먼지가 귓속에서 올라온다'는 시가 마음에 들었다. 그건 성경에 나오는 인간의 묘사처럼 들렸다. 하지만 그가 하려던 말이 아님을 나는 알았다.

"귀가 따끔거리는 거예요?" 내가 물었다. "최근 시작된 거고요?"

내게로 몸을 돌리면서 폴은 고개를 끄덕였다.

켈리는 그것이 좋은 징조라고 생각했다. 폴의 마비된 턱에 감각이 다소 되돌아오는 것일 수 있다는 것이었다. 손가락이 구부러진 폴이 글씨 쓰기가 매우 어렵다는 것을 안 켈리는 폴의 앞에 커다란 휴대용 컴퓨터를 설치한 뒤 그에게 자신의 이름을 쳐보라고 했다. 그녀는 일부 실어증 환자들이 하고 싶은 말을 타자로 치면 그 컴퓨터가 그 말을 해준다고 설명했다. 폴은 마치 공상과학 소설에서 튀어나와 그를 파리로 바꾸거나 블랙홀로 던져 넣는 도구를 보고 있는 것처럼 완전히 당황한 듯 보였다. 그는 'PPPPPPUUUUUUFFFFFF WWWWWES'라고 쳤다. 그가 그 글자들을 너무 오래 누르고 있었기 때문에 반복되었던 것이다. 폴은 철자에 애를 먹었고 자판에서 맞는 글자를 찾는 일도 제대로 하지 못했다(자판 오른쪽 글자들을 보지 못했다.)

"종종걸음은 안 좋다고 생각해요." 폴은 음울하게 말하고 기계를 옆으로 밀어냈다.

이후 며칠간 폴은 우울해 하면서도 말을 하고 알아듣는 능력이 천천히 지속적으로 좋아졌다. 치료 시간마다 켈리는 그에게 그림들을 보여주면서 그것을 묘사해 보라고 했다. 뭔가 이해할 수 있는 말을 할 때면 그건 대부분 아주 신기한 대답이기 쉬웠다. 갈색이 도는 붉은 색은 "팥죽색," 숲은 "웅장한 전투 장면," 식이었다. 그러나 그는 자꾸만 글자들을 뒤집어 사용했다. "출범하다sailed away"는 "팔려 나가다selled away"가, "이글루igloo"는 "레갈로legalo"가 되었다. 여전히 그는 "보이지 않아"(감각이 없는 자신의 입술에 관해서), "전혀 쓸모없어", "한 학기거나 십오 년이거나", "말할 수 없어"처럼 짧은 구절들을 대단히 명쾌하게 말했다. 하지만 그에게 그림을 묘사하라고 하면 거의 반응이 없었다. 그는 예/아니오 질문을 훨씬 잘 처리했다. 나는 말할 수 없는 충격을 받았다. 언어의 마술사가 대체 어떻게 된 거지? 그가 평생 갈고 닦아온 호화로운 상상력이 완전히 사라져버린 것일까?

켈리가 그에게 사과 그림을 보여주었다. "이 그림을 묘사해 보겠어요?"

폴은 기억을 몰아내듯 의심쩍게 머리를 기울이며 그림을 유심히 들여다볼 뿐 말이 없었다.

켈리가 천천히 물었다. "이 사과는 무슨 색인가요?"

대답이 없었다.

"*파랑색*인가요?" 켈리가 물었다.

폴은 생각했다. "아니오."

"주황색인가요?"

"아니에요."

"빨강색인가요?"

"네."

"맞았어요! 자, 모양은 어떤가요?"

폴은 말이 없었다.

"네모인가요?"

"아니오."

"길쭉한가요?"

"아니에요."

"둥근가요?"

"네!"

"좋아요. 그럼 사과로 무얼 하지요?"

폴은 악취라도 맡은 듯 코를 씰룩거렸다. 나는 폴이 과일을 몹시 싫어한다는 것을 알고 있었다.

"아무것도 안 해요!" 그가 약간 몸서리를 치며 말했다.

사과는 먹는 것이라고 켈리가 설명했다. 폴은 낙담한 듯 보였다. 하지만 나는 그의 옛 본성이 깜빡거리는 것을 보고 기운이 났다. 그는 우리만 아는 농담을 했고 켈리는 알아차리지 못했으며 그에게는 아직 그걸 해명할 능력이 없었다.

그는 슬픔이 번진 얼굴로 내게 질문하는 눈길을 던졌다.

예전에는 그렇게 쉬웠는데, 나는 생각했다. *사과로 무얼 할까요, 먹는 것 말고?* 하고 물으면 장난스런 대답들이 줄줄 나왔을 텐데. 절반을

페인트에 담그고 벽에 찍는다거나, 계피와 정향이 든 통을 만들어 옷장 속에 걸어 둔다거나, 테니스를 친다거나, 도깨비불을 만든다거나, 벌집을 짓는다거나, 하는 대답들이….

나는 입을 다문 채 미소를 짓고 눈썹을 치켜 올리고 고개를 끄덕여 그에게 내 뜻을 전하려고 했다. *난 이해해요. 계속 해봐요. 지금 아주 잘 하고 있어요.*

그는 조금 부드러워진 얼굴로 다시 카드를 쳐다보았다.

켈리는 그에게 양복차림으로 공원을 걷는 남자의 그림을 보여주며 말했다. "그림속의 사람을 묘사하세요."

긴 침묵 후에 폴이 말했다. "권위주의자."

켈리가 이마를 찌푸렸고 미소로 입술이 살짝 벌어졌다. 환자들이 이 같은 세련된 다음절 어휘로 대답하는 일은 흔치 않았다. "좋아요. 그럼 다음은요?"

다음의 두 카드에 그려진 사람들은 한 단어 이상의 대답들을 유도해 냈다.

"서민," "서투른."

폴은 그림 속에서 사람들이 하고 있는 일보다 그들의 얼굴을 보고 있는 것 같았다. 얼굴을 읽는 기능을 주로 우뇌가 담당하기 때문이었을 것이다.

뇌졸중이 몰아닥쳤을 때 그의 왼쪽 각회angular gyrus가 그슬렸다. 통상 어휘를 찾거나 물체의 이름을 대거나 그림을 묘사하는데 어려움을 겪는, 사물의 범주들이 허물어져 버리는, 이른바 건망성 실어증을 부르는 부상이었다. 병소가 언어중추에서 시각령을 단절해 버리면 폴 같은 환자는 단어를 보고 그 단어의 의미를 말할 수도 발음을 불러낼 수도 없다. 읽기와 쓰기 기능이 망가지는 것이다. 사실 뇌는 그것들을 필요로 하지 않는다. 말하기는 아마도 약 2백만 년 된 고대의 섬망이겠지만, 읽기와 쓰기는 4천년 되었을 뿐인 최근의 집착으로 진화의 표준이자 순전한 사치인 것이다.

폴의 결손은 독특하게 그만의 실어증이었는데, 그것은 흔한 일이었다. 뇌졸중은 누구에게라도 일어날 수 있지만 실어증은 묘하게 개인적이다. 오직 사물의 이름을 불러오는 데만 곤란을 겪는 실어증 환자들이 있는가 하면 어휘를 고안해내거나 사람들의 말을 앵무새처럼 되풀이하거나 또는 단어 하나에 걸려 그것만을 반복하는 실어증 환자들도 있다. 게다가 강박적으로 휘파람을 부는 환자도 있고 강한 프랑스어 억양으로 영어를 말하기 시작하는 환자도 있다. 모두 병소의 소재가 어디인가에 따라 달라지는 것이다. 나는 폴이 줄곧 휘파람을 불거나 프랑스어 억양으로 말하지 않는 것에 감사했다. 하지만 그건 걱정거리도 못됐다.

켈리와 폴이 언어치료를 끝내기를 기다리는 동안 나는 혼자서 내 두려움들을 암송하고 있었다. 시력이 많이 손상된 그가 혼자 있는 게 걱정되었다. 중앙에서 오른쪽에 있는 모든 것들은 그에게 딴 세상의 것이나 다름없었다. 그는 고개를 돌려 직접 응시해야만 움찔 놀라면서 거기 있던 걸 알아차렸다. 75년간 폴은 세상을 익숙한 방식으로 훑어보았다. 생각할 필요 없이 뇌가 자동적으로 기능했는데 이제 그렇지가 못했다. 앞에 있었던 것이 오른쪽으로 이동하는 것을 보려고 넓은 호를 그리며 머리를 회전시키는 일은 시간이 흘러야만 익숙해질 것이었다. 현관의 계단이나 뜨거운 난로위의 냄비를 보지 못하면 어떻게 될까?

또한 폴은 걸을 때 휘청거렸고 쉽게 넘어져 일어나지 못하곤 했다. 실어증으로 인해 도움을 구하는 능력이 부족해졌다. 손상 입은 그의 오른쪽 팔과 손, 그리고 다리는 더 이상 예전처럼 체중을 지탱해주지 못했다. 심지어 목욕할 때도 도움을 필요로 했다. 몇 달 지나면 나아질 것이라고들 했으나 당장은 잠깐이라도 혼자서 몸을 가누지 못했다. 그를 집으로 데려가는 것이 옳다고 느꼈지만 나 혼자 힘으로 그를 돌볼 도리가 없었다. 할 수 있었을지도 몰랐다. 그러나 그러려면 내 독립을 완전히 희생해야만 했다. 우리의 삶은 영구히 바뀌었지만 나는 그의 병에 매몰되고 싶지 않았다. 그러지 않기도 어려웠으니, 거의 하루 온종일 누군가 보호자로서 그리고 바깥 세계와의 연결고리로서 기능해 주어야 했기 때문이다. 이 딜레마를 폴과 의논할 수는 없었다. 그는 자신의 부상 범위를 이해하지 못하는 것 같았고 최소한 지금 당장 자신이 예전처럼 자립적이지 않다는 점도 이해하지 못했다. 몹시 답답한 일이었지만 뇌졸중의 소재를 감안한다면 그리 놀랍지는 않았다.

베르니케 영역에 손상이 일어나면 뇌는 인지력 결손을 무시하고 자신이 정상적으로 활동한다고 믿기 쉽다. 폴의 사고능력은 손상되어 무슨 일이 일어났는지 충분히 파악할 수 없게 되었는데 그건 내가 부분적으로 고마워하는 아이러니이기도 했다. 폴은 휴식이 필요했고 때때로 다소 혼란스러워해 무엇이 위태로운지 또는 무엇을 잃어버렸는지 제대로 알지 못한다는 것은 감사한 일이었다. 그러나 어떻게 자신이 알지 못한다는 사실을 알지 못하는 사람과 의사소통을 하겠는가? 어떤 의미에서 그의 실어증은 그 자신보다 내게 더욱 선명했다. 오직 "멤"만 말할 수 있던 뇌졸중 초기 시절과 비교하면서 폴은 성취감으로 의기양양해했다. 최소한 이제 의사소통을 하고 있었으니까. 그러나 나는 그 성공이 한때 의미했던 성공과 얼마나 까마득히 먼 것인지 알았다. 그래서 매번 짧은 격려의 말을 전하는 한편, 그의 익숙한 정신의 파편들 속에 자리를 잘못 잡은, 다루기 힘든, 사라진 것들을 평가하려고 노력했다.

나 자신의 정신이라도 평가할 수 있었던 건 아니다. 내 의식은 해답을 찾아 대화와 사건들을 미친 듯 되돌렸으며 지난날들의 편린들을 샅샅이 추려냈다. 가능한 스스로를 현실에 잡아매고 순간에 살면서 내 정신은 더욱더 해방되었다. 내 정신은 지켜야 할 약속들을 만들고 명료함과 혼란을 드나들면서 도움이 된다면 무엇이건, 아무리 사소한 토막 정보라도 움켜쥐는 것처럼 보였다.

함께 있을 때마다 내 태도에 따라, 내가 얼마나 희망차고 긍정적이며 자신을 지지하는 것처럼 보이느냐에 따라 그의 회복 정도가 달라진다는 것을 공부를 통해 알고 있었다. 그것은 집에서의 나와 병원에서의 내가 달라야 한다는 것을 의미했다. 절망은 병실 밖에서 오직 친구들, 의사들하고만 공유해야 하는 것이었다. 뇌가 현실에 덜 매달림으로써 견딜 수 없는 고통에서 피하기는 했지만, 기계적으로 생각을 막고 터주기를 반복하면서 목소리에서 탄력이 사라졌고 얼굴에서도 활기가 사라지는 것을 느꼈다. 정상적인 반사작용을 가진 간병인들은 그들 세계의 새로운 무질서에 적응하는 한편 견뎌낸다. 뇌는 충격에서 자신을 보호하려고 투쟁하는데, 그건 좋은 일이다. 우리는 공기역학과 같이 정신을 작동시켜 장애물을 최소화하고 필수적인 것만 감당해야 할 필요가 있다.

그렇더라도 스트레스는 주의력이 지속되는 시간과 기억에 영향을 미치면서 마음을 흐트러뜨리는 법이라, 나는 여러 가지 일들을 자꾸만 잊어버리고 있다는 것을 알아차렸다. 부엌의 카운터에 죽 붙여놓은 색색의 포스트잇은 매일 내가 집을 떠나기 전 대부분의 일들을 상기시켜주었으나, 나는 여전히 차 열쇠를 어딘가에 잘못 두었고 여기저기 걸어야 할 전화를 잊고 있었다.

한 가지는 기억했다. 운 좋게도 우리 동네의 이타카 칼리지에 평판이 좋은 언어치료 프로그램이 있었다. 나는 치료사에게 전화를 해 가정방문이 가능한지 물었다. 폴은 간신히 퇴원해도 될 만큼 육체적으로 안정되었지만 말하기 능력이 많이 나아지고 있지는 않아 보였다. 게다가 이제 물리치료를 거부하면서 간호사들에게 진정한 골칫거리가 되었으며, 줄곧 집에 데려다달라고 요구하고 있었다. 집home은 또한 *자주 들르다* haunt의 어원이기도 한 인도유럽어족의 *트케이tkei*에서 나온 단어다. 폴은 자신의 옛 생활로 돌아가기를 필사적으로 원했다.

"봐요, 걸을 수 있어요… 앉아… 말 잘 들어. 이제 집에 갈래요!" 폴은 미소를 띤 채 그의 말을 무시하고 있는 치료사에게 억지를 부렸다.

"다시 선생님 혼자 힘으로 걸을 수 있는지 볼까요." 켈리는 살짝, 그가 넘어지면 붙잡을 수 있는 정도로만 뒤로 물러나 공간을 허락했다.

폴은 걸었다, 내내 투덜거리면서, 어깨너머로 그녀를 노려보려 몸을 옆으로 기울이면서.

"그게 선생님의 가장 심술궂은 표정인가요?" 켈리가 물었다. 그리고는 사람 좋게 덧붙였다. "선생님은 확실히 나아지고 있어요. 지난주보다 잘 걷고요. 이제 오른손을 볼까요?"

그 제안에 폴은 곧바로 풀이 죽어 손을 뒤로 홱 잡아당겼다. "아니,

그건… 그건… 아니… 그건…" 폴은 마치 그로부터 달아나고 있는 것들에 맞는 단어, 이를테면 "쓸데없어"와 같은 간단한 무언가를 찾아 페이지를 마음속으로 죽 넘겨보는 것처럼 성한 손을 퍼덕거렸다.

켈리는 폴의 오른손, 구부러진 작은 손가락을 들어 올렸고 폴은 울부짖었다. "지옥같아!"

"알아두세요, 난 가톨릭이에요." 한쪽 눈썹을 치켜 올리면서 켈리가 그를 놀렸다. 나는 터져 나오는 웃음을 억눌렀다.

"비켜요!" 켈리를 밀어내느라 폴은 거의 넘어질 뻔했고 켈리는 그의 환자복을 붙잡아 안정시켰다. 양손을 폴의 어깨 위에 얹고 켈리는 폴을 한쪽 구석의 작은 탁자로 이끌어갔다. 거기에는 시각적으로 주의를 방해하는 것은 하나도 없었다. 켈리는 다시 한 번 폴이 포크를 들어 올리고 손가락으로 컵과 펜을 쥐도록 도와주었다. 그러나 폴은 그녀가 그의 뻣뻣한 손가락을 너무 많이 구부려 구부릴 수 있는 한계를 넘어설 때 간헐적으로 실망의 신음소리를 내었다. 정말 실망한 것이기도 했지만 일부는 일부러 보란 듯 짜증을 내는 것이기도 했다. 그녀는 그것을 분명히 이해했고 너그럽게 받아들이면서 참을성 있게 일을 지속했다.

잠시 후 폴은 느닷없이 일어서며 말했다. "다 끝났어요. 가버려요!" 그리고는 엉덩이가 보이게 환자복을 펄럭이며 불쑥 나서서 병실 방향으로 향했다. 켈리가 그를 붙잡았다. 폴은 이미 지쳤고 자신도 짜증이 나 있었으므로 그녀는 그를 안전하게 침대로 데리고 갔다.

몇 년이 흐른 후 폴은 다음처럼 기억해냈다. *"마음속에서 나는 오직 거기 있는 척하고 있었을 뿐이다. 와자지껄한 소리들은 무음으로 내게 다가왔다. 이윽고 내 마음은 책속에 있었고, 다이앤을 뒤에 거느리고*

끝없이 헤엄치느라 몰두하고 있었으므로. 그렇다, 보이지 않는 찰랑임들. 그렇지만 내가 강하며 보호하고 있다는 느낌도 있었으니, 수로의 방랑아 다이앤은 내가 그녀를 안고 갈 때, 흙탕물이 마구 휘도는 아프리카 강 둔덕에 버려진 힘없는 어린 소녀인 척 했던 것이다. 아마존에서 피라냐와 아나콘다와 함께 수로를 거닐었넀던 그녀는 유능한 과거와 육체의 무게를 버리고 용감한 작은 생물이 되었고, 나는 하마와 호랑이의 습격에서 그녀를 구해냈고, 허세를 비웃으면서, 항상 안전하게 다른 쪽으로 건너가곤 했다." 폴은 자신의 영역, 자신의 초원에서, 다시한 번 사자 같은 슈퍼히어로가 되고 싶어 하고 있었다. 꼬멘다토레 데라 피시네, 수영장의 훈작사.

마지막 치료가 끝나고 떠나며 켈리는 우리 둘에게 먹는 일과 삼키는일의 위험성을 경고하는 지시사항을 다시 한 번 남겼다. "평상식, 걸쭉한 음료, 알약은 으깨서 되직하게, 조금씩 베어 물고, 조금씩 마시고, 무엇이든 먹을 때마다 구십도 각도로 똑바로 앉아서, 완전히 씹고, 입속의 것을 모두 삼킨 뒤 다음 숟갈을 뜰 것, 액체와 단단한 음식을 번갈아서 먹을 것."

폴은 알아들었고 지시사항을 그대로 따르겠다는 듯 고개를 끄덕였다. 하지만 우리는 모두 알고 있었다. 폴은 켈리의 말이 끝나는 즉시 한 자도 남김없이 모조리 잊어버릴 것이고, 끊임없이 상기시켜주어야 하며 가르치고 잔소리까지 해야 할지도 모른다는 사실을. 한 번 더 켈리는 삼키는 방법을 보강해서 일러주었고 모든 유동액에 '씩−잇'을 첨가해야 할 필요성을 강조했으며 그렇게 하지 않으면 음식 조각들이 기도로 들어가 폐렴을 유발할 가능성이 증대될 것이라고 했다. 폴은 폐렴을 몸으로 알고 있었다. 항생제가 나오기 이전인 제2차 세계대전 전, 폐렴은 그가 살던 마을에서 재앙이었고 아이였던 폴은 거의 죽을 위기를 넘겼다. 설명은 폴에게 했지만 실제 지시는 나를 위한 것이었는데 그건 폴이 '씩-잇'을 섞을 정도로 손이 날렵하지 못했고 양을 잴 정도의 인지력을 갖고 있지도 않았기 때문이다.

우리가 병원에서 지낸 근 여섯 주는 생리적 리듬을 망가뜨릴 만큼 길었다. 병원에는 오직 두 개의 시간만 존재했다. 극히 황량한 정오, 또는 해체된 밤이었다. 나로서는 그 형광색 꿈의 시간을 떠나는 일이 머나먼 행성에서 돌아오는 것처럼 느껴졌다. 폴에게는 그 일이 혼수상태에서 깨어나는 것처럼 느껴졌다. 그는 빛, 소리, 움직임, 그리고 색채의 세계로 풀려나가는 것이었다. 기적처럼 그는 다시 바깥으로 나와 풍경들을 서둘러 지나쳐 마침내 집에 도달했다.

집은 막다른 골목의 끝, 사슴과 스컹크, 마멋과 너구리, 토끼와 얼룩다람쥐, 그리고 다람쥐들이 자주 출몰하는 나무가 우거진 구획에 자리한 단층 건물이다. 새들도 많이 모여들었다. 주방에 면한 뜰 안에는 흔들거리는 정자가 서있었고 거기에 새 먹이통이 매달려 있었는데, 우리가 도착했을 때 마침 여섯 마리의 밝은 노랑빛깔 오색방울새가 가장 좋은 횃대를 놓고 다투고 있었다. 다람쥐 한 마리가 먹이를 노리고 먹이통의 지붕 꼭대기에서 몸을 날려 부딪쳤으나 그 과정에서 씨앗들이 흩어져 버렸다(어쩌면 그걸 목표했던 건지도 모른다). 터무니없고도 낯익은, 그러나 폴은 한 달 보름을 보지 못했던 광경의 하나였다. 정원이 제철을 만났다. 장미는 풍성하게 만발했고, 옻나무들은 핑크빛 꽃을 피워냈으며, 장식용 잔디는 키 큰 줄기를 흔들고 있었던 것이다. 폴은 오랜 여행 뒤에 육지에 닿은 순례자처럼 기쁨의 탄성을 내질렀다.

그러나 그는 차에서 내리지 못했기에 나는 그를 도와 걸리지 않고 차에서 내리는 방법을 찾아내느라 고심했다. 한때 타고난 것인 양 익숙했던 그 동작을 이제 잊어버렸던 것이다. 별안간 그 동작에 대해 생각을 해야 했다. 정확히 어떻게 해야 한 발을 땅에 내려놓을 수 있을까? 그리고 그 다음 발은? 내밀고 한손으로 움켜잡고(무엇을 잡지? 어디를 잡지?), 그런 다음 다른 하나를 내딛고, 그리고 끌어올려야 하나? 어설프게, 차근차근, 때로는 다시 좌석에 주저앉았지만 폴은 결국 밖으로 나왔고 꼭 죄는 껍질에서 벗어난 생물처럼 한숨 돌렸다. 다음으로 폴은 집안으로 들어가는 단계와 타협해야 했다. 수십 년간 자신이 책임졌던 바로 그곳이었다. 그러나 이런 걱정들은 그가 문지방을 넘어서며 지은 환희의 표정을 보자 슬그머니 사라져 버렸다. 폴에게 *집에 있다는* 것은 신선한 공기를 느끼고 햇볕에 살갗을 그을리고 자신의 침대에서 자고 익숙한 환경에서 잠을 깬다는 즐거움을 비등케 하는 일이었다.

오래된 집들이 6월에 풍기는 냄새가 났다. 모종의 열기가 카펫에 스며들고 대기를 스쳐가는 모든 산들바람이 섬세한 여름 냄새를 풍기는 계절. 여름 햇살이 화살처럼 걸러져 들어왔고 파스텔 빛 벽들은 부드러운 여름 햇살과 더불어 흔들흔들 춤을 추었다. 비척거리며 폴은 이 방 저 방을 옮겨 다녔다. 마치 사진으로만 보았던 곳에 처음 찾아온 사람처럼 보였다. 익숙해진 나머지 진부해졌던 사물들이 새삼 그의 주의를 끌었다. 거실에는 여러 색깔의 호피 카치나 인형들을 모아놓았고, 우리가 '버트람과 비불루스'라고 이름 붙였던 무거운 빈백beanbag(천에 플라스틱 조각들을 채워 의자처럼 쓰는 물체—옮긴이)으로 만든 토끼 모양 북엔드

bookend(책들이 쓰러지지 않도록 양 쪽 끝에 받치는 물체―옮긴이), 바르샤바 동물원에서 사온 바람을 넣어 부풀리는 치타 인형. 그 치타는 우리의 명절들을 장식했던 150센티미터 높이의 제멋대로 뻗은 히비스커스 나무 옆에 있었다. 코르크로 안을 댄 서재로 들어간 그는 모든 도구와 장난감이 자신이 떠났을 때 두었던 곳에 그대로 남아있는 것을 보았다. 그는 적갈색 사진틀에 끼운 그의 어머니와 아버지, 여동생의 사진을 찾아냈다.

어느 곤충학자가 1950년대에 이 집을 지었는데 비스듬한 지붕은 높이 뜨는 여름 해를 막아주었지만 낮게 뜨는 겨울 해는 고스란히 들어왔다. 거실에서 전망 창들을 통해 뒤뜰 전부를 볼 수 있었고, 덕분에 거실은 나무와 잔디 그리고 옅은 파랑색 수영장을 포함한 듯 보였다. 오래전, 살 집을 찾고 있던 폴은 벽난로 앞에 앉아 비스듬한 천장을 살펴보다가 갑작스러운 예감을 느꼈다. 이 집이 우리의 삶을 살아갈 바로 그 집이라는 것을 알았던 것이다. 그리고 우리는 그랬다. 가르치고 탐험을 나서면서도 반드시 이 조그만 영지로 우리는 돌아왔다.

수영장은 열려 있었고 햇볕은 뜨거웠다. 나는 폴을 뒤쪽 현관으로 데려갔고 햇빛을 받으며 팔걸이의자에 앉아 쉬도록 해주었다. 그는 머리를 하늘 쪽으로 젖히고 눈을 감은 채 몇 주 만에 처음으로 진정한 미소를 지었다.

제2부
love 말로 만든 집

제12장

마침 신경과학자 올리버 색스Oliver Sacks가 뇌에 관한 이야기, 그리고 마음이라는 황홀한 호기심 서랍에서 나오는 이야기들을 주제로 시내에서 강연을 하고 있었다. 그와 나는 함께 아는 친구들과 함께 저녁식사를 했다. 올리버는 폴의 뇌졸중 소식을 듣고 이튿날 오후 들르겠다고 했다. 오후는 폴이 대부분의 사람들을 피하는 시간으로, 텔레비전이라는 퀴클롭스(외눈박이 괴물─옮긴이)만이 안전하며 비판하지 않는다고 여기는 시간이었다. 덧없이 짧은 시간, 폴도 지구도 밝게 빛나지 않는 때였다.

올리버가 방충망 너머에 모습을 드러냈다. 상냥한 미소를 띤 그 흰 수염의 남자는 조그만 돋보기를 주머니 속에 밀어 넣고 있었다. 나는 그걸 알아보았다. 나 역시 사물들을 보다 더 자세히 들여다보려 사용하는 그 휴대용 눈을 주문할까 생각했던 적이 있었다. 짙은 갈색 눈동자와 청년 같은 얼굴을 지닌 그는 친절하고 조용한 사람으로 약간 수줍은 듯 보였다. 그가 폴의 병을 평가하는 데는 오래 걸리지 않았다. 그는 유익하고도 위로가 되는 말로 우리를 격려했다.

"의사를 포함해 많은 사람들이 뇌졸중 후 첫 몇 달이 기회의 창이라고 말할 겁니다. 그 창문이 닫힌 뒤에는 개선할 수 없다고 할 거예요. 그때쯤 회복하지 못한 게 무엇이든 다시는 회복시킬 수 없고, 여생을 그런 상태로 살아야 한다는 거지요."

"그들 말을 믿지 마세요!" 그는 부드러운 어조에 열정을 담아서 경고했다.

"언제든 지속적으로 나아질 수 있어요. 지금부터 1년 뒤건, 5년 뒤건… 내 친척 하나는 뇌졸중을 겪은 지 10년이 지났는데도 아직도 계속해서 나아지고 있답니다."

올리버의 말대로 우리 두 사람은 일부 의사들, 간호사들, 책들, 그리고 일반 상식을 통해 "기회의 창"은 뇌졸중 이후 약 3개월이 지나면 닫혀버린다는 경고를 듣고 있었다. 그 이상은 진전이 느려지면서 알아차릴 수 없을 정도가 된다는 것이었다. 부담스러운, 우울한, 그리고 그대로 전개될 가능성이 있는 메시지였다. 올리버가 그 메시지를 일축하자 우리는 안도했다. 아무리 작다 해도 폴이 어느 날 잃어버린 기술들을 회복하리라는 희망이 없다면, 그 삶은 어떻게 된단 말인가?

말하는 동안 올리버의 얼굴에는 말로 표현되지 않은 관심과 존중, 그리고 선의가 드리워져 있었다. 얼굴이란, 특히 폴처럼 언어를 빼앗긴 사람에게는 얼마나 잘 읽힐 수 있는가, 하는 생각이 떠올랐다. *거울 뉴런들아, 고맙구나, 우리가 바라보고 듣느라 바쁜 동안 고생스럽게 일하*

고 있구나. 나는 미소 지었다. 어떻게 그러는지 알 수 없었고 올리버 본인도 알지 못할 거라고 생각했지만, 심각한 문제를 이야기하는 동안에도 올리버의 눈은 명랑함과 희망의 빛으로 반짝거렸다.

올리버는 갑자기 부드럽게 자신의 무릎을 한번 두드리더니 폴에게 함께 "해피 버스데이"를 부르자고 했다. 물론 누구의 생일도 아니었다. 그런 다음 두 사람은 그들이 어린 시절 배웠던 블레이크William Blake(19세기 영국의 시인 겸 화가─옮긴이)의 기운찬 시 〈예루살렘〉의 한 구절을 멋지게 읊어 만남을 기념했다. 폴은 엉뚱한 음정으로 그러나 열심히 불렀다. 두 친구가 소년 시절의 노래를 부르다니, 정말 멋진 장면이었다. 폴 자신도 놀랐지만 그는 대부분의 가사를 기억할 수도 노래할 수도 있었다. 올리버가 희망했던 대로 폴은 정확한 단어보다 익숙한 패턴을 찾아내는 것이 훨씬 더 쉽고, 특히 음악이 동반한다면 더더욱 쉽다는 것을 알아차렸다. 어린이들은 알파벳을 비롯한 학습을 할 때 노래를 활용하면 아주 잘 익히는데, 그건 인간에 국한된 것이 아니다. 수컷 혹등고래들은 해마다 리드미컬한 라가raga(인도 음악의 전형적 선율─옮긴이)풍 노래를 부르는데 압운 덕분에 이 낮은 이중모음 노래들을 기억한다고 알려져 있다.

몇 년 후, 올리버는 《뮤지코필리아》라는 책을 출간하게 되는데, 그 책은 정보, 통찰력, 그리고 이야기들을 담은 서정의 보고로, "음악 요법"을 이용해 실어증 환자들이 의사소통을 할 수 있도록 하는 의사들에 대해 이야기하고 있다. 특히 좌반구 뇌에 큰 손상을 입은 폴 같은 사람들에게 음악을 적용하는데 이는 "실어증을 가진 사람은 노래하거나 욕설을 하고 시를 암송할 수 있지만 무언가를 제안하는 구절은 말할 수 없는" 경우가 아주 잦기 때문이다. 올리버는 폴에게 말로 할 수 없으면 노래로 표현할 것을 강력하게 권하며, 전망이 밝은 분야 중 하나인 선율억양 요법, 즉 실어증 환자들이 음악적으로 구절에 리듬을 넣으면서 말하기를 배우는 치료법에 관해 설명했다. 어린 시절의 동요를 노래할 때 느꼈던 재미를 다시 불러들여 뇌에 박힌 음악적 효과가 말을 하도록 돕는다는 것이었다. 가사들을 노래한 다음 천천히 말하는 법을 배운다. 오랜 시간이 요구되는 요법일 수 있으나, 실어증의 고통 뒤에 언어를 되찾을 수 있다면 못할 게 어디 있겠는가?

폴의 길 잃은, 실어증의 세계를 올리버는 진정으로 이해했으며 그로 인해 두 사람 사이에는 즉각적으로 친밀한 관계가 형성되었다. 그들의 옥스퍼드 시절, 그리고 관습적인 사회에서 이방인으로 성장한 영리하고, 별나며, 창조력이 넘치는 소년들이 느꼈던 특이함이 그들을 더욱 가깝게 만들어주었다. 올리버는 폴이 가야 할 길이 힘든 것임을 솔직하게 말해주었고 격려했으며 말하기 기능이 개선될 것이라고 믿었다. 그의 믿음은 폴의 기분을 고조시켰다.

올리버가 떠난 후, 폴은 교제, 사회성 발휘 노력을 중단하고, 푸른 어머니의 품으로 기어드는 소년처럼 곧장 수영장으로 갔다. 사다리를 오르내리기, 물속에서 균형을 잡기, 벌레와 잎사귀들을 걸러내기, 개구리 헤엄과 선헤엄 치기는 모두 훌륭한 물리치료가 되어 주었다. 눈에 보이는 물결들이 행복하게 주변을 맴도는 가운데 피로해진 눈과 입을 쉬어가며 커다랗고 말없는 피부로 물을 느끼며 표현할 수 없는 즐거움으로 미소 짓는 그를 보면서 나는 자신감을 얻었다.

뇌졸중이 오기 전, 수영장은 어휘 이전 또는 어휘를 넘어서는 가벼움을 제공했다. 그건 늦은 밤 또는 이른 새벽 홀로 생생하게 깨어서 쓰던 글과는 또 다른 황홀경이었다. 수영장은 때로 자신보다도 의식이 더 뚜렷하다고 그는 말하곤 했다. 아니, 내가 했던 말인가? 자세한 건 알 수 없었다. 아이디어와 표현들의 즐거운 담소는 비록 이 고귀한 '우리'로 말하지 않더라도(또는 생각으로 정리되지 않아도) 충분히 일어날 수 있다. 집으로 돌아온 이래 폴은 전에도 해마다 여름이면 그랬듯이 매일 오후를 수영으로 보냈다. 하지만 이번에는 가슴 아픈 이유가 추가되었다.

"여기가 언제나 행복한 유일한 곳이야." 그는 말했다.

넘실대는 연푸른 물결에 몸을 맡기는 한편 수영장에 비치는 마름모꼴 햇살에 넋을 빼앗긴 폴은 신비의 영역으로 들어가는 길을 찾아냈다. 뇌졸중 이전에는 항상 그치지 않는 음악의 소용돌이 속에서 느꼈던, 몸을 벗어난 가벼움이었다. 고전음악, 특히 인상주의와 낭만주의 음악은 폴의 일생을 즐거움으로 채워주었을 뿐 아니라 어머니에 대한 기억을 자극했으니, 그의 어머니는 그가 어렸을 때 마을의 모든 아이들에게 피아노를 가르친 훌륭한 피아니스트였던 것이다. 뇌졸중 후 그는 여전히 "해피 버스데이"같은 단순한 노래를 부를 수 있기는 했으나 갑작스레 음악에 대한 감정적 반응을 잃었다. 수영의 즐거움에는 클로드 드뷔시 Claude Debussy(프랑스의 작곡가)의 일렁이는 황홀경, 랄프 본 윌리엄스Ralph Vaughan Williams(영국의 작곡가)의 선율이 빚어내는 이랑, 프리츠 딜리어스 Fritz Delius(영국의 작곡가)의 싱그러운 목가적 삶이 더 이상 포함되어 있지 않았다.

전에는 폴의 서재에서 음악이 흘러나왔으나 이제는 집이 조용했다. 하루 종일 새들의 노래 소리를 들을 수 있어 좋기는 했지만 소리의 풍경은 명백하게 바뀌었으며 때로 나는 너무 조용해 깜짝 놀라곤 했다. 왜 음악이 없지? 음악의 여러 요소들(고조, 리듬, 감정 등)은 뇌의 각 부분에 널리 퍼져있고, 폴처럼 뇌졸중 후 갑자기 음악에 매력을 잃는 사례들이 많았다(뇌진탕 후 나 또한 잠시 같은 증상을 겪었다). 이제 폴은 음악을 들으면 오히려 짜증이 나는 것처럼 보였다. 손상된 뇌가 받아들이기에는 음악이 불러일으키는 감각이 과도하게 많기 때문인지 몰랐다.

폴의 뇌를 촬영한 CT 사진에는 실마리가 많지 않았다. 우리는 그의 왼쪽 중앙 뇌동맥에 커다란 혈전이 있으며 전두엽과 두정엽 안에 여러 영역이 "약간 축소 감쇠된" 것을 알았다. 그 말은 혈관이 가늘어지거나 약해져서 뉴런간의 상호 교류가 감소, 약화된다는 뜻이었다. 혈액공급 부족으로 시들어버려 흔적만 남은 다른 조직들도 있었다. 사진으로는 전반적인 영역에서 몇 가지 손상이 보였으나 상세한 MRI에서는 나타나지 않았다. 그건 지문 손실과 유사한 것일 터였다. 그러나 그곳에서 무슨 일이 일어났는지 정확히 판단하기는 어려웠다. 모든 사람이 기본적으로 같은 신체와 발을 갖고 있으나 정확히 동일한 모양은 없는 것과 같이, 우리 모두 뇌를 갖고 있으나 그 안에 새겨진 주름과 홈은 많이 다를 수 있는 것과 같은 이유였다.

뇌는 옷을 너무 많이 쑤셔 넣은 체육관용 가방처럼 단단하게 뭉쳐져 있으므로 각 개인의 뇌는 모양과 접힌 패턴이 약간씩 다르다. 기본적인 주요 지형지물은 동일할 수 있지만 소소한 중대한 부분은 한 사람에게서는 홈이 절반 위까지 올라가 있을 수 있는 데 반해 다른 사람에게서는 산등성이에 한결 더 가까이 있을 수 있는 것이다. 촬영하는 동안 뇌가 무언가를 하고 있으면 어느 구역의 활동 상태를 보여줄 수가 있다.

그러나 그건 이웃한 구역들보다 그 구역이 그 과업에 더 집중하고 있다는 것을 뜻할 뿐이다. 한편으로 널리 분포된 다른 뉴런들이 그 활동에 동일하게 포함될 수 있다.

폴의 뇌의 어느 부분에 손상이 왔는지 정확히 짚어내기 힘들다면 그 결과도 똑바로 알기가 더 어렵다는 의미였다. 왜냐하면 건강한 뇌는 견제와 균형 기능을 정교히 수행하기 때문이다. 그 기묘한 줄다리기에서 하나의 뇌엽이 입은 손상은 단순히 투쟁하지 않음으로써 우세한 다른 뇌엽에 영향을 끼칠 수 있다. 예컨대 일부 신경과학자들에 의하면 예술가들의 뇌는 우측 뒤가 활동을 더 많이 보인다고 한다. 그 영역은 우리가 세상에 반응하는 복잡한 감각반응을 조직하는 곳이다. 그 결과 예술가들은 더 날카롭고 보다 쉽게 각성되는 감각을 지니고 태어난다는 이론이다. 복잡하게 얽힌 후각, 미각, 촉각, 시각, 그리고 청각은 보통 뇌의 주요 전두엽이 최대한 활용하고 억압한다. 그러나 뇌졸중으로 전두엽이 손상을 입으면 힘의 균형이 이동한다. 뇌의 뒤쪽은 감각적 환상의 억제와는 상관없는 소리와 색깔을 확대할 수 있고 따라서 급작스럽게 창조성이 콸콸 솟아나올 수 있다. 정도에 따라 좋을 수도 나쁠 수도 있다. 즉 압도적이라면(정신분열증의 증상일 수 있다) 나쁜 것이고, 고조된 의식을(예술의 핵심) 준다면 좋은 것이다. 그런 일이 폴에게 일어날까? 브로카 영역에서의 뇌졸중은 전두엽 손상을 뜻했다. 의심의 여지없이, 폴은 세상이 더 시끄럽고 더 밝으며 더 날카롭다고 느끼고 있었다.

인상주의 작곡가 모리스 라벨Maurice Ravel이 유명한 〈볼레로Bolero〉를 썼을 때 바로 그런 종류의 뇌 손상에 시달렸다는 기록이 있다. 볼레로는 브로카 실어증의 특징을 보인다. 17분간 강박적이고 반복적이며 단순한 스타카토 구절이 계속되는 것이다. 볼레로는 베이스 라인이 두 개 뿐이고 주제 멜로디도 둘뿐으로, 340개가 넘는 마디에서 집요하게 반복된다. 음량은 여러 겹의 악기에서 점점 더 커지고 강해진다. 성교의 리듬을 재현한다는 혹자의 해석은 이 곡이 남성의 관능적인 환상을 다룬 영화 〈텐〉에 사용된 이유를 말해준다. 하지만 사실 이 작품은 스페인의 한 여인숙 안의 술집에서 무희가 흥에 겨워 탁자에 뛰어올라 빙빙 돌면서 추는 춤에 사용하려고 쓴 것이다. 그녀의 페티코트는 흥청대며 술을 마시는 사람들에게 갈망의 거품을 휘저어낼 때까지 어두운 나무 위에서 이보란 듯 활짝 펴진다. 라벨은 1931년 한 신문과의 인터뷰에서 자신의 곡이 "오케스트라 조직을 완전히 사용하고 있으나 음악은 없다. 소리는 아주 길고 점점 커지지만, 콘트라스트도 없고 실제로 창작이라 할 수 없다"고 묘사했다. 라벨은 작품이 공연된 것이 자랑스럽기는 했으나 그 성공의 원천이 부분적으로 "음악 외"의 것임을 알고 있었다.

십대 시절 폴은 볼레로 음반을 사서 끝없이 반복해 들었고 그 때문에 그의 어머니는 상당히 골치를 앓았다. 그러나 볼레로는 뇌졸중 이전 폴이 헤엄치면서 제일 즐겨들었던 라벨의 곡은 아니었다. 평생 우울과 그림 같은 묘사를 애호했던 폴은 '다프니스와 클로에Daphnis et Chloe'의 호화로운 화음을 훨씬 더 좋아했다. 라벨은 관현악으로 기름진 수채화를 그려냄으로써 서정적인 작품에 열정과 통렬함을 부여했다. 그는 또 어린아이의 경탄과 대가의 기교를 결합하여 물에서 느끼는 다양한 분위기, 나뭇잎들의 바삭거리는 소리, 고양이들의 울음소리, 차고 흰 신처럼 떠오르는 달의 떠오름 등을 포함해 일렁이는 자연의 역동적인 느낌을 탁월하게 표현했다. 완벽한 자연음의 축소판들을 만들어내며 라벨은

"복합적이지만 복잡하지는 않음"의 신조를 채택했고, 이 신조는 알베르트 아인슈타인Albert Einstein의 물리학이란 "가능한 단순하게 만들어야 하지만 지나치게 단순하면 안 된다"는 언명에서도 울리고 있음을 볼 수 있다. 헤엄치는 동안, 폴은 숲의 요정처럼 라벨의 파도 속으로, 물의 파도 속으로, 그리고 빛의 파도 속으로 가라앉았다 뜨기를 반복했다.

폴이 올리버와 기꺼이 '해피 버스데이'와 '예루살렘'을 불렀던 것이 나는 대단히 즐거웠다. 그건 숨은 보물에, 말하자면 음악에 대한 사랑을 전부 잃어버리지는 않은 본래의 폴에 운좋게 발이 걸린 것이나 마찬가지였다. 끊임없이 집안에 흐르던 클래식 음악의 선율은 비록 사라졌지만.

제13장

오늘도 폴은 햇볕 속에서 황홀경에 잠겨 몇 시간이고 수면을 지켜보며 잘못 찾아든 벌레나 나뭇잎들이 보이면 충실하게 걷어냈다. 이 활동은 그의 오후에 일종의 태극권 같은 리듬을 제공했고, 폴이 주변 질서를 회복하는 방법들 중 하나로 말하자면 선승禪僧이 명상하는 정원에서 자갈들을 갈퀴질해 완벽한 줄을 만드는 일과도 동일했다(거기서는 물 대신 돌이 파도 쳤지만). 그러나 뇌졸중으로 인해 약해진 폴의 시력은 물에 떨어져 허우적거리는, 침 같은 팔을 가진, 가느다란 "물 나르는 하녀" 벌들은 잘 찾아내지 못했다. 벌들에게는 무해한 임무가 있었으니 곧 아주 소량의 물을 담아가 벌집을 식히는 일이었다. 벌집은 우리 이웃집 뒤뜰 구석에 있었고, 벌이 9만 마리에 가까웠다. 그들에게는 애정을 기울여 설치되었으며 그들에게 우호적인 이웃의 이 샘이 어떻게 되건 상관없는 게 분명했다.

나는 물을 헤치며 살피는 눈으로 그의 곁으로 다가갔다. 옛날의, 물속의 신비로운 꿈의 시간은 더 이상 없었다. 이제 내가 벌과 말벌들을 걷어냈다. 수영장에서 폴을 살피며 떠있노라니 시간을 가로질러 지난 삶들이 떠올랐다. 나는 재미로 인명구조 기술을 익히던 열세 살 때의 여름 캠프를 기억했다. 이제 내가 그 기술을 안다는 것이 안심되었다. 물론 폴이 손쓸 틈도 없이 빠르게 깊은 물속으로 빠져들지만 않는다면.

놀랍게도 뇌졸중은 폴에게 생각지도 않았던 감각적 보너스를 가져다주었다. 모든 게 예전보다 밝게 보였고(쉽사리 눈부셔하기는 했지만), 소리도 예전보다 더 크게 들렸으며, 촉각마저도 더 민감해졌다. 당뇨병과 피부염으로 손가락 끝 신경이 매우 둔해져 여러 해 동안 폴은 손 안의 잡은 물건이 뜨거운지 차가운지, 날카로운지 둔한지, 거친지 부드러운지 구분할 수 없었다. 손가락 피부는 햇볕에 탄 것처럼 벗겨지고 있어 거의 붉은 속살이 드러날 정도였고 시간이 흐르면서 지문도 벗겨져 사라지고 있었다. 그래도 아직 쓸모가 있다. 손가락들은 생의 미묘한 결들을 감지하고, 너무 작아 보이지 않는, 미세하게 축조된 지리와 건축물의 세계를 보고한다. 예를 들어 손가락이 천 위를 미끄러져 갈 때면 천에 닿는 수많은 감각 수용체들(통증, 압력, 형태, 온도 등에 대한)이 발화했다가 사라지며 정보를 걸러내어 뇌에 생생한 3차원 지도를 제공한다. 지도는 매끄럽고 따뜻하고 탄력있고 성기고 나무껍질처럼 골이 져 있는, 반지를 통과할 만큼 섬세한 캐시미어 숄 같다. 수용체는 지문의 골에 수직으로 닿을 때만 발화하지만 일렁이고 소용돌이치기 때문에 손가락이 어느쪽으로 움직이건 상관없으며 최소한 일부 수용체들이 발화된다. 그러므로 무엇을 쓰다듬건 즐거움이 증폭되는 것이다. 흔적을 남기지 않기 위해 자신의 지문을 없애는 범죄자들은 그 과정에서 섬세한 인식의 고랑을 희생하는 것이다. 뇌졸중 이전 폴은 여러 감촉을 즐길 수 있었으나 전부는 아니었고 건강한 손가락만큼 섬세하게도 아니었다. 반면 뇌졸중 이후에는 폴의 전체 뇌가 몹시 동요된 바람에 감각이 아연 활기를 띠었고 그래서 그는 생의 순수한 감촉을 인식하며 경건하게 물체들을 만질 수 있게 되었다.

"살갗… 아주… 부드러워," 어느 날 나와 함께 햇볕을 쬐고 있다가 폴이 주근깨투성이의 내 팔을 쓰다듬으면서 말했다. "태양… 아주… 뜨거워," 그리고 수영장 안에서는 "공기… 아주… 부드러워… 물… 아주… 아주…"라고 말했다.

"모피 같아요?" 내가 말했다. 그의 말을 짐작하는 건 바보짓이었다. 그러나 실어증 환자가 하려는 말을 끝마쳐 주려는 유혹에 저항하기란 매우 어렵다. 특히 그가 말을 하려고 무시무시하게 노력하고 있을 때는.

폴은 고개를 흔들었다.

"벨벳 같아요?"

"실크 같아!" 마침내 폴이 내뱉었다.

폴은 집 옆에 피어나는 분홍 히비스커스를 감탄의 눈으로 바라보면서 새로 심은 거냐고 물었다. 못해도 십년은 거기 있었던 꽃인데. 폴은 계속 즐거워하며 그 접힌 꽃잎들을 찬찬히 바라보았다. 그는 또 새들의 노래 소리를 듣고 기뻐했다. 그중에서도 뒷문 옆의 상록수에서 쉬지 않고 노래하는 굴뚝새의 고운 소리를 좋아했다. 그는 맞장구를 치듯이 새를 향해 휘파람을 불어 보냈다. 겨울처럼 온통 흰 병원에서 막 나온 그는 오염되지 않은 눈길로 먼 별 주위를 도는 행성을 지켜보듯 정원과 물과 하늘을 바라보았다.

새로운 걱정이 생겼다. 어느 날 수영장으로 몇 미터쯤 걸어가다가 발이 걸려 화단으로 넘어졌던 것이다. 다행히 잔뜩 피어있는 협죽초들이 그를 받아주었다. 또 한 번은 수영장 사다리를 올라가다가 마지막 가로 대에서 휘청하며 주저앉더니 풀밭 위로 떨어졌다. 아무리 용을 써도 혼자 힘으로는 일어설 수 없었다. 그가 안전할 수 있을까(만일 아무도 집에 없을 때 폴이 넘어지면 어떻게 하지? 그가 외치는 소리를 못 들으면 어떻게 하나?) 두려워하면서, 나는 정원 서비스 업체를 불러 뒷문에서 수영장 사다리까지 가는 길에 난간을 설치하게 했다. 어느 정도 높이로 설치해야 하는지를 말해주는 것은 나로서는 쉬운 일이었겠으나 그러면 폴은 그 광경을 말없이 바라보아야 했을 것이고 그러는 동안 해방감이 더 약화되는 기분을 느껴야 했을 것이다. 스스로 고안한 목발과 만들어져 주어진 목발 사이에는 미묘한 차이가 있다. 그래서 폴은 묵묵히 단단하고 파이프 같은 난간을 설치하는 것을 바라보면서 손으로 쥐는 부분이 정확히 맞는 높이인지 판단하고 일꾼에게 그 높이를 제시해 주었다.

날씨가 좋으면 폴은 우편함에 우편물을 가지러 가겠다고 고집을 부렸지만, 한번은 넘어지는 바람에 호되게 멍이 들었고 일어나지도 못했다. 비명 소리를 들은 내가 달려 나가 도와줘서야 일어날 수 있었다. 그래서 나는 방충망이 닫히는 소리가 날 때마다 서둘러 앞쪽 창으로 달려가 폴이 짧은 거리를 걷는 동안 유심히 살폈다. 집안에서도 폴은 가구 여기저기에 부딪쳤고 빈틈없이 깔려 있는 거실 양탄자에 발이 걸려 넘어지기 일쑤였지만, 항상 내게 보고하지는 않았다. 몸에 새로 난 멍이

나 무릎이 양탄자에 쓸려 생긴 상처를 내가 찾아낸 다음에야 비로소 그 사실을 말하곤 했다. 이런 일이 특별한 것은 아니라는 보고서를 읽었다. 뇌졸중 환자들의 3분의 2가 첫 6개월 동안 넘어지고 골반 골절 위험이 네배 높으며 그 후유증으로 뇌졸중이 다시 닥칠 수 있다는 사실을 말해주는 연구가 많았다. 결국 낙상이라는 새로운 자객이 그림자를 드리우고 있었던 것이다. 뇌졸중은 육신뿐만 아니라 자신감 또한 약화시킨다. 잔디를 가로질러 성큼성큼 걷던 왕년의 크리켓 선수는 이제 더이상 존재하지 않았다. 경쾌하고 반듯한 원숭이도 없었다.

"눈을 탐조등처럼 사용하세요." 집 앞 보도를 걸으면서, 그가 어린 시절 제2차 세계대전 당시의 이미지에 반응하리라는 생각에 나는 이렇게 촉구했다.

그는 이해하는 듯했다. 즉시 시선을 눈앞의 바닥으로 돌려 고정시켰던 것이다. 그러나 고개를 앞뒤로 돌리는 대신 그는 발가락 앞만 줄곧 노려보면서 앞으로 나아갔다.

"아니, 이렇게요." 나는 시범을 보였다. 고개를 옆으로 움직이며 약 1미터쯤을 훌쩍 걸은 다음 걷고 돌아섰고 다시 조금 걸은 뒤 또 돌아섰다. 폴은 나를 주의 깊게 지켜보았다. 움직이지 않고 보기만 했는데 혼란스러워하는 눈치가 역력했다. 나는 같은 동작을 되풀이하여 보여주었다.

어미 새가 새끼에게 나는 법을 가르치는 방식이 생각났다. 날개는 구부리고 꼬리 깃털은 활짝 편 채, 새는 *이렇게!* 둥지 안으로 들어간다. 그런 다음 펄쩍 뛰어 흔들거리는 가지 끝으로 뛰어올라 앞쪽으로 갸우뚱하며 가뿐하게 뛰어내리고서 날개를 퍼덕인다. 밤이 내릴 때까지 잘 보고 나처럼 해를, 때로는 며칠에 걸쳐, 되풀이 하는 것이다. 그러는 내내 휘파람으로 어린 새끼에게 신호를 보낸다. *엄마 여기 있잖아. 넌 할 수 있어. 엄마가 여기 있어.*

"다시 해봐요." 내가 속삭였다. "할 수 있어요. 내가 여기 있잖아요."

폴은 혼잣말을 중얼거린 뒤, 걸었고, 좀 살펴본 다음, 더 걸었다. 그러더니 *도대체 걷는 법을 배워야 하는 사람이 어디 있어?*라고 묻듯 나를 바라보았다.

다음 수업은 집안에서 이루어졌다. 지금쯤은 폴이 넘어졌을 때 혼자 일어나는 법을 다시 배워야 한다는 것을 우리는 알고 있었기에 내가 여러 차례 달랬더니 폴도 연습에 동의했다.

우리는 함께 소파를 잡고 바닥의 양탄자로 몸을 낮췄다.

"여기까지, 좋았어요!" 내가 농담을 했다.

"흐럼프!" 말하려는 시도이기보다는 성공 가능성에 대한 언급에 가까웠다.

"좋아요. 한번 해보죠. 막 넘어진 것처럼 누워 봐요." 말을 해놓고 보니 좀 불길한 예감이 들었다.

폴은 천문학자처럼 얼굴을 위로 올리고 양탄자 위에 누웠다. 무언가 마땅한 말을 찾으려 애쓰던 그는 마침내 엄숙하게 말했다. "…으르렁!"

"으르렁?"

"있잖아…" 그는 바닥에 평행으로 손을 휘저은 다음 큰 전망 창들을 통해 빙빙 돌면서 떨어지는 찬란한 햇빛을 야단스럽게 가리켰다.

"아, '스파니엘' 하고 싶군요?" '스파니엘'은 내가 만들어낸 말로, 추운 날 양탄자에 내리는 따뜻한 햇빛 웅덩이 안에 개처럼 몸을 동그랗게 말고 있는 행위를 가리켰다. 우리는 무시무시하게 추운 겨울이면 종종 함께 '스파니엘'을 하곤 했다.

"미안하지만 안돼요. 서있는 기술art을 발휘하시죠."

"아…" 폴이 한숨을 내쉬었다. 알았다는 표시로 눈빛을 반짝이면서. 그건 우리가 흔히 했던 그 익숙한 놀이의 울림을 연상시켰다. 나도 들었던 것이었다.

"아니면 서있는 '마음heart'이거나." 나는 영국의 시인 겸 문학비평가인 윌리엄 엠프슨William Empson의 통렬한 시를 빗대어 말했다. 전쟁 중의 짧은 정사를 노래한 그 시는 "서있는 마음은 날아갈 수 없다는 것이다"라는 후렴을 반복해서 울리고 있었다. "엠프슨을 기억해요?"

"그럼!" 그가 소리 내어 웃었다.

여러 해 전, 케임브리지 출신의 엠프슨은 폴이 교수로 있던 펜스테이트 대학에 초빙 교수로 건너왔다. 그는 틀니 없이 왔는데, 틀니는 수리를 맡겼으며 우편으로 받을 것이라고 말했다. 적어도 우리는 그가 그렇게 말했다고 생각했다. 말할 때마다 그의 턱이 고무 붙듯 달라붙었고 케임브리지식의 혀짤배기 소리로 모든 'rs'를 'ws'로 발음하는 바람에 학생들은 그의 말을 알아듣기 어려워했다. 어쨌든 그는 매일같이 셰리주에 절어 보냈다. 어느 날 오후 폴은 높이 쌓인 눈밭을 헤치며 교정을 걸어가는 그를 보았다. 숱이 적은 머리는 엉망으로 헝클어졌고 트위드 외투와 대학 목도리 차림에 실내용 슬리퍼를 끌고 있었다. 그가 너무 불쌍해 보여 마음 착한 폴은 고무 덧신을 사서 자신의 연구실에서 몇 칸 떨어진 엠프슨의 연구실을 찾았다. 거기서 폴은 슬프기보다 조금 더 충격적인 무언가를 보았다. 첫눈에 엠프슨은 일을 하고 있는 것 같았다. 커다란 참나무 책상에 앉은 엠프슨의 옆에 젊은 남자가 앉아 있었다. 여전히 외투와 목도리를 한 엠프슨은 술에 취해 놀랄 만큼 상냥하게 무언가를 암송하고 있었고, 젊은 학생은 엠프슨이 앉은 의자를 아주 천천히 빙글빙글 돌리는 장난을 치고 있었던 것이다. 폴이 고무덧신으로 문설주를 두드리자 그 학생은 펄쩍 뛰어 달아났다.

우리는 엠프슨을 저녁식사에 초대했다. 틀니를 배달받을 때까지 '유동식'만 먹을 수 있다고 하여 나는 야채수프를 끓였고 살이 조각조각 떨어질 때까지 대구를 구웠으며 여러 가지 영국 디저트(셰리주에 담근 카스텔라, 바닐라 푸딩, 딸기 젤로, 휘핑크림 등)를 마련했다. 엠프슨은 이미 조금 취해서 도착했다. 놀랍게도 그는 수프를 숟가락으로 떠서 빨아 마셨고 입안에서 호호 식혔으며 입 밖으로 뱉었다가 다시 들이마셨다. 옥스퍼드 시절 폴의 옛 스승이었던 프레디 베이트슨Freddy Bateson에 관해 술회하는 동안 그가 관심을 보인 음식이라곤 스카치위스키뿐이었다. 식사가 끝나자 엠프슨은 우리 집에 망원경이 있는 걸 보고 토성의 고리를 볼 수 있겠느냐고 물었다. 우리는 기꺼이 그러라고 했다. 마침 맑은 밤이었기에 토성은 지붕 위에서 노란 다이아몬드 불꽃처럼 선명히 보였다. 엠프슨은 접안렌즈 위로 균형을 잡는 데 애를 먹었고 그래서 폴이 그의 어깨를 잡아 안정된 자세를 만들어 주었다.

"저기! 토성이야. 아름답군! 고리도 보여!" 흥분한 엠프슨이 외쳤다. 우리는 그에게 우주의 작은 조각을, 차가운 셔벗(빙과의 일종 — 옮긴이) 같은 세상을, 보여줄 수 있어 기뻤다. 그러나 그가 접안렌즈를 들여다보는 것이 아니라 그 밑으로 길 건너 현관의 불빛을 보고 있다는 사실을 나는 깨달았다.

맙소사, 폴의 시선을 붙잡으며 나는 생각했다. 고개를 기울여 폴에게 현관 불빛을 가리켰다. 무슨 뜻인지 알아차린 폴의 눈썹이 올라갔다. 하지만 그는 아무 말도 안했다.

엠프슨은 떠나기 전 문간에 서서 새 고무덧신을 신으며 혀 꼬부라진 소리로 말했다. "다음 주에 하트포트에 가네. 월리스 스티븐스Wallace Stevens를 만나러."

폴과 나는 눈빛을 교환했다. *비극이 아니라면 웃어야 할 일이지.* 대략 그런 뜻이었다. 시인 월리스 스티븐스는 이미 오래 전에 죽었던 것이다.

엠프슨을 당황케 하고 싶지 않았지만 뭐라 대답할 말을 찾지 못한 폴이 말했다. "그분 변했을 겁니다."

한때 위대한 정신을 가졌던 사람의 몰락을 목격한 고통을 나는 기억한다. 엠프슨이 병을 앓았던가? 노망일까? 잘은 몰라도 최소한 중독이라는 고래가 그를 잡아끌고 있었다. *불쌍한 사람, 왜 나는 그에게 좀 더 연민을 느끼지 못했을까,* 나는 생각했다.

"망원경을 보던 엠프슨을 기억해요?" 나는 고작 그렇게 말했다.

"고리가 보여!" 폴이 낄낄거렸다. "이봐요… 혹, 혹성들을 찾으세요? 천장을 쳐, 쳐다보면….'

"미안하지만 잡담은 그만. 연습할 시간이에요." 나는 의사의 진료실에서 잘 살펴두었던, 넘어졌을 때 일어나는 가장 쉬운 방법을 그린 다이어그램을 떠올리고 폴에게 가르치기 시작했다.

"여보, 머리를 옆으로 돌려요. *다른 쪽이요.* 자, 이제 어깨를 같은 방향으로 굴리고, 엉덩이도 굴려요. 잘했어요. 이젠 오른팔을 안으로 끌어들이면서 손바닥을 바닥에 대요." 나는 조금 주눅이 들어 시범을 보였다. 마치 거대한 바다 거북이에게 일어서는 법을 가르치는 느낌이 들었다. 하지만 폴은 힘들게나마 따라했다.

"좋아요! 다음 단계는 네발로 짚는 거예요. 기는 것처럼요."

그는 해냈고 상당히 자랑스러워하는 듯 보였다. "누워서 떡먹기군. 다음은 뭐지?"

"무릎을 아래로 끌어당겨요." 나는 무릎을 구부렸다.

약간 비틀거리며 폴이 무릎을 구부렸다. 나는 팔 하나를 바깥쪽으로 뻗어 그를 잡을 준비를 했다.

"다음에는 팔을 이용해 몸을 끌어올리는 거예요." 나는 일어났고 폴은 카펫 위로 꼬꾸라졌다.

그를 내려다보며 격려의 미소를 보였지만 그가 이 행동을 해낼 힘이 있을지 걱정스러웠다.

폴은 투덜거렸다. "괜찮아… 다시 하자!"

"잠깐만요. 숨 좀 돌리고요." 일어서는 일이란 쉽지 않았다. "좋아요. 이렇게 해보죠. 네 발로 짚고 의자나 소파까지 기어가는 거예요. 벽도 괜찮아요. 해볼래요?"

"선택의… 여, 여지가 있어? 난 바닥에 있다구!" 인내심을 잃으며 그가 소파까지 기어간 다음 한 손으로 소파를 붙잡더니 다른 손으로 몸을 일으켜 세웠다.

"멋져요!" 내가 환호했다. "호흡이 거치네요. 괜찮아요?"

폴은 고개를 끄덕였다. 그리고는 "호흡이 거칠지만, 더 좋아, 좋아… 좋아… 어, 알잖아, 다른 것보다 말이야."

"다른 것보다?"

"그 다른 것 말이야." 그가 되풀이했다.

호흡은 거칠지만, 더 좋아… 다른 것보다… 무슨 뜻이지?

"숨을 잘 못 쉬는 것보다!" 마침내 그가 내뱉었다.

나는 그를 끌어안았다. "축하해요! 당신 일어섰어요. 게다가 당신이 말하고 싶은 어휘를 찾아냈어요. 두 개나 정확히 핵심을 찔렀어요."

그는 말이 필요 없는 눈빛으로 나를 가만히 바라보았다. 자신이 얼마나 깊이 추락했으며, 성공의 기준이란 얼마나 빨리 바뀌는가.

"리처드 파리나Richard Farina(포크 가수로 첫 책을 내고 출판기념회에서 돌아오다가 오토바이 사고로 죽었다―옮긴이)의 책 제목,《오랫동안 떠나 있었네, 이제 내게 달린 것 같아》생각나요?"

쓸쓸한 동감을 표시하면서 고개를 끄덕이는 폴의 눈은 감긴 채였다. "핵심을 찔렀어."

이제 폴은 더 이상 밤에 복도를 돌아다니지 않았고 밤에 활동하는 사람들이 보는 옛날 영화들을 보거나 초고 작업을 하지 않았으므로, 난생처음으로 주행성晝行性 동물이 되었다. 우리는 동일한 리듬에 묶인 두 개의 생명마냥 함께 일어나고 잠자리에 들었다. 예전보다 일찍, 오후 열 시 안팎에 잠자리에 들어 뼛속까지 피로에 절은 채로 무너지듯 잠들었다. 특별히 힘든 날이면 잠은 한층 무겁게 달라붙었다. 예전에 폴은 아침 다섯 시에 잠들어 여섯 시간 동안 자는 것이 보통이었으나 이제는 열 시간을 잤고 상쾌해져서 깨어났다. 나는 아홉 시간을 잤고 피곤한 상태로 깨어났다.

내 꿈은 대부분 고요하고 안전한, 구름 드리워진 제국인 집에 가려고 간절히 애쓰는 것으로 채워지곤 했다. 긴 여정으로 후줄근해진 나는 어찌할 바를 몰랐고 혼자라고 느끼곤 했는데, 폴은 더 이상 내 여행을 도울 수 없었다. 늘 꾸는 꿈 하나는 이랬다. 영국에서 쇼핑을 나갔다가 신선한 물건들이 가득한 가방을 들고 있는데 비가 휘몰아쳐 내리고 있었다. 나는 피곤해서 축 처져 있었고 그래서 손을 들어 집까지 타고 갈 택시를 잡았다. 다음 순간 집 주소를 모른다는 사실을 깨달았고 예전에 그 집에 한 번도 살아본 적이 없다는 것을 알아차렸다. 폴은 이미 집에 가 있었으므로, 나는 휴대전화로 그에게 전화를 했다. 그러나 폴은 평생토록 자신의 집 주소를 기억한 적이 없었다. 지칠 대로 지친 나는 그에게 기억을 해내라고 끈기 있게 청했다. 주소가 씌어있을 우편물 봉투를 찾아보거나 대문에 씌어 있는 숫자를 찾아보라고 했다. 점점 더 안달이 났지만 나는 조용히 말했다. 꿈속인데도 불구하고 냉정함을 잃으면 폴을 허둥거리게 만들 뿐이며, 폴은 자신의 상태를 바꿀 수 없다는 것을 알고 있었던 것이다. 그렇지만 과연 길을 찾을 수나 있을까 걱정했고, 그건 꿈속에서도 방향 지시는커녕 나를 도와줄 수 없는 폴에게 적응하고 있다는 것을 말해주고 있는 것이 아닌가 싶다.

시간에 관한 한 우리는 더 이상 영역을 나눌 수 없었다. 그가 글을 쓰고 있을 동안 그의 근거지는 어둡고 고립되어 있으며 별이 빛나는 밤이었다. 나의 영역은 아무 것도 감추지 않은, 눈부시게 빛나는 것들의 집합인 아침이었고 나는 집안 어느 누구보다 그리고 이웃보다 일찍 일어나, 온 세상을 내 것으로 삼는 스릴을 즐겼다.

일어나자마자 녹색 벨루어velour(벨벳의 일종 ─ 옮긴이) 가운을 걸치고 맨발로 비몽사몽 주방을 향해 더듬거리며 가는 게 내 일상이었다. 그런 다음 가스레인지를 켰고 천국에서인 양 계속 몇 걸음 걸어가 황동 에스프레소 메이커 뚜껑을 돌려 열었으며 정수기 물로 널찍한 물통을 채운 다음 커피 거름망을 그 안에 앉혔고 에스프레소 가루가 들어 있는 주머니를 열고 볶은 바닐라 아몬드 버터 향을 큼큼 들이마셨다. 커피 거름망에 두 숟갈의 커피 가루를 넣었고 숟가락의 평평한 면으로 가루를 눌렀다. 뚜껑을 돌려 닫고 불꽃이 부드럽게 올라오는 가스레인지 위에 얹었다. 그리고는 플러그를 꽂아 거품기를 작동시켜 우유를 거품내기 시작했고, 정수기 물로 거품기 물통을 채우면서 거품을 뿜는 세 개의 작은 노즐을 함께 작동시켰고, 타원형의 우유 사일로를 갖다 붙이는 한편, 탈지유로 반쯤 우유 사일로를 채웠고, 불빛이 붉어지기를 기다리면서, 에스프레소 메이커의 씩씩거리고 칙칙거리는 소리가 들리기를 기다렸고, 거품 노즐 밑으로 강철 컵을 밀어 넣은 다음, 스팀이 우유를 통과해 치익 소리를 낼 때 한손으로 동작 버튼을 누르고 다른 손으로는 컵을 올려 돌렸다. 우유는 따뜻해지고 거품이 휘저어지며 소용돌이가 생겼고 하얀 거품이 솟아올랐다. 컵이 흘러넘치기 전 정확히 제 시간에 손가락을 버튼에서 떼는데 그러는 동안 에스프레소 메이커는 안데스 산맥을 힘겹게 올라가는 증기기관차처럼 고르지 않은 칙칙 소리를 내었다. 드디어 결핵 환자의 기침 같은 에스프레소 메이커의 기침 소리가 끝났다. 그러면 나는 거품덩이들을 숟가락으로 살그머니 떠서 노란 큰 컵에 담았고 거품의 한가운데에 얇고 쓴 에스프레소를 부었다. 그리고는 그 위에 거품이 인 우유를 한 번 더 따랐다. 이 같은 일과는 내 마음을 집중시키며 뮤즈를 초대해 주었다. 집에서 카푸치노를 만드는 일은 동양의 차 의식에 다름없었으며, 복도를 내려가 일을 시작하기 전 필요로 했던, 주의 집중에 도움이 됐다.

이제 폴은 나와 함께 잠에서 깼으므로 나는 전처럼 아침식사를 혼자 느긋하게 즐길 수 없었다. 그래서 생강을 넣은 녹차로 바꾸었다. 더 이상 혼자서 아침을 맞을 수 없다는 것은 큰 상실이었다. 평화로운 오아시스가 사라졌고 자아감도 덩달아 줄어들었다. 홀로 있는 그 시간들에 나는 내 감각을 확장하고 공간을 채웠으며 영육을 뻗을 수 있었다. 아니 그렇게 수동적인 것만은 아니었을 것이다. 아마 나는 글 또는 다른 무엇으로든 그 공간을 채우며 그 순간을 확장해 내가 원하는 대로 사용했을 것이다. 날이 밝아올 때면 간혹 이 세상에 내가 유일한 사람인 듯 느꼈고 그것은 황홀한 자유의 느낌을 주었다. 나는 똑딱거리는 시계 소리를 배경으로 꿈과 현실을 오가며 인식과 상념의 작은 늪들로 걸어 들어가 글을 썼다. 그래서 두 번째 커피나 차를 가지러 퇴창으로 올 때면 한 페이지나 또는 세 페이지쯤을 써놓은 상태였다. 하지만 무엇을 썼는지는 거의 알지 못했다. 산책을 하러 외출하면 나보다 훨씬 거대한 태고의 힘이 나를 둘러쌌다. 자연과 함께 동을 틔우며 나는 이끼나 사슴들과 한 몸인 듯한 느낌에 휩싸였다.

그랬었는데 이제 폴이 주방에 나타나 모든 일을 함께 하는 건 상당히 갑작스럽고 놀라웠다.

"여보, 아직 일러요." 나는 말하곤 했다. "좀 더 자지 그래요."

그러면 다행히 폴은 침대로 느릿느릿 돌아가 몇 시간을 더 잤다. 폴이 아침식사를 달라고 하는 날도 있었다. "그렇지만 *배가 고픈 걸*." 그 것은 무시할 수 없었다. 새벽빛에 밝고 주름진 경계가 서서히 드러나는, 반쯤 잠이 깬 인상주의적 세계는 이렇게 부딪쳐 깨어졌고, 나는 급히 정신을 차려 폴의 혈당을 점검하고 약을 챙기고 인슐린을 주사하고 그의 목에 음식 조각이 걸리지 않을까 조바심치며 아침을 먹이곤 했다.

폴에게 뇌졸중이 찾아오기 전, 수십 년간 나는 내 일로 혼자 여행을 했고 우리는 각기 다른 도시에서 학생들을 가르치면서 여러 학기를 보냈다. 이제 우리들의 시간은 본질적으로 다시 우리 둘의 것이 되었다. 전화, 편지, 소포를 같은 주소에서 받았고, 그리 자주는 아니지만 따뜻한 피부와 손가락 끝을 느끼고 상대의 숨결을 느꼈으니 함께 산다는 부부 관계의 의미가 되살아났던 것이다. 이제 우리가 '전화부부'라고 불렀던 그 시절, 서로 멀리 떨어져서 살아야 했던 결혼생활로 돌아가고 싶지 않았다. 각자 서로 다른 삶을 이어가는 그 상황이 싫었던 것이다. 그럼에도 나 자신만의 소중한 고독의 시간은 조금 필요했는데, 그게 어떻게 가능할지 나는 알지 못했다.

가끔은 교사, 조수, 간호사, 아니 한마디로 '간병인' 역할을 해야 하는 게 짜증스럽고 억울했다. 그 느낌을 억제하기란 몹시 힘들었다. 간병인이라는 그 단어는 종이에 써놓기만 해도 맥 빠지게 만든다. 단순한 일인 것 같지만 간병은 기진맥진한 일이다. 하지만 그저 우울하기만 한 일은 아니다. 간병에는 여러 부수적인 혜택이 뒤따르는데, 환자에게 음식을 먹이고 몸을 다듬어주고 함께 나누며 놀이를 하는 순전한 감각적 기쁨이 포함된다. 누군가에게 절실히 필요한 존재, 절대적인 길잡이가 된다는 것은 비교할 수 없는 충족감을 주며, 사랑하는 사람의 삶을 즐겁게 하는 창조적인 방법을 찾아낸다는 것 또한 행복한 일이다. 그러나 간병인은 한 자리에 매이는, 붙박여 있어야 하는 일이다. 어린아이의 말을 듣는 일은 그들의 미래를 위한 투자이며, 아이들은 교훈을 스펀지처럼 빨아들인다. 반면 뇌졸중 환자에게는 이 일은 그들의 과거의 유물이기도 하다. 어린아이들은 위를 향해 뻗은 둥근 호를 따라서 배운다. 날개를 활짝 펼친 어설픈 신천옹처럼 처음에는 비틀거리며 뛰어내리지만 다시 일어나고 더 강해지며 시간이 흐를수록 더 세련되어진다. 폴은 배움의 곡선 위가 아니라 동그라미에 붙잡혀 있는 것 같았다. 그는 앞을 향해 뛰어올랐지만 다시 원점으로 되돌아왔고 바닥으로 떨어졌다.

우리는 전화 받는 법을 반복하여 연습했다. 수화기를 들고 커다란 분홍빛 단추를 누른 뒤 구멍이 뚫린 부분에 입을 대고 말을 하는 것이었다. 이틀 후, 그는 벨이 울리고 있는 전화기 옆에 섰다. 마침내 수화기를 들었으나 분홍빛 단추를 무시하고 그 대신 여러 개의 단추들을 재빠르게 잘못 눌렀다. 그러자 로봇 같은 목소리만 흘러나왔다. "자동 응답기가 꺼져 있습니다."

"여보세요?" 폴이 말했다. 전화 건 사람이 말을 하고 있다고 생각했던 것이다.

나는 전화를 어떻게 사용하는지 다시 한 번 시범을 보여주었다.

학습을 의미하는 단어들에는 *소화하기, 흡수하기, 빨아들이기, 동화하기, 꽉 잡기, 받아들이기* 등등 세상을 대상으로 한 포식을 암시하는 것들이 많다. 폴은 미끄러졌고 샛길로 빠졌으며 어리석은 실수를 저질러 원점으로 되돌아왔다. 걸음마를 배우는 아기가 손을 내밀어 쉽게 익혔을 작은 과업들을 더듬으면서 다시 배워갔던 것이다.

작동 기억이 손상되고 몇 개의 정보 덩어리들을 사용 중 잠깐 저장해둘 임시 클립보드가 없어진 상태에서 전화번호를 누르는 동안 숫자는 기억에서 사라졌고 심지어 어떻게 말을 시작했는지조차 기억할 수 없었다. 보통 일곱 개의 숫자가 임시 기억의 한계고 그래서 전화번호는 일곱 개의 숫자로 구성된다. 나는 폴이 전날 "배웠던" 것을 다시 배워야 한다는 것을 깨달았다. 그는 지시사항을, 특히 두 단계 이상의 지시사항을 기억하지 못했다.

학습은 대단한 고급 기술처럼 보이지만 뉴런이 302개에 불과한 가장 낮은 단계의 초선충(묵은 식초 등에 생기는 작은 벌레─옮긴이)도 경험을 통해 배울 수 있다. 어느 박테리아가 먹을 수 있는 것이며 아니면 아프게 하는지를 익히는 것이다. 초파리는 키니네가 섞인 오렌지 젤리에는 다가가지 않는다(연구자들이란 이상할 정도로 창조적이고 잔인하다). 큰 어치는 제주왕나비의 날개를 먹으면 토한다는 것을 배우고, 불나방은 짝이 불빛으로 보내는 모스 부호를 배운다. 신경계통을 지닌 모든 생명체는 시간이 충분하다면, 그리고 지루해서 그만두지 않는다면, 그리고 다른 자극에 정신이 팔리지 않는다면, 학습할 수 있다. 이 사실은 내게 희망을 주었다. 하지만 과연 폴은 얼마나 재학습을 할 수 있을까?

그렇다. 간병이란 그 나름대로의 희망과 매력을 갖고 있다. 그러나 부정적인 면을 보자면 이 일은 시간을 온통 쏟아 부어야 함을 의미했다. 내 하루에는 더 이상 작업 시간이 들어있지 않았다. 그러나 나는 제2차 세계대전 중의 폴란드라는, 한참 떨어진 시간과 공간에서 일어난 일에 관한 새 책을 써야 했다. 그래서 폴이 언어를 되찾는 일로 정신을 쏟는 동안, 잠깐의 틈을 이용해 일에 몰두하는 특별한 기술을 익히느라 마음을 쏟았다. 요령 있는 부모는 처음부터 아이들과 함께하는 법을 배운다. 거의 반드시 그래야 한다. 거기에다 한 눈으로는 말썽거리가 있는지 또는 다투는지 여부를 살피면서 일하는 법을 배운다. 그러한 육아

기술은, 비록 내게는 새로운 것이기는 했지만, 숟가락이나 포크 쥐는 법, 수십 년간 사용해온 스위치의 위치, 차에 타는 법, 인도에 올라서는 법, 우유팩을 여는 법 등등을 가르치다보니 저절로 익히게 되었다.

어느 날 아침 그가 불평을 했다. "오른쪽 엉덩이조차 닦을 수 없어." 나는 참을성 있게 폴이 아직도 오른손을 사용하고 있구나 하고 생각했다. 오른손은 반쯤 마비되어 있었으므로 대신 성한 왼손을 사용하려고 할 수 있었는데도 폴은 그러지 않았던 것이다. 폴은 내 충고를 받으며 변기에 앉았다.

"좀 나아요?" 내가 물었다. 그가 고개를 끄덕였다.

이제 수많은 것들, 특히 가재도구들이 그를 쩔쩔매게 만들었다. 시력이 약해져 도구들이 보일 듯 말 듯한 조그만 까만 단추들처럼 보였기 때문이기도 했다. 나는 집을 다르게 만들려고 노력했다. 그가 가능한 좌절하지 않고 독립적으로 안전하게 살 수 있게끔 하고 싶었던 것이다. 변기 좌석을 높였고, 전자레인지 패널에는 1분 또는 2분 등을 표시하는 커다란 빨간 점들을 붙여 그가 음식을 데울 수 있게 했다. 가스레인지는 접근불가였다. 폴이 일련의 단순한 숫자들을 기억하기란 불가능했으므로 나는 커다란 버튼이 달린 전화기를 샀고 내 휴대전화, 911(미국의 긴급구조 요청 전화—옮긴이), 의사, 그리고 두 친구들에게 전화할 수 있도록 단축 전화번호를 입력시켰다. 텔레비전 리모컨도 더 크고 단순한 것으로 바꾸었지만 폴은 여전히 그걸 잘 작동시킬 수 없었다. 숫자들은 그에게는 기하학적 모형으로만 보였던 것이다. 계속해서 잘못된 버튼을 누르는 바람에 상황은 점점 더 나빠졌다. 당황한 그는 종종 텔레비전을 켜거나 꺼달라고, 또는 채널을 바꾸거나 음량을 크고 작게 하는 방법을 보여 달라고 나를 불렀다.

또한 서투르게 면도를 하다 피투성이가 되기 일쑤였으므로 나는 그에게 전기면도기를 사주었다. 그는 전기면도기 사용법을 익히느라 분투했다. 욕실에서 나올 때는 턱수염이 삼분의 이 정도 깎여 있었고 깨끗이 깎인 부분 사이사이에 거칠고 흰 털이 비죽비죽 솟아 있었으며 특히 오른쪽 뺨(그가 볼 수 없는 곳)에는 여전히 수염이 왕성하게 자라고 있었다. 다시 깎으라고 돌려보내봤자 소용이 없었다.

이 같은 작은 일상의 사건들은 관계의 결에 영향을 미친다. 폴은 아직도 자신이 잃어버린 전부를 깨닫지 못하다, 어느 날 갑자기 무언가 중요한 것이 자신의 삶에서 떨어져나간 것 같다고 했다.

"뭐가요?" 내가 물었다. 그는 알지 못했고 기억하지도 못했지만 무언가 사라진 것 같다고 느꼈던 것이다. 그가 원하는 것이라고는 그저 앉아서 창밖을 바라보는 일 뿐이었다.

"슬퍼요?"

"아니, 그냥…" 폴은 말을 이으려고 했지만 다음 하려던 말은 누군가 낚아채 간 것처럼 사라져버렸다. 결국 그가 한 말은 "그냥 앉아서 바라보기만 하네"였다.

나는 그의 말을 믿었다. 감각적인 숙고는 수많은 말이 필요하다. 그래서 자신이 무엇을 잃었는지 모른다는 사실은 어떻게 보면 일종의 축복이었다.

폴은 《지금 여기의 방대함》이라는, 내가 항상 탐냈던 제목을 붙인 책에서 9·11 테러 이후 자신의 철학을 잃어버렸으나 가장 좋은 친구의 소개로 루트비히 비트겐슈타인Ludwig Wittgenstein의 철학을 제공받은 철학자에 관해 썼다. 언어를 잃어버린 명문장가에게는 무엇을 해주어야 했을까?

현대 인류와 조상들을 구분 지어주는 것은 호사스럽고 때론 기이한 자기인식이라 할 수 있다. 우리에게 붙여진 과학적 이름표만 봐도 알 수 있다. 우리는 단순히 '호모 사피엔스Homo sapiens' 즉 '아는 인간'이 아니라 '호모 사피엔스 사피엔스Homo sapiens sapiens' 즉 '알고 자신이 안다는 사실을 또한 아는 인간'이다. 오늘날 모든 '앎'은 언어, 말하기, 글쓰기라는 서로 다른 세 가지의 과업을 요한다. 폴의 전체성 뇌졸중은 호모 사피엔스 사피엔스의 두 번째 '사피엔스'를 거의 앗아갔다. 폴은 단어들을 학습하고 있었으나 안다는 것은 더 많은 연결, 다시 말해서 단순히 어휘들을 많이 아는 것 훨씬 이상을 요구한다. 낙하산과 가지 모양의 촛대 그리고 외삼촌처럼 사물의 명칭을 안다고 해서 외삼촌이 낙하산을 훔치려고 가지 모양의 촛대로 우리를 공격할 때 우리를 구해주지 못한다. 그것은 이해의 그물을 요구한다. 은촛대가 얼마나 무거운지 알아야 하고 외삼촌이 항상 우리에 대해 적대적으로 불평을 늘어놓고 있다는 사실을 알아야 한다. 그리고 낙하산이란 어떤 용도로 쓰이는지를 알아야 하고 외삼촌이 우리 뒤를 쫓아올 때 얼마만한 속도로 달려오고 있는지를 계산해내야 하며 우리가 그를 앞질러 달릴 수 있는지 여부도 점검해야만 한다. 거기에 어머니가 외삼촌에 대해 경고했다는 사실을 비롯하여, 우리 자신과 주변의 세상, 그리고 그 세상에 존재하는 사람들과 사물들 사이에 놓인 복잡한 관계를 포함하는 우여곡절을 기억해야만 한다.

다른 대다수 동물들과는 달리 인간은 즉각적인 감각의 경험이라는 빠르고 반사적이나 제한된 세계에 갇혀있지 않다. 현재에 산다는 것은 신선하고 매혹적인 일이다. 만일 우리가 인간이고 자신을 파괴하는 의심의 불길에서 모면할 수 있다면 말이다. 아마 사라지는 매순간에 영원히 매달려 사는 동물들은 그렇지 않을 것이다. 우리 역시 사라지는 순간들 속에 산다. 우리는 또한 감각들에 묶이기도 한다. 하지만 우리는 지금 여기서 물리적으로 감지될 수 없는 세계들의 빛나는 영혼들을 상상할 수가 있다. 감지될 수 없으나 생각될 수 있는 세계들. 그건 사람들이 역사, 환상, 종교, 미래, 있었을지도 모르는, 아직 존재하지 않지만 가능할, 그런 세계들에 관해 말하고 써왔기 때문이다. 우리는 어휘를 통해 가능성을 상상한다. 우리는 어휘를 사용하여 우리 자신이 누구이고 또 무엇인지를 기억한다. 우리는 어휘로 사랑하는 방법을 정제한다. 우리는 어휘를 사용해 문제들을 해결한다. 이는 *문제*라는 어휘를 제공하는 언어가 필연적으로 *해결*이라는 어휘를 포함하고 있어야 하기 때문이기도 하다. 이 두 단어는 인간이 문제를 해결하려는 방식으로 세계에 맞서는 동물이라는 흥미로운 생각을 포함하고 있다. 그런 단어들을 사용하면 세상을 이해함으로써 세상에 통달할 수 있음을 알게 된다. 단어가 복잡할수록 이야기의 층이 깊어지며 이해력도 세련되어진다. 어떤 '앎'의 낟알들은 조심스럽게 배열된 단어들의 체를 통과할 때만 얻어질 수 있다. 《백조와 함께 한 삶》에서 폴은 우리에 관해 다음과 같이 썼다.

우리가 가장 선호한 어휘 하나는 돌출이었다. 무엇인가가 불쑥 튀어나와 우리를 "사로잡기" 때문이다. 우리는 항상 돌출에 의해 둘러싸여 있었다. 세상은 곤두서 있었고 반짝였으며 우리를 만나러 찾아왔다. 그리고 우리는 그것을 향해 갔다….

폴은 더 이상 자리에 앉아 뜰을 바라보며 "맑지만 안개 낀 날이로군. 어제와 달라. 안개야 닳아 사라지거나 밀려가겠지"라고 말하지 않았다. 그의 입은 뻣뻣해졌다 풀어지고 다시 뻣뻣해졌다 풀어지기를 되풀이했다. 마침내 그는 "바… 반… 반트… 반투… 반투명… 해"라고 말했다. 그런 다음 소파 등받이에 몸을 기댔고 만족한 미소를 지었다. 그는 지난달 몸무게가 줄었고 등 뒤의 쿠션은 그의 목에 딱 들어맞아 편안했다.

아! 나는 생각했다. 폴이 '반투명'과 '투명'의 차이를 알고 있어. 빛이 잘 들지만 맑지 않은 상태, 그리고 빛이 맑은 무언가를 통해 지나가는 상태의 차이를 아는구나. 그의 뇌는 여전히 섬세하게 구분해 표현하려면 어휘를 어떻게 사용해야 하는지 알고 있어. 그리고 미소는? 자신이 안다는 것을 그가 알고 있기 때문이야.

"내 귀여운 호모 사피엔스 사피엔스," 라고 말하며 나는 그를 꼭 끌어안았다. 그는 아주 재미있어 했다.

제14장

폴의 뇌가 폐와 안면근육을 함께 움직임으로써 공명호흡을 불러들여 말로 밀어내지 못하면서 집안은 속삭임으로 가득 찼다. 우리는 글자들을 소리로 만들어 내기 위해 얼굴을 일그러뜨렸고 키스하듯 입을 오므려 'w' 발음을 되풀이했다. 저녁이면 낡은 장밋빛 소파에 몸을 깊이 파묻고 폴이 단어를 발음하는 데 족히 반시간이 걸리기도 함을 발견했다. 나는 문제가 정확히 어디 있는지 가늠하려 애쓰며 탐색성 질문들을 던졌다.

"라이트 하우스 키퍼Light house keeper." 폴은 단어 하나하나를 똑같이 밋밋하고 거친 소리로 발음했다. 몸짓도 고저도 강세도 없었고, 암시가 될 만한 표정도 없었다.

도대체 무슨 뜻이었을까? 등대지기를 뜻했다면 '라이트light'를 강조해야 할 것이었다. 집을 조금만 청소하는 사람을 뜻한다면 '하우스 house'를 강조해야 할 것이었다. 밝은 머리카락을 가진 가사도우미를 뜻한다면 '라이트light'를 강조하고 나머지 '하우스 키퍼house keeper'를 발음하기 전 잠시 쉬어줘야 할 것이었다.

"사람을 말하는 거예요?"

"아니…" 그가 답답해져서 소파를 쳤다.

"당신하고 관련 있는 일인가요?"

"응." 그가 앞으로 몸을 숙였다. 나는 답에 가까워지고 있음을 느꼈다.

"당신 약들요?"

"아냐…."

"음식?"

"아니… '열등한 것' …."

"느낌인가요?"

그가 얼굴을 약간 비틀어 "일종의"를 가리키는 몸짓을 한 뒤 양손의 손가락들을 활짝 펼쳐 앞뒤로 흔들었다.

"물건?"

"아니… *라이트 하우스 키퍼*…."

우회하여 우리는 마침내 그가 말하려는 것에 좀 더 가까이 다가갔다. 부아가 치밀 만큼 가까이 갔다. 결국 폴은 정확한 단어를 말하기보다는 동의어를 말하기로 했던 것이다. 얼마나 그가 가깝게 갔는지, 나는 알 수 없었다. "복제품"이라는 단어를 말하고는 몹시 의기양양해 보였을 때 외에는. 나는 자신의 뇌가 옛 자아의 복제품이라고 느꼈나 보다, 하고 짐작할 수밖에 없었다. 아니면, 한때 '라이트하우스 키퍼lighthouse keeper' (등대지기)였다가 이제는 '라이트 하우스키핑light housekeeping' (가벼운 집안 일하기)을 하는 신세로 격하되었다고 느꼈던가. 이런 대화에 폴은 몹시 집중한 나머지 땀을 흘리기까지 했다.

"너무 더워요?"

기쁘게도 그는 대답했다. "아니, 작은 산들바람이 약 1분 30초 동안 뜰을 배회했는데 기분이 좋았어."

내가 소리 내어 웃었고, 그도 잠시 뒤에 자신이 무언가 재미있는 것을 말했다고 알아차린 뒤에야 따라 소리 내어 웃었다. 나는 감사의 마음으로 그의 팔을 꼭 잡았다.

그가 하고자 했던 말이란 산들바람이 방충망을 통과해 들어와 부드럽게 퍼졌다는 것이 다였다. 그렇게 말할 수 없어서 비슷한 단어들, 생각해낼 수 있는 어떤 단어건 동원해야 했던 것이었다. *단어들이 그림처럼 마구 뒤죽박죽 섞여 있구나, 나는 생각했다. 시인인 내가 그런 이미지들을 떠올리려면 한참을 고민해야 했을 텐데.* 뜰을 내다보면서 나는 인간 모양의 작은 산들바람을, 눈이 달려있는 보일락 말락 하는 바람을 상상했다.

몸은 물먹은 솜처럼 피로했지만 그건 문제가 되지 않았다. 별들이 찬란한 창공 아래 세상에 감각을 열고 조용히 앉아 있는 것만큼 기분 좋은 일은 드물다. 달이 동쪽 하늘을 가로질러 빛나고 있었다. 더 많은 별들이 깜박이기 시작하면서 다이아몬드가 깔린 검은 벨벳처럼 하늘이 반짝였다. 톡톡 소리가 들려왔다. 벽을 통과해 소리의 진원을 추적하니 반대쪽 침실에서 들려오는 것이었다. 침실에는 커다란 유리창이 두 개 있었는데 나뭇가지들이 소란한 유령들처럼 유리를 톡톡 두들기고 있었다. 나는 마음의 눈으로 보았다. 구부러지고 앙상한 손가락은 나뭇가지가 되었다가 다시 손가락이 되었고 또 다시 나뭇가지가 되었다. 톡, 톡, 톡. 고양이 한 마리가 바람처럼 덤불 속으로 사라졌다. 아니면 바람이 고양이 모습으로 마술을 부렸는지도 몰랐다. 언제 태양이 지고 뇌는 세상을 향한 빛나는 렌즈를 잃는 것인지 알 수 없었다. 우리는 밤을 배회하도록 태어난 동물이 아니다. 밤에는 우리의 감각이 흔들린다. 뜰을 기어 다니며 음식 냄새가 나는 땅과 따뜻한 수영장 사이의 어딘가에 둥지를 튼, 등에 긴 붉은 리본을 드리운 누룩뱀과는 다르다.

폴이 무슨 생각을 하며 무엇을 느끼고 있는지 궁금했으나 물어보지 않았다. 그는 하루 종일 말을 찾아 힘든 싸움을 치렀기에 이제 쉬어야 했다. 다행히 그도 자리에 앉아 풍경을 바라보기를 좋아했고 결코 싫증 내지 않았다. 우리가 함께한 삶에 부분적으로 기초한 소설 《백조와 함께 하는 삶》에서 폴은 다음과 같이 썼다.

새 먹이통 안에 있는 암컷 홍관조를 반시간 정도 함께 바라볼 수 있는 커플이라면… 이미 봄이 온 것처럼 아마릴리스와 달리아로 뒤덮인 탁자 앞에 앉아있거나 자른 손톱 조각의 만곡을 들여다보기 같은, 다른 일들도 할 수 있다.

우리는 항상 이처럼 명상하듯 음미하곤 했다. 그러기를 원하거나 어디서 읽은 것이었던 게 아니라 자연스러운 반응이었고, 주로 단순한 것이었다. 그러면 평범한 것에서도 우리가 의식적으로 노력하는 것보다 응시하고 찬탄할 것이 훨씬 많은 법이다. 우리 두 사람에게 그건 구성부분을 알 수 없는, 현재 진행 중인 기적 사이에 저절로 찾아오는 것이었다. 사물 응시하기, 나는 항상 이렇게 불렀다. 이러한 활동의 설명, 해석은 환상적인 구절을 필요로 하지 않는다. 그래서 사람들은 종종 우리가 양, 새, 잔디, 또는 멧밭쥐를 아주 오래도록 바라보고 있는 모습을 볼 수 있었다.

함께 응시하는 일은 쉬웠지만 의사소통은 잔인할 만큼 힘들었다. 단지 나와만 그랬던 것은 아니었다. 몇 주 후, 나는 영구 법정 위임장을 받았고 그럼으로써 법적으로 폴을 대신하여 말을 하고 그의 청구서들을 지불할 수 있게 되었다. 그는 수표를 쓰는 방법을 잊어버렸으므로 내가 기입한 수표에 그는 왼손으로 괴상하게 울퉁불퉁한 사인을 휘갈겼다. 그것을 보니 대학 입학을 앞두고 아버지로부터 수표에 사인하는 방법을 배우던 때가 생각났다. 어느날 폴은 종일 의료보험사에서 보상금 수표를 보내주기를 기대하고 있다는 말을 하려 했지만 갈수록 동요되기만 하다 결국 할 말을 찾지 못했다. 며칠 후 수표가 도착하고 나서야 나는 그가 하려던 말을 이해했다. 봉투에 주소 쓰기, 청구서 지불하기 등 모든 일이 힘겨운 도전이었다. 그는 내게든 은행 직원에게든 침착하게 적절한 말을 찾아내지 못하고 아무 말이나 쏟아냈다.

아마도 가장 헷갈렸던 건 대부분의 문장이 대명사로 시작하는데 그가 대명사를 정확하게 사용하지 못했다는 사실이었을 것이다. 그의 말을 통역하다 보면 주어가 남자가 아니라 여자여야 했다는 것을 뒤늦게 깨닫는 경우가 많았고, 자신을 '나'가 아닌 '그'로 표현하고 있음을 또한 알았다. 이건 단순히 언어 문제였을까? 아니면 더 심각한 문제로 일관성 있는 자아의식을 상실해버린 것이었을까? 주변의 모든 사람들이 그를 고쳐져야 할 대상으로 여긴다는 사실로 인해 스스로가 낯설어지며 자아의식이 '나'에서 '그'로 옮겨가고 있었던 걸까?

첫 평가를 하러 우리 집에 온 언어치료사는 노트에 다음과 같이 기록했다. 그녀는 *심각한*이라는 단어가 효력이 없어질 정도로 반복하여 폴의 능력을 기록하고 굵은 글자로 강조했다.

> 환자는 심각한 언어표현 결핍을 보인다···.
> 환자는 심각한 독해능력 결핍을 보인다.
> 환자는 큰 글자의 단일 단어들을 제시하면 크게 읽을 수 있었으나 그 단어를 이해했는지의 여부는 보여주지 못했다. 환자는 심각한 글쓰기표현 결핍을 보인다.

폴의 언어치료는 글자와 음절을 소리 내어 읽기, 일상적인 물건의 이름 배우기, 기본적인 욕구 소통하기, 짧은 문장 읽기, 그리고 대화 이해하기를 포함한 표준 프로그램에 따른 것이었다. 하지만 그건 내가 곧바로 알아차렸듯, 뇌졸중 환자들에게 일상적인 주요 활동들을 수행하는 방법을 가르치려는 희망으로 급한 문제들의 해결을 위해 제작된 것이었다. 실어증 환자들이 언어라는 잃어버린 보물을 되찾고 미묘한 차이를 표현하도록, 또는 미묘한 차이를 알아듣도록 만들어진 프로그램이 아니었다는 뜻이다. 나는 왜 언어치료사가 폴의 어휘를 기초부터 시작해 재구성하려고 노력하고 있는지 이해했다. 그러나 폴은 그 프로그램을 힘들고 지겨우며 놀랄 만큼 굴욕적이라고 받아들였다. 언어를 잃었다고 그가 더 이상 성인의 감정, 경험, 걱정, 골칫거리들을 갖고 있지 않은 것은 아니었다. 학생들을 가르치며 오랜 세월을 보낸 그가 이제 초등 1학년에 해당하는 가르침과 씨름하고 있었고, 그것은 그를 의기소침하게 만들었다. 그럼에도 뇌에 입은 손상으로 인해 그는 단순한 물체들과 그 이름들을 연결시키지도 못했다. 밤이면 그는 익숙한 피난처인 서재로 도피하여 그날 학습한 내용들을 복습하곤 했다.

살짝 들여다보니 옆쪽에서 빛이 그의 책상을 가로질러 떨어지고 있었다. 네덜란드 거장의 그림에서 나오는 장면 같았다. 한 남자가 요령부득의 도표들을 익히려고 씨름하면서 작업대 위에서 경련을 일으키고 있는 그림 말이다. 그는 완전히 몰입하여 내가 거기 있다는 것도 알아차리지 못했다. 그리고 오른쪽에 있는 물건은 볼 수 없기 때문이기도 했다. 그래서 나는 좀 더 가까이, 목을 길게 뺐다. 척 보면 알아보던 가족의 스케치이기라도 한 양, 그는 의자며 램프, 개의 그림들을 뚫어지게 노려보았으나 반대편 종이에 있는 단어들과는 연결시킬 수 없었다. 피곤해진 그는 이마에 깊은 주름을 만들며 의자 그림을 '개'라는 단어와 연결시키고는 한동안 그걸 바라보았다. 네 개의 다리가 폴을 헷갈리게 했을까? 그걸 보니 르네 마그리트René Magritte의 그림, 〈꿈들의 열쇠〉가 생각났다. 그 그림에는 네 개의 물체 가운데 세 개에 엉뚱한 이름표가 붙여져 있었다. 말은 문, 시계는 바람, 물주전자는 새라는 딱지를 각각 달고 있었고 손가방에만 제대로 손가방이라는 딱지가 붙어 있었다. 마그리트는 고의로 상관없는 이름과 이미지를 연결시킴으로써 보는 이들을 혼란시키려고 했던 것이다.

다음 페이지에서 몇몇 범주는 이해가 되었지만 다른 것들은('다섯 가지 과일을 대시오') 굉장한 골칫거리였던 듯하다. 그곳을 떠났다가 반시간 후 다시 돌아와 보니 과일 이름 네 가지를 댔는데 그중 세 개는 틀린 답이었다. 다시 반시간 후 돌아와 보니 네 가지 답에 수정액과 교정 테이프를 덕지덕지 붙여 고쳐 놓았으나 그것도 여전히 틀린 답이었다.

그가 마지못해 페이지를 넘기니 범주가 훨씬 더 많았다. 마치 용을 한 마리 죽였더니 십여 마리의 새끼가 나오더라는 식이었다. 그는 한숨을 쉬며 양손으로 눈을 문지르더니 잡기 쉽도록 몸통에 고무가 덧대어진 펠트 펜을 집어 들고는 검은 선을 확실하게 두 번 휘둘러 '월요일'을 '달'에 '8월'을 '날'에 맞추고 페이지를 넘겼다.

뇌의 선별 능력이 손상을 입어 기능하지 않고 있었으므로 범주 골라내기는 악몽이었다. 범주 분류는 언어에 필수적인 것이다. 범주 분류가 없다면 명사와 동사들은 그것들을 결합시키는 관념적 호수 기반 없이 줄줄이 이어질 것이었다. 인간만의 이야기가 아니다. 침팬지와 앵무새에서부터 보더 콜리border collies(양치기 개의 일종—옮긴이), 친칠라, 마카크 macaques(원숭이의 일종—옮긴이), 메추라기에 이르기까지 다른 동물들 또한 중요한 것들을 분류하여 혼돈을 최소화한다. 뇌는 그런 범주들을 각기 다른 물리적 위치에 보관하는데, 작은 병소가 큰 혼란을 초래할 수 있다. 어떤 환자들은 신기하게도 특정 범주만을 잃는 증상을 보인다. 그들은 색깔을 말하지 못하며 또는 동물, 과일, 유명인, 야채, 꽃, 또는 도구들의 이름을 말하지 못한다.

폴은 숨을 모아 옛날 그림 지도에 나오는 북풍처럼 볼을 부풀린 다음 생각에 잠겨 내뿜었다. 그는 '불투명한'이라는 단어를 '색깔'에 연결시켰다. 색깔? 남극에서는 빛에 따라 색깔이 변하는 것처럼, '불투명' 또한 분명 색깔로 기능할 수 있을 것이다. 한때 폴은 그렇게 상상했을 수 있다. 그러나 그는 지금 아이디어를 갖고 유희하는 것이 아니라 마음의 눈보라 속에서 단어를 분류하고 있었다.

폴은 순전히 피곤해진 나머지 작업을 멈추었다. 그의 정신은 오래 시험을 치른 연필처럼 무디어졌다. 숙제는 그의 뇌 전부가 지닌 여분의 에너지를 소진시켜 버렸다. 비틀대며 복도를 걸어 내려와 침실로 들어온 폴에게는 말할 기운조차 남아있지 않았다. 정상이라면 공부 후의 수면은 익힌 사실들을 기억 속에 봉해지도록 도와준다. 하지만 폴의 경우, 그의 육신을 제대로 움직일 에너지도 충분하지 않았다. 두루미가 집을 찾아가듯, 그는 본능적으로 자신을 되살려줄 수면이라는 강장제를 찾았던 것이다.

그가 토막잠을 자는 동안 나는 믿을 수 없어하며 그가 수정한 연습문제지를 넘겨보았다. 답에 동그라미를 치라고 되어 있었지만 그는 'X'표를 쳤고, 다섯 개의 오답 중 세 개를 고쳤으며, 그나마 다른 네 개는 손도 대지 못했다.

다른 문제지에서 그는 '라디오'를 보는 것과 연결시켰고, '기상예보관'을 교통을 정리하는 것과 연결시켰다.

폴은 예, 소금은 녹색입니다에 'X'표를 했다.

그는 거울을 관통하여 볼 수 있는지 여부도 알지 못했다.

"밤에 그림자가 보이나요?"라는 질문에는 아니오라고 대답했다. 나는 쓴웃음을 지었다. "아니오"는 옳은 답이었다. 그러나 옳지 않으면서도 정확한 것이 있을 수 있다. 달그림자가 있다. 밤 자체도 그림자다. 바닥에 떨어지는 그림자는 아니지만 자전하는 지구가 태양으로부터 얼굴을 돌릴 때 모이는 어둠이다. 이런 것들은 과거의 그였다면 아마도 허풍삼아 식탁 앞에서 거론했을 만한 미묘한 개념들이었다. 이제 그는 기본적인 것들을 가늠하는 데도 애를 먹었다.

또 다른 연습문제는 잘 알려진 속담의 반을 제시하며 "이 문장을 완성해주는 적절한 단어를 말하시오"라고 지시하고 있었다.

"시간은 ＿＿을 기다려주지 않는다."

"＿＿도 두드려보고 건너라."

"일찍 일어나는 새가 ＿＿를 잡는다."

"훈련이 ＿＿을 만든다."

"한 ＿＿에 모든 달걀을 넣지 말라."

"＿＿만 보고 숲을 보지 못한다."

"개는 인간의 가장 좋은 ＿＿."

폴은 착실히 빤한 어휘들을 틀린 철자로 빈칸에 적어 넣었다. 뇌졸중 전이라면 반복한다는 생각만도 끔찍했을 단어들이었다. 하지만 이제 그런 단어들이 쉽게 떠올랐다. 그런 단어들은 대단히 익숙한 표현들, 일상에서 자동으로 튀어나오는 문장들, 이를테면 국기에 대한 맹세, 크리스마스 캐럴, 즐겨 사용하는 욕설, 광고용 음악 등이 들어있는 오른쪽 뇌에 저장되기 때문이었다. 정상적인 오른쪽 뇌에는 가장 기이한 유물들이 보존되어 있을 수도 있다. 폴은 느닷없이 펜실베이니아 주립대학에서 지낼 때 듣던 계란 국수 광고를 떠올려 "독일계 펜실베이니아인의 황금손"이란 노래를 독일계 펜실베이니아인의 억양으로 부르곤 했다.

이튿날 폴은 주방에 있는 내게로 와 자신의 벌린 입을 가리켰다.

"배고파요?" 내가 물었다.

그는 그렇다는 뜻으로 고개를 끄덕였고 말을 하려고 입을 열었으나 아무 소리도 나오지 않았다. 두 차례 더 시도했으나 허사였다. 폴은 마치 좁은 통로 위에서 몸을 고정시키기라도 하듯 내 손을 잡았다. 그리고 강조하기 위하여 내 손을 부드럽게 흔들고는 말했다. "나이스 아이스Nice ice(맛있는 얼음)"

'나이스 아이스'는 처음 듣기에 상당히 귀엽고 엉뚱하며 아이처럼 들렸다. 최선을 다해 실패를, 사라진 것을 보상할 길을 찾아내는 아주 지적인 성인이라는 진실보다 더 위안을 주었다. 그래서 폴은 느낌에 와닿는 말을 했던 것이다. '나이스 아이스'에는 각운조차 들어있어 기억하기 쉬웠다. 나는 그에게 무설탕 레몬 셔벗을 담은 작은 일회용 접시를 갖다 주었다.

"고마워… 당신… 아… 아… 오…" 그의 목소리가 깊은 슬픔으로 바뀌었다.

"다이앤."

그는 수치스러워하며 믿을 수 없다는 듯 고개를 흔들더니 '다이앤' 하고 반복했다.

사람들의 이름은(나와 그의 어머니 이름을 포함해) 몹시 어려워 뇌의 협곡에서부터 올가미 밧줄로 묶이는 것 같았다. 이름은 계속해서 달아나 버리는 야생마 무리였던 것이다.

후에 그는 내게 이렇게 말했다. *"내가 찾는 단어가 마음속으로만 짤막하게 아무런 억양 없이 사용된다고 해도, 사용해달라고 애원하면*

서 천사처럼 떠오른 경우는 극히 드물었어. 나는 어휘의 첫 부분을 시작하기는 했지. 한데 내가 단순히 이 어린아이 같은 환영을 착각했던 것일까. 아니면 거기에 무언가 있기는 있는데, 아마도 멀리, 평상시 사용하기는 너무 멀리 있었을 거야. 그것은 밤의 기만적인 전령으로, 태어나지 않은 어휘로, "흠"이나 다른 첫 음절만으로 끝나버려 온전히 말해지지 않은 채로 남아 있을 운명이었거든. 실어증으로 인한 내 능력부족이었어."

언어치료 연습의 많은 부분은(물건과 단어 일치시키기, 빈칸 채우기) 상세한 선형적 사고를 강조했는데, 그건 폴 자신의 지옥의 커다란 잔해, 곧 그의 손상된 좌반구 뇌를 활용해야 함을 의미했다. 가장 취약한 영역들을 활성화하기 위해 고안된 좋은 연습문제이기는 했으나 가파른 좌절감을 안겨 주기도 했다. 평생 기대를 넘는 성공을 거두었으며 특출한 학생이었던 그는 절반이 틀렸다면 참담한 결과라는 것을 알고 있었다. 단순한 과제에 그처럼 어이없이 실패하자 폴은 다시 의기소침해졌다.

양털구름이 덮인 눈부시게 푸르른 어느 날, 나는 거실로 걸어가다가 우울하게 바닥을 내려다보고 있는 폴을 보았다. 아침 일찍부터 우리는 서로에게 짜증을 냈었다. 폴이 무언가 요청하느라 나를 불러세웠을 때 나는 약속 때문에 서두르는 중이었다.

"갖다 줘… 갖다 줘… 그거…" 그는 단어를 찾아내려 얼굴을 붉히면서 허공에 사각형을 그려보였다. "긴 말… *아니야!* 긴 말이 아니라 다른 것…."

"봉투요?" 내가 서둘러 물었다.

"아니… 아니… 다른 것…"

나는 그의 말을 잘랐다. "슬림 베어스(빙과의 일종─옮긴이)는 아직 남아 있어요. 그건 알아요. 우표 말이에요?"

"말이 너무 빨라!" 폴은 천천히 정신을 가다듬었고 나는 시간에 쫓겨 초조해졌다. 내가 문 쪽으로 다가가기 시작하자 그가 따라왔다. "아니… 알잖아… 그… 그…" 그가 다시 허공에 작은 네모를 그려보였다.

"종이?"

"아니야!"

"치즈?"

"아니야!"

"종이에 좀 그려 줄래요?"

"말이 너무 빨라!… 뭐라고?"

내가 속도를 한참 늦추었다. "종이에 좀 그려 줄래요?"

"아니야!" 그의 눈썹은 갈색 연기처럼 치솟았고 귀에서는 거의 연기가 모락모락 나는 듯 보였다. 하지만 내겐 꾸물거릴 시간이 없었다.

"나 늦었어요. 두 시간 뒤에 돌아올게요. 그때 말해요. 됐죠?"

"으르렁!" 그가 성난 시선으로 나를 노려보면서 밀어내었다. "여자들이란!"

짜증이 났으나 그의 노력을 무시하고 있는 게 죄의식을 불러일으키기도 했다. 그 또한 분개하기도 했지만 나와 연결하려는 노력이 실패한데 대해서 스스로에게 더 화가 났을 것이었다.

집에 돌아와 보니 그는 자신이 내게 무엇을 갖다 달라고 했는지 까맣게 잊어버리고 있었으나, 내게 무언가를 말하려다 실패했다는 사실은 잊지 않았다. 나는 서둘러 나간 데 대해 사과했다. 그는 체념하고 받아들이느라 고개를 끄덕였지만 우울해했다. 우리는 소파에 나란히 앉았다. 정적이 서리처럼 어디에나 내려앉았다. 속담에 의하면 훌륭한 결혼의 비밀은 의사소통이라고 한다. 사랑하는 사람이 말을 거의 할 수 없을 때 결혼생활은 어떻게 꾸려나가야 할까?

나는 그의 손을 잡고 침착한 목소리로 말했다. "당신이 의사소통을 위해 힘들게 노력하고 있다는 거 알아요."

우리 두 사람의 사기를 북돋으려는 간절한 심정으로, 나는 몇 가지 사항을 짚어 내려갔다. 그를 혼란스럽게 하고 싶지 않았다.

"하지만 말하기와 의사소통은 서로 다른 거예요." 내가 말했다. "당신이 말을 잘 할 수 없을 때조차도 우리는 의사소통할 수 있어요. 그래요… 말보다 더 오래 걸리고 더 힘들고 불완전하겠죠. 그래도 가능한 일이에요! 호전이란 우리가 함께 있는 것을 뜻하고 함께 있다는 것은 의사소통한다는 것을 뜻하지요. 전부를 다 말할 수 없을지라도요…. 당신이 아무리 교수고 소설가라 해도 그것이 당신의 말하기 능력하고만 연결된 것은 아니에요. 지금이야 그런 식으로 느껴질 수 있지만… 우리 계속해서 함께 노력하는 거예요." 말은 안 했지만 내게는 그가 더 나아지지 않으면 기관에 의탁해야 할지 모른다는 공포가 도사리고 있었다.

나는 미드웨스트 대학교의 상주 실어증 프로그램에서 영감을 얻어 대본을 짰다. 그렇게 말하면 폴이 위안을 얻을 것이라고 생각했던 것이다. 그 아이디어는 《실어증에 대처하기》라는 책에서 빌려왔다. 그러나 교수이자 작가라는 폴의 정체성 인식은 어휘를 필요로 했다. 평생토록 그는 어휘에 달라붙어 위안을 얻었고 어휘로 작업해 돈을 벌었으며 어휘로 스스로를 표현하는 곡예를 부렸고 어휘를 갖고 달아나는 아이디어와 느낌을 붙잡아 왔다. 편지와 전화를 통해서 어휘는 그를 대양 건너에 있는 가족에게 그리고 그의 옆에 있거나 전화선 저쪽 끝에 있는 나와 연결시켜주었다. 어휘는 언제나 그가 자신의 세계를 조직하는 방편이었다. 그는 다른 모든 것을 배제하고 이른바 "정신의 삶"을 살기를 택했고, 글쓰기에만, 그리고 자신만큼이나 어휘에 열정을 갖고 있는 아내에게만 모든 에너지를 쏟아 부었다. 폴에게서 어휘를 뺏는다는 것은 장난감 상자를 비우고 사회의 낙오자로 만들어 정체성을 뒤바꿔놓고 사랑하는 이들과의 연관을 단절하는 일이었으며 그의 만나(하늘이 주신 양식―옮긴이)를 훔치는 일이었다.

어휘는 뇌 속의 색종이조각처럼 아주 작은 것이지만 모든 것에 색채를 부여하고 명확하게 만들며 마음을 더럽히거나 감정을 뒤틀리게 만든다. 소설가 윌리엄 개스William Gass는 워싱턴 대학(내가 한때 가르친 바 있는)에서의 강연에서 "정열을 말할 때 시인이 사용하는 어휘, 또는 시간을 통과해 못을 박을 때 역사가가 사용하는 어휘, 또는 정신분석학자가 꿈의 바다에 남은 찻잎을 통과하듯 우리 욕망을 나눌 때 사용하는 어휘"를 격찬했다.

우리는 잠시에 불과할지라도 어휘를 사용하여 사물을 그것이 본래 지니고 있는 복합적인 관계로부터 떼어내 늦지 않게 응고시킴으로써 포착한다. 예를 들어보자. 등나무 꽃 스무 송이가 바로 내 퇴창 밖에 매달려 있다. 각각의 송이들은 라벤더 빛깔 보닛을 쓴 회색 섞인 보랏빛 꽃들이 모인 덩어리이다. 나는 그 꽃들이 교회의 회중석에 앉은 세기말의 숙녀들처럼 보인다고 생각한다. 등나무라는 단어로는 박태기나무를 휘감고 올라가 그 섬약한 아름다움으로 나무를 질식시키는 넝쿨 식물의 이미지를 잡아낼 수 없다. 또한 진흙토양과 남국의 진한 태양 빛도, 꽃들이 매달려 흔들거리는 모양도, 비와 바람과 찔레꽃 정원도, 그리고 이 집과 그 속의 거주자들도, 그리고 새, 벌레, 이웃, 다른 모든 것과 그에 더해 단어 '등나무'로부터 보이지 않게 끌어내어야 하는 다른 '그리고and'들도, 격렬하고 의미심장한 삶이 지속되는 동안 그 삶 전체에서 기원해나간 관계의 끝없이 이어지는 끈도 잡을 수 없다. 내가 그것을 '등나무'라고 부를 때, 그 식물은 더 작아져 내 부류의 타인들과 의사소통하기 위해 사용하는 하나의 상징이 된다. 그들은 각자 나름대로의 등나무, 나와는 다른 등나무를 갖고 있을 수 있다. 그럼에도 어휘는 우리 영혼의 열쇠다. 어휘 없이는 우리의 거대한 삶을 진정으로 공유할 수가 없다.

폴은 꿈꾸는 상태에서 무의식의 세계를 두드려 어휘를 쏟아내어 몇 시간씩 글을 쓰곤 했었다. 나는 휘파람을 불면서 한쪽 다리를 황새처럼 구부리고 부엌 카운터에 멍하니 서 있던 그를 기억해냈다. 최대한 크게 틀어놓은 코플랜드Aaron Copland(미국의 작곡가─옮긴이)의 3번 교향곡이 연달아 다섯 번째로 쿵쿵 울리고 있었다. 그가 갈색의 푸줏간 종이 위에 파란 물감을 덕지덕지 처발라 만든 즉석 지도도 기억해냈다. 솔트 플랫 salt flat(바닷물이 증발해 침전된 염분으로 뒤덮인 평지─옮긴이), 홍해, 사막 지대가 있는 지도였다. 그는 키득거리며 다나킬 부족과 길 잃은 두 공군병사가 이리저리 헤매다가 충돌하는 모래언덕에 깃발을 꽂아 표시했다.■ 그리고 다시 코플랜드를 흥얼거렸으나 음정은 엉망이었다. 시간이 흐르면 그의 마음 언저리에서 비척거리던 새 소설이 절로 모습을 드러내곤 했었다. 그가 상상력을 가지고 유희하는 모습을 나는 얼마나 즐거이 지켜보았던가. 그 안에서는 어떤 엉터리 아이디어도 정직한 노동으로 전환될 수 있었다. 어휘 없이 대체 어떻게 폴은, 아니 우리는, 살아남을 수 있을까?

▪ 폴이 만든 지도의 장소는 아프리카 에티오피아에 있는 다나킬Danakil 평원으로, 지구상에서 가장 낮은 지대이며 용암이 분출하는 달로 화산과 서울보다 면적이 넓은 소금밭이 있다. 몇 만 년전 이곳은 바다였으나 용암의 열기 때문에 바닷물이 증발해 소금밭이 됐다. '용감한 전사'라 불리는 아파르Afar족이 살고 있고 다나킬 사막지역에 거주하므로 다나킬족으로 부른다. ―옮긴이

제15장

폴이 잠들어 있는 동안 나는 학창시절 이래로 내게 '그리운 그 맛'을 상징해온 시내의 채식 식당 무스우드에서 친구 진과 점심을 먹었다. 우리는 무스(북미산 큰 사슴─옮긴이) 기념품이 장식된 선반 옆의 광택으로 반짝거리는 참나무 테이블에 앉았고, 오늘의 스페셜이 적힌 칠판에서 먹을 음식을 결정했다. 금발이 섞인 짧은 갈색 머리칼과 적갈색 눈을 가진 소설가 진은 뉴욕 주의 소도시 제네바에서 지방 학교에 다니다가 이타카로 이사한 다음 코넬 대학에서 미술을 가르치고 복엽비행기 곡예조종사 겸 항공예술가(연기로 하늘에 4차원 물체를 그렸다)로도 일하는 화가 스티브를 만나 결혼했다. 진은 지난 시대의 일상생활의 결에 대해 누구보다도 아는 것이 많았다. 그녀는 요리와 정원 일에 뛰어났으며 정교한 손자수 퀼트에도 탁월했다. 무엇보다도 좋은 것은 실없음과 진지함 사이를 눈 깜짝할 새에 오갈 수 있는 성격이었다.

내가 폴의 상태에 관해 말하자 진은 근심어린 눈으로 나를 보듬어 주었다.

"폴은 몇 마디 말을 더 할 수 있어. 비록 이상하거나 도통 알아들을 수 없기는 해도."

"예를 들자면?"

"글쎄, 어디 보자…. 제일 기억에 남는 것 중 하나로 '엘드리치 eldritch'가 있어," 나는 짧은 미소와 함께 말했다.

진은 흥미로운 듯 보였다. "요정elf과 마녀witch의 혼혈처럼 들리는데!"

"그래. 하지만 뜻은 '이상한', '섬뜩한', '으스스한' 이런 거야. '비행접시는 으스스한 늪으로부터 소리 없이 올라왔다'라는 문장에서처럼."

"폴이 언제, 또 어디서, 그걸 익혔지?"

"누가 알겠어."

내 기억은 전날로 휙 돌아갔다. 폴이 거실 창가에 서서 나무 우듬지를 통과하는 저녁의 회색 연기를 바라보고 있던 때였다. 오랫동안 그는 적절한 어휘를 찾아내느라 애쓰고 있는 듯 보였다. 마침내 만족스러운 표정으로 내게로 돌아서면서 그는 "엘드리치"를 말했던 것이다. 희미하게 공감하기는 했지만, 나는 사전을 뒤적여야 했다. 그리고 돌아와 보니 폴은 아직도 창가에 서서 율동적으로 정원을 골고루 뿌려주는 스프링클러의 물줄기를 바라보고 있었다. 나는 존경의 몸짓으로 그의 팔을 붙잡고 반복했다. "엘드리치."

"하지만 폴은 누군가 자기에게 하는 말을 알아듣지 못하는 경우가 꽤 많아." 나는 말을 이었다. "읽기, 쓰기… 모든 일이 아주 느려. 언어 치료도 잘 받아내지 못해. 여전히 삼키는데 곤란을 겪고…" 나는 거기서 설명을 중단하고 불쑥 말했다. "그렇지만 내 슬픔으로 너까지 슬프게 만들고 싶진 않아."

"너 농담하니? 넌 이 도시에서 내가 가진 가장 오랜 친구야. 무슨 일이 있었는지 말해주지 않으면 마음이 아플 거야. 끔찍한 일이야. 그런 일은 없어야 하지만, 만일 스티브에게 그런 일이 일어난다면, 어떻게 해야 할지 상상도 할 수 없어." 나는 그녀의 얼굴이 충격으로 핼쑥해졌다가 다시 부드러워져 연민이 서리는 것을 바라보았다.

"넌 어떻게 지내니?" 그녀가 묻는 소리가 들렸다.

거대한 질문, 대답할 수 없는 질문으로 느껴졌다. 나는 내가 어떤지 감조차 잡지 못하고 있었던 것이다. 형식적인 인사말들은("잘 지내, 너는 어떻게 지내?") 할 수 없었고 짓눌려 있는 내 마음에서는 새로이 말할 거리라고는 전혀 떠오르지 않았다. 나는 자주 심란해했는데 이제 서서히 번지는 슬픔이 더 자주 찾아오기 시작했다. 슬픔의 알갱이들이 모든 세포에 틈입하여 무겁게 끌어내리는 것 같았다. 요컨대 나는 머리를 떨구고 어깨를 웅크린 채 발은 질질 끌어 걸었는데, 그런 모습은 아직 살아야 할 날이 많은 여자의 모습이 아니라 노쇠해버린 내 부모의 모습 같았다. 나는 불안의 섬들(*내 일을 너무 못하고 있어*)과 내 열정을 둔화시키고 삭혀버리는 피로 사이에서 소리 없이 움직이고 있었던 것이다. 슬픔은 떨쳐버릴 수 없는 대리석 외투처럼 무겁게만 느껴졌다.

"나도 잘 모르겠어." 나는 프랑스 렌즈콩, 양배추, 잘게 썬 토마토가 들어있는 요리를 천천히 섞으면서 말했다. "아마 쇼크나 트라우마 상태일 거야. 때로는 슬로모션으로 차 사고를 경험하는 느낌이 들어. 차가 미친 듯 빙빙 돌고 있는데, 나는 무엇을 해야 하는지 기억해내려 애를 쓰고 있는 것 같아. 발을 브레이크에서 떼고, 그래, 바퀴가 돌게 해, 그래. 하지만 아무 것도 말을 안 들어. 차는 계속해서 빙빙 돌고 통제가 되질 않아."

"아, 저런, 끔찍하게 들려!"

"내 가슴과 뱃속에서 보이지 않는, 무언가 마구 *휘젓는* 느낌이야. 또 어떤 때는 일종의 좀비 상태에 있는 것 같아. 그렇긴 해도 어떻게든 말하고, 움직이고 작동은 하지. 폴을 돌보는 일과 관련한 결정들도 내리고 말이야. 하지만 그 모든 것이 진짜 삶의 악몽, 늘 새로운 각도로 펼쳐지고 자꾸만 더 깊어지는 이 악몽 안에서 내가 잠들어있는 동안 일어나고 있어. 가끔은 나 자신이 너무 연약하다는 느낌이 들어. 날마다 함부로 흔들어지는 헝겊인형처럼 말이야… 이해돼? 말은 했지만 정말이지 내가 어떻게 지내는지 나도 잘 모르겠어. 엉망이라는 것 외에는."

진의 눈에 눈물이 고였다. "내가 보기엔 말이야, 폴의 회복이 네 책임이라는 느낌이 스트레스의 큰 부분임에 틀림없어."

"정말 내 책임이라고 느끼는 게 사실이야. 스스로를 돌볼 수 있었던 사람이 이젠 더 이상 그러지를 못해. 너무 다르고, 너무 이상해. 중대한 질문은 이거야. 더 나아지는 게 가능할까? 아니면 이쯤에서 그를 그만 몰아세워야 할까?"

내가 경계를 풀고 속편하게 지낸 것이 언제인지 기억할 수 없었다.

"의사들은 뭐라고 하니?"

"의사들도 확실히 몰라. 아직 초기단계야. 뇌에 관해서 알려진 게 너무 적어. 손상된 뇌에 관한 정보는 더더욱 적고."

몸을 앞으로 기울이며 그녀는 나를 곧바로 응시했다. "내가 도와 줄 일 있니?"

나는 향기로운 스튜를 한 숟갈 떠올리며 곰곰 생각했다. 그리고 여전히 관심을 담고 나를 바라보고 있는 그 눈을 보았다.

"전혀 모르겠어."

집에 있을 때 나는 부인否認과 번민 사이에서 흔들렸다. 종종 그리고 짧은 순간씩(그렇지만 간혹 오후 내내 계속될 수도 있었다) 일어난 부인의 순간이면 나는 옛날의 폴, 한동안 전장에 나가 있다 집으로. 역사적인 자아로 돌아온 친숙한 배우자의 흔적을 보았다.

그는 책상 앞에서 1919년 베르사유에서 열린 파리 강화회의 사진들을 보며 키득키득 웃고 있었다. 그의 눈에서 병든 노인과 어린 소년이 나란히 엿보였다. 무엇을 하고 있는지 물을 필요가 없었다. 그가 새로운 이야기를 꿈꾸고 있을 때 그의 뇌에서 분출되는 엷은 안개를 나는 알고 있었기 때문이다. 폴은 내가 옆에 있는 것을 알아챈 모양이었다.

갑자기 내게로 몸을 돌리면서, 그가 말했다. "아름다워… 꽃들 이름을 좀 대봐…."

"장미, 라일락, 수선화, 튤립, 모란…?"

"모란." 그가 끼어들었다. "그 노란 꽃."

내 마음은 집주변을 더듬었다. 어떤 모란? 아, *우리* 모란, 집 앞에 있는 그 꽃. "그거 정말 아름답지요! 난 그 솜털 같은 커다란 끝동들이 정말 좋더라."

"끝동…" 그가 그 단어를 음미하며 천천히 되풀이했다. 아마도 1900년대 초 줄마노 넥타이핀에 끝동에 주름이 잡힌 긴 소매 셔츠를 입고 맨해튼 야회에 모인 남자들을 떠올리고 있을 것이었다. 헨리 제임스의 소설에 딱 들어맞는 배경이었다.

"저 관목을 5년 전에 심었죠. 그 꽃에 맞는 토양, 빛, 그리고 이웃을 찾아내느라 장소를 세 번이나 옮긴 것 알아요? 몹시 예민한 식물이지만 아름답지요. 장난감 쇼에 나온 강아지들처럼요."

"당신은 용감해! 그리고 난…." 그가 미소를 지었다. 다음 할 말을 생각하고 재미있어했던 것이다. "운이 좋아. 당신은 용감하고plucky 난 운이 좋아lucky." 그는 자신이 맞춘 각운을 놓고 키득거렸다.

옛날이라면 단어 도미노 게임을 시작했을 터였다. 예컨대 내가 "당신은 용감하고 난 운이 좋고 귀여워ducky" 쯤으로 진행하면 그는 "당신은 용감하고 난 운이 좋고 귀엽고 더럽지 않아not mucky" 등등으로 계속해 나가는 식이었다. 누구든 덧붙일 단어를 생각해내지 못하는 사람이 지는 게임이었다. 하지만 이번에는 그에게 게임을 제안할 수 없었다. 그가 할 수 있을지 확신이 안 되었기 때문이다.

하지만 희망으로 향기롭던 그 순간 나는 삶이 완전히 무너져버린 것은 아님을, 남아있는 관계의 부스러기들에 그저 감사하지 않을 것임을, 다시 '예전 상태'로, 안개에 묻힌 완벽한 그 나라로 돌아갈 수 있음을 믿었다.

잠시 후 나는 퇴창에 누워 상실을 똑바로, 정면으로 마주했다. 그러자 그것은 나를 무겁게 짓뭉갰고 아무 것도, 심지어는 영광스러운 등나무 덩굴도, 굴뚝새의 칸타타조차도 나를 교정이 불가능하도록 납작 짓눌린 그 느낌에서 구해줄 수 없었다.

믿음은 다양한 강도로 빚어지며 때로 풍미가 가미되어 찾아오는 술
이다. 한낮의 햇살이 빛과 그림자로 지도를 만들어낸 잔디를 건너다보
자 활짝 핀 클로버 꽃 하나하나마다 감로甘露가 들어있다는 믿음이 느
껴졌다. 그러나 폴의 치유에 관한 내 믿음, 완전히 나아 언어로 복귀하
리라는 믿음은 순간순간, 날마다 바뀌었고 믿음이 사라져버려 아무 것
으로도 그 공허함을 채울 수 없었다. 나는 어느새 애송하는 로버트 프
로스트Robert Frost의 시 〈휘파람새〉의 마지막 구절을 읊조리고 있었다.

한여름 울창한 숲속서 소리 지르듯 우는
저 새 소릴 한 번도 못 들은 이 있을까….
빽빽한 나무줄기들 메아리 불러오는….
무성한 잎들 꽃들 한창 때도
봄 열에 한여름 하나 겪이라 노래하고.
햇빛 쨍쨍해도 금세 구름 몰아와
퍼붓는 소나기에 배꽃 벚꽃들 떨어지고나면
꽃잎 또한 지레 져 버린다 노래하며
낙엽의 계절이라 이름 붙인 철 아닌 철에도
잎들 떨어지면 가는 곳마다 한길 흙먼지 투성이라 노래하는….
제철 노래 멈춘 다른 새들처럼 노래 멈추면서
녀석 생각하는 건 노래란 안부를 수도 있다는 것….
녀석이 마음에 그리는 건
한 마디로 소리 없이 스러지며

물러간 것들에 대한 아쉬움이지….

쇠퇴한 것을 어떻게 하나, 그것이 의문이었다. 뇌손상은 영구적이었고 폴은 그걸 이해할 필요가 있다고, 나는 스스로에게 다짐했다. 운이 좋아 말하는 기술이 계속 나아진다고 해도 여러 해가 걸릴 것이었다. 그러나 그의 뇌에 있는 병소는 사라지지 않을 것이었고, 그는 절대 뇌졸중 이전의 삶으로 돌아오지 못할 것이었다. 뇌졸중 이전의 삶, 그건 내게도 폴에게도 현실적인 목표가 아니었다. 자신이 누군지에 관한 새로운 인식이 폴에게 필요했다. 사라져버린, 희망 없는 옛날의 자신이 아니라 현재 진행 중인 작업에 관한 인식이. 나 또한 이 문제와 관해 타협을 할 필요가 있었다.

나는 얼마나 많은 희망이 아직도 내 의식 속에 엮여 있는지 깨닫지 못했다. 분명한 것들을 얼마나 많이 거부했는지도 알지 못했다. 자잘한 승리들을 과대평가했고, 폴과 그의 재능, 그리고 옛날처럼 함께하는 우리의 삶은 이미 사라져버렸다는 것을 인정하는 것이 얼마나 힘든지 실감하지 못했다. 그러나 이제는 분명히 알았다. 우리가 즐기던 많은 일들, 내 방식으로 함께 있기를 즐기던 그 일들은 사라졌다. 남은 것은 차츰 나름의 모습과 차원을 갖추어갈 것이었지만, 그러나 그가 옛날의 자신으로, 나의 폴로 돌아오리라는 소원이나 희망, 그리고 자기기만은 쓸모없었다. 한때 우리 집에 살았으며 그처럼 내 삶을 많이 채워주었던, 함께 발달하고 소중히 여기면서 공생하는 자아를 지닌 배우자들이었던 그 우리가 사라졌다는 뜻이다. 옛날과 같은 것은 아무도, 아무 것도 없다 해도, 그건 받아들이기 힘든 사실이었다.

어디를 보아도, 자연은 한데 섞여 도저히 나눌 수 없는, 원자들이 모인 하나의 시내처럼 흘러갔다. 폴은 우주로부터 단순히 4×10^{27} 탄소 원자를 빌려왔을 뿐으로, 그건 그가 언젠가 아마도 이끼나 나무로, 그도 아니면 별들의 찌꺼기로 돌려주어야 할 것이다.

"나는 내가 사랑하는 풀이 되고자 먼지가 됩니다"라고 월트 휘트먼 Walt Whitman은 〈풀잎〉에서 썼다. "나를 다시 원한다면 당신의 구두창 밑에서 찾으세요." 아무 것도, 그 누구도 변하지 않는 것은 없다. 풀잎의 날 또는 자아조차 이미 조금 전과 다르다.

나는 그의 새로운 상태를 뇌졸중 전에 그가 어땠는가와 비교하지 않으려고, 아니 어쩌면 뇌졸중이 닥친 당시의 그가 얼마나 나빴는가와 비교하지 않으려고 최선을 다했다. 뇌졸중 이전은 더 이상 존재하지 않았다. 그러나 내 번민을 숨기기란 힘들었다. 폴은 종종 "웬 눈 가리고 아웅이야, 다정한 바보야" 하는 눈으로 나를 바라보곤 했다.

제16장

처음에는 내가 프레드라고 부를 중년의 가정간호사가 우리를 도왔다. 그는 머리를 밀고 얼굴은 주근깨투성이인 말수 적은 남자로 매너가 좋았으며 골동품 수집과 요리를 좋아했다. 그는 강한 동시에 세심한 방식으로 행동했다. 부드럽고 신중하게 성인을 침대에서 들어 올렸고, 작은 꽃병들에 꽃들을 꽂았다. 우리와 어느 정도 친해졌던 어느 날 그는 고등학생 시절에 아들이 전통적인 결혼을 하지 못하리라는 것을 알아차린 어머니가 "독신남성을 위한 집안 가꾸기"라는 코스를 밟도록 격려했고, 자신은 그 수업을 아주 좋아했다고 고백했다. 의료보험 제도를 잘 알았던 프레드는 종종 폴의 약과 일과를 챙겨주었고 폴이 옷을 입고 집안을 안전하게 돌아다니게 도와주었다. 프레드는 흥미로운 인물이었지만 그에 관한 이야기는 아주 조금만 하려 한다. 시간이 지나면서 우리는 그가 폴의 현금을 훔치고 폴의 신용카드로 자신의 경비를 지출했을 뿐만 아니라 그 밖의 여러 비행을 저지르고 있음을 발견하고 그를 해고해야만 했다. 우리가 최초로 경험한 이 '노인 학대'를 인정하기까지는 아주 오랜 시간과 아주 분명한 증거가 필요했다. 폴은 나보다 먼저 프레드를 의심했는데, 나는 이후 폴처럼 좌반구 뇌에 뇌졸중을 겪은 사람들도 사람의 얼굴을 읽어내는 기술을 향상시킬 수 있고 거짓말을 포착할 수 있다는 사실을 배웠다. 또한 안타깝게도 노인 학대는 너무 흔하며, 예상치 못했을 때 그리고 가해자가 매력적인 경우는 그걸 알아채기가 무척 어렵다는 사실도 배웠다. 피해자가 우리들 가운데 가장 병들고 약한 이들이라는 점에서 더더욱 극악한 짓으로 느껴졌다.

프레드의 도둑질로 인하여 폴은 가정간호사 고용에 부정적인 입장이 됐다. 누군가 집안에서 도울 사람이 있다는 것이 내게 왜 그리 중요한지 그는 이해하기 힘들어했다. 폴이 말을 하려고 애쓰다 기진맥진해지는 것을 깨달았듯 나 또한 그의 말을 통역하기가 기진맥진할 만큼 힘들다는 것을 깨달았다. 그것은 애써 내 마음의 보조를 바꾸고 속도를 한참 늦추어야 했으며 필사적으로 순간들이 모였다 흘러나가게 해야 하는, 온 신경을 집중해야 했던 일종의 암호해독이었다. 나는 사랑에 복무 중인 스파이였다. 재빨리, 또는 서둘러서, 아니면 지칠 줄 모르고 할 방법은 없었다. 몇 시간이 지나면 속에서 울화가 터졌고 내 뇌는 해독을 그만두었으며 머리는 지끈거렸으므로 쉬어야 했다. 그다지 뇌를 사용할 필요 없이 저절로 밀려오던 부부간의 한담은 이제 어려운 일이 됐다. 나는 그 일이 폴에게 얼마나 놀랍고 굉장한 일이었는지를 나 자신에게 상기시켰다. 때때로 죄책감을 느끼면서도 5분 또는 10분간 그가 단순한 어떤 생각을 표현하기 위한 어휘를 찾는 것을 기다리면서 안달이 난 나머지 얼른 *말해봐!*의 몸짓을 할지도 몰랐다. 바쁠 때면 언제나 다음 말을 기다리며 그가 시키는 대로 *앉아, 앉아, 앉아있을* 인내심이 있었던 것도 아니었다. 하지만 대부분은 이해했고 그가 안됐다고 느꼈으며 앉아 있었다.

프레드는 폴이 단어를 찾는 동안 더 오랫동안 기다릴 수 있었고 정말 하루의 대부분을 고요한 몽상에 잠겨 보낼 수도 있었다. 그는 폴에게 말을 많이 걸지 않았다. 나는 폴이 "자극이 많은" 환경을 필요로 한다는 사실을 알고 있었다. 실험실의 쥐가 자극받을 때마다 뇌세포가 더 많이 연결되는 것과 동일한 이치였다. 나는 폴이 깨어있는 동안 내내 어휘에 푹 젖어 지내기를 원했다. 폴은 어휘가 배경음이 되도록 놓아둘 것이 아니라 직접 수다를 즐기고 주의를 집중할 필요가 있었다. 나는 민첩한 기술을 가진 데다 잡담에 진정한 재능을 지녔으며 폴과 아주 잘 어울리던 간호학교 학생 리즈를 떠올렸다. 나는 그녀에게 전화를 걸었다. 아주 평범한 옷을 입으면 되고 수다는 필수이며 폴과 함께 수영장에서 지내는 시간이 많을 거라고 설명했다.

하늘이 사진작가 데이비드 호크니David Hockney의 달력 사진에서 볼 수 있는 수영장처럼, 또는 폴 뉴먼의 눈동자처럼, 선 채로 입을 딱 벌리게 만들 만큼 맑고 파랗던 어느 여름 날, 리즈는 열대 꽃무늬가 박힌 태양처럼 붉은 옷을 입고 도착했다. 수영복이나 벨루어 조깅복만 입는 사람으로는 이상한 일이지만 상당한 패션 감각을 갖고 있던 폴은 리즈가 들어올 때 그녀의 옷을 힐끗 보더니 내게 얼굴을 돌려 고개를 끄덕였다. 소매 없는 원피스여서 근육질의 튼튼한 팔이 보였고 얼굴은 많이 타 있었다. 삶의 육체성을 진정으로 즐기는 사람의 모습이었다.

리즈는 폴의 파트타임 간호사이자 문학 보좌인이자 여비서가 되었고, 처음부터 대단히 명랑한 모습을 보여주었다. 그녀는 아침마다 폴의 혈당을 체크하여 낮은 수치가 나오면 효과가 오래 지속되어 하루 한 번만 맞으면 되는 인슐린 '란투스Lantus'를 주사했다. 폴이 스스로 주사를 놓을 수는 있었겠지만 자가 점검은 어림도 없는 일이었다. 그는 주사기의 눈금을 읽지 못했고 또는 테스트 미터기의 숫자도 해독할 수 없었다. 숫자는 이제 아무런 의미가 없었다. 숫자 '8'은 쉽사리 눈사람이 되었고 '1'은 전신주가 되었다. 그는 집 주소, 전화번호, 생일도 알지 못했다. 그는 숫자에 당혹해한 데서 그치지 않고 당당하게 숫자의 의미를 망가뜨려 놓았다.

리즈는 주방 식탁에 앉아 주사기들에 약물을 채웠다. 주사기들을 눈높이까지 올려 손가락으로 한두 번 튕겨 작은 은빛 방울들을 몰아냈다. 폴과 나는 전망 창 앞에 서서 하늘을 도배하다시피 한 찌르레기 무리가 같은 동작으로 움직이며 날아가는 모습을 지켜보고 있었다. 새들은 깔때기 모양으로 내려오더니 울타리 위에 앉았다.

"새가 몇 마리예요?" 내가 물었다.

"사백 마리… 아니, 오십 마리야." 그가 자신 없게 대답했다.

"어느 게 더 많죠?" 나는 천천히 물었다. "오십? 아니면 사백?"

오래 고민한 다음 그가 입을 열려는 찰나, 나는 직감에 따라 부드럽게 말했다. "추측하려고 애쓰지 말아요. 확실히 알고 있어요?"

"오십."

"아니에요. 사백이 오십보다 훨씬 더 많아요."

"오십이 사백보다 더, 더 많아." 그는 귀에 거슬리는 소리로 주장했다.

예전에 폴은 수학의 고수였고 따라서 자연스럽게 집안의 세금 계산에서부터 수도 계량기 문제까지 수와 관련된 대부분의 일을 맡았다. 우리는 계산기나 컴퓨터가 아닌 원형 슬라이드 법칙을 이용해 해결해야 하는 비행과 하적 문제가 시험에 많이 포함되어 있었던 비행사 면허 필기시험에서 수학을 잘못하는 내가 100점을 받은 사실을 놓고 농담을 주고받곤 했다. 나는 산수, 대수, 기하에 능숙한 사람이 아니었다. 구구단을 외울 수는 있었으나 빨리 해야 하거나 강요당하면 하지 못했다. 그래서 속력을 일정하게 유지하는 한편 머릿속으로 재계산을 해가며 폭풍우가 몰아치는 가운데 "눈물방울 모양"으로 비행 패턴을 유지해야만 하는 비행은 살아있는 악몽이었다. 적어도 실제 비행에서는 노상 틀리기 일쑤여서 눈물방울이 아니라 아메바를 그리는 것이 보통이었다.

반면에 폴은 수학을 즐겼을 뿐 위협이나 매혹을 느끼지 않았다. 한번은 유독 지루한 세미나가 진행되는 동안 캠벨 수프(미국의 통조림 수프 회사—옮긴이) 통 기준으로 시간당 얼마를 받는 것인지 계산하기도 했다. 평생 숫자, 비율, 정도, 치수를 사용해 왔는데, 그 모든 것이 갑자기 지워진다고? 뇌졸중은 그의 우반구 뇌를 얼마나 태워버린 것일까? 좌반구 뇌의 연결망은 우리가 숫자에 부과하는 어휘들을 알아보지만, 우반구 뇌는 그 숫자가 포함하는 중요도를 이해하도록 한다. 이제 폴은 그 일들 또한 할 수 없게 되었다.

그는 팔이 서로 닿을 만큼 내게 가까이 다가와 속삭였다. "2달러."

"2달러요?"

그는 손가락을 뒤쪽으로 구부려 리즈를 가리켰다.

"우리가 리즈에게 2달러 빚지지 않았어?"

그는 내게 비스듬한 시선을 던졌다. 그리고는 *기억력이 어디 간 거야?* 하는 분노의 한숨을 뿜어냈다.

"*요리* 말이야" 그는 강조하면서 속삭였다. 한 시간 전에 일어난 일을 기억할 수조차 없다면 어떻게 자신의 회복을 도울 수 있겠냐는 듯했다.

"인도 음식을 픽업해온 것에 대해서요?"

"그래!"

"그건 *20*달러예요. *2*달러가 아니라 *20. 2*에다가 *0*을 붙여요."

그는 얼굴을 찌푸리며 고개를 흔들었다. "아니야, *2*달러야."

아니었다. 최소한 지금은 그는 자신의 정확히 혈당을 읽지 못했고 인슐린 주사도 스스로 놓지 못하고 있었다. 단어와 달리 생겼다는 것은 알지 모르나 숫자는 이제 더 이상 그에게 의미 있는 상징으로 작동하지 않았다.

게다가 두 단계 이상의 설명은 그를 혼란시켰다. 그의 *절차기억*, 이른바 '요령,' 즉 기술에 대한 장기기억은 뇌졸중이 발생한 동안 너무 큰 손상을 입었다. 혈당이 150을 넘으면 인슐린을 투여하고 150 이하로 떨어지면 하지 말아야 한다는 것을 그에게 논리로 설명한다는 것은 불가능했다. 언제 어떤 약을 먹어야 한다고 말해준 다음 그가 알아서 하게 맡겨둘 수도 없었다. 그가 그렇게 무력감을 느끼는 모습을 보기가 싫었지만, 우리는 미리 약을 채운 주사기를 열 개 단위로 묶어 냉장고에 넣어두었다.

우리는 무설탕 '씩-잇'으로 굳힌 차가운 "핫 코코아"(어렸을 적 가장 좋아했던)를 시작으로 하는 표준 아침식사를 개발했다. 준비하기가 놀랄 만큼 어려운 강장제였다. '씩-잇'은 뜨거운 물에서 덩어리가 지고 코코아 분말은 차가운 물에서 덩어리가 지기 때문에 우리는 다양한 거품기며 믹서를 사용했고 오른손과 왼손 중 어느 손으로 젓는 게 효과적인지 시험했으며, 모리스Morris(무릎에 벨을 단 남자들이 추는 영국 전통 춤—옮긴이), 시미shimmy(어깨와 허리를 격하게 흔들어 추는 춤—옮긴이), 플라멩코 flamenco(스페인의 전통 춤—옮긴이), 괴상한 룸바rumba(쿠바 원산의 춤—옮긴이)를 추며 격렬히 흔들어야 했다. 수많은 시행착오와 포복절도 끝에 뜨거운 물에 초콜릿 가루를 혼합해 덩어리를 저은 다음 미리 걸쭉하게 해놓은 우유를 첨가하는 법을 익혔다. 하지만 그가 충분히 먹게 만드는 일은 쉽지 않았다.

켈리와 다른 언어치료사들이 음식 또는 액체가 잘못해서 기도로 빠져 그의 폐로 흘러들어가 폐렴을 일으킬 위험을 경고한 바 있었다. 그 때문에 폴은 겁에 질렸으며 그래서 그에게 음식이건 음료건 충분히 먹고 마시게 하기가 힘들었다. 이 거부는 더욱 위험했다. 본래 심한 과체중이었기 때문에 총 20킬로그램의 체중이 빠지고 나니 더 건강해 보였으며 혈압도 내려갔다. 하지만 이제 현재 체중을 유지해야만 하는 시점에 도달했다. 그는 목이 막히지 않고 보통 음료를 마시지 못했기에 그는 늘 입이 말라 있었고 우유를 몹시 마시고 싶어 하여 냉장고에서 꺼내려고 하는 일도 많았다. 갈증을 풀어주는 시원한 우유, 신선하고 바닐라향이 살짝 나며 끝 맛이 깔끔한 그 부드러운 액체를 마시면 왜 안되는지, 나는 그에게 되풀이하여 설명해 주어야만 했다(듣자마자 잊었으므로). 그는 예전에 우유가 입안을 덮는 느낌과 삼킨 뒤 입안에 남는 느낌을 사랑한다고 말한 일이 있었다. 그게 암소의 유방에서 나온다는 사실도 좋아했다. 없어서 못 마실 지경이었으며 보통 하루 반 갤런 선에서 아쉽지만 멈추곤 했다. 이제 '씩-잇'을 넣어 마셔야 하게 되자 그는 아예 마시기를 거부했다.

혈액검사 결과를 갖고 닥터 앤이 전화했다.

"여전히 탈수상태예요." 그녀가 염려하며 말했다.

"정말이지 먹지도 마시지도 않고 있어요." 내가 하소연했다. "모든 방법을 다 시도해 봤다고요." 왠지 내 잘못처럼 느껴졌다.

"내가 폴하고 이야기를 좀 하면 도움이 될까요?" 닥터 앤이 제안했다. "집에 가는 길에 들를 수 있어요."

가정의의 방문은 이제 사라진 관습이 되어버렸으므로 나는 그녀의 친절이 대단히 고마웠다.

"그럼요." 나는 안도의 한숨을 내쉬었다. "그래주실 수 있겠어요?"

닥터 앤이 찾아와 폴과 함께 소파에 앉았다. 리즈와 나는 주변을 서성였다. 폴은 상냥한 고르곤(그리스 신화 속 여자 괴물―옮긴이)들에게 코너에 몰린 사람의 시선으로 우리를 바라보았다.

"무슨 음모가 진행 중인가 걱정할 필요 없어요." 그녀는 감동적이고 솔직한 말로 폴을 안심시켰다. "단도직입적으로 말하겠어요. 정말 음모가 진행 중이라고요. 우린 당신이 먹고 마시도록 하는 음모를 꾸미고 있어요. 그래서 병원에 되돌아가지 않도록 하려고요! 당신은 먹어야만 해요. 그건 정말로 중요해요. 당신에겐 그 어느 때보다 영양과 음료가 필요해요. 음식물이 기도로 들어갈까 봐 두려워하는 것을 알아요. 하지만 안 먹는 것이 답은 아니에요. 그저 똑바로 아니면 몸을 앞으로 기울이고 앉아서, 시간을 두고 천천히 삼키세요."

폴은 지난 날 닥터 앤에게 자신의 목숨을 믿고 맡겼었다. 그 장면을 보며, 병든 소년이 간병하는 세 여인들에게 둘러싸여 유별난 관심을 받고 있는 이 장면은 얼마나 소중하고 정겨운가, 나는 생각했다.

이튿날 아무리 애를 써도 나는 슬픔과 피로감을 감출 수 없었다. 내가 마치 폴의 코치, 치어리더, 팀 동료, 선생, 번역가, 최고의 친구이자 아내가 하나로 뭉뚱그려진 존재로 변해가는 느낌이었다. 완전히 소진하지 않고 그 많은 역할을 맡을 수 있는 사람은 없다.

"왜 그래?" 폴이 물었다.

말하지 않으려고 노력했지만 결국 고백하고 말았다. "나는 짓눌린 느낌이에요."

잠시 후 놀랍게도 폴이 제안을 했다. "당신… 멤, 멤, 멤… 엡 변소 outhouse, 아니 바보같이, 변소가 아니고, 바깥에서outside… 집 밖, 저녁 먹을래?"

"그래요, 함께 밖에서 저녁 먹던 게 그리워요." 나는 폴이 나를 격려하려고 애쓰는 데 감동을 받아 한숨을 쉬었다. 그 시간들이 정말로 그리웠다. 그리고 폴이 밖에 나갈 용기를 낸 것이 몹시 기뻤지만 그건 한편으로는 폴에게 음식을 먹이려는 술책이기도 했다. 우리는 동네의 일본 식당으로 갔다. 폴은 되는대로 면도를 한 얼굴에 격자무늬 플란넬 반바지와 파란 반소매 셔츠를 입었다. 본래 말쑥하게 차려입는 타입이 아니었다. 결혼 초에는 낡은 양복바지와 셔츠, 혁대, 얇은 양말, 끈으로 묶는 가죽 구두를 착용했다. 콜게이트 대학에 초빙교수로 있던 1980년대의 어느 한해는 청색 벨루어 스포츠 재킷, 갈색 코르덴바지, 살짝 풀먹인 칼라가 달린 흰색 셔츠, 그리고 화려한 색깔의 넥타이로 이동했다. 그는 여자들은 호화로운 색채와 촉감의 의상으로 자신을 표현하는데 남자들은 얼마나 단조로운 옷만 입어야 하는지를 탄식하곤 했다.

하지만 그는 마치 죽은 피부를 벗겨내듯 점차 옷을 덜 입기 시작했다. 이제 진한 청색 반소매 셔츠만을 입었다(다행히도 같은 셔츠가 두 장 있었다). 로퍼를 신었으며, 양말은 신지 않았다. 산책용 흰색 바지는 거의 일반 반바지와 다름없는 길고 품이 넉넉한 수영복 반바지에 밀려났다. 뇌졸중 이후에는 수영복 반바지보다는 서로 다른 색조의 격자무늬 플란넬 반바지들을 입었다. 앞에 단추가 붙은 것도 있었고 없는 것도 있었다. 때로 단춧구멍이 열려 있으면 앞뒤를 바꿔 입기도 했다. 그는 최대한 편한 차림을 고집했다. 다르게 입으라고 *상냥하게* 설득할 수 없었으므로 나는 그런 소소한 일로는 전쟁을 하지 않기로 했다. *골라서 싸워라*는 오랜 결혼 생활을 통해 내가 터득한 법칙이었다. 그래서 그의 옷장은 옛날 의상 박물관처럼 그가 한 번도 입거나 매지 않은 재킷, 바지, 긴소매 셔츠, 그리고 수십 개의 넥타이들로 가득했다. 그중에는 2010년 그가 최고로 꼽은, 하필이면 신종 인플루엔자 분자가 그려진 요란한 넥타이도 있었다.

식당에 도착하자 나는 의자와 탁자들을 지나쳐 조금 드러누울 수도 있을 분리된 칸막이 공간으로 그를 데려갔다. 메뉴에는 완벽한 요리들의 반들반들한 사진들이 찍혀 있었는데 그는 마치 사진을 보고 신부를 선택하기라도 하듯 그것들을 유심히 들여다보았다.

"뭐 먹고 싶은 것 있어요?"

그가 눈길을 올려 나를 초조하게 바라보았을 때 나는 그가 무엇을 해야 할지 모른다는 사실을 알아차렸다. 그는 소란을 떨까? 도망을 칠까?

웨이터가 오면 초조해하고 당황할까? 아무것도 알 수 없었다. 나는 그의 손을 잡고 안심을 시켜주며 물었다. "오늘은 내가 당신 대신 주문해줄까요?"

내 목소리를 다른 소리들로부터 분리하려고 애쓰는 듯, 그의 이마에 깊은 고랑이 패었다. 식당 안에는 이런저런 소리가 나고 있었다. 벽에 높이 고정된 텔레비전에서도 소리가 흘러나왔고, 학생들이 둘러앉아 축배를 드는 숯불 화로에서도 쉭쉭 소리가 나고 있었다. 나는 중요한 내용은 뭐든 반복해야 한다는 것을 배웠다.

"오늘은 당신 대신 주문해줄까요?"

아무리 애를 써도 폴은 내 목소리를 주변의 다른 소음들로부터 분리할 수 없는 듯 보였다. 식탁 너머로 몸을 기울여 나는 그 말을 천천히 그리고 입을 크게 벌려 말했다. 그는 감사의 한숨을 내쉬며 메뉴를 내려놓았다.

나는 뇌졸중이 닥치기 전 그가 아주 좋아했던 요리들, 반죽에 작은 새우를 구름처럼 가득 채운 작은 만두 '슈마이'와 한입 크기의 새우와 야채를 꿰어놓은 꼬챙이 요리를 주문했다. 우리는 말없이 음식을 즐겼다. 눈을 과장되게 치뜨고 미소를 지으며 '정말 맛있네!' 하는 표정을 간혹 지어가면서. 그는 정상적인 삶을 아주 조금이나마 회복한 것에 행복해했고, 나는 그가 좀 더 단단한 음식을 먹는 것에 안도했다.

집으로 돌아가는 길에 그는 정중하게 더듬거리며 말을 꺼내 나를 기쁘게 했다. "고마워… 일본… 부케bouquet." '만찬banquet'을 잘못 말한 거였다.

폴은 제때 식사를 하기 시작했지만 이제 변덕, 휴일, 건강, 또는 도착적인 재미를 위한 아주 작은 변화도 없이 매일 정확히 똑같은 음식만 먹겠다고 고집했다. 나는 그가 저항할 수 없을 것이 분명한 음식을 주었다. 저녁 메뉴는 건강중독자의 악몽이지만 영국 기인의 꿈인, 으깨어 육즙을 끼얹은 통조림 흰 감자, 그리고 통조림 닭고기나 햄으로 정했다. 아침식사는 계란 대용품인 에그 비터스, 올리브유를 발라 가스레인지로 구운 토스트, 콩으로 만든 스마트 베이컨이었다. 저녁 식탁에서 그는 2리터짜리 무설탕 바닐라 아이스크림을 통째로 엄청나게 먹었다. 이것은 그가 지켜야 하는 당뇨병 환자들을 위한 저염 식단은 아니었으나 나는 그가 먹는다는 사실만으로 행복했다. 그렇게 아이스크림을 먹으니 체중이 급속히 불기 시작했다. 그래서 식사량을 조절하기 위하여 그는 무설탕 아이스크림 샌드위치와 아이스 바를 시식하며 과학적인 입맛 테스트를 펼쳤으며 대부분 침울한 얼굴로 퇴짜를 놓다가(풍미가 없다는 이유였다) 마침내 '클론다이크 슬림 베어스'에 낙착했다. 밀크 초콜릿을 살짝 입혀 낱개 포장한 '무설탕' 사각형 바닐라 아이스크림이었다. 그러나 '슬림 베어스'라는 이름이 입에 붙지 않았고 그는 계속해서 대체 단어를 찾았다.

"스키니 엘리펀트Skinny elephant(날씬한 코끼리)." 디저트가 몹시 먹고 싶은 그가 말했다.

나는 그 이미지가 우스워 킬킬거렸다. "스키니 엘리펀트요?"

"아니야," 자신이 만들어낸 그림이 재미있기도 하고 짜증나기도 해서 당황하기도 했던 그가 웅얼거렸다. 자신의 말이 하늘에 씌어져 있기라도 하듯 한손으로 단어를 쓸어내면서 그는 말했다. "스키니 엘리펀트가 아니야."

그는 두 손으로 공중에 네모를 그렸다.

"어… 어… 어… 스키니 엘리펀트! 아니야… 스키니 엘레펀트…"

이튿날 그는 아주 진지하게 이번만큼은 옳다는 확신에 차 요구했다. "마이너 베어Minor Bear." 사뭇 사무적이다 싶은 요구였으니, 그의 마음속에서 그는 겨울철의 별자리(작은곰자리를 가리킴─옮긴이)가 아니라 옳은 단어를 말하고 있었던 것이다.

"마이너 베어가 아니에요." 나는 웃으며 설명했다. "마이너 베어는 '우루사 마이너Ursa Minor'죠. 작은 국자 별자리 말이에요."

그는 곰곰 생각하더니 미소 지었다. 그리고 "우루사" 하고 반복하더니 알았다는 듯 고개를 끄덕였다.

실어증에 관련한 또 다른 이상한 점은 모국어로는 떠올리지 못한 단어를 학습한 외국어로는 유지할 수도 있다는 사실이다. 폴은 반세기 전에 프랑스어와 라틴어를 공부했고 천문학에 깊은 관심을 갖고 있었다. '우루사'는 곰을 뜻하는 라틴어였고 '작은 국자'는 천문학자들에게 '우루사 마이너' (작은곰자리)로 '큰 국자'는 '우루사 메이저' (큰곰자리)로 알려져 있다.

"슬림 베어…" 나는 '나를 따라하라'는 분명한 말투로 말했다.

"베어." 그가 되풀이 했다. "베어."

"슬림… 베어."

"슬림… 베어."

그러나 그의 뇌는 그 브랜드 이름을 저장하기를 한사코 거부했고 오직 큰 것이(베어─옮긴이) 작은 것으로(슬림─옮긴이) 묘사된다는 것의 역설만을 기억했다. 그래서 그는 계속해서 자신의 야식을 "거대한 쥐"에서

"귀여운 코끼리"까지의 온갖 이름으로 불렀다. 하지만 말을 꺼내자마자 그것이 자신이 의미하는 단어가 아님을 알아차리고 크게 웃었다. 그런 다음 내게 옳은 단어를 다시 말해달라고 했다. 그러나 그것은 여전히 그의 뇌에 남아있지 않았다. 대신 "클론다이크"라고 부를 수도 있었을 테지만 우리는 잠시 후 포기했고 그의 뇌라는 슬롯머신이 마구 던지는 넌센스 어휘들을 즐겼다.

그는 이따금 양손으로 허공에 네모를 그려가며 몸짓만 하기도 했다. 마땅한 단어를 찾을 수 없을 때마다 모양에 관계없이(우표, 택배 봉투, 어딘가에 놓아둔 원고) 거의 같은 몸짓을 사용했기 때문에 별 도움이 되지 않았다. 하지만 이번 경우는 정확한 것이었다. 시간이 흐르면서 나는 그 네모를 '템플럼templum' (템플temple의 라틴어 어원)으로 이해하기 시작했다. 옛날 옛적에 예언자는 네 개의 막대기로 된 네모(템플럼)를 하늘 높이 쳐들어 그가 본 것, 그 공간을 가로지르거나 그 안으로 들어와 나는 것, 참새, 박쥐, 별, 태양, 또는 용머리를 한 구름 등등에 근거해 예언을 하곤 했다. 템플럼은 실체가 있는 무엇이라기보다는 신성한 울타리로, 건물이 아닌 공중의 사원 또는 성소였다. 폴은 점을 치려고 네 개의 막대기를 사용할 필요가 없었다. 손가락으로 허공에 윤곽을 그으면 조짐이 될 수 있기도 했고 어디에 그 네모를 긋건 그것은 미래를 표현했다. 폴이 열망하는 것은 무엇이든(스키니 베어건 치즈 덩어리이건) 그의 마음속에 있는 비슷한 종류의 신성한 공간, 욕망의 완벽한 네모에 존재하고 있는 것처럼 보였다.

나는 폴이 먹고 있다는 것에 안도했으나 마시는 일은 여전히 끔찍한 문제였다. 시간이 흐르면서 폴은 꿀처럼 진한 음료로 옮겨갔으나 여전히 그 액체들이 엔진오일처럼 불쾌하게 끈적거린다고 생각했다. 그의 갈증을 끄는 것은 물주전자에 담긴 진한 무설탕 레모네이드와 '씩-잇'으로 굳힌 코코아와 우유였다. 일주일에 두 번, 우리는 일괄적으로 다음 먹을 양을 새로 만들었고 상한 것은 싱크대에 쏟아 부었다. 그로 인해 얼마나 많은 문제가 발생할지는 전혀 몰랐다.

어느 날 하수구가 막혔고 나는 별 염려 없이 배관공을 불렀다. 그는 주방 바닥에 앉아 사리사리 감아놓은 금속 "뱀"을 열어놓은 하수구 구멍 속으로 조금씩 집어넣었고 검게 끈적거리는 폐기물이 끝없이 나오는 것을 보고 놀라워했다. 불굴의 뱀은 마침내 30여 미터 떨어진 있는 큰 길까지 가 닿았다. 양동이들에 채운 그것들을 보니 석유 굴착장치나 포경선에서 보던 타르처럼 검고 악취 풍기는 덩어리들 같았다. 배관공은 그저 연신 머리를 흔들면서 정말 이상하다고 중얼거렸다. *이런 건 지금까지 본 적이 없어…* 그가 떠난 후에야 우리는 하수구에 엄청나게 많은 '씩-잇'을 버려 찐득찐득한 오물 수렁을 만들어냈다는 사실을 깨달았고 함께 웃음을 터뜨렸다. '씩-잇'은 가 닿는 모든 것을 젤라틴처럼 굳혔던 것이다. 우리는 물이 하수구로 흘러 내려가는 기적을 즐기려고 다시 한 번 싱크대 앞에 서서 내려다보았다.

"그가 해낸 것 같아!" 폴이 의기양양해서 환성을 질렀다. 물론 "배관공이 하수구를 고쳤어"라는 뜻이었다.

강박하는 능력은 예술가에게 꼭 필요한 것으로 말하기 능력과 함께 사라지지는 않은 것 같았다. 폴의 갈망은 변했을지 몰라도 갈망에 대한 갈망만큼은 사라지지 않았다. 사라진 것은 어묵, 연어, 트라이플trifle(스펀지 케이크에 생크림을 바른 과자—옮긴이)처럼 그리고 영국에서의 어린 시절을 떠올려주는 것들이었다. 뇌졸중 이후 폴에게는 초콜릿에 대한 집착이 생겨났는데, 그는 당뇨병 환자였으므로 초콜릿은 무설탕이라야 했다. 또 한 차례의 미각 테스트를 통해 그는 잘 알려지지 않은 상표의 무설탕 진갈색 초콜릿 바에 낙착했는데 그 제품은 내가 살고 있는 곳에서는 쉽게 구할 수 없는 것이었다. 공급이 부족했으므로 나는 뉴욕 시나 로체스터에 물건을 주문해 미친 듯 대량으로 사들였다. 때때로 리즈나 내가 시라큐스나 코닝까지 육로로 가서 구입해야 하기도 했다. 거기서 우리는 가게 점원이 은행털이가 아닐까 싶어 어리둥절해할 정도로 가게에 있는 것은 물론이고 창고에 있는 물량까지도 달라고 요구했다. 보통 오십 개 정도 얻을 수 있었다. 폴은 초콜릿 바에 이당류 알코올인 말티톨이 포함되어 있다는 이유로 반드시 먹어야 하는 것이라고 생각하면서 하루 저녁에 하나 또는 두 개를 먹었다. 포장지에는 과도하게 섭취하면 설사를 할 수 있다는 경고문이 씌어 있었다. 초콜릿 바는 상당 기간 그의 사치스러운 대장 완화제로 기능했다. 한 쇼핑몰의 호화로운 초콜릿 가게는 나를 박스째 사가는 단골로 인식하기 시작했다. 그들에게 그 초콜릿들이 완화제로 사용된다는 사실을 차마 밝힐 용기가 없었다. 그래서 리즈가 대신 이 특별한 초콜릿만이 만족시킬 수 있는 갈망을 가장하고 그 가게에 출입하기 시작했다.

오래 전 리즈의 집주인 구스타프가 쉽게 차릴 수 있는 간편한 저녁 식사 '테이스티 바이트'를 추천했다. 그것은 팩에 든 인도 카레로, 구스타프가 몽고와 전 세계를 방랑하던 때 비상식량으로 갖고 다니던 음식이었다. 리즈와 그녀의 남편은 테이스티 바이트를 맛보고 퍽 마음에 들어 캠핑 여행을 대비해 묶음으로 사들이기 시작했다. 어느 날 리즈는 테이스티 바이트 제품 두 개, '마드라스 렌틸즈', 그리고 '봄베이 포테이토'를 갖고 와 먹어보라고 권했다. 차게 먹을 수도 있지만 데우면 더 맛있다고 했다. 나는 괜찮다 싶은 정도였지만 폴은 완전히 중독되었다. 그 음식은 초콜릿이나 커피처럼 강렬한 갈망을 채워주었다. 아마 그 음식은 영국에서 보낸 어린 시절의 식민지 과거나 옥스퍼드 대학시절에 거의 매일 먹던 소고기 카레를 생각나게 했을 것이다. 매혹의 근거가 무엇이건 그는 그때부터 저녁에는 그것 말고는 다른 아무것도 먹지 않았다. 그는 그릇에 두 봉지의 테이스티 바이트를 쏟아 붓고 고추의 매운 맛을 덜기 위해 플레인 요구르트를 더한 다음 휘휘 저어 전자레인지에 3분간(빨간 점을 세 번 눌러서) 데웠다. 이 음식은 가끔 사오는 중국 음식이나 껍질 벗긴 차가운 새우 한 그릇과 함께 이후 5년간 그가 가장 즐겨먹는 저녁식사가 되었다. 다행히 그건 건강에 좋은 채식 음식이었다. 그는 지금껏 연속해서 1500일 이상 그걸 먹어왔던 것이다. 3개월분 식량을 보유하고 있는 우리 식품저장고는 현재 카레콩에 대한 존경을 표하느라 온통 카레로 채워져 있다. 눈보라나 허리케인에 대한 대비가 철저한 셈이다. 폴은 테이스티 바이트의 맛뿐 아니라 그것이 인도에서 제조되어 아폴로 우주 프로그램에 공급하기 위하여 파우치에 밀봉되었으며 극한의 온도와 높이(해수면 정도의 낮은 고도에서 달 정도의 높은 고도)를 견디는 실험을 거쳤다는 사실도 몹시 좋아했다. 에베레스트 산에 오른 인도의 무장 군대도, 남극에 간 콘래드 앵커Conrad Anker(미국의 등반가—옮긴이)도 테이스티 바이트를 가져갔다. 이쯤 되면 실어증에 걸린 기인이자 전직 크리켓 선수이자 은퇴한 교수이자 작가 또한 충분히 만족시킬 수 있을 음식이었던 게 아닐까?

제17장

나는 서재 벽장에 실이며 선물용 포장지, 그리고 온갖 종류의 선물들을(실용적인 것에서부터 지독하게 향락적인 것까지) 보관해 두었다. 그것들은 여행길 또는 아무 때나 친구 또는 친척들 중 누군가에게 꼭 맞다 싶은 물건들을 우연히 보았을 때 사 모아둔 것들이었다. 그래서 생일이나 크리스마스가 되면 내게는 완벽한 작은 선물이 준비되어 있었다. 이제 벽장에 들어갈 때마다 내 눈은 폴을 위해 저장해뒀던 언어 기념품을 향했다. 예를 들면 회문回文(앞에서부터 읽으나 뒤에서부터 읽으나 동일한 단어나 구—옮긴이) 책은 어디에 쓸까? *다 이심전심이다. 다 큰 도라지일지라도 큰 다. 건조한 조건.* 폴은 그런 문장들을 좋아할 법했는데. 셰익스피어의 욕으로 도배된, 폴저 도서관에서 사온 머그잔은 어쩌지? *이, 알에서 깨지도 않은 배신자 새끼*(〈맥베스Macbeth〉 4막 2장, 맥더프의 아들을 죽이면서 살인자가 하는 말—옮긴이). 유럽 도시들에 대한 문학적 안내서는 어떨까? 그런 선물들은 잔인해보일 것이었다.

한때 우리는 단어로 만들어진 집에 살았다. 우리들만의 어휘는 완전한 난센스를 뜻하는 '플라프flaff'에서 다른 단어를 찾아내려는 희망으로 우리 중 하나가 말하곤 했던 순전한 외침에 지나지 않는 '므록mrok'까지 다양했다. 주로 아이들을 통해 연결되는 부부들이 있듯 우리는 우리들만의 요란한 단어집을 통해 연결되었다. 우리는 은밀한 암호와 관용구의 세계에 푹 빠져 살았다.

우편함에서 꺼낸 편지와 잡지들을 팔에 잔뜩 어수선하게 안고 들어오면서 "우편배달 송어!"라고 큰 소리로 외쳐 내가 도착했다는 신호를 보냈던 적이 있다. 특별한 이유는 없었고 그저 그 말이 내 머릿속으로 헤엄쳐 들어왔기 때문이었다.

"우편배달 송어!" 폴이 서재에서 복도로 내려오면서 재미있다는 듯 되받았다. 그가 싱긋 웃는 얼굴로 나타났다.

"우편배달 송어야?" 그는 새로운 애칭에 반가워하며 내 이마에 물고기 입술 키스를 해주었다. 그 이후로 송어는 우편배달부 겸 원하는 물품들을 나르는 수송차 역할을 했다.

당신이 나르고 있는 물건에 따라 당신은 커피 송어, 베이글 송어 등등이 될 수 있다. 송어가 운송 능력으로, 또는 일상의 불편을 덜어주는 것으로 유명한 것은 아니지만…. 하지만 송어는 도움을 주는 타인을 상징하는 역할을 한다. 친밀함을 소중히 여기는 세련된 집안이 이 같은 유쾌한 장난들 없이 어떻게 유지될 수 있을까. 그것들은 유대를 강

화시키고 음향의 스펙트럼을 확대해준다. 모르는 사람들이 이런 낯
선 소리를 어떻게 알아들을지는 나도 모르겠다.

—《백조와 함께 하는 삶》

우리는 유연성이 있는 모든 어휘를 장난스럽게 뒤틀었다. 요일들은
몬달스데이, 튜셀데이, 웬델데이, 써셀데이, 프라이달데이, 에그데이(토
요일마다 그에게 계란 프라이를 해주었으므로), 그리고 선달스데이가 되었
다. 핸드hand는 핸들handle이 되었고, 브렉퍼스트breakfast는 브레클퍼스트
breaklefast가 되었으며, 마우쓰워시mouthwash는 마우스워시mousewash가, 렌
즈lens는 렌즈니스lensness가 되었다. 셀프self는 셀브스트shelbest, 슬립sleep
은 슐루피schluffy, 자니 카슨 쇼Johnny Carson Show는 카스니엔시스
Carsonienses가 되었다. 피부과에 가는 일은 "두더지 순찰"이 되었다. "당
신은 시클라멘인가요?Are you a cyclamen?"는 "몸이 안 좋으세요?Are you
feeling ill?"를 뜻하게 되었다. 시클라민sicklamin은 '병든sick'의 지소어指小語
로서 꽃 이름 시클라멘cyclman과 발음이 같다는 점에서 꽃처럼 작고 아
픈 사람을 암시했던 것이다. 우리는 세인트루이스 식물원에서 마주친
지금껏 본 가장 작은 귀여운 쥐를 기념하여 A. C. H. M으로 부르기도
했는데, 그건 "A Certain Harvest Mouse(어떤 멧밭쥐)"의 줄임말이었다. 폴
은 "은밀한 우리의 동물우화집은 런던 사투리의 압운 속어(자기가 쓰려는
단어를 바로 쓰지 않고 운을 이용한 어구를 대신 쓰는 속어—옮긴이) 만큼이나 우리의
사생활을 비밀스럽게 만들어주었다"고 썼다.

그녀가 실내화를 신고 내 발을 밟는 바람에 내가 허겁지겁 뒷걸음을

치면서 우리 두 사람이 동네 병원 검사 대기실에 걸린, 수채화로 아주 아름답게 묘사한 장밋빛 저어새와 비슷한 소음을 내는 일이 잦았다. 딱, 딱, 딱, 딱…. 우리는 물결이 밀려오고 빠져 나가는 웅덩이에 발을 들여놓은 새가 되어 소리 질렀다.

모든 커플은 자신들만의 은밀한 문구와 부호를 개발하지만 우리는 왜 그처럼 많은 방언이 필요하다고 느꼈는지 잘 모르겠다. 어쩌면 우리는 일의 많은 부분을 정상적 단어들을 교묘하게 다루고 그것들을 적법하게 쌓으며 보냈다는 사실과 관련이 있는지 모른다. 또는 일을 하지 않을 때조차 문학적 유행이나 이치에 맞는지 걱정할 필요 없이 단어들을 갖고 마음껏 교묘하게 맞추고 재구성하면서 단어놀이 하기를 좋아했다는 사실과 관련이 있는지도 모른다. 또는 우리가 오늘날 산스크리트어, 히타이트어, 영어, 리투아니아어처럼 관련이 없어 보이는 언어들이 사실은 공유하고 있는 '태양,' '겨울,' '꿀,' '늑대,' '눈,' '여성,' '경외심'처럼 사실은 뿌리가 동일한 단어들을 마음껏 만들어내는 재미를 누렸던 선사시대 선조들과 함께하기를 스스로도 모르게 열망했기 때문이었는지도 모른다.

이런 단어들의 전신은 아마도 뚝뚝하고 강건하고 야만적인 소리로 말해졌을 것이다. 폴은 "아름다운 미국America the Beautiful"을 인도유럽어족 언어로 번역해 그리스 조각상들의 플라스틱 복제품들이(진품처럼 머리나 팔 등의 신체부위들이 없어진) 둘러서있던 문학생도들의 휴게실 "제우스 신전"에서 낭송한 적이 있다. 우리와 단어들은 서로를 섬기는 관계였다. 우리가 주인인 적도 봉신인 적도 있었다. 우리는 미국이라는 사회에서 살아왔으나 단어들의 *문화* 속에서 살아왔다. 단어 문화는 자신만의 요구를 만들어냈고 나름의 특성을 갖고 있었다.

어느 날 아침 일찍 나는 서둘러 타겟Target(미국의 대형상점 체인—옮긴이)으로 나가 폴을 위해 아이스크림 기계를 샀다. 소형 가전제품들이 놓인 진열대로 가려면 업무용 기기 구역을 지나가야 했다. 폴은 늘 사다 달라고 하던 사무용품들을 이번에는 요구하지 않았다(검정 펜, 마닐라 봉투, 딱풀, 수정액, 고광도 인쇄용지 등등). 위장이 뒤틀리는 것처럼 아파왔다. 그는 다시는 이런 물건들이 필요하지 않겠지, 나는 생각했다. 우리가 사무용품을 사기 위해 그 구역을 얼마나 자주 "쥐처럼" 뒤지고 다녔는지가 기억났다. 그 일은 관계라는 몸통에 아주 작은 세포를 하나씩 추가하는, 알아차리기 어려울 만큼 부수적인 활동들 중의 하나였다. 비처럼 친숙한 그것은 글쓰기에 대한 경의였고 기억되는 부재였으며 단절되어버린 소소한 즐거움, 잃어버린 가정생활의 단편이었다. 내가 느낀 고통은 말없는 것, 말로 구슬릴 수 없는 것, 말의 너머에, 아래에 있는 것이었다. *이제 그만*, 하며 백번을 숨을 몰아쉬어도 그 적나라하고 완전히 새로운 종류의 고통을 포착할 수 없었다. 타겟의 진열대 앞에서, 반짝이는 분홍빛 노트, 동물 스티커, 밝고 다양한 색깔의 펜들이 숲처럼 서있고, 온갖 빛깔의 테이프들, 물건을 실은 카트와 신이 난 아이들과 함께 부산하게 움직이는 엄마들이 있으며, 낙천적인 음악이 흐르는 한복판에서, 나는 충격을 받고 우두커니 서있었다. 폴의 즉흥 노래를 포함해 우리가 함께 했던 모든 즉흥적인 단어 게임들, 우리가 가장 좋아하던 놀이가 사라졌다는 사실이 고통스럽게 다가왔다.

조류 세계에서는 아름다운 훌륭한 깃털을 가진 암수 한 쌍이 이중창으로 독특한 노래를 부르는 일이 있다. 각자 맡은 부분을 아주 매끈하게 부르므로 한 마리가 부르는 멜로디로 착각하기 쉽다. 한 마리가 죽으면 노래는 쪼개지고 끝이 난다. 그러다 홀로 남아 슬픔에 잠긴 새가 양쪽 파트를 다 부르기 시작하고 그럼으로써 노래 전체를 온전하게 유지시킨다. 나는 자신도 모르게 전에 폴이 맡았던 집안에서 노래를 부르던 참새 역할을 넘겨받아 폴과 나누기 위한 실없는 노래들을 만들고 있음을 깨달았다.

부엌 식탁에 함께 앉아서 우리는 선명한 파랑색의 어치가 마당으로 들어와 벚나무 가지에서 잎사귀가 흩어진 땅바닥으로 뛰어내려 먹을 것을 찾는 모습을 지켜보았다. 나는 읊조리기 시작했다.

어치야, 나무 위의 어치야,
이리 와서 나랑 놀지 않을래?
봉선화 안에서 춤을 추는 동안,
나를 다시 쳐다봐주지 않겠니?
넌 정말 예쁜 아이야,
노랑색이 아니라서 슬픈 거니?

폴은 각운을 두고 웃음을 터트렸지만 그가 그 단어들을 이해했는지 알 수 없었다.

"당신은 정말 안아주고픈 작은 초파리예요," 내가 말하자, 그는 유쾌한 미소로 나를 바라보았다. "안아주고픈"이란 단어를 알아들었고 아직 사회적 민감도가 뛰어났기 때문이었다. 하지만 "초파리가 뭔지 알아요?" 하고 묻자 그는 고개를 흔들었다.

"난 *멍청하지 않아*," 아주 여러 차례 했던 말이었다. 그의 목소리는 자기연민과 냉소 사이에서 균형을 잡고 있었다.

참을성 있게, 안심을 시켜주는 음성으로 나는 대답했다. 나 역시 수도 없이 되풀이한 말이었다. "그럼요, 당신은 멍청하지 않아요. 당신은 의사소통 장애를 겪고 있는 거예요. 단어들은 아직도 당신 머릿속에 있어요. 당신은 하고 싶은 말을 골라내는 것이 어려울 뿐이에요."

그리고 나는 초파리란 과일 조각 주변을 맴도는 작은 파리라고 일러주었다. 과일이 뭔지는 알았을까? 그랬다. 그리고 "맴돌다"는 단어도 알고 있었다.

"드로소필리아 멜라노가스터Drosophilia melanogaster(파리의 일종─옮긴이)," 그가 말했다. 마치 실러캔스coelacanth(고대에 멸종되었다고 알려진 물고기─옮긴이)를 잡아 올리고 스스로 놀란 어부처럼 자랑스러워하는 음성이었다.

"어머나! 어떻게 그런 단어를 생각했어요?" 나는 그가 막 마술이라도 부린 것처럼 깜짝 놀라 그를 바라보았다.

내 기억은 자메이카에서의 어느 오후로 날아갔다. 우리가 처음으로 함께 보낸 휴가였다. 바닷가 음식점의 메뉴는 오자誤字들로 정신없었고 우리는 며칠 동안 그 일을 두고 웃어댔다. "주방장의 내장 샐러드Chef's bowel salad"는 섬뜩하게까지 들렸다('주방장의 볼 샐러드Chef's bowl salad'를 잘못 쓴 것─옮긴이). 하지만 내가 가장 좋아했던 건 "당신을 닮게 구운 스테이크Steak grilled to your own likeness"였다('당신의 취향에 맞게 구운 스테이크Steak grilled to your preference'를 잘못 쓴 것─옮긴이). 우리는 엘리노어 루즈벨트(루즈벨트 대통령의 아내)의 구운 소고기 실루엣을 그려보려고 애썼다.

달콤하고 신선한 파인애플 조각들이 담긴 접시에 초파리 몇 마리가 달려들었다. 그 중 하나는 내 손바닥을 천천히 가로질러 접시로 걸어간 놈이었다.

"드로소필리아 멜라노가스터." 폴은 대학 1학년 때 배운 그리스어를 불러와 화려하게 말했다. 나는 그 구절의 음악성이 좋았지만 특히 그 번역은 전적으로 사랑했다.

"이봐요, 영어로도 알아요?" 내가 물었다.

그는 한참을 생각했다. 그의 마음속 숲에서 매미가 울어대는 소리가 들리는 것 같았다.

"알았었는데." 마침내 그가 탄식했다.

"검정 배 이슬 홀짝이."

그의 얼굴에 알아듣는 빛이 번뜩였고 그는 그 단어를 말하려고 했다. '검정 배'는 빼먹고 '이슬'을 말했다가 다시 시작해야 했다. 이번에는 '홀짝이'를 잊어버렸다.

"검정 배 이슬 홀짝이. 그냥 배가 검고 이슬을 홀짝이는 곤충의 모습을 그려봐요." 그가 초조해하지 않게 하고 싶어서 내가 속삭였다. 우리는 몇 분 동안 조용히 앉아 가지처럼 검은 배, 뾰족하게 솟은 털, 벽돌처럼 붉은 눈을 상상했다.

그날 아침에 폴은 자꾸만 더 초조해하며 '지갑,' '수표책,' '삼키기'를 더듬어 찾았다. 그가 망망대해에서 단어를 찾고 있을 때 나는 어느 범주에 그 단어가 있는지 질문함으로써 장벽을 부수어주려 할 수도 있지만 그게 항상 통하지는 않았다. '삼키기'란 단어가 입과 관련되어 있으므로 철자 범주에 속한다고 판단할 수도 있었기 때문이다. 말하고자 하는 신체 부위나 물건을 가리킬 수 없으면 나는 그에게 마음의 눈으로 그걸 그려보라고 했다. 우리는 단어 없이도 어떤 이미지나 감정을 제시할 수 있으므로. 그것도 안 된다면 사람에게는 무엇이 남는 것일까? 정신의 경련, 즉 정확히 말해질 수 없는 생각이나 감정이리라. 그의 혼란스러운 정신 속에서 어떤 불확실한 단어로 다른 불확실한 단어를 정의하는 일은 격랑을 불러일으키는 일이었다. 단어들은 밧줄걸이가 닳아 빠지고 방호재마저 엉망이 되어버려 풀려버린 배처럼 아무것도 붙들 것 없이 폭풍 속을 떠내려갔다.

폴은 근사하게 문장을 시작하곤 했다. 처음 절반은 멋지게 흘러가다 멈추어 어떤 문장을 말하려던 것인지 까맣게 모른 채 중요한 마지막 명사 앞에서 멎어버렸던 것이다. 우리의 가장 단순한 대화들에서까지 이런 일이 일어났다. 숫자 사용 능력은 조금 나아져 이제 그는 섭씨 26도일 때가 15도일 때보다 수영하기 좋다는 것을 알았고, 그래서 밖으로 나가기 전 뒤창에 있는 온도계를 부지런히 체크했다. 햇살을 받으면 수은주는 항상 22도쯤 높이 가리켰다. 폴은 48도를 보면 활짝 웃곤 했다. 기온이 37도가 넘게 치솟으며 공기에서는 불붙을 것 같은 맛이 나고 신발 밑창을 통해 인도가 타는 듯 느껴졌으며 선인장조차 바싹 말라갔던 투산 애리조나 대학 시절을 기억해냈던 것이다. 춥고 비가 많은 섬 출신인 폴은 평생토록 더위를 사랑했다. 그래도 우리는 고장 난 온도계를 버리지 않았으며 어쩌면 아마도 신뢰할 수 없다는 점 때문에 우리의 "낙천적인 온도계"라는 애칭을 붙여주었다(그늘진 앞마당에 있는 차가운 온도계와 대조적으로).

폴은 타월을 움켜잡고서 온도를 발표하곤 했다. 6월의 어느 운수 좋은 날, 그는 유쾌하게 선언했다. "23도야! 잘못… 흠. 취소야. 그 현상…."

나는 팔을 늘어뜨리고 그의 다음 시도를 기다렸다. 시계가 째깍거렸다.

"잘못…" 뇌가 뒤죽박죽이 되어 이번에도 문장을 완성하지 못하자, 폴은 짜증이 나 내뱉었다. "작동이 안돼…."

나는 머리를 곧추세워 내가 아직도 듣고 있음을 알려주었다. "한 번 더 해볼래요?"

"잘못… 잘못… 음."

그의 얼굴에 동요의 빛이 서리기 시작했다. 원조가 필요하다고 결정했다. "온도계가요?"

"온도계, 38도야," 폴은 안도하며 말했다. 그는 눈에 띄게 편안해진 태도로 밖으로 나가 난간을 잡고 수영장 사다리로 향했다.

또 다시 15도쯤 되는 날이었다.

이처럼 좌초한 문장들이 새로운 기준이었다. 나는 꾸준히 들어주어야 했고 그는 결실도 없이 고통스러운 노력을 계속해야만 했다. 그가 들려주던 소식, 그만의 독특한 표현, 쾌활한 잡담들은 모두 사라져버렸다. 그는 자신에게 분노했다. 말을 더듬고 남의 말을 흉내 내고 다른 말로 바꾸어 표현하느라 하고픈 말이 묶여 있는데, 그의 마음속에는 상처입은 언어, 결함 있는 언어가 격렬하게 흐르고 있는데, 어떻게 화가 나지 않을 수 있겠는가. 나는 씁쓸해져서 지배인 목소리를 흉내 내어 혼잣말을 했다. *한 분이시죠?*

폴이 단어를 찾으려고 고통스러워하는 모습은 새뮤얼 베케트Samuel Beckett를 생각나게 했다. 이 거칠고 활기찬 아일랜드 희곡작가 겸 소설가는 제2차 세계대전 동안 프랑스 레지스탕스의 일원으로 활동했으며 소설가 제임스 조이스James Joyce의 문학 보좌이기도 했다. 그는 가장 널리 알려진 희곡《고도를 기다리며》에서 신의 불가사의를 "신성한 실어증"으로 묘사하면서 신은 마치 실어증 환자의 "콰콰콰콰" 소리처럼 횡설수설한다고 표현한다. 나는 베케트의 등장인물 와트Watt를 새로이 이해하게 되었다. 와트는 실어증 환자 특유의 말버릇으로 말을 했다. 단어의 순서, 글자, 감각을 뒤죽박죽 뒤섞어 왜곡시킴으로써 아무도 이해하지 못하게 만들곤 했던 것이다. "그의 두개골 속에서," 베케트는 섬뜩할 만큼 폴과 비슷한 와트를 묘사한다. "대포처럼 속삭이는 목소리는 후두두 떨어지는 생쥐 같았고, 먼지 속에 부산스레 찍힌 작은 회색 발자국 같았다."

침묵의 관리인 베케트는 입이 떨어지지 않거나 목소리가 없는, 언어 장애를 지닌 인물들을 많이 창조했다. 그는 유머와 품격과 거칠 것 없는 부조리로 이름 붙일 수 없는 것들, 개인적 삶의 파멸, 그리고 첫 울음에서부터 마지막 침묵까지 인간 언어의 거의 모든 무언극을 들려주며 평생을 보냈다. 폴은 베케트를 좋아했다. 특히 베케트의 재미있는 실어증 소리가 있는 소설을 탐독했으며 학생들과도 나누었다. 운명의 반전으로 이제 폴은 베케트의 등장인물처럼, 베케트 소설 안에 존재하고 있는 것처럼 말을 했다.

나의 베케트 애호가 다시 불붙었다. 그의 마지막 작품이 된 실어증 시와 우연히 마주쳤던 것이다. 하고 많은 사람들 중에 그가 언어의 소란과 구제가 미치지 못하는 곳에 좌초하다니! 베케트는 1988년 7월 주방에서 쓰러졌다가(뇌졸중일 가능성이 높다) 정신없는 공포 속에서 깨어나 보니 실어증이 덮쳐와 있었고 그로부터 결코 완전히 회복하지 못했다. 그의 마지막 작품 《말이란 무엇인가》는 끊임없는 실어증적 분투로 가득 차있다. 시는 50행에 걸쳐 비틀거리는 탄식을 강박적으로 변주하고 있다. "저 위에 멀리 떨어져 있는 희미한 것… 말이란 무엇인가…."

반복, 발음 생략, 비틀거림, 그리고 말더듬기가 쏟아지는 시 속에서 나는 황황히 잃어버린 어휘를 찾아 헤매는 폴의 목소리를 들었다. 폴은 베케트의 뇌졸중 이후 실어증이나 그가 마지막 시를 쓸 때의 환경에 대해서 알지 못했고 나는 폴에게 그에 관해 말하지 않기로 마음먹었다. 뇌졸중 이후 베케트는 실어증 상태로 가구가 거의 없는 작은 방에서 텔레비전으로 축구와 테니스를 보며 1년 반을 살다 죽었다. 그의 곁에는 소년 시절에 보던 이탈리아어판 《신곡》이 한 권 놓여있을 뿐이었다. 폴의 머리에 그 광경을 심어준다는 것은 너무도 울적한 일이었다. 그는 여전히 회복의 위시본wishbone(닭고기나 오리 고기 등에서 목과 가슴 사이에 있는 V자형 뼈로, 양 끝을 두 사람이 서로 잡아당겨 긴 쪽을 갖게 된 사람이 소원을 빌면 이루어진다고 하여 이런 이름이 붙음―옮긴이)을 믿고 있었다. 나는 그가, 그리고 나도, 계속 위시본에 손을 뻗기를 원했다. 만일 우리 둘이 열정을 갖고 함께 손을 뻗으면 최소한 둘 중 하나는 분명 이길 것이었으며 누가 이기든 상관없을 것이었다.

제18장

한 친구로부터 반가운 격려 편지를 받았다. 편지에는 '홀로피스 쿤 툴 바리스Holopis kuntul baris'라는 인도네시아 말이 선물처럼 씌어 있었는데 그것은 무거운 물건을 들고 가는 동안 근력을 더 끌어내기 위해 또는 정신적, 감정적 짐에 짓눌려 고생할 때 에너지를 불러내기 위해 쓰는 말이었다. 나는 나 자신에게 이 구절을 속삭이게 되었다. 미국에도 전투의 함성, 노동가, 행진 구호가 있지만, 오직 사라져가는 에너지를 집중시키고 결의를 다잡기 위해 발화하는 일종의 강장제 같은 자신만의 구절을 가져도 좋을 것이다.

폴에게 닥친 큰 위기는 끝났을지 모르나 수많은 작은 위기들이 이어지면서 두려움이 그림자를 드리웠다. 그가 넘어질까? 그의 우울증이 재발할까? 언어치료를 포기할까? 911 전화 거는 법을 익힐 수 있을까? 지팡이 사용에 동의할까? 요리를 해도 안전할까? 알약을 잘못 삼켜 목을 반쯤 내려가다 걸릴까? 이 일은 불행하게도 상당히 자주 일어났다. 화끈거리는 알약이 빨판처럼 달라붙어 내려가기까지 오랜 시간이 걸렸고 목에 심각한 염증을 남겼다. 또 다시 대량의 코피가 터질까? 다리에 찰과상을 입거나, 발에 가시가 박히거나, 벌레 물린 자리를 긁을까(모두 감염 가능성이 높은 행동이다)? 고혈당? 고혈압(보통 두통으로 시작하지만 두통 자체가 워낙 흔했다)? 기도로 잘못 들어간 음식을 제거하지 못하면? 넘어져 뼈가 부러진다면? 어떤 의학적 두려움이 실제로 발생할지 몰라 하루하루가 불안하기만 했다.

물론 그보다도 작은 위기들이 수두룩했다. 청구서와 세금 파악하기, 전화번호 누르기, 복사기 사용하기, 편지 쓰기, 외출하기(은행, 음식점, 병원), 또는 낯선 사람들이 말을 걸어올 때 응하는 일 등이었다. 어떤 날들은 이런 일들을 헤치며 살아가는 것이 어느 시골길에 내던져진 것처럼 막막하게 느껴졌다. 어떤 날들은 도처에 구멍이 패어있는 도로 위에서 운전하는 것 같았다. 과연 어떤 구멍이 차대를 망가뜨릴까?

매일 아침 단순한 연인으로서 서로를 꼭 껴안고 누워있는 시간이 없었다면 이런 시련들에 대처하기란 불가능했을 것이다. 폴은 차츰 예전의 시간표로 돌아가 늦게 잠자리에 들어 늦게 일어났다. 그러나 새로운 시대였고 새로운 의식이 필요했다. 그래서 새벽에 일어난 후 나는 보통 침대로 도로 기어들어갔고 오전 11시에 폴을 깨웠다. 우리는 반시간 정도 껴안고 있었다. 그러면 텅, 핑, 달그락, 핑, 탁 소리들이 들렸다. 리즈가 문을 열고 커피를 만들기 위해 전자레인지를 작동시켜 물을 데우고 그릇 세척기에서 그릇을 빼내고 알약들을 맞추고 폴의 아침을 준비하고 그 밖의 아침 일들을 시작했음을 알리는 소리였다.

다행히 뇌는 무엇을 해야 하는지 알고 있었으니 주말, 휴일, 그리고 리즈의 무수한 여행 동안 나는 잠수함의 함장 겸 승무원이 되어야 했기 때문이다. 아침식사를 위해 할 일들, 면도나 샤워 돕기, 옷 입는 것 돕기. 점심 때 약 먹이기, 수영과 수영장 드나드는 것을 감독하기, 저녁 때 약 먹이기, 교활하게 복잡한 텔레비전 리모컨으로 끊임없이 채널 바꾸기(나란히 놓인 버튼과 화살표들은 아무리 시간이 흘러도 외계의 빙고에서 온 룬문자처럼 보였다), 우편물 읽어주기, 계산서 처리하기. 며칠이 지나자 나는 본능적, 광물적 수준의 피로감을 느꼈고 시간 단위가 아니라 두터운 지질학적 단층 단위로 잠이 들었다.

지금 현재 상태의 폴과 함께 텔레비전 연속극을 보며 누워 있는 것 외에도, 어느 오후 귀가하다가 번개가 집에 떨어져 자동차단기가 떨어졌으며 연기경보가 울려대고 있고 텔레비전이 타버렸음을 알아차리는 일도 있었다. 그런 일이 일어나는 동안 폴은 내내 혼자였다. 그는 자랑스러워하면서 바닥에서 번쩍이는 빛 덩어리가 올라와 천정을 통과해 솟구쳐 오르더니 에너지가 터져 나와 그를 소파 뒤쪽으로 내동댕이치더라고 말해주었다. 우리 집안의 주문인 "한순간도 지루하지 않게"가 기괴하게 절제된 표현처럼 보이기 시작했다.

나는 균형을 잃고 근력과 시력이 약화된 폴의 안전을 위해 집안의 물건들을 반복하여 재배치했다. 소형 양탄자를 포함하여 그가 부딪치거나 걸려 넘어질 만한 것은 모두 치웠다. 그의 접시들과 머그잔들을 쉽게 닿을 수 있는 곳에 두고 서랍 속의 숟가락과 포크를 돌려놓음으로써 그가 현대적이고 날렵하지만 정작 먹는 데 쓰기에는 좀 더 어려운 덴마

크산과 구분할 수 있도록 했다. 그가 가장 좋아하는 음식들은 항상 냉장고 앞쪽 동일한 장소에 두었다. 우유를 직접 따르다가 흘리는 것이 보통이었기에 세탁 가능한 식탁용 깔개와 턱받이, 그리고 여분의 접시 타월을 꼭 비치해 두었다. 전화코드는 분홍색 강력 테이프로 찬장에 붙여두어 그가 줄에 걸려 넘어지지 않도록 했다. 오른쪽 근육이 약화되어 변기에서 일어나는 일이 어려울 수 있었기 때문에 시트를 높은 것으로 바꾸었다. 소파에도 쿠션을 많이 비치해 몸을 지지할 수 있도록 했다. 쓰레기봉투 같은 부수적인 물품들도 바꿔야 했다. 위를 묶는 봉투를 어떻게 사용해야 하는지 그가 헷갈려했기 때문이다.

한 조각 한 조각씩, 아주 조금씩, 우리의 삶은 그의 병을 수용하는 방향으로 변해갔다. 병은 제 나름의 삶을 가진 듯 특별한 음식과 일상을 갖춘 집안의 핵심적 중심적 주민이 되어갔다. 나는 이따금 라이너 마리아 릴케Rainer Maria Rilke의 유일한 소설 《말테의 수기》에 나오는 서정적 구절을 떠올리며 크리스토프 데틀레프의 죽음 같구나, 하고 생각했다. "크리스토프 데틀레프의 죽음은," 데틀레프의 병을 또한 가리키면서 릴케는 썼다. "아주 오랫동안 울스가르드에 살았으며 모든 사람과 이야기하고 요구했다. 돌봐달라고 요구하고 파란 방을 요구하고… 개들을 요구하고… 요구하고 소리 지르고… 그의 죽음은 더디었다. 그것은 10주에 걸쳐 찾아와서 10주간 머물렀다. 이 시간 동안 죽음은 크리스토프 데틀레프 자신보다도 훨씬 주인다웠다."

대학시절 나는 독일어로 그 구절을 전부 외웠다. 대단히 정교하고 아름답게 장식된 그 문장들이 나를 흔들어 놓았던 것이다. 사실 당시의 나는 어떻게 누군가의 병이 집안의 구석구석을 차지하고 그 나름의 삶을 가질 수 있는지 마음속으로부터 이해하지 못했다. 병에 좌우되면서 서서히 모든 것이 변한다. 일정, 등장인물들, 식사들, 가구, 여행, 일상, 기후, 대화, 방의 배치가 바뀌고, 심지어는 '고요,' '독립,' '자유 시간,' 또는 '여가'등 단어들의 정의마저 변화하는 것이다. 평온은 작은 장소에 숨고 혹 발견되면 보물처럼 다룰 필요가 있으니 알다시피 곧 다시 빠져나갈 유령이기 때문이다. 매일의 삶에서 승리를 결정하는 최후의 포인트는 바뀐다. 때때로 크리스토프 데틀레프의 경우처럼 병 또는 죽음이 환자 본인보다 더 큰 존재감을 갖게 될 수도 있다. 병은 사람이 선택하는 하숙인이 아니다. 그러나 다른 모든 일처럼 적응하게 되면서 마침내 새로운 일상이 습관이 되고 새로운 관심거리가 깊숙이 배어들며 새로운 얼굴들이 낯익어지고 일상생활의 결이 다시금 익숙해질 수 있다.

나는 이것을 이성적으로 이해했다. 그러나 새로운 일상이 너무도 많아 모든 게 일시적으로, 그리고 불확실하게 느껴졌다. 매일 해야 하는 집안일들(예를 들어 폴의 약을 챙기는 일)은 이제 엄격한 주의를 기울여야 했고 한번이라도 실수하면 끔찍한 결과가 뒤따를 수 있었다. 자제심을 잃고 무너져 내릴 여유조차 없었다. 항상 수수께끼인 여행일 삶은 경고도 없이 평상에서 절박으로 뒤바뀌어 버렸다. 나는 의료 방문객들과 고용인들을 다루어야 했다. 새로운 체제에의 대응은 종종 내 안에 숨은 잠수함 함장을 찾아내 그녀가 주재하도록 놓아두는 일을 뜻했다. 그러나 어떤 날들은 그저 몸을 웅크리고 누군가의 보살핌을 받고만 싶었다. 그리고 간병하는 이들이 종종 그렇듯 내 관심사나 고민, 나만을 위한 작은 공간을 필요로 했다.

뇌졸중은 가족 전원을 바꾸어 놓는다. 나는 간병이란 것이 사람을 관계보다는 역할로 축소시킬 수 있음을 깨닫기 시작했다. 사람은 보통 많은 역할을 갖고 있다. 애인, 부모, 아기 원숭이, 무도회 여왕, 전사, 꽃장수, 참견꾼, 하인, 학자, 그리고 여남은 개의 다른 역할들… 모두 다 야영장에서의 노래와 플루트 독주 사이를 오가듯 것처럼 분명하게 규정되어 있다. 우리 삶의 무엇이 바뀌었는가? 나는 옛날의 폴을 잃었을 뿐아니라 이제 돌이킬 수 없게 된 그의 부분과 연결되었던 나 자신의 부분들마저 잃어버렸다. 각자가 상대방의 아이가 되는 에서Maurits Cornelis Escher(네덜란드의 판화가. 기묘한 시각적, 지각적 반응을 일으키는 그림으로 유명하다 — 옮긴이)의 그림이 보여주는 역설처럼 나는 이제 그것이 얼마나 한쪽으로 치우쳤는지 알게 되었다.

"당신은 여전히 내 아이지만 나는 더 이상 당신의 아이가 아니에요." 어느 날 나는 눈물을 흘리면서 고백했다.

그는 팔을 벌려 나를 꼭 껴안고 부자연스러운 오른손으로 내 머리칼을 왼손으로는 내 뺨을 쓰다듬더니 내 콧날에 입을 맞추며 속삭였다. "아, 나의 사랑스런 연인." 그리고는 손을 내 가슴뼈 위에 얹고 멈칫거리며 주문을 외우듯 말했다. "안전해."

내 습관은 변형되었다. 나는 예전보다 더 다정해졌다. 폴은 아주 허약한 상태에 있었으므로 나를 더 많이 필요로 했고 나 역시 그를 더 가깝게 느낄 필요가 있었다.

언젠가 그가 이렇게 말했다. "당신은 몰라… 당신이 그리워… 멀리 떠나서."

"내가 떠날 때마다 당신이 나를 얼마나 그리워하는지 내가 모른다고요?"

응, 그가 고개를 끄덕였다. 그가 한두 시간의 짧은 외출을 뜻한다는 것을 나는 알았고, 그의 혼돈스러운 낯선 세상에서 나만이 유일하게 불변하는 것임을 또한 알았다.

나는 여러 가지 방식으로 그를 대신해 기능하는 부분이 되었다. 때때로 나도 모르게 마치 그가 없는 것처럼 그 대신 누군가에게 말하고 있는 것을 깨닫곤 했다. 쉬운 일이었으니, 오랜 세월을 함께 살아온 입장에서 배우자가 문장을 어떻게 끝맺을지 직관을 통해 알 수 있었던 것이다.

"손은 어때요, 폴?" 진찰실에서 닥터 앤이 물었다.

말을 더듬는 사람들이 그렇듯 실어증 환자들도 초조하거나 스트레스를 받으면 평상시보다 더 말하기를 어려워한다. 별 생각 없이 내가 대답했다. "아직도 많이 어려워요. 그렇지만 어떻든 오른손으로 먹으려고 해요. 왼손으로 바꾸지 않고요." 간병인의 반사작용으로 나는 그의 목소리가 되었다.

"그래요?" 앤이 다시 폴에게 물었다. 그녀는 아직도 그을린 그의 오른손을 살펴보고 굽은 손가락을 부드럽게 폈으며 다른 손가락들이 어디까지 움직일 수 있는지 테스트했다. "오른손을 사용해 식사하나요?" 그녀가 폴의 눈을 들여다보며 물었다.

폴은 고개를 끄덕였다.

"놀라워요."

폴이 슬쩍 자랑스러운 미소를 지었다.

"손의 재훈련에 도움이 될 테니 계속 그렇게 해요." 그녀는 느리고 정중하고 배려하는 목소리로 말했다. 그녀는 녹색 아이새도우에 맞추어 긴 녹색 원피스와 진한 녹색 재킷을 입었으며 머리핀을 꽂아 어깨까지 닿는 갈색머리를 한쪽으로 넘기고 있었다. 녹색은 그녀에게 잘 어울렸다. 나는 목초지의 빛깔을 받아들이는 폴의 눈에서 감사의 표정을 읽었으며, 그녀가 얼마나 아름다운지 말해주고 싶지만 적절한 말을 찾지 못한다는 것을 알았다.

"사용을 해주어야 손에게도 좋아요. 통제하기 어려울 때도 물론 있지만요." 닥터 앤은 이어서 그의 심장과 폐를 검사하며 말했다. 새 약과 용량에 관한 그녀의 설명을 폴이 이해하지 못하리라는 것을 나는 알고 있었다. 그래서 이제 그녀는 우리 둘을 향해 설명했다.

나는 단지 도와주려는 마음에 폴을 대신해 말했을 뿐이었다. 우리는 사랑하는 사람이 말을 더듬으면 본능적으로 대신 말을 해주는데, 이는 오히려 그 사람을 무력해 보이게 하는 역효과를 불러올 수도 있다. 나는 이제 항상 폴을 대화에 포함시키려 노력하기로 했다. 마치 그가 우리가 하는 말 모두를 이해하는 것처럼, 그가 그저 침묵을 지키고 있을 뿐 아니라 아무런 생각 없는, 눈에 보이지 않는 존재처럼, 유령처럼 느끼지 않도록.

간호보조사, 의사, 또는 언어치료사들 옆에서 나는 가끔 그의 어머니가 그에게 내려준 성인의 이름으로(폴은 성경에 나오는 사도 바울의 영어식 이름—옮긴이), 우리가 직접 지은 장난스러운 이름이 아닌 하나의 공적인 이름으로 그를 불렀다. 나는 낯선 사람들 사이에서 그러듯 관습적인 말을 했다. 우리가 사적으로 만들어낸 우리 나름의 편안한 방언, 가족들끼리 쓰는 그런 말이 아니었다. 그러다 보니 우리들의 대화가 이상할 만큼

공적으로 들렸으며 우리 사이의 거리가 벌어졌다. 그래서 다른 사람이 주위에 없을 때마다 나는 우리의 특별하고 요란한 억양으로 돌아갔고 (아스-파-라아-거스, 콜-리플-라워), 므록 같은 소리로 이모티콘을 삼았으며, 여전히 우리가 보통의 단어를 사용하지 않고도 의사소통을 할 수 있다는 것에 대해 즐거워했다. 우리는 매일 저녁식사 후 깜박이는 텔레비전 화면을 지켜보며 꼭 껴안은 채 소파에 앉아 있었다. 하루의 가장 달콤한 순간들 중 하나였다.

"아기 원숭이 소리 듣고 싶어요?" 우리끼리만 있던 어느 저녁, 그가 전혀 말을 할 수 없다는 것을 알고 나는 물었다.

응, 그가 고개를 끄덕였다.

나는 무력한 아기의 표정을 지어보이며 홀쩍이는 소리를 내었다. 그는 나를 가까이 끌어당겨 꼭 껴안았다. 누구든, 개라도 반응했을 터였다. 모든 포유류에게 공통적으로 마음을 끌어당기는 소리들이 있다. 곤경에 처한 어린아이나 고통스러워하는 누군가의 소리들이 그렇다. 원숭이나 유인원들이 특별하게 반응하는 소리들도 있다. 그들은 감정이 가득한 소리들, 얼굴 표정들, 그리고 몸짓들에 미묘한 감정과 자료들을 실어 전달하는 것이다. 심지어 사나운 악어도 새끼 악어의 높고 끙끙거리는 울음소리를 흉내 낸다면 달려올 것이다. 우리 안에 깊숙이 내장된, 이 원시적 속임수는 자동적으로 반응을 끌어낸다. 그것들은 부지불식간에 나오는 기쁨, 고통, 쾌감, 호기심 등 각종 생생한 감정의 분출에서부터 언어가 발전해온 방법일 것이다. 우리는 순수한 감정, 끙끙거림, 앙앙거림, 홀쩍거림을 비롯한 감정이 깃든 아기 원숭이 소리를 만들어내며, 이 새로운 의사소통의 샘물에 행복해하며, 단어를 사용해서

건 아니건 우리가 함께 얼마나 바보 같아질 수 있는지에 폭소를 터뜨려 가며 그 저녁을 보냈다.

제19장

폴은 매일 빠짐없이 서재에서 언어치료사와 한 시간씩을 보낸 다음 기진하고 의기소침한 모습으로 돌아오곤 했다. 빈칸을 채우고 단어들을 올바른 범주에 넣고(생각나는 꽃 이름을 모두 적으시오. 없음… 생각나는 동물 이름을 모두 적으시오. 없음…) 단어를 그림과 연결시키고 그 밖의 언어기술 구사를 시도하며 뇌를 혹사시켰기 때문이다. 그녀는 폴에게 스스로 묻는 법을 가르치려 애썼다. 단어는 어느 범주 안에 있으며, 물체는 어느 색깔 또는 모양인지를. 여러 대립사항을 배제할 수 있다면 목표는 보다 또렷해질 터였다. 그는 때로는 그 간단한 연습조차 힘들고 불가능하다고 여겼다.

폴은 연습장을 펼치고 단어들을 변덕스런 당구공들처럼 하나의 관념이라는 삼각대 안에 집어넣으려 골몰하고 있었다. 그는 자신의 뇌를 괴롭히고 있었다.

"그릇은 헤엄을 칠 수 있습니까?" 이런 질문이 있었다. 답은 '아니오'임을 알았지만 사실 그릇은 무거운 것이라도 적당히 납작하고 크기만 하면 물 위에 둥둥 뜰 수 있다. 예를 들어 정기 여객선은 바닥이 납작한 커다란 그릇이다. 만일 폴 역시 그렇게 생각했다면 그는 잘못된 답을 할 것이었다. 그 질문이 가리키는 그릇은 집안에서 사용하는 움직이지 못하는 그릇이었기 때문이었다. 조수와 산호, 식물과 동물들을 보유하고 땅속의 액상 철과 니켈 위를 떠돌며 지구의 자기장을 생산하는 심해라는 그릇이 아니었다. 우주를 떠도는(또는 그렇게 산 생명이 많으니 어쩌면 헤엄치는?) 지구라는 그릇도 아니었다.

"물은 얼 수 있습니까?" 이 질문은 쉬웠다. 그러나 일상적으로 사용되는 방식이 아니라 문자적 의미만을 묻는 질문들도 있었다. "총알이 자랄 수 있습니까?" 폭발하는 종류의 총알은 충격을 받으면 팽창, 즉 자랄 수 있다. "진주가 날 수 있습니까?" 누군가 진주를 던진다면 날 수도 있다. "비버가 말할 수 있습니까?" 1950년대 이파나 치약 광고에서 비버는 노래를 했다. "사이렌 소리는 시끄럽습니까?" 공습경보 사이렌 소리는 그렇다. 그리스 신화에서 선원들을 죽음으로 유혹했던 사이렌(그리스 신화에 나오는 바다의 요정―옮긴이)들이라면 반드시 그렇지만은 않다. "돌이 불에 탈 수 있나요?" 어느 정도를 묻는지에 따라 다르다. 태양에 달구어진 해변의 돌들, 또는 모닥불 둘레의 돌들을 보라. "가방이 얼굴을 찌푸릴 수 있습니까?" 특히 식품이 고르게 꾸려지지 않았다면 종종 그런다. "잉꼬들은 길들여지나요?" 가게에서 파는 잉꼬는 그렇지만 여러 대륙에 둥지를 틀고 사는 야생 잉꼬들은 아니다. 플로리다의 야자수에 둥지를 틀고 살며 아웅다웅 다투고 꽥꽥거리는 야생 잉꼬들을 폴은 좋아했다. "감자는 속이 비어 있나요?" 아니다… 그렇지만 그 질문을 읽는 순간 나는 속이 빈 감자를 상상했다. 일본의 장인이 만든 그 정교한 상아 조각의 껍질은 금줄 세공이 되어 있었고 좀 더 가까이 들여다보니 도시의 풍경이 아련히 새겨져 있었다. "비타민제는 미끈거립니까?" 어떤 비타민제는 분명 그렇다. 어린 시절 엄마가 주던 끈끈한 시럽 같은 금색 비타민제는 목구멍을 타고 쑥 미끄러져 내려갔다. "쿠폰은 비쌉니까?" 질문이 슈퍼마켓에서 발행하는 할인쿠폰을 가리킨다고 추측했지만, 지자체 당국은 쿠폰을 채권으로 지불해야 했고 그것들은 비쌀 수 있었다. "주단은 끈적거립니까?" 폴의 손이 그렇듯 손가락 끝이 거칠다면 주단 등 매끄러운 천에 쉽게 달라붙을 수 있다.

옳은 답변을 고른다는 것은 고양이 떼를 모는 것처럼 힘들었다. 그러나 다른 대부분의 사람들처럼 나는 용인된 답을 알고 있었다. 그걸 택함으로써 나는 다른 모든 대답들, 내 마음속에 솟아오르거나 경험상 더 진실에 가까운 답들을 모두 무시해야 했다. 뇌에 상처를 입은 폴이 그렇게 할 수 있었을까? 그가 한 단어의 주된 사용처를 이해하는 한편 다른 드문 용도는 멀리 밀쳐놓을 수 있었을까? 그의 정신이 그 모든 것보다 더 단순해질 수 있었을까? 그는 단어 몇 개를 잡아당겨 모든 것을 다른 모든 것과 쉽사리 연결시키곤 했던 정신적 탄력을 잃었을까? '잡아당기다tug' 또한 매력 있게 모호한 또 하나의 단어였다. 나는 뒤에서부터 살금살금 다가가 거의 알아채지 못하게 그의 소매를 잡아당겼던 그 놀이를 떠올렸다. 그런 다음 거대한 대형선박을 부두로 끌고 가는 조그만 보트를 떠올렸다.

어리둥절한 폴이 내게 연습문제지를 건네주었다. 몇몇 질문에 대한 그의 답을 말없이 읽으며 나는 믿을 수 없어 고개를 저었다. 어떤 질문들은 단순해보이면서도 사실 극도로 애매모호했다. 문장이 의미를 추측하는 데 필요한 실마리들이, 맥락이 빠져있었기 때문이다.

"한 잔의 물을 마십니까, 아니면 한 잔의 강을 마십니까?" 나는 소리내어 읽었다. 아마존 강의 기억이 떠올랐다. 우리는 여러 주를 떠돌며 생명으로 끓어오르는 삼림지붕 아래, 넝쿨이 무성한 정글을 걸었다. 어느 날 저녁식사를 한 후 나는 몇몇 동료 관광객들과 함께 잠수용 랜턴을 들고 가 석영처럼 맑고 짙은 물속에서 스노클링을 했다. 가끔 보는 노랑가오리 이외에 무서워할 것이라고는 많지 않았다. 다시 말해서 눈에 띄게 큰 것은 없었다. 호기심으로 나는 천천히 향긋한 강물을 한 모금 마셨다. 강물은 부레옥잠, 기계장치가 있는 시계, 그리고 돌고래가 휘저어놓은 듯 생철 맛이 나면서도 부드러웠다. 어리석은 짓이었다.

"내가 아마존 강물을 마시고 무시무시한 기생충에 감염되었던 거 기억나요?" 폴에게 물었다.

"으아악!" 그의 턱이 벌어지면서 눈이 크게 떠졌다. 그는 내가 집으로 가져온 우울한 부족 마스크를 흉내 내고 있었다. 은은한 광택이 날 때까지 윤을 낸 마호가니에 새긴 적갈색 갈색 박쥐랑, 황갈색, 황토색, 검정색의 나비들 그림이 그려진 나무껍질도 갖고 왔다. 검은 수피포樹皮布는 위토huito(남아메리카의 게니파에 자라는 나무—옮긴이) 열매들을 눌러 만든 것이었다. 위토 열매에서는 보이지 않는 잉크 같은 액체가 나왔다. 그 액체를 깨끗한 붓으로 칠하면 처음에는 보이지 않다가 차차 산화작용이 일어나면서 진하고 윤기 도는 검정색이 되었다.

광활한 아마존이 마음속에서 사라졌다. 폴이 손가락으로 과제의 질문을 가리키고 있었던 것이다. *탁자에 앉으시오* 대 *탁자 밑에 앉으시오* 였다. 그는 이어서 *시멘트는 단단하다* 대 *시멘트는 부드럽다*를 가리켰다. 그리고는 구부러진 두 개를 제외하고 손가락을 *뻣뻣하게* 쭉 펴며 *괴롭다*는 신호를 했고, 중압감을 몸짓으로 나타낸 뒤, 방안의 공기를 모두 밖으로 내보내기라도 하듯 고르지 않은 한숨을 내쉬었다.

나는 이해했다. 막 부은 시멘트는 부드럽고 굳은 시멘트는 단단하다.

"이런 건 어때요?" 나는 *다리는 나를 수 있다* 대 *라디오는 나를 수 있다*와 *머리칼로 바느질하다* 대 *머리칼을 빗다*를 가리켰다.

"그래!" 그는 허공에 꿰매는 동작을 해보이며 말했다.

물론 머리칼로 바느질할 수 있다. 대량생산이 이루어지기 전 사람들은 동물의 털로 바느질을 했던 것이다.

"콰이." 그가 덧붙였다. 그뿐이었다. 잠시 동안 나는 내 마음속에서 그 단어를 떠올려 보았다. 콰이… 콰이… 마침내 이미지가 떠오를 때까지 그 소리를 되풀이했다. 〈콰이 강의 다리〉는 폴이 가장 좋아한 제2차 세계대전 관련 영화로, 죄수들은 버마 철로에 나무 다리를 건설하고 또 파괴한다.

"이것들을 읽을 때 다리를 나르거나 머리칼로 바느질하는 장면을 상상해요?"

"그럼." 그는 화가 나 성한 손으로 눈썹을 비벼대며 날카롭게 속삭였다.

그러지 않았겠지만 설령 모든 단어를 이해했다 하더라도 그는 이런 종류의 연습을 하기에는 상상력이 너무 풍부한 사람이었다. 이런 연습은 다른 정신적 습관을 필요로 했다. 문장을 읽거나 듣는 순간, 그는 자동적으로 *산책삼아 양배추를 가져가기, 시를 읽기,* 또는 *돈으로 가득한 벽*의 이미지를 그려냈다. 뇌는 무엇이든 듣는 것을 상상하고 그것에 사로잡힌 생각의 결과를 억제하려고 노력한다. 이미 알고 있는 북극곰을 그려내려는 노력은 하지 않는다.

"산책에 양배추를 갖고 가고 싶어요?" 나는 일부러 더 크게 웃으면서 그를 놀렸다. "여기어딘가에 양배추 잎사귀가 있을 것 같은데."

"그러지 뭐." 그가 심드렁하게 대꾸했다. 강아지를 산책시켜 달라는 부탁을 받은 보통 배우자의 어조로.

폴은 모두 다섯 명의 언어치료사를 거쳤다. 그들은 주로 똑같은 방식으로 똑같은 기술을 가르쳤고 아무도 그가 많이 나아지도록 돕지 못했다. 첫 번째 치료사였던 캐서린은 미모의 중년 여인으로 황갈색 피부와 미안해하는 미소를 띠었으며 마치 늘 깊은 생각에서 깨어난 것처럼 테두리 없는 안경 너머로 훔쳐보는 버릇이 있었다.

"이 단어들을 사용해서 문장을 만들 수 있겠어요?" 그녀는 탁자에 다섯 장의 카드를 놓고 폴에게 물었다. 카드마다 단어가 하나씩 씌어있었다. "쓰다듬다," "존," "아래," "먹다," "앉다."

폴은 카드들을 만지지 않고 주문에 걸린 사람처럼 말없이 노려보기만 했다. 그는 나중에 그 글자들이 때로는 병원 위를 신나서 뛰어다니는 벌레, 또는 고분의 벽에 씌어진 상형문자처럼 보였다고 말했다. 상관없지만, 어느 쪽인지 확실치 않았는데, 읽기가 더 이상 수월하고 무의식적인 습관이 아니었기 때문이다. 뇌는 단어 하나를 통째로 삼키지 않는다. 뇌는 단어를 잔가지들로 나누고 개개의 글자들, 음절들, 그리고 뜻을 만들어내는 소리들로 다시 모은다. 그 같은 정신적 단계의 일부가 뇌졸중으로 인해 손상되었던 것이다. 하여간 폴은 이 흩어져 있는 단어들로 무엇을 해야 할지 몰랐다. 그는 그걸로 무엇을 해야 하는 것이었을까? 나란히 세우는 것이었을까? 이내 단어들은 참신함을 잃었고 폴은 의자에 기대앉으며 따분하다는듯이 손가락들로 탁자를 두드리기 시작했다.

"자, 자, 그렇게 빨리 포기하지 말아요!" 그녀가 말했다. 단어 카드위로 몸을 숙이면서 그녀는 카드 두 장을 이어 문장을 만들었다. "존이 먹는다." 그녀는 천천히 신중하게 발음했다. "봤죠? 쉬워요. 이젠 직접 해보세요."

그는 단어 카드들 위에 한 손을 들고 있다가 천천히 손을 내려 카드들을 뽑더니 순서를 바꿔 놓았다. "아래로 쓰다듬다 와 존이 앉는다."

다섯 번째 치료가 끝나자 그녀는 깜짝 발표를 했다. "웨스트 씨, 더 이상 수업을 할 수 없을 것 같아요…"

나는 묻는 눈으로 폴을 쳐다보았다. 뭐가 잘못 되었나요? 그도 나처럼 당황한 듯 보였다.

"이번 주말에 결혼하거든요." 그녀가 활짝 웃었다. "결혼식이 끝나는 대로 신혼여행을 떠나요… 유럽으로. 여름 내내 가 있을 거예요."

두 번째 치료사 로저는 턱수염을 기른 젊은 청년이었다. 그는 도착하면 앙상하고 축축한 손으로 항상 친절하게 악수를 해왔다. 나는 폴도 나처럼 생각했을지 궁금했다. 그러나 어떻게 표현해야 그가 이해할 수 있을지 알지 못했다.

"다음으로," 나는 주방에서 집안일을 하면서 로저의 말소리를 들었다. "모음 다음에 오는 자음 발음을 연습하기로 하죠." 그는 단어 사이에 상당한 간격을 두며 말을 했다. 그런 방식은 그의 목소리에서 자연스러운 고저를 일부 없애버렸다.

"제 말을 잘 듣고 따라해 주시기 바랄게요. 자음 'M'부터 시작합니다. 준비되셨죠?" 로저는 입을 벌리고 음표처럼 깨끗하게 입술의 움직임을 과장하여 "마" 소리를 발음했다.

"므, 므, 마." 폴이 더듬으며 반복했다. 그 소리는 염소가 매애 하고 우는 소리에 더 가까웠다.

의도적인 휴지休止.

"메이May" 로저는 틀니를 뺀 할아버지처럼 입술을 동그랗고 단단하게 오므리면서 말한 뒤 입을 크게 벌렸다.

폴은 열심히 주시하며 로저의 입술이 동그랗게 움직이면서 소리를 내는 모습을 연구했다.

"므, 므, 메이" 폴은 '므'과 '에'를 모두 길게 늘여 발음했다.

또 휴지.

"마이My… 마이."

로저는 계속해서 '메'와 '모'를 발음하더니 다시 '마'로 돌아갔다. 그는 이 과정을 여러 번 되풀이해서 폴의 뇌가 말할 때 입에서 나오는 소리들과 글자들을 연결시킬 수 있게 하려고 노력했다.

우리는 로저가 좋았다. 그는 몇 주간 폴을 괴롭히다가 새 학기가 시작되자 이타카 대학으로 돌아가야 했다.

세 번째 치료사 줄리는 스물 몇 살의 호리호리한 여자였다. 파란 눈이 툭 튀어나왔고 목소리는 사춘기 소년 목소리처럼 아직 "갈라지지" 않았다. 젊은 여성의 목소리는 독특하고 탄탄한 소프라노이며 중년이 되면 다소 낮은 음역으로 변화한다.

나는 줄리가 폴에게 "네"와 "아니오" 질문을 하는 것을 귀 너머로 들었다. 그는 각각의 질문에 시간을 들여, 생각하면서, 자신의 뇌에게 대답을 동원할 기회를 주면서 답했다.

"이름이 잭인가요?"

"아니오." 폴이 목쉰 소리로 말했다.

"이름이 폴인가요?"

"네, 네에…"

"지금 집에 있나요?"

"네."

"지금 깨어 있나요?"

"네."

"불이 켜져 있나요?"

"네."

"좋아요, 웨스트 씨. 이제 제가 보여드리는 그림을 보고 거기 무엇이 있는지 말해주세요. 아셨죠? 시작합니다."

가로 17센티미터, 세로 12센티미터 크기의 카드 몇 장을 티크 탁자에 톡톡 두드리는 소리.

"이게 뭔가요?"

폴은 한동안 대답을 하지 않았다. 그런 다음 마치 미지의 언어로 말을 하듯이 주저하면서 대답했다. "오리? 아니야. 스머들, 그램, 루치,

멤, 멤, 멤, 스녹….”

그의 목소리에는 긴장이 역력하여 듣는 나도 괴로워졌다. 그 순간 그를 돕기 위해서라면 어떤 일이건 해낼 수 있을 것 같았다. 치유의 여신 파나세아에게 향을 피우는 일을 포함해서.

“아니에요. 그건 뜻도 없는 소리들이에요.” 줄리가 살짝 갈라지는 웃음소리와 함께 말했다. “이건 *빗자루, 빗자루*예요.”

“비이이잇자루.” 혀끝에 맴돌던 단어를 상기시켜줘서 고맙다는 한숨과 함께 폴이 따라했다.

몇 주 후 줄리는 다른 주의 대학에 일자리를 잡아 떠났다.

폴이 가장 싫어한 네 번째 치료사는 키가 크고 건장한 체구의 여성으로 그는 그녀의 이름을 기억하지 못하고 그저 “캐나다인”이라고 불렀다. 그녀와 함께 하는 치료시간은 그를 화나게 만들었다. 어느 날 치료가 끝나자 폴은 그녀를 정중하게 현관까지 안내한 뒤 억지 미소를 띠며 손을 흔들어 안녕 인사를 했다. 그리고 수영 동작을 해보이며 “멀리” 카리브 해로 휴가를 떠날 것이라고 말했다.

그녀는 윗면을 아래로 하여 차고 있던 손목시계를 불안하게 벗어 제대로 조정했다.

“언제 돌아오실 건데요?” 그녀가 주저하며 물었다.

“난… 돌아… 돌아오지… 않아요.” 그가 대답했다.

“저희가 전화 드릴게요,” 나는 놀라움에 사로잡혀 말했다.

그 후로 우리는 그녀를 보지 못했다.

폴의 언어치료사들은 모두 열심히 일했고 항상 정중했지만 폴은 동정하는 태도가 역력하거나 너무 고치려 드는 걸 싫어했다. 언어치료가 잘 되려면 환자와 치료사가 아이스 댄싱 팀처럼 서로 잘 맞는다고 느껴야 한다. 가장 친절하고 경험 많은 치료사는 긴 갈색 머리와 친절한 모성애적 태도를 지닌 중년 여인 샌드라였다. 그녀의 참을성에도 불구하고 폴은 치료 시간 내내 여전히 고통 받고 있었다.

어느 날 아침 샌드라가 떠난 후 폴은 뻣뻣한 양손을 하늘을 향해 들어올렸다. 마치 번개가 치라고 부르거나 출전의 춤을 준비하는 것 같았다.

"샌드라가 '포스틸리언'에 실패했어!" 그가 투덜거렸다.

"난 '포스틸리언'이 뭔지도 모르겠는걸요," 내가 말했다. "그렇지만 샌드라가 실패하다니 유감이네요."

찾아보니 '포스틸리언'이란 마차의 선두마를 타는 사람으로, 마차를 역참에서 다음 역참까지 안내하는 역할을 한다고 했다. 폴은 역시 케이크나 종이 같은 단어는 기억하지 못하면서도 그녀가 자신을 한 단계에서 다음 단계로 인도해야 한다는 것은 인지하고 있었다.

샌드라는 일정에 따라 계속 우리를 찾아왔고 다음번 방문에서 단조로운 학습용 카드 대신 미술품이 그려진 그림엽서들을 사용했다. 변화를 주라고 내가 그녀에게 준 것이었다. 나는 폴의 오른쪽 창문 옆 소파에 앉아(그가 내 존재를 덜 의식하도록) 그녀가 열두 장의 학습용 카드와 그림엽서들을 갖고 고심하는 것을 지켜보았다. 폴은 대부분의 카드를 보고 말을 못하거나 단어를 잘못 맞히곤 했다. 그중 하나는 아기 천사 둘이 발코니 너머로 토실토실한 팔을 기대고 있는 모습을 담은 라파엘 Raphael의 유명한 그림이었다.

"체-루-빔," 폴이 말했다.

"아니에요." 샌드라가 참을성 있게 교정해주었다. "이들은 천사예요, 천사들."

나는 소리를 죽여 킬킬거렸다. 샌드라는 그 소리를 듣고 나를 돌아보았다.

"체룹Cherub은 아기 천사예요." 내가 말했다. "복수형이 체루빔 Cherubim이고요." 나는 상냥해 보이기를 바라며 미소를 지었다.

샌드라는 이어서 학습용 카드 몇 개를 더 제시한 다음 쓰기로 옮겨가 참을성 있게 과제를 교정했다. 치료가 끝나 그녀가 떠나려고 가방을 챙길 때 폴은 지치고 시무룩해 보였다. 스스로에게 크게 실망했던 것이다.

"잘 하고 계시는 거예요." 샌드라가 그를 안심시켜 주었다.

폴은 고개를 흔들며 투덜댔다. "단어가 완보동물緩步動物처럼 나와요."

샌드라는 아마도 그건 엉터리 단어예요라고 말하려다 멈추고 내가 미소 짓고 있는 것을 보았다.

"완보동물은 현미경으로 봐야 하는 작은 동물인데 여덟 개의 다리로 곰처럼 뒤뚱거리며 걷지만 어디에서건 살아남을 수 있답니다. 뜨거운 온천이나 절대 영도나 지구 바깥이나 엄청난 방사선도 견디고 살아남지요." 내가 설명해주었다.

"귀여워!" 폴이 끼어들었다. 누군가에게 이해되었다는 게 행복한 듯 보였다. 그는 두 개의 검지로 허공에 네모를 그렸다. 템플럼이 또 하나 생겼다. 그의 팬터마임은 봉투, 엽서, 상자, 포스트 잇, 우표, 슬림 베어스 아이스 바, 이 모든 것을 가리키고 있었는데, 그게 뜻하는 것이 또 하나 생겨났던 것이다. 바로 완보동물이었다.

우리는 잡지에서 포동포동한 완보동물의 흑백 사진을 보고 감탄하여 그 기사를 읽었다. 그들은 도랑, 쓰레기 나뭇잎, 그리고 연못에서 50년까지도 생존하며, 영하 20도에서도 번성한다. 연못이 마르면 이들도 역시 말라 가벼이 공중을 떠돈다. 그러다 물 한 방울을 만나면 다시 부풀어 먹이를 찾아 뒤뚱거리게 되는 것이다.

"그래요. 그들은 사랑스러워요." 나는 통통하게 살찌고 껴안아주고 싶은 마음이 드는 몸뚱어리를 그리며 폴의 말에 동의했다. 샌드라의 얼굴이 마치 커다란 벌레에게 물린 것처럼 일그러졌다.

"만일… 그런 걸 좋아한다면 말이죠." 나는 급히 덧붙였다.

한번은 서재를 지나치다 샌드라가 폴에게 전화기가 놓여 있는 탁자의 흑백 사진을 보여주고 있는 것을 보았다.

"이게 무엇인가요?" 샌드라가 탁자를 가리키면서 물었다.

"스카이-라-글?" 폴이 속삭였다.

"그건 엉터리 단어예요." 샌드라가 유쾌하게 말했다. "이건 탁자예요. 그럼 이건 뭐지요?" 샌드라가 전화기를 가리키며 물었다.

"테서랙트?" 그가 용기를 내어 말했다.

"아니에요, 그것도 엉터리 단어예요."

그 순간 나의 이해, 그의 치료, 그리고 우리 삶의 궤적이 갑자기 바뀌었다. 나는 놀라서 발길을 돌려 서재로 걸어 들어갔다.

"아니에요. '테서랙트'는 *진짜* 존재하는 단어예요." 내가 말했다. "4차원에 3차원의 물체를 펼쳐놓은 거죠. 이상하긴 하지만 폴이 맞아요. 전화기가 바로 그거예요."

나는 '시공space-time'이라 표현되는 시간의 4차원을 의미한 것은 아니었고, 일종의 뫼비우스의 띠를 형성하는 길이, 폭, 넓이 같은 물리적 4차원을 말한 것이었다.

폴이 격렬히 고개를 끄덕였다. *신기하기도 해라*, 나는 생각했다. 그가 어렸을 때 배웠던 탁자니 의자니 하는 단어들은 정말로 망가진 그의 뇌, 초기언어 영역에 갇혀 있는 것 같았다. 그러나 현학적 단어들, 그가 성인이 되어 배운 단어들이 오히려 제2언어처럼 다른 어딘가에서 처리되고 있다는 것은 완전히 가능한 일이었다. 의사들, 언어치료사들, 그리고 뇌졸중에 관한 책들은 이 점에 관해 언급하지 않았지만, 나는 이해가 되었으며 이 통찰이 그의 진전에 얼마나 중요한지 깨달았다. 이제 그가 평민, 포스틸리언, 체루빔, 완보동물 등의 단어를 사용하여 우리를 놀라게 했던 것이 모두 앞뒤가 맞아 보였다.

이 시점부터 나는 폴의 치료를 재고하고 그의 평생의 강점, 단어, 창조성에 맞추어 과제를 만들기 시작했다. 재미있고 세련되고 굴욕적이지 않으며 그에게 필요했던 유머가 깃든(뇌졸중 환자와 가족들에게는 유머를 찾기가 힘들었다.), 일종의 무모한 *매드 립스*Mad Libs(단어 게임의 일종—옮긴이)를 만들어보려고 했던 것이다. 그가 실망하지 않도록 쉬운 과제들도 있었고 조금 더 힘든 과제들도 있었다. 어린아이들에게나 맞을 지루한 연습문제 대신 나는 성인의 어휘를 사용했고, 그가 아는 사람과 주변의 사물들을 언급했다. 익숙한 집안 물건들을 사용한 것은 물론이다. 그가 용접공 또는 골퍼였다면 거기 관련된 활동들도 포함시키려고 했을 것이다. 내가 그에게 준 연습문제는 다음과 같았다.

뚱뚱한 여성이 기절해 긴 소파에 앉아 있다면, 그녀는 _____.

로버트가 농장에서 가장 보기 싫어하는 것은 닭이 _____을 입고 있는 것이다.

다이앤의 옷장에는 _____가 있다.

벌새가 사랑에 빠지면, 그들은 _____.

키가 크고 늙었음에도 불구하고 그는 주머니에 _____을 넣고 다녔다.

_____에 관한 생각을 하는 것만으로도 내 마음은 맴돈다.

비행기는 _____ 하고 _____한다.

만일 내게 밀가루, 계란, 바닐라, 그리고 일곱 마리의 바퀴벌레가 있다면, _____를 만들 수 있을 것이다.

왕이 말했다. "내게 여덟 마리의 청동 원숭이와 _____를 가져오너라."

세상에 _____처럼 아름다운 것은 거의 없다.

나는 거의 매일 이 같은 매드 립스 유형의 빈칸 채우기 과제를 주었고, 그는 친구들에게 여전히 읽을 수 없는 쪽지들을 쓰기 위해 힘겨운 노력을 기울였으며(단어 대신 구불구불한 선, 철자가 틀린 단어, 빼먹은 단어, 줄을 그어버린 것도 많았다) 수표 쓰기, 시계 보기, 글 읽기를 연습했다.

하루는 과제를 하려고 서재로 들어가며 그가 선언했다. "쇠가 때리면, 복종해라."(쇠가 달았을 때 두드리라는 속담을 변형한 것 − 옮긴이) 곧 "일하고 싶은 영감이 드니 바로 시작해야지"라는 뜻이었다.

모든 연습이 도움이 되는 듯했다. 폴은 개인적으로 과제를 고안할 수 있다는 데서 해방감을 느꼈다. 평생 자신감으로 차 있었고 때때로 익살스러웠던 그의 사고는 단순하고 직설적인 연습에는 서툴렀던 것이다. 예를 들어 내가 만든 이런 질문에 대한 그의 답은 언제나 나를 낄낄거리게 만들었다.

질문: 왜 사람의 귀에서 연기가 나옵니까?
답: 드라이아이스가 가득한 욕조에 앉아 있으니까.

폴은 "오늘 저녁에 외식할까?" 또는 "완전히 지쳐버렸어" 같은, 자신이 너무나 잘 이해하는 정상적인 표현을 차츰 분출하기 시작했으며 시간이 지나가면서 그 빈도도 잦아졌다. 그는 특이한 단어를 정의할 수는 없으나 정확하게 사용하곤 했다. 피로로 기진맥진해지면 "난 비절내종飛節內腫이야" 라고 말하기 시작했다.

"'비절내종'의 뜻이 뭔지 알아요?" 내가 설마 하며 물었다.

그는 단춧구멍을 통해 별을 보는 것처럼 얼굴이 벌게지도록 골똘히 생각했다. "아니." 마침내 그가 실망한 채 모른다고 인정했다. "알았었는데."

나는 본래 '비절내종'이란 말이나 소의 다리가 약간 볼록하게 구부러져 똑바로 걷지 못하는 상태를 뜻한다고 설명한 다음 그 단어가 대단히 지쳤다는 것을 뜻할 수도 있으므로 정확히 사용한 거라고 말해 주었다.

또 하나 기억나는 것은 '농땡이skiving off'였다. 일하기를 피한다는 뜻의 영국 속어로, 아무 것도 하지 않는 것이 아니라 여러 특정한 긴급 사안들을 회피하는 행위를 가리켰다.

사람들의 이름은 그의 뇌 안의 서랍 속에 살아 있는 것처럼 보였는데 그것은 잔인할 만큼 열기가 힘들었다. 무작위로 내장되었다 함부로 튀어나오는 단어들은 언제나 나를 놀라게 했다. 왜 '비절내종/지치다'는 늘 분명하게 남아 있는데 '수표책'이나 '지갑'은 열쇠가 늘 주머니 밑바닥으로 미끄러지듯 계속 사라져야 했을까? 명사와 동사는 뇌의 서로 다른 영역에서 찾아지기 때문일 것이다.

"'*채블chavvle*' 하지 마!" 검지를 덮개 밑으로 넣고 밀어 비죽비죽 봉투를 여는 나를 그가 꾸짖었다.

"채블? 채블…" 내가 기억 저편 구석구석을 들여다보며 뒤지고 있을 때 폴이 나를 보며 활짝 웃었다. 엉터리 소리가 아니라는 정도는 알고 있었으나 전에 어디서 그 단어를 들었는지가… 아, 기억났다. 청회색 눈동자를 가진 폴의 어머니 밀드레드가 팔십대이던 어느 날 에킹턴의 연립주택 주방에 서서 한 말이었다. 그 집은 세 개의 좁은 층계참이 있는 계단이 제멋대로 위쪽으로 뻗어 있었다. 빈 잼 단지들과 뒤죽박죽 섞인 그릇들이 셔닐chenille(명주실의 일종 - 옮긴이) 실로 짠 식탁보 위에 놓여 있었다. 현대식 세간은 거의 없었다. 돈이 많이 들었던 가스등을 전등으로 대체하긴 했으나 전화기, 은행 구좌도 냉장고도 없었다(음식은 지하실 석판에 차게 보관했다). 기억이 내 내면의 눈을 가로질러 미끄러졌다. 밀드레드 옆에는 사십대의 날씬한 폴이 황갈색 코르덴바지와 줄무늬 긴 팔 셔츠를 입고 서서 매운 케이크 조각의 가장자리를 깎아내고 있었다. 밀드레드는 그를 놀리면서 꾸짖고 있었는데 그 말이 바로 "저런, 저런, 자꾸 *채블* 하지 말아라!"였다.

채블. 음식을 칠칠치 못하게 자른다는 의미의 더비셔(영국 잉글랜드 중부

의 도시—옮긴이) 사투리였다.

밖에서 저녁식사를 할 때도 이국적 단어가 그의 입에서 굴러 나왔다. 우리는 어느 외딴 조용한 식당을 골랐다. 거기라면 폴은 아는 사람을 만날 걱정을 안 해도 좋았다. 누군가를 만나면 말을 해야 했을 것이고 그건 몹시 고통스러운 일이었던 것이다. 나는 중앙의 커다란 벽난로 앞, 한쪽이 막힌 탁자들 사이를 지나 그가 앉을 의자로 폴을 이끌었다. 이제 우리는 식당에서 주문하는 방법을 미리 연습해 익혀두고 있었다. 폴은 셔츠 주머니에서 커닝 페이퍼를 꺼내어 최대한 평범하게 들리도록 노력하며 웨이트리스로부터 질문이 쏟아지지 않을 간단한 요구들을 소리 내어 읽었다. "아무것도 안 넣은 에그 비터스 오믈렛. 으깬 감자. 육즙. 탈지유."

조용히 축복이라고 할 만큼 사고 없이 음식을 먹은 후 폴은 주머니에서 신용카드를 꺼내 웨이트리스에게 내밀었다. 그가 지폐에 쓰인 숫자를 읽을 수 없었고 5달러 지폐와 50달러 지폐를 제대로 구분하지 못했으므로 역시 사전에 연습했던 일이다. 그런데 웨이트리스가 카드를 들고 가자 그가 내게 속삭였다.

"얼마… 얼마…" 그는 단어를 찾을 때 하는 버릇으로 재빨리 식탁을 가리켰다. 마침내 '맞는 단어가 없지만 내가 찾아낼 수 있는 가장 좋은 단어는 이거야'라고 말하듯 손을 위로 올렸다. "박시시/baksheesh?"

'박시시'는 터키어로 팁이나 뇌물을 뜻했다. 어디서 그 단어를 배웠는지 잘 기억나지 않았지만 아마 엄마와 함께 이스탄불 여행을 했던 때가 아니었을까 싶다. 당시 나는 변덕스런 열여섯 살 소녀였고 엄마는 십대 피보호자를 끌고 다니는 노련한 여행객이자 마흔여섯의 매력적인 여성이었다.

"어머나." 나는 감탄의 표시로 고개를 끄덕였다. "팁 액수는 내가 계산해 줄게요."

"팁, 팁, 팁." 폴이 소곤소곤 되풀이했다.

"뭔가 귀여운 걸 말해 볼래요?" 석양을 맞으며 집으로 돌아가는 길에 나는 장난스럽게 그를 부추겼다. 어떤 언어를 사용하건 상관없었다. 가능한 매일 그가 의사소통을 시도하기를 원했던 것이다.

"몰라." 그가 조그맣게 말했다. 몇 개 안되는 그의 단어는 깊은 침묵으로 떨어져 내렸고, 밤의 어둠이 고치처럼 우리 주변을 둘러싸자 나는 그 요청을 잊어버렸다.

그때 뜻밖에도 폴이 약간의 노력과 말없는 팡파르를 울리면서 선언했다. "당신은 내 삶에서 *하팍스 레고메논hapax legomenon*이야." *하팍스 레고메논*. 13세기 문헌에 사용되었고 눈송이의 동의어인 *플로더flother*, 고대영어 문헌에 사용되었고 피곤하고 잠이 오는 상태를 뜻하는 *슬래퍼린slaepwerigne*처럼 사용된 기록이 단 한 차례뿐인 단어를 가리키는 라틴어였다. 나는 어느 날 영원한 우회의 땅 사전을 헤매다 우연히 *하팍스 레고메논*을 찾아냈었다.

"훌륭해요!" 내가 환호성을 질렀다.

당신은 여전히 거기 있군요! 나는 생각했다. 그의 창조정신이 펄럭거리자 내 사기도 덩달아 올라갔다. 그 모든 일에도 불구하고, 거기에 소요되는 엄청난 노력에도 불구하고, 단어를 구부리는 대장장이는 여전히 그의 뇌 어디에선가 대장간을 지키고 있었던 것이다.

거의 여든이 됐어, 나는 생각했다. *그리고 앞날을 점칠 수는 없어. 누*

구나 마찬가지야. 카르페 디엠*Carpe diem(이 날을 붙잡아라)*. 카르페 디엠이 금붕어의 여행경비처럼 들려 나는 씁쓸하게 웃었다. 예전이라면 폴이 킥킥거렸을 말장난이었다. 지금은? 그가 여전히 *페르 디엠per diem*(하루치 경비)과 '카르프*carp*' (잉어과)에 속하는 금붕어를 합친 것처럼 들리는 카르페 디엠에서, '이 날을 붙잡아라'가 아니라 업무상 여행 중인 금붕어가 고용주로부터 제공받는 하루치 경비를 의미하는 카르페 디엠으로의 정신적 도약을 해낼 수 있을까? 복잡한 곡예였다. 건강한 뇌라면 즐거운 유람이 될 테지만 정신의 '스카이 콩콩'에서 스프링이 빠져버린 폴에게는 과연 어떨까? 그럴 수 있을 것 같지 않았다. 게다가 나를 실망시켰다는 생각에 속이 상하고 낙담하여 축 처질 수도 있었다. *잊어버리자, 나는 생각했다, 이 날을 붙잡자구.*

제20장

쥐가 번창하기를 바라면 실험실의 환경을 풍요롭게 하라. 목적 달성을 위해 리즈와 나는 폴과의 '대화치료'를 중단 없이 시도했다. 리즈는 거의 매일 이웃 구스타프의 이야기로 폴을 즐겁게 해주었다. 구스타프는 금세 폴의 소설 어디에 나올 법한 괴짜 인물이 되었으며 폴은 넋을 잃고 그 무모한 모험담에 귀를 기울였다.

"구스타프가 체르노빌에서 돌아왔어요!" 리즈가 말했다. "그는 돈을 아끼려고 바깥에서 잤대요. 가끔은 글쎄 다리 밑에서 자기도 했답니다! 어느 날 아침 눈을 떠보니 어떤 커다란 러시아 남자가 총을 들고 고함을 치고 있더라는 거예요. 구스타프는 겁이 나서 어쩔 줄 몰랐지요. 잊지 마세요. 구스타프는 213센티미터의 키에 밝은 노란색 나팔바지를 입고 있어서 어디서든 눈에 확 띈답니다."

한번은 이런 소리도 들렸다. "구스타프는 출입이 금지되고 유기된 일본의 섬으로 불법 여행을 떠날 계획이에요…. 카이트보드를 타고 갈 수 있다고 생각한대요. 해안에서 겨우 일마일 떨어져있을 뿐이어서 바람만 적당하면…."

"구스타프는 후터스(미국의 식당 체인―옮긴이) 버스에 판박이를 붙이는 텍사스 출신 남자를 시켜 자기 차에 240센티미터 크기의 나체 여자 그림을 붙이고 있어요."

"구스타프가 새 장난감을 샀어요! 스프링이 달린 반反중력 장화인데, 되게 위험한 건가 봐요. 그걸 신으면 공중으로 3미터 정도 튕겨나가게 된대요. 구스타프는 허리에 보호 장구를 두르고 머리에는 헬멧을 쓴 다음 앞뜰 나뭇가지에 몸을 묶고서, 위아래로 통통 튀며 점프 연습을 해오고 있어요…. 이웃사람들이 좀 헷갈려하고 있죠."

"구스타프는 다시 카이트보드를 하러 온타리오 호수에 갔어요."

리즈는 초자연적인 군사작전, 아방가르드 풍 유리잔, 멸종 위기의 두꺼비 등등 어떤 화제건 상관없는 타고난 수다쟁이였다. 어떤 이야기가 쏟아져 나올지 짐작할 수 없었고 대부분 너무 재미있는 나머지 귀를 기울이지 않고는 못 배겼다. 리즈는 또 전에 했던 일들의 이야기로 폴을 즐겁게 해주었는데 그 오만가지 경험을 통해 오늘의 자신이 완성되어 이 자리에 섰다고 떠벌이기도 했다. 워싱턴 D.C.에서는 배달원으로 자전거를 타고 차량들을 스쳐 활강 하듯 달렸고 국회의사당 밑에서 윈드서핑도 했으며, 또 D.C.에 있는 국립농촌전력협동조합과 국립표준기술원에서도 일했다. 유타에서는 모르몬교도들의 트레일러 파크(이동식 주택들이 모여 있는 곳―옮긴이)에서 하숙을 하며 미국지질연구소를 위해 화산과 단층 지도를 만들었다. 알래스카 앵커리지에서는 커피숍 겸 호스텔 '쿱쿠지아크QUPQUGIAQ 카페'에서(폴에게 다리가 열 개인 북극곰에 관한 이누잇족 신화에서 따온 이름의 철자를 한 자 한 자 불러주는 소리가 들렸다) 아무 일이나 가리지 않고 했고, 알래스카의 남자 노숙자 쉼터에서 코디네이터로 일한 적도 있었다. 로스앤젤레스에서는 고층건물 건축회사에서 계약서들을 정리했고, 메인 주의 상징인 네진스코트 농장에서 치즈를 만들며 유기농 우유 배달트럭을 몰고 바위투성이 해변을 오르내리기도 했다. 이타카에서의 첫 직업은 파머스 마켓에 내다 팔 유기농 허브를 수확하는 것이었는데 그 일은 "허브가 아주 빨리 자라지 않아 약간 지루했다"고 고백했다. 간호학교에 들어가기 전 경주마 농장에서 2년간 일하면서 말들의 분뇨를 치우는 일에서부터 수의사와 편자공을 돕는 일까지 안 해본 일이 없었다고 했다.

최근의 여행담도 있었다. 새해 첫날 샌프란시스코에서 히피 버스에 올라타 바하Baja로 여행했고, 캐나다에서는 친구들과 함께 카누 캠핑을 했다. 오리건에서는 인척들과 와인시음 행사에 참여했고, 엄마와 함께 필라델피아 미술박물관에서 세잔의 그림을 관람하기도 했다. 미주리 주 박람회에서는 돼지고기 전시장에 들렀다. 워싱턴으로 가 루즈벨트 기념관을 방문했다(말이 달아나자 오토바이를 탄 경찰들이 쫓아가 잡는 사건이 발생했다). 몬트리올의 올림픽 경기장에서부터 우리의 핑거레이크 호수 국제 드래건 보트 축제에 이르는 드래건 보트(길고 좁은 중국의 전통 보트—옮긴이) 여행에도 참여했는데, 이 축제에서는 승려들이 보트를 축복하고 그들에게 물길을 틔어주려고 뱃머리 끝에 붙은 나무 선수상의 눈에 눈동자를 그려 넣었다.

폴은 말을 듣는 연습은 충분히 하고 있었다. 그가 여전히 몹시 어려워하고 있던 것은 말을 내뱉는 일이었다.

단어를 모를 때마다 리즈 또는 내가 폴에게 뇌 속을 뒤져 장애물 주변을 돌아 다른 길을 찾아내도록 독려하곤 했다. 시간이 걸리는 일이었다. 허덕거리며 막다른 골목에 다다라 되돌아가거나 다른 방향으로 향하는 모습이 눈에 보이는 것 같을 때도 있었다.

"코피는 언제 하지? 아니, 아니, 코피가 아니라… 달리고 쏘는 거… 아니 쏘는 게 아니라… 공… 알잖아… 영국 도시… 발로 차기, 발로 차기, 그래, 공…"

"아스널 대 맨체스터 유나이티드 축구 경기 말이에요?" 내가 넘겨짚었다.

안도로 얼굴의 긴장이 풀렸다. "그래." 그가 한숨을 내쉬었다.

폴은 피곤해서 단어와의 싸움을 중단해야 할 필요가 있으면 이를테면 속기처럼 말을 짧게 내뱉어 우리에게 알렸다.

"나중에!"라고 말하며 손을 저어 우리를 쫓았다. *이 모든 일 때문에 내 뇌가 감빡거려. 좀 쉬게 해줘,* 라고 그의 눈이 말하고 있었다.

"여학생 클럽 안에서 사는 건 어떤 느낌일까요?" 리즈가 그의 반응을 기대하며 놀렸다.

폴이 미끼를 덥석 물었다. "난 여자들을 싸랑해요." 그가 평상시보다 훨씬 더 음흉하게 웃으며 대답했다. 그러더니 얼굴을 긴 소파에 파묻고 깊은 잠에 빠져 한 시간 뒤에야 깨어났다.

천부적으로 어휘에 능하고 독서도 많이 한 리즈는 주방 주변에서 나와 종종 수다를 떨었다. 나는 폴이 아침식사 후 천천히 깨어나는 동안

이 시간을 즐겼다. 그는 한 번에 하나씩 하는 것을 좋아한 반면 리즈와 나는 집안일을 하면서 이야기를 나눴다. 우리만이 아니다. 여자들은 더 쉽게 빠르게 열성적으로 언어를 사용하기 때문에 거의 이중으로 말을 하는 듯 보일 정도다. 여자들은 남자들보다 더 빨리 발음하며 동일한 시간에 더 많은 문장을 말한다. 아마 여자들은 양쪽 뇌를 모두 사용해 소리를 걸러내고 있을 것이다. 반면 남자들은 주로 왼쪽 뇌만을 사용한다. 뉴런 사이의 연결은 보다 더 풍성하고 두 반구 사이에 오가는 교통량을 확대해보면 뇌량의 배열이 더 두껍다. 여성의 뇌는 언어를 더 잘 조직할 수도 있다. 이유가 무엇이건 여성들은 말더듬증, 난독증, 자폐증, 그리고 실어증을 포함해 언어 문제로 인해 곤란을 겪는 일이 남성에 비해 적다.

대부분 폴은 우리의 수다를 좋아하는 것처럼 보였다. 내가 신이 나 조잘거리는 것을 즐겼고 리즈가 집 생활과 남편 윌의 영감서린 익살을 전해줄 때마다 호기심에 차 귀를 기울였다. 구스타프의 끝없는 모험은 말할 나위도 없었다.

"너무 빨라!" 폴은 우리를 꾸짖었다. "난… 깨어 있지 않아! 나, 나중에 말해줘."

"카페인을 섭취한 여성들의 세계에 오신 걸 환영합니다!" 내가 놀렸다. 그러자 폴은 느닷없이 예전의 정상적인 어조로 투덜거림으로써 나를 얼어붙게 했다.

"어느 집이나 가끔은 정신병원이 되지."

맥박이 뛰어 올랐다. 그리고 심장이 벌렁거렸다. 옛날의 그 폴이 냉소적인 기지와 이디스 워튼Edith Wharton의 단편소설에서 나온 애용구를 가지고 돌아왔던 것이다.

"지금 뭐라고 했어요?" 내가 옳게 들었는지 아니면 단순히 환청이었는지 궁금했다.

입안에 든 오믈렛을 조심스럽게 삼키느라 뜸을 들인 뒤 그가 대답했다. "모든 쥐가 기뻐 쥐가 괴롭혀."

"아… 그래요, 나의 귀여운 생쥐." 나는 그의 어깨를 부드럽게 두드려주었다. "종알거려서 당신을 괴롭히지 않을 게요… 어쨌거나, *아직은 아니에요!*"

그러니 그 완벽한 인용은 열렬한 소망에서 나온 내 마음의 환영이었던 것이다. 때로 그런 식으로 놀랐다. 엄마는 돌아가신 지 오래 되었는데도 햇살 환한 거리를 산책하는 엄마를 보았다고 확신하기도 했던 것이다. 뇌는 잃어버린, 익숙한 것을 찾는다. 그 소리와 이미지, 그리고 마음의 습관은 출몰한 지 오래되어 거의 사라진 흔적, 불확실한 세상에서 의존할 수 있는, 그러나 거의 없는 진실을 찾는 것이다.

폴의 실어증이 보여주는 여러 면모 가운데 가장 괴로웠던 것 하나는, 그가 삶에서 찾아낸 열정을 묘사할 방법을 더 이상 찾을 수 없었다는 것이다. 폴이 지닌 그 방식은 단순히 이상하다고 묘사할 수 있는 것이 아니었다. 그 이상이었다. 폴이 무언가를 글로 묘사하는 방법은 다채로웠고, 다층적이었으며, 화려했다. 자유로운 손으로 언어를 혼합함으로써 그가 만들어낸 이미지는 실체를 예민하게 보여주었고, 삶의 관능적이고, 혼란스러운 향수를 불러일으키는 동시에, 적대적이고 치명적이며 아리송한 활기로 가득 차 고동쳤다. 어느 묘사 대상은 다른 묘사 대상 안으로 섞여들어 정체성을 잃어버릴 수 있었다. 때로 이미지들은 우리의 뇌, 심장, 세포 깊숙이 박힌 행동들을 제시하면서 결합하기보다는 다른 현상의 잔영을 통과했다. 그래서 그의 책의 언어는 주제를 반향하는 경우가 종종 생겼다. 그의 동포인 딜런 토마스Dylan Thomas처럼 그는 항상 수술 뒤 봉합하는 의사에게서 수의壽衣 제작자의 모습을 보고 싶어 했던 것이다. 그의 이미지는 고분고분하지 않았고 항상 확실한 것도 아니었다. 그러나 그 이미지들은 과감했고 예리했고 자연 그대로였고 육감적이었으며 때로는 몹시도 상냥했다.

> 약한 녹색의 뺨으로 바뀌는 치즈는 엽록소의 계곡으로 미끄러져 들어가는 흰 알비노(선천성 색소 결핍증—옮긴이) 원숭이 같다. 농익어 갈라지기를 기다리는 사과는 움켜쥔 두 손이 갈라지는 것 같다.
>
> —〈휴대용 인간들Portable People〉

또는,

> 서쪽 방목장위의 사프란처럼 거의 알아차릴 수 없을 정도로 고요하게 다가온 석양은 주황색으로 변했고 안테나, 접시들, 꼭대기는 온통 집어 삼키는 주홍색에 그림자들을 드리우면서 도움을 구하는 손짓을 보내는 돌연변이체들을 닮아가기 시작했다.
>
> —〈천재의 솜씨A Stroke of Genius〉

이제 그는 때로 짧고 간단한 구절로 그림을 묘사할 수는 있었지만, 생생하고 적확한 비유는 좀체 구사하지 못했다. 그의 해어지고 타버린 연상 영역은 형용사를 찾아내는 데 어려움을 겪었다. 이제 어휘의 범주 範疇들은 취약한 폐허속에 널브러져 있었다.

"오늘 하늘이 예쁘네요, 그렇죠?" 내가 하늘을 살피면서 말했다. 나는 그가 밝은 옥색 하늘을 아주 좋아한다는 것을 알고 있었다. "하늘이 무슨 색이예요?"

"파랑." 그가 말했다.

"오늘은 어떤 종류의 파랑색이예요?"

그는 상당히 오래 생각한 다음 떠올릴 수 있었던 단 하나의 단어를 되풀이했다. "파랑."

오후가 깊어지면 뇌졸중 및 알츠하이머 환자들이 주로 하루의 일과에 지쳐 어지러운 혼돈의 상태로 빠지는, 때로 일몰한다고 묘사되는 그 시간이 되었다. 우리 보통 사람들이야 그저 하루의 과도한 소란과 카페인으로 무기력감을 느낀다고 말할 그런 시간이었다. 하지만 폴에게 일몰은 언어의 진정한 일식이었다. 그가 두려워하던 길고 완강한 침묵으로 돌아가는 일이었던 것이다.

나는 그를 간단한 대화로 이끌 수 없었고 그는 텔레비전을 보고 싶어하지도 않았다. 우리는 말없이 앉아서 오래된 허연 흉터처럼 떠오르는 달을 보고 있었다. 그는 하루 종일 의사소통하려 애썼지만 그다지 잘되지 않았다(실어증이란 장애물이 나타나는 정도는 하루하루 크게 다르다). 그는 마침내 항복한 듯 보였다. 폴은 주먹을 들어 이마에 올리더니 손바닥을 안쪽으로 향하고 부드럽게 톡톡 두들겼다. 숨이 턱 막혔다. 예전에 코코라는 고릴라가 공연을 하기 전에 그런 몸짓을 하는 것을 본 적이 있었다. 코코는 수화로 의사소통하기를 배운 고릴라였다. 그건 "정말 멍청하다"는 뜻이었다. 폴은 나처럼 코코가 찍힌 영화를 본 것이었을까? 알 수 없었다.

"무언가 말하려고 하는 거예요?" 내가 조용히 물었다.

그는 고개를 끄덕였지만, 무슨 말인지 알아내려는 노력을 포기했다.

미국 수화로 익힌 단어를 사용해서 코코는 자신의 세계를 묘사하고 자신이 필요로 하는 것을 요구했으며 질문을 할 수 있었다. 심지어 복잡한 감정마저도 나눌 수 있었다. 분명 코코는 우리가 철저히 인간의 전유물이라고 생각하는 추상적인 사고를 경험하고 있었고 훈련사에게 자신의 마음 상태를 전달했다. "이것 때문에 슬퍼," "미안해," "도와줘요," "방문하고 싶어," "사랑," "시간"을 비롯하여 다수의 표현을 할 수 있었던 것이다. 코코는 또 창조적이기도 했다. 그녀는 하나의 캔버스에 그림을 그린 다음 다른 캔버스에 또 다시 그렸고 때로는 주제를 묘사했다. 비록 그녀가 그린 밝은 붉은 "새"는 엄청나게 많은 날개를 가진 것으로 보이기는 했지만. 아마도 코코는 그 그림을 비행기 안에서 그렸던 건 아닐까? 가장 중요한 것은 그녀가 의사소통을 할 줄 안다는 것이었고 천여 개의 어휘를 표현할 수 있었다는 것이다. 폴과 아기 원숭이 소리를 내는 것은 정겹고 적절하게 느껴졌다. 그러나 일몰의 순간 폴이 고릴라 코코보다 더 낮은 수준의 언어를 구사하고 있다는 사실을 깨닫자 말할 수 없이 슬퍼졌다.

제21장

폴과 나는 우리가 리즈를 얼마나 좋아하게 되었는지에 크게 놀랐다. 리즈는 때로는 즉석에서 키워낸 우리 딸 같았고 때로는 자매 또는 대학 시절의 룸메이트 같기도 했다. 리즈는 재미있었다. 책을 좋아했고 수다스러웠으며 자기주장도 강하고 기발한 성격이라 우리와 아주 잘 맞았다. 그녀는 지질학이건 드래건 보트건 관심을 갖고 몰두하는 분야가 많았다. 영원히 무언가에 홀린 우리가 완전히 이해하는 강박적 열정을 갖고 있었던 것이다. 그녀는 여러 의미로 우리와 친숙한 존재가 되었는데 그중에서도 첫째, 우리와 가까운 친구였고, 둘째, 초자연적 정신을 구현하고 마술을 부리는 마녀를 돕는 동물이었다.

특히 실어증을 앓는 뇌졸중 환자들은 친구를 잃는 일이 많다. 배우자는 엄청나게 느려진 속도로 환자와 의사소통을 해야 하는데 여기 익숙해지기는 상당히 힘들다. 대답하는 데 사용하는 단어는 점점 더 줄어들고 말하는 것이 너무 곤란해 무슨 말을 해야 할지 모르겠다고 느끼거나 혼자 독백하기 일쑤이다. 심지어 오랜 친구들마저 실어증 환자에게는 대처할 수 없었고 그래서 그들은 폴을 떠나갔다. 나는 그에 대한 폴의 슬픔과 분노에 귀를 기울였다. 그러나 나는 이런 일이 흔하다는 것을, 그리고 이제 뇌졸중 *이후의* 그를 알고 좋아하는 새로운 친구들이 필요하다는 것을 알았다. 몇몇 사람들이 그랬는데 그중 하나가 리즈였다.

리즈는 발랄한 줄무늬 비키니를 입고 수영장에서 폴에게 병원 이야기를 들려주었다. 나는 가끔 내 서재 창문들을 통해 바람에 실려 오는 그 이야기들을 토막토막 들었다.

"항생제 반응이 심해서… 몸이 온통 삼출성 물집으로 뒤덮였어요. 손바닥이랑 발바닥도요…."

한번은 이런 말도 들렸다. "오늘 진공으로 체액을 빼내는 수술을 했어요. 그걸 수류탄이라고 하는데요. 정말 작은 수류탄처럼 보이거든요. 기구를 눌러서 진공상태로 만들고 상처에 연결하는 거예요. 수술 부위에서 나온 오염된 혈액과 체액을 죄다 빨아들이는 거지요. 꽉 차면 그냥 튜브를 잡아당기면 돼요…."

리즈는 단어 게임을 쏟아내면서 폴을 대상으로 새로 배운 의학용어를 실습하곤 했다. 수영장에서 폴과 함께 보내는 그 나른한 시간들을 좀 재미있게 보내기 위한 것이기도 했다.

"제가 준비한 단어가 하나 있어요." 그녀는 놀리듯, 또는 선물을 주듯 말하곤 했다. "쾌감상실이 뭔지 아세요?"

몇 가지 힌트를 주면 폴은 때로 기적처럼 그 단어를 기억해냈다. 어휘 저장소에서 끌어냈던 것이다.

"내가 뭘 배우고 있는지 맞춰 보실래요?" 어느 날 그녀가 명랑하게 말했다. 마침 나는 거실 뒷문을 지나가고 있었다. "추체외로錐體外路의 신경이완성 부작용!"

"정좌불능靜坐不能이라고 들어본 일 있어요? 오케이, 좋아요. 긴장이완, 불쾌감, 운동불능은요?"

"쉬운 단어를 들어볼게요… 발모벽? 기흉? 그럼 지리학 용어는 어떨까? 경석고? 구슬고동? 향사? 압쇄? 각력암?"

"가장 흔한 전립선 수술 네 가지를 알려 드릴까요?" 그녀는 대답을 기다리지도 않고 재잘거렸다. "음, 칼을 가장 덜 대고 가장 편안한 선택은 폴리 카테터처럼 음경을 통과해 들어서는 건데, 하지만 사실은 소형 배수관이에요…."

폴은 수영 단짝과 함께하는 수다 시간을 고대했다. 그들은 둘 다 사악하고 불경한 유머 감각을 갖고 있었다. 이야기가 섬뜩해질수록 더 좋았다. 리즈는 폴이 우거지상 짓는 걸 즐기는 듯 보였다.

"나는요," 폴에게 들리지 않는 거리에서 그녀는 내게 말했다. "이 불쌍하고 비참한 환자들에 대한 이야기들을 듣고 폴이 자신의 상태에 대해 괜찮다는 느낌을 갖게 해준다는 생각을 하곤 해요. 폴에게서 배운 단어를 쓰자면, 약간은 샤덴프러이데schadenfreude(타인의 불행이나 재난을 좋아하기—옮긴이) 같은 거죠. 보세요, 폴은 여기 이 햇볕 아래 수영장에서 헤엄을 치며 오후를 보내잖아요…. 그런데 그 불쌍한 환자들은 병원에서 혈액이랑 체액을 뽑혀가며 지내고 있거든요!"

내 책상 앞의 뒤뜰이 내다보이는 창을 통해 나는 리즈가 집에 있는 물건에 관한 질문으로 폴이 더 많이 말을 하도록 유도하는 것을 들을 수 있었다.

"서재에 보니까 선생님하고 부인 사진이 있던데 작은 비행기 앞에서 다른 부부 옆에 서계시더라고요. 멋진 사진이에요. 어디 가시는 거였어요?"

이번에는 나도 집중했다. 그가 뭐라 대답할지 궁금했던 것이다.

폴은 쩔쩔매는 것 같았다. 리즈는 단념하지 않고 그의 기억을 살려내려고 고안한 실마리로 압박을 가했다.

"어쩐지 카리브 해 같은 인상이 풍겨요."

나는 정답을 끌어내려고 애쓰는 폴을 지켜보았다. 그는 한 손으로 무심결에 물위에 아라베스크 무늬를 그리고 있었다.

리즈는 카리브 해의 지명들을 풀어내기 시작했다. "도미니카? 케이맨? 버진 아일랜드?"

마침내 그녀는 1982년 우리가 친구 진과 스티브와 함께 날아갔던 터크스 케이코스 제도를 언급했다. 스티브의 멋진 구형 쌍발엔진 아파치로 바하마 제도를 따라 비행해 내려앉은 그곳은 목가적이었다. 그러나 돌아오는 길에 우리는 몹시 성난 적란운 중심에 들어섰다. 공기는 위험한 녹색으로 번쩍거렸고 갑자기 화이트아웃(눈이나 햇빛의 난반사로 방향 감각을 잃게 만드는 기상 상태-옮긴이)이 두텁게 덮였으며 움직임이 전혀 느껴지지 않는데 다이얼들은 핑글핑글 돌았다. 거칠게 위아래로 흔들리더니 비행기는 구름 속에서 공중제비를 돌았다. 다행히 스티브는 곡예 비행사였기에 그는 재빨리 기기들을 읽었고 어떻게 회복해야 하는지 알았다(보지도 않고 공중제비를 도는 실력이었다). 우리 네 사람을 실은 쌍발엔진 아파치는 그가 보통 공연에서 몰았던 단발엔진의 소형 피츠 복엽 비행기가 아니었지만 그는 해냈다. 또 하나 운이 좋았던 건 아파치 비행기는 동체와 날개를 연결하는 지지대가 튼튼하다는 점이었다. 그렇지 않았더라면 날개들이 죄다 뜯겨져 날아가 버렸을 것이다. 부조종석에 앉아 있던 신출내기 단발엔진 비행사인 나는 기기들이 뒤집어지는 걸 보고 무슨 일이 일어나고 있는지 짐작했지만 내게는 우리를 구해낼 능력이 없었다. 하지만 스티브는 해낼 거라고 철석같이 믿었다. 그때 나를 바라본 스티브의 그 공포에 질린 표정을 절대 잊지 못할 것이다. 그는 내가 자신이 가르친 대로 조종간을(두개의 조종간은 동시에 움직인다) 그저 살짝 붙잡고만 있는 걸 알아차렸던 것이다.

"지금은 실습 시간이 아니에요!" 그가 소리 질렀다. "안전이 최우선이라고요!"

나는 재빨리 조종실 주위의 요동칠 만한 것들을 모두 안전한 곳에 집어넣었다. 심지어는 비행기가 위아래로 마구 흔들릴 때 떨어진 온갖 물건들을 가리키는 용어마저 있었다, 잡동사니gubbins. 그건 폴이 가장 애호하는 단어 중 하나였다. 그 순간 아주 드문 현상이 벌어졌다. 여행가방 하나가 발사나무처럼 공중으로 떠올라 앞으로 흘러가기 시작했던 것이다. 뒷좌석에 앉은 폴과 진은 얼굴이 납빛으로 변한 채 공포에 사로잡혀 창문틀을 꽉 붙잡고 있었다. 마침내 비행기가 정상 위치를 찾아 수평을 유지하며 친근하고 반가운 폭우 속으로 진입했다.

스티브는 그 여행을 기념하여 흑백사진을 갖고 그림엽서를 만들었다. 진과 스티브, 폴과 내가 남향 비행을 떠나기 전 비행기 옆에서 포즈를 취한 사진에는 "터크스를 관통해 날다 : 항공예술 이벤트"라는 제목이 붙어 있었다.

수영장에서 "터크스 케이코스 제도?"라는 말을 들었을 때 폴의 뇌는 과연 그 사건을 얼마나 떠올렸을까?

"아, 맞아! 친구들하고, 잠동사니." 그게 다였다.

두 사람의 대화를 들으며 나는 리즈에게 그 사건의 전말을 이야기할 수 없다는 것이 얼마나 답답한 일일지 생각했다. 좀 퉁퉁하게 들리는 단어 *잠동사니*는 사건 전체를 열어줄 뇌의 열쇠를 쥐고 있었다.

이어서 리즈는 거실 주변의 골동품들에 관해 물었다. 두드려 만든 놋쇠 가마솥은 어디서 왔는지(내가 열여섯 살 때 엄마와 같이 이스탄불에 여행가서 사왔다), 왜 벽난로 앞에는 공기주입식 치타가 서 있는지(바르샤바 동물원에서 사왔다), 어떻게 우리는 태양계와 별자리의 세계를 꿰뚫어 볼 수 있는지(그건 접힌 채 구석에 놓여있는 폴의 커다란 망원경 덕분이었다), 보라색 가짜 벨벳 라운지 소파는 어디서 샀는지(웨스트 팜 해변의 가게에서 샀다), 책장에 있는 책들이 어떤 특별한 방식으로 꽂혀 있는지(분명하지 않을 뿐이지 그렇긴 하다), 춤을 추고 있고 주문이 적혀 있으며 보통 꽃무늬 소파 뒤에서 장난을 치고 있는 호피족 카치나 인형을 어디서 샀는지(투손에서 샀다) 등이었다.

그가 단어를 잘못 기억하거나, 그녀가 추측을 해내거나, 아니면 그가 "다이앤에게 물어 보죠"로 끝내곤 했다.

그는 지상에서보다 수영장 안에서 말을 더 잘했다. 부력으로 몸무게를 느끼지 않았기에 마음이 진정되었거나, 아니면 대화가 압박 없이 한가롭게 흘러가서였을 것이다. 폴은 옆으로 팔을 펄럭여댔고 걷개로 끝없는 호를 그리며 물 위에 뜬 물체들을 떠냈다. 그동안 리즈는 수영장 옆에 기대서서 발을 차거나 수심이 깊은 곳에 서서 폴을 잡아당기거나 그의 대답을 기다렸다. 한번은 세 시간이나 물속에 머물렀다 나오니 피부가 온통 쭈글쭈글해져 있었다.

나도 자주 그들과 함께 물 위에 떠 있었다. 수영장에서 폴과 이야기할 때 우리는 그의 기분을 살폈다. 그가 그냥 멍하니 생각에 잠겨있고 싶어 할까? 질문을 해도 될까? 우리는 몇 가지 묻고 잠깐 횡설수설한다. 그런 다음 조용한 시간을 주어 그의 뇌가 쉬도록 한 뒤 다시 얼마간 이런저런 이야기를 하곤 했다. 또 다시 한두 개의 질문을 했다. 이번에는 그가 대답하도록 시간을 충분히 주었다. 그가 단어를 찾는 데 도움이 되도록 제스처 놀이를 조금 했다. 필요하다면 코치도 했다.(예를 들면, "흠. 도시 이름… 뉴욕 주… 말하려는 게… 업스테이트? 로체스터? 올버니? 버펄로? 새러토가?) 이런 식으로 하면 정규 언어치료 시간보다 압박이 덜했다. 언어치료 시간 동안 그는 오래 쉬지 못한 채 집중을 유지하여 뇌를 작동시켜야 했던 것이다. 대답을 생각할 시간이 많아지면서 압박감과 좌절감도 덜해졌다. 분위기가 더 편안했으며 그의 삶과 흥밋거리에 대화가 맞추어졌으며 실마리도 다양했다. 폴은 물속에 반쯤 가라앉아 있을 때 자신이 더 말을 잘 한다는 사실을 깨달았다.

뇌졸중 이후 한철 동안 그가 전혀 헤엄을 치지 않는다는 게 걱정이 되었었다(그냥 나른히 누워 있어도 행복한 듯했지만). 셔츠의 단추를 채울 수 없었고, 가재도구로 작업할 수도 없었으며 사용방법도 기억하지 못했다. 그것은 그의 절차기억, 즉 어떤 일이 일어나는 방법, 또는 어떤 일을 하는 방법에 관한 무의식적인 기억에 심각한 손상이 왔다는 것을 뜻했다. 일어났던 어떤 사건에 관한 기억이 아니었다. 그건 뇌 시스템이 달랐다. 뇌의 많은 영역들을(다른 영역들 사이에 있는 소뇌, 기저핵, 다양한 감각과 운동의 통로들) 활용하는 목욕, 옷 입기, 걷기, 수영과 같은 미묘한 기술들은 언어를 뛰어넘어 몸 자체가 기억하도록 돕는다. 그래서 사람들은 미묘한 균형을 필요로 함에도 불구하고 자전거 타는 법을 잊어버리지는 않는다. 사람들은 수영을 배울 동안만 어떻게 뜨는지에 관해 생각할 필요가 있다. 일단 익히고 나면 팔과 몸통이 어떤 각도를 잡아야 하는지 몸이 스스로 기억한다. 대부분의 사람들에게 이런 기술들은 어휘 너머에 존재한다.

폴은 수영이 무엇이며 어디서 해야 하는지를 기억했고 심지어는 물을 가르면서 미끄러져 나가는 그 달콤한 마법마저도 기억했다. 방정식에서 빠진 부분은 팔을 허우적거리는 방법, 다리로 물을 차는 방법, 미끄러지는 방법이었고 그건 모두 한꺼번에 해야 하는 동작이었다. 폴은 숟가락, 의자, 빗, 변기 사용법을 다시 연습하며 배웠지만 그러나 어떤 집안일들은 여전히 호락호락하지 않았다. 폴은 깡통따개를 지옥에서 온 장치 취급했다. 펜은 손가락에서 빠져 달아나기 일쑤였다. 면도는 엄청난 에너지와 집중을 요하는 일이었으며 전기면도기 청소는 전혀 이해하지 못하여 그저 면도기를 조각조각 분해한 다음 다시 순서대로 모아놓을 뿐이었다. 병원에서 작업치료를 좀 더 받았어야 했다는 생각이 들었다.

뇌졸중으로 오른손의 손가락 두 개가 꽉 쥐어진 채 굳어버렸기 때문에 매일 펴주고 스트레칭을 해야 했다. 뇌졸중 이전에도 발뒤꿈치가 바싹 말라 동물 발굽처럼 갈라져 있었는데 정기적인 발 마사지 덕분에 혈액 순환이 원활해져 부드러워졌다. 리즈가 주중에 마사지를 해주고 스트레칭을 시켜주었다. 리즈가 오지 않는 날이나 주말에는 내가 했다. 아무리 스트레칭을 해도 손가락들은 곧게 펴지지 않았다. 그저 근육에만 달린 문제가 아니었던 것이다. 그래도 스트레칭과 마사지는 손가락들이 잠시나마 부드러워져 펜을 쥐고 쓰는 연습을 하거나 포크와 숟가락을 쥐고 식사를 할 수 있게 해주었고 편안한 느낌을 주었으며 상태가 악화되어 근육이 완전히 굳어버리지 않도록 하는 데 도움이 되었다.

매일의 일과는 절대 달라지지 않았다. 손 마사지를 한 뒤 수영을 시작하여 네 시 오십 분에 마쳤다. 폴이 〈판사 주디〉를 꼭 보고 싶어 했기 때문이다. 이 새로운 중독은 즉각적으로 그의 언어재활 과정의 중심이 되었다. 한 시간 동안 법정 드라마와 대화를(중고차 대금, 갚지 않은 빚, 사기꾼, 라이벌 또는 애인의 차에 화가 나 '열쇠로 긁기', 전 배우자들 간의 사소한 물건에 대한 치졸한 다툼들, 사악한 여자친구, 목걸이가 풀린 핏불 개, 유산 다툼, 기생하는 남자친구, 그리고 심각한 채무들) 시청하고 나면 아주 진지한 BBC 뉴스와 국내 뉴스를 이어 본 다음 저녁식사를 했으며 영화를 보는 시간까지 나와 대화를 하려 애썼다.

우리는 거의 매일 밤, 텔레비전을 보거나 빌려온 영화를 보는 습관을 들였다. 폴이 항상 줄거리를 따라갈 수 있었던 것은 아니지만, 정기적으로 새 영화를 빌려왔고 그의 질문에 대답을 해주었다. 폴은 우리가 이미 보았던 옛날 영화들이 파악하기 쉽다는 것을 알아차렸다. 비록 많은 인물들과 이리저리 얽힌 줄거리들 때문에 당황하고 혼란을 느끼기는 했지만, '일몰' 상태에 있을 때 폴은 할리우드의 매혹적인 이미지와 음악 덕분에 더 수동적인 이런 방법으로 여전히 언어를 다룰 수 있었다. 이런 것들에는 별다른 요구가 따르지 않았던 것이다.

아이러니하게도 그는 케네스 브래너가 제작하고 출연한 신중하고 화려하고 감동적인 셰익스피어 희곡 영화들을 나보다 더 잘 이해했다. 폴은 어릴 때 희곡을 공부했고 당시 영국 미들랜드에서 사용하던 구어 영어가 셰익스피어 시대의 영어와 그다지 다르지 않았기 때문이었다. 그는 그 지역 광부들이 엘리자베스 여왕 시대에 오늘날의 '써sir' 대신 사용되던 '서러sirrah'로 서로를 부르는 소리를 자주 들었다.

나 또한 셰익스피어를 좋아했지만 그렇게 자연스러운 대화체의 엘리자베스 시대 영어를 반도 해석할 수 없었고, 폴과는 달리 그 희곡들을 외우지도 못했다. 하지만 〈헨리 5세〉〈햄릿〉〈헛소동〉〈사랑의 헛수고〉에 나오는 브래너, 엠마 톰슨, 폴 스코필드, 로렌스 올리비에 등 눈부신 배우들 덕분에 내 거울 뉴런은 무슨 뜻인지 대략 가늠할 수 있었던 것이다. 연극들을 보면서, 실어증에 시달리는 폴의 입장이, 예전에 알았으나 이제 너무 빨리 들려오는 어휘들을 알아들으려 몸부림치고, 얼굴 표정, 목소리의 어조, 그리고 몸짓 언어와 같은 능란한 연기가 제공하는 원초적인 실마리에 의존해야 하는 현실이, 비록 희미하게나마, 이해가 되었다.

우리는 우리의 소중한 어법 전부를 적절히 지명된 뇌세포, 거울 뉴런들에게 빚지고 있을지도 모른다. 하품이나 만족스러운 미소를 서로 반영하는 것은 거울 뉴런 덕분이다. 거울 뉴런은 브로카 영역에 아주 많다. 브로카 영역은 인간에게는 언어를 처리하는 곳이고 원숭이에게는 몸짓을 하는 곳이며 다른 동물들 역시 의사소통에 사용하는 곳이다. 언어를 갖기 전 우리 조상들은 손짓과 얼굴 표정을 사용해 의사소통을 했다. 마침내 단순한 몸짓으로 소통하기에는 너무 복잡하고 섬세한 상황이 말을 하지 않으면 안 되도록 만들었다. 필요가 그들로 하여금 어휘라는 단서로 독창적인 도약을 하도록 만들었다. 폴이 두 살짜리 아기, 타잔, 그리고 "피진pidgin(특히 영어, 포르투갈어, 네덜란드어의 제한된 어휘들이 토착언어 어휘들과 결합되어 만들어진 단순한 형태의 혼성어 ─ 옮긴이)" 언어를 쓰는 사람들의 방식으로 단어들을 대충 꿰어 맞출 때는 때때로 솜씨 좋은 그 조상들을 연상시켰다. 레몬 셔벗을 뜻하는 *나이스 아이스*를 요구했을 때처럼. 그런 순간들에, 그의 뇌는 진화를 거꾸로 되짚어가 아주 희미하게 남은 첫 언어 발달의 흔적을 두들기고 있었을까?

그냥 언어 방앗간이 계속 돌고 있게 하자, 나는 생각했다, 그게 열쇠야. 나는 애디론댁스Adirondacks(애팔래치아 산맥의 일부 ─ 옮긴이)에 있는 햇볕 드는 협곡과 쏟아지는 폭포를 그려보았다. 언젠가 쿠퍼스 타운으로 주말 오페라를 보러 가는 도중 옛날 방식으로 물의 힘을 사용하는 방앗간에 들렀던 적이 있었던 것이다. 방앗간은 뇌의 이미지로는 쿵쿵거리고 상스러울 수도 있지만 실제적이고 상업적이었다. 그의 방앗간은 새 부품들과 수문들을 요구하면서 소리를 질렀다. 맷돌과 체를 고치고 숫돌을 되찾게 해달라고 도움을 청하고 있었던 것이다. 그 일은 외부 위탁이 필요한 일일 수도 있었다. 그러나 곡물이 없으면 전혀 작동할 수 없었다. 그래서 이런저런 방식으로 눈을 뜨고 나서부터 잠들 때까지 나는 폴이 어휘에 푹 젖어 있게 하려고 애썼다. 그것은 기초적인 일로 보였고 결국 결정적으로 중요한 것으로 드러났다. 물론 그는 정신적으로 기진맥진했고 그래서 하루에도 몇 번씩 낮잠을 자야 했다. 하지만 그것은 싫든 좋든 그의 뇌가 어휘를 수확하도록 강요했고 언어의 방아를 쉬지 않고 돌리도록 했으며 황량한 뉴런들 사이에 새로운 성장의 씨앗을 심었다. 그리고 있을 거라고 희망했다.

제22장

특히 이상하지만 다행스럽기도 했던 것은 뇌졸중 이후 폴의 기질이 달콤해졌다는 것이다. 가르치거나 책을 내는 데서 오는 좌절을 경험할 필요가 없었고 고혈압으로 인한 분노로 눈을 뜨는 일도 없었으며 변덕스런 분노를 가까스로 억눌러야 하는 일도 없었다. 우리가 만났을 때 폴은 난폭한 성미의 매력적인 알코올 중독자, 어휘에 반짝이는 재능을 가진 제임스 조이스 부류의 예술가였다. 나는 언제 폴이 폭발할지 전혀 모르는 데 익숙해졌다. 그러나 그가 항상 화를 잘 냈던 것은 아니다. 대부분 철저히 사랑스러운, 진정한 연인이었다. 숨겨진 땅 속 광산은 예측할 수 없는 그의 폭발, 나의 놀라움과 비명, 헤어짐, 그의 후회와 약속들, 나의 망각, 재결합의 패턴을 그렸다. 나는 결혼생활동안 내내 그의 곁에서 눈치를 보았다. 아주 조그마한 것들이 이른바 "아일랜드 기질"

을 촉발시켰기 때문이었다.

이제 아니었다. 놀랍게도 그의 짜증은 뇌졸중이 닥치고 몇 주 후 사라졌다. 그는 더 부드러워졌고 참을성과 이해심이 늘었다. 나는 이러한 변화가 감사했다. 경쟁심으로 인한 목표와 투쟁이 사라지면서 그는 부드러운 사랑과 격려에 둘러싸여 지냈으며 난생처음으로 항우울제도 복용하고 있었다(졸로프트 50밀리그램). 이 두 가지 요인은(뇌졸중 동안 그의 뇌에서 일어난 변화와 더불어) 폴을 더 부드럽고 다정한 사람으로 바꿔놓았고, 나는 그것을 환영했다.

이 같은 기질 변화가 특이한 것이 아니었다. 뇌졸중 이후 인성 변화가 올 수 있으며 때로는 더 좋아지기도 때로는 더 나빠지기도 한다. 차분했던 성격이 충동적이고 화를 잘 내며 성급하고 불안해지거나 정서적으로 침체될 수도 있다. 베르사유 평화조약 도중 뇌졸중을 겪은 우드로 윌슨 대통령이 그런 극적인 변화를 겪은 경우다.

비록 뇌졸중 때문에 몸이 마비되지는 않았지만 그를 아는 사람들은 우드로의 인격에 즉각적인 부정적 변화가 일어났음을 알았다. 예전의 그는 장래를 고려하고 타협할 수 있었으나 지금의 그는 짜증을 잘 내고 고집 세며 심술궂은 사람으로 바뀌었다. 또한 덜 사교적이 되었다. 첫 뇌졸중이 오고 7주 후, 그는 문제가 있다는 것을 부인했다(부인은 대단히 흔하다)⋯. 주변 사람들의 고통이 심했다. 윌슨은 국무장관이 내각과 자신의 의학적 상태를 논의하려 했다는 이유로 그를 해고했다. 그의 뇌졸중은 제2차 세계대전의 발발과도 연관이 있을 것이다. 뇌졸중 이후, 그는 더 이상 국제연맹을 효과적으로 옹호할 수 없었던 것이다.

—다니엘 에이멘Daniel Amen, 《영혼의 하드웨어 치유》

폴의 인격 변화는 주로 뇌졸중 탓이었을까, 아니면 그 이후의 환경 탓이었을까? 판단하기 힘들다. 우리가 '인격'이라고 부르는 것은 고립되어 존재하지 않는다. 다른 사람과 어떻게 교감하느냐에 따라 자신을 나타내는 것이다. 인격은 아무것으로부터도 영향을 받지 않는 유령이 아니라 대인관계와 관련된 것인데, 뇌졸중 이후 그의 관계는 전부 다 바뀌었다. 예전에는 다소 편집증적인 편이었으나 이제 그는 사람들이 생각보다 더 배려하고 너그럽고 격려한다는 것을 깨달았다. 그가 더 완벽하게 나를 사랑할 수 있었기 때문에 나는 이렇게 변한 폴의 정신이 더 좋았다. 비록 지적 동무를 잃어 마음이 쓰라리기는 했지만. 아마 나는 그저 폴을 살아있게 하기 위해서가 아니라, 또는 나 자신이 상실을 경험하지 않기 위해서도 아니라, 결국 어떤 측면에서 그가 내게 더 생생하게 살아있는 존재가 되었으므로 그렇게 굳건하게 나아갈 수 있었던 것인지도 모른다.

하지만 내 기력은 계속 약해지고 있었다. 나는 마감을 지킬 수 없음을 깨달았다. 〈동물원지기의 아내The Zookeeper's Wife〉▪를 끝내려면 한 해가 더 필요했다. 봄과 여름의 대담 및 낭독회도 취소해야 할 것이었다.

▪ 원서명은 《The Zookeeper's Wife》로 한국에서는 《미친 별 아래 집》이라는 제목으로 번역되어 나왔다. 2008. 미래인. 본문에서는 이 책 속 내용과 관련한, 동물원 이야기가 자주 등장하므로 《동물원지기의 아내》으로 옮겼다.

〈디스커버〉지에 정기적으로 칼럼을 싣겠다고 약속을 해놓았었기에 편집인 스티브 페트라넥에게 이메일을 써서 폴의 뇌졸중에 관해 설명하고 일할 시간도 에너지도 없다고 털어놓았다. 스티브는 자신의 아버지 이야기를 하면서 격려의 회신을 보내왔다. 아버지는 지휘자 겸 뛰어난 비올라와 바이올린 연주자였는데, 폴과 거의 같은 나이에 뇌졸중을 일으켜 말하는 능력을 상실했다. 그가 잃어버린 것은 영어 단어들이었고 시더 래피즈의 체코인 마을에서 자라며 배운 체코어로는 여전히 말을 할 수 있었다. 그는 가장 좋아한 비올라 솜씨는 회복하지 못했으나 부단한 물리치료 끝에 바이올린에서는 전보다도 뛰어난 기량을 갖게 되었다(두 악기는 상당히 비슷한데도). 또한 그는 어린이용 십자말풀이를 공략하기 시작하여 말년에는 예전에 즐기던 〈뉴욕타임스〉의 십자말풀이를 다시 풀 수 있었다. 적응성과 연습의 힘을 입증해주는 사례가 아닐 수 없다.

페트라넥에게서 단어가 장기간의 기억에 깊이 박히려면 약 2000번 되풀이 들어야 한다는 사실을 전해들은 나는 색인카드에 폴이 어려워하는 일상적 단어들을(폴, 다이앤, 마시다, 수표책, 벌새, 지갑…) 황급히 적어 내려갔다. 그의 세계에서 지워져버린 것 같았던 그 단어들을 최대한 많이 대화 속에 포함시켰다.

"벌새가 수표책을 갖고 있다고 생각해요?" 어느 날 폴에게 물었다. 그는 웃더니 고개를 끄덕였다. 그리고는 허공에 몹시도 작은 수표책을 그려보았다. 열 번 연달아 수표책을 되풀이 말하게 했다. 반시간 후 그는 벌써 그 단어를 잊어버렸다. 마치 그의 뇌가 보이지 않는 잉크로 그 단어를 써놓았던 것만 같았다.

"저거 봐요! 먹이통에 새가 있네. 저 새 이름이 뭐죠?"

그는 단어를 찾느라 더듬거렸다. 찾아내는 데 실패한 그는 알지도 못하는 무언가를 꺼내 놓았다. "아연 사분면."

"아니에요. 새가 내는 즐거운 소리를 따라 지은 이름이에요." 내가 힌트를 주었다. "버어어얼… 버어얼…"

"벌새!" 폴이 의기양양하게 대답했다.

"맞아요! 벌새예요. 벌새가 지갑에 갖고 다니는 게 뭘까요. 벽에 꽂는 사진?"

"설탕?" 그가 제안했다.

"내 광대 모자가… 어디 있지?" 그때 갑자기 그가 물었다.

광대모자? 정말로 폴은 궁정광대의 모자를 가리키고 있는 것일까? 나는 꼭지가 여럿 달리고 꼭지마다 소리 나는 종이 달린 밝은 색깔의 모자를 떠올렸다. 아니면(이쪽이 더 가능성이 많을까봐 두려웠다) 바보 모자, 예전에 열등생들에게 씌우곤 했던 원뿔형 종이모자를 말하는 것일까?

그가 글씨 쓰는 시늉을 해보였다. *그렇지! 무거운 종이야.* 처음 수표책을 만들어낸 사람은 종이에 작은 종들이 달리고 뾰족한 꼭지가 셋인 광대모자 비침무늬를 넣었다. 내가 그 비침무늬를 언뜻 보게 된 이후로 몇 년이 흘렀다. 그러나 폴은 그 종이가 어디 있는지 확실히 기억하고 있었다. 나는 그가 겨우 한 시간 전에 내 서재에 있는 선반에서 종이 몇 장을 꺼내는 것을 보았던 것이다.

"당신 혹시 *수표책* 말하는 거예요?" 내가 물었다.

"맞아!" 그가 안심하여 말했다. 나는 그가 수표책을 넣어두는 특별

서랍으로 그를 데려갔다.

이런 불합리한 추론들은 재미있는 경우도 있었으나 그가 간절히 의사소통하고자 할 때는 그저 그의 뇌를 쥐어짜는 무시무시한 일일 뿐이었다.

"하품의 두 번째 단계가 내 발을 깔아뭉개고 있어," 어느 날 아침 폴은 많이 망설이다가 그리고 말을 잘못 시작한 후에 불평했다. 그의 말들은 범퍼 카처럼 퉁퉁 부딪쳤다. 그 말을 힘들게 헤쳐 본 후에, 그리고 그가 '봉쇄'라고 불렀던 말 막힘 후에, 그가 보통 범주로 단어들을 분류하도록 돕게 고안한 질문들에 대해 수많은 예/아니오 응답을 한 후에야, 나는 비로소 그가 말하려고 애썼던 것을 이해할 수 있었다. 무언가 아늑하고 일상적인 것이었다. 그는 전날 밤 내가 침대 옆구리에 깔아주었던 부드러운 녹색의 담요가 발에 너무 무겁다고 느꼈던 것이다. '담요'와 '침대' 같은 단순한 단어들도 여전히 그의 기억에서 빠져나가 있었던 것이다. 그날 종일 반복할 단어 목록에 그 단어들을 첨가했다. 목록은 점점 늘어나고 있었다.

이때쯤 어떤 이유로 나는 그를 '웜뱃wombat'(작은 곰같이 생긴 호주의 동물—옮긴이)이라 부르기 시작했다. 우리는 항상 서로를 다양한 토템식 이름으로 부르곤 했으므로 아주 이상한 것은 아니었지만 '웜뱃'은 신선하고 새로운, 반짝이는 애정표현이었다. 나는 그에게 사랑스러운 아기 웜뱃의 사진을 보여주었다. 긴 갈고리 발톱으로 구멍을 파고 있기도 했고 북슬북슬한 암수 웜뱃 두 마리가 햇살을 받으며 자고 있기도 했다. 한 호주 친구가 배불뚝이에 털북숭이 웜뱃 인형을 보내주었다. 우리는 그걸 '우드로'라고 불렀다. 그리고 그 이름에 걸맞게 보라색 라운지 소파에 놓아두었다.

어느 날 아침 침대에 파묻혀서 나는 그에게 말했다. "잘 잤어요, 웜뱃 씨?" 그가 대답했다. "잘 잤어. 웜뱃 부인." 그는 아무런 압박감이 없을 때, 반쯤 깨어있을 때 놀랄 만큼 유창하게 말을 했다.

나는 졸린 말투로 물었다. "여보, 웜뱃 씨와 웜뱃 부인의 이름이 뭘까요? 어디 보자. 웜뱃 씨 이름은… 하이드로일렉트릭… 하이드로일렉트릭 웜뱃인데. 웜뱃 부인의 이름은?" (하이드로일렉트릭은 수력발전이다. 폴이 수영장에 있을 때 더 말을 잘하므로 이런 이름을 붙였을 것이다─옮긴이)

폴은 잠시 생각했다. "클로피도제렐." 그가 말했다.

"클로피도제렐?!" 어디서 나온 이름이지? 천천히 머릿속이 밝아졌다. 텔레비전 광고에서 보았던 항혈소판제 약물 이름이 틀림없었다. "맞아. 하이드로일렉트릭 클로피도제렐 웜뱃. 당신 생각에 새끼가 있을 것 같아요?"

"여섯." 그가 대답했다. "반반씩."

"아들 셋, 딸 셋?"

"맞아."

"흠, 아이들 이름은?"

여기서 그는 낄낄거리기 시작하더니 마침내 "독일…"이라고 말했다. 다음 단어는 찾아낼 수 없었던 것이다. 그래서 그는 한 손으로 다이빙 동작을 취해보였다.

"비행기?"

"아니." 이번에 그의 손은 얕게 떨어져 내렸다.

"유보트? 전함?"

"맞아!" 눈이 반짝였다. "그렇지만 아파."

"침몰해가는 독일 유보트를 따서 아이들 이름을 지었다고요?"

짓궂은 미소를 지으며 그가 말했다. "비스마르크, 그라프 슈피, 티르피츠…"

우리는 침몰하는 독일 전함에서 이름을 따온 여섯 아이들을 소개하는 하이드로일렉트릭 클로피도제렐 웜뱃을 떠올리며 정신없이 웃어대기 시작했다. 나로서는 그가 다시 상상력을 발휘해 단어 놀이에 열중하는 것에 순전히 안도한 것이기도 했다. 마침내 우리가 침실에서 나오자 아침에 도착해 이미 일을 하고 있던 리즈가 씩 웃으면서 물었다. "도대체 그 안에서 무슨 일이 있었어요?" 아직 낄낄거리며 우리는 멋진 설명회를 가졌다.

뇌졸중 후 부부가 놀이를 생각하기란 쉬운 일이 아니다. 하지만 고맙게도 놀이는 우리를 함께 천진함 속에 이어주었고 다시 한 번 단어를 갖고 웃고 즐겁게 노는 것이 너무도 즐거웠다.

점심식사 후 진과 스티브가 잠깐 우리를 찾아왔고 텔레비전에 나오는 가톨릭 수녀들에 관한 대화가 이어졌다. 스티브의 연로한 어머니는 독실한 가톨릭교도로 하루 종일 〈시스터 안젤리카〉를 보았다. 스티브가 찾아갈 때마다 그 프로그램을 보고 있었고 그래서 거의 매주 어머니를 찾아가는 그 또한 〈시스터 안젤리카〉를 마라톤으로 보아야 했다. 뜻밖에도 폴은 스티브의 어머니를 "신성한 경찰"이라고 묘사해 우리 모두를 큰 웃음으로 몰아넣었다. 성공적인 하루였다. 실제로 웃음은 멋진 묘약으로, 불행의 그림자 속에서는 찾아내기 힘들 수 있다.

그들이 떠난 다음 폴은 '일몰'을 시작했고 집은 익숙하고 고요하게 느껴졌다. 우리는 침묵에 귀를 기울이면서 앉아있었다. 가끔 대리석처럼 매끄러운 새들의 노랫소리가 침묵을 깼다. 태양은 진홍빛으로 나무 꼭대기를 덮고 있었다.

"사물들에 관해서 골똘히 생각하는 적이 많아요?" 폴에게 물었다.

"아니." 그가 대답했다. "나무를 봐. 얼마나 아름다운지 처음 알아차렸어. 아주 커. 다른 게 많아."

"육감적인 초록색 그늘이 아주 많지요," 내가 말을 받았다. 그는 "육감적"이라는 단어에 동조해 고개를 끄덕였다.

"식물들은 형광을 발해." 그는 감탄하며 말했다.

나는 눈부신 네온 빛깔의 꽃들처럼 빛나는, 아름다운 형광물질의 나뭇잎들을 상상했다. 어쩌면 폴은 숲에 있는 형광색 곰팡이들을 그리는 것인지도 몰랐다. 눈에 보이는 '버섯'들은 무해하게 보이나 촉수는 썩어가는 나무를 침범해 으스스한 녹색으로 빛나고 줄기들은 안에서 타오르듯 들끓게 했다. 버섯, 반딧불이, 그리고 "빛나는 막대기"를 갖고 '장난칠까요, 아니면 맛있는 것 줄래요'를 외치는 할로윈 아이들이 모두 차가운 녹색 빛으로 빛난다는 사실이 나는 언제나 신기했다.

폴은 어린 시절에 무기질 광물 형석이 들어있는 화학실험 상자를 갖고 있었는데 수정들이 어둠 속에서 섬광을 발했다. 나는 그게 부러워 어느 해인가 '영국 소년의 크리스마스'를 갖고 싶다고 했고, 화학실험 상자(아쉽게도 형광을 발하는 것은 없었다), 항공기 감식 요령, 조립 완구(그것으로 우리는 때로 웅웅 소리와 함께 편지를 싣고 복도를 내려가는 건전지 작동 장난감 손수레를 만들었다)를 받고 기뻐한 적이 있다.

이번에 폴이 뜻했던 것은 "꽃들이 피고 있어", 그것 뿐이었다.

할 일이 산더미 같았지만 그런 조용한 순간들에 폴과 함께 있어주지 않으면 죄책감이 들었다. 나는 그가 끔찍이 지루할 거라고 상상했지만 사실은 그 반대로 폴은 매 순간 평온하게 살아 있었으며 순간들은 서로 매이지 않고도 자연스럽게 다음으로 이어져 흘러갔다.

한참 나중에 폴은 이렇게 말했다. "무심한 관찰자는 내가 생각할 수 없다고 생각했을 거야. 그렇지만 그건 아주 많이 틀린 생각이었어. 나는 실어증 순간에도 살고 있었어. 말없이. 내게 있는 어떤 내부 기관이건 사용해서 열심히 그리고 빠르게 생각하고 있었지. 내 뇌는 살아 있었고 노골적으로 나를 자극하고 있었어. 감사하게도 강요된 침묵을 통해서 어떤 방법이 주어졌어."

우리는 조용히 말하기 시작했다. 함께 있으니 편안하고 좋았다.

"뇌졸중이 뭐지?" 내가 그 단어를 넣어 문장을 말하자 그가 다시 한 번 물었다. 나뿐 아니라 다른 사람들도 그에게 무슨 일이 일어났는지를 수없이 말해주었다. 그는 '뇌졸중'이라는 단어를 알고 있었다. 그러나 그게 무슨 뜻인지는 그의 머릿속에 남아있는 것 같지 않았다. 혈전이 제멋대로 떨어져 나와 뇌 속에 머물러 혈액과 산소가 특정 영역과 세포로 흘러가는 것을 방해하고 있는 탓이었다. 그에게 정의는 찾기 힘든 것이었다. 그건 문장이 아니라 뜬구름 같은 것이었다.

"당신 경우는," 나는 이미 했던 말을 되풀이했다. "뇌 좌반구와 임시 저장 영역에 상처를 입었어요. 브로카 실어증과 베르니케 실어증으로 알려져 있지요."

나는 내 머리를 가리키며 그 부분을 알려주었다. 그런 다음 실어증이 보통 어떤 결과를 가져올 수 있고 또 가져오는지에 관해 익숙하고 장황한 설명을 풀어놓았다.

- 모든 단어를 말할 때 힘이 든다.
- 원하는 단어를 정확히 찾아내기 어렵다.
- 사람들이 이해하기 힘든 방식으로 말한다.
- 특정 단어나 구절에 붙들린다.
- 자신은 완벽하게 말하고 있다고 생각하지만 사실은 그렇지 않다.
- 대화를 따라가는 데 문제가 있다. 특히 피곤하거나 불안할 때, 또는 상대가 말하는 속도가 너무 빠르거나 문장이 길 때, 또는 소음이 심할 때 그렇게 된다.
- 읽으면서도 뜻을 이해하기 힘들다. 특히 내용이 길거나 복잡할 때 세부 사항에 빠져버리는 것이다.
- 글을 쓰지 못하고 철자를 알지 못하고 숫자를 사용하지 못하고 계산도 못한다.

이 모든 증상을 그는 이미 겪었다. 이런 현상이 정상이고 예견된 것이며 실어증을 가진 수백만의 사람들에게서 관찰된다는 사실은 그를 안도하게 하는 듯 보였다. 나는 이런 상태는 고칠 수 있는 것이 아니어서 100퍼센트는 불가능하겠지만 운이 좋다면 그리고 그가 열심히 노력한다면 예전 능력을 80퍼센트 정도 회복할 수 있을 것이고 그것은 굉장한 일일 것이라고 다시 말했다. 그리고 그는 운이 좋다고 말해주었다.

"내 뇌는 부서졌어… 운이 좋다는 느낌이 들지 않아." 그가 반대했다. 마치 나쁜 냄새를 맡은 것처럼 그 생각으로 속이 메스꺼워 보였다.

"알아요. 뇌졸중을 겪은 건 운이 좋지 않은 거였죠. 그래도 당신은 죽을 뻔했다가 살아났잖아요. 심각하게 몸이 마비될 수도 있었고, 자제력을 잃어버릴 수도 전혀 말을 못하게 될 수도 있었어요. 실제로 그런 일이 종종 일어나니까요."

"그리고 당신에게도 힘들잖아." 그가 중얼거렸다. 먼 곳을 보는 표정으로 내 머리카락을 쓰다듬으면서 그가 말했다. "가엾은 내 사랑, 말해봐." 그의 목소리에서는 오래도록 침묵했던 안타까움이 묻어났다.

내 눈에 눈물이 고였고, 그런 나를 그는 꼭 껴안았다.

"당신에게는 생사가 걸린 일이었는데요." 나는 설명할 기회가 고마웠다. "당신은 안에서 봉인되어 있었어요. 뇌졸중을 겪은 사람들이 대부분 다 그래요. 나는 늘상 밖에 있어야 했어요, 당신을 돌보면서 당신을 위해 이런저런 일들을 하면서요. 혼자 있을 시간도 쉴 시간도 없었죠. 놀 시간도, 평온한 시간도, 걱정 없는 시간도 없었고요. 나 자신만의 공간은 하나도 없었어요."

"당신은 *나*에 대해 걱정해, 너무 많이 걱정해." 그는 눈에 띄게 몸을 떨며 말했다. 마치 그 생각을 떨쳐버리고 싶어 하는 듯 보였다. "*당신*에게는 무엇이 필요할까?"

내가 대답하기 전 그는 눈을 심하게 깜빡였고 입을 열어 다시 말할 준비를 했다. 그런 다음 날카롭고 작은 사브르 검을 휘두르듯 단어로 곡예를 부리면서, 그는 충고했다. "모든 천정天頂마다, 당신은, 서둘러 당신 방으로 가서, 뭔가를, 저자해야… 당신은 무엇을 분필하고 싶지?"

그가 선택한 단어, 날 대신 '천정zenith', 가다 대신 '서둘러 가다hie', 쓰다 대신 '저자author'와 '분필chalk'을 사용한 것이 재미있었다. 그런 다음 폴은 뜻밖에도 부드러운 웃음을 터뜨리면서 내게로 몸을 구부리더니 물었다. "당신 새 책은 어떻게 되어가?"

"나도 모르겠어요." 내가 대답했다. 그 말은 폴을 놀라게 했다. "난 감을 잃었어요."

항상 영감어린 지원자로서 출판에 관해 충고를 주고 마감이 닥쳐올 때 일만 하는 걸 이해해 주었으며 낭독에 적절한 장비를 고르는 나를 즐거이 돕기도 했던 폴은 이제 편집자와 대리인과의 접촉을 재개하라고 독려했다. 뉴욕으로 날아가 그들과 대면하고 친구들도 만나는 게 좋겠다고 했다.

나는 결국 이틀쯤 뉴욕을 다녀오기로 결정했지만 밤에 폴을 혼자 두고 가는 일로 끊임없이 조마조마했다. 처음으로 혼자 있는 건데, 안전할까?

"나는 괜찮을 거야." 그가 고집했다. "아무 문제없어." 그는 스스로를 돌볼 수 있다고 확신하는 듯 들렸다. 그건 완전한 부인否認이었다. 그는 몰라도 나는 알았다.

"아무 문제가 없다고요? 농담하는 거예요?! 약은 어떻게 하고? 인슐린은요?"

"리즈가 있잖아."

"리즈는 낮에만 있을 거라고요. 당신이 넘어지면 어떻게 해요?" 나는 낙상이 노인 사망의 최고 원인임을 알고 있었다. 폴의 어머니도 그 때문에 돌아가셨다. 갑작스런 방문객에 놀라 부엌에 서있다가 등받이 없는 의자로 넘어져 고관절이 부서졌고, 이후 오랜 시간의 침대 생활이 폐렴을 불러왔다.

"안 그럴 거야."

"위급상황이 생기면요?" 그는 시력이 많이 나빠 쉽게 데이거나 베일 수 있었다. 뇌졸중 이래 그는 때때로 한 장면에서 전반적 형태는 볼 수 있었으나 세부사항을 집어내기 힘들어했다. 대상의 움직임을 감지할 수 있었고 그게 어떤 것인지 알아볼 수 있었지만 그것을 만지려고 손을 뻗으면 대상에 가닿지 못하고 헤맸다. 허공에서 그 물체를 정확히 짚어 내는데 어려움을 겪는 듯했다. 따라서 그는 액체를 엎지르곤 했으며 가스레인지를 안전하게 사용할 수도 없었다. 어떤 물체를 바라보라고 하면 그의 눈은 그것과 우연히 마주칠 때까지 이리저리 찾아다녔다. 그는 손을 잘못 뻗었고 잘못 보았다. 그건 뇌에서 장소 시스템, 허공에서 물체의 정확한 위치를 찾아내는 메커니즘을 관리하는 두정엽 부분에 병변이 있다는 증거였다.

심장이 문제를 일으킬 가능성도 항상 있었다. 지난 20년간 상존해온 가능성이었다. 그러나 지금, 특히 그가 '일몰' 중일 때, 911 전화번호를 누를 분별력이 있다고 믿을 수 있을까?

"안 그럴 거야. 괜찮을 거야."

우리는 그에게 독립감이 좋을 거라는 데, 그리고 내게 해방감이 좋을 거라는 데 동의했다. 그래서 나는 가기로 했다. 단 하룻밤만. 우리는 치밀하게 준비를 시작했다. 리즈는 폴이 일어나기 직전인 오전 열한 시에 도착하고 저녁 여섯 시까지 머무르기로 했다. 그러고 나니 저녁, 밤, 그리고 이른 아침만이 걱정으로 남았다. 우리는 냉장고 문에 약, 상태, 의사, 비상연락처 등을 적은 구급 경보용 정보를 붙여두었다. 폴의 약은 선명한 라벨이 붙은 플라스틱 통에 넣어 냉장고 꼭대기에 두었다. 거기에는 언제 무슨 약을 먹어야 하는지 적은 목록도 있었다. 알약은 평소대로 아침, 점심, 저녁, 그리고 늦은 밤에 먹을 분량을 각각 다른 욕실용 컵에 넣어 두었다. 그가 엎지를 경우를 대비해서(충분히 그럴 가능성이 있었다) 여분의 알약 세트를 서재에 있는 저녁 식판에 담아두었다. 거실에 놓인 단추가 큰 전화기는 단축번호 하나만 눌러 나, 리즈, 또는 911에 전화를 걸 수 있도록 해두었다. 하지만 자동응답기는 없었다. 자동응답기는 내 서재에 있는 무선전화기에 있었다. 나는 전화를 받을 때 눌러야 하는 단추에 밝은 분홍색 테이프를 붙여두었다. 우리는 전화가 걸려올 때 듣는 연습을 했고, 만일 말하고 싶으면 대답하는 방법을 연습했다. 항상 했던 그대로, 자주 통화하기로 했다. 철저히 준비했지만 여전히 마음을 괴롭히는 불확실성, 그 끔찍한 '혹시'에 대한 염려는 사라지지 않았다.

언제나 우리는 헤어지면 하루에도 몇 번씩 전화상으로 서로를 놀리고 시시덕거리고 뻔뻔스럽게 충실을 맹세했고 새로운 일들을 전했고 고민거리를 쏟아놓았다. 이번에도 나는 전처럼 집에 전화를 자주 했으나 폴은 무선전화기 사용법을 기억하지 못해 곤란을 겪었다. 그는 말을 더듬거렸고 적당한 단어를 찾아낼 수 없었으며 그러다 입을 닫아버렸다. 내가 여행할 때 위로가 되던 그 수다스럽고 익숙한 방식으로 연락할 수 없으리라는 것이 고통스러울 만큼 명확해졌다. 이번 여행에서 폴에게는 아무 일도 일어나지 않았고 새 책이 출판되어 떠났던 때를 포함한 다른 여행에서도 대부분 그랬다. 은밀하게, 나를 걱정시키지 않으려고, 폴과 리즈는 항상 내가 집에 돌아올 때까지 그동안 일어났던 '흥분되는' 일을 감추고 기다렸다(잘못 액체를 흡입해서 폐에 염증이 생겼다던가, 가시에 찔렸다던가, 면도하다 베었다던가 하는 일들). 그럼에도 내 의식은 집주변을 헤매었다. 공항에서 빈둥거리며 종종 폴을 염려하는 나 자신을 발견하곤 했다. 수영장 사다리에서 미끄러지지는 않았을까? 우편함으로 가다 넘어지지는 않았을까? 밤에 지극히 중요한 혈액 희석제를 잊지 않고 먹었을까?

　나는 자유로운 시간을 즐겼고, 폴은 늘어난 자신의 독립을 소중히 여겼다. 그러나 거기에는 대가가 따랐다. 불길한 예감을 한 움큼 들고 다녀야 했고, 내가 멀리 떨어져있어 가늠할 수 없는 요소들에 관한 걱정이 뒤따랐다. 또 하나의 괴로운 진실이었다. 상실했음을 인식하지 못했던 연결고리가 하나 더 있었다. 우리는 전화를 통해 함께 있다는 느낌을 가졌던 것인데 그게 사라졌던 것이다. 이제 우리들의 통화는 짧았고 장난기는 줄어들었으며 친밀감도 덜했다. 그 생명선 없이 여행하는 동안 때로 이상한 비현실감을 느꼈다. 마치 내가 어떤 식으로 사라져가고 있는 것처럼 느껴졌던 것이다. 사랑하는 사람의 몽상에 안겨있다고 인식한다는 것은 마음을 든든하게 해준다. 어느 특정 순간에 그들이 우리를 생각하고 있지 않다고 해도 우리는 여전히 그들의 마음속에 존재한다. 전화로 목소리 접촉을 하며 우리는 항상 우리 팔이 전화선 아래로 또는 공중을 가로질러 서로를 꼭 껴안고 있다는 것을 넌지시 암시하곤 했다. 그 천상의 포옹이 없는 집은 머나먼 별처럼 느껴졌다.

제23장

　나는 폴의 말하기 학습을 돕는 데 집중하기로 결심했다. 말은 그의 삶의 뼈대와 흐름에 가장 영향을 끼치는 요소였기 때문이다. 그러나 그는 다시 글을 쓰기를, 활처럼 올라간 입과 흔들리는 충동으로 무장한 젊은 여인도, 이마가 주름으로 울퉁불퉁 뻗은 흙길 같은 노인도, 눈썹이 칼 모양인 선원도, 흰 피부와 동고비 같은 갈색 눈동자를 가진 지중해의 미인도 아닌 사람들을 창조하는 고투를 즐기기를, 갈망했다.

　폴은 소설 속 인물들의 화를 돋우고 들들 볶고 말대꾸를 듣고 그들의 마음을 변덕과 기억과 강박관념의 미친 순환 고리로 채우면서 뒤틀린 즐거움을 느꼈다.

　그저 말할 수 있기 위해 힘들게 투쟁하는 중이었으면서도 그에게 뇌졸중 후 다시 창작을 한다는 것이 그렇게 중요한 이유는 무엇이었을까?

몇 년 후 그는 내게 그것은 그가 말할 수 있는 것과 생각할 수 있는 것 사이의 커다란 간격 때문이었다고 말했다. 아이디어들은 말을 통해 조금씩 빠져 나왔지만 그것들은 빙상 요트처럼 그의 생각을 후려쳤다.

"그 대조는 앞으로 있을 일에 대하여 나를 안심시켜 주었다. 결국 양자를 동조시키는, 다시 말해서 정돈된 생각과 실어증을 조화시키는 문제였다. 그게 여섯 달이 걸릴까, 아니면 일 년이 걸릴까, 아니면 아예 일어나지 않을까? 이것은 내 삶의 커다란 미지수였다."

나는 한 페이지에 단어들을 모아놓으려고 열심히 노력하면서 매일 그를 지켜보았다. 글씨 쓰기는 좀 더 나아졌고, 그는 자신이 무슨 말을 하고 싶은지 알고 있었다. 심지어는 그 단어를 알고 있는 것처럼 보였으나 결과로 나온 메시지는 횡설수설의 연속이었다.

"나는 극도로 화가 났다. 한 글자도 쓸 수 없었고 억지로 써보면 개발새발 영망이 됐다. 평생토록 내게 즐거움을 안겨준 내 숙달된 서체는 이제 흐릿한 파편들이 되었고 시작 단계서부터 실패했고 어수선한 헛소리들로 통제를 잃은 무더기가 되어버렸다. 한 마디로 나는 믿을 수 없을 정도로 좌절했고 이제 세상에는 내가 사용할 글자는 하나도 남아 있지 않았다."

나는 잠시 동안 그 문제를 곰곰 생각해 보았다. 나는 글쓰기가 그의 언어기술을 증진하고 생각을 정리하는 데 도움이 되기를 바랐다. 그러나 우리가 행동 하나를 정의하는 방법은 그 행동에 관해 느끼는 방법과 그에 관해 소모할 에너지에 영향을 미친다. 어쩌면 폴이 정말로 필요로 했던 것은 *과제*가 아니라 *프로젝트*였는지 모른다.

"저기 말예요." 그가 특히 우울해 하고 있던 어느 날 오후 내가 나는 하릴없이 말을 꺼냈다. "첫 실어증 소설이나 비망록을 써보면 어떨까요."

나를 바라보는 폴의 눈빛이 갑자기 반짝였다.

"근사한 생각이야!" 얼마나 흥분했던지 그 "멤, 멤, 멤"이 다시 튀어나왔다. 새 책의 아이디어에 이끌려 어떤 아득한 것을 추적하며 이렇게 열렬히 반응하는 모습을 전에 본 적이 있었다. 그건 폴이 최소한 자신 앞에 놓인 길을, 아무리 구불구불하고 불확실할지언정, 볼 수 있다는 뜻이었다. 폴이 많은 양을 쓰거나 잘 쓰리라는 기대는 아예 하지 않았다. 그러나 그 노력이 예전의 자신과 이어주는 생명선이 되기를, 신나는 형태의 치료가 되기를, 그의 기분을 북돋아주고 우리 둘을 앞으로 몰고 가기를 나는 바랐다.

리즈가 퇴근하고 언어치료사가 다녀간 다음, 나는 정기 혈액검사를 위해 폴을 병원에 데려갔고 은행을 거친 다음 돌아와 드디어 거실 소파에 구부정하게 앉았다. 우리는 둘 다 하루 종일 반쯤 또는 생판 낯선 사람들과 의사소통하느라 지쳐 있었다.

"뇌졸중에 관해 쓰고 싶어요?"

그가 고개를 끄덕였다.

줄이 그어진 메모지와 펜을 건네자 폴은 무언가 읽을 수 있는 것을 끼적이려고 했지만 종이에 남은 것은 느슨한 고리들과 멋대로 구불구불한 선이 전부였다. 분노와 짜증의 탁류가 저속 촬영된 사진처럼 그의 얼굴을 휩쓸고 갔다.

"바닥이 평평하면 더 나을 거예요. 식탁으로 가요." 내가 제안했다.

주방 식탁에 앉으니 손은 더 안정되었지만 글씨는 좋아지지 않았다.

괴로울 만큼 긴 시간 동안 그의 손은 종이위에서 씰룩거렸다. 그가 쥔 펜이 점판 위의 지시봉처럼 꿈틀거렸다. 마침내 그는 넌더리를 내면서 포기하고 탁 소리 나게 펜을 내려놓은 뒤 몸을 뒤로 기대었다. 그는 패퇴했던 것이다.

"소용없어." 그가 내뱉었다.

이런저런 생각을 밀어내면서 나는 그를 위로하려고 했다. "뇌에게 한꺼번에 너무 많은 걸 요구하고 있는지 몰라요."

노래기가 나오는 차갑고 축축한 펜스테이트의 셋집 지하방에서 폴이 행복해하며 소설 《갈라》(모형 은하수를 만드는 남자의 이야기)를 쓰던 시절이 떠오르며 지금과의 대조에 가슴이 아파왔다. 그 여름은 몹시도 더워 손이 자동차 표면에 닿으면 불에 덴 듯이 뜨거웠다. 정원 호스에서는 뜨거운 물이 솟구쳐 나왔다. 학생들은 얕은 개울물에 엉덩이를 담그고 차가운 맥주를 마셨다. 몇몇 가게들은 실내가 시원하다며 호객행위를 했다. 가게 문마다 '안은 쿨해요It's Kool inside!'라는 현수막 아래 푸른 빛 도는 흰 부빙위에 서있는 쿨Kool 담배 마스코트 '윌리 더 펭귄 Willie the Penguin'의 그림을 내걸고 있었다. 작은 에어컨을 하나밖에 살 수 없었던 우리는 그걸 침실에 설치했다. 집안의 나머지 부분에서는 정체된 공기가 독감처럼 우리를 짓눌렀다. 그러나 힌데미트Paul Hindemith의 오페라 〈우주의 조화〉가 상대적으로 시원한 지하실의 페인트칠이 안된 시멘트벽에 부딪쳐 들려올 때 폴은 그 끝없는 더위를 거의 알아채지 못했다. 오페라는 1619년 요하네스 케플러Johannes Kepler가 천체의 화음들을 해독한 동명의 책에서 영감을 받은 것이었다. 폴의 귀에는 힌데미트의 장엄하고 신비로운 음표에 맞추어 케플러가 씨근거리는 소리가 들리는 것만 같았다.

　그들의 음악적 순환 안에서 회전하는 천체의 날선 충돌을 음미하기를 원하며 폴은 깊은 우주의 절대영도를 통과해 여행하고 있었다. 폴은 발사 나무의 조각들을 못질해 가로 121센티미터, 세로 60센티미터 크기의 정사각형을 만들어 하늘빛의 종이로 덮었다. 그런 다음 성도星圖를 열어 거문고자리, 베텔게우스, 은하의 흑점 등 가장 좋아하는 별자리들을 유심히 들여다보았다. 마치 그 별자리들이 삶의 소묘수업을 위해 나체로 포즈를 취하고 있기라도 한 것 같았다. 그는 확신에 찬 손길로 각각의 별에 색깔 압정을 꽂아 고정시켰다. 은하계를 창조하는 중간 중간, 그는 커다란 떡갈나무 책상에서 글을 썼다.

　"시원한 것 좀 마실래요?" 나는 계단 위에서 소리친 다음 찬 레모네이드를 가지고 내려갔다.

　"힌데미트를 듣고 있어요?" 갈라진 시멘트 바닥을 기어가는 지네를 넘어가며 물었다.

　"힌데미트답게… 난 말야, 우주의 침묵에 항상 놀라곤 해. 그런데 그 안으로 들어가 보면 들리는 것이라곤 웅웅거리는 불협화음이 전부지!"

　당시의 그는 얼마나 쉽게 이런저런 작곡가들의 불꽃을 천상의 스튜에 집어넣곤 했던가.

　오늘날의 상태와 비교하면 말이다. 사실 어느쪽 손도 제대로 기능하지 않았고 그의 정신은 계속해서 갈지자를 그렸다. 그의 뇌는 자신이 무엇을 하고 있는지 몰랐고 혹 안다 해도 그에게 말해주지 않을 것이었다.

　글을 쓰려면 폴의 뇌는 생각을 정리할 필요가 있었다. 그가 생각하고 있는 것을 맞는 단어와 연결하고 그 단어들을 어떻게 철자할 것인지 알아내어 각 단어에 맞는 문자들을 만드는 방법을 손에게 지시하고 눈에게는 잘 보이지 않는 오른쪽 귀퉁이를 보상하라고 지시해야만 했다. 그러기 위해서는 아주 많은 다른 과정들이 필요했다. 그 과정들 중 일부를 잘라내면 도움이 되지 않을까 싶어졌다.

"소파로 돌아가요. 내가 대신 써줄게요." 제안을 내놓았다. "질문도 할 거구요."

그가 집중해야 할 것은 단어들을 생각과 연결하는 일이었다. 효과가 없다면 그건 너무 일러서였을 것이고, 원한다면 몇 주 뒤에 다시 시도해볼 수 있을 것이었다. 아니면 그건 썩 좋은 아이디어가 아닐 수도 있었다.

폴은 가장 좋아하는 구석에 둥지를 틀었고 나는 메모를 위해 노트를 한 권 들고 그를 향해 몸을 쭉 폈다. 노트 겉장은 부드러운 벨벳 같은 보랏빛이었다. 보랏빛, 그의 펜에서 흘러나오곤 했던 보랏빛 산문처럼. 하지만 언어 없이 얼마나 생각을 할 수 있을까? 외부 세상과는 다르지만 언어는 우리가 관찰하는 것들에 대한 안내서 역할을 하며 그것들을 조정해 준다. 예컨대 한국어는 무언가 안에서 꼭 죄게(봉투안의 편지) 맞는지 또는 느슨하게(양동이 안의 골프 공) 맞는지 여부에 따라 다른 단어를 사용한다. 그 결과 한국어는 다른 언어보다 꼭 들어맞는지와 느슨한지를 더 잘 분별해낼 수 있다.

언어가 우리가 말하고자 하는 모든 것을 표현할 수 있다는 것은 아니다. 자연은 원자들이 모인 시냇물처럼 뒤섞여 흘러간다. 우리는 단어로 그것을 나누고 구성한다. 아무리 유창하다 해도 모든 말의 끝에는 우리가 빠뜨린 것이 침묵 속에서 붕붕거리며 남는다.

"말을 안해도 여전히 생각하고 있다는 거 알아요. 단어로 생각하고 있어요?" 나는 먼저 탐색해 보았다.

"응." 폴이 단호하게 대답했다. "머리가 꽉 차 있어."

"머리가 꽉 차 있다." 나는 노트에 써넣었다. 그리고는 빈 페이지들을 천천히 넘겨보았다. 약 50페이지 쯤이었다.

나는 뇌졸중 이후 그가 여전히 보통 사람들처럼 마음속으로 독백을 하고 있을까 궁금해 하곤 했다. 물어봐도 좋을 것 같았다. "머릿속 단어는 어떻게 들려요? 하나의 목소리가 말을 하나요?"

나는 그의 시선을 따라 천장을 바라보았다. 작은 거미 한 마리가 머뭇머뭇 섬세한 실을 따라 내려오고 있었다.

폴은 잠시 생각하더니 말했다. "아니, 목소리는 *세 개야.*"

"세 개?" 나는 어안이 벙벙했다. *이상하기도 해라. 대체 그 목소리들은 어디서 나는 걸까?* "어떤 소린데요?"

폴은 생각하느라 이마를 찌푸렸다. 잠시 후 흐려진 얼굴로 웅얼거렸다. "설명할 수가 없어."

"*누구의 목소리 같아요?*"

집중하는 폴의 눈동자가 오른쪽으로 움직였다. "하나는… BBC 아나운서야." 그가 말했다.

"BBC 아나운서?" 나는 생각했다. *정말 뜻밖이잖아!*

"그래."

"다른 목소리들은요?"

녹이 슨 마개를 여는 것처럼 폴은 천천히 멈칫멈칫 뿜어내듯 대답했다. "처, 처, 처음에는 어조가… 충적층alluvial. 품위 있어. BBC 아나운서… 존. 존. 존… 스내기, 놀, 놀라움, 놀라움으로 그를 즐겁게 해주었어. 먼 세상의, 정확한… 악센트. 완벽해. 약, 약, 약간 오만해. 이 목소리는 대부분 중언부언 헛소리를 지, 지껄이는 다른 목소리 다음에 나와. 다른 목소리가 또 있어. 거의, 그 자신의 목소리야. 이 목소리는 눌렸던 장황한 말들이 쏟아지는 가장자리, 아니 가랑이 아니 가운데… 사라져 버렸지. 그렇지만 다른 이백 아니, 두개의 목소리가 억눌려 침묵으로 들어갔을 때 다, 다, 다시 등장해. 그는 어떤 마, 마, 마술로 다시 마… 말을 배웠지. 그건. 무언가 지구의… 처, 처음 사람들… 이 했던 거, 그리고 이마, 아니, 아, 아마 실어증에서부터 그 후속증상으로 고통받는 모든 사람들의 새, 생, 생, 생래적으로 취득한 것일 거야."

폴은 조용해졌다. 뇌졸중 이후 가장 많은 말을 했던 것이었기에 그를 쉬게 해주고 싶었다. 하지만 나는 말이 안 나올 만큼 놀라 숨을 죽였다. 그가 더 말을 할 수 있을지 궁금해졌다. 비록 실수하고 흔들거리기는 했지만, 그리고 어떤 단어는 도움을 받아서 찾기는 했지만, 그의 이야기는 실어증 환자뿐만 아니라 보통 사람의 말이었다해도 인상적일 것이었다. 그의 생각에 출몰하는 세 사람은 분명 놀라웠다. 폴의 내부에는 항상 단어 투석기를 사용하는 사람이 있어 긴 문장들과 대화들을 바삐 돌렸다. 나는 그것이 그가 "거의, 그 자신"이라고 규정한 목소리일 거라고 추측했다. 오래 전, 공간이 더 필요하여 종이 위로 뛰어올랐던 그 사람. 그러나 더 이상했던 것이 있었다. 그 세 개의 목소리에 관해 그처럼 잘 말하는 그 사람은 누굴까? 그 문제에 대해 폴은 그의 머리 안에 또 다른 영역을 갖고 있어야 했다. 그것이 특별히 이상하게 여겨졌기에 묻지 않을 수 없었다.

"왜 스스로를 삼인칭으로 부르죠?"

"나는… 나 자신하고 다르게 들렸어. 내 머릿속에서 말하는 사람들은 내가 아니야."

"그 목소리 하나만 들려줄래요?"

"어떤 말을 하는 걸로?"

"아무거나요. 스내기(John Derrick Mordaunt Snagge, 영국 BBC아나운서)는 어때요?"

폴은 BBC 아나운서의 어법으로 매끄럽게 말했다. "이 작전에서 영국공군은 열한 대의 전투기를 잃었습니다."

"당신 머릿속에서 그 말을 하는 스내기는 어떻게 들렸어요?"

폴은 잠깐 쉬었다. "그는 마치 폭격기가… 존재할 권리를 부정하는 것처럼… 말… 말했어. 폭격기를 샹들리에쯤으로 격하해 말하면서, 아니, 잃어버린 자들의 모, 모, 목소리를 정확하게 낮고 진지한 어조로 발음했어. 그래서 우리는 비행선, 아니 비행기들을 전혀. 잃어버린 것 같지 않았지. 그렇지만 비행기들은 신비스러운 존재들이 있는 높게, 아니, 높은, 아니 *제일 높은* 영기, 영역으로 스, 승, 승격되었지."

그는 방금 자신의 말을 논평하면서 덧붙였다. "부인하는 말의 유, 유, 유형은 어, 어, 어땠어? 어떤 방식이었지? 스, 스, 스내기는 정말. 정말로 말해. 성공했어. 어떤, 어떤, 어떤… 신랄함, 귀여움, 또는 흥분도 없이 평, 평온한 어조에 가, 가깝게 말하는 방법을…."

"피곤하지 않으면 더 말해 봐요."

폴은 거의 한 시간 동안 단어를 찾아 더듬었다. 맞는 단어들은 항상 생각날 듯 말 듯 했으며 나는 질문을 던져 유도함으로써 이해하려고 노력했다. 실어증이 없는 노련한 작가도 문장을 받아쓰는 일은 쉽지 않다. 특별한 요령이 필요한 것이다. 나는 녹음기 구술을 더 좋아하는 몇몇 작가들을 알고 있다. 그들은 그게 강의를 하는 것처럼 느껴진다고 말한다. 그들은 두 발로 서서 생각할 때 생기가 돈다. 폴은 하루 중 어느 때건 상관없이 늘 최고의 강의를 들려주었다. 색인카드에 메모를 몇 개 끼운 것만 갖고도 그는 즉석에서 완전한 문장으로(단연코 가장 놀라운 일이었다) 매력적인 이야기를 전개시킬 수 있었다. 그러나 이제 받아쓰기는 단어를 찾기 위해 손상된 단기기억을 사용해야 한다는 것을 의미했다. 그럼에도 불구하고 그의 뇌는 자신이 쌓아올렸던 문학적 자아를 느리게 탐험하고 있었고, 문장들의 하강, 절들의 횡단, 문법의 유희, 구들의 조작 따위를 발견했던 것이다.

힘든 과정이었고, 그의 말을 자르면 사고가 궤도를 건너뛴다는 것을 나는 금세 알아차렸다. 때로 그는 문장을 말하다 말고 멈추곤 했다. 너무 오래 멈추면 문장을 어떻게 시작했는지를 잊어버릴 수 있었다. 그때마다 내가 그에게 문장 시작을 다시 읽어주었고 그러면 그는 스스로 제자리를 찾았다.

그의 문장들은 종종 서로 합쳐지곤 했으며 관사, 전치사, 접속사들을 빼먹기도 했다. 그의 뇌는 문장을 구성하는 통어적 단어보다 의미 표현이 주된 내용어가 더 쉽다는 것을 깨달았다. 얼굴에 갈등의 흔적이 역력할 때가 많았으나 결국 그는 찾던 단어를 끌어내거나 최소한 그럴 듯한 단어 하나를 끌어냈다. 손동작을 유도할 필요가 없었으므로 뇌는 중앙역으로 단어가 몰려들 때 그중 적당한 단어를 찾아내기만 하면 되었다. 정확하지는 않으나 적절한 대체어가 놀랄 정도로 잘 어울리는 일이 더 잦아졌다. 그런 다음 그 단어를 발음하는 일이 따랐는데, 그건 쉬운 일이 아니었다.

정중한 관용구로, 그는 선언했다(그리고 나는 썼다). "모… 모… 모순을 두려워하지 않고 내가 원하는 모든 것에 관한. 바로. 인위적인 말… 을 하는 수사적 목, 목, 목소리가 있다. 그리고 두려움이 상당히 크릿 아니 흐릿해지는… 다른 목소리가 있다. 내가 이백 개를 혹실, 확실히 형성할 때, 따로따로 또는 겹쳐진 채로.

"사람이… 게어, 제어력을 잃으면… 분명 잠들어 있다면, 이것은 당신이 말하고 싶어 하는 모든 것을 공격하는 통제할 수 없는 모, 목소리에서 나온 것이다… 거의 모든 말에서… 주변 하경, 아니 환경은… 틀린 단어를 제시하고… 심지어는 끊임없이 그들에게 팔, 아니 발, 아니 말, 말함으로써 치명적으로 강요하기까지 한다. 당신이 고, 고, 고, 교정할 수 있는 것은 아, 아무 것도 없다. 그래서 당신은 가게를 마구 쏘다니는 것과 마찬가지로 자, 자러 갈 수도 있다. 잔다는 것은 인간의 수준에서 의사–소통–하는 것이 아니기 때문이다. 그럼에도 내게는 여전히 수사적인 책략의 모, 목소리가 남아 있고 그 목소리는 내… 내… 동년배들과… 느리지만 지적인 대화를 하게 해준다."

'동년배coevals'라, 나는 생각했다. 왜 동년배지? 그건 동시대인을 뜻하는 단어잖아. 왜 '친구'나 '타인'을 쓰지 않은 걸까?

내가 물어보기도 전에 그가 생각을 정리했다. "다, 다른 사람들이 이런 경험을 하는지 모, 모르지만 다, 다른 사람의 삶은… 유익한 선물인데… 운이 좋아서 살아남은, 그런 것들을 가능하게 하는 것이 없다는 것을 알고 있다. 감사하게 여기고 있다. 그건 유, 유, 유일무이한 선물은 아니지만 내게는 루비처럼 소, 소중하다."

한순간 그의 목소리는 그의 육체를 떠나 몸 밖에 서서 그가 기울이는 노력을 내려다보고 있는 듯했다.

"그건 휘어졌지만 읽을 수 있다. 반면 다른 것들은 대부분 헛소리다. 때로 나는 단, 단어들을 잊어버린다. 이런… *사람*들 중의 하나가… 그 것을 찾아낸다."

구술은 한 시간 후 폴이 정중하게 내 도움에 고마움을 표했을 때까지 계속되었다. "이런… 마구잡이. 마구잡이. 생각들을 정돈해내는 당신의 천부적 능력에 깊은 인상을 받았어… 그리고 당신의 인내심에도." 그리고 잔뜩 녹이 슨 스프링에서 마지막 때를 닦아내는 것처럼 기념비적인 노력을 기울여 말했다. "그만해도 돼… 나는 할 수… 있어."

믿을 수 없었다. 세상에 대체 어디에서 저런 유창한 말이 흘러나왔단 말인가? 이마는 땀에 젖고 정신은 무디어져, 그는 옷가지로 가득 찬 자루처럼 소파에 푹 쓰러졌다. *힘겨운 마라톤이었어*, 나는 경악하고 감동을 받아 생각했다. 그는 옆으로 몸을 굴려 쿠션에 코를 박고 깊은 잠에 빠졌다.

머릿속에서 들리는 목소리들. 그건 정신분열증의 기본적 증상이다. 정신분열증 환자의 75퍼센트가 명령과 야유에 시달리고, 모의를 꾸미는 속삭임에 섬뜩해하고, 끝없는 비판과 감시의 목소리로부터 도망칠 수 없는 것 같은 경험을 한다. 나는 혹시 걱정해야 할 일은 아닐까, 한순간 불안해졌다.

하지만 나도 내가 생각하는 말들이, 우리 모두가 *정상적*으로 안고 살아가는 환청의 일부로서, 마음속에서 말해지는 소리를 듣고 있음을 깨달았다. 왜냐하면 뇌는 타고난 여행 안내자이자 세일즈맨이자 수다쟁이이기 때문이다. 뇌는 축복하고 거부하고 꾸짖는다. *이봐!* 뇌는 조용히 씩씩댄다. *혼내줄 거야! 그렇게만 된다면…* 뇌는 한숨을 쉰다. *왜 그래야 했는데…* 뇌는 비난한다. 뇌는 평생의 청취자인 스스로를 향하여 끊임없이 지껄여댄다.

뇌졸중 이전 폴은 죽은 어머니와 종종 이야기를 나누었으며 그녀가 맑게 반짝이는 목소리로 대답하는 소리를 들었다. 특별히 할 말이 없을 때도 그랬다. 언젠가 폴은 이 천상의 교제에 관해 내게 말해주었다.

"어머니, 괜찮으세요?" 그가 물었다.

"그냥 그래." 그녀의 대답이 그의 마음의 틈들에 스며들었다. 전혀 변하지 않은, 어머니다운, 부드럽고 가벼운 북부 시골 지방의 악센트였다.

"거긴 화창한가요?"

"아니."

"말씀을 많이 안하시네요."

"무슨 소용이 있겠냐?"

"뭐 필요한 건 없으시고요?" 그는 영원한 효자였다.

"그런 거 없다. 필요한 건 전부 있단다."

"전부요?"

"그래, 전부."

"그럼 이만 인사드릴게요."

"몸조심해라."

"그럴게요."

그는 이처럼 편안한 대화를 나누면서 사랑하는 고인과의 대화로 슬픔을 달래는 전체 인구의 13퍼센트에 해당하는 이른바 '애도의 환각자들' 중의 하나였던 것이다.

그 목소리들이 머릿속에서 나오는 것처럼 보였든 머리 밖에서 나오는 것처럼 보였든 무슨 상관이 있나? 둘 사이의 경계는 모호할 수 있는데, 일부 연구에 따르면 그 목소리들은 사실 잠재의식의 속삭임이다. 나사NASA의 연구진은 턱 아래 작은 전극들을 붙여서 사람들이 무슨 생각을 하고 있는지 듣는 방법을 완벽하게 만들어냈다. 그건 뇌로부터 "목소리 아래의 신호들"을 잡아내는 것이다. 우리가 내부 목소리라고 부르는 것은 말하는 근육 속에 있는 신경에 작용하고 그 미묘한 발성은 컴퓨터가 해독한다. 우주에서 유용하지만, 엿듣기 방지 목적이라면 군사적으로 더 유용할 수도 있다. 이 프로그램을 일반 대중은 물론 뇌졸중 환자를 위해서도 적용할 계획은 없다. 하지만 언젠가 그런 날이 올 수도 있다. 그러면 어떤 일이 일어날까? 우리 내부의 목소리를, 도발적인 욕정과 고삐 풀린 분노를, 검열할 수도 없이, 타인과 공유해야 한다면? 오락삼아 그런 기술을 사용하면 심각한 피해를 입힐 수도 있다.

몇 년 후, 나는 뇌졸중 직후 그의 머릿속에서 말했던 세 개의 목소리에 관해 다시 물어보았다.

"그 세 목소리가 서로에게 말한 적도 있어요?"

"아니, 그 목소리들은 분명 따로따로 작동했어."

"그 세 목소리는 언제 다시 하나의 목소리가 되었죠?"

"그러지 않았어."

나는 놀라움을 감추고 물었다. "그 세 목소리 전부 *아직* 남아있나
요?"

"그중 두 개는 많이 사용되지 않아. 하지만 자유롭게 돌아다니고 있
어… 아직도 *거기* 어딘가에 있어. 방안에 누가 있다는 것을 느끼는 것
과 같이. 목소리의 어조를 듣는 것은 수은을 다루는 것과 같아. 다소 흐
릿해. 다행인 것은 나는 대부분 꽤 정상적으로 말을 하고 있다는 거지."

"대부분."

"하루 중 몇 시냐에 따라 다르지."

놀아보자는 걸까? "그리고 음식에 따라."

"날씨에 따라."

"잠에 따라."

"새로운 걸 말해봐!" 그가 요구했다.

"정말로? 지루해요?"

"*아니야.* 그런 말이 아니고…" 폴이 한 손을 떨어뜨렸다. 아마 한숨
을 쉬는 것처럼 보이려고 그랬을 것이다. "당신은 너무 열심히 듣는단
말이야."

"그래야 하니까요…" 긴 침묵. "이제 익숙해졌어요."

"알아. 당신에게도 큰 변화였지. 이제 당신이 쉬었으면 좋겠어. 나를
지, 지, 지켜보는 거. 미안해… 내가 떠나면… 당신의 삶이 돌아올 텐
데."

진심이 느껴지는 고귀한 제안이었다.

"이제 *이게* 내 삶이에요. 그리고 난 당신이 몹시 그리울 거예요."

"나와의 풍찬노숙風餐露宿 역경보다도?"

나는 그 비유를 진지하게 되새긴 다음 그의 손을 잡았다. "훨씬 더 요. 우리는 심장에서 연결돼 있잖아요."

"당신 운이 나쁜 것 같아. 내 심장은 믿을만하지 않잖아."

"술을 너무 마셔서 그래요."

그는 눈을 반짝거리며 나를 끌어당겼다. "키스가 부족해서 그래."

제24장

그 여름날 폴의 구술에 놀라고 가슴 설렌 우리는 이튿날 오후에 그걸 재개했다. 나는 그의 '목소리들', 그의 마음이라는 저택에 출몰하는 그 유령 같은 화자들을 다시 듣는 것이 좋았다. 구술은 다시 옛날의 폴이 안에서, 숲을 비추는 등불처럼 또렷이, 대화로는 할 수 없었던 방식으로, 내다보는 느낌을 주었다. 우리는 아직 이 프로젝트를 '회고록'이라고 부르지 않았다. 앞으로의 노력이 무엇을 또는 무엇이든 초래할지 아무도 몰랐기 때문이다. 그 목소리들은 시사탄試射彈, 생각의 시험 풍선, 무엇이 될지 모르는 채로 희망과 불확실성을 전달하는 데 사용하는 은유들일 뿐이었다. 폴과 나 둘 다 알고 있었듯 중요한 건 그가 계속해서 언어를 재단할 수 있도록 하는 것이었다.

다시 그는 마음 속 목소리들의 책장을 열고 머뭇거리며 때로는 애매하게 거의 한 시간 동안 말했다. 이번에는 전날만큼 유창하지 않았다. 그는 천천히 떠오르는 단어를 찾느라 더 힘들어하면서도 포기하지 않았고 우리는 함께 노트를 채워갔다.

"재활센터에서의 둘째 나, 날, 나는 이 모, 목소리를. 들었다." 그가 자신 없이 말했다. "그건 허튼소리를 하는 모, 목소리가 아니었고, 명료하고 멋진… 아니 멋진이 아니라… 모든 소, 소, 소리의 부재를, 말하는 명료한… 이유… 웅웅거림, 웅웅거림이었다. 그리고 나는 즉시 알았다. 그때조차 내가 종이, 종발, 좋, 좋아지리라는 라는 것을. 내게… 일어난… 사약, 아니 사악하게 보이는 이, 일들에도 불구하고."

그는 말을 멈추고 입을 크게 벌려 소리 없이 하품을 했다. 그리고는 다음에 나올 단어를 불러오는 듯 보였다. "그건 정말이었다… 비록 아직까지는 말하려고 노력하지 않았었지만… 전체 세, 세, 세상은… 떠오르거나. 가라앉기를. 기다리는 일종의 추상적인 팡파르의 싱크대 병이라는 뜻이다. 나는 꽤, 괜찮아질 것이다. 왜냐하면 내 언어… 비록 그것이 무, 무한, 무한히 개인적인 세계로… 또… 또… 또는 말의 전체 집합으로 이끌어가기는 하지만."

그의 언어? 나는 그 말이 그가 최소한 내부적으로, 자신만의 세계 안에서, 조리 있는 생각을 형성할 수 있었다는 뜻이라고 해석했다. 비록 "말의 전체 집합"이라는 말로는 그 뜻을 전달할 수 없었지만.

"그래서 그의 그 측면은… 남아있다." 그는 의사 겸 심문관으로서 스스로에 대한 진단을 내렸다.

그러더니 그는 갑작스럽게 관점을 전환시켰다. "나는 말하고 싶을 때마다 언제든 그걸 켜, 켜, 켤 수 있다. 그건. 무척. 으스스하다. 활기

없는 사람, BBC 아나운서의 조금 공식적 목소리인 그가 가, 강요당해 제2 언어를 갖는 것과 비슷하다고 말할 수 있다. 다른…" 그는 잠시 숨을 쉴 만큼 멈추었을 뿐이지만 나는 그의 뇌가 변속기어를 넣어 다시 일어난 사건들을 전달할 수 있을지 궁금했다. 그러지 않았다. 그 대신 뇌는 젊은 시절에 배웠던 셰익스피어 인물들을 언급했다.

"무뢰한 캘리밴(셰익스피어의 《템페스트》에 나오는 반인반수의 사나이—옮긴이), 아니면 대리자 폴스타프(셰익스피어의 희곡 《윈저의 즐거운 아낙네들》에 나오는 인물—옮긴이)… 어느 쪽을 더 좋아하는지 말할 필요도 없다."

나는 이 이국적인 이인조에 미소를 지었다. 무뢰한 캘리밴, 나는 그것을 '해로운 고함소리'로 해석했고, 대리자 폴스타프는 '흉내 내기 좋아하는 멍청이'로 해석했다. 내가 웃으니 그도 웃었다. 자신의 뇌가 무언가 재미있는 걸 내놓았음을 깨달았던 것이다.

그는 계속했다. "사실 목소리는 세 개다. 하나는 희, 희미한 지적인 목소리를 가진 화자로… 지금, 운이 형편없이 하락한… 이 상태가 되기 전에는… 존재하는지조차… 몰랐던 인물이다. 뛰어난 명연기자로… 만일 내가 운명, 아니 운이 좋다면 매일 나타나 즐거운 하모니를 이룬다. 두 번째는 이제는 더 이상 활동하지 않는 스내기의 라디오 목소리다. 세 번째는… 당신이 이미 잘 아는 거친, 횡설수설하는 촌뜨기 목소리로 정제되지 않은 그의, 그의 헛소리… 거의 저항하는 목소리…"

갑자기 문장이 중단됐다. 나는 그가 마음속에서 옳은 단어를 결정하려고 노력하는 것을 지켜보았다.

"나는 어안이 벙벙하다." 그가 느닷없이 또 다른 목소리로 말했다. "나는… 내가 두 개, 세 개의 목소리를 갖고 있다는 것을… 입증했다."

그렇게 목소리들은 남아 있었다. 폴은 여전히 머릿속에 자신의 삶의 다른 부분에서 나온 세 사람의 화자를 숨겨놓은 듯 보였다. 폴이 어린 시절과 옥스퍼드 대학생 시절에 들었던 공식적인 BBC 방송의 아나운서 존 스내기. 자신에 대해 부끄러워하고 좌절한 혀가 묶인 실어증 환자. 미국식으로 말하는, 언어를 사랑하는 필경사. 그들은 오래된 친구들처럼, 또는 그의 인격 가운데 가장 강한 측면들처럼 폴을 지원하는 역할을 했다. 많은 시간이 흐른 후에 폴은 스내기 목소리가 "내 안의 귀에게 말을 했지. 왜 그런지는 하나님만이 아실 거야. 때로 그는 옳은 단어를 건네주었어"라고 말했다. 약간 혼란스러우면서도 매혹적이었으며, 비록 화자들이 다르게 보이기는 해도 그가 다중인격을 경험하는 건 분명 아니었다. 구술은 계속되었고 무언가 어조는 다소 단조롭고 감정은 거의 들어있지 않았다. 구술하는 동안 그는 자신의 머릿속 깊은 곳에서 집중하는 듯 보였다. 모든 행동이 거기 있었고 보이지 않는 사람들이 번갈아 내부 독백을 하거나 실제로 내부에서 3자 회담을 하곤 했다. 그가 말한 것은 세 사람이 등장하는 연극에서 나온 것이었고 네 번째 목소리가 그것에 관해 말할 수도 있었다.

오래 전에 읽었던 줄리언 제인스Julian Jaynes의 《의식의 기원》이 떠올랐다. 영접 이전, 우리가 모두 머릿속의 목소리를 듣던 때, 우리는 그것을 익숙한 뇌에서 나오는 대화가 아니라 다른 세계에서 온 존재가 해야 할 일을 일러주는 것이라고 생각했다. 제인스는 사람들이 자기반영을 할 수 있게 된 근대 이전, 본능이 명령으로 우리에게 살아남는 방법을 전달했다고 추측한다. 우리는 내부 목소리들이 신들에게서부터 온 것이라고 믿었다. 그 목소리들은 현명해보였고 보이지 않았으며 그럼에도 내부 마음으로 침투해 들어왔기 때문이었다. "언젠가 인간의 본성은 두 개로 갈라졌다." 그는 논란을 일으키는 제안을 한다. "실행부분은 신이라 불렸고, 따르는 부분은 인간이라 불렸다. 어느 쪽도 의식이 깨어있지 않았다."

고대 문헌에서 목소리, 특히 신의 목소리를 듣는 일이 흔히 나타난다는 것을 우리는 잊고 있다. 그리스, 로마 시대의 신들만 사람들에게 말한 것이 아니라 그 조각상들도 말을 했다. 모든 유일신 종교들은 신이 그들에게 말을 하고 포고와 규칙과 선언을(그리고 물론 잔 다르크를 전쟁터로 불러낸 그 유명한 소환을) 발표한다고 맹세하는 사람들이 창안한 것이다. 창세기는 "태초에 말씀이 있었다"라고 선언한다. 모든 방언을 알고 숭배자들과 개인적으로, 변덕스럽게, 때로는 대화를 주고받으면서 관계를 맺었던 신의 말이다. 오늘날 우리 대부분은 하느님이 불타는 떨기나무로부터 하는 말을 들었다고 말하는 사람이라면 미쳤다고 여긴다. 법정에서 피고가 제정신이 아니었다고 항변하는 변호사는 그가 환청을 들었음을 입증할 필요가 있고, 그럴 수만 있다면 배심원단을 동요시킬 수 있다. 그러니 머릿속에서 세 개의 목소리를 듣는다고 말하면서 폴이 눈살을 찌푸렸을 것이다.

제인스의 이론은 이 생생하고 분명한 목소리들이 좌반구 언어센터에 대응하는 우반구의 뇌회에서 일어난다고 주장한다. 정확히 좌반구의 바로 그 지점에 손상을 입은 폴의 정신이 보통 오른쪽 뇌에서 일어나는 이 억압된 목소리들을 풀어놓음으로써 보상하고 있었던 것일까? 자신이 살아있다는 감각을 유지하기 위해? 어차피 누군가가 지휘를 해야 했고 그에게 지시를 내려야 했던 것이다. 비록 오랜 세월 유지된, 조심스럽게 깎아 만든 '자신'이 일시적으로, 어떤 환자들에게 나타나는 것처럼, 몇 개의 목소리로 분열되긴 했지만.

블라디미르 나보코프Vladimir Nabokov는 소리에 관한 에세이에서 "나는 수많은 존재와 물체들로 분열되었다"고 썼다. "오늘 나는 하나다. 내일은 다시 분열될 것이다…. 그러나 나는 모두가 하나의 음표이며 같은 화음임을 알았다."

철학자 윌리엄 개스William Gass는 "우리가 살고 있는 머리는 유령이 출몰하는 집이다"라고 짓궂게 설파했다. "어둠 속에서 타오르는 불빛처럼 누군가 태우는 어휘들"로 가득하다는 것이었다. 마음에는 "이 비밀스럽고 강박적이며 종종 어리석은, 거의 계속되는 목소리… 말없는 중얼거림, 기쁨, 자신에 대한 지리멸렬하고 무례하며 장엄하고 작은 이야기, 들리지 않는 인간성의 흥얼댐"이 놓여 있다.

우리는 이야기해야 한다. 선택권은 없다. 어린아이 때 우리는 옹알거리고, 성인이 되어서도 말없이 스스로에게 계속 옹알거린다. 우리 마음속 유령의 집에 있는 어휘들은 절대 멈추지 않는다. 실어증에 걸린 사람의 머릿속에서도 마찬가지다. 잘 모르는 사람에게 말을 하지 않는 건 무례쯤이 될 수 있으나, 잘 아는 사람에게 그런다면 그건 맹목적인 분노 또는 잔인함의 화살이다. 누군가에게 말을 하지 않는다는 건 수동적인 폭력으로 여겨지며, "무시하기cutting someone"나 "모른 체하기cutting someone dead"라는 표현들도 그런 맥락에서 기원했다. 우리는 우리가 누구인지, 무엇을 하는지, 어떻게 느끼는지 단어로 기억한다. 심지어 누군지 모르는 사람이 누군지 모르는 사람에게 무엇인지 모르는 말을 하고 있는 대부분의 경우조차 기억한다. 우리는 하루 종일 스스로에게 말을 하며 먹거나 사랑할 때조차도 마찬가지다. 밤에 자면서까지 자신에게 말을 한다. 우리는 타인과 협력하고 아이디어를 교환하기 위해 말을 하지만(우리 종족이 살아남은 방법이다), 한편으로는 이른바 우리 '자신'이라는 복합적인 유령과 대화하여 우리가 어떻게 느끼는지 알고 우리가 하는 일을 고려하고 누군가가 살인자인지 경쟁자인지 친구인지를 분석하기 위하여 말을 하기도 한다.

일부 불운한 뇌졸중 환자들에게는 낯선 목소리가 아니라 낯선 사지가 출몰한다. 희귀한 신경장애 상태로 손에 생각이 있기라도 하듯 멋대로 뻗치거나 물체를 붙잡는 현상으로(또는 당황스럽게도 몸통을 붙잡기도 한다), 다른 손이 씨름을 해서 그 손을 내려놓아야 한다. '닥터 스트레인지러브 증후군'('닥터 스트레인지러브'는 동일한 이름의 영화에서 피터 셀러즈가 연기한 인물로 갑자기 팔이 위로 올라가 '하일 히틀러!' 하고 경례를 붙인다)이라 불리기도 하는데, 이 증상을 지닌 사람은 자신의 사지가 낯설게 느껴진다. 그래서 의식의 통제를 벗어난 그 사지에 환자들은 이름을 붙이거나 '그것'이라고 부르기도 한다. '그것'은 심지어는 주인의 목을 조르려고도 한다. 아직 원인불명이지만 뇌의 여러 병소들에서 기인하는 것으로 보이며, 그것들은 뇌가 내려다보며 온전하게 느낄 수 있을 만큼 너무 많은 장소들에서 사실상 뇌를 스스로로부터 분리시킨다. 폴의 뇌 속의 더 적은 병소들 또한 비슷한 일을 할 수 있다는 것이 이해가 됐다. 그의 경우는 사지가 아니라 내부의 연설가, 우리가 '자신'에게 이야기할 때 이야기하는 못생긴 유령들이 대상이었을 것이다.

"일주일 중 사흘은 질주할 수 있어." 이튿날 폴이 들으라는 듯 혼잣

말을 했다. "나머지 날은 안 돼." 말을, 대화를, 할 수 있다는 뜻이었다.

폴의 말하는 능력은 또한 수면의 양은 물론 날씨 변화와 시간의 영향도 받는 것 같았다. 우리 뇌는 순환하고 휴식해야 하므로 이건 우리 모두에게 마찬가지다. 뇌의 활동에 가장 좋은 시간은 나이가 듦에 따라 변한다. 어린아이의 내부 시계는 자연스럽게 밤 여덟 시나 아홉 시경에 잠을 자라고 호출한다. 십대가 되면 잠자리에 드는 시간이 늦어지기 시작해 밤 열한 시경이 된다. 아홉 시간을 자야 하지만 그렇게 자는 일은 드물다. 따라서 잠에서 깨기 힘든 것으로 악명이 높다. 대학생들은 밤에, 나이든 사람들은 아침에 각각 가장 정신이 맑다고 자평하는 경우가 많다. 자연에서는 낙하하는 폭포에서, 파도가 심한 시끄러운 해변에서, 또는 번개가 갈라지는 봄철의 뇌우 이후 생성되는 분자, 음이온이 뇌속에 더 많은 산소를 만들어내고, 우리를 아주 유쾌하게, 정신이 더 초롱초롱하게 만들어준다.

그의 '구술' 능력이 말하는 능력처럼 매일매일 다를 수 있다는 것이 이해가 됐다. 또한 계속해서 그의 뇌를 자극해 스스로 지쳐 떨어질 때까지 언어를 정교하게 만든다면 매우 귀중한 언어치료가 될 것이었다. 폴은 항상 그를 가장 행복하게 만들어주었던 것에 집중하곤 했다. 글쓰기 프로젝트에 몰두하고, 무언가 창조적이고 건설적인 것, 그로 하여금 계속하도록 동기를 부여하는 것에 몰두했다. 이제 나는 안다. 재활치료는 환자를 크게 감동시키는 일에 맞추는 것이 필수적이라는 사실을 절감했던 것이다. 뇌는 주의를 집중시킴으로써 차츰 학습해간다. 끝없는 반복을 통해서 배우는 것이다.

아침을 먹은 직후 가장 말이 쉽게 나오는 것 같았기에 그는 짧은 목록이 적힌 작은 종잇조각을 들고 소파에서 나와 마주했다. 가끔은 앉아서 조심스럽게 직접 적은 메모지를 학습했는데 아무리 노력해도 자신이 갈겨쓴 글씨를 알아볼 수 없는 경우도 있었다. 나 역시 마찬가지였고 읽어 낼 수는 있지만 뜻을 알기 어려운 경우도 있었다. "모퍼고 Morpurgo" 같은 단어가 포함되어 있는 경우도 있었는데 그러면 어떤 시점에서 "후다닥하는 모퍼고 박사의 발소리" 같은 구절이 틀림없이 튀어나왔다.

구술은 우리 둘 다를 기진맥진하게 했다. 그 시간 동안 나는 잘못쓰기 일쑤인 단어 해독에 열심히 집중해야 했다. 내가 지닌 언어기술을 사용해 초과근무를 해야 했으며, 발판을 짚어가며 가능한 의미를 찾아 절벽을 기어올라야 했다. 나는 오래도록 시를 써온 사람이었으므로 이상한 단어의 조합이 당혹스럽지는 않았다. 폴의 말과 정신의 습관을 알고 있었으므로 그가 커브 공처럼 구술한 내용도 알아들을 수 있었다. 하지만 내가 그의 비서가 될 수 없다는 사실은 분명해졌다. 이 일은 나의 글쓰기 에너지를 완전히 소진시켰고 우리 관계를 변화시켰으며 창작인으로서의 내 자아를 지워버렸고 내 목소리에 상처를 입혔으며 자유분방함이 필요할 때 구멍을 파고 숨도록 나를 축소시켰다. 그래서 리즈에게 그의 분출하는 이야기를 기록해달라고 부드럽게 제안했다. 다행히 리즈는 동의했다.

폴은 날마다 구술을 계속했다. 때로는 산을 옮기는 노력으로, 때로는 한 번에 쉽게. 그가 겪은 것, 실어중의 내부 세계에서 느끼고 보는 것 덕분에 자유로워짐을 느끼면서. 그것은 폴이 선택한 치료법이었다. 그의 마음을 정리하도록 돕는 투쟁이었고, 또한 그의 뇌가 얼마나 상처 입었는지 모두에게 보여주는 아주 인상적인 투쟁이기도 했다. 그의 이야기를 가다듬는 일은, 그리고 그러는 동안 그 이야기를 누군가와 연결시키는 일은, 최상의 언어치료 요법이었다. 매일 힘겨운 한 시간을 활기차게 보내면서 그는 뇌에게 세포들을 모집하고, 새로운 연결을 만들어내며, 단어에 맞는 소리를 찾아내고, 조각들을 한데 모아 전체 문장을 만들어내라고 완강하게 강요했다. 매일 둘이서 전날의 기록들을 힘들여 검토하는 일은 폴이 생각을 분명히 정리하는 데 도움을 주었고 실어증 환자의 다소 두서없는 횡설수설을 산문으로 고치는 기회를 주었다. 그런 순간들에 그는 뇌손상을 초월했고 자신을 다시 회복할 수 있었으며 삶을 이야기하고 재정리할 수 있었다. 때때로 그가 하는 말은 터무니없어 보였으나, 리즈와 나는 그가 하는 말이 조리가 서건 아니건 그의 말을 빠짐없이 정확히 받아 적었다.

우리는 실어증 환자에게 겉보기에 단순하지만 새로운 실습을 시도하는 일은 엄청난 좌절감을 줄 수 있음을 이미 알고 있었다. 구술도 예외는 아니었다. 어느 날 주방에서 나는 폴과 리즈가 장애물을 통과하는 전형적인 과정을 듣게 되었다.

폴이 '새 단락'을 청했다.

리즈는 그에게 새로 타자한 단락을 보여주었다.

실망해서 그가 고집했다. "아니, 새 *단락* 말이야."

리즈가 강조해서 말했다, "이거 *새* 단락 맞아요."

그가 말했다. "아니야, 새 *단락* 말이야."

그렇게 그들은 같은 대화를 반복했다. 둘 다 완전히 당황했고 답답해했다. 마침내 리즈는 폴이 진짜 뜻하는 것은 '새 장chapter'임을 알아차렸다. 이것 말고도 단어를 잘못 대체했다. 쉼표 대신 '마침표'를, 마침표 대신 (영국식으로) '끝표full-stop'를, 물음표 대신 '마침표'를 썼다. 구두점 표시는 모두 상징일 뿐이어서 그는 전혀 이해하지 못했다. 단지 그의 뇌만이 알고 있는 어떤 이상한 이유로 세미콜론에는 실수를 하지 않았다.

그런 전반적인 혼란에 더하여 이제 폴은 엉뚱한 말과 신조어를 연이어 뿜어냈으며 때로 틀린 단어로 대체하거나 알아들을 수 없을 만큼 발음을 잘못하기도 했다. 예를 들어 '구름cloud'은 '시끄러운loud'이, '해골skeleton'은 '스켈링턴skellington'이, '곰팡이mold'는 '사마귀mole'가, '베개pillow'는 '기둥pillar'이 되었다. 말은 '탑pagoda'이라고 했으면서도 사실 '우산umbrella'를 의미했는가 하면, '아프다hurt'를 훨씬 더 심각한 '영구차hearse'로 바꾸어 말하기도 했다. '강박obsess' 대신 '종기abscess'라고 한 일도 있었는데, 마치 강박증이 뇌 속에서 자라는 종기라는 의미 같았다. 반면에 충실히 받아 적긴 했지만 헛소리라고 생각했던 것들이 퍼즐조각들처럼 맞추어지는 것을 발견하고 놀라는 일도 꽤 많았다. '팰리애스pallaisse'(다다미), '코리반틱corybantic'(떠들썩한), '핼머halma'(서양장기), '페이티딕fatidic'(예언적인) 등등은 우리의 평균 어휘력을 뛰어넘는 실제 존재하는 추상적인 단어라는 걸 알게 되곤 했던 것이다.

시간이 흐르면서 뇌의 다락방에서 솟아난 실어증 일기가 모습을 드러냈다. 우리는 폴의 그 무시무시한 새로운 정신적 풍경을 비틀거리며 배회했다. 거기서 우리는 숫자의 거미줄을 피하는 한편 숨겨진 전등스위치와 닫힌 방문의 열쇠를 찾으면서, 좀 먹은 논리의 화관, 빛바랜 사진들로 가득한 먼지 덮인 구두상자들, 뉴스영화의 기억들, 그리고 자루가 찢겨 사방에 흩어진 그가 평생 모은 조개류의 이름들(왼돌이어깨세모뿔고둥, 삿갓조개, 심장새조개, 플로리다 수정고둥, 진주가랑잎조개, 호랑이개오지, 넓은옆주름고둥, 번개무늬항아리고둥, 뾰족알파벳청자고둥, 톱이빨 키조개, 줄무늬터번고둥[*]) 등 수없이 많은 것들과 마주쳤다. 모두 당장이라도 쏟아질 것만 같은 고요한 경사면에 구겨 박혀 있었다. 그가 《그림자 공장》이라는 제목을 붙인 책은 실어증 직후 몇 달간을 기록한 독특한 연대기로서, 건축, 디자인, 소설, 시의 번역서들로 특히 알려진 산타페의 아방가르드 출판사인 루멘 북스 사에서 출간되었다.

■ 폴이 수집한 것은 국내에서는 살지 않는 조개류들로, 민패류 연구소의 도움을 받아 학회에서 인정한 명칭을 적었음.─옮긴이

제25장

놀랍게도 폴은 매일 창작하고자 하는 욕구를 갖고 있었다. 자신을 표현하기 위해 언어를 사용하는 습관은 시시포스의 고난에 비할 만한 어려움에도 불구하고 끈질기게 살아남았던 것이다. 폴의 뇌 속 언어공장은 뇌졸중으로 폭발되었을지 모르지만 뮤즈의 거처만은 그대로 남아있음이 분명했다. 그 변덕스러운 숙녀들은 어디에 숨어 있었을까?

대부분의 연구에 따르면 뇌의 오른쪽이 창조성을 담당한다고 하는데, 그것은 주로 상실에 의해 추정된 장소이다(우반구에 뇌졸중을 입은 사람들은 시, 음악, 또는 그림에 대한 재능을 잃어버리는 것이 보통이다). 폴의 뇌는 항상 이미지로 생각하기를 즐겼었고, 그는 평생 동안 상상력이 풍부하고 직관적인 우뇌 안에서 신경의 풍경을 가꾸며 창조력을 사용해왔었던 것이다. 그것은 그에게 일상적인 재능이었다. 모든 뇌는 저마다 독특하게 나선형을 그리고 이루어져 있으며 그 성향에 따라 좋아하는 것들이 결정된다. 무언가에 재능이 있으면 그것을 즐기면서 시간을 보내게 된다. 그것은 차례차례 모양을 바꾸고 재주에 맞추어 회백질을 강화한다. 육체의 운동은 근육을 발달시키고 정신적 운동은 뇌를 개조한다. 화가들은 시각과 연대한 범위가, 음악가들은 청각적 협곡이, 작가들은 언어의 과수원이 더욱 풍성하게 자라게 되는 것이다.

명문장가로서 살아온 폴의 일생은 고밀도의 언어 제국을 형성했을 것이고, 촌락 사이에 더 많은 뒷길들이 생겨났을 것이며, 심지어는 주요 고속도로가 무너졌다 해도 신경망은 만나는 지점을 더 많이 설치하고 통용하기 위해 뛰었을 것이다. 내 직감은 폴의 뇌에는 아직 경작할 수 있는 언덕과 계곡들이 있으리라고 말하고 있었다. 거기서 단어라는 곡물들이 잘 자라고 있을 것이었다. 그의 CT 사진이 보여주는 음울한 풍경을 볼 때 그가 말을 하고 있다는 것 자체를 설명할 다른 방법이 없었다. 창조적 뇌는 재빠르게 양쪽 뇌를 활용해 원료로 삼는다. 그건 전체 뇌가 벌이는 활동이다. 왼쪽 뇌는 오른쪽 뇌에서 드러나는 결과를 조사하고, 그 작업이 적절하고 독창적이며 효과적인지 결정한다. 그래서 창조성을 발휘하는 데 양쪽 뇌 사이에 잘 지어진 다리(뇌량) 또한 필수적인 역할을 함에 틀림없고, 폴의 뇌량은 많은 교통량을 해결하기 위해 지어졌을 것이다. 그는 수십 년간 그것을 보강해왔기 때문이다(심지어는 프레스코벽화처럼 예전 것이 굳어지기도 전에 더 보강함으로써).

특히 폴은 학교에서 프랑스어, 라틴어, 그리스어를 배웠기 때문에 그럴 가능성이 높았다. 여러 개의 언어를 배운다는 것은 우뇌에서와 마찬가지로 좌뇌에서 언어 연결을 강화함을 뜻했다. 우리는 이중언어 사용자의 뇌 사진을 보고 대부분의 사람들은 물려받은 언어 공간을 모두 다 이용하지 못한다는 것을 안다. 그 공간은 아주 많이 확장할 수 있다. 하나의 언어만 말하는 사람은 좌뇌의 언어영역이 활동하는 것이 전형적이다. 그러나 이중언어 사용자는 한 언어에서 다른 언어로 재빨리 전환할 때, 언어에 유용한 것을 더 많이 고용해 우뇌와 좌뇌 모두에서 활동량이 증가하며, 시간이 흐르면서 더욱 많은 뇌세포들을 키워낸다. 또한 이중언어 사용자는 택시 운전사, 곡예사, 그리고 교향악단 연주자들처럼 기술 관련 영역에서 회백질을 더욱 더 밀집시켜 자라게 한다. 제2 언어는 배우는 시기가 이르면 이를수록 좋다. 대부분의 변화는 다섯 살 이전에 일어나기 때문이다.

신경과학자인 한 친구는 노르웨이인 동료가 자신을 방문한 바 있는데 노르웨이에 비해 미국에서 뇌졸중 후 실어증 발생 빈도가 높은 것에 놀라며, 노르웨이인들은 어린 시절 몇 개의 외국어를 배움으로써 훗날 뚜렷한 혜택을 제공받는 것이리라고 추리하더라고 했다. 체코어를 말하는 바이올리니스트처럼 모국어를 잊어버린 실어증 환자들이 외국어를 여전히 기억하는 경우가 상당히 자주 있다. 폴은 열 살에 프랑스어를 배우기 시작했고 열일곱 살에 라틴어와 그리스어를 배웠다. 어떻게 보면 늦긴 했지만 어쨌든 여분의 회백질을 가꾸었다. 왜냐하면 (언어와 감정을 만들어내는 영역이 충만한) 측두엽은 뇌 모양을 만들고자 하는 전정 작업이 또 한 차례 시작하는 때인 16세경까지는 여전히 개화하기 때문이다. 심지어 그때조차도 새로운 기술들, 또는 새로운 사고방식을 연마하면 뉴런 온상의 크기를 늘리고 영양을 공급할 수 있다.

이상적으로는 뇌졸중 이후 각 환자의 발달정도에 맞게 재활치료를 하는 것이 좋다. 회백질의 긴밀한 매듭과 연결망은 평생 발달하는 것으로, 우리 자신의 사적 저장고 또는 주 감시망에서 벗어난 역외은행 구좌다. 대학의 교수들은 "모든 학생이 숙지해야 할" 지시문과 맞닥뜨리곤 하지만 개개 학생이 최고로 잘 배우는 방법을 찾아내는 것이 훨씬 더 효과적이라는 것을 발견하게 된다. 그 방법을 찾아내는 데는 시일이 걸리고 그러려면 이상적으로 교수와 학생이 잘 "맞아야" 한다. 뇌졸중 이후 뇌를 재건하는 일도 마찬가지다. 뇌졸중이 할퀸 상처를 단순히 개축하는 것뿐 아니라 보이지 않는, 때로는 직관적인 지도의 안내를 받아 여러분의 또는 역외 저장고를 찾아내고 그곳에 가는 통로를 재배열하며, 필요하다면 색다른 도구들로 덤불을 헤쳐 길을 내고 사라져버렸거나 구불구불한 오솔길들을 찾아내야 한다.

폴은 선천적으로 창조적이고 야생적이며 털북숭이 사상가였으므로, 그가 빈칸 채우기와, 예/아니오 대답으로 구성된 획일적이고 평범한 언어치료를 꺼렸다는 사실은 놀라운 일이 아니었다. 뇌졸중 이전, 그의 뇌는 그런 식으로 작동하지 않았다. 그의 강점은 그런 데 있지 않았던 것이다. 어쨌든 모든 사람은 놀이를 통해 더 잘 배운다. 심각한 뇌졸중 후에는 놀이터를 찾는 그 일이 쉽지 않을 수 있지만 말이다. 놀이터는 사랑하는 사람이 예전에 좋아했던 게 무엇인지에 따라 달라지며, 필요하다면 달팽이가 기어가는 속도로 숨겨진 저수지로 향하는 길을 내는 일과도 같다. 폴의 경우, 그는 기묘한 은유를 사랑했으므로 전진前進은 달팽이가 남겨놓은 점액질, 달팽이가 구애하는 동안 사용하는 칼슘으로 된 "사랑의 화살," 그리고 그 길을 따라 있는 모든 괴상한 장면을 가리켜야 이루어질 수 있었다.

그처럼 아주 가벼운 은유더라도 그 은유를 만들어내기 위해 뇌는 도처를 탐색한다. 뇌의 양쪽 반구 모두에 있는 신경망을 가로질러, 그리고 겉으로 보기에 관련 없는 것 같지만 그럼에도 무언가 공통된 것을 가지고 있는 토막 정보들을 연결한다. 서로 다른 지식의 영역들이 한꺼번에 넘겨진다. 그건 그림을 이용해 생각하는 방식으로, 이성 이전의 강한 감정으로 가득 찬, 사고와 느낌을 그리는 방법이다. 바이런 경Lord Byron은 아내에게 "평행사변형의 공주"라는 별명을 붙였는데, 아내의 드문 수학적 재능과 부유한 가족, 엄격한 도덕, 우아한 미, 그리고 냉정한 행실을 아주 효과적으로 연결했던 것이다.

우리가 대수롭지 않게 창조성이라고 이름붙인 것에는 보통 여러 특성이 섞여 있다. 다른 많은 내용물 가운데 위험부담, 인내, 문제해결, 어떤 경험이건 받아들이는 열린 마음, 한 사람의 내부세계를 공유할 필요, 공감, 기교의 상세한 숙달, 풍부한 지략, 훈련한 자발성, 놀랐을 때 즉각적으로 특정하고도 풍요로운 즐거움을 끌어내올 수 있는 광범위한 일반적 지식과 지력이 있는 정신, 강렬한 집중, 집착의 유용한 응용, 박식한 성인에게 이용할 수 있는 어린이의 순진한 경이, 정열, 실체에 대한 미약한(또는 최소한 신축성 있는) 파악, 신비주의(비록 반드시 필요한 것은 아니지만), 현재의 상황에 반대하는 반응(그리고 독특한 창조물에 대한 선호), 그리고 보통 최소한 한 사람의 지지가 있다.

창조의 고통을 겪는 중인 활동적인 뇌는 대량의 기억과 풍성한 지식이 쌓인 저장고들을 남몰래 활짝 열린 마음으로 공격하며 드잡이한다. 일부는 충분히 성숙한 통찰력이 시야 속으로 날아들 때까지 무대 뒤에서 배양하고, 나머지는 의식적으로 조작하고 회전시키고 주무르고 또는 새로운 해결책이 나올 때까지 놀이를 한다. 수없이 많은 지식의 조각들을 가지고 더듬거리고 그런 뒤 그 대부분을 무시함으로써만 창조적인 정신은 무언가 독특한 것을 만들어낼 수 있는 것이다. 그렇게 만들어내는 데는 언어영역 외에 훨씬 더 많은 영역이 포함된다. 기존의 아이디어로는 불가능한 일이다. 그래서 관습은 무시되어야 하고 위험을 선택해야 하고 가능성이 자유롭게 흘러나와야 하고 정성껏 아이디어들을 배양해야 하고 문제들은 다시금 정의되어야 하고 백일몽은 격려되어야 하며 호기심은 갈지자 골목길을 따라 내려가야 한다. 무시된 사소한 일들조차 훌륭한 목표일 수 있다. 어린아이의 놀이다. 문자 그대로이다. 선택된 소수에게 주어진 재능이 아니라 인간이 세상을 알아가는 널리 확산된 자연스러운 방식이다. 학교와 사회는 선의로 우리가 지닌 대부분의 창조성에 타격을 가하지만 다행히 일부는 꿋꿋하게 그 타격을 견디고 살아남는다. 신경과학자 플로이드 블룸Floyd Bloom은 그 과정을 다음과 같이 묘사했다.

> 학교는 아이들에게 문제를 창조적으로가 아니라 정확하게 풀라고 위압적으로 강조한다. 이런 왜곡된 시스템이 우리 삶의 첫 20년을 지배한다. 시험, 점수, 대학 입학허가, 학위와 직업소개 요구와 논리적 생각을 목표로 한 보상, 사실에 기반을 둔 기능, 그리고 언어와 수학 실력들… 모두 좌뇌의 영역이다…. 뇌는 습관의 생물이다. 잘 조성된 신경통로는 공들여 새로 만드는 것, 그리고 사용되지 않은 것을 사용하는 것보다 더 경제적이다. 게다가 창조 능력 훈련에 실패하면 그 같은 신경 연결은 시들어 버린다.

창조성은 달콤한 웃음의 재규어[*]가 오던 길로 되돌아가기 위해 울타리를 무시하거나 또는 코코넛이 떨어진 곳에서 방향을 전환하려는 마음으로 노래하는 정글로 들어가는 지적인 모험이다.

모든 악조건을 고려할 때 과연 폴은 어떻게 그처럼 잘하고 있었을까? 이상한 일이지만 어쩌면 그 퍼즐 조각 하나는 그가 전에 겪은 뇌경색, 일과성 뇌허혈 발작이라고 알려진 작은 뇌졸중^{**}이 폴에게 유리하게 작용했기 때문일 수 있다. 파치아로니Paciaroni, 아놀드Arnold, 판 멜레 van Melle, 보고슬라브스키Bogousslavsky로 이루어진 스위스 연구진은 3천 명 이상의 뇌졸중 환자들을 연구한 후 "이전에 일과성 뇌허혈 발작이 있었다면 그 후에 생기는 뇌졸중은 예후가 더 좋다"고 보고했다. 그들에 따르면 뇌경색을 초래하며 서서히 일어나는 동맥폐쇄는(호스가 좁아지는 것처럼) 뇌가 다른 채널을 통해 혈액을 순환시키도록 강제한다. 이후 큰 뇌졸중이 오면 예비 루트가 있어 혈액이 흐를 수 있는 것이다. 또한 이런 환자들은 뇌경색 때문에 이미 혈액응고 방지제를 복용한 상태인데, 그건 좋기도 하고 나쁘기도 하다. 혈액응고 방지제는 tPA의 사용을 막지만 응고를 막기도 하는 것이다.

물론 이런 생각은 재간 덩어리 뇌 안에서 작용하는 다른 화학물질의 역할을 고려하지 않은 것이다. 폴의 경우에 틀림없이 항우울제 졸로프트가 작용하고 있었으며 리탈린이 집중을 돕고 있었다. 그런가 하면 그의 심장약 중 하나가 창조력을 발전시켰을 가능성 또한 있다. 플로리다

---

[*] 애커먼의 책 《감각의 박물학》, 청각편에 등장하는 소제목
^{**} 피떡, 혈전이 뇌 속 피의 흐름을 막는 증상이 뇌허혈로 그 결과가 뇌경색이다.

대학교의 신경과학자 케네스 하일먼Kenneth Heilman은 학생들을 대상으로 실시한 연구에서 일부에게는 흥분제 '에페드린ephedrine'을 투약하고 나머지에게는 무대공포증을 진정시키는 데 사용되곤 하는 베타차단제 '인데랄Inderal'을 투약했다. 놀랍게도 베타차단제를 복용한 학생들은 정신적 유연성을 측정하는 테스트에서 더 좋은 결과를 보였다. 여러 해 동안 폴의 심장병 주치의는 그에게 커피와 차, 초콜릿을 금한 대신 떨리는 심장근육의 속도를 느리게 하고 혈압을 낮추기 위해 인데랄을 처방한 바 있었다. 인데랄로 인해 더 졸음이 오기는 했지만 그럼에도 불구하고 그는 위험할 정도의 창작력을 보여주었다.

기름기 많고 진한 프렌치 로스트 커피를 즐길 수는 있지만 그만큼 뇌를 회전시키는 것이 반드시 창조적 사고를 자극하는 것은 아니다. 맑은 정신의 평온함이 더 낫다. 결국 훌륭한 임기응변의 비밀은 마음에 최초로 떠오르는 것이 아니라 최선을 선택하는 것이다. 보통 그것은 하나의 해결책으로 결론을 내기 전에 다른 여러 가능성들을 만들어내고 정신적 이미지들을 돌려보며 여러 일을 다루고 정리하고 재정리하고 마음속에 있는 교묘한 속임수를 어떻게 걸러내느냐를 의미한다.

그래서 이런저런 이유(여러 해 동안 외국어를 한 것, 좌우반구 사이에 형성된 강력한 다리, 알맞은 약을 복용한 행운, 예전에 겪은 뇌경색 등등) 덕분에 폴은 언어 처리는 미숙했어도 맹렬한 창조성만큼은 남겨져 있었던 것이다. 동기가 생겨나면 그것은 그의 뇌를 독려해 교외에서 건강한 뇌세포 일꾼들을 모집하도록 했고, 다른 뜨내기 일꾼들을 고용하기 위해 멀리 떨어진 영역까지 여행했으며, 이상한 일이지만 그 뜨내기들은 여전히 한두 개의 단어에 대한 적합한 개념을 이끌어낼 수 있을 만큼 적절했다.

제26장

"마 베뜨, 마 벨 베뜨Ma bête, ma belle bête(나의 야수, 나의 멋진 야수).", 어느 날 나는 폴에게 우리 둘 다 잘 아는 영화의 달콤한 대사를 인용했다.

장 콕토Jean Cocteau가 1946년 발표한 아름다운 영화 〈미녀와 야수〉에서 장미를 예찬하고 미술품을 수집하는 감수성 예민한 야수는 사악한 요정에 의해 흉측한 괴물이 된 왕자다(추한 외모에도 불구하고 사랑을 찾을 때까지). 잃어버린 남편을 찾는 18세기의 인기 유럽 동화에 기초한 이 영화를 우리는 너무나 사랑하여 무려 열한 번이나 보았다. 얼마나 많이 보았던지 폴은 야수의 의자 등에 적힌 라틴어를 해석할 정도였다. "사랑을 갖지 못하면 모든 남자는 야수다."

"마 베뜨, 마 벨 베뜨." 나는 속삭였다.

폴이 자동적으로 반응했다. 그는 그 영화에서 나온 대사를 인용했다. "주 쉬 쟁 몽스트르. 주 넴므 빠 레 콩플리망(Je suis un monstre. Je n'aime pas les compliments)." 난 괴물이오. 나는 칭찬을 좋아하지 않소."

전에 내가 그를 "마 베뜨"라 불렀던 대로 그는 나를 "마 벨ma Belle"(나의 아름다운 여인 — 옮긴이)이라 부르곤 했다. 그것은 그가 나를 위해 지어준 기발한 이름들 중 가장 단순한 것이었다. 그에게 언어의 모래밭에서 노는 일은 화려하게 장식된 성을 짓는다는 뜻이었다. 구술이 진행되는 동안 그의 말하기 능력도 좋아졌다. 여전히 단어를 묶어 이미지를 형성하는 데 어려움을 겪고 있기는 했지만. 그는 수십 년간 지속된 하루하루의 애칭과 애정표현을 잃어버린 것을 깊이 슬퍼했다. 그는 창작뿐만 아니라 모든 종류의 이름 짓기를 사랑했던 것이다. 극도로 기발한, 그저 그럴듯한, 또는 적절한, 파이π 달, 파프리카 뺨, 아기 고양이 같은 이름들. 우리는 아메리카 원주민들의 명명법을 사랑했다. 호피족 여성들은 "언덕을 넘어가는 아름다운 오소리," "중요한 어린아이," "중년의 거미 여인," "꽃 위에 앉은 나비," "넘쳐흐르는 봄," "일어서는 아름다운 구름들" 같은 이름을 갖기 마련이었고, 남성들은 "빈자리로 내려가는 바람이 부는 곳," "짧은 무지개," "구름 왕좌," "물로 연결되었다," "휘파람 부는 사나이" 같은 이름을 갖고 있었다.

오래 전, 모든 이름이 개인적 자질, 근원, 또는 부모의 희망을 묘사하던 때가 있었다. 이름이 인간의 운명을 결정하는 우화일 수 있었던 때였다. 이름 짓기가 마법, 지식, 특권적 소유물이었기에 주술사가 누군가의 이름을 잘못 다루어 해를 입힐 수 있었던 때이기도 했다. 상대를 완전히 신뢰할 때에만 자신의 진짜 이름을 알려줄 수 있었다. 폴과 나는 비밀 이름으로 서로에게 마법을 걸었다.

뒷문을 지나가며 보니 폴과 리즈가 수영장 그늘에서 물을 헤치며 걷고 있었다. 리즈가 폴에게 묻는 소리가 들렸다. "다이앤을 부르는 애칭이 있어요?"

폴의 얼굴은 테이저 총에 맞은 것처럼 툭 떨어졌다. "그랬었어… 수백 개였어." 그는 무한한 슬픔이 배어나는 음성으로 말했다. "이제는 하나도 생각 안 나."

사실이었다. 옛날에, '이전의 나라'에서, 폴이 나를 부르는 애칭은 아주 많았다. 나는 한 여자로 이루어진 동물원이나 같았다. 이제 집단 멸종이라도 있었던 듯 우리가 공유했던 모든 토템 동물들이 사라졌다. 사랑의 초원이 적막해졌으며 물을 마시러 모여드는 동물들도 드물어졌다. 폴은 그가 나를 위해 지어낸 '엘프 하트' 같은 낭만적이고 기운찬 말썽쟁이 요정을 내가 얼마나 그리워했는지 이해했다. 그 요정은 숲과 하늘에 사는 별난 껴안고 싶은 생물로, 그가 약칭으로 줄인 것이었으며 우리만의 재미를 위해 뽑아낸 애칭이었다. 우리의 신화에는 황금빛 아기 부엉이, 알락꼬리 여우원숭이, 도롱뇽, 아기 토끼, 허니버니, 버니스킨(또는 프랑스어로 '포 드 라뺑peaux de lapin'), 폴짝 뛰는 거미, 장밋빛 저어새 등등이 있었다.

그는 우리가 의식적인 제사祭祀로 건너고 다시 건넜던 초현실적 세계로 이어지는 우리만의 다리에 다시 찾아갈 수 있기를 바랐다. 그러나 단어들이 그의 주의를 끌려고 서로 밀치며 경쟁하는 바람에 다리를 찾아낼 수 없었다.

그래서 나는 폴에게 그가 예전에 즐겨 불렀던 애칭을 가르쳐주기 시작했다. 백조, 비행사 시인, 아기 천사… 그는 알아들었다. 어떤 때는

"내 소중한 사람," "내 작은 애인," "귀여운 사람"을 탄식하듯 말하곤 했다. 그가 정말로 한때 그 사랑스러운 아르헨티나 구애 게임 *피로포 piropo*의 대가였단 말인가? 사랑과 추파의 찬사로 빚어진 거리의 시 '피로포'는 공공연하고도 사적인 것으로, 지나치는 여성에게 이름 모를 찬미자가 속삭이는 말이다.

"만일 아름다움이 죄라면 당신은 절대 용서받을 수 없을 거예요." 부에노스아이레스에서는 남성이 여성에게 이렇게 탄식할 수 있다. 또는 "당신은 볼쇼이 발레단 무용수처럼 움직이는군요," 또는 "당신에게는 커브가 너무 많고 나는 브레이크가 없어요," 또는 간단하게 "당신은 여신이에요!"라고 할 수도 있다.

"마이 레귬egume(콩과 식물—옮긴이)." 폴은 애정 어린 목소리로 속삭였다. "마이 레이디"라고 말하려던 것이었다. 나는 한동안 참지 못하고 낄낄거렸다.

"레귬!"

그가 얼마나 리마 콩이나 렌즈콩을 좋아하는지 알고 있었으므로 우리는 둘 다 웃음을 터뜨렸다. 그렇지만 천천히, 마음속 깊은 곳에서, 애정을 담은 말이 떠오르기 시작했다. 실어증 환자들은 상대의 말을 되받는 데 퍽 능숙할 때가 있다. 내가 폴에게 '난 당신에게 아기 고양이가 되고 싶어'라고 말하면 그는 즉각 "귀여운 내 아기 고양이"라고 반복했고 나는 그의 노력에 힘을 실어주느라 감사하는 마음으로 소곤소곤 답하곤 했다. 나는 폴의 어휘가 사라져버린 동안 폴이 이름 짓기에서 오는 실체적 연대를 필요로 한다는 것을 알고 있었고, 그는 그 긴 간병의 나날 동안 내가 애정표현에 목말라 있음을 알고 있었다.

"새로 이름을 만들어내는 건 어떨까요?" 어느 날 아침 폴에게 제안했다.

몇 분을 곰곰이 생각한 끝에 그가 처음 제안한 이름은 "애기똥풀 사냥꾼"이었다. 공들여 고른 이름은 아니었다. 주사위처럼 그냥 굴러 떨어진 단어였다.

"애기똥풀…? 아, 그래요, 미나리아재비. 정말 달콤한 이름이네!" 우리 정원에는 애기똥풀이 저절로 피어났고 나는 봄이면 종종 거닐면서 그것들을 꺾어 모으곤 했다.

"도대체 어디서 나온 이름인데요?" 내가 물었다.

자신도 몰랐지만 그는 그 이름에 놀라기도 하고 즐거워하기도 했다. 이 일은 실어증 환자의 어휘 회전목마가 다양하고 창조적인 방식으로 환영받을 수 있는 새로운 부두였다. 그는 툭툭 튀어나오는 잘못된 단어를 막으려고 노력하기보다 그 단어들로 새로운 공간을 만들어냈던 것이다. 뇌졸중 이전이라면 그는 같은 일을 하기 위해 의도적으로 '자유연상'을 해야만 했었을 것이다. 이제 그는 창조하기 위해 새로운 수문을 열었다. '피로포'를 찾아 잠시 동안 실어증의 사냥개들을 풀어놓을 수 있었다. '피로포' 하나만이 한 번에 처리해낼 수 있는 전부라고, 너무 힘이 든다고 그는 말했다. 그러나 진실은 더 깊이 숨겨져 있다는 것이 내 생각이다. 실어증을 그 이상 불러들이는 것은 무서운 일이었을 것이다. 그것을 밸브처럼 켰다 껐다 하는 건 그에게 힘을 실어주는 일이었지만, 혼란스러운 단어들이 줄줄 흘러나오는 것은 원치 않았던 것이다.

그 다음 날 아침 눈을 뜬 나는 폴에게 다른 애칭을 말해달라고 꼬드

겼고 그는 생각을 되새김질하더니 "제비 안식처"라고 말했다. 날마다 대담한 별명을 지어줬던 것은 아니다. 잘 조율이 되지 않으면 "미안, 나중에" 하고 양해를 구하기도 했다. 하지만 신선한 애칭을 생각해내는 아침들이 많았다. 너무 도식적으로 "___의 ___" 식으로 나오면 나는 새로운 변형을 생각해내라고 졸랐다. 이 시간은 새로 추가된 놀이 시간이었고 그 시간을 즐기며 창조적으로 이미지를 만들어내는 연습을 하자는 것이 내 의도였다. 실어증 환자의 뇌는 한 단어 또는 문장, 또는 무언가를 해내는 방법에 발이 걸리는 일이 잦기 때문에 이름을 지어내는 일은 폴에게 쉬운 일이 아니었다. (나는 평상시 사용하던 통로가 파괴되었을 때 일부 신호들이 막다른 골목에서 붙들려 돌고 도는 것과 비슷한 것일까 궁금했다.) 하지만 이름들은 연달아 쏟아졌다. 우리가 침대에서 꼭 껴안고 있을 때, "회전초 공장의 조그만 달 선장," "눈 덮인 나의 탕가니카(탄자니아의 옛 이름 ─ 옮긴이)," "아침을 찬미하는 스파이 요정," "내 작은 스파이스 아울," "루마니아 노래지빠귀를 향해 폴이 보내는 서한," "아라비아의 행복한 아픔," "인간을 우선하는 아기 천사," "조그만 플라보노이드(토마토 등에서 발견되는 물질로 항암, 심장질환 예방 효과가 있는 것으로 여겨짐 ─ 옮긴이)," "감상적 꿈을 비추는 기계," "내 낮의 잔해, 내 밤의 잔해," "사랑스러운 아침의 앰퍼샌드('&' 기호 ─ 옮긴이)," "호리호리한 별의 앵무새" 같은 놀라운 이름들이 튀어나왔던 것이다.

얼마나 놀라운 일인가! 나는 이 소란스럽고 매혹적인 애정 표현을 소중하게 여겼고 매일 아침 폴이 환상적인 그 정겨움을 어떻게 새로 표현할 것인지가 궁금했다. 비록 "아라비아의 행복한 아픔!"처럼 빗나간 것들도 있었지만.

"'행복한'하고 '아라비아'는 좋아요," 내가 말했다. "하지만… 아픔 대신에 다른 단어는 안 될까요?" 아무 것도 떠오르지 않으면 그는 어깨를 으쓱하고 말했다. "내가 할 수 있는 최선이야." 그 단어들은 단지 혼합물로서 떠올랐을 뿐이었던 것이다.

"귀여운 흰눈썹뜸부기." 그가 상냥하게 속삭이며 내 뺨과 귀를 쓰다듬고 양팔로 나를 단단히 껴안아 사랑의 동그라미 안에 가두었을 때 나는 만족한 동물의 소리를 냈다. 몇 시간씩 지속된 그런 순간들이면 나는 휴식했고 그의 불규칙적인 심장 박동에 따뜻해졌으며 걱정의 장애물에서 벗어나 마침내 안전하다고 느꼈다.

별나거나 부드럽거나 그 이름들은 항상 나를 웃기고 사랑받는다는 느낌을 갖게 하는 방식으로 소용돌이쳐왔고 구애가 복원되었다. 이를 테면 '백조 가슴Swan heart' 또는 '공원Park'("당신은 내 눈을 위한 공원이야"를 줄인 말) 같은 뇌졸중 이전의 애칭과 '피로포'들은 시간이 흐르면서 진화했고 여러 겹의 중첩된 의미를 갖게 되었다. 하지만 나는 또한 내 요구에 따라 새로 지어진 더욱 환상적인 애칭들을 불사조 같은 그의 뇌가 보낸 실어증 전보로 받아들여 소중히 여겼다.

그리고 폴은 다시 사랑에 빠진 청년 놀이를 좋아했다. 비록 그것이 힘겹고 피곤한 단어 공예를 뜻했을지라도 그는 참신한 말 짓기를 재미있어 했으며 그것들을 작은 선물로 내게 주었다. 그것은 또한 무슨 일이 일어나든 매일이 친밀하게 그리고 한바탕 웃음으로 시작할 것임을 보장해주기도 했다.

제27장

"안녕, 웜뱃." 마치 그렘린(기계에 고장을 일으키는 것으로 여겨지는 가상의 존재—옮긴이)들의 습격을 받은 듯한 모습으로 꿈의 동굴에서 비틀거리며 나오는 폴을 향해 내가 인사를 했다. 머리칼은 죄다 삐죽 솟았고 플란넬 사각 팬티는 뒤로 돌려 입은 채 뒤뚱뒤뚱 걷는 그의 얼굴에는 잠에서 막 깨어난 표정, 우리가 의례 귀엽다고 느끼는 눈이 퉁퉁 부은 아기의 표정이 아직 남아있었다.

"오늘은 내가 하루 종일 당신 곁에 있을게요." 그에게 알렸다. 토요일과 일요일, 그리고 리즈가 휴가일 때 늘 그래왔듯.

그는 국가를 들을 때처럼 오른손을 가슴에 얹고 새끼손가락을 구부린 뒤 그 날의 새로운 애칭을 말했다. "내 작은 머리칼 양동이,"

얼마나 웃었던지 나는 우유를 따르다 멈추어야만 했다. "와우, 그거 정말 좋아요!"

"내 작은 머리칼 양동이." 폴은 노래하듯 다시 말했다. 이번에는 박수를 치는 상상 속 구경꾼들에게 인사를 하듯 오른쪽과 왼쪽을 향해 활짝 웃었다.

그리곤 1965년 노래 〈안녕, 고양이?〉의 가락에 맞추어 "안녕, 웜뱃?"을 틀린 음정으로 부르며 아침을 먹으려고 앉았다.

이날 아침 내게는 동료 웜뱃 애호가와 나눌 재미있는 뉴스가 하나 있었다.

"라파엘 전파 화가들이 웜뱃에 푹 빠졌었다는 것을 알아냈어요! 그리고 웜뱃식으로 진한 키스를 하는 영국 전통이 있는 것 알아요?"

"웜뱃식 진한 키스? 좀 더 말해봐." 폴이 걸려들었다.

폴은 한때 성적이면서 지극히 가볍고 여리기도 한 우울한 여인들을 모델로 한 보석 같은 그림들로 19세기 중반의 재미없고 칙칙한 예술에 충격을 준 젊은 영국 화가들이 주도한 라파엘 전파 사실주의의 전문가였다. 라파엘 전파의 우두머리인 단테 가브리엘 로세티Dante Gabriel Rossetti는 옥스퍼드 협회의 천장과 벽에 그림을 그리라는 의뢰를 받았다. 그는 이런저런 친구들을 불러 모아 아서왕 전설에 나오는 영웅적이고 초자연적인 장면들로 채운 정교한 벽화를 공들여 그렸고, 숲과 성, 벨벳 옷을 입은 귀부인들과 늠름한 기사들로 그림을 완성했다.

"옥스포드 협회 천장에 기사 그림을 그린 로세티 알죠?"

"그리고 로터리에도." 폴이 덧붙였다.

로터리? 아, 벽 말이구나. "맞아요. 벽이랑, 창문을 제외한 모든 곳에 그림을 그렸지요. 창문에는 보호용으로 백색도료를 발랐는데 표면이

아주 유혹적일만큼 깨끗해진 거예요. 그래서 그들은 신이 나서 창문에
도 장난치며 날뛰는 웜뱃들을 수십 마리 그려 넣었던 거죠!"

폴의 회색 눈이 아주 커졌고 마노 같은 눈동자의 가장자리가 보였다.

"로세티는 웜뱃이 정말 매력적이고 신의 피조물 중에 가장 아름답다
고 동료들을 설득했던 모양이에요. 그리고 런던 리전트 파크 동물원의
"웜뱃의 우리"에 버금갈 소동과 장난으로 가득한 장면들을 그렸어요.
웜뱃들이 이집트 피라미드를 달려 지나가는 그림도 있어요! 환상적이
에요!"

"그것들을 볼 수 있을까?"

"아뇨, 안타깝게도 그 창문들을 씻어냈대요. 하지만 대영박물관에는
스케치들이 있어요. 우리 런던으로 날아가 로세티의 웜뱃 그림들 앞에
서서 손을 잡을까요?" 나는 장난꾸러기처럼 물었다. *그가 더 건강하고
여행도 할 수 있다면 그건 얼마나 유쾌한 일일까.*

"안 될 것 같아." 그가 말했다. "좋은 생각이긴 해… 어쩌면…" 그는
뭔가 알맞은 단어를 찾으려고 애쓰면서 오른손 집게손가락을 빙글빙글
돌렸다. "…상자?"

"우편함 말이에요?"

"아니, 우편함 말고, 다른 것…" 그는 적극적으로 단어 사냥을 계속
했다. "…가벼운 춤추는 우편함."

가벼운 춤추는 우편함… 가벼운 춤… 그리고 우편함… "컴퓨터?"

"그래." 그가 신이 나서 말했다. "회전 받침대?" 그는 장난을 치려는
듯 집게손가락을 공중에 돌리며 말했다.

몇 달 전, 폴에게 가상관람을 할 수 있는 어느 이탈리아 박물관 사이

트를 보여준 적이 있었다. 혹시 그 일을 기억해 낸 것일까?

"미술관 관람을 말하는… 건가요?"

"맞아!" 그는 안심하면서 말하더니 덧붙였다. "물론이지."

폴은 학교에서 농업, 산업, 교통 등 과거의 대혁명들이 유전자 풀 gene pool에서부터 우리 조상들에게 치명적이었던 기후 및 지형에서 살아남는 능력에 이르기까지 어떻게 인간의 삶을 수정하고 변화시켰는 지를 공부했었다. 하지만 그 공부가 다음의 거대한 변화에 잘 넘어가 도록 준비시켜주지는 않았다. 그의 전통적 뇌에 비하여 너무 번드르르 하고 너무 빠르며 너무 현대적인 정보시대의 한복판에서 살아간다는 것은 그에게 특권이자 불운이었다. 이것은 폴이 헤아리지 못한, 좋아 하지 않았으며 많이 사용하지 않았던, 그럼에도 불구하고 혜택을 입었 던 혁명이었으며, 그러한 사실들은 뇌졸중 이전에도 그를 불안하게 했 었다. 뇌졸중 이후에는 그는 이 혁명에 완전히 혼란스러워했으며, 따 라서 리즈와 내가 중개자 역할을 해야 했다. 나는 곧 대영박물관 사이 트를 찾아냈고, 비록 회랑을 직접 걸어 "돌아다닐" 수는 없었지만 그 와 함께 둘러보았다.

로세티의 웜뱃은 재미있기도 했지만 우리를 병과 무관한 행동에 다 시 연결시켜주기도 했다. 그건 무언가 새로운 것을 함께 배우는 원호, 마음들을 연결하는 생생한 방법이었다. 우리는 현재로 더욱 집중하여 함께할 수 있는 주제들을 캐고 들어갔으며 그것은 우리 둘 모두의 호기 심을 만족시켜 주었다. 실어증의 역사는 결벽증적인 사람들은 좋아하 지 않는 놀라움의 캐비닛을 만들어냈다. 기원후 2세기의 그리스 의사 갈렌Galen이라면, 폴의 실어증을 검은 담즙이 동물 혼을 저장한다고 믿어지는 두개낭頭蓋囊을 움직이지 못하게 붙여버리는 장애라고 진단했을 것이다. 무시무시한 일이지만 16세기 의사들이라면 그의 혀에 거머리를 붙였을 것이다. 폴은 17세기 테오필레 보네Theophile Bonet의 《실용적 의사 안내서》에 실린 치료법을 좋아했다. 책은 다음과 같은 "중풍을 위한 가장 은밀하고 확실한 치료법"을 충고하고 있다.

> 사자의 똥을 취해 가루로 내고 두 부분으로 나누어 손가락 셋 정도가 될 때까지 알코올을 붓고 유리병에 세워서 넣어 사흘간 두어라. 물기를 빼고 계속 그렇게 두어라. 그런 다음 새끼 까마귀 한 마리와 새끼 거북이 한 마리를 화덕에 넣어 각각 따로 굽고 가루를 내어 위에 언급한 술을 붓고 사흘간 우려내라. 보리수 열매를 1.5온스(약 42그램－옮긴이) 취하라. 상기한 술에 열매를 담그고 설탕 캔디를 6온스(약 168그램－옮긴이) 넣어라. 가장 좋은 와인을 같은 양만큼 추가하여 설탕이 녹을 때까지 냄비에 넣고 끓여라. 환자가 이 약을 술에 넣어 한 달 동안 하루에 여러 번, 한 순갈씩 먹도록 하라.

18세기 후반에는 '정부情婦를 취하는 것'이 실어증의 한 의학적 이유로 제시되었다는 걸 알고 폴은 무척 재미있어 했다. 그로 인한 염려나 비정상적인 성적 흥분이 남성들의 혈압을 올렸기 때문이었을까? 의사들은 구체적 이유를 명시해놓지는 않았다. 단지 정부가 뇌졸중을 야기할 수도 있다고 했을 뿐이다. 19세기의 골상학자들은 언어기억은 안와眼窩 뒤에 위치한다고 결론을 내렸는데 이유인즉슨 뛰어난 문장가들은 툭 튀어나온 개구리 같은 눈 아래 커다란 주머니를 갖고 있기 때문이라는 것이었다. 우리는 이걸 읽고 낄낄거렸다.

의학이 꾸준히 발전한 게 얼마나 고마운 일인가 싶었다. 최소한 폴은 혀에 거머리를 붙이거나 사자의 똥과 새끼 까마귀에 담근 보리수 열매를 먹지는 않아도 되었다. 흡혈박쥐의 침을 사용하고 자석 코일로 뇌에 자극을 가하는 임상 실험들에 관해 나는 폴에게 말해준 적이 있었다. 그런 것으로 미루어보면 현대라고 해서 치료법이 엄청나게 변한 것은 아닌지도 몰랐다.

"박쥐 침은 아니고?" 리즈가 우유 컵을 내밀자 폴이 아무렇지도 않게 물었다.

"*박쥐 침요?*" 리즈가 눈썹을 치켜 올렸다. 그녀의 짧게 쳐올린 머리칼은 새로운 붉은색(주홍빛 도는 진한 밤색)이었고, 어깨도 카누 여행에서 새로이 햇볕에 타 있었다.

폴이 무표정하게 말했다. "왜냐하면 테이스티 바이트를 끊었거든."

"그렇군요." 그녀가 의심스러워하면서 느릿느릿 말했다. "그러지 않는 게 좋을 걸요. 식품저장실에 세일 때 사둔 테이스티 바이트가 일흔여덟 박스나 쌓여 있으니까요."

리즈의 눈동자가 폴 옆의 주방 탁자 위에 놓인 따지 않은 아스파라거스 깡통 위에 한순간 머물렀다. 깡통에는 손목시계가 둘러져 있었다. 자동으로 태엽이 감기는 시계여선지 더욱 어이없어 보였다. 나는 미소 지었다. 깡통은 마치 양팔이 절단된 몸통처럼 보였지만, 나는 그것이 꼭 죄는 '트위스트-오-플렉스' 시곗줄을 위해 폴이 고안한 방법임을 알고 있었다.

제28장

"윌이 불교 수도원 웹사이트를 디자인하기 시작했어요." 월요일 아침 경쾌하게 집에 들어선 리즈가 알렸다. 그녀는 양쪽 발목을 흔들어 벗은 신발을 현관문 옆에 놓고 반투명한 호박색 바닥의 샌들 속으로 발을 밀어 넣었다. 주말 동안 머리를 고구마 빛 붉은색으로 염색한 그녀는 드래곤 보트 연습으로 살이 많이 타 마치 폴과 함께 살갗 태우기 경쟁을 하는 것만 같았다.

"마케팅이죠. 새 수도원을 지을 기금을 모으려고 야구모자 판매를 계획하고 있어요. 달라이 라마가 방문할 예정이라 그런 것이기도 하고요."

"달라이 라마는 주황색 햇빛 가리개를 쓰는 것 같던데." 내가 끼어들었다. 그러나 카페인으로 달아오른 리즈의 활기는 주춤하지 않았다.

리즈는 한 박자도 놓치지 않고 카운터에서 폴의 전기면도기를 집어 들고 정기 소제를 시작했다.

"저기요. 윌이 얼어 죽게 추운 겨울밤 현관 앞에서 머리를 밀었던 거 기억하세요? 내가 실내에서는 못하게 했거든요. 그는 항상 집안을 엉망으로 만들어요. 머리칼을 사방에 떨어뜨린다니까요! 윌은 한밤중에 침낭 안에 서있었어요! 면도기가 고장 났는데 머리는 반만 깎여 있었거든요. 면도기를 분해하고 다시 조립한 다음에야 머리를 다 밀 수 있었답니다. 하여간 정말로 *지독한 말썽꾼이에요!*"

이제 막 일어났던 폴은 어리둥절한 표정으로 식당 방 탁자에 앉아 있었다. 이런 화제 전환이야말로 그를 정신 못 차리게 만들었다.

"뭐, 어쨌든 자신이 고장 낸 물건을 고칠 수는 있었네." 안심이 되는 목소리를 내려고 노력하면서 내가 말했다.

"고장?!" 폴이 소리쳤다. 머릿속의 멍한 아침 안개를 뚫고 나와 그 단어를 붙잡은 것이었다.

"윌이 구스타프랑 뒤뜰에서 카이트 서핑 연습을 하다가 팔을 부러뜨린 거 기억하세요? 물론 그는 장비를 빠짐없이 구입했었죠. 바람 속도가 다르면 연도 달라야 한다더군요. 장비가 끝도 없이 많아요." 리즈는 눈을 위아래로 굴렸다. "이제 지하실에는 얼음도끼가 서너 개, 자전거가 다섯 대, 스키가 여섯 벌 있어요. 세상에!"

"그마안!" 폴이 모음을 문지르며 말했다. 맙소사, *수다스러운 여자들 같으니*, 하는 뉘앙스가 표현되었다. "이건 침입이야!"

리즈와 나는 단어들이 메뚜기 떼들처럼 쳐들어오는 모습을 떠올리고 웃음을 터뜨렸다.

"조용해야 돼. 그… 그… 알다시피, 그…" 폴은 머릿속에 있는 잉걸 불에 부채질이라도 하듯 성급하게 손을 내저었다.

"전화 말이에요?" 그를 돕지 않을 수 없었다.

"그래! 전화. 나는 깨어있지 않아."

"좋아요. 조용히 할게요. 약속해요." 나는 손을 입으로 들어 올려 자 물쇠 열쇠처럼 돌렸고 리즈도 따라했다. 전화를 해야 한다는 것이 그로 서는 몹시 신경 쓰이는 일임을 우리는 알고 있었다.

폴은 전화를 마치 두더지가 빛을 피하듯 본능적으로 피했다. 맞는 단 어를 찾을 수 있을지 전혀 알지 못했고, 또한 상대방이 무슨 말을 하는 지 실마리를 얻으려고 얼굴을 볼 수도 없었기 때문에 그의 불안은 충분 히 이해할 만한 것이었다. 최악은 틀린 단어가 연속 들어와 말을 방해 하는 것이었는데, 그러면 듣는 사람은 혼란스러워 말을 멈추는 일이 잦 았다. 그러면 말을 해야 하는 통화에 발작적이고 긴 침묵이 흘렀고 그 와 함께 상태는 더 악화되기 마련이었다.

그가 원했던 것은 소설가이자 문학잡지 〈컨정션스Conjunctions〉의 편집 인인 친구 브래드에게 응답 전화를 해주는 것, 그뿐이었다. 내 서재에 서 폴은 마침내 번호 누르기를 포기하고 자리에 앉아 속을 끓이며 손에 쥔 무선전화기를 내려다보았다.

"한심한 걸 알면서 왜 계속해서 이 한심한 단추를 눌러야 하지? 이 한심한 단추를 누르는 짓을 멈출 수 없네!" 폴이 으르렁거리듯 말했다. 그는 수화기를 든 팔을 뻗어 무심한 회색 기계를 바라보았다. "다른 사 람이 기계를 조작하고 있는 것 같고, 항상 한심해! 아니… *한심한*은 잘 못된 단어야. *잘못된*이 맞는 단어야."

"내가 눌러줄까요?" 나는 목소리에 평정을 유지하려고 애쓰면서 말했다.

"그래봤자 말도 못할 텐데." 그가 신음했다.

그는 침울해 했고 스스로를 탓했으며 정신세계가 일그러졌다고 느끼고 있었다. 어떻게 낙담하지 않을 수 있었겠는가. 내 서재는 안전하고 편안했다. 셔츠를 입지 않은 그는 보랏빛의 플러시 소재 안락의자에 구부정하게 앉아 있었고 열린 창밖에서는 눈부신 오색방울새들이 지저귀고 있었다. 하지만 그는 도저히 긴장을 풀 수 없었으며, 스트레스를 받을수록 말하기는 더 어려워졌다.

"원하는 단어를 찾기 힘들까봐 두려워요?" 그의 마음을 조금이라도 편안하게 해주고픈 마음으로 내가 물었다.

"머릿속에 구멍이 가득한 느낌이야. 그 안에 있는 완벽한 단어 저장고가 부끄러워하고 있어." 그가 한탄했다. "어떤 단어들이 다른 단어들보다 더 크게 어렴풋이 나타나 그것들을 밀어내는 것 같아." 그는 마치 말들을 밀어내듯 팔들을 내밀면서 말하는 속도를 절반쯤 늦추었다. "마치 한 단어, 틀린 단어가 낙지처럼 내 얼굴에 들어붙었다가 다행히 떠나가는 것 같아."

그를 가엾게 여기면서 내가 중얼거렸다. "정말로 지독하게 답답할 것 같네요."

"답답해!" 그가 되풀이했다. "플렉시글라스plexiglas(유리처럼 투명한 합성수지–옮긴이)에 말하는 순간 나는 가망이 없는 거야… 플렉시글라스 말고… 플렉시글라스…" 폴은 오래 말을 멈추었고 그러다 자신이 무엇을 말하고 있었는지 잊어버렸다. 그리고는 구역질이 난다는 듯 두 손을 들어 올렸다 떨구었다.

그를 이 곤경에서 건져내기 위하여 나는 다시 물었다. "정확히 무슨 일이 일어났어요? 말이 나오는 길에 바리케이드가 쳐진 건가요? 그렇더라도 돌려서 말하거나 또는 다른 방식으로 하고자 하는 말을 할 수도 있잖아요?"

스스로를 진정시키려고 깊은 한숨을 내쉬면서 폴은 한손으로 서투르게 면도한 뺨을 쓰다듬었다. 면도기가 놓친 수염 한 다발이 만져지자 그는 망연히 미소 지었다.

"시끄럽게 떠드는 단어가 있는데… 그게… 그게… 다른 모든 단어들을 쓸어내 버려. 문법도, 문장 구조도 전부… 창밖으로 날려버려… 때때로 나는 내 두개골 앞에서 철자가 옳고 몇 가지 색깔로 씌어진 어떤 단어를 봐. 하지만 내가 원하는 그 단어는 아니야. 예를 들어 말은 '플렉시글라스'라고 하지만 사실은 다른 단어를 붙잡으려고 하는 거야."

"전화 말이었죠?"

"전, 전화." 그는 누가 가려운 곳을 긁어준 것처럼 안도의 한숨을 내쉬었다.

"플렉시글라스가 말도 못하게 어렵다는 말이 아니야." 폴은 마치 모르는 언어를 더듬듯 머뭇거리면서 말했다. "이런 난장판이 벌어지면 거기에 다른 어떤 것을 강제로 투입할 방도가 없어. 내 뇌는 소기름 같아."

"멋진 이미지예요!"

폴은 내 칭찬을 잠시 고려한 뒤 동의했고 그 말을 했다는 자부심으로 미소를 지었다. 그 작은 성취로 자신감이 고취된 그는 다시 한 번 전화라는 모험을 감행할 용기를 얻었다. 이번에는 내가 단추를 눌렀다. 미리 예행연습을 했는데 마침 브래드가 부재중이었다. 나는 폴이 전화했다는 메시지를 남겼다.

저녁식사 시간쯤 브래드가 전화를 걸어 자동응답기에 폴에 대한 격려 메시지를 남기기 시작했다. 그 목소리를 듣자 폴은 말하고 싶다는 몸짓을 해보였다. 나는 브래드가 "사랑하네, 친구여"라고 말할 때 수화기를 들어 응답한 다음 폴에게 넘겨주었다. 폴이 자유롭게 말하도록 혼자 있게 해줄까 했으나 폴이 단어를 찾으려면 내 도움을 필요로 할지 몰라 남았다. 실제로 몇 차례 그랬다. 그는 많이 더듬었지만 그래도 자신의 의중을 전달했고 옛 문학 친구와 목소리로나마 접촉하는 즐거움을 누렸다. 폴이 단어를 찾아 힘겹게 애쓰는 모습이 보기 힘들기도 했지만 용감하게 실어증의 미궁과 씨름하는 그가 자랑스럽기도 했다.

"렉스로스Rexroth도 뇌졸중을 겪어 말하는 데 어려움을 겪었지." 브래드가 "비트족의 아버지"라고 불리곤 하는 시인을 언급했다.

마음속에서 솟아난 의문으로 표정이 활기를 잃었으나 그럼에도 불구하고 폴은 물었다. "그는 완전히 회복했나?"

가슴이 덜컥 내려앉았다. *치유란* 불가능했다. 오직 *개선*만이 있었고, 그것도 믿을 수 없이 긴 시간 후에, 고된 훈련 끝에 오는 것이었다. 그때조차도 폴은 불만스러운 느낌에 묶여 있을 것이었다.

"렉스로스는… 어, 어떻게… 되었지?"

"조수를 고용했고 언어치료를 아주 많이 받았어. 그리고 바로 이듬해에 새 시집을 출간했지." 브래드가 격려성 응답을 해주었다.

몇 년 전인가 뇌졸중을 앓은 또 다른 시인 윌리엄 메레디스William

Meredith가 파트너인 리처드 하티스Richard Harteis와 함께 우리 집을 찾아왔던, 오래 잊고 있었던 기억이 다시 떠올랐다. 해군 전투기 조종사였고 퓰리처상을 포함 다수의 상을 수상한 시인이었던 메레디스는 1983년 뇌졸중을 일으키기 전까지 잘 알려진 시집 열 권을 출간했다. 뇌졸중은 1년 이상 말하고 움직이는 능력을 심각하게 왜곡시켰다. 하티스의 도움을 받아 그는 여전히 여행하고 '낭독'을 했다. 하티스가 낭독할 동안 메레디스는 청중과 함께 앉아있곤 했다. 낭독 후 사람들과 교제 시간을 갖고 필요시 하티스가 통역을 했다. 나는 메레디스의 이상하고 막히고 머뭇거리는 연설을 떠올렸다. 이제야 완전히 이해됐다. 메레디스는 정말 사랑스럽고 상냥하며 영리한 손님이었다. 몇 년간 언어치료와 물리치료를 받아가며 대단한 노력을 기울인 결과 비로소 대화를 하고 걸을 수도 있게 되었던 것이다. 뒤늦게야 사정을 깨달은 나는 폴과 내가 메레디스 때문에 얼마나 슬퍼했는지를 기억해냈다.

폴이 통화를 끝내는 동안 느릿느릿 서가를 둘러보면서 나는 폴이 몹시 고명한 클럽에 가입했다는 생각을 했다. 뇌졸중과 실어증은 작가들, 작곡가들, 그리고 기타 창조적인 일을 하는 영혼들 사이에는 아주 흔한 일로, 그들은 수세기 동안 비슷한 운명으로 고통을 받았음이 분명했다. 라벨, 렉스로스, 메레디스에 호기심을 느낀 나는 조사를 더 해보기로 마음먹었다. 폴도 흥미를 느낄 프로젝트가 될 것이었다.

내 속을 들여다보기라도 한 듯 통화를 끝낸 폴이 물었다. "궁금해… 다른 작가들도… 실어증이었어? 프루스트… 조이스… 디킨스도?" 그는 재빨리 손을 뻗어 공중에 동그라미를 그렸다. *기타* 등등을 뜻하는 동작이었다.

아직 낮이 한창이었음에도 불구하고 마치 밤이 내린 것처럼 맹렬한 아쉬움이 엄습해왔다. 폴의 말, 몸짓, 관심사가 좁은 평면위에 몇 차원으로 펼쳐졌다. 빠져있는 모든 것은 그림자처럼 비공식적으로만 존재했다. 어떤 것들은 부재로써 더욱 더 존재감을 드러낸다. 그건 마르셀 프루스트Marcel Proust가 옳았다. 나는 폴처럼 프루스트가 일상적 소음에서 스스로를 보호하려고 벽에 코르크를 댄 방에 살았으며, 수면 주기가 정반대인 삶을 살았다는 걸 기억해냈다. 프루스트는 침실에서 글을 썼으며 때로 좋아하는 리츠의 음식점에서 으깬 감자를 마차로 배달시켜 저녁을 먹곤 했다. 폴의 서재도 벽에 코르크를 댄 방이었고 역시 창문이 없었다. 뇌졸중 이전 여러 해 동안 폴은 으깬 감자에 심각하게 중독되어 있었다. 그는 건조된 으깬 감자를 담은 팩들을 가방에 넣고 여행했으며 집에서는 수프나 스튜에 으깬 감자를 넣어 먹기를 좋아했다. 나는 그 습관을 혐오했고 내 몫에는 절대로 그러지 못하도록 금지시켰다.

폴이 텔레비전을 보는 밤 시간 동안 아직도 조금 우울했던 나는 주의를 다른 곳으로 돌리려는 노력으로 서재를 샅샅이 뒤졌으며 인터넷에서 실어증에 시달린 다른 작가들에 관한 답을 찾으려 했다. 보들레르 Baudelaire, 랠프 왈도 에머슨Ralph Waldo Emerson, 윌리엄 카를로스 윌리엄스 William Carlos Williams, 새뮤얼 존슨Samuel Johnson, 그리고 C. F. 라뮈C. F. Ramuz 등을 찾았다. 프루스트는 독특한 경우였다. 평생 천식에 신경증 환자였던 그는 직접 앓지는 않았지만 실어증을 병적으로 두려워했다. 내과 의사이던 그의 아버지는 56세에 뇌졸중으로 쓰러지기 전 실어증에 관한 학술논문을 출판했다. 훗날 아직 어머니와 살던 동안 그는 처음으로 실어증의 황폐를 체험했다. 어머니가 뇌졸중을 일으켰고 그 여파로 죽기 전까지 2년간 실어증을 보였던 것이다.

프루스트가 불안해한 것은 놀랄 일이 아니다. 30대 초반부터 불분명한 말, 어지럼증, 깜박이는 기억력, 그리고 낙상이 시작되었던 것이다. 이런 다양한 증상들은 아마 뇌졸중 때문이 아니라 그가 과도하게(잠들기 위해, 깨어있기 위해, 천식 때문에, 심신의 골칫거리 때문에, 불안감이 줄지어 나타나기 때문에) 먹었던 약들이 일제히 충돌했기 때문일 수도 있다. 폴은 프루스트의 고통을(또렷한 의식, 중독증, 기타 등등) 알고 있었다. 하지만 그의 어머니의 실어증에 대해서는 알지 못했다. 컴퓨터에서 출력한 인쇄물을 손에 들고 나는 폴에게 알려주려고 느릿느릿 거실로 걸어 나갔다.

폴에게 프루스트의 인용문 "내 뇌 안에 이방인이 거주지를 틀었다"를 읽어주자 그는 고개를 끄덕이며 공감을 표시했다.

"그런데 에머슨이 뇌졸중으로 심각한 실어증을 앓았다는 거 알았어요?" 내가 물었다.

"아니!··· 그는 어떻게 초월했지?"

폴의 질문은 진지했다. 하지만 '초월주의자'를 사용한 말장난에 우리는 둘 다 웃음 지었다. 그것은 저절로 그의 뇌와 입을 통과해 나왔던 것이다.

"모르겠어요. 세부 내용은 많이 못 찾았어요."

1871년 여름에 에머슨은 기억력을 잃기 시작했고 필경 퇴행성 뇌질환의 일부일 진행성 실어증에 용감히 대처했다. 이 위대한 수필가는 자신의 이름을 잊어버렸고, 누가 "어떻게 지내세요?" 하고 인사하면 "꽤 좋아요. 정신적 능력들은 좀 잃었지만 아주 잘 지냅니다" 하고 대답하곤 했다.

"뇌졸중이나 실어증을 앓았던 작가들에 관한 기록은 충격적일 만큼 적어요." 내가 말했다. "이상하지 않아요? 그런데 보들레르에 관해서는 상당히 많이 알려져 있지요…. 보들레르는 당신하고 비슷하게 뇌의 좌반구에 뇌졸중이 일어났는데, 당신처럼 호전되지는 않았더군요."

"말해줘." 폴이 간절하게 말하고 뒤로 편안히 기대앉았다. 그는 자신보다 상태가 더 나쁜 다른 실어증 환자들에 관한 이야기를 좋아했다.

그런 다음 동경에 잠겨 "플라뇌르flaneur"라는 단어를 하나 덧붙였다. 퍽 괜찮은 프랑스어 악센트로 발음했고 살짝 애정마저 어려 있었다. 그림 같은 중세의 도시 투르를 방문했을 때 폴은 내게 그 단어를 가르쳐주었다. 프랑수아 라블레 대학에서 폴의 작품에 관한 회의가 열렸던 것이다. 그 대학은 넓고 푸른 도금양 빛의 숲이 우거진 루아르 강변에 있었다. '플라뇌르'는 느긋하게 서 있거나 거니는 사람을 뜻했다. 사회적 갈등과 문화적 유대가 있는 현대의 삶은 전통적인 예술 활동을 하기에는 너무 복잡해졌기 때문에 보들레르가 "예술을 경험하기 위해 도시 주변을 걷거나 빈둥거리는 사람"의 의미로 징발한 단어였다. 보들레르는 한편으로는 냉소적으로 남의 사생활을 지켜보지만 다른 한편으로는 가장 비열한 거리에서 정열적인 사람으로 살아야 할 필요가 있다고 느꼈다. 폴의 노동자 계층이라는 배경과 그가 받은 드문 옥스퍼드 교육은 보들레르와 비슷한 관점을 낳았다.

나는 설명을 시작했다. "보들레르의 경우는 아주 슬퍼요. 브로카 영역과 좌반구 뇌에 뇌졸중이 일어났을 때 그는 겨우 마흔다섯 살이었어요." 나는 바람을 등지고 말했다. 이제는 습관적으로 문장 사이사이에 잠시 멈추어 폴이 내가 말하는 것을 처리할 시간을 주었다. "알다시피 그는 십대에 매독에 걸렸고 매독은 계속 심해져서 늘 그를 괴롭혔어요. 관절이란 관절은 죄다 아팠고 머리카락이 빠졌으며 궤양이 생겼을 뿐 아니라 지독한 피로감과 열, 인후염에 시달렸고, 전신에 발진이 돋았고, 우울증에다 여러 차례 정신병까지 앓았지요."

폴은 말없이 얼굴을 찡그렸다.

"그래요. 하나도 빠짐없이 모두 앓았던 거예요."

"그리고 보들레르는…" 폴은 엄지손가락과 집게손가락을 들어 올려 입으로 갖다 대더니 손가락을 벌려 기울이며 술을 마시는 시늉을 했다.

"물론 술독에 빠지고 아편을 피운 것도 문제였지요. 브뤼셀에서 한 친구가 '오텔 뒤 미루아'(호텔 이름—옮긴이) 객실에서 보들레르를 찾아낸 사건이 있었어요…."

폴은 활짝 웃었다.

"알아요. 프랑스 시인이 거울 호텔에서 살다니 얼마나 재미있는 일이예요? 하여간 어느 날 아침 친구가 찾아가 보니 보들레르는 옷을 다 입은 채로 침대에 누워 말도 못하고 움직이지도 못하고 있었다는 거예요. 보들레르는 천천히 회복했죠. 교정쇄를 읽고 편지 몇 장을 구술할 정도로요. 하지만 또 뇌졸중이 덮쳤어요. 이번 것은 몸의 오른쪽을 마비시켰고 완전 실어증을 몰고 왔어요."

폴이 염려스러운 얼굴로 물었다. "어떻게 손을 쓸 수 있었나?"

"별로 할 수 있는 게 없었어요. 여자 친구 하나는 그의 '뇌가 연화되었음'이 분명하다고 말했고 그가 '지력知力을 잃고 오래 살 것'을 두려워했대요."

폴이 공포에 잠겨 눈썹을 치켜 올렸다.

"비참한 생각 아니에요? 보들레르는 정말 의사소통을 전혀 할 수 없었고 그래서 결국 아우구스티누스 수도회 수녀들이 운영하는 병원 '엥스띠뚜뜨 생−장 에 생뜨−엘리자베트'에 갔어요. 의사들은 그가 다루기 힘든 환자라는 걸 분명히 알았어요. 그가 내뱉는 말이 죄다 욕, 크레농이었기 때문만은 아니에요."

"크레 농!"

"대강 번역하면 '빌어먹을'이지요?"

"빌어먹을. 하지만… 수녀원에서?" 폴은 아주 신이 난 듯 보였다.

"끊임없이 욕을 내뱉는 퇴폐주의 예술가에게 하필이면 수녀원이었던 거죠! 내가 산 《유명 예술가들의 신경질환》라는 책에서 보들레르에 관한 구절을 읽어줄 테니 한번 들어봐요."

폴이 알았다고 고개를 끄덕이자 나는 안도의 한숨을 내쉬면서 읽기 시작했다.

> 대화의 예술을 사랑하고 실천했던 그는 이 두 단어로 기쁨, 슬픔, 분노, 조바심과 같은 느낌과 생각 전부를 표현해야만 했다. 때때로 그는 뜻을 분명하게 전달하지 못하고 자신에게 말을 거는 사람들에게 대답하지 못하는 무능력에 울화통을 터뜨렸다…. 생각은 여전히 그의 안에서 생생하게 살아 있었고 그것은 눈빛으로 엿볼 수 있었다. 그러나 생각은 그의 육체의 감옥에, 바깥세상과 의사소통할 수단이 없는 채로 갇혀 있었다.

그 단락을 두 번 천천히 읽었지만 폴이 내용 전부를 이해했는지는 확실히 알 수 없었다. 그러나 그는 계속 읽으라는 시늉을 했다.

"그래서 원장 수녀는," 나는 열중하여 계속 읽어나갔다. "보들레르의 어머니에게 종교단체 병원은 그에게 맞는 곳이 아니라는 편지를 썼고 병원에 그처럼 불경한 사람이 있다는 것이 싫다는 불평을 늘어놓았다. 분명히 보들레르의 어머니는 수녀들이 그를 괴롭히고 있을 수도 있다는 우려를 하기 시작했다."

"어떻게?" 폴이 물었다.

"누가 알아요. 아마 그를 에워싸고 기도를 했거나 또는 그 기도를 따라하라고 요구했을 수도 있어요. '빌어먹을!' 외에 다른 말을 할 수 없는 사람에게는 정말로 끔찍한 장소임에 틀림없어요. 분명 그 끊임없는 욕설이 수녀들의 신경을 거슬렸겠죠."

폴은 킥킥거리고 웃었다. 그가 그 장면, 보들레르는 크레 농!이라고 외치고 머리가리개를 쓴 친절한 수녀들이 십자가를 쥔 채 그를 둘러싸고 기도하는 모습을 그려보고 있음을 알 수 있었다.

"수녀들은 그가 무섭다고 말했대요. 수녀들에게는 그게 악마처럼 보였을까요? 잊지 말아요. 보들레르는 한때 '남자와 여자는 태어날 때부터 모든 쾌락이 악마 안에 있음을 안다!'고 말한 적이 있어요. 수녀들은 그가 전적으로 사악하다고 생각했음에 틀림없어요. 아마도," 나는 과장되게 진지한 어조로 느릿느릿 말했다. "수녀들은 그에게서 귀신을 몰아냈을 거예요! 분명 그는 수녀들을 막으려고 소리쳤을 거고요. 그렇지만 브뤼셀에서 보들레르처럼 상태가 나쁜 환자를 받아주는 곳은 그곳 하나밖에 없었어요. 간병인 중 한명이 그에 관해 했던 말을 읽어줄게요."

보통 때처럼 나는 폴에게 천천히, 처음부터 끝까지 두 번 읽어주었다.

그는 반벙어리처럼 행동한다. 단 하나의 단어만을 분명히 발음해 억
양을 다양하게 변화시킴으로써 자신을 이해시키려고 노력하곤 한다.
나는 그를 상당히 자주 이해하는 편이지만, 힘들다.

"아직도 이해돼요?"

그는 고개를 끄덕였다. 그렇지만 그게 반드시 *그래*를 뜻하는 건 아니
었다. 그는 단지 예의를 차리려고 했을까, 아니면 내게 친절하려 했을
까, 그것도 아니면 그저 항거할 힘이 없었던 걸까. 하여간 나는 계속
읽었다. 페이지를 건너뛰어 보들레르의 친구를 인용한 부분을 읽었다.

나는 보들레르가 전에 없이 의식이 또렷하고 예리하다고 확신하기에
이르렀다. 그가 썼으면서 주변에서 일어나는 쉬쉬거리는 대화를 듣
고 한마디도 놓치지 않으려고 귀를 기울이는 모습을 보고, 그가 보여
주는 찬성이나 안달하는 몸짓을 통해서 계속되는 집중과 명쾌한 지
력을 교환하고 있음을 알 수 있었다. 질병의 침범을 받지 않은 그의
정신은 온전하게 활동했고, 그의 마음은 작년에 보았던 것처럼 자유
롭고 민첩하다는 것을 의심치 않았다.

"그러니까 친구들과 있을 때면 다 알아듣는 것처럼 행동했던 거예
요. 하지만 말할 수는 없었죠. 그건 브로카 실어증처럼 보여요. 보들레

르는 자신이 욕을 하고 있다는 사실을 몰랐을 거예요. 그는 나아지지 않았어요. 뭐랄까, 아무도 그가 나아지기를 기대하지 않았다는 거예요. 치료법은 존재하지 않았어요. 상상해 봐요. 그의 시적 재능 전부가 그 욕설 '빌어먹을!' 하나로 축소되다니! 얼마나 끔찍해요."

폴의 상상은 나를 뛰어넘었다. "보들레르가 어떤 기분인지 난 알아." 그가 말하고 입속에 두꺼비가 들어있는 듯 자조의 음성으로 덧붙였다. *"멤, 멤, 멤!"*

"그럴 거예요."

"그런데 왜 닭뿐이었지?"

나는 허둥지둥 마음속을 뒤져 연결고리를 찾았다. 마침내 한 남자가 뇌졸중을 겪었는데 이상하게 오직 한 단어만 말할 수 있더라는, 어느 친구가 들려준 이야기가 떠올랐다. 그건 욕설은 아니었고 엉뚱하게도 '닭'이었다.

"글쎄, 내가 알아낸 바에 따르면 신경과학자들도 사실 모르는 것 같아요. 많은 실어증 환자들은 오직 한 단어만, 아니면 아마도 한 구절 정도는 말할 수 있어요. 게다가 그 말이 욕설인 경우도 종종 있어요. 보들레르처럼 말이에요. 아마 그것이 무슨 노랫말처럼 아주 익숙한 것이었기 때문이 아닐까요? 무언가 자동으로 흘러나오는 것. 또는 뇌졸중 이전에 했던 *마지막* 말이거나 생각일 수도 있겠지요? 그 직후 뇌는 그 소리들에 걸려 찢어졌던 걸까요?"

폴은 고개를 끄덕였다. 내 말을 이해하고 있었다.

"아니면 그 사람이 뇌졸중이 일어난 *직후* 처음 생각했거나 말했던 단어를 떨쳐버릴 수 없는 결과인지도 몰라요. 아니면 그냥 그 단어나 구절의 한 음절뿐일 수도 있겠죠? 당신이 계속해서 '멤, 멤, 멤' 했던 것처럼요."

나는 폴이 머릿속 기어를 작동시키는 것을 알 수 있었다. '멤'으로 시작하는 단어가 뭐가 있더라?

"멤버, 메모아르(회고록), 메모, 메멘토(기념품)…" 내가 제안했다.

"멤바Memba." 그가 추가했다.

"멤바?… 멘사 클럽의 랩 담당 멤버?"

그가 낄낄거렸다. 그는 내가 귀여운 짓을 한다고 생각하고 자동적으로 웃음을 터뜨렸을까? 아니면 내 말을 이해하고 높은 지능지수를 가진 사람들의 모임인 그 클럽의 회원으로 머리만 좋은 괴짜가 힙합 핸드 자이브 춤을 추는 모습을 상상하고 웃은 것일까?

"방금 내 말을 이해했어요?" 아닐 것 같았다. 실어증 환자는 상대가 하는 말을 단 한마디도 이해하지 못했을 때도 옳게 그리고 정확하게 반응할 때가 있다. 대화의 여러 요소들이 자동적으로 이루어지기 때문이다. 그들은 상대가 무언가 아이디어를 전달했을 것이라는 사실을 알지만 그게 무엇인지는 규명하지 못한다.

"아니. 그럴 필요 없어."

이번만큼은 그가 이해하지 못했다는 사실로 인해 우리 중 누구도 초조해하지 않았다.

"그냥 소리가 마음에 들었던 거예요?"

"그래. 그걸로 충분해. '멤, 멤, 멤'으로 돌아가." 폴은 한손을 흔들면서 *계속*하라는 뜻을 전했다.

"왜 사람들은 한 단어 또는 구절을 반복하게 되는 것일까요? 양쪽 뇌가 다 언어를 말하는데 말이죠." 나는 조심스럽게 말했다. "그렇지만 일부 과학자들은 양쪽 뇌가 각기 다른 역할을 한다고 생각해요. 왼쪽 뇌는," 분명히 보여주기 위해 나는 내 머리 왼쪽을 두 손으로 감쌌다. "자발적인 말을 담당하죠. 오른쪽 뇌는," 이번에는 머리의 오른쪽을 감쌌다. "아주 여러 번 들어 잊히지 않고, 반사작용처럼 자동적으로 튀어 나오는 모든 단어와 표현들을 담당해요. 상투적인 문구, 속어, 노래 가사, 욕설, 경어, 그런 것들이죠. 그런 말은 마음으로 알아요. 생각해낼 필요가 없는 말들인 거죠."

그 말들은 생각의 레이다 밑으로 엄청나게 많은 나쁜 습관과 아주 매끄러운 한줌의 기술과 더불어 미끄러져가지. 나는 생각했다. 폴이 말하는 목소리를 잃은 바로 그것처럼 때로 나는 시인으로서 나 자신의 목소리를 잃은 것처럼 느꼈다. 폴과 대화하기 위해 나는 시인의 말투를 고쳐 보다 단순하게하고 삭제하고 선형화시켜야만 했다. 2년이 지났음에도 여전히 그 말투는 나 자신에게 낯설게 느껴졌다. 선형화시켜 말하는 것은 내게 자연스럽지 않았다.

"긴 의자에 앉은 남자?"

"긴 의자에 앉은 남자… 긴 의자의 남자… 긴 의자의 남자…" 다시 나는 머리를 쥐어쌌다. "혹시 프로이트를 말하는 거예요?"(프로이트는 환자들을 긴 의자에 눕혀놓고 상담했다 —옮긴이)

"맞아! 프로이트!"

나는 미소 지었다. 폴은 내가 이 모든 것에 관한 프로이트의 분석을 검색하리라는 것을 알고 있었다.

"프로이트는 실어증에 큰 관심을 갖고 있었어요. 그는 욕설만 남은 사람들을 신기하게 생각했어요. 물론 그게 억압 탓이라고 여겼지요! 건강한 뇌에서는 예의바른 말이 모든 고약한 단어를 억누르고 있다고 봤어요. 그렇지 않으면 들쑥날쑥하고 심술궂으며 탐욕스러운 욕설들이 정신 나간 이드(인간의 원시적, 본능적 요소가 존재하는 무의식 부분—옮긴이)로부터 빠져나올 거라고 했어요. 어쨌든 여보, 나는 당신이 보들레르 같지 않아서 정말 안심이에요."

"들쑥날쑥?… 들쑥날쑥?… 들쑥날쑥?" 그는 입속에서 그 표현을 굴리면서 음미했다.

"흠, 멋진 단어지요? 닥터 앤에게서 배웠어요. 그 소리는 정말… 정말…"

"들쑥날쑥해."

"딱이에요! 근데요, 보들레르의 음악에 대한 반응은 뇌졸중 이후 조금도 변하지 않았다는 사실을 깜빡 잊고 말 안했네요. 그는 여전히 바그너Wagner 듣기를 좋아했어요. '슈트름 운트 드랑Sturm und Drang(질풍노도. 18세기 말 독일 낭만주의 문학, 음악 사조—옮긴이)' 전부를요. 뇌졸중은 그의 우뇌를 피해갔던 게 틀림없어요. 우뇌는 강한 감정으로 듣는 소리에 색을 칠하거든요."

"내겐 아니야." 폴은 음악에 대한 반응이 흐릿해진 데 대해 놀랄 만큼 담담하게 솔직히 시인했다.

"그래요. 그래도 당신은 욕설 하나밖에 말하지 못하게 되진 않았잖아요!"

"무제한이지!" 그가 활짝 웃었다. 내면의 영원한 소년이 여전히 말할 수 있는 그 모든 불경스러운 말들을 떠올리고 있음이 틀림없었다.

"'멤'뿐이 아니니까!"

"아, 참, '멤바'가 뭐예요?" 나는 아직도 그게 진짜 단어인지 궁금했다.

폴은 과장된 자존심을 풍자하듯이 가슴을 쑥 내밀며 활짝 웃더니 연 또는 다이아몬드 모양의 너덜너덜한 윤곽을 공중에 그렸다. 통상 그리는 그 비밀스러운 네모 '템플럼'이 아니었다. 물체 아니면 나라일까? 나는 사전을 찾아보았다. 아니나 다를까, 멤바는 인도에 사는 부족의 이름이었다.

제29장

    뇌졸중 후 2년이 지난 지금, 폴은 손으로 천천히 쓸 수 있게 되었고, 그래서 매일 열정적으로 썼다. 우리의 임무는 그의 회복에 계속 탄력이 붙도록 유지하는 것이었고, 폴의 임무는 장애물에 상관없이 계속 글을 쓰는 것이었다. 글쓰기는 그의 자존심과 기분에 어느 정도 영향을 끼치기 때문이기도 했으며, 또한 그가 평생 즐겨온 일종의 심오한 놀이였기 때문이기도 했다. 가벼운 놀이가 아니라 인간이 갈망하는 듯 보이는 변형 상태, 하나의 명확성이고 격렬한 열정이며 그 순간의 포화상태였다. 그것은 주의를 완전히 집중해야 한다. 행동과 생각이 동일한 사건이 될 때는 다른 생각들이 들어설 여유가 없기 때문이다. 일상적인 선택과 관계들은 뒤로 물러난다. 심오한 놀이는 일시적이고 제한된 완벽함을 불완전한 세계 속으로 그리고 삶의 혼돈 속으로 가져다준다. 그래서 그가 쓴 것이 개차반처럼 보이더라도 나는 그를 끊임없이 격려했고 때로는 에너지를 찾기 위해 깊이 끌어당겨야 했다. 때로는 그것이 내가 그를 위해 할 수 있는 눈에 보이는 명백한 일이었으므로 기운이 나기도 했다.

그가 쓴 어떤 문장들은 너무나 실어증 환자다워 이해할 수 없었고, 그러면 리즈와 나는 가능한 교묘하게 폴과 함께 작업을 검토하곤 했고 말이 안 되는 구절이나 잘못 사용된 단어들에 강조 표시를 했으며 정신의 거미줄에서 그가 뜻한 것을 끌어내도록 도왔다. 우리는 모두 그의 글쓰기를 꼭 필요한 언어치료로 여겼다. 문이 살짝 열린 그의 서재를 지날 때면 그가 방 한쪽, 코르크를 댄 벽 아래 책상에 앉아, 언제나 그랬듯이 종이 위로 몸을 굽히고 생각에 잠긴 모습을 볼 수 있었다. 그러나 요즘 들어 그의 육체는 정신의 압력보다도 큰 힘에 굴복하는 듯 등이 한쪽으로 기울었고 어깨는 구부러져 처져 보였다. 나는 가끔 문 앞에 멈추어 서서 생각에 잠겨 몸 전체가 보여주는 긴장을 지켜보았다. 그는 엄청난 노력으로 모든 페이지를 힘겹게 수정했으나 그래봤자 단지 여전히 부적절한 표현을 새로 만들어낼 뿐인 때도 많았다. 리즈와 나는 의견과 비판을 서슴없이 내놓을 수 있었지만 필요에 따라 진전이라는 명목으로 많은 실수들을 그냥 건너뛰기도 했다. 폴은 항상 자신의 글이 어떻게 읽히기를 원하는지 알고 있었다. 그건 단순히 언어치료가 아니라, 그의 창작물이었고 그의 심오한 놀이였으며 무엇보다도 그를 즐겁게 해주어야 했다. 소설과 수필을 쓰면서 첫 2년간 그는 300페이지가 넘는 분량을 썼고, 매일 쓰고 수정하는 그 끈덕진 작업 끝에 기진맥진했으나 만족스러워 했다. 그러는 동안 그의 기술도 향상되었다.

그것은 또한 폴과 나에게 옛날과 새로운 삶 사이의 간극을 메울 수 있게 해주었다. 우리는 다시 단어 선택에 관한 토론을 하고 있었던 것이다. 우리는 함께 형용사에 관해 상담했으며 한 구절의 소리와 또 다른 구절의 소리를 비교했다. 우리의 목소리는 다시 사무실 사이의 공간을 비집었고 그건 너른 초원의 나무숲처럼 기껍게 느껴졌다. 두 마리의 별난 문학적 새들이 서로를 부르고 서로에게 응답하듯 폴은 복도 건너편의 내게 외치곤 했다.

"이봐, 시인, 그 빨간 별의 이름이 뭐지? 오리온… 벨트?"

내가 되받아 소리쳤다. "베텔게우스Betelgeuse."

나도 그를 불러댔다. "여보, '지즈바zyzzva(야자나무 바구미)' 스펠링이 어떻게 되죠?"

그가 대답했다. "제트가 셋이야!" 희귀한 단어에 대한 그의 스펠링은 놀랄 만큼 정확했다.

뇌졸중 이후 그가 〈하퍼즈Harper's〉, 〈아메리칸 스칼러American Scholar〉, 〈컨정션〉, 〈예일 리뷰The Yale Review〉 등등 미국을 대표하는 문학잡지에 소설과 에세이를 싣기 시작했을 때 우리는 모두 말 못하게 황홀해했다.

가끔 리즈와 내가 주방에서 수다를 너무 떤다 싶으면 폴은 '정숙! 소설 진행 중'이라는 흰색 글자가 수놓인 파랑색 베개를 부적처럼 들고 와 우리를 나무랐다. 그는 아무 말 없이 권투시합의 '라운드 걸'처럼 그걸 가슴께로 들어 올려 우리에게 내밀어보였다.

지난 몇 년간 리즈는 탁월한 문학 조수이자 좋은 친구가 되었다. 나는 그녀의 머리칼 색깔이 불자동차 빨강색에서 당근 주황색으로 그리고 얼룩덜룩한 색깔로 바뀌는 데 익숙해졌다. 정원에 면해있고 삼면에 유리창이 있는 손님용 침실을 개조한 그녀의 사무실에는 그녀의 샌들들이 갈수록 늘어났다. 그 방에는 굽도리널을 따라 꽃무늬 타일을 붙였고 꽃무늬 소파와 그에 어울리는 휘장, 꽃무늬 깔개, 책상으로 쓰는 커다란 금빛 테이블, 그리고 열기구 모양의 등받이를 가진 나무의자들이 놓여 있었다. 가을에 나는 그녀의 방 창문 밖에 봄과 여름 구근을 심었다. 수선화, 중국패모, 큰꽃 알리움, 블루벨, 난쟁이 창포, 옥잠화, 홍초 칸나 등이었다. 리즈에게는 그것들이 무엇이며 어디서 왔는지 정확히 말하지 않았다. 그녀를 놀래주고 싶었다.

시간이 흐르면서 웜뱃에 대한 우리 가정의 집착은 내가 폴을 "웜뱃"으로 부르는 데서부터 그가 나를 "웜뱃"으로 부르고 리즈에게 우리를 "웜뱃들"으로 언급하고 리즈마저도 대략 '웜뱃류'에 합류하는 데까지 진행되었다. 오리건에 있을 때 그녀는 이메일 끝에 "일반 웜뱃"이라는 사인을 넣어 보냈고, 샌프란시스코에서는 "서해안의 웜뱃"이, 워싱턴 D.C.에서는 "수도의 웜뱃"이 되었다. 나도 내 이메일에 "주재 웜뱃" 또는 "다리 둘 달린 북아메리카의 긴 머리 웜뱃"이라고 사인했다. 폴은 신속하게 "P-웜뱃, 집 웜뱃, 또는 헤엄치는 웜뱃" 같은 것이 되었다. 리즈와 나의 노트북 화면에는 사랑스러운 아기 웜뱃이 나타났다. 집안에는 웜뱃이 그려진 열쇠고리, 머그잔, 야구모자 등 웜뱃 애호가들의 수집품들이 자꾸 늘어났다. 매년 대학친구들과 카누 모험을 떠나기 전 리즈는 노트를 만들어 표지에 *웜뱃의 ***지역 안내서*라고 썼다. 안에는 폴의 약에서부터 나의 하이브리드 '프리우스' 자동차를 재시동 거는 방법에 이르기까지 모든 것에 대한 상세한 설명이 적혀 있었다. 어느 해 크리스마스에 리즈는 *웜뱃 카우보이*가 선명하게 새겨진 멋진 머그잔을 받았다.

따라서 내가 별난 새 작업 계약 '웜뱃 장려 패키지'를 만들었던 것은 아주 잘 어울리는 일이었다. 이 계약에는 임금 인상이 포함되었고 리즈가 원한다면 언제라도 여러 주를 쉴 수 있도록 했으며 매달 한 차례의 발 관리도 들어 있었다. 또한 다른 사항들 못지않게 중요한 것이 있었으니 그녀의 체중에 해당하는 분량의 초콜릿도 들어 있었다.

"체중 분량의 초콜릿"은 본질적으로 리즈가 체중을 발표해야 한다는 전제를 떠올렸지만 어쨌든 우리 모두를 즐겁게 했다. 그러나 리즈는 도서 수당을 더 매력적으로 여겼다. 우리는 함께 정교하고 쾌락적인 '초콜릿 대 책' 전환을 이루어냈다. 그녀는 이 같은 이례적인 계약이 마음에 들었고, 그래서 우리의 웜뱃 사육장에서, 그리고 늘 놀랄 일이 튀어나오는 실어증이라는 정글에서 계속하여 근무하기로 결정했다.

스스로를 "유용한 방식으로 경계성 강박장애"라고 평가한 묘사한 리즈는 오류 포착과 교정에 천부적인 솜씨를 보여주었고 사람들과 벽장을 경이적으로 깔끔하게 정리했다. 나는 그녀가 폴의 약들을 정리하고 여러 번 확인하는 것이, 그리고 처방약을 놓치지 않고 리필하고 발에 난 긁히거나 베인 상처에 밴드를 붙이는 일에 이르기까지 광적일 정도로 체계적인 것이 무척 고마웠다. 그녀는 색색의 페이스트리가 완벽한 줄무늬를 이루듯 대칭을 잡아 수건을 접었으며, 내가 접어놓은 수건들을 다시 접었음을 고백하기도 했다. 자신은 네 번 접는데 나는 세 번 접어서 서로 맞지 않았다는 것이었다. 리즈는 우리가 내버려둔 서류 캐비닛도 공들여 정리했고 오래된 원고들이 오지의 고물 집적소처럼 도사리고 있는 우리 차고도 그냥 두지 않았다.

"난 그저 완전히 통합되어 있는 것뿐이에요." 칭찬을 하면 그녀는 시간이 흐르면서 본능적으로 우리 취향을 파악했다며 이렇게 말하곤 했다. 우리 또한 그녀의 방식에 적응한 것이 사실이다.

집안을 장악하는 문제와 관련하여 나는 혹시 여자 보스 역할을 좋아하는 것 아니냐고 리즈를 놀리곤 했다. 대부분의 사람들처럼 나도 습관적으로 집안을 꾸려나가는 방법이 있지만 그렇다고 그것들에 집착하지는 않는다. 다른 사람과 공간을 함께 쓰는 문제에 관해서는 나는 "나도 살고 남도 살도록 내버려두자"는 주의를 갖고 있다. 그래서 리즈가 '지배'하는 기간을 주었던 것이다. 리즈가 어떤 일을 하던 간에 전혀 개의치 않자 그녀는 몹시 놀랐다. 리즈는 주방 서랍들을 원하는 대로 재정리하고 지하실을 식료품 저장고로 바꾸었으며 십여 년이 넘도록 거실을 지키고 있던 팔걸이의자들을 재배치하고(전망 창에서 햇볕을 쬐는 멋진 장소를 만들어내느라) 월별 색상 캘린더를 고안해 냉장고 표면에 붙였다. 그녀는 자신의 여행 기간을 빨강, 다이앤의 여행 기간은 노랑, 폴의 약속은 파랑으로 표시했다. 그녀는 주방 카운터에 포스트 잇 메모로 계급을 만들었다. 크기, 색깔, 모양, 그리고 중요도에 따라 구분한 것인데 가끔은 포스트 잇 메모가 너무 많아져 네팔의 어느 나지막한 고개에서 끈에 묶여 휘날리는 기도 깃발들처럼 또는 지면의 우아한 습곡처럼 겹쳐지기도 했다.

우리는 충격적일 만큼 서로 맞았다. 폴과 나는 끝없는 프로젝트들을 연달아 만들어냈고 리즈는 그것들을 강박적으로 정리했다. 그녀는 쾌활하게 늘 "엔탈피 팬"이었노라고 말하곤 했는데 그건 혼돈에 질서를 부여하는 훌륭한 예술을 뜻했다. 우리 일상에 수많은 작은 변화들이 일어났으며 본래 체계적인 편이 아니었지만 내 세계가 손볼 수 없을 만큼 무너졌다고 느꼈던 그때 집안에서 체계성이 증가하고 있음에 나는 깊이 감사했다. 나는 항상 닥쳐서야 정리하는 편이었다. 몇 달간 일에 몰두하느라 집안은 서서히 어질러져가고 그 상태로 흘러갔다. 어느 날 아침 눈을 떠 문득 강박감에 몰려 양말을 색깔별로 정리하고 나란히 세워두었다. 또는 작가다운, 사실은 더욱 본능적인, 오래된 습관을 갖고 있다. 새 책을 시작하기 전, 마치 아기가 태어나기를 기다리는 임산부처럼 사무실을 강박적으로 정리하는 것이다. 주변이 덜 어질러져 있다는 것을 깨달으면 안도감이 들면서 내부에서 끓어오르던 소란이 다소 진정되었다.

우리가 공통으로 갖고 있던 것 하나는 기행에 대한 커다란 존경심으로, 심지어 즐긴다고도 할 수 있었다. 리즈는 자랑스럽게 아버지 이야기를 해주었다. 그는 미주리 주 작은 마을의 장로교 목사로 재활용과 재사용을 열정적으로 신봉하는 완전한 땜장이였다. 리즈는 그가 그 지방 쓰레기장에서 물건들을 구해온 이야기, 그리고 남들이 버린 잔디 깎기 기계들에서 부품을 떼어와 모든 기능을 완비한 잡다한 색깔의 괴물 잔디 깎기 기계를 만들어냈던 이야기들을 해주었다. 그녀가 어렸을 때 아버지는 전통적이지는 않지만 퍽 실질적으로 두 가지 색조의 페인트로 집을 칠했다. 모든 벽의 반쯤을 진한 갈색으로 칠한 뒤 그 위를 흰색으로 칠해 아이들이 흙 묻은 손자국을 남기도록 했다. 그는 우크라이나에서 핵 생화학자로 일한 바 있으며 이제 성공적인 니트 사업을 운영 중인 두 번째 아내와 함께 호숫가에 은퇴 후 살 집을 짓고 있었는데, 거의 매일 나가는 낚시의 미끼를 만들 작은 '벌레공장'이 달린 집이었다.

그래서 폴과 내가 티슈 박스들과 화장지 묶음들을 들고 나르기보다 복도에서 축구하듯 차대면서 〈명작극장〉 주제곡을 꽥꽥거려도 리즈는 좀처럼 동요하지 않았다. 키 182센티미터에 건장한 체구를 가졌으며 귀걸이를 두 개씩 한 남편을 두었기에(코넬 대학의 조류 실험실에서 그래픽 디자이너로 근무했다), 그녀는 고도로 창조적인 정신의 혼란을 즐겼다. 때로 그녀는 머리칼을 쥐어뜯는 척하며 놀리듯 감정을 터뜨리곤 했다. "예술가들이란! 대체 뭐가 문제죠? 당신네들 예술가들이 나를 온통 에워싸고 있어요. 우리 집도 엉망인데 그것만으로는 충분치 않은가봐!"

리즈는 때로 대학원시절 룸메이트 케이트를 연상시켰다. 케이트는 스코틀랜드인처럼 피부가 창백했고 짧게 친 금발을 갖고 있었으며 기지가 예리했다. 나보다 훨씬 더 영리했고 긍정적이었으며 통찰력 있고 재미있었다. 그녀는 돈을 벌기 위해 '마이-오-마이 라운지'라는 동네 바에서 파트타임 고고 댄서로 일했다. 우리는 줄곧 떠들어대며 즐겁게 뛰놀았고 끝없이 장난을 쳤다. 케이트와 리즈는 특정한 유형의 뇌를 공유했다. 그들은 예술가처럼 창조적이지는 않으나 영리하고 진취적이며 호기심이 많았고 자극을 갈구하는 들썩거리는 정신을 갖고 있었다. 그래서 리즈가 자신에 관해 "나는 심사숙고하지 않아요"라고 했을 때, 또는 자신이 거쳤던 수많은 직업 이야기로 우리를 즐겁게 해주었을 때, 나는 이해했다. 비록 새 책을 쓸 때마다 열정의 대상이 바뀌기는 했으나 폴과 나의 직업은 글쓰기였다. 우리는 집중과 몽상의 상태와 실제적인 세목들을 혼합하여 살아갔다. 반대로 리즈는 변화하는 다양한 직업을 필요로 했고 가족과 오랜 친구들은 변함없이 유지하는 한편 그녀의 지평과 동료들을 지속적으로 보완하곤 했다. 우리는 서로 다른 유형의 정신적 유랑민이다. 한쪽은 안에서, 다른 쪽은 밖에서 방랑한다. 내 어머니도 그녀와 비슷했다. 나는 그녀가 아무리 우리를 사랑하더라도 또는 아무리 일을 좋아하더라도 우리와 오래 함께하지 않으리라는 예감을 느꼈다. 그녀의 뇌는 살아 있다는 감각을 가장 강렬하게 느낄 참신함을, 스스로 만들어낼 수 있는 것이 아니라 열정적으로 찾아내어 탐험하고 변형시켜야 하는 무언가를 필요로 했다.

우리 집에는 그녀가 좋아하는 예측불가능성이 반드시 존재했고 그래서 그녀는 매일 아침 도착할 때마다 그날 무슨 일이 일어날지 알 수 없었다. 우리 둘 중 하나는 몽골에 몰두해 있고 다른 하나는 폴란드의 원시림 속에 잠겨 둘 다 마지막 순간 그녀의 조사 기술을 필요로 할 수 있었다. 서까래 옆의 '제자리'에 근사한 박쥐 사진을 몇 장 걸자고 내가 제안했을 때 그녀는 주저하지 않았지만 재미있어 했을 것이다. 그녀의 업무 목록에는 "우주 정리하기"(내 서재에 있는 서류 정리 시스템), "치타 날려버리기"(거실에 있는 공기로 부풀린 비닐 놀이기구), "스타킹 대님 놀라게 하지 않기"(집 뒤 테라스에서 햇볕 쬐기를 좋아하는 줄무늬 뱀), "데스데모나를 오셀로와 같이 심어도 안전할까?"(둘다 내가 심어둔 곰취과 식물), "멸종위기종 두 개뿐임. 한 다스 주문할 것"(다크 초콜릿), "슬림 베어스 부족"(폴의 아이스 바) 같은 것들이 들어 있었다.

그녀의 간호를 요하는 의학적 응급상황도 있을 수 있었다. 수년간 폴과 나는 그녀의 간호를 엄청나게 제공받았다. 발가락 골절(고백하건대 그건 내 발가락이었다. 마사지 테이블에서 불행한 사건이 일어났던 것이다), 뇌진탕, 경부 근육통, 호흡곤란, 당뇨, 고혈압, 무릎 관절염, 울혈성 심부전 등등 셀 수 없이 많았다. 예기치 못한 출간 위기나 교정 마감도 있었다. 그러면 우리 셋은 서로를 마주보며 머리를 끄덕이고 짐짓 진지한 체하며 푸념을 했다. "단 한 순간도 지루할 새가 없다니까!" 한번은 옛 대학친구에게 이메일을 쓰면서 그녀는 자신의 직업을 "집에서 두 작가를 보살펴주는 엄마"라고 묘사하기도 했다.

"이상한 게 있어요." 리즈가 곤혹스러운 어조로 말했다. "어떤 사람들은 칸막이 책상 앞에서 일해요! 물론 반골기질의 폴과 일하는 것도 순혈종 경주마들과 일하는 것과 별로 다르지는 않아요." 간호학교 입학 전까지 몇 년 일했던 경주마 농장에 관한 이야기였다. "*불행히도 채찍이랑 가죽이 없다는 점만 빼고요!*" 그녀의 눈썹이 출발선의 드래곤 보트처럼 튀어 올랐다.

그처럼 표현력이 풍부한 눈썹을 본 적이 없었다. 그녀의 눈썹은 그저 올라가거나 치뜨는 것이 아니었다. 그녀의 눈썹은 도약했고 의기양양했으며 단단한 딸기밭 속으로 날카롭게 파고들거나 신석기 시대의 봉분 속으로 음울하게 구부러졌다. 특히 폴이 요지부동이었을 때 그랬다.

리즈와 폴은 똑같이 고집불통이었고 독선적이었기에 그들이 탁자위로 몸을 구부리고 토론하는 모습을 보는 일은 항상 흥미로웠다. 그들은 목 막히지 않고 알약을 삼키는 '바른' 방법, 털이 빠지는 폴의 로퍼를 바꿈으로써 얻을 이득, 세세한 문법에 이르기까지 온갖 종류의 일에 관해 정중히 논쟁하곤 했다. 리즈의 눈썹은 듣고 있을 때면 관대한 위치에서 맴돌았고 자신의 의견을 피력할 때면 아래를 내려다보며 똘똘 뭉쳤다. "글쎄요, 외람된 말씀이지만 이번에는 선생님이 틀린 것 같아요." 리즈가 "끈질긴 논쟁자"임을 잘 알았던 그녀의 남편은 폴에게 동병상련의 메시지를 보내곤 했다.

어느 날 나는 공포에 질리고 낙심한 표정으로 리즈의 사무실로 내려갔다. 나는 한 줄 한 줄 정리해야 할, 끝이 없어 보이는 원고뭉치를 한아름 안고 있었다. 각각 다른 도시에서 각각 다른 컴퓨터로 몇 년간 작업을 하느라 엄청난 실수를 저질렀던 것이다. 리즈는 구세주처럼 자비로운 표정으로 나를 응시하더니 이렇게 선언했다.

"모든 시인에게는 과잉선형 친구가 최소한 한명은 필요해요."

폴의 건강 문제에 관해 그녀는 특히 목소리를 높였다. 폴은 체면을 지키느라 항의를 해보기는 했으나 조금도 방심하지 않는 그녀의 관심, 때로는 사랑스럽게 에둘러 하는 표현에 고마워하고 있었다. 언젠가 리즈가 당뇨성 염증 때문에 폴의 발을 체크하느라 성가신 잔소리를 퍼부었던 것에 사과하자, 그는 힘들게 눈을 깜박이더니 다정하게 반응했다. 비꼬는 기미는 조금도 없었다.

"언제든 마음대로 나에게 강의해도 좋아. 난 지식의 친구거든."

제30장

뇌졸중 이후 몇 번째인가의 어느 6월 초, 우리는 그해 여름 처음으로 수영장을 열었고 폴은 기쁨으로 떨면서 그 푸른 물속으로 미끄러져 들어갔다. 팔을 조금 흔들며 그리고 약간 초조한 몸짓으로 그는 얕은 쪽에서 평영을 했다.

"당신 헤엄치네요! 헤엄치고 있어요!" 갑작스런 흥분이 몰려오는 것을 느끼며 내가 패티오에서 외쳤다.

그는 멈추더니 씩 웃으며 의기양양하게 되받아 소리쳤다. "그래, 헤엄치고 있어, 맞지?"

그는 갑자기 깊은 쪽을 향해 몸을 돌리더니 얕은 바닥에서 차고 나와 어색하기는 해도 계속 물을 갈라 그해 처음으로 수영장을 가로질렀다. 저쪽 끝에서 멈춘 그는 약간 숨찬 듯 숨을 골랐고, 스스로도 놀란 듯 얼굴을 환히 빛내면서 열정적으로 출발점으로 돌아왔다.

지난 몇 년간 그는 뇌졸중으로 손상된 균형감각, 시야, 신체 통제력에 보다 잘 대처하는 방법을 익혔다. 뇌졸중이 뇌의 어디를 타격했느냐에 따라 신체의 범위와 경계에 대한 감각이 극적으로 달라진다. 피부는 탄력 있기보다는 구멍투성이의 물질로 느껴지고, 다리는 점점 더 무거워지며, 손목은 느슨하게 대롱거린다. 갑자기 발가락이 아주 많아진 것처럼 느껴질 수도 있다. 그러나 그의 뇌는 잃어버린 부분을 보상하기 위해 다시 배우고 조직하고 있었다. 그는 여전히 여러 단계를 요구하는 일들에 짜증내기는 했으나 펠트펜을 잡는 법을 다시 배웠고, 손으로 글쓰는 동작도 안정되었으며, 나이프와 포크를 휘두르는 법, 셔츠 단추를 잠그고 지퍼를 조종하고 이를 닦는 법, 그리고 수십 가지의 흔하지만 절묘하고도 복합적인, 뇌가 스스로 가르치고 은밀히 기억하는 그 작은 동작들을 다시 익혔다. 모두 상처가 우리에게서 앗아가기 전까지는 당연하게 여기는 것들이었다.

"나무딸기와 럼주 맛 나는 우주먼지 한 그릇." 어느 평범한 아침, 나는 폴에게 아침식사로 평소처럼 에그 비터스와 스마트 베이컨을 내놓으며 농담을 했다. 그런 다음 폴에게 인터넷에서 읽은 〈가디언〉지 기사를 알려주었다. 기사는 천문학자들이 궁수자리 B2(은하수에 있는 거대한 먼지구름)에서 아미노산의 소용돌이를 규명해냈다고 보도하고 있었다. 그리고 우리가 한 그릇의 우주 먼지를 샘플로 가져온다면 그건 나무딸기와 럼주 맛이 날 것이라고 했다.

"어떻게 생각해요?"

"글을 쓸 무언가가 필요해!" 폴은 거의 또 다른 포크처럼 습관적으로 식탁 위에 올려두고 있던 펜을 집어 들었다.

"지금 펜을 쥐고 있잖아요." 나는 어리둥절해서 대답했다.

"아니야, 난 글을 쓸 무언가가 필요하다고!"

"당신 손에 펜을 쥐고 있잖아요." 나는 천천히 말했지만 당혹감은 점점 더 커졌다.

"글을 쓸 무언가가!"

나는 펜을 쥐고 있는 그의 손을 잡았다. "여기 펜이 있어요. 당신이 갖고 있어요. 다른 펜이 필요해요?"

"아니야아… 다른 것 말이야." 그가 더욱 당황하면서 한숨을 쉬었다.

"다른 것… 글을 쓸 *메모장* 말이에요?"

"*맞아아!*" 폴이 안심해서 말했다. 그 날을 시작하는, 전혀 평범하지 않은 대화가 꼬리를 물었다.

"굉장히 선정적인 아침식사 고마워." 접시 주위로 떨어진 마지막 콩 베이컨 조각을 집어 올리려 애쓰면서 폴이 확신에 차 선언했다.

정오였으므로, 내게는 점심이었다. 나는 병아리콩 스튜와 모로코 야채 그릇을 들고 식탁에 앉았다.

"네? *선정적*이라고요? 내 점심 좀 먹어 볼래요?"

"싫어, 너무 퉁명스러워." 그가 얼굴을 찡그리며 사양했다. "그것… 그것… 쌍발식 독립체가 그들의… 흠… 그들의… '스폰둘릭스 spondulicks'를 보냈나?"

내 정신은 온갖 단어들로 혼란스러웠다. 당황한 나는 마침내 물었다. "스폰둘릭스가 뭐예요?"

"돈."

"정말로? 진짜로? 스폰둘릭스?" 마음의 눈으로 나는 뇌성마비 오리를 그렸다.

"맞아." 그가 힘차게 말했다.

"좋아요." 쌍발식… 보냈다… 쌍발식… 보냈다… "혹시 존슨 앤드 웨일즈 학교가 내게 수표를 보냈냐는 질문인가요?"

"그래!" 그가 단호하게 고개를 끄덕였다.

"스폰둘릭스?"

"스폰둘릭스. 그건 영국 말이야."

농담 하는 게 틀림없다고 생각한 나는 날듯 서재로 달려가서 어원사전을 뒤졌다. 그리고 이런 내용을 찾아냈다.

1856년. "돈, 현금"에 대한 미국영어의 속어. 기원 미상. 그리스어 스폰디리코스spondylikos와 스폰딜로스spondylos에서 나왔다는 설이 있는데, 화폐로 사용되던 조개껍질 이름임(그리스어 단어는 본래 "등뼈"를 뜻함). 마크 트웨인Mark Twain과 오 헨리O. Henry가 사용했고 영국영어로 채택되었음. 미국에서는 사라졌지만 영국에서는 살아남음.

"당신 말이 맞아요!" 나는 식탁으로 돌아가 말했다. "'수표'를 말하려던 거였죠?"

"수표. 수표. 수표." 단어를 둔한 기억 속에 다독여 넣으면서 그가 되풀이했다.

이른 아침 그의 머리는 흐리멍덩했으며 따라서 수표 같은 단순한 단어는 스르르 사라져버릴 수 있었다. 하지만 '스폰둘릭스'는 남아있었다. 그가 마음속으로 수표를 되풀이하는 동안 나는 마음속으로 '스폰 둘릭스'를 되풀이했다. 중요한 일은 둘 다 아는 어휘를 찾는 것이었다.

"항공 우편료가 얼마지?" 그가 리즈에게 물었다.

"98센트예요." 리즈가 말해주었다. "하지만 1달러짜리 우표를 사용하는 게 가장 쉬울 거예요."

"내 암흑을 밝혀주어 고마워." 폴이 예의바르게 대답했다. "'스크리드'(장황한 글 – 옮긴이)는 어때…?" 폴은 보이지 않는 잉크로 글을 쓰듯 공중에서 손을 움직였다. 그가 '종이' 또는 '에세이'라는 단어를 찾는데 애를 먹었으므로, 리즈는 '스크리드'라는 단어를 잘 알게 되었다. '스크리드'는 폴이 모든 형태의 글쓰기에 종종 사용하는 중세영어 단어였다.

"제가 타자해드린 원고요?"

"그래." 그가 말했다. "분량이 어떻게 되지?"

"팔… 백… 단어… 조금 넘어요." 리즈는 폴이 총계를 계산할 시간을 주느라 숫자 부분을 느리게 말했다. "딱 좋은 분량이에요. 〈트랜스퓨지 Transfuge〉가 요청한 분량이고요."

"잘됐군."

"아, 그런데, 오늘 오후 닥터 블렘킨하고 약속 있는 거 잊지 마세요."

안과의사가 수표나 신용카드를 받을지 알고 싶은 폴이 물었다. "닥터 블렘킨은 무엇을 밀거래하지?"

리즈의 눈썹이 누에처럼 휘어졌다. 그녀가 대답했다. "신용카드를 가져가셔야 할 거예요."

전형적인 대화였다. 우리는 폴이 말하려고 노력할 때는 그를 방해하지 않았다. 주의를 온통 집중해야 하는 일이었기 때문이다. 의사소통을 하려는 부담감에 사로잡힌 그는 자신이 무엇을 말하려고 했는지는 금세 알았지만 그것을 이상한 단어나 표현으로 대체하고 있다는 사실은 자각하지 못했다. 우리들 셋은 때때로 그날의 괴상한 단어들을 가지고 웃어댔다. 폴도 우리만큼이나 그 단어들을 놓고 낄낄거렸다. 언제나 특히 언어에 있어서의 현란함을 좋아했던 그의 성격을 즐겁게 해주는 일이었던 것이다.

"닥터 블렘킨은 무엇을 *밀거래* 하지?" 그날 오후 늦게 리즈는 그의 구부러진 손가락 안으로 '아이시 핫Icy Hot'을 넣어 마사지하다 재미있다는 미소를 띠며 폴의 말을 되풀이했다.

폴이 낄낄거렸다. "*내가 그렇게 말했어?*"

"그랬어요."

"*아편?*" 그는 잠시 생각했다. "네펜시스Nepenthes?"

"*네펜시스?*" 내가 말했다. "그건 또 어디서 나온 말이에요?"

그가 웃으며 어깨를 으쓱했다. "그냥 떠올랐지." 그의 말은 저 아래 있는 수련 잎으로 뒤덮인 단어 연못에서 의식의 표면으로 떠올랐다는 뜻이었다.

"좋아요, 좋아요, 그게 뭔데요?" 리즈가 물었다. 그런 태연함에 화가 난 척할 수 있는 사람은 드물었다.

"최면약이야." 폴이 설명했다.

나는 리즈가 머릿속의 약전藥典에서 'N' 페이지를 넘기고 있음을 알 수 있었다. 하지만 거기서 '네펜시스'는 찾지 못할 것이었다. 그것은 학창시절의 폴이 〈오디세이아〉를 번역해야 했을 때 익힌 비밀스러운 단어였다.

"고대 그리스인들이 슬픔을 잊기 위해 먹었다는 이집트 약초래." 내가 말해주었다. *이상도 해라. 나는 생각했다. 그는 원래 단어의 끝에 's'가 붙어 있다는 것까지 기억하고 있어. 영어로 번역한 사람들은 그게 복수 접미사라고 생각하고 실수로 그걸 뺐었지.* 우리가 함께한 지 수십 년, 아마 폴이 알려준 내용이었을 것이지만 언제 어디서였는지는 기억나지 않았다.

폴은 소리 내어 웃더니 머리를 흔들고는 자랑스럽게 활짝 웃었다. "나도 내가 무슨 말을 할지 전혀 몰라!"

"하지만 당신은 대부분 당신이 뜻하는 것을 말할 수 있잖아요. 그건 엄청난 거예요. 정말로 당신이 자랑스러워요."

"저도 그래요." 리즈가 일순간 거의 일직선이 될 만큼 그의 구부러진 손가락을 펴면서 맞장구를 쳤다. 폴은 고통으로 일그러진 이누잇족의 마스크처럼 그녀를 쳐다보았다.

여전히 엉뚱한 단어들이 방황하는 혜성들처럼 그의 말 사이로 끼어들어왔다. 그의 문장들을 해독하는 일은 아직도 무척 힘들었다. 물론 그가 말하는 일만큼은 힘들지 않았다. 폴은 뜻대로 한 문장을 말하는 데까지 5분을 헤맬 수도 있었다.

"영화는 두 시에 시작해. 아니야. 두 시. 아니야. 두 시, 세 시, 네 시. *네 시야.*" 그는 드디어 맞는 단어를 찾아낸 안도감으로 선언하곤 했다. 그때조차 아주 이상적인 단어를 잡을 수 없어 차선책으로 생각난 단어를 고를 수도 있었다.

정신이 완전히 깨어나면 그는 더 생생했다. 하지만 그건 그가 서재에서 글을 쓰려고 할 때거나 리즈와 함께 교정하는 시간의 상태였다. 나는 그가 '일몰'하고 있는 늦은 오후나 저녁에 그와 함께 더 많은 시간을 보냈다. 그는 실수로 이 시간을 "다섯 시의 그림자"(아침에 면도했으나 오후가 되어 수염이 자란 상태를 가리키는 표현—옮긴이)라는 독특한 이름으로 부르곤 했다. 그가 피곤할 때 이를테면 "어떤 영화를 보고 싶어요?" 같은 주관식 질문을 하면 잘 먹혀들지 않는다는 사실을 이제 알았기에 나는 짧은 구절을 사용하고 두어 개의 답을 제시하여 질문을 하곤 했다 ("〈완전한 살인〉 볼래요, 아니면 〈폭풍 전야〉 볼래요?" "스릴러 볼래요, 아니면 처칠 영화 볼래요?" "저녁으로 새우 먹을래요, 아니면 테이스티 바이트 먹을래요?"). 그러면 그는 내가 이미 준비해준 단어들을 사용해 간단하게 대답을 뽑아낼 수 있었다. "테이스티 바이트. 처칠 영화."

어떤 날들은 그가 과거와 미래로부터 단절된 것 같았다. 그는 갑자기 어제 일어난 일을 기억하지 못하거나 여러 달 동안 매일 규칙적으로 해왔던 일을(비타민제 복용 등) 잊어버리곤 했다. 그에게 그것은 믿을 수 없는 일이었고 소문이었고 의식이 없는 상태였고 실제가 아니었으며 받아들여야 할 또 하나의 허구였다.

"지난주에 그것에 관해 이야기했어요." 그가 그날 의사 약속이 있는 걸 몰랐다고 투덜대면 나는 상기시켜 주었다.

"내게 지난주는 신화처럼 아득하단 말이야!" 그는 화가 나서 퉁명스럽게 내뱉었다.

폴은 우유를 컵에 따를 때마다 절반은 앞쪽 가장자리에 엎질렀다. 백여 번에 걸쳐 나는 어디에 따라야 할지 시범을 보여주며 그의 손을 컵 위 한가운데에 위치시키려고 애썼다. 하지만 그는 전혀 목표를 맞추지 못했다(엎지른 우유 닦는 기술은 나아졌지만). 사람들은 합계만을 계산하지 않는다. 우리는 우유를 따르면서 우유 줄기가 컵 가장자리에서 얼마나 떨어져 있는지를 눈으로 측정하고, 걸으면서는 도로 경계석 위로 안전하게 올라가려면 발을 얼마나 들어야 하는지 추정한다. 깊이를 인식하기 위해 뇌는 시각적 실마리에 의존할 뿐 아니라 풍경이나 상황이 변할 경우 거리를 재조정하는 능력에도 의존한다. 폴의 뇌는 계산 요령을 잃어버렸고 거리 판단에도 문제가 있었다. 아마 그래서 우유를 따를 때 엎질렀을 것이고, 그래서 계단이나 도로 경계석에서 발을 헛디디는 경우가 잦았을 것이다.

하지만 폴을 가장 괴롭혔던 건 일상적인 과업 수행법을 기억하는 일이었다. 전화번호 누르기, 우유 팩 열기, 약상자 걸쇠 벗기기, 전자레인지 1분 단위 단추를 눌러 원하는 숫자에 맞추기 등을 수없이 반복하여 배웠다. 수표 쓰기는 가망 없음이 입증되었다. 그는 이름을 잘못 썼고, 액수와 날짜를 잘못 썼으며, 그나마 그 모든 걸 엉뚱한 줄에 썼다. 수표 한 장을 쓰는 데 저지르는 실수가 끝도 없어 보였다. 수표 한 장을 제대로 쓰는 데 한 시간이 걸릴 때도 있었다. 하지만 그는 굴하지 않고 계속 시도했다. 무엇이든 규칙적으로 하지 않으면 하는 방법을 잊어버렸다. 잃어버린 습관들, 다시 말해서 정신적인 지름길들을 다시 설치해야 하는 듯했다. 구두끈을 매거나 포크를 휘두를 때마다 반드시 생각을 해야만 한다면 뇌는 멈춰 설 것이다. 그래서 집안 생활이 부드럽게 흘러가도록 하기 위해 우리는 단순한 일과를 짰고 그 일과를 지켰다. 매일 거의 같은 시간에 같은 일을 함으로써 폴은 언어와 한때 익숙했던 과업들을 다시 학습하는 데 쓸 에너지를 비축할 수 있는 것 같았다.

오후가 되면 우리는 함께 모여 한낮의 휴식을 즐겼다. "웜뱃 티타임!" 리즈가 서재의 나에게 외치면 나는 그 날 작업을 매듭짓고 복도를 내려가 영국식 오후 스타일로 그들과 머리를 맞대었고, 내 마음은 멀리 떨어진 환초環礁에서 생각의 구름 속을 헤매곤 했다. 셋이서 그 날 일어난 일들을 공유하는 가운데 우리의 행성은 점점 작아지는 것 같았고 전혀 무관한 이야기들이 난무했다. 전형적인 티타임 대화는 다음과 같았다. 어느 날 나는 인도네시아 발리의 침묵과 경건의 날인 '네삐Nyepi'에 관한 뉴스를 잔뜩 가지고 나타났다. 우리는 내가 은퇴하면 자판을 보지 않고 타자를 치는 법을 배워야 한다고 결정했는데 리즈와 폴은 지금은 내가 그걸 할 만한 인내심이 전혀 없다는 데 동의했다. 게다가 그들은 내가 손가락이 두 개인 오르간 연주자처럼 두 손가락만으로 미친 듯 타자하는 모습을 지켜보는 것이 썩 재미있다고 생각했다. 리즈는 자신의 남편에 관한 불만을 터뜨렸다. 폴은 "조지 포맨과 소들"이라는 에세이를 쓰고 있었다고 알렸다. 리즈는 놀라서 한쪽 눈썹을 치켜 올렸다. 내가 "잃어버린 앵무새와 가장 닮은 기하학적 모양은 어떤 것일까요?" 같은 형편없는 말장난을 치면 리즈와 폴은 어이없어했다. 답은 물론 폴리곤Polly-gone이었다(폴리Polly는 앵무새에게 흔히 붙이는 이름이고, 'gone'은 오각형 pentagon, 육각형hexagon 등의 끝에 붙는 'gon'과 발음은 같지만 '사라졌다'는 의미를 갖고 있음을 이용한 말장난―옮긴이).

리즈, 폴, 그리고 내가 많은 시간을 함께 보냈다는 것은 폴의 뇌졸중으로 얻은 보너스라고 할 수 있다. 리즈는 언젠가 "남편하고 보내는 시간보다 많아요!" 하며 웃었다. 시간, 그 달콤한 사치, 그것이 불러오는 긴밀한 유대는 주로 비슷한 일들이 일어나며 날들이 느리게 흘러가는 대학시절에 일어난다. 대학의 룸메이트들은 오랜 친구로 남는 경향이 있다. 나는 직장여성이 오래 가는 친구를 만들기가 얼마나 어려운지, 잘 지낼 만큼 가까워질 시간이 얼마나 부족한지 불평하는 소리를 들어왔다. 따라서 폴의 뇌졸중이 가져다 준 근사한 부작용 중 하나는 리즈와 내가 서로에게 소중한 친구가 되었다는 사실이었다.

우리는 아주 다르기도 했지만, 리즈는 어휘 감각이 송곳니처럼 날카로웠다. 우리는 둘 다 책을 좋아하고 둘 다 자연에서 자극받고 둘 다 셰익스피어의 《겨울 이야기》에 등장하는 무뢰한 오톨리커스와 동일시하는 작은 흰담비들처럼 호기심이 많았고 스스로를 "생각지 못한 하찮은 일들에 덤벼드는 사람"이라고 묘사했다. 게다가 우리는 슬픔과 즐거움의 기간을 함께 버텨왔다. 우리의 기억에는 서로가 등장하는 부분이 많다. 우리는 폴의 삶에 있었던 무서운 사건들을 함께 견뎌냈다. 그것은 언어를 다루는 사람인 내게는 하늘이 보내준 선물이었다. 특히 뇌졸중 이후 첫 몇 해 동안 나는 폴과는 제대로 의사소통을 할 수 없었던 반면 리즈와는 정상적으로 이야기를 나눴고(때로는 그저 이야기를 하기 위해 이야기를 했다) 그럼으로써 폴의 실어증으로 나 또한 말을 잃었다고 느끼지 않을 수 있었다.

우리의 나날들은 잘 그려지고 자주 여행된 궤도를 따라 흘러갔으나 그럼에도 스스로 선택해서가 아니라 낙오되어 시간과 삶의 궤적에서 벗어나고 있다는 불온한 느낌에 자주 시달렸다. 나는 또한 잃어버린 옛날의 폴을 애도했다. 폴 자신도 마찬가지였다. 우리는 슬픔을 말로 하지 않고 안에서 삭혔으며 은밀히 간직했다. 복원은 불가능했고 우리 앞에는 오직 하나의 방향만이 남아 있었다. 그래서 우리는 컴퍼스를 앞쪽으로 맞췄다.

잦은 수영 덕분에 폴의 몸은 점점 튼튼해졌다. 그는 머리 위를 날아가는 비행기 소리를 듣고서 시간을 점쳤다. *터보 프로펠러. 네 시.* 비행기는 그에게 소리 내는 시계였다. 집안으로 들어갈 시간인 다섯 시가 다 되었다는 걸 정확히 아는 듯 보였던 것이다. 말하기, 글쓰기, 걷기도 계속 좋아졌고 잃어버린 시야를 보상하는 기술도 나아졌다. 하지만 느린 진전에는 어두운 그림자의 자취가, 아직도 무엇인가가 잘못될 수 있다는 뜨거운 숨결이 도사리고 있었다. 낙상은 여전히 폐렴만큼이나 위협적이었고 알약과 액체 삼키기도 언제 기도를 상대로 말썽을 부릴지 모르는 일이었다. 하지만 늘 그렇듯 염려는 가벼운 순간들에 의해 완화되었다. 매일 즐거움과 걱정, 웃음과 공포, 재미와 위험이 독특한 쌍을 이루어 함께 나아가는 듯 보였다.

여름이 끝날 무렵, 폴은 패티오에서 일광욕을 계속했으며 수영 전과 후에는 좋아하는 의자에 널브러져 보내며 살갗이 점점 더 진한 갈색으로 변해갔다. 우리는 그를 커피콩 브랜드 이름으로 부르기 시작했다.

"좋은 아침, 술라웨시." 내가 아침 인사를 했다.

"안녕, 자바 블라완." 리즈도 좋아하는 진하게 볶은 원두콩의 이름으로 그를 놀렸다.

어느 날 나는 황갈색으로 건장하게 탄 폴의 살갗이 좀 이상한 것을 알아챘다. 그의 가슴, 팔 아래, 그리고 치모가 아주 희미하지만 연록색으로 변하기 시작했던 것이다. 어느 더운 오후, 알몸으로 헤엄치고 난 후 수영장 밖으로 올라온 그의 체모는 희미한 유동성 물체의 녹색처럼 번쩍였다. 자신은 알아차리지 못했지만 그는 마치 파랑으로 휩싸인 북극광처럼 보였다.

어리둥절해진 나는 짐짓 공포에 사로잡힌 듯 꽥 소리를 질렀다. "녹색 헐크다!"

"어디에?" 약간 당황해 이리저리 둘러보면서 그가 소리쳤다.

"당신 말이에요. 지금 밝은 녹색이에요!" 대체 저게 뭐지? 나는 의아해했다. 해로운 걸까? 전에 어디서 저런 녹색을 보았더라?

폴은 털로 뒤덮인 자신의 녹색 팔과 다리, 그리고 특히 녹색이 선명한 살을 검사하고는 불편하게 키득거렸다.

"거대한 나무늘보! 아마존에서 본 발가락 셋 달린 녹색 나무늘보 같아요. 털에 온갖 조류藻類와 박테리아가 박혀있고 느릿느릿 움직이는 그 나무늘보요!"

"투표하려고 흔들흔들 지지대를 내려온 그 나무 껴안는 동물들?" 폴이 물었다.

지지대 = 나무. 투표 = 용지를 던지다 = 대변을 보다. 나는 알았다.

"그래요. 한주에 한번 자신들의 나무에 거름을 주는 거지요. 상품과 서비스를 창조적으로 교환하는 일이에요, 안 그래요?"

폴은 자신의 것이 아닌 것처럼 팔과 다리를 들여다보았다. 아주 작은 녹색 괴물들이 자신의 몸에 살고 있을 가능성이 있다고 생각한다는 것을 나는 알았다.

"작은 녹색 인간들!" 나는 무서워하는 목소리로 말한 뒤 소리 내어 웃었다.

"아아아악!" 폴도 무섭다는 듯 손가락을 흔들며 입을 벌렸다. 하지만 수건으로 녹색 물질을 떼어내려다 꼼짝도 하지 않는 걸 보고 정말로 염려하기 시작한 것 같았다

"내 생각엔 조류 같은 게 아니라 수영장 물의 염소가 원인 같아요."
나는 그를 안심시켰다. "조류가 달라붙기에는 당신은 움직임이 너무
많아요. 금발인 사람들은 수영장에서 털이 녹색으로 변하지 않도록
조심해야 해요. 당신의 회색 털도 같은 식으로 반응하는 거 아닐까요?
내 말은, 당신은 수영장에서 나와 몸을 물로 헹구지 않고 햇볕에 말리
잖아요. 염소를 푼 수영장 물에서 나왔을 때 사용하는 샴푸가 있어요.
그걸 써보죠."

우리는 그걸 사용했다. 녹색 털 다발들이 모두 없어질 때까지 함께
문질렀다.

"밀드레드는 좋아했을 거야." 폴은 아일랜드인 어머니를 떠올리면
서 활짝 웃었다. "토끼풀 녹색을 띤 커다란 사내!"(토끼풀은 아일랜드를 상징
한다─옮긴이)

이후 며칠간 폴은 계속해서 자신의 살갗을 검사했고 녹색이 더 이상
보이지 않자 약간 실망한 듯도 보였다. 그는 잠시나마 파충류와 양서류
종족에 합류했던 것이 좋았고, 화려한 몸 장식을 꽤 즐겼던 것이다. 어
린 시절에 그는 항상 가고일gargoyle(흔히 성당이나 교회 등의 벽에 붙어 있는 괴물
석상─옮긴이), 마스크, 토템 상, 괴기한 것, 전쟁에 나가는 인디언들이 몸
에 바르는 물감 따위에 매혹되었고, 청년시절에는 초현실주의자들의
기이한 이미지, 제임스 조이스와 새뮤얼 베케트 같은 작가들의 야단스
러운 산문에 이끌렸다.

다행히도 '단어' 축제는 전혀 의외의 경로를 통해 계속 집안으로 돌
아왔다. 그가 의도치 않게 우스운 말을 하면 우리는 그를 향해서가 아
니라 그와 함께 실어증의 희극적인 측면에 대해 소리 내어 웃었다. 폴

은 자신의 피부가 변했을 때 그저 좌절하기보다 오히려 웃어댈 정도로 편안해졌다. 그건 좋은 일임을 나는 알았다. 그건 침묵의 덤불에서 나오는 여느 통로가 아니라 더욱 편안한 길이었던 것이다.

어느 날 오후 책상에 붙어 앉아 열심히 일을 하며 나는 무심코 커피 잔을 30센티미터나 되는 서류 더미 위에 올려놓았다. 폴이 내 서재 안으로 들어오더니 커피 잔을 우려의 눈으로 바라보았다. 내 노트와 책 더미, 그리고 컴퓨터에 위험할 만큼 가깝게 놓여 있었기 때문이다.

"당신 저 머그잔에 애착을 느껴?" 그가 물었다. 나는 미소 지었다. 그가 실제로 뜻했던 것은 "저게 저기서 안전할까?"임을 알고 있었던 것이다.

폴은 나의 안전에 관해 몹시 염려하는 것 같았다. 그는 내가 여행을 떠날 때마다 천장이 낮은 통근 항공기에서 머리를 다치지 않게 조심하라고, 그리고 반드시 호텔방 문을 잠그라고 충고했다.

그날 아침에도 한마디 했었다. "가파른 움직임에 대비해." 그 말은 "침대에서 떨어지지 마"라는 뜻이었다.

그러더니 그 날의 '피로포'를 말했다. "가없는 하늘의 총독…."

"아주 근사한데요." 감사의 뜻으로 코를 찡그리며 내가 말했다.

"저들은 별들을 끝내는 일을 이야기하고 있어." 그가 흥분하여 말했다.

"와우, 그건 대단한 재줄 텐데요!" 별을 끝내다니, 맙소사, 엄청난 천체 폭력이로군. 나는 생각했다. 별이 사라진 차가운 검은 하늘을 그려보았다. 내 마음은 그가 던진 퍼즐 풀기에 착수했다. 어쩌면 '별들'은 '별들에 가는 일'을 말했던 걸까?

"혹시… 우주 프로그램의 끝, 그러니까 나사NASA에 대한 기금지원 중단을 말하는 건가요?"

"맞아!" 그가 양손을 위로 올리고 *정말 어리석은 결정이야!* 하는 표정을 지어 보였다. 여러 해 동안 아마추어 천문학자로 상상 속에서 은하계를 떠돌고 행성들의 확대사진을 샅샅이 살펴보고 허블 망원경으로 찍은 먼 우주 공간의 사진들을 즐겼던 터라 이 소식을 개인적인 모욕으로 받아들였던 것이다.

"그 얘기는 관두고." 잠잠해지며 폴이 말했다. "오늘 날씨가 맑대?" 그러더니 오래 이어진 춥고 비 내리는 날씨를 불평하며 중얼거렸다. "4월은 나를 미치게 한다니까." 그는 하품을 하고 나서 설명을 덧붙였다. "흐트러진 4월은 잠으로 보내기가 정말 힘들어." 그는 자신의 말의 어리석음에 갑자기 매혹된 듯 키득거렸다.

그가 자신이 말한 우스운 말들에서 새로이 즐거움을 발견하긴 했으나 늘 좋은 것만은 아니었다. 아래와 같이 실어증 환자들에게 매우 전형적인 어떤 대화들은 아직도 그를 한없이 짜증나게 했다.

"아이고, 당신에게 해줄 이야기가 있어!"

"나한테 해줄 이야기가요? 뭔데요?" 내가 물었다.

"아니, 아무 것도 아냐." 그가 내 말을 일축했다.

"말 안해 주기로 한 거예요?"

많은 혼란을 겪은 끝에 그는 드디어 실제 하려던 말은 "새로 할 말이 없어"였는데 정반대인 "아이고, 당신에게 해줄 이야기가 있어"가 자신의 의지와 상관없이 튀어나왔다고 해명할 수 있었다.

우리를 계속 좌절시키고 짜증나게 한 또 하나의 대표적 실어증 증상이 있었다. 옳은 단어들을 잡아내려 애쓰고 있고 무언가 중요한 것을 말하려고 하는 게 분명한데도 그의 정신은 여전히 헛소리를 만들어냈다.

"웬트스토지에서 그라펠클룩을 스미치*smitch*하지 그래?" 어느 날 아침을 먹으며 폴이 말했다.

"뭐라고 했어요?" 이런 경우 그가 당황하지 않게 하려고 사용하는 평온한 어조로 내가 물었다.

"웬트스토지에서 그라펠클룩을 스미치*smitch*하지 그래?" 그는 짜증스러운 속삭임으로 같은 말을 되풀이했다. 틀림없이 자신이 하고자 하는 말을 알고 있었다.

"천천히, 다시 한 번 해봐요."

말하려는 시도가 또 다시 무산되자 그는 마침내 포기하고 생각에 잠겼다. 그리고 놀랄 만큼 유창하게, 그리고 서글프게, 자신이 내뱉은 그 지리멸렬한 말의 잔해를 반추했다.

"그것은 그저 부서지는 거대한 기계의 부드러운 교리문답이야."

제31장

폴은 느닷없이 평온한 희열, 그의 삶과 세계가 다 괜찮으며 밝은 미래가 엿보이는 신비한 감각을 반복하여 느꼈다고 했다. 예전에 수영장에서 몇 시간을 지낸 다음에만 느끼던 감각이었으므로 그는 그 느낌을 "헤엄치는 자의 황홀경"이라고 표현했다. 나는 그가 뜻한 활기찬 평온의 상태, 나 자신의 삶에도 자주 찾아오는 그 상태를 잘 알고 있었다.

첫 번째 에피소드는 어느 늦은 밤에 일어났다. 나는 깜박 잠이 들었고 그는 소파의 끝에 앉아 졸면서 텔레비전을 보고 있었다. 행복감의 베일이 그를 휘감으면서 그는 브라이언과 알리스테어라는 두 옛 친구를 "보았다." 그들은 55년 전 그가 처음으로 교사로 일했던 뉴펀들랜드 사람들이었다. 80세인 브라이언은 지금 여러 건강 문제를 갖고 있었고 알리스테어는 그 전해에 죽었다. 그럼에도 그들은 폴의 시야, 또는 꿈,

또는 환영 속에서 그가 "모든 것을 잘 하고 있다"고, 질병의 소음은 줄어들 것이며 모든 일이 좋아질 것이라고, 안심시켜 주었다. 폴은 젊어진 기분이었고, 다시 한 번 내달려 크리켓 공을 던질 수 있을 만큼 상태가 좋다고 느꼈다. 더없이 행복한 이 에피소드는 약 한 시간가량 지속되었을 뿐이지만 위안의 기억은 남았으며 그래서 이튿날 아침 내게 이이야기를 해줄 때 그는 거의 평화로워보였다. 몇 시간이 지나자 그 평온함은 사라졌다.

나흘 후 일찍 깨어난 그는 글쓰기를 시작하려고 허둥지둥 침대에서 나와 서재로 직행했다. 달리는 정신이 아이디어의 먼지 구름을 일으키고 있었던 것이다. 그는 아침을 먹고 약을 먹은 뒤 다시 쓰기 시작했다. 낮잠을 자기 전 그는 바로 똑같은 그 평온한, "격한 운동 뒤에 맛보는 희열"을 느꼈으며, 그 마법이 자는 동안 그를 베일처럼 휘감았다고 했다.

나는 내 의견을 말하지 않았다. 모든 새로운 증상에 관해 걱정하는데 익숙해져 있었던 나는 내 첫 반응이 무엇인가가 그의 뇌에 충격을 줌으로써 희열로 몰아넣은 게 아닐까 걱정하고 있다는 사실을 말하기싫었다. 어떤 이유로 산소가 부족할 가능성도 있었다. 또는 세로토닌이 증가해서일 수도 있었다. 그것도 아니면 4년간 복용해온 항우울제 졸로프트의 약효가 전보다 천천히 사라지는 것은 아닐까? 최근 그는 유난히 창조적이었으며 어딘지 달랐다. 그의 최근 소설은 여전히 '실어증적'이었지만 뇌졸중 이후 써온 어느 것보다 더 순수하게 상상에서 뽑아낸 것으로 실제 인물과 사건에 관한 묘사는 감소되어 있었다.

그는 며칠 더 어깨에 뮤즈를 앉힌 채 잠에서 깨어났고 약 두 시간 동안 손으로 여섯에서 여덟 쪽을 써냈다. 그가 예전에 내가 누리던 자유로운 사고와 진심어린 즐거움을 향유하는 게 부럽기도 했지만, 나는 정말 걱정이 됐다. 그는 예언자, 나는 걱정꾼, 그는 평화라는 기반을 가진 사람, 나는 쉽게 요동하는 사람이었다. 나 아닌 다른 누군가의 생명을 책임지고 있다는 사실이 내 낙천주의를 좀먹었다. 과거에는 주로 나 자신의 건강과 안녕에 주의하곤 했었다. 이제는 그의 건강과 안녕도 책임지고 있었다. 나는 그의 신호, 징조, 증상을 읽어야 했고 온종일 그의 안녕에 신경을 써야 했다. 때로 그저 나 자신을 위해 그를 살려내고 있는 건 아닐까 느끼곤 했다. 내가 사랑에 애정에 그리고 동료의식에 너무도 목말라 있었기 때문이었다. 비록 그는 자유자재로 의사소통하지는 못했지만 함께 살아가는 생명체로서 짝으로서의 그가 지닌 근원적인 온기가 나름대로의 강렬한 마법을 만들어냈다. 이것은 때로 어린아이를 다루듯 그의 주위를 맴돌지만(그는 그렇게 독립적이지 않았으므로, 그리고 그의 면역체계는 당뇨와 심장 문제로 타협하고 있었으므로) 한편으로는 그가 어린아이가 아님을 인식하고 스스로 선택하는 어른으로서 정신적, 감정적 공간을 주어야 함을 뜻했다. 균형 잡기가 쉽지 않았다.

리즈가 의논하러 들어왔을 때 나는 내 퇴창에서 일을 하고 있었고 폴은 낮잠을 자고 있었다. 그녀의 머리칼은 이제 추수의 계절 새벽녘의 황갈색 밀 빛깔이었다. 오늘의 샌들은 청록색이었고 착 달라붙는 붉은 여름 원피스를 입고 있었다. 그녀가 내 일을 방해하는 일은 흔치 않다. 그래서 간병인으로서의 내 안테나가 삐죽 솟아났다. 그녀는 한쪽 발을 다른 발 위로 엇갈리게 올려놓고 비스듬히 서서, 뭔가 걱정되는 일이 있지만 아직 내가 걱정하는 것은 원치 않는다고 말했다.

"폴이 계속 황홀감을 느끼고 있다고 해요." 그녀가 말했다. "좋은 일이죠. 아마 내가 과민한 건지 몰라요. 하지만…."

내가 무릎책상을 반짝거리는 나무 부교 앞으로 밀자 그것은 백조며 황소들이 수놓인 창가 자리 쪽으로 미끄러졌다. 리즈가 참나무 재질의 무거운 아침식사 쟁반과 두 개의 윤나는 나무 주발로 만들어준 간이 책상이었다.

"그래, 잠에서 깼을 때 나한테도 그랬어." 내가 말했다. "걱정해야 할 일일까? 계속 지켜보아야 할 필요가 있는 증상이라고 생각해?"

"사실 그래요." 리즈가 말했다. "황홀감은 뇌의 왼쪽에 혈액이 덜 유입되고 있다는 뜻일 수 있을까요? 아니 낙관적으로 말해서, 오른쪽으로 더 유입된다는 뜻?"

좌뇌 뇌졸중을 앓았을 때 황홀감을 느꼈고 신비한 광경을 보았다는 질 볼트 테일러Jill Bolte Taylor의 이야기를 우리는 알고 있었다. 이 주에 벌써 두 번째로 찾아온 황홀감이었다. 하지만 황홀감을 빼면 폴의 상태는 안정되어 있었고 낮잠을 좀 더 많이 자는 것 외에 모든 것이 정상이었다.

"요즘 폴은 유난히 창조적이었지." 나는 생각을 입 밖에 내어 말했다. "정말 열정적으로 글을 써왔지?"

"오늘 선생님이 쓴 장들은 분명히 이상해요." 한손을 카운터에 내려놓으며 리즈가 말했다. "기이하고 말이 안돼요. 단언컨대 이 아이디어는 다른 누구에게서 얻은 게 아니에요. 선생님 자신의 머릿속에서 건져올린 거예요. 전부 다 그 작은 머리에서 나왔어요!" 그녀는 강조하느라 눈을 크게 뜨고는 놀랍다는 미소를 지었다.

리즈의 반응이 재미있었다. 폴의 어머니도 항상 새 책을 내밀 때마다 비슷한 반응을 보이곤 했던 것이다. "이 모든 걸 어떻게 생각해냈는지 모르겠구나!" 하지만 리즈가 옳았다. 뇌졸중 이후 폴이 뇌를 사용하는 방식이 바뀌었다. 처음에는 빈 도자기 찬장처럼 정신적으로 텅 비어 보였다. "생각하고 있는 거예요?" "아니, 그냥 앉아서 쳐다보고 있어." 시간이 흐르면서 천천히 그는 하나씩 하나씩 생각을 심기 시작했고, 그런 다음 그것들을 확장, 결합시키고 이미지들을 인식, 결합시켰다. 그것은 그의 글에서 분명히 드러났다. 뇌졸중이 오고 두 달쯤 되던 때 쓰기 시작한 구술 회고록 《그림자 공장》에서 그의 시간 및 순서 감각은 혼란스러운 상태였다. 내용도 대부분 상상이 아니라 실제 사건에 기초하고 있었다. 이어서 괴벨스에 관한 편향된 소설을 썼는데, 몇 편의 다큐멘터리와 두어 권의 책을 훑어보았으나 주로 제2차 세계대전에 대한 평생 동안의 관심에서 세부 내용을 끌어와 사용했다. 자신의 생일, 흔한 물건과 동물 이름을 기억하는 것조차 힘들어한 그가 제2차 세계대전에 관해 얼마나 많은 것을 기억해냈는지 정말로 놀라웠다. 2년 후에는 이제 더 이상 즐길 수 없게 되었으나 어린 시절 엄마와 함께 갓 갈아놓은 커피를 사던 기억을 떠올리게 하는 커피의 마약같은 향에 자극받아, 그리고 리즈가 인터넷에서 긁어모은 토막 정보들에 기초하여, 커피에 관한 수필을 썼다. 다음으로 쓴 몽골을 배경으로 한 소설에서부터 상상의 요소가 많이 포함되기 시작했는데 리즈의 이웃 구스타프의 이야기, 지도, 안내책자, 그리고 인터넷 검색에 기초한 것이었다. 여러 편의 수필과 소설들이 뒤를 따랐다.

현재 그는 공상과학 소설을 쓰는 중이었는데 글 쓴 후의 낮잠이 전보다 눈에 띄게 길어졌다. 어쩌면 좌뇌가 조용해진 상태에서 언어를 위해 우뇌를 많이 사용하면서 전체 영역으로의 혈액 유입량이 늘었을지 모르고 신비한 체험의 원천인 우뇌의 작용이 조금 느슨해졌을지 모른다. 아니면 좌뇌의 뒤쪽 꼭대기에 위치한 두정엽이 손상을 입은 결과일까? 이곳은 뇌가 몸의 여러 경계를 기술해 우리가 공간에서 자리를 잡도록 돕고, 파악할 수 있는 것과 파악할 수 없는 것, 자아와 세계를 구분하는 곳이었다. 깊은 명상이나 손상으로 그 영역이 조용해지면 때로 몸이 살아 있다는 착각을 할 수 있고 초월의 느낌과 생생한 신비 체험을 낳을 수 있다. 폴은 여전히 물건을 잡는 데 곤란을 겪고 있었고 그 사실은 그가 그런 손상을 입었다는 표지였다. 그런 사실을 생각하면 그가 황홀감을 느낀다는 것을 이해할 수는 있었지만 왜 몇 년이나 지난 지금에야 그런 현상이 오는 것인지 의아했다. 그저 뇌의 혹사로 지쳐 더 많이 잤던 것인지도 모른다. 나는 불안한 마음으로 폴을 면밀히 지켜보느라 좀처럼 쉴 수가 없었다.

황홀감의 경험은 그것을 낳은 수수께끼 속으로 돌아가 버렸고 우리는 아무것도 알아낸 게 없었다. 하지만 한 달 후 폴은 씩씩거리며 숨이 가쁜 상태로 깨어났고 침대에 몸을 세우고 앉아 공기를 들이마시려 헐떡거렸다. 구급요원들이 들어와 그를 병원으로 실어갔다. 한 주 후 강력한 항생제를 정맥주사로 여러 차례 투입했을 뿐 심장 이상인지 호흡기 이상인지 아니면 양쪽 모두에 이상이 발생한 것인지 의사들이 결정을 못 내리는 가운데 폴은 다시 퇴원해 집으로 돌아갔다. 또 다른 종류의 약을 먹어야 했고 밤에는 깊은 바다에 잠수하는 것처럼 산소 탱크를 사용해야 했지만, 오래지 않아 폴은 몸 상태가 그 어느 때보다 좋다고 말했다.

입원 직후 실시한 뇌 정밀검사 결과는 새로운 뇌졸중은 아니었지만 흉터투성이의 파괴된 전쟁터를 보여주었다. 응급실에서 나는 의사의 얼굴에 물밀듯 밀려드는 연민을 읽었다.

"결과가 어떤가요?"

그는 지난 번 뇌졸중에서 발생한 측두엽과 두정엽의 상처, 전두엽의 커다란 소멸된 부분, 그리고 그 밖의 영역에서 손실된 조각들을 가리켰다.

"식물인간 상태에서 살아온 분이라고 판단했을 겁니다," 그가 부드러운 인간미를 보여주면서 말했다.

"전혀 아니에요. 뇌졸중 이후 책을 몇 권이나 썼다면 믿을 건가요? 그는 실어증이었지만 의사소통을 했고, 수영을 아주 많이 했어요. 전보다 훨씬 제한된 삶이었지만 행복하고 비교적 정상적으로 살았는데요?"

그의 얼굴에 의심의 빛이 스치고 지나갔다. "어떻게 그런 일이 가능하지요?" 그가 생각을 입 밖에 내놓는 듯 조용히, 스캔한 사진에 나타난 죽음의 풍경을 다시 들여다본 뒤 다시 머리를 흔들면서 물었다.

"뇌졸중 이후 4년 반 동안 매일 열심히 뇌에게 일을 시켜왔어요."

"사실대로 말씀해주셔서 고맙습니다." 그가 생각에 잠겨 말했다. "무엇이 가능한지 아는 게 중요하니까요."

한번의 뇌졸중에서 살아남는다는 게 더이상 비상사태가 없을 것이라는 건 아닐 것이다. 마음 졸이며 또 다른 발병을 기다리는 일을 어떻게 극복할까? 그 기다림이 의식의 표면이 아니라 배경에 깔려 있도록 분주하게 몸을 놀리는 것 외에 달리 할 수 있는 게 없을 때도 있다. 폴은 일에 몰두해 자신을 잊어버리는 재능이 있었고 그것이 매일 그를 지탱해주었다. 그는 절대로 질병이나 죽음의 위기에 대한 경험에 골몰하지 않았다. 그런 면에서 나는 그가 부러웠다. 내게는 두려움, 불확실함, 수수께끼가 남아있던 것이다. 미세하게 분할된 시간의 조각들 속에서 (복도를 걸어 내려가는 것도 충분히 길만큼) 나는 고통스러울 만큼 걱정스러웠다. 그래서 나는 가끔 나 자신의 다른 면들과의 회담을 끌어내었고 부분들을 함께 사랑하면서 그 두려움 밑으로 내려가 여전히 풍성하고 자신감에 차 있는 삶을 위한 감사를 찾아내려고 노력했다.

리즈는 더 길게, 더 자주 휴가를 가기 시작했다. 그녀가 없을 때 폴과 나는 함께 그러나 각자(이 역설적인 두 단어의 확고함이라니) 살았는데 그것도 나름대로 독특하고 근사했다. 우리와 함께할 때 그녀는 똑똑하고 대단히 유능한 동거인이었으며, 언어적 정상성의 기이한 요소이자 과거의 느슨한 단어 놀이로 이어지는 다리였다.

우리는 여전히 폴에 관해, 특히 그가 잠에서 깨어나는 동안, 수다를 떨었다. 한 예로 어느 아침, 폴이 침침한 눈으로 침실에서 나와 주방에 들어왔을 때 리즈와 나는 옛날 춤들의 스텝을 기억해내려고 애쓰고 있었다. 멍키, 포니, 로커모션, 매쉬드 포테이토, 트위스트, 스윔(1960년대 인기 있었던 춤들의 이름—옮긴이). 리즈는 최근 가족 모임에서 벌어진 논쟁에서 삼촌 해럴드가 두 번의 무릎관절 교체 수술을 자랑하면서 보인 익살스러운 행동들에 고무되어 있었던 것이다.

"프레리 치킨 춤은 어때?" 나는 내 팔을 뿔처럼 머리위로 비스듬하게 올리면서 방안을 강장거리며 걸었고 한 발로는 바닥을 긁으면서 물었다. 한편으로는 노래를 불러대면서.

　　모두가 춤추지, 프레리 치킨,
　　당신도 춰봐, 프레리 치킨.

　내가 그러는 동안 리즈는 팔을 길게 늘어뜨리고 아무런 거리낌 없이 그럴싸한 멍키 춤을 추었다. 이제 붉은 포도주 빛으로 바뀐 머리채를 휙 젖히는 그녀는 붉은 짖는원숭이 같았다.
　문득 우리는 폴이 착잡하고도 어리둥절한 표정을 하고 문간에 서있음을 알아차렸다.
　"당신 둘, 대체 커피를 얼마나 마신 거야?" 살짝 불안한 기색으로 무뚝뚝하게 그가 물었다.

에필로그

폴이 뇌졸중을 겪은 지 5년이 넘었다. 그는 강렬한 색조의 어휘 양탄자를 다시 짜왔고 말하기도 계속 좋아지고 있다. 지난주에는 뇌졸중 이후 처음으로 동음이의어를 이용한 말장난을 다시 시작했다.

"달러 지폐들은 매 맞은battered 것 같아." 내가 파머스 마켓에 장을 보러 가려고 잔돈을 모으는 것을 보고 그가 말했다. 그리고는 히죽히죽 웃으며 덧붙였다. "반죽해서 튀겼어Battered and fried!"('battered'가 '맞다'라는 의미와 '반죽되다'라는 의미를 갖고 있는 점을 이용한 말장난 – 옮긴이).

폴과 나는 더 이상 그가 "나아질지" 여부를 걱정하지 않으며, 더 이상 실어증을 단계별 회복 절차로 여기지도 않는다. 우리는 실어증을 별이 아로새겨진 선물로 다루면서 하루에 하나씩 풀어간다. 폴은 더 이상 수영장에서만 행복해지지 않는다. 아침에 몹시 일찍 잠에서 깨어 나를 보고 말하곤 한다. "이리 와서 껴안아." 그러면 나는 침대 속으로 다시 기어들어가 이미 채워진 둥지의 특별하고 빛나는 온기를 즐기며 두툼한 이불 속의 자궁 같은 주름들로 미끄러져 들어가고 바짝 달라붙어 서로의 호흡을 연결한다. 그는 나를 작은 '스카라무슈scaramouche(악당 또는 장난꾸러기)'라고 부르며, 우리는 함께했던 과거, 쉽거나 어려웠던 시기, 체험한 재미있던 일들을 회상한다.

그런가 하면 알아보기 어려울 만큼 그가 너무나 낯설어 보일 때도 있다. 아침을 먹고 둥글게 뭉친 티슈로 접시를 닦은 다음 이제 "깨끗하다"며 식기 건조대에 올려놓을 때가 그렇다. 나는 음식을 먹고 나면 접시들을 물로 씻어야 한다고 다시 설명하지만 그는 믿지 않는다. 그의 눈에 그 접시들은 깨끗해 보인다. 심지어는 계란이 엉겨 붙어 있을 때도 그렇다. 나는 식기 건조대에서 더러운 접시들이 다시 사용될 준비가 되어 꽂혀있는 것을 찾아내곤 한다. 엉뚱한 논리가 정말 걱정될 때도 있다. "호흡은 한쪽 끝에서 나와 다른 쪽 끝으로 가는 거니까" 아픈 친구와 전화통화를 하면 감기에 걸릴 수 있느냐고 물을 때처럼.

하지만, 또 하지만, 내가 아는 오랜 배우자는 아직도 그의 안에 남아 있다. 상점 유리창 같은 그의 얼굴을 통해 그를, 밖으로 나오려고 하는 그의 생각을 나는 뚜렷이 보고, 그가 "호리호리한 별의 오 앵무새" 같은, 휘트먼식의 낙천적 불꽃으로 뒤덮인 새로운 '피로포'를 공들여 지어내 옛날의 그 익숙한 방식으로 말하는 것을 나는 듣는다. 그는 또 내가 놀랄 정도로 쉽게 실어증을 갖고 묘기를 부린다.

"앤 로르가 당신에게 보낸 사랑스러운 시선집이에요." 며칠 전에 내가 말했다.

폴이 수영장 주위를 천천히 성큼성큼 걸으면서 걷개를 포충망처럼 휘둘러 미루나무에서 물 위로 떨어진 솜털 다발들을 걷어 올려 풀밭 위로 던졌다.

"그들이 그림에 대한 접근법을 바꿨으면 좋겠어." 그가 불평하고는 서둘러 덧붙였다. "내 말은 더 크게 인쇄해야 한다는 거야."

나는 웃음을 참을 수 없었다. "지금 나를 위해 당신 자신의 말을 번역한 건가요? 참 재미있네!"

다행히 좌뇌 뇌졸중에도 불구하고(심각한 우울증, 분노, 또는 양쪽 다 오는 경우가 잦다), 그리고 열 달 전에는 자칫 죽을 정도로 심각한 폐렴을 앓았음에도 불구하고, 대체로 그는 전보다 더 행복해 보인다. 좀 더 그 순간에 충실히 살고 있고, 살아있음에 감사한다. 우리 삶은 다르지만 달콤하다. 굴을 한 움큼 쥐고 있는 인시류鱗翅類 연구가처럼 그가 단어를 집어내려 할 때는 요절복통할 제스처 게임이 벌어진다. 그처럼 재미있는 단어조합이 실어증 환자의 입에서 나올 수 있다니! 이렇게 우리의 나날들은 아직 많은 좌절을 포함하고 있으나 한 번 더 단어와 함께하는, 웃음소리 가득한 흥청망청한 파티이기도 하다.

"당신이 주방에 놓은 건 텅 비었어." 어제 그가 내게 말했다. 함께 주방으로 가 창밖을 내다보고 나서야 나는 그가 "주방 바깥마당에 있는 새 먹이통이 텅 비었어"라는 말을 하려 했음을 이해했다. 되새들이 아침먹이를 찾고 있었던 것이다.

최근의 어느 오후, 하품을 하며 내가 중얼거렸다. "오늘 왜 이렇게 졸리지?"

그가 아주 진지하게 대답했다. "아마 더 높은 힘이 당신의 정신적 백과사전을 징발해 갔나봐."

'아마 나를 돌보는 데 집중하다 보니 당신이 지친 걸 거야'를 그렇게 말한 것이었다. 나는 내 머릿속의 백과사전과 한 묶음의 책들을 잡으려고 내뻗는 큰 손을 그려보았다.

5년이 지난 지금 마침내 나는 다시 폴과 그 같은 단어들을 공유할 수가 있다. 하지만 실어증은 여전히 그 명랑한 춤으로 그를 괴롭힌다. 그는 자꾸만 부사와 동사를 빠뜨렸고 단어나 구절을 괜히 반복했던 것이다. 그는 컴퓨터를 사용할 수 없고 타자를 칠 수 없으며 자신이 쓴 글을 읽는 일도 어려워한다. 그래서 항상 조수가 필요하다.

최근 어느 프랑스어 잡지사가 새로 번역된 그의 소설에 관한 인터뷰를 하느라 여남은 개의 질문을 이메일로 보내왔다. 그는 불평 없이 답을 해주었다. 소설은 《꽃들 속 꽃가루가 쉬는 곳》이었는데, 오래 전 거의 한 마디도 하지 못했을 때 언어치료사 켈리에게 말하려고 그처럼 열심히 노력했던 제목이었다.

그의 문체는 전보다 덜 장식적이고 덜 기괴하며 과장이 줄어들기는 했으나 그의 창조력과 상상의 풍취는 돌아온 것 같다. 그는 세 편의 장편소설을 쓰고 교정했으며 뇌졸중 이후 써낸 수필과 소설들을 출간했다. 그는 손으로 쓰고, 리즈가 페이지를 읽고 타자해 정서하며 실어증으로 인한 실수에 표시한다. 폴은 그것들을 다시 읽고 원하는 대로 교정을 한다. 리즈가 다시 타자한다. 폴이 다시 읽는다. 아직도 읽기는 몹시 힘들다. 오른쪽 가장자리의 단어는 종종 보이지 않고 한 줄은 그 위의 줄로 뛰어 올라가는 듯 보인다. 그럼에도 불구하고 그는 훈련을 통해 눈을 적응시켰다. 그는 4년이 넘도록 거의 매일 두 시간 동안 충실하게 쓰고 고쳐 써왔다. 최근에는 기쁘게도 서평을 하나 쓰기까지 했다. 수년간 주로 〈워싱턴 포스트〉지에 수백 개의 서평을 썼었지만 뇌졸중 이후로는 처음이었다.

컴퓨터로 원고를 제출하기 전이던 과거에, 그는 잘라서 편집하기를 거부했다. 편집된 페이지들을 받을 때마다 그는 커다란 가위를 꺼내 여백을 잘라냈고 빼앗긴 페이지들을 붙이고 숫자를 달리 매겼으며 모두 복사해서 꼿꼿하게 깨끗한 복사본을 편집자에게 돌려보냈다. 이제 그는 리즈가 교정하는 것을 좋아하고 내 피드백을 소중히 여긴다. 예전부터 나는 완성되기 전 그의 책을 들여다보는 일이 드물다. 책이 끝난 다음에야 읽고 아마 초벌 심사위원의 일반적 방식으로 제안을 한다. 하지만 나는 그의 비서, 조수, 또는 필경사가 되기를 거부한다. 내게는 그의 배우자로 남아있는 게 중요하다. 비록 간병인이기도 하지만.

바로 지금 폴이 공상과학 소설 《지금, 여행자》를 교정하면서 책상 위 종이들을 정리하는 소리를 들을 수 있다. 그 소설의 주인공 $1/8$ 험블리의 아들은 $1/16$ 험블리다. 등장인물 하나의 이름은 줌 퀸으로 그녀는 기분에 따라 상상할 수 없이 크게 또는 한없이 작게 변할 수 있는 인물이다. 흠, 그녀가 누굴까 궁금하군. 《지금, 여행자》에서 화자는 1인칭에서 3인칭으로, "나"에서 "그"로 변한다. 그게 의도적이냐고 묻자 폴은 미처 깨닫지 못했노라고 답했다. 아마 그의 머릿속에는 몇 개의 목소리가 있어 계속 바뀌는 모양이다. 아니면 그저 어떤 관점을 취하고 있는지 잊어버리거나.

리즈는 가장 최근의 원고에 나오는 몇 가지 특히 난해한 단어 목록을 (그러나 모두 표준어다) 작성했다.

괄괄한, 망령, 거짓 - 경구, 흑평, 자양분, 성체를 받지 못한, 천국, (18세기 이탈리아의) 남편 있는 여자의 공공연한 애인, 전문분야, 초보교육, 반이상향, 석탄기의 콘드라이트, 흠잡기 잘하는, 우회하는, 융단층의, 초계정, 영양실조, 비방한, 글자 맞추기 놀이, 캡스턴(배에서 닻 등 무거운 것을 들어 올리는 밧줄을 감는 실린더), (토양비료학) 풀브산(부식산중 산가용부분 물질), 자기수용기自己受容器,[*] 사람을 싫어함, 쓸데 없는 짓, 키메라, 파열음, 방향을 결정하는, 일류품질의, 정신적 양식, 하드론 (바리온baryon과 중간자meson를 포함한 소립자의 일종), 금권정치가, 요정 같은, 지루한 부분, 장원, 작은 카페, 개요의, 성마름.(원어 단어들은 동의어 중 잘 쓰이지 않는 단어들이다 - 옮긴이)

  5년 전 말할 수 있는 음절이라곤 오직 "멤!" 밖에는 없었던 남자치고는 나쁘지 않다.

  뇌가 가장 활발하게 활동하는 낮 시간 동안, 폴은 다시 얻은 단어들을 한데 엮어 글을 쓰거나 전화를 하거나 친구들과 점심을 먹는다. 셋을 전부 다 하는 것은 아니다. 그 중 하나를 택해야 한다. 그러나 우리들도 모두 어느 정도 그렇지 않은가? 나는 이른 아침에 글을 쓰거나 이메일들에 회신하거나 전화를 할 수 있지만 나 또한 한정된 정신적 에너지

---

[*] 생체 또는 그 부분이 놓여 있는 상태, 특히 역학적 상태를 직접 감각자극으로 수용하여 생체 자신에 감지시키는 수용기. 대표적인 예는 척추동물의 근방추나 건방추이며 각각 해당되는 골격근 또는 힘줄의 기계적 신전을 적당자극으로 흥분하고 신전의 강약을 중추에 통보한다. 일반적으로 이들 자기수용기는 반드시 명료한 자각적 감각으로 의식되는 일 없이 주로 특정 반사활동의촉진제로 중요한 역할을 한다. - 네이버 백과사전

를 어디에 사용할지 선택해야 하는 것이다.

그는 손으로 편지쓰기를 매우 자주 즐긴다. 실어증의 자취와 줄을 그어 지운 흔적이 남은 채로 편지를 보내지만 그런 것들로 괴로워하지 않는다. 받는 사람들이 이해할 것이며 자신이 편지를 쓸 시간이 있고 그들 생각을 했다는 것에 감사하리라는 것을 알기 때문이다.

오늘 아침 서재에서 일하는 동안 나는 침실 문이 휙 열리는 덜컥 소리를 들었다. 이어서 맨발로 걷는 소리가 났고 폴이 귀마개를 플라스틱 케이스에 넣는 미세한 딸칵 소리가 났다. '므록' 하고 소리를 내 내가 퇴창 안에 있음을 알리자 그가 '므록' 하고 되받은 뒤 내 서재에 나타났다. 그는 웜뱃처럼 벌거벗은 채였다.

"내 빛의 외팔보가 어디 있지?" 그가 졸린 듯 물었다.

나는 미소 지었다. 이건 처음이었다. "혹시… 벨루어 조깅복을 말하는 건가요?"

"맞아."

"세탁실에 있어요."

왜 그의 뇌는 '벨루어 조깅복'을 찾으며 '빛의 외팔보'를 만들어냈을까? 외팔보는 단단하고 조깅복은 부드럽다. 외팔보는 다리를 지탱하는 구조물이다. 조깅복을 밝고 넓게 열린 세상으로 연결하는 다리라고 생각했을까? 그럴 듯해 보였다. 그런데 그 구절이 나를 사로잡았고, '빛의 외팔보'를 본능적으로 '벨루어 조깅복'으로 해석할 수 있을 만큼 오래 함께 살았다는 사실을 깨달으며 나는 웃음을 터트리지 않을 수 없었다. 에둘러 말하기가 있어서 정말 다행이었다… 그걸로 통하니까.

엉터리 말의 퍼즐 속에서 폴과 함께 산다는 것은 때로 선문답을 하면서 사는 것처럼 느껴진다. 선문답은 이성으로 접근할 수 없는 역설적인 대화로, 불가의 현자들이 명상의 정신적 매듭으로서 가르쳤던 것이다. 심지어 선문답 통역을 시작하려 해도 논리의 끈을 버리고 언어를 구부려야 하며 관념적인 사고방식을 버리고 직감에 몰두해야 한다. 실어증을 가진 사람과 대화하는 사람은 끊임없이 인식하는 것과 비슷한 상태, 말의 퍼즐을 풀 때 맞는 '아하!' 하는 통찰의 순간을 즐기는 것과 비슷한 상태에서 산다. 창조력과 마찬가지로 그것은 세상 속으로 밀고 들어가도록 하는 동시에 놓아버리도록 한다. 그의 뇌졸중은 그를 변화시켰지만 나쁜 쪽으로만은 아니었으며, 나 또한 변화시켰다.

간병인은 질병이 지닌 문화로 인해 바뀌기 마련이다. 인간이 자신이 살고 있는 역동적 시대에 의해 바뀌는 것과 같다. 우선 나는 나 자신과 대화할 시간이 많지 않고 그래서 상실감을 느낀다. 확실히 나는 그의 죽음에 관해 그리고 내 죽음에 관해서 더 많이 걱정한다. 매일같이 감시해야 하는 그의 건강이라는 무용담에서 내가 중요 부분을 맡고 있기 때문이다. 그러나 나는 삶의 모든 면에서 더욱 강인해졌다. 작게는 사람들에게 좀 더 직접적으로 이야기할 수 있게 된 것이었고, 크게는 역경과 잠재적 상실에 대응하고 여전히 앞으로 나아갈 수 있게 된 것이었다. 나는 이제 내가 지닌 힘을 더 잘 알게 되었다. 강력한 태풍이 몰아쳐도 뿌리를 굳게 박고 서있는 버드나무처럼, 나는 시험을 거쳤다는 느낌을 갖는다.

누군가의 삶을 책임진다는 것을 받아들이고 그 결정과 함께 살아가는 일은 오래 걸렸고 나는 그 힘겨운 투쟁을 좋아하지 않았다. 때때로 내가 무너지고 있다는 느낌마저 들었다. 내 일을 포기하고 폴만을 돌보거나 아니면 스스로를 완전한 괴물처럼 느끼며 내 일을 계속하고 폴은 남에게 맡기거나 양자택일을 해야 하는 것일까 두려워했다. 내 앞에 놓인 도전은 양자택일을 넘어서서 나 자신에게 양분을 제공하는 동시에 폴을 사랑으로 돌보는 방법을 찾아내는 것이었다.

생활의 직접적인 측면과 복합적인 측면이 변할 때마다 나는 버둥거렸다. 처음에는 '나만의 생활, 그의 생활, 작업 생활, 여가 생활, 집안 생활'과 같이 모든 것을 구획지어야만 했지만, 차츰 그 모두를 전체로 포용하는 법을 배웠다. 이제 대부분 이 모든 것은 매끄럽게 연결되어 있고, 나는 그저 '나의 삶'을 살아가고 있을 뿐이다.

매일 한 쪽에서 세 쪽의 속도로 이 책을 써나가며 나는 폴에게 쓴 분량을 읽어주었다. 보통 저녁을 먹은 다음이었고, 우리는 병원에서 일어난 일과 집에서 보낸 처음 몇 해(당시 그의 뇌는 기억을 저장하고 있지 않았으므로, 그가 기억하는 것은 거의 없었다) 동안의 기억을 이야기하고 재구성했다. 이 시간은 그가 자신이 어떤 일을 거쳤으며 뇌졸중 이후에는 무엇을 성취했는지 더 잘 이해할 수 있게 해주었다. 내가 간병에 관한, 걱정과 스트레스에 관한 구절들을 읽을 때마다 그는 부드러운 얼굴로 말한다. "내 사랑, 정말 얼마나 힘들었을까." 이 시간은 내 상처와 경험만큼이나 그의 상처와 경험에 관해, 그리고 함께해온 우리의 역사와 삶에 관해 마음을 열고 이야기하도록 해주었다. 복잡하게 짜인 바구니 같은 삶이 해어지고 낡아 부서지고 풀어졌다가 다시 작동했으며 재결합되었다. 그리하여 우리는 더욱 가까워졌다. 삶은 계속적인 질병의 그림자 속에서도 유지될 수 있고 심지어 걷잡을 수 없는 기쁨의 순간까지 올라갈 수도 있다. 하지만 그림자는 여전히 남아있고, 우리는 그림자를 위한 공간을 남겨 두어야 한다.

펜실베이니아의 중심부에서 남자아이들에게 열광하던 고등학생 시절에는 사랑이 비틀즈의 노래 "당신 손을 잡고 싶어I Want to Hold Your Hand"처럼 간단했지만, 이제 나는 당시로서는 상상도 못했을 책임감이 개입된 삶의 한 단계에 서있다. 십대 시절과 마찬가지로 이 시기 또한 지나가는 한 단계이다. *정신 차리고 깨어 있어,* 나는 자신에게 말한다. *모든 감정과 감각에 주의를 기울여. 왜냐하면 이건 지상의 삶, 살아 있다는 것의 또 다른 국면일 뿐이거든, 그리고 폴이 가버리면 이 책임감들과 걱정들이 사라지고 또 다른 시대가 올 거야.* 그것은 생각할 수 없는 생각이었다. 매일 대하는 '혼자 남겨지리라는 걱정'은 나이가 더 많거나 병든 배우자를 지닌 이로서는 피할 수 없는 걱정이다. 지난 25년간 쓸데없이 걱정했다고 스스로에게 말해봤자 소용이 없다(돌아보니 정말로 쓸데없는 걱정이었지만). 이제 폴은 여든 살이고 두려움은 언제보다 절실하기 때문이다. 필경 폴 없이 긴 시간을 살아야 할 것임을 나는 안다. 괜찮을 것이라고 혼잣말을 해본다. 오늘 산책길에서 이런 생각이 차올랐다. *폴이 죽어도, 나무와 하늘은 여전히 아름다울 것이고, 나는 여전히 삶의 덧없음을 사무치게 느끼고 있을 테지. 우주속의 이 행성에서 살아있는 것이 얼마나 행운인가. 전부가 모험이야. 비록 폴이 몹시 그립긴 할 테지만 나는 여전히 살아있음을 소중히 여길 거야. 그리고, 이상하게도, 온갖 걱정, 두려움, 장애물에도 불구하고 이 나날들을 내 삶에서 가장 행복했던 날들 중 일부로 돌아보게 될 테지. 왜냐하면 나는 진정으로 사랑했고 똑같이 사랑으로 보답 받았다고 느낄 것이기 때문이야.*

애칭과 '피로포'는 계속 흘러넘치고 피어난다. 재미있는 것도, 낭만적인 것도, 희한한 장난조인 것도 있지만, 모두 다 뇌가 스스로를 어떻게 교정하는지, 그리고 두 연인의 이중주가 어떻게 역경을 견디는지에 대한 증언이다. 바로 이것이 우리가 퇴화한 물체로 만들어낸 것이다. 속이 갈라진 종은 맑은 소리를 내지는 못할지라도 달콤하게 울릴 수는 있다.

추기追記
내가 습득한 몇 가지 교훈

뇌졸중 후 다섯 째 해에 나는 여러 치료법을 사용해 시도한 실어증 임상 연구 보고서를 읽었다. 그것들은 우리가 순전히 본능적으로 한꺼번에 시도하며 이미 적용했던 것들이었다.

몰입 훈련

하루 종일 언어로 폴을 뒤덮고, 최대한 빨리 말을 배워야 살아남는 외국에 정착한 것처럼 온전한 말이 아니라 혼합어로라도 말을 하도록 요구했다. 처음에 폴은 하고 싶어 하지 않았다. 아주 피곤하고 짜증이 났으며 당혹감과 실수로 어수선했기 때문이었다. 폴이 자신의 조개껍질 속으로 더 깊이 기어들어갔을 때, 말로 요구를 하지 않고 돌보는 것이, 포기하고 침묵에 굴복하는 편이 더 쉬웠을 것이다.

하지만 나는 끊임없이 그를 대화에 참여시켰다. 천천히 말하고 분명하고 짧은 문장을 사용했으며 중요한 단어와 개념은 반복했다. 그가 나아지면서 난이도를 차츰 높였다. 매일의 일과를 지키면서도 충분한 휴식시간을 즐기도록 권했다. 폴이 아주 긴 시간 동안 말을 하도록 했고 그의 의견을 묻는 일도 많았다. 막힐 때만 단어를 찾도록 도움을 주었다. 아무리 작아도 진전이 보이면 칭찬을 해주었다. 재활센터에서 받은 2주간의 언어치료는 필수적이기는 했으나 절대로 충분하지 않았다. 미시건 대학에서는 일급의 6주 집중 실어증 프로그램을 운영하고 있으며, 매주 15시간의 개인 치료, 5시간의 그룹 치료, 그리고 3시간의 컴퓨터 지원 훈련이 진행된다. 폴은 집에 있었지만 지난 5년간 매주 약 20시간에 해당하는 개인 치료를 받았고 10시간의 그룹 치료를 받았다(동시에 둘 또는 세 사람과 말하기).

위에 대한 추론 : 의사소통용 파트너들

처음에는 언어치료사들이 도움을 주었다. 그러나 얼마 후 폴이 평생을 실어증과 함께 살 것임이 분명해졌고, 그건 아무리 많은 약이나 지시로도 "해결"될 수 있는 게 아니었다. 최악은 일상생활 속에서 오는 고통이었다. 어휘와 문법 기술을 넘어서 그는 사회적 행복감, 다른 사람과의 유대를 잃어버렸고, 그로 인해 소외감과 고독감이 남았다. 정상이라는 느낌, 나와의 친밀한 관계, 특정한 책임감과 효능감, 그리고 다른 사람과 다시 한 번 교제하려는 의지를 회복하는 것이 관건이었다. 폴을 설득하고 매혹하고 유도하고 모든 일에 관한 이야기에 끌어들이는 일, 천천히 그러나 정상적으로 이야기하는 사람들로 그를 둘러싸는 일이 필요했다. 사람들이 무슨 이야기를 하는지 알고 싶은 그가 자연스럽게 엿듣기 마련이었고 그 이야기를 열심히 이해하려 했으므로, 서로 이야기하는 사람에게 둘러싸인다는 것은 중요한 일이었다. 나는 친구들과의 일대일 대화가 폴에게 더 쉽다는 사실을 깨달았고 소음을 최소한으로 줄이려고 애썼다. 대화는 함께 있는 사람들이 그의 새로운 이야기 패턴을 편하게 느끼는 이들일 때 가장 잘 되었다. 예를 들어 폴의 오랜 친구인 크리스, 라마, 진, 그리고 스티브와 함께 이야기할 때 제일 좋았다. 그들은 폴과 연결되어 있었으며 주의를 기울이면서 격려해주었다.

나는 어떤 단어들, 뇌졸중 이후 특히 직업상 익혔던 단어들이 하나씩 하나씩, 소중한 선물들처럼 그에게 돌아오는 것을 지켜보았다. 다른 실어증 환자들도 동일하게 그들 자신의 직업에 관련된 또는 특별히 관심을 가졌던 특이한 단어들, 언어치료사들 또는 배우자마저도 인식하지 못하는 단어들을 이해하고 사용하는 일이 가능하다.

에둘러 말하기

"돌려서 말할 수 있어요?" 폴이 말하고자 하는 단어를 생각조차 해내지 못할 때마다 나는 물었다. 리즈는 "그게 음식이에요? 그걸로 써야 하는 거예요?" 식으로 묻곤 했다. 그의 뇌가 정확한 통로로 접어들게 만들면 더 작은 단위의 단어 부분집합에 초점을 맞출 수 있는 것 같았다. 보통 폴은 그 단어를 묘사하거나 대략적인 동의어를 찾아낼 수 있었는데, 그러면 응접실의 추측게임 풍경이 펼쳐지기도 했다. 나는 아무리 억지스럽다 해도 그의 에둘러 말하기를 칭찬했다. 또 하나의 대안은 말 대신, 더 쉬운 길을 택해, 침묵 또는 팬터마임을 하거나 아니면 그저 소리를 내는 것이었다. 그가 뜻하는 것은 재미있었고 확실히 그에게 중요한 것이었지만 실상 내 의도는 그에게 계속해서 말을 하도록 만들고 대화에 포함시키려는 것이었다.

감사와 유머

예술이 직업인 덕분에 내가 다른 사람에 비해 쉽게 부정확한 언어 연결을 따라갔던 것일 수도 있다. 그러나 누구든 정신적 문을 활짝 열고 실어증 환자가 말할 수도 있는 경이로운 시를 생각해볼 수 있다. 폴의 "지금은 봄이 뒤바뀐 시간이야"라는 말이 사실은 '인디언 섬머'임을 뜻했던 그런 경우가 있는 것이다. 또 귀신개미들이 해마다 주방을 습격한다는 말을 "스멀거리는 벌레들의 은닉처"라고 했던 경우도 있다. 웃음은 비극의 시간 동안 없어서는 안 될 양념이었다. 웃음은 폴이 단어를 붙들고 말하도록 고무시켰다. 그는 우리가 그를 비웃는 것이 아니라, 실어증에서 정상적으로 나타나는 그 야단법석의 지껄임에 관해서 자신과 더불어 웃고 있다는 것을 알고 있었으므로. 그래서 그는 아무 것도 잃을 게 없었다. 그가 말하는 것이 틀렸다 해도 웃길 수는 있었기 때문이다.

제한 치료법

놀랍게도 폴은 재활센터에서 돌아오자마자 자신만의 제한 치료법을 시작했다. 성한 왼쪽 손으로 밥 먹기를 완강히 거부하고 부분적으로 마비된 오른손으로 어떻게든 숟가락을 쥐려고 고집했다. 기계적으로 그러는 것이 아니라 고의적인 것이며 내가 그를 보조하거나 고칠 수 없다는 것을 깨닫기까지는 시간이 걸렸다. 제한 치료법에서 환자는 성한 팔을 팔걸이 붕대에 넣고 오븐용 장갑을 껴서 성한 손을 사용할 수 없도록 만든다. 그래서 약한 손을 강제로 사용하도록 하고 또한 뇌가 재배열되도록 만드는 것이다. 폴의 경우 이것은 먹는 속도가 느릴 뿐만 아니라 자주 엎지른다는 것을 뜻했고, 사실 처음에는 거의 먹지 못했다. 숟가락은 때로 그의 손아귀에서 위아래로 홱 돌았고 음식은 온통 주변에 흩어지기 일쑤였다. 그러나 한동안 나쁜 손으로 몸부림치고 마구 흔들도록 내버려두고 난 다음에야 그는 그 상황에 적응하는 법을 배울 수 있었다. 지금 폴의 손가락 두 개는 영구적으로 밖으로 늘어져 있지만, 그는 오른손으로 펜과 포크 따위를 확고하게 붙잡는다.

국립 신경장애 및 뇌졸중 연구소NINDS에서 진행 중인 연구는 제한 치료법이란 환자가 의사소통시 몸짓이나 다른 소리 없이 오직 단어만을 사용하도록 요구하는 것이라고 평가하고 있다. 폴은 주로 이 방법으로 실행했고 한번은 "내 마음에서 저항하는 것이라고는 취소된 절반의 문장밖에 없어!"라고 선언하기조차 했다. 확실히 짜증나는 일이었다. 그래서 그는 가끔 알 수 없는 상징을 추가하거나 인사의 뜻으로 '므룩' 소리를 내곤 했다. 그러나 시간이 얼마가 걸리던 주로 말로 표현하기를 고집했다.

폴은 거의 여든 살이었지만 신약 임상실험, 신경줄기세포 이식, 전기 뇌 자극 중의 어떤 것도 택하지 않았고, 꽉 오그라든 손가락의 굴근에 보톡스 주사를 맞지도 않았다. 이미 집에 비슷한 것이 있었기 때문에 읽기에 문제가 있는 사람들을 위한 실어증 독서클럽에도 참여하지 않았다. 하지만 이런 것들은 전망이 밝아 보이며 다른 사람에게는 혜택을 줄 수도 있다. NINDS는 국립 보건원NIH에 속하는 기관으로, 다수의 임상실험을 진행하고 그런 연구들을 조직하는 곳인데 인터넷에서 상세 내용을 확인할 수 있다.

시간표 무시하기

사람들은 종종 뇌졸중 후 첫 몇 달간이 "기회의 창문"이라고 말하곤 한다. 그 기간 내에 환자는 가능한 일을 대부분 배울 수 있으며 이후에는 창문과 배움의 기회가 닫힌다는 뜻이다. 일찍이 신경과학자 겸 저술가 올리버 색스Oliver Sacks가 우리에게 충고했던 것처럼, 그리고 시간이 흘러 우리 스스로 찾아냈던 것처럼, 간단히 말해 그건 사실과 다르다. 배움은 나이와 단계에 상관없이 여전히 가능하다. 몇 년 후에도 뇌는 스스로 재배열한다. 예컨대 겨우 두 달 전, 리즈와 나는 폴의 시력과 단어를 찾는 기억력의 한 측면이 개선된 것을 알아차렸다. 우리는 타자를 친 원본과 리즈가 빨간 색으로 수정을 표시하고 오른편 여백에 빨간 색 메모를 끼적인 교정본을 비교하면서 살펴보고 있었다. 그는 페이지를 넘기면서 마음속에 단어를 간직하고 문장들을 비교하면서 거듭거듭 보아야 했다. 그건 전에는 힘들었던 일이다. 이제 그는 눈을 앞뒤로 매끄럽게, 빨리 굴릴 수 있었다. 이건 새로운 것이었다. 수년간 매일 연습한 끝에 그의 뇌는 드디어 이 특별한 기술을 위해 시각을 재배열했던 것이다. 결과적으로 더 유창하게 교정하고 더 잘 읽을 수 있다는 뜻이었다. 뇌졸중 후 다섯 째 해의 연례 시력검사에서 그는 각 선을 가로질러 있는 글자들을 재빠르게 읽었다. 그 전 해까지는 못했던 일이었다.

이야기 공유하기

처음에는 폴이 뇌졸중에 관해 기억할 수 있는 것은 무엇이든 구술하는 게 중요했다. 그 과정은 협동을 요구했고 그를 좀 더 사회적으로 만들었으며, 구술은 봉쇄된 내부에서 밖으로 가는 다리를 제공해주었다. 구술은 혼란의 두려운 시간 동안 그에게 정신적 삽과 마대를 주었다. 한 문장 한 문장을, 한주머니 한주머니를 쌓아올림으로써, 폴은 말할 때 쏟아져 나오려고 위협하는 엉터리 단어들의 바다를 피해 부두를 만들 수 있었던 것이다. 어떤 언어치료사들은 그런 식으로 환자를 돕고, 자신의 질병을 자신의 삶의 이야기와 통합시키는 이른바 "상처 입은 이야기꾼"을 언급하기도 한다.

예전 상태로 가는 다리 짓기

글쓰기를 계속할 수 없었지만 나는 폴을 부추겨 무언가 책과 관련된 일을 하도록 만들곤 했다. 책은 뇌졸중 이전 그의 생활에서 대단히 큰 부분을 차지했고 엄청난 즐거움을 주었다. 폴에게는 샅샅이 살펴볼 문학적 편지와 서류 더미가 많았고, 선반에서 꺼내 어설프게 고칠 수 있는 끝내지 못한 소설이 몇 권 있었다. 또는 그에게 다른 도구를 이용한 창작을(그림 또는 콜라주) 제안했을 수도 있었다. 그는 어렸을 때 그림과 콜라주를 좋아했으므로.

현대미술관에서 열린 마티스Matisse 전시회에서 이 예술가가 오려낸 거대한 종잇조각이 전시된 방에 들어갔을 때의 충격을 절대 잊을 수 없다. 수술 후 마티스는 침대에 누워 살았고 붓을 휘두를 수 없었다. 그러나 여전히 창조력은 왕성했으므로 그는 가위질로 종이에서 형태를 오려내기 시작했고 다른 사람들을 시켜 그것들을 벽에 배열해 환상의 풍경을 지어냈다. 그의 화집 〈재즈〉에서 내 마음에 가장 든 콜라주 하나는 붉은 원형 심장을 가진 이카루스의 검은 형상이 거대한 노란 별들이 매달린 사파이어 빛 파란 하늘을 배경으로 춤을 추고 있는 것이었다. 그 형상에는 손도 발도 없지만, 그럼에도 태양을 향해 뻗은 희망찬 즐거움에 찬 방종을 전달한다. 마티스는 종잇조각에 허벅지, 목, 팔의 굴곡을 정확히 재현했고, 비록 쇠약했을지라도 그걸 느꼈으리라 확신한다. *퇴화한 사물로 무엇을 만들까?* 프로스트는 물었다. 마티스는 그 질문에 극적인 독창성으로 대답했다. 사용할 수 있는 도구들이 갑자기 제한되자 독창성이 그처럼 뛰어올랐던 것이다.

창조력 고무하기

뇌졸중 후의 테스트들이 그토록 단어 사용에 의존하고 선형적 사고와 삼단논법 논리를 애호하는 형편에 미세한 변화를 측정한다는 것은 얼마나 어려운 일인지. 지능지수 테스트는 창조성이 아니라 지성을 재는 것이다. 창조성은 완전히 다른 것이다. 창조성은 어떻게 잴까? 혼자 자라도록 내버려 둘까? 방법 하나는 단순한 정신 스트레칭 게임을 통한 것으로, 우리가 '딩뱃'이라고 부르는 것이다. "신는 일 말고, 신발로 얼마나 많은 일을 할 수 있을까?"라고 묻는 것이다. 뇌졸중 이전 폴은 라블레Rabelais 풍의 작가로서 그런 창조적 퍼즐에 나보다 훨씬 뛰어났다. 하지만 뇌졸중 이후에는 그걸 거의 하지 않았다. 하지만 애칭 짓기는 비슷한 방식으로 그의 상상력을 작동시키고 또한 흥분시켰다. 단어 게임인 '매드 립스'도 마찬가지였다. 나는 모든 말하기 시도를 칭찬했다. 그리고 그가 창조적으로 글을 쓰도록 격려했다. 그건 '딩뱃'과는 달랐지만, 그가 정신적 근육을 펼 수 있도록 해주었으며 풍성한 만족감을 주었다.

타임아웃

간병인에게는 작은 오아시스, 존재로서의 개인적 순간이 필요하다. 창작은(제2차 세계대전 중 바르샤바를 배경으로 동물원지기의 아내의 세계에 뛰어들어 쓰기, 또는 동틀 무렵 자연에 관해 쓰기) 반드시 필요한 숨 쉴 공간을 내게 제공해주었다. 명상 또한 공간을 제공해주었으며, 그 밖에도 내 마음이 쉬는 공간은 정원 가꾸기, 자전거 타기, 수영하기 등 세 개가 더 있다. 폴만이 아니라 내게도 수영장 신비주의가 있었다. 수영을 하며 가슴을 활짝 벌린 채 내 몸 주위에서 계속 출렁이는 찬 물을 느끼면서 팔을 길게 뻗으면 날아가고 있는 것 같은 기분이었다.

간병인들을 위해 유익한 원조, 지원, 충고를 제공하는 인터넷 사이트로는 Caring Connection(caringinfo.org), Share the Care(sharethecare.org), Well Spouse Association-Support for Spousal Caregivers(wellspouse. org), Family Caregiver Alliance(caregiver.org) 등이 있고, 미국 노인청U. S. Administration on Aging은 지역별로 교통수단, 음식, 가정 간호, 간병인 제공 서비스를 찾을 수 있도록 도와준다(The Eldercare Locator: eldercare.org, 800-677-1116).

뇌 운동

지성적인 언어 도전에 더 많이 직면할수록 뇌는 더 많은 뉴런과 연결을 형성한다. 따라서 운동은 예방 또는 치료에 유용하다. 일단 유사시에 그것들 중 일부는 치매를 막을 수도 있고 또는 정신적 비축물, 여분의 뇌 상품들을 찬장에 제공함으로써 뇌졸중으로 잃어버린 뉴런을 보상한다. 그러나 어느 연령이건 뇌에 도전하고 끊임없이 배움으로써 심지어는 여든 살이라 해도 정신적 비축물을 만들어낼 수 있다. 반드시 외국어를 배울 필요는 없다. 이상적인 뇌 운동은 아무리 작다 해도 피곤하고 틀에 박힌 습관적인 인지 방식을 버리고 새로운 관점을 눈부시게 빛나도록 만든다. 뇌 운동 방법에는 십자말 퍼즐, 수채화, 다종교 비교 수업, 브라유 점자 또는 악기 배우기, 또는 정원일 하기 등이 있다. 오직 냄새에만 초점을 맞추는 감각적 걷기, 산책 코스를 실내와 밖으로 뒤집기, 직장이나 학교에 갈 때 평소와 다른 길을 택하기, 눈 감고 샤워하기, 소나기를 맞으면서 진정한 샤워를 경험하기, 천천히 말없이 주의를 흐트러트리지 않고 먹기, 위기상담 전화와 자선단체나 환경보호 조직에 자원봉사하기…

또는 오랫동안 가족 전체가 즐겨왔던 "미스터리 여행"을 떠날 수도 있다. 한 사람이 마음속에 목적지를 설정하면 다른 가족이 묘사하는 풍경에서 실마리를 얻어 그 장소를 알아내는 것이다. 오하이오 주 아테네에서 가르치고 있던 어느 해 나는 생일을 맞은 폴을 항공 미스터리 여행에 끌어들였다. 비행기를 전세 내어 북쪽으로 한 시간 가량 날아가 에어로쿠페 Aerocopue(폴이 집착하는 제2차 세계대전 비행기) 전시가 열리는 작은 들판에 내렸다. 뇌졸중 이후 폴은 잘 읽지 못했지만 PBS, 디스커버리 사이언스, 그리고 내셔널 지오그래픽 채널에서 수없는 과학 프로그램을 끊임없이 시청하면서 학습했다. 그리고 다섯 해째부터는 거의 매일 저녁식사 후 〈뉴욕 타임스〉의 가장 쉬운 십자말 퍼즐을 풀도록 돕고 있다.

"피처pitcher를 네 글자로 하면 뭐지요?" 첫 번째 퍼즐에서 걸린 내가 노래하듯 말했다.

그는 마음속으로 공란 네 개를 세어 기억한 다음 '피처'를 떠올리고 이미지를 기억하고 가능한 단어를 찾아 어휘목록을 뒤지고 단어를 택하고 그런 다음 그 단어에 소리를 가져다 붙여야 했다.

그는 마지막까지 생각하느라 이마를 일그러뜨리더니 자랑스럽게 반짝이면서 선언했다. "유어ewer!"

"유어? 그게 뭐예요?" 들어본 적 없는 단어였다.

"물주전자야. 로마에서 쓰던 거지."

그가 옳았다. 이후 폴은 대단히 신이 나서 '에토스ethos, 아고라agora, 트라이림trireme(고대 그리스와 로마의 노가 3단인 갤리선─옮긴이), 제이프jape(농담─옮긴이), 올리오스olios(고기와 채소를 섞어 끓인 요리─옮긴이)' 등을 찾아주었고, 우리는 하루의 끝에서 긴장을 풀고 쉬며 십자말 퍼즐을 즐겼다.

현재를 더 충실하게 살기

여러 해 동안 내가 특정한 방식으로 관계해온, 공기처럼 낯익었던 누군가를 잃은 후, 나는 때때로 삶이란 좋은 일과 나쁜 일이 모두 일어나는 곳임을 스스로에게 상기시켜야 했다. 가끔은 삶이 돌이킬 수 없이 변해버렸고 결코 예전 같지 않으리라는 것을 받아들이기 힘들었다.

명심할 것은 삶은 절대로 지금 이 순간과 똑같이 느껴지지 않을 것이라는 사실이다. 삶은 온종일 끊임없이 변하며 뇌에 수조 개의 감각을 퍼부어 대고 정신의 복도에 수백만 개의 생각과 느낌을 출몰시키기 때문이다. 하나의 태피스트리보다는 성급한 바람이 바다의 표면에 날려대는 물안개의 비말과 같다. 이 모든 드라마는 자신에게 들러붙는다. 자신이란 스스로가 누구인지 다시 상상하고 교정하기를 그치지 않는 한편, 매초마다 바뀌고 새로운 감각이 반짝이며 드러나고 새로운 사건이 도전해오며 새로운 생각과 감정이 솟아나는 돈키호테 같은 동물이다. 우리가 함께 하는 이중주의 삶 또한 계속해서 진화하며, 예전과 같이 돌아갈 수 없어도, 그 모든 것에도 불구하고, 우리는 자신을 위해 좋은 삶을 설계하고 있는 것이다.

백가지 이름

애기똥풀 사냥꾼

제비의 안식처

아침에 할렐루야를 하는 스파이 요정

8월 하늘에 나부끼는 나비 리본

루마니아 노래지빠귀를 향해 보내는 폴의 서한

최고의 영예인 여름의 베일

꿈꾸는 호빗

빛나는 우표의 사도

첫 빗물의 상앗빛 부리를 가진 딱따구리

눈 덮인 나의 탕가니카(탄자니아의 옛 이름—옮긴이)

회전초 공장의 조그만 달 선장

아라비아의 행복한 아픔

코발트 블루빛 무대에 선 신성한 사냥꾼

스위트피 콩이 숟가락으로 가는 정자의 악취

눈 덮인 황홀감의 파라쁠뤼(우산)

조그만 금빛 꿈꾸는 이

아침 이슬이 내린 선에 선 파블로바

빛나는 사월의 아바타

내 작은 머리칼 양동이

마말레이드 계곡의 사나운 천사

감상적 꿈을 비추는 기계

벌을 먹는 남부의 암적색 새

아침 정자에 선 아름다운 여인

이슬을 마시는 낭만적인 작은 사람

춤추는 겨우살이의 수도원장

8월 선녀가 주는 사탕과자

핑크빛 눈보라로 덮인 에델바이스

즙 많고 사랑스러운 수란의 최고 마사지

제국 태양의 백조 보트

인간을 우선하는 아기 천사

재빠른 발을 가진 잠의 여왕

존중받는 우주철학 쓰나미를 쫓는 활기찬 사냥꾼,

세 번 돈 몬테비디오의 벌새

추상적 대화의 여신

노래와 춤을 추는 델라디어(화가 이름)

대신 양치는 들판의 맛있는 파이

내 작은 천상의 호저

부지런한 날씨 요정

부지런한 고전 스탠자(4행 이상의 각운이 있는 시구—옮긴이) 사도

놀라움의 정부情婦

끝없이 불꽃의 실번 그로브(미국 캔자스주 링컨 카운티Lincoln County에 있는 도
시—옮긴이)

스탠자 무아지경

그 뒤로 쭉의 인내심 많은 여성사제

사랑스러운 아침의 앰퍼샌드

부패한 신들이 있는 내 당구보드

세기의 반 중력 드라이브

아몬드의 자서전

장어의 오팔색 기쁨

창조의 부엌에 대한 인사

무신론자의 정신병원을 위한 나의 만세

헤로도투스를 능가하는 역사의 달인

활기찬 소 도룡뇽

즐거운 목소리의 암적색 청원자

일찍 피어나는 모든 꽃들을 위한 그녀

가스펠의 여신, 아프리칸 바이올렛의 성녀

오 무궁화, 나는 온통 분홍빛

인생이라는 무한한 책을 사랑하는 사람

가없는 하늘의 총독

저녁을 색칠하는 시계의 제의복

사지가 부러진 다혈질

날렵한 산등성이의 콘도르

나를 기다리는 부드럽고 조그만 벌새

나의 잔디밭 침입자, 영원히 순수한

즐거운 작은 풍뎅이

유연한 백조, 왜 당신은 그처럼 오랫동안 머물고 있지?

뿌리 채 뽑힌 은빛 혀를 가진 나이팅게일의 계곡

나의 현란한 꿩의 비름꽃, 나의 플라타너스 나무

오 정반대의 노래하는 다람쥐

밝은 아침의 엘크

떠들썩한 굴뚝새, 언제, 언제, 언제라고 말하지!

어두운 눈동자의 검은 방울새, 나의 작은 사기꾼

내게 가운을 주는 검은 모자를 쓴 박새,

완벽한 무아지경의 종달새

오 여기 내 집에 있는 작은 박새들

명랑한 이슬 요정

달래려고 보낸 역사적 샤먼

달의 회전 고리

부유하는 닌자

시적인 나의 작은 불가사리

빛의 우산

천상의 엘프

따뜻한 토끼 포옹에 에워싸인 여린 전율

아내에게 꼼짝 못하는 너그러움

취소된 무력감

달콤한 오팔색의 원심분리기

내 낮의 나머지, 내 밤의 잔여물

별 시종무관

축복받은 작은 미소

점점 커지면서 반짝이는 보랏빛 감정의 여왕

전화기 창문의 피리

질문이 빛나는 베텔게우스별

나의 호피 행성

여기 그리고 그 너머의 업둥이

스타쉽 마인(TV 드라마 〈스타트랙〉의 114번째 에피소드─옮긴이)의 플레이아데스

금빛 아침의 아주 특별한 사람

영원한 의식의 나의 달 송아지

기적의 조그만 플라노보이드

오 호리호리한 별의 앵무새

참고문헌

Amen, Daniel G. *Healing the Hardware of the Soul.* New York : Free Press, 2008.

Andreasen, Nancy C. *The Creative Brain: The Science of Genius.* New York : Plume, 2006.

Basso, Anna. *Aphasia and Its Therapy.* New York: Oxford University Press, 2003.

Beckett, Samuel, *Waiting for Godot : A Tragicomedy in Two Acts.* New York : Grove, 1994.

———. *Watt.* New York: Grove, 2009.

Bloom, Floyd, ed. *Best of the Brain from Scientific American.* New York : Dana Press, 2007.

Bogousslavsky, J., and F. Boller, eds. *Neurological Disorders in Famous Artists.* New York : Karger, 2005.

Bogousslavsky, J., and M. G. Hennerici, eds. *Neurological Disorders in Famous Artists,* Part 2. New York: Karger, 2007.

Bonet, Theophile. *Guide to the Practical Physician.* London : Thomas Flesher, 1686.

Damasio, Antonio. *Descartes' Error : Emotion, Reason, and the Human Brain.* New York : Grosset/Putnam, 1994.

———. *Looking for Spinoza : Joy, Sorrow, and the Feeling Brain.* New York : Mariner, 2003.

Doidge, Norman. *The Brain That Changes Itself: Stories of Personal Triumph form the Frontiers of Brain Science*. New York: Penguin, 2007.

Duchan, Judith Felson, and Sally Byng, eds. *Challenging Aphasia Therapies: Broadening the Discourse and Extending the Boundaries*. New York: Psychology Press, 2004.

Fehsenfeld, Martha Dow, and Lois More Overbeck, eds. *The Letters of Samuel Beckett 1929-1940*. New York: Cambridge University Press, 2009.

Gardner, Howard. *Art, Mind & Brain: A Cognitive Approach to Creativity*. New York: Basic Books, 1982.

Gazzaniga, Michael S. Human: *The Science of What Makes Us Unique*. New York: HarperCollins, 2010.

Heilman, Kenneth M. *Creativity and the Brain*. New York: Psychology Press, 2005.

Iacoboni, Marco. *Mirroring People: The New Science of How We Connect with Others*. New York: Farrar, Straus and Giroux, 2008.

Jaynes, Julian. *The Origin of Consciousness in the Breakdown of the Bicameral Mind*. Boston: Houghton Mifflin, 1976.

Lyon, Jon G. *Coping with Aphasia*. San Diego: Singular Publishing Group, 1998.

Paciaroni, M., P. Arnold, G. van Melle, and J. Bogousslavsky. "Severe Disability at Hospital Discharge in Ischemic Stroke Survivors." *European Neurology* 43 (2000) 30-34.

Rhea, Paul. *Language Disorders from Infancy Through Adolescence: Assessment and Intervention*. 3rd ed. St. Louis, Mo.: Mosby, 2007.

Rose, F. Clifford, ed. *Neurology of the Arts: Painting, Music, Literature*. London: Imperial College Press, 2004.

Sacks, Oliver. Musicophilia: *Tales of Music and the Brain*. New York: Vintage Books, 2008.

Salisbury, Laura. " 'What is the Word': Beckett's Aphasic Modernism." *Journal of Beckett Studies,* vol. 17, September 2008, pp. 78-126.

Sarno, Martha Taylor, and Joan F. Peters, eds. *The Aphasia Handbook: A Guide for Stroke and Brain Injury Survivors and Their Families*. Adapted from *The Stroke and Aphasia Handbook,* by Susie Parr et al. New York: National Aphasia Association, 2004.

Schwartz, Jeffrey M., and Sharon Begley. *The Mind and the Brain: Neuroplasticity and the Power of Mental Force*. New York: HarperCollins, 2002.

Siegel, Daniel J. *The Mindful Brain: Reflection and Attunement in the Cultivation of*

Well-Being. New York: W. W. Norton, 2007.

——. Mindsight: *The New Science of Personal Transformation*. New York: Bantam, 2010.

Smith, Daniel B. *Muses, Madmen, and Prophets: Hearing Voices and the Borders of Sanity*. New York: Penguin, 2007.

Taylor, Jill Bolte. *My Stroke of Insight: A Brain Scientist's Personal Journey*. New York: Viking, 2006.

Tesak, Juergen, and Chris Code. *Milestones in the History of Aphasia: Theories and Protagonists*. New York: Press, 2008.

West, Paul. *The Place in Flowers Where Pollen Rests*. New York: Doubleday, 1988.

——. *Words for a Deaf Daughter and Gala,* Champaign, Ill.: Dalkey Archive, 1993.

——. *Portable People*. New York: Paris Review Editions, 1990.

——. *A Stroke of Genius*. New York: Viking, 1995.

——. *Kife with Swan*. Woodstock, N.Y.: Overlook Press, 2001.

——. *The Immensity of the Here and Now*: A Novel of 9.11. New York: Voyant Publishing, 2003.

——. *Tea with Osiris*. Santa Fe, N.M.: Lumen Books, 2005.

——. *The Shadow Factory*. Santa Fe, N.M.: Lumen Books, 2008.

Yankowitz, Susan. *Night Sky*. New York: Samuel French, 2010.

Zaidel, Dahlia W. Neuropsychology of Art: *Neurological, Cognitive and Evolutionary Perspectives*. New York: Psychology Press, 2005.

감사의 말

폴의 뇌졸중 후 더욱 가까워진 친구들, 특히 다바, 페기, 진, 댄, 그리고 필립에게 진심으로 감사를 표한다. 이어서 현명하고 총명한 노턴사의 편집자 알레인 샐리어노 메이슨에게 격려와 지도에 대한 감사를 보낸다. 밴더빌트 대학의 학장 지네트 노텐은 전문적 시각과 통찰력을 제공해주었다. 닥터 앤의 의학적 지식과 너그러움은 신이 보낸 선물이었다. 폴과 리즈에게 은혜를 입었다. 그들은 원고를 여러 번 고쳤음에도 매번 읽고 귀를 기울여 주었으며, 귀중한 기억, 교정, 제안을 함께 나누었다. 라쇼몽Rashomon(우리말로 나생문. 같은 사건에 대해 각자 다른 진술을 하는 것—옮긴이) 식으로, 우리는 각자 다른 각도에서 모두 같은 사건을 겪었다.

옮긴이의 말

순간을 자르는 능력

수많은 번역서가 쏟아져 나온다. 덩달아 옮긴이의 말도 수없이 쏟아진다. 그들은 어떻게 옮긴이의 말을 쓸까? 책을 읽을 때마다 매번 유심히 살폈다. 진지한 평론에서부터 가벼운 과정담까지 옮긴이의 말은 참으로 다양했다. 물론 책의 종류가 다르고 생각도 다르며 옮긴이도 다른 탓이다. 그렇다면 이처럼 고통스러운 과정을 겪어낸 실화에 대해서는 어떻게 써야 하는 것일까?

번역학자들은 번역을 일러 꼭 맞는 신발을 신고 무대에서 추는 춤이라고 표현한다. 움직일 수 있는 장소는 무대로 한정되어 있고 신발은 꼭 맞으니 자유롭게 움직일 수 없으며, 이미 정해진 춤을 추어야 하니 동선 또한 한정되어 있다. 표현에 있어서 그만큼 제한되어 있다는 뜻이다. 그런데 저자, 다이앤 애커맨은 시인이며 소설가로서 은유를 자유자재로 사용하고 있으며 자신의 표현에 의하면 이미지를 즐겨 사용하는 탓에, 또한 전작들에서도 보듯 그녀의 글은 대단히 해박한 지식과 다양한 정보를 품고 있는 덕분에 때로는 해석자체가 쉽지 않았다. 또한 그녀의 사고 과정은 '순간을 자르고 있구나'하는 생각이 들 정도로 세밀하고 추상적이다.

예를 들어, 아침마다 남편이 뇌졸중으로 입원한 병원으로 들어서면서 다이앤은 자신이 우주유영을 한다고 생각한다. 유리문 안의 병원은 우주라고 표현할 정도로 바깥과는 전혀 다른 세계 같다. 병원 밖에서 우리는 목적을 가지고 걷지만 병원 안에서 우리는 방향과 의지를 잃는다. 어디로 향할지 모르는 무중력 상태의 병을 허우적거리면서 따라가야 하는 것이다. 그녀의 문장은 그 마음 상태를 전달하고 있는 것이었다.

드디어 유리문을 밀고 안으로 들어서면 건물의 복도는 미로처럼 얽혀있고 형광등으로 인해 빛은 다소 푸르스름하다. 그 복도를 걸어가면서 빛이 만들어내는 전자, 아니 전자가 만들어내는 빛을 생각한다. 형광등이 전자를 쏘아올리고 그 올라간 전자가 다시 중심으로 떨어져 돌아오는 그 과정이 빛인 것이다. 다이앤의 사고과정은 순간을 그처럼 면밀하게 잘라낸다. 빛과 전자, 그처럼 섬세하고 복잡하고 미묘한 사고를 이끌어갈 수 있는 이는 과연 얼마나 될까.

그러나 나는 안다. 그녀의 그 사고는 또 다른 목적을 안고 있음을. 그것은 부서진 뇌를 가진 남편을 만나는 순간을 미루고 싶다는, 달리 표현하면 남편의 부서진 뇌를 마주하고 싶지 않다는 바람이다. 그러므로 그녀의 문장들은 한 번에 두 개 혹은 서너 개의 다중 의미를 품고 있는 경우가 허다했다.

사고 과정과 해석이 매번 힘들었다면 내용은 어떨까. 이 책은 뇌졸중을 맞은 남편이 재기하도록 돕는 과정을 써내려간 책이며 그 과정 내내 넘쳐흐르는 사랑에 관한 책이다. 사랑을 말하는 백가지 이름이라는 뜻의 책 제목이 보여주듯 사랑이 뇌졸중 극복에 큰 역할을 하는 것을 보여주는 책인 것이다. 물론 모든 사람에게 이런 행운이 따르지는 않는다. 우선 그들의 경우는 특수하다고 여길 정도로 두 사람은 언어에 능하고 사랑에 빠져 있기 때문이다. 장점이자 단점인 그들의 언어 다루는 직업은 뇌졸중의 영향을 크게 받은 반면 회복에도 도움이 되었다.

폴은 뇌졸중에 관해 "내 뇌는 부서졌어"라고 표현한다. 부서진 뇌, 한순간에 망가진 뇌는 일상생활에 커다란 지장을 불러온다. 어디 지장뿐일까? 뇌졸중은 관계를 망가뜨린다. 그것은 폴의 표현대로, "생각할 수 있는 것과 말할 수 있는 것 사이의 커다란 간격"이 역력하게 드러나는 삶이다. 생각할 수 있는 것과 말할 수 있는 것의 크나큰 간격, 이 표현처럼 뇌졸중 환자의 삶을 적나라하게 드러내는 표현이 있을까.

나는 그 차이를 나의 시가와 친가, 두 어머니의 얼굴에서 본다. 그 분들은 나를 보고 손을 내밀고 활짝 웃는다. 그리고는 무언가 말을 하려고 한다. 그건 결코 복잡한 말이 아닌 단순한 안부에 지나지 않는다. 그러나 시간이 흐름에 따라 입귀는 일그러지고 늘 하는 말 이외에는 엉뚱한 단어가 튀어나오며 이윽고 눈물이 어리기 시작한다. 그리고는 마침내 손을 내젓거나 한숨을 쉬면서 입을 다무신다. 생각할 수 있는 것과 말할 수 있는 것의 차이, 늙으신 어머니들의 얼굴에서 보는 것처럼 그 선명한 간격이 어디 있을까. 그 차이를 보아야 하는 슬픔의 크기는?

그것뿐일까. 나 역시 폴과 비슷한 상황을 겪었다. 그처럼 뇌졸중으로 인한 실어증은 아니지만 그가 겪은 증상은 내가 겪은 일들과 너무도 비슷했다. 번역해야 할 단어는 손끝에서 맴돌았고 일쑤 잘못된 단어를 쳐 넣었으며(예를 들면 토성을 읽으면서 목성이라고 옮겼다) 분명 번역을 했음에도 그 문장의 뜻을 몰라 헤매기도 했다. 지금 돌아보면 옮기는 동안(아니 그 이전에도) 나는 폴이 앓은 베르니케 실어증과 브로카 실어증을 앓았던 듯 싶다. 장황하게 혹은 엉뚱한 말을 하면서 분명 내가 말하는 것은 옳은데 상대방이 악의로 못 알아들은 척하고 있다고 확신한다거나, 분명 알고는 있는데 그 단어가 도무지 기억이 나지 않는 폴의 증상이 곧 나의 증상이었다. 또한 생각할 수 있는 것과 말할 수 있는 것의 차이를 느끼고 있는 그 답답함, 우울함, 슬픔을 겪었다. 흔히 말하는 저자와 역자의 채널링, 의식세계의 맞춤 또는 동화과정이었을까? 아니다. 그건 내 실제 증상이었다.

그동안 머릿속이 진흙 같았다는 것은 지금 비로소 그 표현을 찾아낸 것이다. 생각할 수 있는 것과 말할 수 있는 것의 차이는 진흙과 조각으로 표현하면 적절하리라고 여겨진다. 우리는 때로 분명한 언어(조각)로 생각하지만 대부분 진흙을 주물러 조각(언어표현)을 만들어낸다. 나 또한 뇌졸중은 아니지만 유독한 약물로 인해 진흙 속에서 무수히 헤맸던 것이다.

가끔 의아하다. 폴은 정말 운이 좋지 않았을까? 그로 인해서 그들이 얻은 것은 정말로 아무 것도 없는 것일까? 그들이 만들어낸 백가지 애칭을 보면서 드는 생각이다. 우리는 언제나 장점에 집중해야 한다. 약점 혹은 결점을 극복할 길은 없다. 우리가 지닌 장점에 집중하면 그 장점이 곧 약점을 덮는 강점이 된다. 수치심 연구로 유명한 브레네 브라운Brene Brown이 《나는 왜 내 편이 아닌가 I Thought It Was Just Me》에서 하는 말이다. 영화 〈마지막 사중주The Late Quartet〉에서 피터가 하는 말이기도 하다. 폴과 다이앤은 그들이 지닌 장점, 언어를 사용하면서 가꾸어온 능력에 집중했다. 그리고 그들은 해냈다. 그래서 그들의 뇌졸중은 그들 삶을 더 빛나게 만들어주었다. 나와 당신들 또한 그러하기를.

"말할 수 있는 것과 생각할 수 있는 것 (…), 그 대조는 앞으로 있을 일에 대하여 나를 안심시켜 주었다. 결국 양자를 동조시키는, 다시 말해서 정돈된생 각과 실어증을 조화시키는 문제였다. 그게 여섯 달이 걸릴까, 아니면 일 년이 걸릴까, 아니면 아예 일어나지 않을까? 이것은 내 삶의 커다란 미지수였다."

사랑의 백가지 이름

첫판 1쇄 펴낸날 2013년 10월 9일

지은이 I 다이앤 애커먼
옮긴이 I 이명
펴낸이 I 박남희
디자인 I Studio Bemine

종이 I 화인페이퍼
인쇄 I 청아문화사
제본 I 정민제본

펴낸곳 I (주)뮤진트리
출판등록 I 2007년 11월 28일 제318-2007-000130호
주소 I 서울시 영등포구 양평동 2가 37-2 양평빌딩 301호
전화 I (02)2676-7117 팩스 I (02)2676-5261
E-mail I geist6@hanmail.net

ⓒ 뮤진트리, 2013

ISBN 978-89-94015-59-0 03840